SANG ROYAL

Dissolution, Belfond, 2004 ; Pocket, 2005
Les Larmes du diable, Belfond, 2005 ; Pocket, 2006

C.J. SANSOM

SANG ROYAL

Traduit de l'anglais
par Georges-Michel Sarotte

belfond
12, avenue d'Italie
75013 Paris

Titre original :
SOVEREIGN
publié par Macmillan, Londres

Si vous souhaitez recevoir notre catalogue
et être tenu au courant de nos publications,
vous pouvez consulter notre site internet :
www.belfond.fr
ou envoyer vos nom et adresse, en citant ce livre,
aux Éditions Belfond,
12, avenue d'Italie, 75013 Paris.
Et, pour le Canada, ·
à Interforum Canada Inc.,
1055, bd René-Lévesque-Est,
Bureau 1100,
Montréal, Québec, H2L 4S5.

ISBN 978-2-7144-4293-2

À P.D. James

1

I L FAISAIT SOMBRE SOUS LES ARBRES, seul un maigre clair de lune traversait les branches à demi nues, et il était difficile de dire si nous chevauchions toujours sur la route, l'épais tapis de feuilles mortes assourdissant le bruit des sabots. « Quelle piste abominable ! » s'était exclamé Barak un peu plus tôt, vitupérant à nouveau cette terre barbare et sauvage où je l'avais entraîné. J'étais trop fatigué pour répliquer. Mon pauvre dos me faisait mal et mes jambes, enserrées dans de lourdes bottes de cavalier, étaient ankylosées et dures comme du bois. De surcroît, l'étrange mission que j'étais sur le point d'entreprendre m'angoissait et pesait sur mon esprit. Les rênes dans une main, je plongeai l'autre dans ma poche, afin de palper comme un talisman le sceau de l'archevêque Cranmer. Je me rappelais sa promesse : « Ce sera une opération assez aisée, exempte de péril. »

J'avais en outre laissé de graves soucis derrière moi, ayant six jours plus tôt enterré mon père à Lichfield. Depuis cinq jours, Barak et moi avancions péniblement en direction du nord sur des routes dans un état déplorable après l'été pluvieux de 1541. Nous avions atteint des régions isolées où de nombreux villages se composaient encore de vieilles habitations d'une seule pièce, des cahutes de torchis au toit de chaume dans lesquelles s'entassaient les hommes et le bétail. Cet après-midi-là nous quittâmes la grand-route du nord à Flaxby. Barak voulait qu'on s'arrête dans une auberge pour prendre un peu de repos mais j'avais insisté pour qu'on poursuive notre chemin dussions-nous chevaucher toute la nuit. Je lui rappelai que nous étions en retard, que le lendemain nous serions le 12 septembre et qu'il nous fallait parvenir à destination bien avant l'arrivée du roi.

Nous avions quitté le bourbier qui nous servait de route à la tombée de la nuit pour un chemin plus sec qui se dirigeait vers le nord-est, au travers des bosquets denses et des prés ras où des porcs fouillaient du groin les chaumes jaunis.

Les bois étaient devenus des forêts et depuis des heures nous avancions avec moult précautions. Lorsque nous avions perdu la piste principale nous avions eu un mal fou à la retrouver dans le noir. Le profond silence n'était brisé que par le bruissement des feuilles sur le sol et le craquement des broussailles au moment où un sanglier ou un chat sauvage détalaient à notre approche. Les chevaux, chargés des sacoches qui contenaient nos vêtements et autres effets, étaient aussi fourbus que Barak et moi. Je sentais la fatigue de Genesis, ma monture, et Sukey, la fougueuse jument de Barak, se contentait de suivre l'allure lente de mon cheval.

« On est perdus, bougonna-t-il.

— À l'auberge, on nous a dit de longer le chemin principal à travers la forêt en direction du sud. De toute façon, l'aurore va sans doute bientôt se lever. Et alors on verra bien où l'on se trouve.

— J'ai l'impression d'avoir chevauché jusqu'en Écosse, grommela Barak d'un ton las. Je ne serais pas surpris qu'on nous prenne en otages pour réclamer une rançon. » Fatigué de ses récriminations, je demeurai bouche bée et nous continuâmes en silence notre pénible route.

Je me remémorai l'enterrement de mon père la semaine précédente... Le petit groupe autour de la tombe, le cercueil au fond de la fosse, ma cousine Bess, qui l'avait trouvé mort dans son lit quand elle lui avait apporté à manger.

« Je regrette de ne pas avoir su à quel point il était malade, lui avais-je dit sur le chemin du retour à la ferme, après la cérémonie. C'est moi qui aurais dû m'occuper de lui.

— Tu habitais loin, à Londres, et ça faisait plus d'une année qu'on ne t'avait pas vu, avait-elle répondu en secouant la tête, le regard accusateur.

— J'ai, moi aussi, traversé une période difficile, Bess. Mais je serais venu.

— C'est la mort du vieux William Poer, à l'automne, qui l'a achevé. Ces dernières années, ils avaient lutté ensemble pour tirer quelque profit de la ferme, après il a semblé abandonner la partie », avait-elle soupiré. Elle s'était tue un instant, avant de poursuivre : « Je lui ai conseillé de prendre contact avec toi mais il a refusé. Dieu nous envoie de dures épreuves. La sécheresse, l'été dernier, et les inondations cette année... Je pense qu'il avait honte de ses problèmes d'argent. Puis la fièvre s'est emparée de lui. »

J'avais hoché la tête. Ç'avait été un choc d'apprendre que la ferme où j'avais grandi, et qui désormais m'appartenait, croulait sous les dettes. Mon père allait sur ses soixante-dix ans, et William, son régisseur, n'était guère plus jeune. Ils ne s'étaient pas occupés de leur terre comme ils auraient dû le faire et les dernières moissons avaient été médiocres. Pour s'en sortir, mon père avait hypothéqué son bien auprès d'un riche propriétaire terrien de Lichfield. Je l'avais appris seulement lorsque celui-ci m'avait écrit, tout de suite après l'enterrement, ses doutes pour m'indiquer que la valeur de la terre ne pourrait probablement pas couvrir la dette. Il cherchait à accroître son domaine pour faire paître ses moutons, et accorder des hypothèques aux paysans âgés à un intérêt exorbitant constituait un moyen de mener à bien son projet, à l'instar de maints hobereaux de l'époque.

« Sir Henry est une vraie sangsue, avais-je dit à Bess avec amertume.

— Que comptes-tu faire ? Laisser la propriété tomber en faillite ?

— Non. Je refuse que le nom de ma famille soit déshonoré. Je vais payer sa dette. » Dieu sait que je lui dois ça ! avais-je pensé.

« C'est bien ! »

Un bref renâclement poussé derrière mon dos me ramena au présent. Barak avait tiré sur les rênes de Sukey. Je fis halte moi aussi et pivotai avec difficulté sur ma selle. Dans la lumière du jour naissant, la silhouette de mon compagnon et celle des arbres étaient plus nettes désormais. Barak pointait le doigt devant lui.

« Regardez par là ! »

En face de nous la forêt devenait moins dense. Au loin, bas dans le ciel, brillait un point lumineux rouge.

« Nous y sommes ! m'écriai-je d'un ton triomphant. Voilà la lampe qu'on nous a dit de guetter. Elle est placée au sommet du clocher d'une église afin de guider les voyageurs. On est dans la forêt de Galtres, comme je l'avais deviné ! »

Nous sortîmes du bois. Comme le ciel s'éclaircissait, un vent glacial se leva du fleuve. Nous resserrâmes nos manteaux avant de reprendre notre route vers York.

La grand-route menant à la ville fourmillait déjà de chevaux de bât, de chariots remplis de vivres de toutes sortes, ainsi que d'énormes charrettes de forestiers, chargées de troncs d'arbres entiers qui dépassaient dangereusement de l'arrière. Devant nous se dressaient les hauts remparts de la ville, noircis par la fumée des siècles passés, tandis qu'au-delà se profilaient les innombrables églises, toutes dominées par l'envolée des deux tours jumelles de York Minster, la cathédrale.

« C'est aussi animé que Cheapside un jour de marché, fis-je observer.

— Tout cela pour le grand cortège royal. »

Nous poursuivîmes lentement notre chemin à travers une foule si compacte qu'on avait du mal à avancer au pas. Je jetais des coups d'œil de biais à mon compagnon. Cela faisait déjà plus d'un an que j'avais engagé Jack Barak comme assistant dans mon cabinet d'avocat, après l'exécution de son ancien maître. Le recrutement de ce gamin des rues de Londres, qui s'était retrouvé agent de Thomas Cromwell chargé de missions suspectes, paraissait incongru, bien qu'il fût intelligent et eût le privilège d'être instruit. Je n'avais d'ailleurs pas regretté mon choix. Il s'était bien adapté au travail et avait mis tout son zèle à apprendre le droit. Personne ne savait mieux que lui dénicher des éléments obscurs et forcer les témoins à s'en tenir aux faits pendant leur déposition sous serment, et sa vision cynique du système constituait un utile contrepoids à mon enthousiasme personnel.

Ces derniers mois, cependant, Barak m'était souvent apparu d'humeur morose. Il lui arrivait même de redevenir aussi insolent qu'aux premiers temps de notre association. Je craignais qu'il ne s'ennuyât et me dis que le voyage à York l'aiderait peut-être à reprendre le dessus. Or, en bon Londonien qui nourrit force préjugés à l'égard du Nord et de ses habitants, il avait grogné et pesté durant presque tout le trajet. À présent, il jetait un regard suspicieux à l'entour, se méfiant de tout.

Des maisons commencèrent à apparaître de loin en loin, puis on aperçut sur notre droite un antique et haut mur crénelé. Coiffés de casques de fer et vêtus de la tunique blanche ornée d'une croix rouge des archers royaux, des soldats patrouillaient sur le chemin de ronde en haut du rempart. Au lieu d'arcs et de flèches ils portaient des épées et d'effrayantes piques, voire de longs fusils à mèche. Un tintamarre de martèlements et de chocs métalliques nous parvenait depuis l'autre côté de la muraille.

« Il s'agit sans doute de l'ancienne abbaye Sainte-Marie, où l'on doit loger, expliquai-je. J'ai l'impression qu'on y fait beaucoup de travaux en vue de la venue du roi.

— On y va tout de suite pour déposer nos bagages ?

— Non. Il nous faut d'abord rencontrer le confrère Wrenne et ensuite nous rendre au château.

— Pour voir le prisonnier ? murmura Barak.

— Oui. »

Il leva les yeux vers les remparts. « Sainte-Marie est bien gardée.

— Après tout ce qui s'est passé ici, le roi ne sait guère sur quel accueil compter. »

J'avais parlé à voix basse, pourtant l'homme qui marchait devant nous à côté d'un cheval de bât chargé de céréales se retourna et nous lança un regard noir. Quand Barak haussa les sourcils, l'homme détourna les yeux. S'agissait-il de l'un des informateurs du Conseil du Nord ? Ils devaient faire des heures supplémentaires à York en ce moment.

« Peut-être devriez-vous enfiler votre robe d'homme de loi »,
suggéra Barak en indiquant d'un signe de tête la scène qui se déroulait devant nous. Les chariots et les portefaix pénétraient dans
l'abbaye par une vaste porte qui s'ouvrait dans le rempart. Juste après
la porte, le mur de l'abbaye rencontrait celui de la ville à angle droit,
tout près d'un corps de garde orné du blason de la ville d'York : cinq
lions blancs sur fond rouge. D'autres gardes étaient postés là, armés
de piques, portant un plastron et coiffés de casques d'acier. Au-delà
du mur, les tours de la cathédrale, énormes, se découpaient sur le ciel
gris.

« Je n'ai pas envie de l'extirper de mon barda, je suis trop fatigué.
J'ai là le pouvoir du grand chambellan », ajoutai-je en tapotant ma
poche. Je possédais également le sceau de l'archevêque Cranmer,
mais j'avais ordre de ne le montrer qu'à une seule personne. Soudain
parut devant moi un spectacle qu'on m'avait annoncé mais qui me fit
frissonner néanmoins : quatre têtes plantées sur de hautes perches,
bouillies, toutes noires et à moitié dévorées par les corbeaux. Je
savais que douze des conspirateurs rebelles avaient été exécutés à
York ; leur tête et leurs membres avaient ensuite été dépecés puis
placés au-dessus de toutes les portes de la ville, afin de mettre en
garde le reste de la population.

Nous fîmes halte derrière une petite file d'attente ; la tête de nos
chevaux dodelinait de fatigue. Les gardes avaient arrêté un homme
pauvrement vêtu et le questionnaient sans ménagement sur le but de
sa venue en ville.

« J'aimerais bien qu'il se dépêche, chuchota Barak Je meurs de
faim.

— Je sais. Bon, allons-y ! C'est à nous maintenant. »

L'un des gardes saisit les rênes de Genesis tandis qu'un autre
s'enquérait de la raison de ma visite à York. Il avait un accent du Sud
et un visage dur et ridé. Je lui montrai ma lettre de mission officielle.

« Avocat du roi ? demanda-t-il.

— En effet. Et voici mon assistant. Il doit m'aider à préparer les
requêtes présentées à Sa Majesté

— Ici on a besoin d'une main de fer », répliqua-t-il. Il enroula le
feuillet et nous fit signe d'avancer. Comme nous passions à cheval
sous la barbacane, j'eus un haut-le-cœur à la vue d'un grand morceau
de chair couvert de mouches bourdonnantes, cloué à la porte.

« De la viande de rebelle, déclara Barak avec une grimace.

— Oui. » Je secouai la tête en pensant à l'engrenage du destin.
Sans la conspiration du printemps je ne serais pas là et le roi
n'accomplirait pas son « voyage dans le Nord », le plus imposant et
le plus majestueux de tous ceux jamais effectués en Angleterre. Nous

13

franchîmes la porte, le martèlement des sabots de nos chevaux sur les pavés résonnait bruyamment sous l'arcade. Puis nous pénétrâmes dans la ville.

Nous débouchâmes dans une étroite rue bordée de demeures de trois étages aux avant-toits en surplomb et d'échoppes dotées d'éventaires en plein air, où les marchands, assis sur un billot de bois, vantaient leurs marchandises. York me fit une piètre impression. Certaines des maisons se trouvaient dans un état de délabrement extrême, mettant à nu les fondations aux endroits où le plâtre était tombé, et la rue n'était en fait guère qu'un sentier boueux. La foule rendait notre progression difficile, mais je savais que messire Wrenne, à l'instar de tous les juristes de premier plan, habitait dans l'enceinte de la cathédrale, qu'il nous serait aisé de trouver, l'édifice dominant toute la ville.

« J'ai faim, répéta Barak. Allons prendre le petit déjeuner. »

Une nouvelle haute muraille s'élevait devant nous. La cité d'York semblait faite de murs. La cathédrale se dressait derrière cette muraille. Sous nos yeux s'ouvrait un grand espace où se pressaient des étals protégés par des auvents de toile rayée aux couleurs vives qui claquaient dans le vent frais et humide. Des ménagères en lourdes jupes discutaient avec les marchands ; des artisans vêtus de la livrée éclatante de leur corporation jetaient un regard méprisant sur le contenu des étals, tandis que des chiens et des enfants en loques se précipitaient pour ramasser des déchets au sol. La plupart des habitants portaient des vêtements rapiécés et des sabots éculés. Des gardes en uniforme arborant les armoiries de la ville surveillaient la foule.

À la tête d'un troupeau d'étranges moutons à mufle noir, un groupe d'hommes grands et blonds accompagnés de chiens suivaient le pourtour de la place du marché. J'étudiai leurs visages burinés et leurs épais manteaux de laine. C'étaient sans doute les légendaires Dalesmen, « hommes des vallées » originaires des Yorkshire Dales, qui avaient constitué l'épine dorsale de la rébellion cinq années auparavant. Ils contrastaient avec des religieux en soutanes noires et des chantres coiffés d'un capuce marron qui effectuaient des allers-retours par une porte percée dans le mur d'enceinte de la cathédrale.

Barak s'était approché d'un étal de pâtés dressé à quelques pas de là. Du haut de sa monture, il se pencha pour demander le prix de deux friands à la viande de mouton. Le marchand le dévisagea, incapable de comprendre son accent londonien.

« Vous êtes sudistes ? grogna-t-il.

— Ouais... On a faim. Combien... valent... deux... pâtés au

mouton ? » répéta Barak en détachant chaque mot d'une voix forte, comme s'il s'adressait à un demeuré.

Le marchand le foudroya du regard. « Est-ce que c'est ma faute si vous jargonnez comme un canard ?

— C'est vous qui faites crisser vos paroles comme un couteau dans une casserole. »

Deux grands Dalesmen qui passaient près des étals s'arrêtèrent et tournèrent leur regard vers le marchand.

« Ce chien de Sudiste te cherche noise ? » demanda l'un des deux. L'autre tendit une grosse main calleuse pour attraper les rênes de Sukey.

« Lâche ça, maraud ! » lança Barak d'un ton menaçant.

Je fus sidéré par la colère qui se lut sur le visage de l'homme. « Sale Sudiste prétentieux ! Parce que le gros Harry s'amène ici, tu crois que tu peux nous insulter à ta guise !

— Va au diable ! » s'écria Barak en fixant l'homme droit dans les yeux.

Le Dalesman porta la main à son épée. Barak, d'un geste, agrippa prestement le fourreau de la sienne. Je me frayai de force un chemin à travers la foule.

« Excusez-nous, monsieur, fis-je d'un ton poli, alors que mon cœur cognait dans ma poitrine. Mon assistant n'avait pas l'intention d'importuner quiconque... Nous venons d'effectuer un pénible trajet... »

L'homme me jeta un regard de dégoût. « Un seigneur bossu, hein ? Venu chez nous sur cette belle monture pour nous soustraire le peu d'argent qui nous reste ? » Il commença à tirer son épée mais s'immobilisa au moment où une pique s'arrêtait sur sa poitrine. Flairant le danger, deux des gardes de la ville s'étaient précipités vers nous.

« Rangez vos épées ! » hurla l'un des deux, sa pique pointée sur le cœur du Dalesman, tandis que l'autre pointait la sienne sur celui de Barak. Une foule commença à s'amasser.

« À quoi rime ce charivari ? demanda sèchement le garde.

— Ce Sudiste a insulté le marchand », lança quelqu'un.

Le garde hocha la tête. Entre deux âges, râblé, il avait le regard perçant.

« Tous des rustres, ces Sudistes ! s'écria-t-il à haute voix. Faut vous y attendre, l'ami. » Des rires s'élevèrent de la foule. Un badaud applaudit.

« On veut juste acheter deux fichus pâtés », dit Barak.

Le garde fit un signe de tête au marchand. « Donnez-les-lui. »

Le marchand en tendit deux à Barak. « Ça fait un demi-shilling, annonça-t-il.

— Quoi ?

— Six pence, reprit le marchand en levant les yeux au ciel.

— Pour deux pâtés ? demanda Barak d'un ton incrédule.

— Payez-le ! » lui intima le garde. Barak hésita, mais je m'empressai de passer les pièces, que le marchand mordit avec ostentation, avant de les glisser dans sa bourse. Le garde se pencha tout près de moi.

« Bien, filez sans plus tarder, m'sieu. Et dites à vot' valet d'rester poli. Vous voulez pas troubler la visite du roi, pas vrai ? » Il haussa les sourcils et nous regarda, Barak et moi, reprendre le chemin des portes de l'enceinte de la cathédrale. Les membres gourds, nous mîmes pied à terre près d'un banc placé contre un mur, attachâmes les chevaux puis nous assîmes sur le banc.

« Mordieu, j'ai les jambes tout ankylosées ! s'écria Barak.

— Moi aussi ! » J'avais en effet l'impression qu'elles ne m'appartenaient pas et mon dos me faisait horriblement souffrir.

Barak mordit dans le pâté. « C'est rudement bon ! s'exclama-t-il, tout étonné.

— Tu dois faire attention à ce que tu dis, dis-je en baissant le ton. Tu sais bien qu'on ne nous aime pas par ici.

— Alors, eux et moi, on est quittes ! Bande de crétins ! répliqua-t-il en jetant un regard noir dans la direction du marchand.

— Écoute, répondis-je d'une voix sereine, les autorités font tout pour maintenir le calme. Si tu traites les gens comme tu viens de le faire, non seulement on s'expose toi et moi à recevoir un coup d'épée dans les tripes, mais tu risques aussi de nuire au voyage du roi. C'est ce que tu veux ? »

Il resta coi, les yeux fixés sur ses pieds, la mine renfrognée.

« Qu'est-ce que tu as ? demandai-je. Voilà des semaines que tu t'emportes pour un rien. Naguère, tu étais capable de tenir ta langue de vipère. Le mois dernier, tu m'as causé des ennuis en traitant, alors qu'il pouvait t'entendre, le juge Jackson de vieille chenille à l'œil chassieux. »

Il me décocha soudain un de ses sourires narquois. « Vous savez bien que j'ai raison ! » Mais je refusais d'adopter le registre de la plaisanterie. « Qu'est-ce qui ne va pas, Jack ?

— Rien, répliqua-t-il en haussant les épaules. À part que ça ne me plaît pas de me retrouver ici au milieu de ces barbares demeurés. » Il me regarda en face. « Je regrette d'avoir causé des ennuis. Je ferai attention, désormais. »

Je savais Barak peu enclin à s'excuser, en général ; je hochai donc la tête pour reconnaître son effort. Toutefois j'étais sûr que son horreur du Nord n'expliquait pas tout. Songeur, je me remis à manger mon pâté, tandis que mon assistant contemplait la place du marché de ses yeux sombres et perçants. « Ils ont bien piètre allure, ces Yorkais .., déclara-t-il.

— Le commerce marche mal depuis des années. Et la dissolution des monastères a aggravé la situation. Ils possédaient beaucoup de bien ici, jadis. Il y a trois ou quatre ans de ça, tu aurais vu passer pas mal de soutanes de moines et de frères parmi cette foule.

— Eh bien, cette époque est révolue ! » Barak termina son pâté et s'essuya la bouche d'un revers de main.

Je me levai avec difficulté. « Allons chercher Wrenne pour obtenir nos instructions.

— Pensez-vous que nous aurons l'occasion de voir le roi quand il arrivera ? De près ?

— C'est possible. »

Il gonfla ses joues. J'étais ravi de constater que je n'étais pas le seul à être intimidé par cette perspective. « Et dans le cortège il y aura un vieil ennemi, ajoutai-je, qu'on aura intérêt à éviter. »

Il se retourna brusquement. « Qui donc ?

— Sir Richard Rich. Il arrivera avec le roi et le Conseil privé. Je le tiens de Cranmer. Alors, je te le répète, évite d'attirer l'attention sur nous. On devra s'efforcer de passer inaperçus. Dans la mesure du possible. »

Nous détachâmes les chevaux et les conduisîmes jusqu'à la porte où un autre garde armé d'une pique nous barra le passage. À nouveau je présentai mon ordre de mission ; levant son arme, le garde nous laissa pénétrer dans l'enceinte de la grande cathédrale qui se dressait devant nous.

2

« C EST PLUTÔT VASTE », commenta Barak.
Nous nous trouvions dans une cour pavée de belles dimensions entourée de bâtiments, que dominait la cathédrale.

« Il s'agit du plus grand édifice de la région du Nord. Il doit être presque aussi vaste que Saint-Paul. » Je contemplai le gigantesque portail sous l'arc gothique à la décoration complexe devant lequel des hommes d'affaires étaient en train de bavarder. Une foule de mendiants munis de leur sébile étaient assis sur les marches. Je fus tenté de jeter un coup d'œil à l'intérieur de l'édifice mais m'abstins, car Wrenne nous attendait depuis la veille. Me rappelant les indications, je remarquai un bâtiment dont la porte était surmontée des armes royales. « C'est juste après », dis-je. Nous menâmes les chevaux de l'autre côté de la cour, prenant garde de ne pas glisser sur les feuilles tombées des arbres plantés tout autour de l'enceinte.

« Savez-vous quelle sorte d'homme est ce Wrenne ? s'enquit Barak.

— Seulement qu'il est un avocat célèbre d'York qui a effectué pas mal de tâches officielles. Il est très âgé, je crois.

— Espérons qu'il ne s'agit pas d'un vieillard impotent qui n'a plus toute sa tête.

— Il doit être encore compétent puisqu'il organise la présentation des requêtes au roi. Et, à l'évidence, c'est un homme de toute confiance. »

Nous conduisîmes les chevaux le long d'une rue bordée de vieilles demeures serrées les unes contre les autres. On m'avait dit de chercher la maison qui faisait le coin à droite, laquelle s'avéra une haute construction à première vue très ancienne. Je frappai à la porte. Des pas traînants se firent entendre à l'intérieur et la porte s'ouvrit sur une femme âgée au visage rond et ridé entouré d'une coiffe blanche. Elle me dévisagea d'un air revêche.

« Oui ?

— Je suis bien chez messire Wrenne ?

— Z'êtes les Londoniens ? »

Son manque de déférence me fit quelque peu hausser les sourcils.

« En effet. Je suis Matthew Shardlake et voici mon assistant, maître Barak.

— On vous attendait hier. Mon pauv' maître s'est fait du mauvais sang.

— On s'est perdus dans la forêt de Galtres.

— Z'êtes pas les premiers ! »

J'indiquai les chevaux d'un signe de tête. « Nos montures et nous-mêmes sommes fatigués.

— Fourbus, renchérit Barak.

— Feriez mieux d'entrer, alors. J'vais demander au gamin de rentrer vos chevaux à l'écurie et de les étriller.

— Je vous en serais fort reconnaissant.

— Le maître est sorti pour affaires, mais il s'ra bientôt d'retour. J'suppose que vous aimeriez manger un morceau.

— Merci. Avec plaisir. » Le pâté avait à peine émoussé notre appétit.

La vieille femme pivota sur ses talons et nous conduisit en traînant les pieds à la grande salle haute de plafond, au centre de laquelle trônait, comme à l'ancienne mode, un âtre où flambait un généreux feu de bois. La fumée montait paresseusement vers le trou de la cheminée pratiqué tout en haut, dans le chevronnage noirci. De l'argenterie de bonne qualité était exposée sur le dressoir, mais le rideau accroché derrière la table placée sur une plateforme au fond de la salle avait l'air poussiéreux. Un faucon pèlerin au magnifique plumage gris se tenait sur un perchoir près du feu ; il tourna vers nous ses énormes yeux d'oiseau de proie, tandis que je fixais les tas de livres éparpillés partout, sur les sièges, sur le coffre en chêne, ou calés contre les murs en piles près de s'effondrer. Sauf dans une bibliothèque, je n'avais jamais vu autant de livres en un même lieu.

« Votre maître est grand amateur de livres, dis-je.

— Ça, on peut l'dire, répondit la vieille femme. J'm'en vais vous chercher de la potée », ajouta-t-elle. Et elle s'éloigna, toujours en traînant les pieds.

« De la bière serait également la bienvenue », lançai-je. Barak se laissa tomber sur un banc à dossier recouvert d'une épaisse peau de mouton et de coussins. Je pris un gros livre relié en vachette, l'ouvris et haussai immédiatement les sourcils. « Sangdieu ! C'est un ancien livre illustré à la main, comme en fabriquaient jadis les moines. » Je le feuilletai et reconnus une copie de l'*Histoire* de Bède, magnifiquement calligraphiée et illustrée.

« Je croyais que tous les exemplaires avaient été jetés aux flammes, déclara Barak. Il devrait prendre garde.

— Oui, en effet. Cela nous indique que ce n'est pas un réformateur. » Je replaçai le livre. Le nuage de poussière qui s'en éleva me fit toussoter. « Grand Dieu, la gouvernante bâcle le ménage !

— Sans doute, mais peut-être est-elle davantage qu'une gouvernante, puisqu'il semblerait que son âge s'accorde à celui de Wrenne. Je n'ai pas haute opinion de son goût, si c'est le cas. » Barak s'installa sur les coussins et ferma les yeux. Je m'assis dans un fauteuil, tentant de placer mes jambes ankylosées dans une position confortable. Je sentais mes yeux se clore eux aussi quand je fus brusquement tiré de ma torpeur par la réapparition de la vieille femme. Elle portait un plateau chargé de deux bols fumants de ragoût de pois cassés et de deux cruchons de bière. Nous nous jetâmes sur la nourriture. Le ragoût était fade, sans épices, mais nourrissant. Ensuite, Barak referma les yeux. Je pensai le réveiller d'un coup de coude, car il était impoli de s'endormir dans la salle de notre hôte, mais je savais qu'il était épuisé. Le lieu était calme, le bruit de la cour assourdi par les croisées à meneaux, et le feu crépitait faiblement. Je fermai les yeux moi aussi. Je frôlai de la main la poche où se trouvait le sceau de l'archevêque Cranmer et mes pensées remontèrent deux semaines plus tôt, au moment où avait débuté l'enchaînement des événements qui m'avaient conduit à l'endroit où je me trouvais à présent.

L'année écoulée n'avait pas été facile pour moi. Depuis la chute de Thomas Cromwell, j'avais perdu un certain nombre de clients car il pouvait s'avérer dangereux de fréquenter ceux qui lui avaient été associés. En outre, j'avais défié les conventions en défendant le London Guildhall – le palais des Corporations de Londres – contre Stephen Bealknap un confrère avocat de Lincoln's Inn, l'une des quatre écoles de droit de Londres. Bealknap était sans doute l'un des pires voyous placés par Dieu sur terre, mais cela ne m'avait pas empêché d'enfreindre le principe de la solidarité professionnelle en plaidant contre lui. En conséquence, certains confrères, qui naguère m'auraient passé des dossiers, m'évitaient dorénavant. Le fait que Bealknap jouissait de la protection de sir Richard Rich, chancelier de la Cour des augmentations, un des hommes les plus puissants du pays, n'arrangeait pas les choses. Puis, au début du mois de septembre, j'avais appris le décès de mon père. J'étais encore bouleversé et abattu lorsqu'un matin, en arrivant à mon cabinet, je trouvai Barak qui m'attendait, l'air inquiet.

« Je dois vous parler, monsieur. » Après avoir jeté un coup d'œil à Skelly, mon premier clerc, occupé à copier un texte – ses lunettes reflétant la lumière venue de la fenêtre –, il pointa le menton vers mon bureau. J'opinai du chef.

« Un messager est venu pendant votre absence, déclara-t-il, une fois la porte refermée. Envoyé par Lambeth Palace. L'archevêque Cranmer en personne désire vous y voir à huit heures ce soir. »

Je m'affalai sur mon siège. « Je croyais en avoir fini avec les visites aux grands hommes. » Je fixai sur Barak un regard perçant, car la mission dont nous avait chargés Thomas Cromwell l'année précédente nous avait valu de puissants ennemis. « Cela annonce-t-il un danger pour nous ? As-tu eu vent de rumeurs ? » Je savais qu'il possédait toujours des accointances dans les bas-fonds de la Cour.

« Non. Pas depuis qu'on m'a assuré que nous n'avions rien à craindre. »

Je poussai un profond soupir. « Bon. Eh bien, on verra ! »

Ce jour-là, j'eus du mal à me concentrer sur mon travail. Je partis tôt pour rentrer dîner à la maison. Comme j'arrivais au portail, j'aperçus une haute et mince silhouette vêtue d'une robe de belle soie, et distinguai des mèches blondes s'échappant du bonnet. Stephen Bealknap. L'avocat le plus retors et le plus rapace que j'aie jamais rencontré. Il me fit un salut.

« Confrère Bealknap, dis-je poliment, utilisant l'appellation qu'exigeaient les conventions de l'école de droit.

— Confrère Shardlake. Il paraît que la date de notre procès à la cour de la chancellerie n'est pas encore fixée. Ils sont si lents ! » déclara-t-il en secouant la tête, alors que je le savais ravi du retard. L'objet du litige était un petit monastère dissous qu'il avait acheté près de Cripplegate. Il l'avait transformé en un immeuble de location délabré aux égouts défectueux qui avaient causé de graves ennuis aux voisins. Il s'agissait de déterminer si, comme jadis c'était le cas pour le monastère, il n'avait pas à se soumettre au règlement du City Council, le conseil municipal. Le soutien que Richard Rich, qui s'occupait des biens des communautés démantelées, apportait à Bealknap s'expliquait : si celui-ci perdait le procès, la valeur de ces propriétés diminuerait.

« Le bureau des Six Clercs semble incapable d'expliquer le retard », dis-je à Bealknap. J'avais envoyé Barak – qui savait se montrer intimidant quand il le souhaitait – les admonester, en pure perte. « Peut-être votre ami Richard Rich serait-il au courant. » Je regrettai immédiatement d'avoir prononcé ces mots, ce qui revenait à accuser de corruption le chancelier des Augmentations. Cette maladresse montrait à quel point j'étais sous pression.

« Confrère Shardlake, vous êtes un méchant garnement de proférer de telles allégations. Que dirait l'intendant de l'école ? »

Je me mordis les lèvres. « Désolé. Je retire mes paroles. »

Bealknap me fit un large sourire, révélant d'atroces dents jaunes.

« Je vous pardonne, confrère. Quand on n'a guère de chances de gagner un procès, il arrive que l'anxiété vous pousse à vous laisser aller à des inepties. »

Sur ce, il me fit un salut, avant de poursuivre son chemin. Je le regardai s'éloigner, regrettant de ne pouvoir lui botter son arrière-train osseux.

Après le dîner, j'enfilai ma robe d'avocat et pris un bachot pour me rendre à Lambeth Palace par le fleuve. Londres était calme, comme durant tout cet été-là, le roi et la Cour se trouvant dans le nord de l'Angleterre. Au printemps, après avoir appris qu'une nouvelle rébellion avait été tuée dans l'œuf au Yorkshire, le roi avait décidé d'effectuer un voyage en grande pompe dans le Nord afin d'impressionner ses habitants. On disait que le roi et ses conseillers avaient été extrê-mement inquiets. À juste titre… Cinq ans plus tôt, tout le nord de l'Angleterre s'était rebellé contre les changements religieux, et le Pèlerinage de la Grâce, comme s'était appelée l'armée des rebelles, avait rassemblé trente mille hommes. Usant de fausses promesses, le roi les avait poussés à se débander, avant de lever des troupes pour les anéantir.

Du début à la fin du mois de juin, les pourvoyeurs du roi avaient écumé tout Londres, vidant les boutiques et les entrepôts des vivres et autres fournitures car, affirmaient-ils, trois mille personnes allaient faire partie de l'escorte Il était difficile de comprendre ce qui motivait la formation d'un cortège aussi nombreux, équivalant à la population d'une petite ville. Quand le convoi se mit en route à la fin juin, la file de chariots s'étirait, paraît-il, sur près d'une demi-lieue, et Londres avait été étrangement calme durant tout cet été pluvieux.

Le batelier dépassa la tour des Lollards, à l'extrémité nord de Lambeth Palace, et dans le jour déclinant je vis une lumière briller à la fenêtre de la prison située au sommet de la tour où étaient détenus les hérétiques placés sous la garde de l'archevêque. Selon certains, c'était l'œil de Cranmer dardé sur Londres. Nous mouillâmes devant les grands escaliers. Un garde me fit entrer et traverser la cour jusqu'à la grande salle, où il me laissa seul.

Je restai debout, admirant le magnifique plafond à caissons. Un clerc en robe noire s'approcha à pas feutrés. « L'archevêque va vous recevoir », murmura-t-il, avant de me conduire le long d'un labyrinthe de couloirs sombres, ses pas faisant bruisser les nattes de jonc qui tapissaient le sol.

Nous arrivâmes à un petit cabinet de travail bas de plafond. Assis derrière son bureau, Thomas Cranmer lisait des journaux à la lumière d'un chandelier placé à côté de lui. Un feu flambait allégrement dans la cheminée. Je fis une profonde révérence à l'archevêque qui avait rejeté l'autorité du pape, marié le roi à Anne Boleyn, et avait été l'ami et le compère de Thomas Cromwell dans tous les projets de réforme. À la chute de Cromwell, beaucoup s'étaient attendus que Cranmer fût décapité lui aussi, or il avait survécu malgré la fin des réformes, et pendant son absence Henri lui avait confié la charge du gouvernement. On disait qu'il était la personne en qui le roi avait le plus confiance.

D'une voix calme et profonde il m'invita à m'asseoir. Jusqu'alors je ne l'avais aperçu que de loin, en chaire. Il portait une robe ecclésiastique blanche et une étole de fourrure mais avait ôté son bonnet, révélant une chevelure fournie poivre et sel. Je fus frappé par la pâleur de sa large face ovale, les rides autour de ses lèvres charnues, mais surtout par ses grands yeux bleu foncé. Pendant qu'il m'étudiait, je lisais sur son visage l'inquiétude, le débat intérieur et la passion.

« Vous êtes donc Matthew Shardlake, dit-il, en me gratifiant d'un sourire bienveillant pour me mettre à l'aise.

— Monseigneur… »

Je m'assis sur une chaise de bois placée en face de lui. Une grande croix pectorale en argent massif luisait sur sa poitrine.

« Comment vont les affaires à Lincoln's Inn ? demanda-t-il.

— On a connu des jours meilleurs, répondis-je, après un instant d'hésitation.

— Les temps sont durs pour ceux qui ont travaillé pour le comte Cromwell.

— Certes, monseigneur, fis-je avec prudence.

— J'aimerais bien qu'on enlève sa tête du London Bridge. Je la vois chaque fois que je traverse le pont. Ce que les mouettes en ont laissé…

— C'est un triste spectacle.

— Je lui avais rendu visite à la Tour. Je l'ai confessé. Il m'a parlé de la dernière mission qu'il vous avait confiée. »

J'écarquillai les yeux et frissonnai malgré la chaleur du feu. Ainsi donc, Cranmer était au courant.

« J'ai parlé au roi de la quête du feu grégeois. Il y a quelques mois de cela. » Je retins mon souffle mais l'archevêque sourit et leva une main ornée de bagues. « J'ai attendu que se soit calmée sa colère contre lord Cromwell à cause du mariage avec Anne de Clèves et qu'il ait commencé à regretter ses bons conseils. Ceux qui ont été responsables de cette affaire marchent sur des œufs, à présent. Bien qu'ils nient en avoir été à l'origine, ils avaient alors menti et trahi la vérité. »

Une affreuse pensée me glaça les sangs. « Monseigneur... le roi est-il au courant du rôle que j'y ai joué ? »

Il secoua la tête d'un air rassurant. « Lord Cromwell m'a demandé de ne pas le lui révéler. Il savait que vous l'aviez servi du mieux que vous pouviez et que vous préfériez redevenir un citoyen ordinaire. »

Cromwell, ce grand homme, dur, sur le point de connaître une mort atroce, m'avait donc considéré avec bienveillance jusqu'à ses dernières heures. Je sentis soudain des larmes me picoter le coin des yeux.

« Quelles que soient les mesures sévères qu'il a prises, il possédait de grandes qualités, messire Shardlake. J'ai dit au roi que seuls les subordonnés de lord Cromwell avaient été impliqués. Sa Majesté en est restée là, malgré sa colère contre ceux qui l'ont trompée. Récemment, le roi a déclaré au duc de Norfolk qu'il aurait voulu pouvoir faire revenir Cromwell, qu'on avait usé de mensonges pour le pousser à faire exécuter le plus grand serviteur qu'il ait jamais eu. Et c'est la pure vérité, en effet. » Cranmer posa sur moi un regard grave. « Lord Cromwell m'a affirmé que vous étiez un homme exceptionnellement discret, capable de garder le secret, même à propos d'affaires de la plus haute importance.

— Cela fait partie de mon métier. »

Il sourit. « Dans ce foyer de ragots, les écoles de droit ? Non, le comte a souligné que votre discrétion n'était pas monnaie courante. »

Je me rendis brusquement compte que, à la Tour, Cromwell avait indiqué à Cranmer le nom de personnes pouvant lui être d'une certaine utilité.

« J'ai appris avec peine la mort de votre père », reprit l'archevêque.

J'écarquillai les yeux. Comment était-il au courant ? Il surprit mon regard et fit un sourire affligé.

« J'ai demandé à l'intendant de Lincoln's Inn si vous vous trouviez à Londres et il m'a alors appris la triste nouvelle. Je souhaitais vous parler, voyez-vous. Que Dieu garde l'âme de votre père !

— Amen, monseigneur.

— Il vivait à Lichfield, n'est-ce pas ?

— Oui, et je dois m'y rendre dans deux jours. Pour l'enterrement.

— Le roi est désormais très au nord de ce lieu. À Hatfield. La caravane royale a connu moult difficultés à cause de toutes les pluies du mois de juillet. Les courriers ont été retardés, ce qui a parfois rendu difficile l'interprétation des désirs du roi. » Il secoua la tête ; une expression d'inquiétude passa sur son visage, confirmant la rumeur que Cranmer n'était pas un politicien habile.

« Nous avons eu un été médiocre, renchéris-je. Aussi pluvieux que celui de l'année dernière avait été sec.

— Heureusement que cela s'est depuis peu amélioré. Le temps avait rendu la reine malade.

— D'aucuns affirment qu'elle est enceinte », risquai-je.

L'archevêque se renfrogna. « Ce sont des ragots. » Il se tut quelques instants comme s'il réfléchissait à la question, puis enchaîna : « Comme vous le savez, l'escorte comporte de nombreux avocats. Il s'agit de la parade royale la plus imposante jamais effectuée en Angleterre et on a besoin d'eux pour apaiser les querelles qui risquent de surgir au sein de la Cour ou avec les fournisseurs en cours de route. » Il prit une profonde inspiration. « En outre, le roi a promis aux Nordistes le bénéfice de sa justice. Comme, dans chaque ville, il invite les habitants à présenter leurs requêtes et leurs plaintes contre les autorités locales, des avocats ont été mandatés pour trier les doléances, en extirper les insignifiantes et les farfelues, arbitrer quand ils le pourront et envoyer le reste au Conseil du Nord. L'un des avocats du roi est mort d'une pneumonie, le malheureux. Les bureaux du grand chambellan nous ont fait parvenir un message priant le Conseil d'envoyer un remplaçant qui devra rejoindre le cortège à York, car il y aura beaucoup à faire dans cette ville. Je me suis alors souvenu de vous.

— Ah ! » Je ne m'étais pas attendu à cela... Il s'agissait d'une faveur, en fait.

« Et voilà qui arrive fort à propos, puisque vous deviez faire la moitié du chemin ! Vous reviendrez le mois prochain avec le cortège et ramènerez cinquante livres pour vos peines. Sachant que vous n'aurez droit qu'à un serviteur, emmenez votre assistant plutôt qu'un valet de chambre. »

L'offre était généreuse, même en regard des fortes sommes que rapportait le service du roi. J'hésitai néanmoins, n'ayant absolument aucune envie d'avoir à nouveau affaire à la Cour. Je pris une profonde inspiration.

« Monseigneur, il paraît que sir Richard Rich fait partie de l'escorte.

— Ah oui ! vous vous êtes fait un ennemi de Rich à propos de l'histoire du feu grégeois.

— Et je suis en train de m'occuper d'un dossier dans lequel il possède certains intérêts. Rich saisira la moindre occasion pour me nuire. »

L'archevêque secoua la tête. « Vous n'avez pas besoin d'avoir quelque rapport que ce soit avec Rich ni avec n'importe lequel des conseillers du roi. Il est là en qualité de chancelier de la Cour des augmentations afin de conseiller le roi sur la répartition des terres saisies aux rebelles du Yorkshire. Les conseillers et le roi ne s'occupent guère des placets, ce sont les avocats qui se chargent de tout. »

Certes, cette mission résoudrait mes problèmes financiers et me permettrait de faire face à mes responsabilités vis-à-vis de mon père. En outre, la perspective d'assister à ce spectacle grandiose ne me laissait pas indifférent. Nul doute que ce serait le voyage de ma vie le plus important, et cela me distrairait peut-être de mon chagrin. Mais mon hésitation persistait.

L'archevêque inclina la tête. « Décidez-vous, messire Shardlake, je dispose de peu de temps.

— J'accepte, monseigneur, et je vous remercie. »

Il opina du chef. « Fort bien. » Puis il se pencha en avant, les lourdes manches de sa tunique bruissant au moment où elles effleurèrent les papiers sur son bureau. « Je voudrais également vous confier une petite mission personnelle. Je souhaiterais que vous fassiez quelque chose pour moi à York. »

Je retins mon souffle. Je l'avais laissé me tendre un piège. C'était donc un bon politicien, quoi qu'on en dise.

Il vit mon expression et secoua la tête. « N'ayez crainte, monsieur. Vous ne courez aucun danger dans cette affaire, et il s'agit d'une mission tout à fait vertueuse. Elle requiert seulement une certaine autorité personnelle... et surtout, précisa-t-il, ses yeux perçants plantés sur moi, de la discrétion. »

Je serrai les lèvres. Il joignit la pointe de ses doigts. « Vous connaissez le but de ce "grand voyage" dans le Nord ? demanda-t-il.

— Montrer le pouvoir du roi dans cette région rebelle, y rétablir son autorité.

— On dit que le Nord a été la dernière région créée par Dieu, s'emporta soudain Cranmer. Elle est habitée par des barbares, encore embourbés dans l'hérésie papiste. »

Je hochai la tête sans rien dire, attendant qu'il abatte ses cartes.

« Lord Cromwell avait installé un gouvernement autoritaire dans le Nord après la rébellion qui y avait éclaté il y a cinq ans. Le nouveau Conseil du Nord emploie de nombreux espions, et heureusement car le complot qu'il a découvert au printemps était grave. » Il me fixa de ses yeux passionnés. « La fois précédente, les conspirateurs avaient seulement demandé au roi de se débarrasser des conseillers réformistes. »

Comme toi-même, pensai-je. Ils auraient souhaité brûler vif Cranmer.

« Cette fois-ci, ils ont traité le roi de tyran et ont cherché à le renverser. Les Nordistes préparaient une alliance avec les Écossais, bien qu'ils les aient toujours détestés, les jugeant encore plus barbares qu'eux-mêmes. Mais les Écossais sont eux aussi des papistes.

Si la conjuration n'avait pas été découverte, Dieu seul sait ce qui se serait passé. »

Je pris une profonde inspiration. Il me confiait des secrets que j'aurais préféré ne pas entendre. Des secrets qui me liaient à lui.

« Tous les conspirateurs n'ont pas été neutralisés. Un bon nombre d'entre eux se sont enfuis dans les montagnes de la région. Nous avons encore beaucoup à apprendre sur leur projets. Un conspirateur yorkais vient d'être arrêté dans cette ville et l'on doit le ramener à Londres par bateau. Sir Edward Broderick. » Il serra les lèvres très fort et, l'espace d'un instant, la peur se lut sur son visage.

« Le projet des comploteurs comporte une face cachée que connaissaient seulement un nombre restreint d'entre eux. Or nous croyons que Broderick est l'un de ceux-là. Il vaut mieux que vous ignoriez cet aspect des choses. Seul le roi est au courant, ainsi qu'un petit groupe de conseillers de toute confiance. Broderick refuse de parler. Le roi a envoyé des interrogateurs à York mais ils n'ont rien pu tirer de lui, il est aussi têtu que Lucifer. On le transportera de York à Hull dans une voiture plombée, mêlée au cortège, avant de l'amener à Londres par bateau, sous la garde d'hommes totalement sûrs et d'une loyauté à toute épreuve. Le roi désire se trouver à Londres quand Broderick sera interrogé, et il paraît plus sûr de lui faire subir l'interrogatoire à la Tour, où l'on peut compter sur les questionneurs et sur la technique qu'ils emploieront pour lui arracher des aveux. »

Je savais ce que cela signifiait : la torture. « En quoi cela m'implique-t-il, monseigneur ? »

Sa réponse me surprit. « Je veux que vous fassiez en sorte qu'il soit toujours vivant et en bonne santé quand il arrivera ici.

— Mais ne sera-t-il pas sous la garde du roi ?

— Le duc de Norfolk étant chargé de l'organisation du voyage, c'est lui qui a choisi le geôlier de Broderick. Il s'agit d'un homme de toute confiance. Pourtant, même lui n'a pas été informé des soupçons que nous nourrissons à propos de son prisonnier. Il garde Broderick dans la prison du château d'York. Il s'appelle Fulke Radwinter.

— Ce nom ne me dit rien, monseigneur.

— Le choix a dû s'effectuer en toute hâte et je m'en suis préoccupé. » L'archevêque pinça les lèvres tout en jouant avec un sceau de laiton posé sur son bureau. « Radwinter possède de l'expérience en tant que gardien et… interrogateur d'hérétiques. Sa foi est réelle et sincère et l'on peut se fier à lui pour surveiller Broderick de près. » Il prit une profonde inspiration. « Toutefois il arrive à Radwinter de se montrer trop sévère. Une fois, un prisonnier est… mort. » Il fronça les sourcils. « Je souhaite la présence d'une tierce personne afin de garder un œil sur le traitement infligé à Broderick jusqu'au moment où il pourra être amené à Londres.

— Je vois.

— J'ai déjà écrit au duc de Suffolk et obtenu son assentiment. Il comprend mon point de vue, me semble-t-il. » Il s'empara du sceau et le plaça devant moi. C'était une grosse plaque ovale, portant sur les côtés les noms de Cranmer et de sa charge, inscrits en latin, et en son centre la scène de la flagellation du Christ. « Je souhaite que vous preniez ceci comme symbole de votre pouvoir. Vous serez responsable de l'état de santé de Broderick, d'abord à York et ensuite durant le trajet jusqu'à Londres. Vous ne lui adresserez la parole que pour vous enquérir s'il se porte bien, afin qu'il ne lui arrive pas malheur. Radwinter sait que j'envoie quelqu'un et il respectera ma décision. » Il fit un nouveau sourire, ce sourire triste qui lui était propre. « C'est mon employé. Il garde les prisonniers dont j'ai la charge, dans la tour des Lollards.

— Je comprends, dis-je simplement.

— Si le prisonnier est attaché trop serré, desserrez ses liens, sans qu'il risque toutefois de s'échapper. S'il a faim, donnez-lui à manger. S'il est malade, assurez-vous qu'il reçoive des soins... N'est-ce pas là une mission charitable ? ajouta-t-il en souriant.

— Monseigneur, répondis-je, j'ai accepté de me rendre à York pour participer à la présentation au roi des placets. Mes missions passées concernant les affaires d'État m'ont beaucoup coûté en matière de tranquillité d'esprit. Je souhaiterais désormais redevenir, comme l'a indiqué lord Cromwell, un citoyen ordinaire. J'ai vu des gens mourir de manière absolument atroce...

— Alors assurez-vous pour moi qu'un homme vive, et dans des conditions décentes, répliqua Cranmer d'une voix tranquille. Je ne vous demande rien d'autre, et je pense que vous êtes l'homme de la situation. J'ai jadis été moi aussi un citoyen ordinaire, messire Shardlake, professeur à l'université de Cambridge. Jusqu'au jour où le roi m'en a tiré pour que je le conseille à propos du "grand divorce". Il arrive que Dieu nous appelle pour accomplir un devoir difficile. Dans ce cas... (son regard se fit à nouveau acéré)... nous devons trouver le courage de l'assumer. »

Je scrutai son visage. Si je refusais, je risquais sans aucun doute de perdre ma place dans le cortège et serais alors dans l'impossibilité de payer l'hypothèque de la ferme. J'avais déjà des ennemis à la Cour, il valait mieux que j'évite de m'aliéner également l'archevêque. J'étais piégé. Je pris une profonde inspiration.

« Très bien, monseigneur ! »

Il sourit. « Dès demain, je ferai porter chez vous votre ordre de mission concernant votre rôle d'avocat durant le voyage. » Il saisit le sceau et le plaça dans ma main. Il était très lourd. « Et voici le symbole de mon autorité que vous montrerez à Radwinter. Aucun document écrit.

— Puis-je mettre au courant Barak, mon assistant ?

— Oui. Je sais que lord Cromwell lui faisait confiance, bien qu'il ait déclaré que vous n'étiez ni l'un ni l'autre des réformateurs zélés. » Il posa soudain sur moi un regard interrogateur. « Quoique vous l'ayez été jadis.

— J'ai fait mon devoir en mon temps. »

Il opina du chef. « Je le sais. Vous êtes l'un de ceux qui ont travaillé au début pour ramener l'Église à la vérité religieuse. » Il planta sur moi son regard perçant. « La vérité selon laquelle le véritable chef de l'Église d'Angleterre n'est pas l'évêque de Rome, mais le roi, placé par Dieu au-dessus de son peuple pour le guider en tant que chef suprême. Quand la conscience du roi se meut, c'est Dieu qui parle à travers lui.

— Oui, monseigneur, dis-je, même si je n'y avais jamais cru.

— Ces conspirateurs sont des hommes dangereux et mauvais. Des mesures sévères ont dû être prises. À contrecœur, mais nous y avons été contraints. Afin de protéger l'œuvre accomplie. Même s'il y a encore beaucoup à faire pour bâtir la communauté chrétienne en Angleterre.

— Certes, monseigneur. »

Il sourit, interprétant mes paroles comme un accord. « Eh bien, bon vent, messire Shardlake. Et puisse Dieu guider votre entreprise ! » Il se leva pour m'indiquer que l'entretien était clos et je quittai la pièce en faisant plusieurs révérences. Comme je m'éloignais je pensai qu'il ne s'agissait pas là d'une mission de charité. Je protégerais un homme pour qu'il soit en état d'affronter les tortionnaires de la Tour. Et qu'avait bien pu faire ce Broderick pour amener dans les yeux de Cranmer cette lueur d'effroi ?

Ma songerie fut interrompue par un bruit de voix de l'autre côté de la porte. Je réveillai Barak d'un léger coup de pied. Nous nous mîmes debout en toute hâte, et la douleur de nos courbatures nous arracha à tous deux une grimace. La porte s'ouvrit sur un homme vêtu d'une robe d'avocat passablement élimée. Messire Wrenne était un homme bien charpenté, très grand, qui dépassait Barak d'une tête. Je fus soulagé de constater que, malgré son âge avancé et son visage carré marqué de profondes rides, il marchait bien droit, d'un pas ferme, et que ses yeux bleus, à peine dissimulés sous des cheveux d'un blond-roux terni, étaient très vifs. Il me saisit la main.

« Messire Shardlake ! lança-t-il d'une voix claire, fortement marquée par l'accent local. Confrère Shardlake, devrais-je dire plutôt... Giles Wrenne. Quel plaisir de vous voir ! Nous craignions que vous ayez eu quelque accident en route. »

Je notai que, pendant qu'il m'étudiait, il ne laissait pas son regard s'attarder sur ma bosse, contrairement à la plupart des gens. C'était un homme délicat.

« Je me suis égaré, hélas ! Permettez-moi de vous présenter Jack Barak, mon assistant. »

Celui-ci inclina le buste avant de serrer la main que lui offrait Wrenne.

« Seigneur Dieu ! voici une poignée de main exceptionnellement vigoureuse pour un secrétaire d'avocat ! s'exclama le vieil homme en lui donnant une claque sur l'épaule. Ravi de faire votre connaissance. De nos jours nos jeunes gens font trop peu d'exercice, et la plupart de nos clercs ont des mines de papier mâché... » Il regarda les bols vides. « Je vois que ma bonne Madge vous a donné à manger. Excellent ! » Il se dirigea vers la cheminée. Le faucon se tourna vers lui, faisant tinter la clochette attachée à sa patte, et laissa Wrenne lui caresser le cou. « Alors, ma vieille Octavie, tu es restée bien au chaud ? » Il s'adressa de nouveau à nous, le sourire aux lèvres : « Cet oiseau et moi avons chassé ensemble dans la campagne yorkaise durant un grand nombre d'hivers, mais nous sommes tous les deux trop vieux, désormais. Rasseyez-vous, je vous en prie. Je regrette de ne pouvoir vous héberger durant votre séjour en ville. » Il s'installa avec précaution dans un fauteuil et jeta un regard triste aux livres et au mobilier poussiéreux. « Depuis la mort de ma pauvre femme, il y a trois ans, je crains de ne pas avoir suivi son exemple en matière de ménage. Un homme seul... Je n'ai pour serviteurs que Madge et un jeune valet. Madge se fait vieille, et l'on ne peut lui demander de s'occuper de trois personnes. C'était la femme de chambre de mon épouse. »

Au temps pour la théorie de Barak ! pensai-je.

« Nous sommes logés à Sainte-Marie, mais je vous remercie.

— Certes, fit Wrenne en souriant tout en se frottant les mains. Et il y aura beaucoup de choses intéressantes à y observer... Le cortège dans toute sa splendeur quand il arrivera... Mais vous avez sans doute besoin de repos. Je vous propose de revenir tous les deux demain matin à dix heures et nous pourrons passer la journée à examiner les placets.

— Très bien. Il semble qu'on fasse beaucoup de travaux à Sainte Marie », ajoutai-je.

Le vieil homme hocha la tête. « On dit que bon nombre de

merveilleuses constructions sont en cours d'érection. Et que Lucas Horenbout s'y trouve pour tout superviser.

— Horenbout ? L'artiste hollandais du roi ? »

Wrenne opina du chef, son éternel sourire aux lèvres. « La rumeur suggère que c'est le plus grand décorateur du pays après Holbein.

— En effet. Je ne savais pas qu'il était là.

— Il paraît que l'on prépare l'endroit pour quelque cérémonie grandiose. Je ne l'ai pas vu, car seuls ceux qui ont quelque chose à y faire ont le droit d'entrer dans Sainte-Marie. Certains prétendent que la reine est enceinte et qu'elle doit y être couronnée. Mais personne ne peut l'affirmer… Avez-vous entendu dire quelque chose à ce sujet ? ajouta-t-il.

— Seulement les mêmes rumeurs. » Je me rappelai l'agacement de Cranmer quand j'avais abordé le sujet.

« Ah, bien ! Nous, les gens d'York, nous le saurons quand on jugera bon de nous mettre au courant. »

Je le dévisageai, curieux de la note d'amertume que je venais de percevoir sous le franc-parler.

« Peut-être la reine Catherine sera-t-elle couronnée, dis-je. Après tout, voilà plus d'un an qu'elle est en place. » Je fis cette remarque délibérément, dans le but d'indiquer que je n'étais pas l'une de ces personnes guindées au service du roi qui ne parlent de Sa Majesté que d'un ton révérencieux.

Wrenne hocha de nouveau la tête, tout sourire, pour montrer qu'il avait compris. « Eh bien ! nous avons du pain sur la planche. Je suis content que vous m'aidiez. Nous allons devoir éliminer les requêtes stupides, telles que celle de l'homme, dont j'ai lu le dossier hier, qui cherche querelle au Conseil du Nord à propos d'un pouce de terre. » Il éclata de rire. « Mais, confrère, vous devez avoir l'habitude de ce genre d'inepties.

— En effet. Je suis spécialiste de droit foncier.

— Vous allez regretter de m'en avoir informé, monsieur. » Il fit un clin d'œil à Barak. « Car désormais je vais vous confier tous les dossiers fonciers. Je garderai les dettes et les différends avec les autorités subalternes.

— Ne s'agit-il que de ce genre d'affaires ? demandai-je.

— Oui, dans l'ensemble. » Il haussa les sourcils. « On m'a expliqué que l'important était de montrer que le roi s'intéresse à ses sujets du Nord. Nous arbitrerons les petites querelles sous l'autorité du roi, renvoyant les plus graves devant le Conseil royal.

– Comment allons-nous mener nos arbitrages ?

— Au cours d'audiences sans protocole et grâce à une délégation de pouvoir. Je présiderai les séances, en votre compagnie et en celle d'un représentant du Conseil du Nord. Avez-vous déjà effectué ce genre d'arbitrage ?

— Oui. Ainsi donc, le roi n'interviendra pas personnellement dans les petits dossiers ?

— C'est cela. Il se peut cependant que nous le rencontrions. »

Barak et moi nous redressâmes brusquement tous les deux. « Comment cela, monsieur ? »

Wrenne inclina la tête. « Depuis Lincoln, dans toutes les villes et autres lieux, le roi a reçu les suppliques des nobliaux du coin et des échevins qui, il y a cinq ans, se trouvaient avec les rebelles, implorant son pardon à genoux. Il cherche à se les attacher à nouveau en leur faisant prononcer des serments d'allégeance. Il est intéressant de noter qu'ordre a été donné d'empêcher qu'un trop grand nombre de solliciteurs ne se regroupent en même temps. L'entourage du roi a toujours peur, voyez-vous. Un millier de soldats escortent le cortège et l'artillerie royale a été envoyée à Hull par bateau.

— Mais il n'y a pas eu de troubles ? »

Il secoua la tête. « Aucun. Mais il s'agit avant tout de mettre en scène la reddition la plus humiliante. Ici, à York, les suppliques doivent constituer le spectacle le plus majestueux qui soit. Vendredi, les échevins rencontreront le roi et la reine devant les murs de la ville, vêtus d'humbles tuniques, afin de jurer allégeance et de présenter leurs excuses pour avoir laissé les rebelles s'emparer d'York et en faire leur capitale en 1536. Les habitants de la ville n'assisteront pas à la cérémonie, d'une part parce que ce ne serait pas bon pour le peuple de voir leurs édiles ainsi humiliés (Wrenne arqua ses épais sourcils) et, d'autre part, parce que ce spectacle risquerait, en fait, de les monter contre le roi. Les échevins doivent offrir des présents à Leurs Majestés, de grandes coupes pleines de pièces. On a fait la quête auprès des habitants. » Il eut un sourire narquois. « Ils ont cédé à d'amicales pressions. » Il prit une profonde inspiration. « Et on parle de nous faire assister, nous les avocats du roi, à la cérémonie afin de lui présenter officiellement les requêtes.

— On sera donc jetés au cœur de la mêlée. » Et ce, malgré les promesses de Cranmer, pensai-je à part moi.

« Ce n'est pas impossible. Tankerd, le sénéchal, est dans tous ses états à propos du discours qu'il doit prononcer. Les édiles envoient constamment des courriers au duc de Suffolk pour s'assurer que tout est préparé selon les désirs du roi. » Il sourit. « J'avoue que je suis extrêmement curieux de rencontrer le roi. Il quitte Hull demain, me semble-t-il. Le cortège est resté beaucoup plus longtemps que prévu à Pontefract, puis s'est rendu à Hull avant de venir à York. Et apparemment le roi retournera à Hull après son séjour ici. Il veut réorganiser les fortifications de cette ville. » Et c'est là, pensai-je, que nous embarquons le prisonnier dans un bateau.

« Quand cela aura-t-il lieu ? demandai-je.

— Au début de la semaine prochaine, à mon avis. Le roi ne va rester ici que quelques jours. » Il planta à nouveau sur moi son regard perçant. « Peut-être avez-vous déjà vu le roi, étant donné que vous êtes londonien ?

— Je l'ai aperçu dans la procession du couronnement de Nan Boleyn. Mais seulement de loin, soupirai-je. Ma foi, si nous devons assister à la cérémonie, je me félicite d'avoir apporté ma plus belle robe et mon bonnet neuf. »

Il opina du chef. « Certes. » Il se leva avec une lenteur qui révélait son âge. « Bon, monsieur, vous devez être fatigué après votre long voyage... Vous devriez rejoindre votre logement et prendre du repos.

— C'est vrai. Nous sommes rompus.

— Au fait, vous allez entendre beaucoup de mots étranges par ici. Peut-être vous sera-t-il utile de savoir que *gate* – qui ailleurs veut dire "porte" – signifie ici "rue", et que *bar* indique une porte de la ville. »

Barak se gratta la tête. « Je vois... »

Wrenne sourit. « Je vais demander qu'on aille chercher vos chevaux. »

Nous prîmes congé du vieil homme et chevauchâmes jusqu'à la porte de l'enceinte de la cathédrale.

« Eh bien, dis-je à Barak, messire Wrenne semble être un brave homme.

— Oui. Il a le sens de l'humour, pour un avocat... Bien, où est-ce qu'on va maintenant ?

— On ne peut plus repousser l'échéance, soupirai-je. On doit se rendre à la prison. »

3

UNE FOIS FRANCHIE LA PORTE DE L'ENCEINTE DE LA CATHÉDRALE, nous fîmes halte, hésitant sur le chemin à prendre pour gagner le château. J'interpellai un gamin aux cheveux filasse et lui offris un liard pour nous indiquer la route. Il leva vers nous un regard suspicieux.

« Montrez-moi d'abord vot' liard, m'sieu !

— Le voici ! fis-je en brandissant la pièce. Bon, maintenant, où se trouve le château, petit ? »

Il indiqua la direction d'un geste. « Passez par l'marché à la viande. Vous l'trouverez grâce à l'odeur. Traversez la place après et alors vous verrez la tour du château. »

Je lui donnai le liard. Il attendit qu'on se soit un peu éloignés puis lança : « Sales hérétiques de Sudistes ! » avant de disparaître dans une venelle. Quelques passants sourirent.

« On n'est pas très aimés, hein ? dit Barak.

— En effet. Je pense qu'ils croient tous les habitants du Sud partisans de la nouvelle religion.

— Ici, ce sont donc tous des papistes impénitents ?

— Oui. Ils n'apprécient pas cette nouvelle félicité évangélique », répondis-je d'un ton narquois. Barak haussa les sourcils. Il ne confiait jamais ses opinions en matière de religion, mais je le soupçonnais depuis longtemps de penser comme moi que ni les évangélistes ni les papistes n'étaient vraiment dignes d'estime. Je savais qu'il regrettait toujours Thomas Cromwell, mais sa fidélité à son ancien maître était plus personnelle que religieuse.

Nous traversâmes la foule avec moult précautions. Les vêtements de Barak, comme les miens, étaient couverts de poussière, et, après notre chevauchée de plusieurs jours, son rude et beau visage était hâlé sous son bonnet plat noir.

« Le vieux Wrenne était curieux de savoir si la reine était enceinte, dit-il.

— Comme tout le monde. Le roi n'a qu'un fils, la dynastie ne tient qu'à un fil puisqu'elle dépend de la vie d'un seul héritier.

— Un de mes anciens compagnons à la Cour m'a dit que le roi a failli mourir au printemps, à cause d'un ulcère à la jambe. On devait le pousser dans tout le palais de Whitehall dans un petit fauteuil roulant. »

Je le fixai avec intérêt. Il récoltait de piquantes anecdotes auprès de ses anciens camarades espions ou intermédiaires au service du roi.

« Un certain prince Howard renforcerait la faction papiste à la Cour. Elle a à sa tête le duc de Norfolk, l'oncle de la reine. »

Barak secoua la tête. « On dit que la reine ne s'intéresse pas à la religion. Elle n'a que dix-huit ans, ce n'est qu'une petite écervelée. » Il esquissa un sourire égrillard. « Le roi est un sacré vieux veinard !

— Cranmer a prétendu que Norfolk ne jouit plus autant de la faveur du roi.

— Alors il aura peut-être la tête tranchée, commenta-t-il, d'un ton soudain amer. Sait-on jamais avec ce roi ?

— Nous devrions parler à voix basse », dis-je. Je me sentais mal à l'aise à York. Il n'existait pas de larges artères comme à Londres et on devait partout se frayer un chemin entre les piétons. La foule étant trop dense, je décidai que désormais nous irions à pied. Même si les rues étaient bondées et que le commerce battait son plein en prévision de l'arrivée du cortège royal, ce tumulte ne ressemblait guère à la joyeuse animation de la capitale. Nous progressions au pas et plus nous avancions, plus nous attirions des regards hostiles.

Le gamin avait eu raison à propos du marché : l'odeur de viande faisandée nous assaillit les narines quarante coudées avant d'y arriver. Nous nous engageâmes dans une autre rue étroite où les morceaux de boucherie étaient placés sur des étals bourdonnant de mouches. J'étais content d'être à cheval car la chaussée était jonchée de déchets. Barak fronça le nez en voyant les chalands chasser les insectes de la main ; les femmes soulevaient le bas de leur robe au-dessus des immondices tout en marchandant avec les vendeurs. Dès que nous eûmes franchi le répugnant endroit, je tapotai l'encolure de Genesis en prononçant des mots gentils, car les odeurs l'avaient importuné. Ayant atteint l'extrémité d'une autre rue plus calme, nous découvrîmes le mur de la ville et une autre barbacane arpentée par des gardes. Au-delà du mur se dressait une haute masse de couleur verte surmontée d'un donjon rond.

« Le château d'York », dis-je.

Une jeune fille avançait vers nous. Je la remarquai parce qu'elle était suivie d'un valet portant l'écusson royal en bonne place sur son pourpoint. Vêtue d'une ravissante robe jaune, la demoiselle était

35

exceptionnellement jolie avec ses traits délicats, sa bouche pulpeuse, et son teint de lait respirant la santé. Une belle chevelure blonde dépassait de sa coiffe blanche. Elle intercepta mon regard, puis fixa Barak et, au moment où nous la croisions, lui sourit effrontément. Du haut de son cheval, Barak ôta son bonnet pour la saluer, lui décochant un grand sourire qui révéla ses belles dents blanches. La donzelle baissa les yeux et poursuivit son chemin.

« Quelle petite effrontée ! » m'écriai-je.

Barak éclata de rire. « Une jeune fille a le droit de sourire à un beau gars, non ?

— Pas d'histoire galante ici. C'est une Yorkaise, elle risque de te dévorer tout cru.

— Ça, ça ne me dérangerait pas ! »

Nous atteignîmes la barbacane. Là aussi une rangée de têtes étaient plantées sur des perches et une jambe d'homme coupée était clouée au-dessus de la porte. Je sortis mon ordre de mission et on nous laissa passer. Nous suivîmes le mur d'enceinte du château, longeant une douve boueuse peu profonde. Le haut donjon rond qui nous surplombait était en piteux état : les murs blancs étaient couverts de lichen et traversés de haut en bas par une grande lézarde. Devant nous, deux tours flanquaient une porte à l'endroit où un vieux pont-levis passait au-dessus de la douve. Des piétons le franchissaient dans les deux sens, et la présence d'avocats en robe noire me rappela que les tribunaux d'York se trouvaient à l'intérieur de l'enceinte du château. Au moment où les sabots de nos chevaux martelaient le pont-levis, deux gardes revêtus de la livrée royale s'avancèrent vers nous et croisèrent leurs piques pour nous barrer la route. Un troisième saisit les rênes de Genesis et scruta mon visage.

« Qu'est-ce qui vous amène en ces lieux ? » s'enquit-il. À son accent on devinait qu'il était lui aussi originaire des comtés du sud.

« Nous arrivons de Londres. Nous avons affaire avec maître Radwinter, le geôlier de l'archevêque. »

Le garde planta sur moi un regard perçant. « Rendez-vous à la tour sud, de l'autre côté de la cour. » Comme nous franchissions la porte, je vis par-dessus mon épaule qu'il ne nous lâchait pas des yeux.

« Il n'y a que des murs et des portes dans cette ville », commenta Barak au moment où nous débouchions dans la cour d'enceinte, qui, comme le reste du château, avait connu des jours meilleurs. Un certain nombre de bâtiments imposants avaient été construits à l'intérieur des remparts du château et, tel le donjon, plusieurs étaient couverts de lichen et présentaient des trous dans le plâtre. Même le tribunal, sur les marches duquel d'autres hommes de loi étaient en train de discuter, menaçait ruine. Pas étonnant que le roi ait choisi de séjourner à l'abbaye Sainte-Marie.

Quelque chose était accroché au sommet du haut donjon... Un squelette blanchi, enserré dans de grosses chaînes.

« Un autre rebelle, dit Barak. Ici on aime mettre les points sur les i.

— Non, celui-ci se balance là-haut depuis un bon bout de temps. Les oiseaux ont totalement nettoyé les os. J'imagine qu'il s'agit de Robert Aske, qui a conduit le Pèlerinage de la Grâce, il y a cinq ans déjà. » J'avais entendu dire qu'il avait été pendu enchaîné. Je fris sonnai car c'était là une mort atroce. Je tirai sur les rênes de Genesis. « Allons-y ! Trouvons le geôlier ! »

Deux autres tours flanquaient la porte opposée. Nous traversâmes la cour et mîmes pied à terre. Malgré le court repos, j'étais toujours ankylosé, alors que Barak semblait avoir récupéré ses forces. Ce soir il faut que je fasse mes exercices pour mon dos, pensai-je.

Un garde s'approcha. C'était un homme de mon âge au visage dur et carré. Je lui indiquai que nous venions de la part de l'archevêque Cranmer et que nous souhaitions voir maître Radwinter.

« Il vous attendait hier.

— Comme tout le monde. Nous avons pris du retard. Pourriez-vous conduire nos chevaux à l'écurie ? Et leur donner à manger ? Ils sont fourbus et affamés. »

Il appela un deuxième garde. Je fis un signe de tête à Barak. « Accompagne-les. Je pense qu'il vaut mieux que je le voie seul la première fois. »

Il eut l'air déçu mais m'obéit. Le premier garde me conduisit à une porte de la tour qu'il déverrouilla, et je gravis derrière lui un étroit escalier à vis éclairé par de minces rayères. Nous grimpâmes jusqu'à la moitié de la tour environ et, lorsqu'il s'arrêta enfin devant une lourde porte de bois, j'étais à bout de souffle. Il frappa et une voix lança : « Entrez ! » Le garde ouvrit la porte, s'écartant pour me laisse. passer avant de la refermer derrière moi. Je l'entendis redescendre l'escalier.

La pièce était obscure. Là aussi des rayères donnaient sur la ville. Les murs de pierre étaient nus mais des joncs parfumés jonchaient les dalles du sol. Un lit de camp soigneusement fait était calé le long d'un mur et contre un autre se trouvait un bureau parsemé d'un amas de papiers. À côté, assis sur un siège à coussin, un homme lisait. Près de lui, une bougie posée sur une petite table dissipait un peu la pénombre. Je m'étais attendu à tomber sur un geôlier débraillé, mais il portait un pourpoint marron impeccable et des hauts-de-chausses en laine de bonne qualité. Il referma son livre et se leva en souriant avec la souplesse d'un félin. Il me tendit la main.

« Messire Shardlake, fit-il d'une voix mélodieuse et légèrement gras-seyante, à la londonienne. Fulke Radwinter… Je vous attendais hier. » Il sourit, dévoilant de petites dents blanches, mais ses yeux bleu clair restaient durs et glacials. La main qui saisit la mienne était propre et sèche, les ongles bien limés. Il ne s'agissait pas à l'évidence d'un geôlier ordinaire.

« L'escalier vous a-t-il fatigué ? demanda-t-il avec courtoisie. Vous paraissez un peu hors d'haleine.

— Nous avons dû chevaucher toute la nuit, maître Radwinter. » Je parlais d'un ton ferme afin d'établir mon autorité. Je glissai la main dans ma poche. « Je dois vous montrer le sceau de l'archevêque », déclarai-je en le lui remettant. Il l'examina quelques instants, avant de me le rendre.

« Tout est en ordre, répondit-il avec un nouveau sourire.

— Fort bien. Monseigneur l'archevêque vous a-t-il écrit pour vous expliquer que je suis chargé de la santé de sir Edward Broderick ?

— En effet. » Il secoua la tête. « Même si ce n'était pas nécessaire, en fait. L'archevêque est un grand personnage et un saint homme, mais il lui arrive de se… faire trop de souci.

— Par conséquent, sir Edward est bien traité ? »

Il inclina la tête. « Il a été quelque peu malmené par les interro-gateurs du roi lorsqu'il a été arrêté. Avant que certains éléments soient mis au jour et qu'on décide alors de le transporter à Londres. Il s'agit d'affaires on ne peut plus secrètes. » Il haussa les sourcils, sachant sans doute que la nature de ces éléments ne m'avait pas été révélée, pas plus qu'à lui. Cranmer avait dû l'en informer dans sa lettre.

« Ainsi donc il a été torturé avant votre arrivée ? »

Il opina du chef. « Il souffre un peu, on ne peut rien y faire. Mais il se maintient plutôt bien. Il sera bientôt à Londres, où ses souf-frances seront alors bien pires. Le roi veut le questionner le plus tôt possible, mais il importe surtout que l'interrogatoire soit conduit par les plus habiles spécialistes, et ceux-ci se trouvent à Londres. »

Je m'étais efforcé de ne pas penser à ce qui attendait le prisonnier au terme de son voyage. Je réprimai un frisson.

« Eh bien, monsieur ! s'écria Radwinter d'un ton joyeux. Puis-je vous offrir une bière ?

— Non merci. Pas pour le moment. Il vaut mieux que je voie tout de suite sir Edward. »

Il inclina de nouveau la tête. « Bien sûr… Je vais prendre les clefs. » Il se dirigea vers un coffre et l'ouvrit. Je jetai un coup d'œil sur les papiers qui jonchaient son bureau : des mandats d'arrêt et ce qui paraissait être des notes rédigées sur un feuillet d'une petite écriture ronde. Le livre qu'il lisait était un exemplaire de *L'Obédience d'un chrétien*, un texte réformiste de Tyndale. Le bureau était placé à côté d'une des minces rayères d'où l'on avait une bonne vue sur la ville. J'aperçus de nombreux clochers et une grande église qui ne possédait plus de toit, sans doute un autre monastère dissous. Au-delà s'étendaient des marais et un lac. En plongeant le regard juste en dessous je constatai que la douve s'élargissait de ce côté-là du château pour former un large canal bordé de roseaux serrés. Des gens allaient et venaient à cet endroit, des femmes portaient de gros paniers sur le dos.

« Elles cueillent des roseaux pour fabriquer des chandelles à mèche de jonc. » La voix douce de Radwinter, qui s'était rapproché, me fit sursauter. « Et vous voyez, là ? » demanda-t-il en désignant une femme en train d'extraire quelque chose de sa jambe. J'entendis un petit cri de douleur lointain. Radwinter sourit. « Elles recueillent les sangsues fixées à leur peau pour les vendre aux apothicaires.

— Quelle affreuse occupation que de rester enfoncé dans la boue à attendre que ces bestioles vous assaillent !

— Leurs jambes doivent être couvertes de petites cicatrices. » Il se tourna vers moi et plongea son regard dans le mien. « Comme le corps de l'Angleterre est couvert de celles que la grande sangsue de Rome a laissées… Bon, allons voir notre ami Broderick ! » Pivotant sur ses talons, il se dirigea vers la porte. Je pris la bougie qui se trouvait près de son siège et le suivis.

Radwinter grimpa rapidement les marches menant à l'étage supérieur et s'arrêta devant une lourde porte munie d'un judas à barreaux. Il jeta un œil à l'intérieur avant de déverrouiller la porte. J'entrai dans la pièce sur ses talons.

La cellule, petite et sombre, ne recevait de lumière qu'à travers une minuscule fenêtre à barreaux sans vitre. Les volets ouverts laissant pénétrer la bise. L'atmosphère était glaciale, humide, puante, et les joncs sous mes pieds étaient gluants. Un bruit de chaîne attira mon attention vers un coin de la pièce. Une mince silhouette en chemise blanche sale était allongée sur un grabat de bois.

« Vous avez un visiteur, Broderick, annonça Radwinter de sa voix égale et douce. Il vient de Londres. »

L'homme enchaîné se redressa, dans un bruit de ferraille. La lenteur et la difficulté de ses mouvements laissaient présager qu'il s'agissait d'un vieillard. Mais, lorsque je m'approchai, je perçus sous la couche de crasse le visage d'un homme de moins de trente ans. Des cheveux blonds poisseux et une barbe hirsute encadraient un long visage étroit qui, normalement, devait être beau. Il n'avait guère l'air redoutable, mais quand il m'examina la colère qui luisait dans ses yeux injectés de sang me fit tressaillir. Une longue chaîne, passée dans des menottes attachées à ses poignets, était fixée dans le mur près de sa paillasse.

« De Londres ? » La voix rauque était celle d'un gentilhomme. « Dois-je m'attendre, par conséquent, à de nouvelles caresses avec le tisonnier ?

— Non, répliquai-je d'un ton calme. Je suis ici pour m'assurer que vous arriviez à Londres en toute sécurité et en bonne santé. »

La colère qui brillait dans ses yeux ne diminua pas. « Les tortionnaires du roi préfèrent travailler sur un corps en bon état, hein ? » Sa voix se brisa et il toussa.

« Pour l'amour du Christ, maître Radwinter, ne puis-je avoir quelque chose à boire ?

— Pas avant que vous récitiez les versets que je vous ai donnés à apprendre hier. »

Perplexe, je fixai le geôlier. « De quoi s'agit-il ? »

Radwinter sourit. « Je lui ai donné à apprendre dix versets de la Bible par jour, dans l'espoir que la pureté de la parole de Dieu en anglais puisse encore réformer son âme de papiste. Comme hier il s'est montré têtu, je lui ai dit qu'il ne recevrait rien à boire tant qu'il n'aurait pas appris ses versets.

— Apportez-lui à boire séance tenante, m'écriai-je d'un ton sec. Vous êtes censé vous occuper de son corps, pas de son âme. » Je levai la bougie à la hauteur de son visage. Il serra fortement les lèvres un bref instant, puis sourit à nouveau.

« Bien sûr. Peut-être est-il resté trop longtemps sans boire. Je vais appeler un garde pour qu'il aille lui chercher de la bière.

— Non. Allez-y vous-même. Cela ira plus vite. Je ne cours aucun danger. Il est bien enchaîné. »

Il hésita, puis sortit à grands pas de la pièce sans mot dire. J'entendis la clef tourner dans la serrure. Je me retrouvais enfermé dans la cellule. Je restai debout, le regard fixé sur le prisonnier qui avait baissé la tête.

« Avez-vous besoin de quelque chose d'autre ? demandai-je. Je vous promets que je ne suis pas ici pour vous faire du mal. Je ne sais absolument pas de quoi vous êtes accusé. L'archevêque ne m'a confié qu'une seule mission : m'assurer de votre sécurité jusqu'à Londres. »

Il leva les yeux vers moi et grimaça un sourire. « Cranmer craint que son sbire ne s'amuse avec mon corps ?

— Est-ce déjà arrivé ?

— Non. Il aime tisonner mon esprit, mais en ce domaine je sais me défendre. »

Il planta sur moi un long regard perçant avant de se laisser retomber sur son grabat. Dans le mouvement, sa chemise entrouverte révéla la marque décolorée d'une brûlure sur la poitrine.

« Montrez-moi ça ! lançai-je vivement. Ouvrez votre chemise ! »

Il haussa les épaules, se redressa et défit les cordons. Je tressaillis. On avait passé un tisonnier le long de son corps, plusieurs fois de suite. Une des plaies sur la poitrine était rouge, enflammée, et le pus qui en suintait luisait dans la lumière de la bougie. Il me regardait d'un air farouche. Sa fureur était presque tangible. Si Radwinter est fait de glace, pensai-je, cet homme est fait de feu.

« Où avez-vous subi cela ? demandai-je.

— Ici, au château, entre les mains des hommes du roi quand ils se sont emparés de moi, il y a une semaine. Ils n'ont pas réussi à me briser. Voilà pourquoi on m'envoie à Londres afin que des spécialistes vraiment compétents s'occupent de moi. Mais vous n'ignorez rien de tout cela. »

Je restai coi.

Il me regarda attentivement. « Quelle sorte d'homme êtes-vous donc pour être choqué par mes plaies alors que vous travaillez avec Radwinter ?

— Je suis avocat. Et je vous répète que je suis ici pour m'assurer qu'on prenne bien soin de vous. »

Ses yeux étincelèrent à nouveau. « Pensez-vous que cela va suffire, aux yeux de Dieu, pour compenser ce que vous faites ici ?

— Que voulez-vous dire ?

— Vous êtes venu vous occuper de ma santé et de ma sécurité afin que les tortionnaires de Londres puissent s'amuser plus longtemps. Je préférerais mourir ici.

— Pourquoi ne pas simplement leur fournir les renseignements qu'ils réclament ? De toute façon, ils vous les arracheront tôt ou tard. »

Il eut un rictus atroce. « Ah ! vous êtes un enjôleur ! Mais je ne parlerai jamais, quel que soit le traitement qu'on m'inflige.

— Rares sont ceux qui ne parlent pas une fois enfermés dans la Tour. Non, je ne suis pas ici pour chercher à vous convaincre de quoi que ce soit. De toute façon il faut qu'un médecin vous examine.

— Je ne vous demande rien, espèce de bossu ! » Il s'affala de nouveau sur sa paillasse et tourna son regard vers la fenêtre. Après quelques instants de silence, il reprit : « Avez-vous vu l'endroit où Robert Aske est toujours pendu, enchaîné à la tour de Clifford ?

— Il s'agit donc bien d'Aske ? En effet, je l'ai vu.

— Ma chaîne est tout juste assez longue pour me permettre d'atteindre la fenêtre. Je regarde et je me souviens. Quand Robert a été convaincu de trahison, le roi a promis qu'à son exécution on lui épargnerait les souffrances de l'éviscération et qu'on se contenterait de le pendre. Il n'a pas compris que le roi voulait dire qu'il serait suspendu vivant et enchaîné jusqu'à ce qu'il meure de soif et de faim. » Il toussa. « Pauvre Robert qui avait cru à la parole de Henri le Cruel.

— Prenez garde à ce que vous dites, sir Edward. »

Il se tourna et me fixa. « Robert Aske était mon meilleur ami. ›

Une clef grinça dans la serrure et Radwinter réapparut, portant un cruchon de bière légère. Il le tendit à Broderick, qui se redressa et but une longue gorgée. Je fis signe à Radwinter de me rejoindre dans un coin de la cellule.

« Il a parlé ? s'enquit-il d'un ton sec.

— Seulement pour m'indiquer qu'il connaissait Robert Aske. Mais j'ai vu les brûlures sur son corps et leur aspect ne me plaît pas. L'une d'elles est enflammée et le prisonnier doit être examiné par un médecin.

— Très bien, opina le geôlier. Après tout, l'archevêque n'aurait que faire d'un homme terrassé par la fièvre.

— Occupez-vous-en, je vous prie. Je reviendrai demain pour voir comment il va. Et il faut changer ses joncs.

— Les remplacer par des joncs parfumés aux herbes odorantes, sans doute ? demanda Radwinter en souriant, malgré la colère froide qui perçait dans sa voix. Eh bien, Broderick, poursuivit-il, vous avez parlé d'Aske à messire Shardlake ! Il paraît que durant le premier hiver après sa mort, une fois sa chair dévorée par les corbeaux, de petits os ont commencé à tomber par terre. On a dû poster un garde à cet endroit, car des gens les ramassaient. Dans tout York, des os de ses mains et de ses pieds sont cachés par des papistes. En général dans des tas de fumier, vu que c'est l'endroit le plus sûr pour dissimuler les reliques et décourager les fouilles. Et, d'ailleurs, les ossements d'Aske ne méritent pas mieux… »

Broderick se leva d'un bond en lançant un cri, mi-gémissement de douleur mi-grognement de colère, puis se jeta sur Radwinter au milieu d'un bruit de chaînes. Le geôlier eut le réflexe d'anticiper le mouvement et recula prestement, tandis que les chaînes qui retenaient les bras de Broderick, tendues au maximum, ramenaient d'un coup sec le prisonnier sur le grabat, où il s'affala en poussant une plainte.

Radwinter émit un petit rire. « Gardez-le à l'œil, messire Shardlake. Vous constatez qu'il n'est pas aussi faible qu'il le paraît. Eh bien, Broderick, je vais oublier votre acte de violence et me remonter le moral en pensant à ce qui vous attend à Londres ! Comme on l'affirme, à juste titre, la vérité est fille de la douleur. » Il me devança et ouvrit la porte. Je le suivis, après avoir lancé un dernier coup d'œil au prisonnier, qui me fixait du regard.

« Vous êtes avocat ? demanda Broderick.

— C'est bien ce que vous ai dit. »

Il eut un rire amer. « Robert Aske l'était également. Quand vous le reverrez pensez au sort que peuvent subir même les gens de votre profession.

— Bla-bla-bla, Broderick ! » s'écria Radwinter au moment où je passsais devant lui pour sortir. Il referma la porte à clef et je descendis l'escalier derrière lui. Une fois dans sa chambre il me fit face, l'air grave, le regard glacial.

« Je voulais que vous voyiez par vous-même qu'il est dangereux, malgré son air vulnérable et inoffensif.

— Par conséquent, pourquoi le provoquer ?

— Pour vous montrer sa réaction. Mais je vais envoyer quérir le médecin.

— Je vous en prie. Quels que soient ses méfaits, il faut le traiter aussi bien que la sécurité le permet. Et vous devez l'appeler sir Edward… Il a toujours droit à son titre.

— La sécurité implique qu'il comprenne clairement qui est le maître. Vous ne vous rendez pas compte de quoi cet homme est capable.

— De pas grand-chose, vu qu'il est enchaîné à un mur. »

Radwinter serra si fort les lèvres qu'elles devinrent aussi tranchantes que le fil d'un couteau. Il fit un pas en avant, approcha son visage tout près du mien. Ses yeux semblaient transpercer les miens.

« J'ai noté votre sympathie pour lui, déclara-t-il. La douceur de votre expression… Cela me tracasse, car cet homme est très dangereux. »

Je pris une profonde inspiration. En effet, voir quelqu'un enfermé dans une cellule ne laisse pas de me révolter.

« Aurais-je touché un point sensible ? dit Radwinter en esquissant un sourire. Eh bien, permettez-moi d'en toucher un autre ! Je me méfie de votre tendance à la pitié, monsieur. Il est possible que la situation de ceux qui paraissent exclus fasse vibrer une corde en vous. Peut-être à cause de l'état de votre dos. »

Je serrai les dents sous l'insulte et ressentis une crampe à l'estomac, car il avait vu juste, une fois de plus. Il hocha la tête.

« C'est moi qui dois assurer la sécurité de Broderick et l'amener à Londres. Certains mécréants dans cette ville savent qu'il se trouve ici et chercheraient à le libérer s'ils le pouvaient. Voilà pourquoi je dois étudier et examiner tous ceux que je rencontre, scruter jusqu'au tréfonds de leur âme. Même de la vôtre, messire Shardlake.

— Faites venir un médecin, dis-je d'un ton sec, mon regard toujours plongé dans ses yeux glacials. Je reviendrai demain pour voir si sa santé s'améliore. »

Il continua à me fixer quelques instants, puis fit son petit hochement de tête. « À quelle heure ?

— Quand bon me semblera », répliquai-je, avant de quitter la pièce.

Assis sur un banc dans la cour, Barak contemplait les allées et venues du tribunal. Une bise automnale s'était levée, faisant tomber de nouvelles feuilles mortes. Il me regarda avec curiosité.

« Vous vous sentez bien ? » demanda-t-il. Mon épuisement devait se lire sur mon visage.

Je secouai la tête. « Je ne sais qui est le pire des deux, répondis-je. J'ai l'impression que c'est le geôlier... bien que je n'en sois pas certain. » Je tournai mon regard vers le squelette d'Aske que le vent ballottait, comme si les ossements s'efforçaient de recouvrer leur liberté.

4

P OUR GAGNER L'ABBAYE SAINTE-MARIE, nous expliqua un garde, il nous
fallait suivre une rue appelée Coneygate. Nous nous retrouvâmes une fois de plus dans une ruelle étroite bordée d'échoppes très
bien fournies à avancer à une allure d'escargot. Un certain nombre de
venelles encore plus exiguës en partaient, peut-être en direction de
places et de cours situées derrière les pâtés de maisons. Dans cette
ville, je me sentais enserré de toutes parts.

Comme nous passions devant une grande hôtellerie, j'aperçus sous
le porche, flanqué de serviteurs empressés, un groupe de jeunes gens
en pourpoint à crevés aux couleurs éclatantes qui contemplaient la
foule, tout en buvant du vin au goulot d'outres en cuir. L'un d'eux,
un grand et beau gars doté d'une barbe noire, désignait des passants
en se gaussant de leurs vêtements misérables. Les regards courroucés
qu'on lui lançait le faisaient rire encore plus fort. L'avant-garde du
« grand voyage », pensai-je. Ces gentilshommes auraient dû être plus
prudents.

Je songeai à Radwinter et à Broderick. Geôlier et prisonnier, la
glace et le feu. À l'évidence, Radwinter infligeait tous les petits tour-
ments possibles à Broderick, non seulement pour le maintenir à sa
place mais aussi par simple plaisir. Un tel traitement pouvait
entraîner des conséquences néfastes : certes, sir Edward était jeune,
mais c'était également un gentilhomme, peu habitué aux privations.
Cette brûlure sur la poitrine risquait de s'infecter. Il ne me restait
plus qu'à espérer qu'il y avait de bons médecins à York. Je regrettais
toutefois que mon vieil ami Guy, l'apothicaire, ne fût pas avec moi
Mais il travaillait à Londres.

Je ne pouvais m'empêcher d'être troublé par les accusations de
sir Edward – à savoir que je le gardais en bonne santé pour les
tortionnaires de Londres – parce qu'il avait raison... Toutefois,
lorsque sir Edward avait prié Radwinter de lui donner à boire, j'avais
pu ordonner qu'on exauce son vœu.

Je me souvins également de la façon dont Radwinter avait affirmé que mon physique me rendait sensible à la condition des exclus. Comme il savait lire dans les pensées d'autrui ! Utilisait-il ses dons pour fouiller dans la cervelle des hérétiques enfermés dans la prison de Cranmer au sommet de la tour des Lollards ? Il disait vrai, en fait : ma compassion pour Broderick risquait d'altérer mon bon sens. Je me rappelai le prisonnier se jetant soudain sur son geôlier avec fureur et me demandai à nouveau ce qu'il avait bien pu faire pour être isolé et enfermé comme un pestiféré.

Devant la boutique d'un chandelier, un homme grassouillet à l'air bilieux portant une robe rouge, un chapeau de la même couleur à large bord et une chaîne en or, emblème de sa fonction, était en train d'examiner une boîte de bougies. Je devinai qu'il s'agissait du maire. Le commerçant, le tablier maculé de graisse, regarda l'homme avec anxiété lorsqu'il sortit une grosse bougie jaune de la boîte afin de l'étudier de près. Trois échevins en robe noire se tenaient à deux pas, l'un d'eux muni d'une masse en or.

« Cela fera l'affaire, me semble-t-il, déclara le maire. Assurez-vous que seules les bougies à la cire d'abeille d'excellente qualité soient envoyées à Sainte-Marie. » Il hocha la tête et le petit groupe se dirigea vers l'échoppe suivante.

« Il fait sa ronde, dis-je à Barak. Il s'assure que tout soit fin prêt pour l'arrivée de la grande escorte. Et... » Je fus interrompu par un cri perçant.

Une jeune femme s'évertuait à empêcher un gamin en loques, au nez orné d'une grosse verrue, de lui arracher le panier qu'elle serrait contre elle. Je reconnus la jeunette qui avait un peu plus tôt décoché un clin d'œil aguicheur à Barak. Un autre garnement blond au nez cassé la retenait par la taille. Barak me lança les rênes de Sukey, sauta à terre et dégaina son épée. Deux passants firent un brusque pas en arrière.

« Laissez-la tranquille, petits vauriens ! » hurla Barak. Les deux gamins lâchèrent immédiatement prise et détalèrent le long de la venelle. Barak fit mine de leur courir après, mais la jeune fille lui saisit le bras.

« Non, monsieur, non ! Restez avec moi, je vous en prie ! Ces articles sont destinés à la reine Catherine. »

Barak rengaina son épée en lui adressant un sourire. « Vous n'avez plus rien à craindre, maintenant, mam'selle. »

Je mis pied à terre avec moult précautions, gardant en main les rênes des deux montures. Troublé, Genesis piaffa.

« Que s'est-il passé ? demandai-je à la donzelle. Votre panier est destiné à la reine ? Que voulez-vous donc dire par là ? »

Elle se tourna vers moi, écarquillant ses yeux couleur de bleuet.

« Je sers dans la cuisine particulière de la reine, messire. Je suis allée acheter certaines douceurs qu'elle affectionne. » Je jetai un coup d'œil au contenu du panier : bâtons de cannelas, amandes et morceaux de gingembre. Elle fit une petite révérence. Je m'appelle Tamasin, messire. Tamasin Reedbourne. » Je notai son accent londonien, et sa robe de futaine me parut fort luxueuse pour une fille de cuisine.

« Vous allez bien, mam'selle ? demanda Barak. Ses vauriens ont bien failli déboîter vos jolis bras. »

Elle sourit, révélant des dents blanches et deux mignonnes fossettes. « J'ai refusé de lâcher prise. Quand la reine arrivera, ses appartements doivent être remplis de ses friandises préférées, toutes fabriquées avec des ingrédients apportés tout exprès à York. » Son regard passa de l'un à l'autre. « Êtes-vous tous les deux là pour attendre le cortège, messires ?

— Oui, répondis-je en esquissant un petit salut. Je suis messire Shardlake, avocat. Et voici Jack Barak, mon assistant. »

Barak enleva son bonnet et la donzelle lui décocha un nouveau sourire, un rien enjôleur, cette fois-ci.

« Vous êtes brave, monsieur. Nous nous étions déjà rencontrés, n'est-ce pas ?

— Vous savez bien que vous m'avez gratifié d'un joli sourire ce matin.

— Vous étiez alors accompagnée d'un valet de pied en livrée royale, ajoutai-je.

— En effet. Mais maître Tanner avait besoin d'acheter de l'étoffe et je lui ai permis d'entrer chez le drapier. » Elle secoua la tête. « C'était idiot de rester seule, monsieur, n'est-ce pas ? J'avais oublié à quel point cette ville est barbare.

— Est-ce lui ? » demandai-je en désignant le jeune homme au visage mince et portant l'écusson royal qui venait de sortir d'une échoppe située de l'autre côté de la ruelle. J'avais reconnu le serviteur aperçu le matin. Il traversa la chaussée pour nous rejoindre, la main sur la garde de son épée.

« Mam'selle Reedbourne ? demanda-t-il nerveusement. Que se passe-t-il ?

— Il est bien temps de vous en préoccuper, Tanner ! Pendant que vous choisissiez une étoffe pour votre nouveau pourpoint, deux garnements ont tenté de voler les douceurs de la reine !… Ce jeune homme m'a sauvée ! » ajouta-t-elle en souriant à Barak une fois de plus.

Maître Tanner baissa les yeux. Genesis tira sur sa bride.

« Il nous faut partir, dis-je. On nous attend à Sainte-Marie. Viens, Barak. On va encore nous signaler qu'on nous attendait hier. »

47

Je conclus l'entretien en adressant un salut à la jeune Reedbourne. Elle nous gratifia d'une nouvelle révérence.

« Je loge également à Sainte-Marie, susurra-t-elle. Peut-être allons-nous nous revoir.

— Je l'espère », répondit Barak. Il remit son bonnet tout en lui lançant un clin d'œil, ce qui fit rougir la donzelle. Nous repartîmes.

« Enfin un brin d'agitation ! s'écria-t-il d'un ton joyeux. Non qu'il y ait eu grand danger, ce n'étaient que des petits va-nu-pieds. Ils devaient croire que le panier contenait quelque chose de précieux.

— Félicitations ! m'exclamai-je avec un sourire moqueur. Tu as sauvé les gourmandises de la reine.

— La donzelle aussi est une petite gourmandise. Je jouerais volontiers à la main chaude avec elle. »

Parvenus au bout de Coneygate, nous nous engageâmes dans une autre rue qui longeait les hauts murs de l'abbaye. Les gardes du roi arpentaient le chemin de ronde, tandis que derrière eux se dressait l'immense clocher qu'on avait aperçu en entrant dans la ville et qui s'élevait presque aussi haut que la cathédrale. Les monastères avaient tous été entourés de murs mais je n'en avais jamais vu d'aussi imposants. Sainte-Marie avait dû être une vaste abbaye, et une telle muraille devait grandement contribuer à la sécurité du lieu. Était-ce la raison pour laquelle c'était elle qu'on avait choisie pour y installer le roi à York ?

Nous repassâmes sous la barbacane à Bootham Bar, tournant à gauche cette fois-ci pour nous joindre aux cavaliers et aux piétons qui faisaient la queue pour entrer dans l'enceinte de l'abbaye. Mon ordre de mission fut examiné attentivement avant qu'on nous laisse passer. Une fois à l'intérieur nous mîmes pied à terre. Barak déchargea les chevaux des sacoches contenant nos effets, les accrocha en bandoulière sur ses épaules, puis me rejoignit pour contempler le spectacle.

Sous nos yeux s'élevait un grand manoir, jadis la résidence de l'abbé, sans aucun doute. Surmontée de hautes et étroites cheminées, la bâtisse en brique rouge de trois étages était d'une splendeur particulière, même compte tenu du luxe que s'accordaient les abbés des grands monastères. Des parterres de petites roses blanches bordaient les murs, mais la pelouse avait été transformée en bourbier par le passage continu de piétons et de roues de charrette. Quelques manouvriers étaient occupés à arracher les rares mottes de gazon restantes, et à les remplacer par des dalles de pierre, tandis qu'un peu plus loin d'autres creusaient ce qui avait dû être le cimetière des moines, déterrant les pierres tumulaires et les jetant sans ménagement dans des charrettes. Au-dessus de la porte principale du manoir on avait suspendu un grand écu orné des armoiries royales.

Au-delà du manoir s'élevait une imposante église monastique de style roman, l'une des plus grandes que j'aie jamais vues. La tour carrée était dominée par un énorme clocher de pierre ; sur la façade se détachaient des arcs-boutants très ouvragés et des piliers sculptés. La maison abbatiale et l'église formaient deux côtés d'une grande cour, longue environ d'un furlong, où un spectacle stupéfiant était en train de se dérouler. Des dépendances avaient été démolies, laissant des tranchées aux endroits où se trouvaient jadis les fondations. À la place on avait dressé des dizaines de tentes, et des centaines d'ouvriers achevaient la construction de deux gigantesques pavillons. Hauts de quarante pieds, construits en bois auquel on avait donné l'aspect de la pierre, flanqués de tourelles et de barbacanes, on aurait dit de vrais châteaux. Grimpés sur des échelles, un essaim d'ouvriers s'activaient sur ces extraordinaires bâtisses, fixant des animaux héraldiques en plâtre, peignant les murs de vives couleurs, posant des vitres aux fenêtres. La forme des pavillons me rappelait quelque chose…

La cour était parsemée d'établis à tréteaux sur lesquels les charpentiers équarrissaient à la hache et rabotaient d'immenses pièces de bois. Une cinquantaine de troncs de jeunes chênes s'entassaient contre le mur de l'abbaye et tout était couvert de sciure. D'autres ouvriers sculptaient des dessins complexes sur des corniches ornementales, les lumineuses couleurs égayant le morne après-midi.

Barak sifflota. « Sangdieu ! Qu'est-ce qu'ils comptent faire ici ?

— Monter quelque incroyable spectacle. »

Nous demeurâmes là quelques instants à admirer cette scène extraordinaire, puis je touchai le bras de Barak.

« Viens ! Il nous faut trouver Simon Craike, l'homme chargé de l'hébergement… Je l'ai connu jadis », ajoutai-je en souriant.

Pour soulager un peu ses épaules, Barak déplaça les lourdes sacoches qu'il portait en bandoulière. « Vraiment ?

— C'était l'un de mes condisciples à l'école de droit de Lincoln's Inn. Je ne l'ai pas revu depuis, toutefois. Il est entré dans l'administration royale et n'a jamais plaidé.

— Pourquoi a-t-il choisi cette voie ? Pour le traitement ?

— En effet. Un oncle qui travaillait au service du roi lui a obtenu le poste.

— Quel genre d'homme est-ce ? »

Je souris à nouveau. « Tu verras. Je me demande s'il a changé. »

Nous conduisîmes les chevaux au manoir, apparemment le centre de toute l'agitation. Des gens y entraient et en sortaient en courant, tandis que sur le perron des agents officiels lançaient des ordres, discutaient ferme, le tout en consultant des plans. Quand nous demandâmes à un garde où l'on pouvait trouver messire Craike, il nous pria d'attendre et appela un garçon d'écurie pour qu'il emmène les chevaux. Un dignitaire en robe de velours vert nous écarta de son chemin d'un geste, un autre passa en trombe entre nous deux, comme si nous étions des chiens gênant sa route.

« Bande de crétins ! marmonna Barak.

— Viens ! Sortons du passage. »

Nous nous dirigeâmes vers le coin du manoir où deux femmes discutaient avec un organisateur muni d'un plan des lieux. Il se confondait en profondes révérences, s'inclinant presque jusqu'au sol, au risque de laisser choir son plan dans la boue, tandis que la plus richement vêtue des deux femmes l'admonestait avec force. Âgée d'une trentaine d'années, vêtue d'une robe à haut col en soie rouge et portant un attifet emperlé sur ses cheveux châtains, cette femme était à l'évidence une dame de qualité. Son ingrat visage carré était rouge de colère.

« Est-ce trop demander que la reine sache comment quitter ses appartements en cas d'incendie ? l'entendis-je s'écrier d'une voix forte et perçante. Je vous repose la question : Où se trouve la porte la plus proche et qui détient la clef ?

— Je n'en suis pas sûr, madame, répondit l'organisateur en retournant son plan. La cuisine privée est peut-être la plus proche…

— Je n'ai que faire des "peut-être". »

L'autre femme, lorsqu'elle nous vit assister à la scène, haussa les sourcils d'un air offusqué. Svelte, elle possédait un visage qui eût pu être joli sans le regard froid et hautain. Ses cheveux bouclés, châtains, que retenait un simple bandeau, n'étaient pas noués, signe qu'elle n'était pas mariée, bien qu'elle semblât âgée d'une trentaine d'années elle aussi. Elle arborait cependant une bague de fiançailles, apparemment de grande valeur : un diamant serti dans une monture en or. Lorsqu'elle montra une nouvelle fois son mécontentement, je poussai Barak du coude pour qu'il s'éloigne hors de portée de voix. Je souris en apercevant un homme vêtu d'une robe marron qui venait de se poster sur le perron et regardait de toutes parts. Reliée à son cou par un cordon bleu, une petite écritoire portait un encrier et une plume et, agrafée, une épaisse liasse de feuillets.

Je reconnus Simon Craike à son air angoissé et débordé. Sans cela je ne me le serais peut-être pas remis, les années ayant considérablement changé l'aspect de mon ancien condisciple. La bonne chère de la Cour l'avait pourvu d'un visage joufflu et d'un imposant tour de taille, tandis que de l'abondante chevelure blonde dont je me souvenais ne restait qu'une frange filasse. Il se retourna à mon appel et sa mine soucieuse s'éclaira. Barak et moi ôtâmes nos chapeaux lorsqu'il se dirigea vers nous, une main tendue, et l'autre figée sur la petite écritoire pour la maintenir d'aplomb.

« Shardlake !… Je t'ai tout de suite reconnu. Les années t'ont gentiment épargné. Et tu as même conservé tes cheveux, qui ne sont pas devenus gris !

— Un vrai miracle, répondis-je en éclatant de rire, vu les affaires dont j'ai dû m'occuper…

— Sainte Mère de Dieu ! cela doit faire près de vingt ans. » Craike eut un triste sourire. « Le monde a connu bien des changements depuis.

— En effet. » Une révolution religieuse, la dissolution des monastères et une grande rébellion, pensai-je. Et maintenant, la mort de mon père, songeai-je, ressentant un violent coup au cœur. « Donc, poursuivis-je, il paraît que tu es chargé du logement des gens de qualité à York.

— Oui. Et je n'ai jamais eu autant de travail que pour ce voyage royal. À chaque étape j'ai dû arriver avec les avant-courriers afin de m'assurer que tout le monde soit logé. La pluie a causé maints problèmes, le roi changeant constamment ses projets.

— Tu fais partie de l'escorte depuis le début ?

— Oui… Aucune escorte n'a jamais été aussi nombreuse, et de loin ! poursuivit-il en secouant la tête. Tu ne peux pas imaginer les problèmes qui surgissent. Les ordures ont constitué le souci majeur. À chaque étape il a fallu creuser de vastes fosses pour les déjections et autres détritus de trois mille personnes et cinq mille chevaux…

— Les paysans du cru ne peuvent-ils utiliser le fumier comme engrais ?

– La quantité dépasse de beaucoup leurs besoins. Et la puanteur, tu te rends compte ?

— Très bien…

— Malgré les fosses, depuis Londres jusqu'à Hull, toute la route est jonchée d'immondices. Ç'a été un cauchemar, cher ami, un vrai cauchemar… Et, ajouta-t-il, j'ai laissé ma pauvre femme à Londres.

— Tu es marié ?

— Oui. Et nous avons sept enfants. » Il sourit fièrement. « Et toi ?

— Non. Je ne me suis jamais marié. Au fait, voici mon assistant, maître Barak. »

Craike étudia Barak de ses yeux bleu pâle.

« Tu auras besoin de lui, avec tout le travail qui t'attend. Quant à moi, je suis entouré d'incapables. Il y a tant de choses à préparer ! Je crains d'ailleurs de n'avoir guère de temps à te consacrer pour le moment, bien que je sois ravi de te revoir. Je vais vous montrer votre logement.

— Quel beau bâtiment ! m'écriai-je en indiquant le manoir d'un signe de tête.

— Oui. C'était la maison abbatiale. Le roi y séjournera à son arrivée... En son honneur on l'a rebaptisée le "Manoir du roi".

— Peut-être aura-t-on l'occasion de se revoir plus tard pour causer du bon vieux temps.

— Cela me ferait très plaisir, cher ami. Si je le peux... » Il se tut brusquement, au moment où les deux femmes apparurent au coin du bâtiment. Son visage reprit alors son expression d'angoisse. « Tudieu ! voici de nouveau lady Rochford ! »

Je sursautai car, prononcé au milieu de n'importe quel groupe de personnes, ce nom avait le pouvoir de faire frémir tout le monde. Nous nous empressâmes tous les trois de lui adresser un salut. Lorsque nous nous relevâmes, j'étudiai de plus près son visage carré. La face enflammée, renfrognée de lady Rochford témoignait de son exaspération. Voyant que je scrutais les traits de sa maîtresse, sa dame de compagnie, munie du plan que l'organisateur leur avait montré, me lança un nouveau regard désapprobateur.

« Messire Craike ! lança lady Rochford d'un ton sec. Votre rustre de commis ne peut répondre aux questions les plus élémentaires. Je veux savoir, monsieur, s'il existe, du côté où vont se trouver les appartements de Sa Majesté, une sortie privée que pourrait emprunter la reine si besoin était. Elle a une peur viscérale des incendies. Durant son enfance à Horsham la maison d'à côté a failli brûler entièrement...

— Je suis désolée, milady. .

— Au diable les "milady" ! Jennet, le plan ! Dépêchez-vous ! »

La dame de compagnie tendit le plan à Craike, qui le plaça sur son écritoire, l'étudia quelques instants, avant d'indiquer une porte.

« Voilà. L'issue la plus proche, c'est la sortie de la cuisine privée.

— Est-elle gardée ?

— Non, madame.

— Alors il me faudra des clefs. Occupez-vous-en, Jennet ! Ne restez pas là comme une brebis égarée. » Sur ce, lady Rochford arracha le plan à Craike, et les deux femmes s'éloignèrent, soulevant leurs jupes pour les protéger de la boue.

Craike s'épongea le front. « Dieu du ciel ! Cette femme est une véritable ogresse.

— Oui. Je connais son histoire. Et qui est sa dame de compagnie à la triste figure ?

— Mlle Jennet Marlin, une fille d'honneur. Elle a de bonnes

raisons d'avoir l'air triste : son fiancé est à la Tour, accusé d'avoir trempé dans la conspiration.

— Elle est originaire de la région, n'est-ce pas ?

— En effet. Elle a été choisie pour venir à York grâce à sa connaissance des lieux. Elle fait partie d'une famille de réformateurs et aucun soupçon de déloyauté ne pèse sur elle. » Il esquissa une moue de dégoût, juste assez significative pour me suggérer sa position en matière de religion. « Bon. Allons-y ! Je vais vous conduire à votre logement. Ce n'est pas ce qu'on fait de mieux, mais dans quelques jours il y aura des milliers de gens ici... Des milliers ! répéta-t-il en secouant la tête.

— Il ne reste plus que quatre jours avant leur arrivée, n'est-ce pas ?

— Oui. Il faut que j'envoie mes inspecteurs aux auberges aujourd'hui afin qu'ils vérifient que tout est prêt. Quelque chose peut toujours mal tourner. Sainte Mère de Dieu, quels ennuis nous avons eus pendant les pluies de juillet ! Le nombre de charrettes cassées et embourbées... Le voyage a failli être annulé.

— Je suis certain que tout ira bien », le rassurai-je en souriant. Je me rappelai soudain Craike étudiant tard à la bibliothèque de Lincoln's Inn, entouré de ses feuilles de notes, les doigts tachés d'encre, déterminé dans ses aspirations à la perfection.

« Je l'espère, soupira-t-il. Les constants changements d'itinéraires m'ont rendu à moitié fou. Le roi était censé demeurer deux jours à Pontefract, et il y est resté près de deux semaines. À présent, il est à Hull, ce qui n'était pas prévu.

— Peut-être que ce contretemps sera utile pour terminer tous les travaux qui se déroulent dans l'avant-cour. À quoi toutes ces constructions vont-elles servir ?

— Désolé, mais je n'ai pas le droit d'en parler, répondit-il d'un air gêné. On l'annoncera à l'arrivée du cortège. » Il se mit en marche, en direction de l'église du monastère. « Mais ces travaux... quel cauchemar, quel cauchemar ! »

Barak sourit d'un air moqueur derrière son dos. Il paraissait de meilleure humeur depuis la rencontre avec la jeune fille

« A-t-il toujours été comme ça ? chuchota-t-il.

— C'était l'étudiant le plus consciencieux que j'aie jamais connu. Il ne laissait rien au hasard.

— Pas de meilleure recette pour avoir une attaque... »

J'éclatai de rire. « Allons-y avant qu'il ne nous distance. »

Comme nous atteignions l'église, je constatai qu'un grand nombre des vitraux avaient été enlevés et que d'autres étaient brisés. Un peu plus loin, juché sur une échelle, un homme brun entre deux âges s'appliquait à détacher un vitrail avec une grande délicatesse. Au pied de l'échelle, un énorme cheval noir paissait à côté d'un chariot à hauts bords.

« On enlève donc tous les vitraux, dis-je à Craike. L'église aura l'air bien triste à l'arrivée du roi.

— Le maître verrier s'efforce d'en enlever le plus possible avant la venue du cortège, car le roi voudra vérifier que l'église est désormais hors d'usage. »

Au bruit de nos voix, le verrier s'arrêta et baissa les yeux vers nous. Il avait un visage mince, soucieux, un regard perçant et suspicieux.

« Ça avance, maître Oldroyd ? lui lança Craike.

— Pas trop mal, m'sieu, merci.

— Réussirez-vous à ôter tous les vitraux avant l'arrivée du roi ?

— Oui, m'sieu. Je serai ici chaque jour aux aurores jusqu'à ce qu'il n'en reste plus un seul. »

Craike nous fit gravir les marches usées de l'église dont le grand portail était à demi ouvert. Des empreintes de chaussures boueuses maculaient le seuil. À l'évidence, l'église était devenue une voie de passage très fréquentée.

Jadis, l'édifice avait été magnifique. De grands arcs et des piliers richement décorés de peintures vertes et ocre s'élevaient à des hauteurs vertigineuses. Le sol était dallé de carreaux ornés de dessins très variés. Illuminé par des cierges, l'endroit avait dû être extrêmement impressionnant. À présent, hélas ! les nombreuses fenêtres vides projetaient une lumière froide et blafarde dans les chapelles latérales démeublées et dans les niches dépouillées de leurs statues, dont certaines gisaient désormais en morceaux sur le sol. Des traces de boue et des carreaux brisés indiquaient un raccourci menant à un autre portail, à demi ouvert lui aussi, à l'extrémité sud de la nef. Comme nous traversions l'église dévastée, nos pas résonnaient en un écho sinistre au milieu du silence qui contrastait avec l'animation extérieure. Je fus pris de frissons.

« Oui, il fait froid, dit Craike. L'endroit est humide et brumeux, car nous sommes ici tout près de la rivière. »

On avait construit un nombre considérable de stalles en bois contre les murs. Quelques chevaux s'y trouvaient déjà, mais beaucoup d'entre elles étaient vides. Des tas de paille se déversaient même dans les bas-côtés.

Barak désigna une stalle. « Voici Sukey et Genesis.

— L'église est réquisitionnée comme écurie ? m'écriai-je, incrédule.

— L'endroit hébergera en effet tous les chevaux des courtisans et des dignitaires. Il s'agit d'une utilisation rationnelle de l'espace. Cela peut sembler certes sacrilège, même si l'église est désaffectée. »

Nous sortîmes par le portail sud et nous nous retrouvâmes dans une autre grande cour, tout aussi animée. Là encore, des constructions s'élevaient contre les murs, notamment un corps de garde imposant et une autre église plus petite. Celle-ci était encore intacte – peut-être était-ce l'église de la paroisse. On déchargeait toutes sortes de produits des charrettes : sac sur sac de pommes et de poires, tas de charbon de bois et fagots de branchages, brassées de bougies de toutes les tailles, innombrables bottes de foin. Des serviteurs transportaient les articles dans les bâtiments et dans une série de cabanes temporaires. On avait érigé des rangées de palissades dans l'intention d'y parquer un troupeau entier de moutons, de nombreuses vaches et même des cerfs. Dans un enclos, des centaines de volailles – poules, canards, dindes, et même deux grandes outardes dont les ailes géantes avaient été coupées –, pressées les unes contre les autres, dénudaient le sol en picorant tout ce qui poussait. Tout près, un groupe d'ouvriers installaient des tuyaux dans une tranchée descendant jusqu'au mur sud du monastère. Au loin, par une porte ouverte, j'aperçus des laisses de vase et une large rivière grise. « Je n'ai jamais vu tant de travaux à la fois ! m'écriai-je en secouant la tête.

— Dès vendredi il y aura trois mille bouches à nourrir. Mais venez, nous allons de ce côté-ci. » Craike nous fit longer les enclos des animaux en direction d'un grand bâtiment de deux étages. « C'était l'hôpital des moines, expliqua-t-il, l'air confus. Nous l'avons divisé en cabines. On n'a pas pu faire mieux. La plupart des juristes y sont logés. Les serviteurs n'ont que de malheureuses tentes. »

Un petit groupe d'employés officiels bavardaient devant la porte, certains portant le bâton rouge, emblème du portier chargé d'empêcher les intrus de pénétrer dans les palais royaux. Un homme grand et corpulent en robe de juriste, qui dépassait tous les autres d'une tête, était en train de les interroger. Craike baissa la voix. « C'est sir William Maleverer. Juriste et membre du Conseil du Nord, il est en charge de tout ce qui concerne les affaires juridiques et la sécurité. »

Craike s'approcha de lui et toussota pour attirer son attention. L'homme corpulent se retourna, l'air agacé. Âgé d'une quarantaine d'années, le visage lourd et dur, il portait une barbe noire, la fameuse « barbe en bêche » à la mode, dont l'extrémité était taillée en ligne droite. Deux yeux noirs et glacés nous étudiaient.

« Eh bien, messire Craike, qui vous m'amenez aujourd'hui, avec votre petite écritoire de clerc ? » Sa voix était profonde et empreinte d'un accent du Nord. Je me souvins alors que les sièges du Conseil du Nord était occupés par des loyalistes de la région.

« Le confrère Matthew Shardlake, sir William, qui vient de Londres, et son assistant.

— Vous vous occupez des requêtes adressées au roi, n'est-ce pas ? »

Maleverer me toisa d'un air méprisant, comme si sa haute stature et son dos bien droit étaient le fruit de quelque grande vertu. « Vous êtes en retard.

— Je vous prie de nous excuser. La chevauchée a été rude.

— Vous devez préparer les dossiers pour vendredi. En compagnie du confrère Wrenne.

— Nous l'avons déjà rencontré. »

Maleverer émit un grognement. « C'est une vieille femme... Mais je vais devoir vous laisser vous arranger ensemble. J'ai d'autres affaires plus importantes à traiter. Assurez-vous simplement qu'un résumé de ces placets soit rédigé dès jeudi matin et porté aux bureaux du grand chambellan.

— Je suis certain que tout sera fin prêt. »

Il planta derechef sur moi un regard dédaigneux. « Vendredi, vous serez en présence du roi. J'espère que vous possédez des vêtements de meilleur aloi que ce manteau crotté.

— Dans nos bagages, monsieur. » J'indiquai les sacoches que Barak équilibrait sur ses épaules.

Maleverer hocha sèchement la tête et se retourna vers ses compagnons. Barak m'adressa une grimace au moment où nous entrions dans le bâtiment. L'intérieur était sombre et lugubre, les murs percés d'étroites fenêtres en arceau ; un feu de petit bois flambait au milieu du sol dallé. Les scènes religieuses jadis peintes sur les murs avaient été grattées, ce qui donnait au lieu un aspect négligé, et l'on avait érigé des cloisons en bois pour diviser la salle en cabines. L'endroit semblait vide ; tout le monde devait être au travail.

« Sir William est un homme sévère, déclarai-je simplement.

— C'est un homme dur, comme tous les membres du Conseil du Nord, répondit Craike. Je suis content de n'avoir guère affaire à lui... Bon, j'ai pris la liberté de vous attribuer, à toi et à ton assistant, des cabines contiguës – normalement, maître Barak devrait être logé dans une tente de serviteurs. Il y a tant de monde et une telle diversité de rangs qu'il est difficile d'assigner à chacun la place qui lui est due.

— Ça m'est égal », répondis-je en souriant. Craike eut l'air soulagé et se mit à fouiller parmi les documents empilés sur sa petite écritoire. Il en retira un certain bout de papier, puis nous conduisit le long de la rangée de cabines, dont les portes étaient numérotées.

« Dix-huit, dix-neuf... Oui ce sont bien les vôtres. » Il fit une marque sur son papier et me sourit. « Eh bien, cher ami, j'ai eu grand plaisir à te revoir, mais il faut que je me sauve...

— Bien sûr. J'espère qu'on aura quand même l'occasion de boire une chope d'ale ensemble pendant notre séjour ici.

— J'en serai enchanté, si on trouve le temps... Mais tout cela, ajouta-t-il en désignant la cour d'un geste de la main, quel cauchemar ! » Il nous fit un bref salut, jeta un nouveau coup d'œil à sa liste et s'esquiva prestement.

« Eh bien, voyons ce que ce brave Craike nous a attribué ! » dis-je à Barak. Je tournai la clef qui se trouvait dans la serrure de la cabine. Le mobilier se composait seulement d'un lit de camp et d'un petit coffre à linge. J'enlevai avec précaution mes bottes de cheval et, poussant un soupir de soulagement, m'allongeai sur la couche. Quelques instants plus tard on frappa à la porte et Barak fit son entrée, pieds nus et chargé de mon bagage. Je me dressai sur mon séant.

« Sangdieu ! m'écriai-je. Tes pieds ! Quelle odeur ! Mais les miens aussi, j'imagine.

— En effet. »

Je percevais la fatigue dans sa voix.

« Décidons de nous reposer cet après-midi, dis-je. On n'a qu'à dormir jusqu'à l'heure du dîner.

— Entendu. Quel tohu-bohu ! Je n'ai jamais vu tant de victuailles et de bêtes au même endroit, ajouta-t-il en secouant la tête. Quelle que soit la parade secrète qu'on prépare là-bas, tout est fait pour elle. »

Je claquai des doigts. « Ces pavillons m'ont rappelé quelque chose, dis-je, et je viens de me souvenir de quoi il s'agit... Le camp du Drap d'or.

— Quand le roi s'est rendu à Calais pour rencontrer le roi de France ?

— Oui. Voilà vingt ans. Il y a une peinture représentant l'événement au Guildhall. On avait érigé d'énormes pavillons et des tentes géantes tout à fait similaires qu'on avait couverts de draps d'or, d'où le nom. Bien sûr, Lucas Horenbout s'en est inspiré.

— Dans quel dessein ?

— Je l'ignore. Pour célébrer quelque grand événement. Mais peut-être devrions-nous maîtriser notre curiosité et nous contenter d'accomplir notre tâche.

— Revêtir un manteau couleur de muraille...

— Exactement.

— Et lady Rochford est ici. À éviter comme la peste, mordieu ! »

Je posai sur lui un regard grave. « Oui. Elle a fait partie du plus noir complot ourdi par ton ancien maître. »

Barak se dandina, embarrassé. Cinq ans plus tôt, lady Rochford avait été l'une des personnes utilisées par Thomas Cromwell pour discréditer la reine Anne Boleyn en l'accusant d'écarts de conduite. Le témoignage de lady Rochford avait été le plus effroyable. Elle avait accusé George Boleyn, son propre époux, d'avoir eu des relations incestueuses avec sa sœur. J'avais de bons motifs d'être persuadé que les accusations portées contre la reine avaient été fabriquées pour des raisons politiques, comme le devinaient la plupart des gens, d'ailleurs.

« Son nom est devenu indissociable de la notion de traîtrise, poursuivis-je. En outre, elle a été généreusement récompensée pour sa collaboration. On l'a nommée dame de la Chambre privée de Jane Seymour, puis d'Anne de Clèves et aujourd'hui de Catherine Howard.

— Ça n'a pas l'air de la rendre très heureuse, à en juger par sa mine, n'est-ce pas ?

— En effet. Ses éclats de colère semblaient dissimuler un malaise. Reconnaissons qu'il ne doit pas être très drôle de savoir que tout le monde vous déteste. Espérons qu'on n'aura pas le malheur de la croiser de nouveau.

— Mais vous devez rencontrer le roi.

— Il paraît... » Je secouai la tête. « Bizarrement, j'ai du mal à intégrer cette idée.

— Et vous devez vous occuper du prisonnier du château. Vous n'avez pas le choix en la matière.

— Soit. Mais, comme je l'ai déjà dit, j'ai l'intention de poser le moins de questions possible. » Je racontai à Barak ce qui s'était passé au château d'York, lui décrivis la cruauté de Radwinter et la façon dont Broderick s'était jeté sur lui, sans mentionner cependant ce qu'avait dit le geôlier sur la sympathie que je ressentais pour le prisonnier. À la fin de mon récit, Barak avait l'air songeur.

« Rares sont ceux qui savent comment se comporter avec les prisonniers dangereux, les garder et les surveiller. Le comte Cromwell tenait en haute estime ceux qui possèdent cette faculté. » Il posa sur moi un regard grave. « Je pense que vous avez raison. Ne vous liez pas davantage qu'il n'est nécessaire avec l'un ou l'autre. »

Sur ce, il me quitta en me promettant de m'avertir à l'heure du dîner. J'entendis un grincement et un soupir au moment où il s'allongeait sur le lit dans la cabine d'à côté. Je fermai les yeux et ne tardai pas à m'endormir. Je rêvai que mon père m'appelait de l'extérieur d'une voix vive et claire, mais que lorsque je me levai de ma couche pour aller le rejoindre, la porte de la cabine avait été remplacée par une porte aussi épaisse et lourde que celle de la cellule de Broderick, et qu'elle était fermée à clef.

Barak jouissait du don enviable de déterminer avant de s'endormir le moment où il voulait se réveiller, et il lui arrivait rarement de manquer l'heure. Le coup qu'il frappa à ma porte me tira de mes rêves tourmentés. La cabine était sombre et je vis par la fenêtre que le soleil était bas dans le ciel. Je rejoignis Barak dans la salle où se pressaient d'autres personnes, des maîtres clercs ainsi que deux jeunes avocats en robe noire. L'un des deux, un petit homme fluet qui se tenait près du feu pour se réchauffer les mains, intercepta mon regard et me fit un salut.

« Vous venez de vous joindre à nous, monsieur ? me demanda-t-il en nous dévisageant, Barak et moi, de ses grands yeux curieux.

— Oui... Je suis le confrère Shardlake de Lincoln's Inn et voici Barak, mon assistant Nous devons aider à préparer les requêtes présentées au roi.

— Ah bien ! » Il parut impressionné et me gratifia d'un sourire engageant. « Paul Kimber, également de Lincoln's Inn. » Il inclina à nouveau le buste.

« Et vous, quelle tâche assurez-vous dans ce voyage ? m'enquis-je.

— J'appartiens au bureau de l'officier de bouche de la maison du roi et je m'occupe de l'établissement des contrats passés avec les fournisseurs au cours du voyage. Je participe à leur élaboration, à tout le moins. Je suis avec le cortège depuis le début et ç'a été un dur labeur de négocier avec ces barbares de Nordistes. » Il partit d'un rire méprisant.

« Savez-vous où nous pourrions trouver à dîner ? demandai-je.

— Dans la salle à manger commune à tous – avocats, maîtres clercs, commis, charpentiers... Vous aurez besoin d'un document indiquant que vous avez "la bouche à Cour".

— Où se le procure-t-on ?

— Au bureau de la Grande Salle. » Il fronça le nez. « Je ne saurais vous dire où il se trouve à présent. On devait le déplacer aujourd'hui pour l'installer en d'autres lieux, à cause de l'arrivée du cortège.

— Fort bien. Nul doute qu'on parvienne à le trouver. »

Nous sortîmes du bâtiment. Une senteur automnale de fumée de feu de bois flottait dans l'air. Je frissonnai, l'humidité étant devenue plus prononcée. Un peu plus loin, des valets en blouse marron nourrissaient les troupeaux de bêtes dans leur enclos de fortune.

« Retraversons l'église, dis-je. Cela doit se trouver quelque part de l'autre côté du manoir. »

Nous martelâmes à nouveau le sol de l'église du monastère glaciale, arrimée d'ombres au coucher du soleil, et habitée par un silence que seul le bruit des chevaux bougeant dans leurs stalles venait rompre. Nous sortîmes par le portail principal et nous arrêtâmes sur le seuil pour contempler la première cour. Les ouvriers étaient toujours occupés à scier et à peindre. Je n'en avais jamais vu en aussi grand nombre, travaillant à une telle vitesse. Deux valets déchargeaient des lampes contenant de grosses bougies blanches et les apportaient aux artisans. De nombreuses tentes étaient déjà éclairées par une source lumineuse placée à l'intérieur.

« Ils ont donc l'intention de continuer à travailler une fois la nuit tombée ? demanda Barak.

— À ce qu'il paraît. Espérons pour eux qu'il ne pleuvra pas. »

Un cliquetis m'incita à me retourner. Oldroyd, le verrier, que nous avions vu plus tôt dans la journée, passait près de nous, conduisant son énorme cheval, une de ces gigantesques bêtes noires des Midlands, les plus grandes et les plus puissantes du pays, qui tirait un chariot à hauts bords, plein de verre.

« La journée de travail a été bonne, l'ami ?

— Oui-da. Très occupée, m'sieu », me répondit-il d'un ton neutre. Lorsqu'il toucha son bonnet je vis que sa main était sillonnée de minuscules cicatrices, vestiges des coupures subies au cours de sa carrière de verrier. « On me laisse garder le verre et le plomb en paiement de mon travail.

— Qu'est-ce que vous en faites ?

— Ça va chez les gens de qualité. Une bête mythique ou un laboureur au travail font un joli panneau central pour une fenêtre, et ça revient moins cher que de peindre un nouveau vitrail. » Il se tut. « Mais on m'ordonne de fondre les figures de moines et de saints. C'est triste car elles sont souvent très belles… » Il s'interrompit brusquement avant de me lancer un regard anxieux : de telles remarques risquaient d'être interprétées comme une critique de la politique du roi. Je lui souris pour lui signifier que ces paroles ne me choquaient pas. Je crus un instant qu'il allait ajouter quelque chose, mais, la tête basse, il conduisit son puissant cheval vers la porte.

Je parcourus les tentes du regard, espérant apercevoir Horenbout. Barak demanda à deux employés qui passaient à toute vitesse près de nous s'ils savaient où se trouvait le bureau de la Grande Salle, mais ils se contentèrent de secouer la tête. Tout le monde semblait extrêmement pressé. Barak soupira et fit un signe de tête en direction de la guérite qui abritait la sentinelle préposée à la vérification des papiers des entrants et des sortants.

« Allons le lui demander. »

Nous nous dirigeâmes vers l'homme en faction, un jeune sergent vêtu de la livrée des hallebardiers de la garde royale occupé à vérifier les papiers d'un charretier. Ce grand jeune homme aux cheveux de lin et au beau visage franc semblait âgé d'une vingtaine d'années. Jetant un coup d'œil à l'intérieur de sa guérite, j'aperçus, sur une étagère placée sous la fenêtre, une bible ouverte, l'une de celles enrichies de notes destinées aux lecteurs peu instruits.

« Tout est en ordre », déclara-t-il en rendant ses papiers au charre
tier, lequel fit alors entrer son cheval dans l'enceinte.

« Vous savez où se trouve le bureau de la Grande Salle ? s'enquit
Barak. Nous venons d'arriver et nous avons faim.

— Désolé, messieurs, mais je n'en ai pas la moindre idée. Il paraît
qu'il a changé de lieu.

— C'est ce que tout le monde dit.

— Ses friands ne sont pas mauvais... » Le jeune militaire désignait
un marchand de pâtés qui vantait sa marchandise au milieu des char
pentiers. Son affaire semblait florissante.

« Vous en avez envie ? me demanda Barak.

— Ça vaudra mieux que de déambuler toute la soirée parmi cette
foule. »

Il se dirigea vers le marchand qui lui fit un petit salut respectueux,
car il se trouvait en territoire royal désormais.

« Merci, dis-je au sergent.

— Il n'y a pas de quoi, monsieur. Tout est sens dessus dessous, ce
soir.

— D'où êtes-vous, sergent ? demandai-je, curieux de son accent du
Sud.

— Du Kent, monsieur.

— Ah oui ! Il me semblait bien avoir reconnu l'intonation. J'ai
traité un dossier dans cette région il y a quelques années.

— La plupart des soldats recrutés pour le voyage viennent du Kent.
Six cents archers en arrivent avec le roi vendredi. Il sait que nous
sommes les meilleurs du pays et les plus loyaux. »

Je fis un signe de tête en direction de sa bible. « Vous approfon
dissez vos connaissances ?

— Notre chapelain affirme que tout le monde doit apprendre à
bien lire, répondit-il en rougissant.

— C'est la pure vérité. Eh bien, bonne soirée, sergent ! » Je
rejoignis Barak. Nous mangeâmes nos pâtés tout en regardant les
artisans. Quel extraordinaire spectacle ! Les ouvriers s'interpellaient,
des centaines de lampes brillaient, tandis qu'au sommet du mur
d'enceinte, armés de leurs piques et de leurs fusils, des gardes arpentaient le chemin de ronde. Je contemplai la masse silencieuse de
l'église se découpant contre le ciel qui s'assombrissait.

« Je me remettrais volontiers au lit, dit Barak.

— Moi aussi. On n'a pas dormi la nuit dernière. »

Nous retournâmes à notre résidence. Le bâtiment fourmillait
désormais d'avocats et d'agents officiels, mais sur le chemin de nos
cabines nous étions trop épuisés pour leur offrir plus qu'un salut de
la tête. Je m'endormis à peine la tête posée sur l'oreiller.

Je me réveillai très tôt, enfin repu de sommeil. L'aube pointait à peine et de toutes parts on entendait les ronflements et les grognements des dormeurs. Il était rare que je me réveille avant Barak. Je m'habillai en silence, passai la main sur mes joues rugueuses. Il fallait absolument que je me rase.

Je sortis sans faire de bruit. Une pâle lumière blafarde éclairait l'atmosphère tranquille et brumeuse. Pour la première fois depuis notre arrivée, le silence régnait à Sainte-Marie : ni appels, ni crissements de scie, ni martèlements de pas pressés. Les animaux étaient calmes dans leur enclos, leur haleine formant de la buée. Je traversai la cour en direction de l'église, mes pas étouffés par l'herbe que la pluie de la nuit avait détrempée. Le toit disparaissait dans la brume. Deux ou trois ans auparavant, songeai-je, les moines auraient été à l'office en cet instant, leurs chants montant et descendant dans l'air.

Je décidai de traverser l'église pour voir ce qui se passait dans la cour principale. Une faible clarté tombait des fenêtres, et toutes les chapelles latérales, où jadis brûlaient des cierges devant les statues des saints, étaient vides et sombres. Je me dirigeai vers les chevaux et glissai quelques mots à l'oreille de Genesis et de Sukey avant de poursuivre ma route. À mi-chemin, je fus surpris d'entendre un grattement et un tintement de verre incessants. Me retournant, j'aperçus au-dessus de moi la silhouette de maître Oldroyd, déjà à la tâche, occupé à taillader le plomb autour d'un vitrail.

Je pénétrai dans la cour principale. Le silence régnait là aussi. Les silhouettes fantomatiques des énormes pavillons se dressaient dans la brume. La porte donnant sur Bootham était fermée. Appuyé sur sa pique, l'air endormi, un garde bâillait. Les lumières clignotaient à la fenêtre de la maison abbatiale et quelques employés se tenaient déjà sur le seuil, toussant et battant la semelle.

« Messire Shardlake ! » lança une voix de femme derrière moi. Je me retournai. La jeune Tamasin, vêtue d'un beau manteau à capuchon de demi-laine, se dirigeait vers moi. Je fis halte.

« Mam'selle Reedbourne…

— Bonjour, monsieur, dit-elle en me faisant la révérence. Je suis contente de vous rencontrer. Je voudrais vous présenter mes remerciements en bonne et due forme pour l'aide que vous m'avez apportée hier. Maître Barak est-il avec vous ? demanda-t-elle en scrutant le brouillard.

— Il est encore au lit. Et vous, mam'selle Reedbourne, comment se fait-il que vous soyez si matinale ? » Je repensai à l'incident de la veille. Elle avait eu de la chance d'être attaquée juste au moment où nous passions par là à cheval…

Elle me sourit. « J'ai rendez-vous avec Jennet Marlin, ma maîtresse, pour aller voir les cuisiniers. Lady Rochford n'est pas satisfaite de l'organisation de la cuisine particulière de la reine. Ma maîtresse a une lourde journée en perspective et souhaite commencer de bonne heure. »

Je l'étudiai de près. Ainsi donc, elle travaillait pour Jennet Marlin, la femme à l'air renfrogné qui accompagnait lady Rochford la veille.

« Je crains que Mlle Marlin ne soit encore couchée, elle aussi, dit la donzelle en serrant davantage son manteau. Mais je dois l'attendre ici. »

Je hochai la tête. « Bon. Il me faut poursuivre mon chemin.

— Peut-être reverrai-je maître Barak ? reprit-elle, pas du tout refroidie par mes manières distantes. Afin de le remercier.

— Nous allons être très occupés. Je doute que nos chemins se croisent à nouveau.

— Ce n'est pas pourtant impossible puisque nous logeons tous ici... »

Elle fut soudain interrompue par un grand cri, en provenance de l'église, qui venait de percer le brouillard. Cri terrible d'animal, d'une force inhumaine, qui fit se hérisser les cheveux de ma nuque. Un dignitaire en robe rouge qui se dirigeait vers les travaux s'arrêta net, la mâchoire tombante.

« Dieu du ciel ! qu'est-ce que... ? » souffla Tamasin.

L'horrible cri se fit à nouveau entendre, plus près cette fois-ci, et une énorme silhouette aux contours imprécis apparut, chargeant à travers la brume. Elle heurta le dignitaire en robe rouge, qui s'effondra comme une quille, avant de continuer à charger, droit sur Tamasin et moi.

5

I L S'AGISSAIT EN FAIT D'UN ÉNORME CHEVAL, celui du maître verrier. Je le reconnus au moment même où, empoignant Tamasin, je faisais un bond en arrière. Juste à temps, car je perçus la vibration de l'air quand l'animal passa en trombe près de nous, ainsi que la puanteur de sa sueur. Je faillis tomber, mais Tamasin, dans un prompt réflexe, plaça sa main sur mon dos et réussit à me retenir. Je déteste qu'on touche cette partie de mon corps, mais à ce moment-là je ne m'en rendis guère compte. Nous regardâmes l'énorme cheval. Il s'était précipité vers le mur du manoir et restait là, aux abois, pris de tremblements, roulant des yeux fous, l'écume à la bouche.

Je me tournai vers la jeune fille. « Ça va ?

— Oui, monsieur. Vous m'avez sauvée, répondit-elle en me regardant d'un air étrange.

— Nous aurions été seulement renversés. Regardez, cet homme se relève », rétorquai-je en montrant le dignitaire que le cheval avait culbuté. Il se remettait sur pied avec difficulté, sa robe rouge maculée de boue. Attirés par le bruit, des gens sortaient en courant de la maison abbatiale, notamment deux gardes, l'épée au clair. Ils s'approchèrent du cheval, qui, dans un nouveau hennissement suraigu, se cabra puis lança des ruades. La menace de ses énormes sabots poilus prêts à défoncer le crâne des gardes les contraignit à reculer vivement. Perplexe, je fixai le cheval qui la veille était passé près de moi si calmement. Qu'est-ce qui avait bien pu le rendre à moitié fou ?

« Laissez-le ! cria quelqu'un, il finira par se calmer. » La foule se tenait à l'écart, en demi-cercle autour de l'animal immobile, tremblant, terrorisé par l'attroupement qu'il venait de provoquer.

« Sangdieu ! que s'est-il passé ? Tu vas bien, Shardlake ? » Je me retournai vers la personne qui se trouvait à mes côtés. Craike contemplait la scène, bouche bée.

« Oui. C'est le cheval du verrier, quelque chose a dû l'effrayer.

— Le bonhomme Oldroyd ? demanda Craike en jetant des coups d'œil à l'entour. Où est-il ?

— Je ne sais pas. »

Il fixa le cheval terrifié. « C'est en général le plus tranquille des animaux. On n'a même pas besoin de l'attacher. Maître Oldroyd le laisse paître à côté du chariot.

— Veux-tu m'accompagner pour voir ce qui a pu l'effaroucher ? »

La foule grossissait. Des serviteurs sortis de la maison abbatiale et des ouvriers à demi vêtus, surgis de leurs tentes, allaient et venaient en tous sens. J'aperçus le sergent rencontré la veille qui, accompagné d'un petit groupe de soldats, accourait à toute vitesse.

« D'accord, répondit Craike. Je t'accompagne. » Il regarda Tamasin qui se tenait toujours près de moi.

« Je suis surpris, ma fille, que vous soyez si matinale et toute seule.

— J'attends Mlle Marlin.

— Je pense que vous devriez l'attendre à l'intérieur », déclarai-je d'un ton ferme. Elle hésita un instant, puis fit une profonde révérence et s'éloigna. Craike se dirigea vers le sergent et je lui emboîtai le pas. Tamasin s'était arrêtée au bord de la foule et continuait à contempler la scène. Je dus lui lancer un regard chargé d'animosité car elle reprit le chemin du manoir incontinent.

Craike parlait au sergent. À l'instar des personnes anxieuses, dans un réel moment de crise il faisait preuve d'un grand sang-froid. « Ce cheval appartient à l'homme qui enlève les vitraux de l'église. Je crains qu'il ne soit arrivé malheur à son maître. Pourriez-vous nous accompagner avec un de vos soldats ?

— D'accord, monsieur.

— Il vaut mieux que les autres restent ici afin de surveiller le cheval et de renvoyer la foule à ses occupations. Quelqu'un doit aller mettre au courant sir William Maleverer. Comment vous appelez-vous, sergent ?

— George Leacon, monsieur. » Le sergent adressa quelques mots rapides à ses hommes, choisit un soldat aussi grand et costaud que lui, puis, serrant fermement sa pique, il se dirigea vers le flanc de l'église.

La brume était toujours dense. Nous marchâmes avec précaution sur des caillebotis mouillés placés à droite du bâtiment. Je regrettais que Barak ne fût pas avec moi. J'entendis alors un bruit devant nous, un grincement de métal rouillé. Je me tournai vers Craike. « Tu as entendu ?

— Non.

— On aurait dit un bruit de porte qu'on referme.

— Qu'est-ce que c'est que ça, là-bas ? » fit-il en désignant une large masse marron qui se dessinait devant nous dans la brume. Lorsqu'on s'en approcha, on reconnut le chariot du verrier. Son échelle était appuyée dessus.

« Où est-il donc ? demanda Craike, perplexe. On ne voit goutte à cause de ce fichu brouillard. Maître Oldroyd ! » cria-t-il d'une voix forte. Le soldat l'imita. Leurs voix semblaient assourdies par la brume Aucune réponse. Rien.

« Il avait dû détacher le cheval pour le laisser paître. Mais qu'est-ce qui a pu l'effrayer à ce point ? »

Les deux hommes lancèrent à nouveau plusieurs appels. J'examinai le chariot. La façon étrange dont l'échelle était posée fit naître en moi une prémonition. Je touchai le bras de Leacon.

— Pouvez-vous m'aider, sergent ? Je voudrais jeter un œil à l'intérieur du chariot. »

Le jeune homme hocha la tête, se pencha et me fit un étrier de ses deux mains. J'agrippai le rebord et je me sentis soulevé, ma robe se déchirant sur un éclat de verre fiché dans le bois. Soutenu par le soldat, je découvris l'un des spectacles les plus atroces que j'aie jamais vus.

Le chariot était aux trois quarts plein de fragments de vitraux fracassés. Maître Oldroyd gisait sur le dos par-dessus le verre, le corps criblé en de multiples endroits d'esquilles pointues. Un long fragment, effilé comme une épée et couvert de sang, avait transpercé son ventre. Juste au-dessous du mien, le visage d'Oldroyd était blême, ses yeux étaient clos. Le verre sur lequel il reposait était maculé de sang.

J'avalai brusquement ma salive. « Il est là, m'écriai-je. Il est mort !

— Donnez-moi de l'aide ! » entendis-je Craike lancer à quelqu'un, et, un instant plus tard, sa tête ronde apparut de l'autre côté du chariot. Il pâlit.

« Dieu du ciel ! Il a dû tomber de l'échelle. » Il se tourna vers la foule qui commençait à s'attrouper et cria : « Écoutez ! Que quatre d'entre vous grimpent sur les épaules d'autres gars. Il faut qu'on descende le corps ! »

Il y eut un nouveau bruit d'escalade, et quatre ouvriers costauds apparurent, l'air choqué de découvrir le spectacle au fond du chariot. Ils tendirent les bras à contrecœur, saisirent les mains et les pieds d'Oldroyd et firent glisser le corps le long de cette terrifiante pique de verre. Un flot de sang s'échappait de la blessure. Je faillis tomber à la renverse en voyant les yeux du verrier s'ouvrit tout grands. « Il est vivant ! » hurlai-je. Mon cri fit sursauter les ouvriers qui le lâchèrent d'un seul coup. Le corps s'affala, faisant tinter et crisser les fragments de vitrail.

Oldroyd me fixa du regard. Il tenta de lever faiblement un bras et de remuer les lèvres pour parler. Je me penchai le plus possible en avant sans risquer de basculer. Il parvint à agripper ma robe de sa main ensanglantée couverte de cicatrices. Terrifié à l'idée de tomber la tête la première sur tous ces débris de verre, je me cramponnais désespérément au rebord du chariot.

« Le ro... le roi, fit-il d'une voix tremblante.

— Quoi, le roi ? De quoi s'agit-il ? » J'entendis ma propre voix chevroter ; mon cœur cognait comme un fou

— Aucun rejeton de Henri et... » Il hoqueta et cracha un filet de sang. « De Henri et Catherine Howard... ne pourra jamais être... un héritier légitime !

— Quoi ? De quoi parlez-vous ?

— Elle, elle le sait. » Il frissonna violemment. « Blaybourne, chuchota-t-il d'une voix fébrile, plongeant ses yeux bleus dans les miens, comme si c'était un moyen de s'accrocher à la vie. Blaybourne... » Le mot s'évanouit dans un râle. Il lâcha prise, sa tête retomba en arrière. Il était mort. En le soulevant on avait ouvert ses blessures, et le reste de son sang se répandait sur les tessons.

Je me redressai. Mes bras tremblaient. Les ouvriers me regardaient, terrifiés.

« Qu'a-t-il dit ? demanda Craike.

— Rien ! rétorquai-je. Rien du tout. Sortez-le de là ! » J'appelai le sergent Leacon par-dessus mon épaule : « Aidez-moi à redescendre ! » Il s'exécuta. Appuyé contre le chariot, je tâchais de recouvrer mes esprits quand Barak accourut vers nous. « Où étais-tu passé, nom de Dieu ? lui lançai-je d'un ton agressif, sans raison.

— Je vous cherchais, répliqua-t-il sur le même ton. Les rumeurs vont bon train. Qu'est-ce qui se passe, sangdieu ?

— Le verrier est tombé de son échelle dans son chariot et son cheval a détalé comme un fou. »

La haute silhouette de sir William Maleverer apparut, sa robe noire claquant contre ses longues jambes. La foule s'ouvrit prestement devant lui. Les sourcils froncés, il regarda le cadavre ensanglanté d'Oldroyd qu'on tirait par-dessus le rebord du chariot et qui s'affala sur le sol avec un bruit atroce.

« Qu'est-il arrivé ? s'enquit Maleverer d'un ton brusque. Craike, et vous, confrère avocat, que s'est-il passé ?

— Le verrier est tombé dans son chariot », répondit Craike.

Maleverer regarda le cadavre d'un air dégoûté. « Quel crétin ! Comme si on n'avait pas assez de travail comme ça... Il va falloir que je dérange le coroner du roi ! » Il jeta un regard à l'entour sur la foule. « Qui l'a trouvé ?

— Moi », fis-je en avançant vers lui.

Il grogna, puis se tourna vers l'attroupement. « Retournez à la besogne, bande de pouilleux ! cria-t-il. Vous aussi, Craike. Et vous, soldat, dit-il à Leacon, transportez cette carcasse au manoir et assurez-vous que ce cheval enragé ait la tête tranchée ! »

Maleverer fit preuve d'une telle autorité que la foule se dispersa sur-le-champ, tandis que des marmonnements fébriles flottaient dans le brouillard. Leacon et l'autre soldat soulevèrent le corps d'Oldroyd et s'éloignèrent, suivis d'un Maleverer au visage renfrogné. Barak fit mine de leur emboîter le pas, mais je le retins.

« Non, Jack, dis-je vivement. Je dois te faire part de quelque chose... Je suis atterré. »

Nous restâmes à l'ombre du chariot et je lui répétai les dernières paroles d'Oldroyd.

« Grand Dieu ! s'exclama-t-il, le bonhomme a parlé en félon. Était-il un sympathisant des conspirateurs et aurait-il manifesté son opposition au roi au moment de mourir ? »

Je fronçai les sourcils. « Il semblait vouloir désespérément me révéler quelque chose.

— Pourquoi à vous en particulier ? Vous ne lui avez parlé que quelques minutes hier.

— Il n'y avait personne d'autre à qui confier son message.

— Qui est ce Blaybourne ?

— Aucune idée. Peut-être est-ce l'homme qui l'a tué, répondis-je en secouant la tête.

— Mais il est clair qu'il s'agit d'un accident. Il est tombé de son échelle.

— Je n'en suis pas si sûr. » Je pris une profonde inspiration. « Je pense qu'on a pu le pousser. Il était verrier. Il fait partie d'une corporation dont les membres n'ont pas pour habitude de tomber de leur échelle. » Je regardai le long de l'église, au-delà du chariot. « Et tandis que je marchais vers l'église j'ai ouï un grincement. On aurait dit une porte qui se refermait. »

Les traits de Barak se durcirent. « Le meurtrier du verrier vous aurait entendu arriver ?

— Ce n'est pas impossible. Et il s'est échappé en s'engouffrant dans l'église.

— Eh bien, allons voir ! » Son air belliqueux avait reparu. J'hésitai. « Je n'ai pas envie de me mêler de cette affaire, Barak. Voilà pour quoi je n'ai répété à personne les dernières paroles d'Oldroyd. Je suis le seul à les avoir entendues. Nul n'a besoin de les connaître.

- Pourtant, s'il a parlé contre le roi et la reine, votre devoir est de le signaler, répondit-il, l'air très inquiet. Des gens ont été pendus au printemps parce qu'ils se sont tus alors qu'ils savaient qu'un complot se tramait. Et si Oldroyd était averti que quelque chose se préparait ici ? Le roi doit arriver dans deux jours. Faites part à Maleverer des dernières paroles du verrier, Dieu du ciel ! »

Je hochai la tête lentement. Il avait raison.

« Allons voir si on peut repérer la porte qui a grincé. Venez donc. Si un bruit a été entendu dans l'église, Maleverer s'attendrait qu'on aille vérifier. » Il palpa la garde de son épée, qu'il avait ceinte comme d'habitude.

Je le fixai du regard. Depuis plus d'un an, c'est moi qui prenais les initiatives, moi qui lui enseignais le respect de la loi, mais soudain il redevenait l'homme d'action de lord Cromwell, dégourdi et plein d'ardeur. J'opinai du chef à contrecœur et tâtai mon poignard. « Eh bien, allons-y. »

Nous longeâmes l'église. La brume se dissipait, filtrant les rayons d'un pâle soleil. À quelques pas de la charrette, en effet, une petite porte, dotée d'une grosse serrure, s'ouvrait dans le mur. À peine eus-je le temps de me demander si elle était fermée à clef que déjà Barak la poussait. Elle émit le grincement de charnière rouillée que j'avais entendu un peu plus tôt. Dans un même mouvement, il dégaina son épée et ouvrit la porte en grand. Nous pénétrâmes dans le bâtiment.

« Regardez ! » fit-il en désignant des empreintes de souliers toutes fraîches. Les traces humides partaient de la porte et traversaient toute l'église.

« Je ne vois rien, chuchotai-je.

— On n'a qu'à suivre les marques de pas. Elles sont toutes récentes et la personne qui les a laissées a dû rester dans l'herbe mouillée un bon bout de temps.

— Il y avait donc bien quelqu'un. »

Il approuva. « Il s'est glissé dans l'église quand il vous a entendu arriver, et il a détalé. Il a dû ressortir par l'une des portes principales. »

Je secouai la tête. « À sa place, au vu du tumulte déclenché par l'événement, je serais resté caché dans l'église jusqu'à ce que la foule se soit dispersée. Dieu seul sait qu'il y a assez de recoins sombres. »

Barak serra la poignée de son épée. « Suivons ces empreintes ! » lança-t-il.

Les marques sur les dalles étaient légères mais visibles. Elles traversaient l'église sur toute sa largeur, croisant la traînée de boue et de fumier laissée par ceux qui prenaient le raccourci le long de la nef, avant de continuer en s'estompant de l'autre côté, jusqu'à une grande porte intérieure dont l'arc était décoré de scènes de la vie du Christ La porte était entrouverte et les traces humides s'arrêtaient là.

« On l'a coincé ! chuchota Barak en souriant. Ce sera un fleuron à notre couronne. » Il recula d'un pas, puis ouvrit la porte d'un violent coup de pied, dont l'écho se répercuta un bon moment dans la grande église désaffectée. Nous jetâmes un regard à l'intérieur. Devant nous se trouvait un vestibule extrêmement décoré, au plafond bas en voûte soutenu par de larges piliers sculptés. Plus loin, un autre passage voûté menait à une vaste pièce qu'un vitrail épargné par le verrier éclairait d'une pâle lumière. Il s'agissait sans doute de la salle du chapitre Nous avançâmes, surveillant de près les piliers, de crainte que notre proie ne se soit dissimulée derrière l'un d'eux.

« Allez ! cria Barak. Vous êtes coincé ! Rendez-vous !

— Reste près de la porte, suggérai-je. Je vais quérir les soldats.

— Non j'ai envie d'arrêter celui-là tout seul.

— Barak ! Sois raisonnable ! » Mais il se déplaçait déjà dans la pièce, l'épée pointée devant lui. Je tirai mon poignard, scrutant les recoins. On voyait mal dans cette pénombre. Soudain, Barak poussa un cri.

« Dieu du ciel ! »

Je me précipitai vers le passage voûté, où il se trouvait. La pièce attenante était vide, tout le mobilier en avait été retiré, mais le long des murs se tenaient deux rangées d'hommes vêtus de robes aux couleurs éclatantes. J'aperçus des cheveux blancs, de longues barbes, des visages roses et des yeux étincelants. Je demeurai quelques instants bouche bée avant d'éclater de rire.

« Ce sont des statues, Barak. Les prophètes et les apôtres. » Ils avaient l'air si vivants dans le clair-obscur que sa stupéfaction était compréhensible. « Regarde ! Voici Moïse dans sa robe bleue. Seigneur Dieu, même ses lèvres ont été peintes de manière à créer l'illusion de la vie ! »

Nous étions perdus dans la contemplation des statues quand un léger bruit de pas attira notre attention. Nous pivotâmes sur nos talons, juste à temps pour apercevoir le bas d'une robe de couleur sombre s'engouffrer par la porte, avant que celle-ci ne se referme d'un coup. Comme nous nous précipitions vers la sortie il y eut le bruit d'une clef tournant dans la serrure. Barak agrippa frénétiquement la poignée.

« Diantre ! lança-t-il. Il nous a enfermés ! » À nouveau, il tira violemment sur la poignée, en pure perte.

Je serrai les dents. « Par conséquent, c'est nous qui nous retrouvons prisonniers pendant que notre assassin présumé s'enfuit. »

Barak était rouge de confusion.

« Désolé, dit-il. C'est ma faute. Quelle idiotie d'être entré ici en trombe sans réfléchir, puis de m'être laissé effrayer par ces statues.

Que le diable les emporte ! Il devait être caché dans l'un de ces recoins et vous l'auriez vu, sans ma bêtise. » Il avait l'air vraiment malheureux.

« Ce qui est fait est fait, dis-je.

— Je ne suis plus l'homme que j'ai été, déclara-t-il d'un ton soudain amer et furieux.

— Que veux-tu dire ?

— Il y a deux ans, je n'aurais jamais commis une telle bévue. Le luxe de Lincoln's Inn m'a amolli. » Il serra les dents. « Comment allons-nous sortir de là ? »

Je regardai le vitrail. « Il n'y a qu'une seule façon. Tu vas devoir te hisser sur ces statues, briser le vitrail et appeler à l'aide. Utilise la poignée de ton épée. »

Il fit la moue. « On va rire de nous d'un bout à l'autre de Sainte-Marie.

— Je doute que cela fasse rire Maleverer. Il faut qu'on le voie le plus vite possible.

— Eh bien alors, allons-y ! » Il prit une profonde inspiration avant de grimper sur la statue de Moïse. Prenant appui sur la tête de pierre, il escalada la statue de saint Marc qui se trouvait juste au-dessus. En tout cas, il n'avait pas perdu son agilité. En équilibre sur la tête de l'apôtre, il enserra d'un bras un pilier décoré, se pencha en avant et, avec la poignée de son épée, donna un violent coup au carreau le plus proche, qui éclata. Le bruit résonna fortement dans la salle du chapitre et m'arracha une grimace. Il fracassa ensuite le carreau qui se trouvait à côté, se pencha par la fenêtre, puis lança à grands cris des appels au secours qui retentirent dans toute la salle. Je fis une nouvelle grimace. Il lança deux « À l'aide ! » de plus, puis me cria . « On nous a vus. Des gens accourent. »

Une heure plus tard nous nous trouvions au Manoir du roi, devant le bureau de Maleverer. Au moment où nous entrions dans le bâtiment, nous avions remarqué un attroupement amassé autour du cheval d'Oldroyd. La bête était allongée sur le sol, immobile. J'avais sursauté à la vue de la traînée de sang qui maculait la cour. Les ordres de Maleverer avaient été exécutés. À l'intérieur du manoir flottait une odeur de copeaux de bois. Du cabinet de travail du juriste, on entendait le bruit d'une scie, témoin des grands travaux de décoration qui précédaient l'accueil du roi. Je racontai à sir William notre mésaventure. Il m'écouta, avec cette expression dure qui paraissait figée sur sa face. Il triturait un encrier de sa grosse main poilue, comme s'il avait envie de l'écraser dans sa paume. Un homme grand et mince, vêtu d'une robe d'avocat en soie et portant le calot d'un

71

huissier d'armes, se tenait à son côté. On me le présenta comme Archbold, le coroner du roi chargé d'enquêter sur toute mort survenue en domaine royal.

Une fois mon récit terminé, Maleverer, silencieux, passa un doigt le long du bord rectiligne de sa barbe.

« Donc, cet homme a dit du mal du roi et de la reine. Eh bien ! c'est assez fréquent dans la région. On aurait dû effectuer davantage de pendaisons au printemps dernier... Si vous connaissiez certains des renseignements fournis par nos informateurs !

— Pourtant, monsieur, j'ai eu l'impression que le verrier voulait me faire une révélation d'importance. Et il doit bien y avoir un motif à son meurtre.

— S'il s'agit d'un meurtre. Peut-être la personne qui se trouvait dans l'église ne faisait-elle que la traverser. Elle aura été effrayée par ce benêt qui s'est précipité dans le bâtiment l'épée au clair, ajouta-t-il en jetant à Barak un regard de mépris.

— Je ne le crois pas, sir William, répliquai-je, surpris par sa réaction. Les traces de pas allaient de la porte près du chariot à la salle du chapitre. Je soupçonne cette personne d'avoir détenu les deux clefs et d'avoir eu depuis le début l'intention de se cacher ensuite dans l'église. Et cela appelle une autre question : Qui possède les clefs de l'église ?

— Les moines ont dû en faire des copies avant leur départ, dans le but de revenir pour voler, grogna-t-il. » Il scruta mon visage. « Dites donc, êtes-vous l'un de ces avocats qui aiment fureter partout, à la recherche d'énigmes et de mystères à résoudre ? Vous avez bien la tête de fouine de ces matassins. » Son accent du Yorkshire s'intensifia au moment où il prononça ce terme dialectal que je ne connaissais pas mais qui n'était sans doute pas un compliment. Je restai coi.

« Vous n'avez guère été brillant, n'est-ce pas ? puisque vous l'avez laissé s'échapper. Avez-vous vu à quoi il ressemblait ?

— Nous avons juste aperçu le bas d'une robe de couleur sombre. »

Maleverer se tourna vers le coroner. « Avez-vous jamais entendu le nom mentionné par le verrier ? Blaybourne ?

— Non, messire. » Le coroner me fixa de ses yeux bleus perçants. « Peut-être s'agit-il de l'homme qui l'a poussé dans son chariot, s'il a été poussé. Quelque membre de sa corporation avec lequel il se serait disputé. »

Maleverer opina du chef. « C'est plus que probable. » Il se pencha au-dessus de son bureau. « Confrère Shardlake, le roi et son escorte seront ici dans trois jours. Tous les agents officiels travaillent nuit et jour afin que tout soit prêt pour l'arrivée de Sa Majesté et que tout se déroule sans encombre. En particulier la soumission des échevins et des nobliaux du coin. Nous n'avons donc absolument pas le temps de faire toute une histoire à propos d'un imbécile d'ouvrier qui est tombé ou a été poussé dans son chariot plein de bouts de verre. C'est compris ?

— Oui, monsieur. » J'étais déçu mais également soulagé. J'avais fait mon devoir et il relevait de la responsabilité de Maleverer de décider s'il fallait agir ou non. Or sa déclaration suivante me donna un coup au cœur.

« Puisque vous êtes amateur de mystères, le coroner peut vous déléguer ses pouvoirs pour enquêter sur la mort du verrier. »

Archbold sourit et acquiesça d'un signe de tête. « Voilà une excellente idée, messire. Je ne dispose de personne pour mener l'enquête.

— Rendez-vous chez le mort, parlez à ses amis, voyez s'il avait des ennemis. » Maleverer se tourna de nouveau vers le coroner. « Une enquête officielle est bien nécessaire, n'est-ce pas ? »

Archbold hocha la tête. « Je le crains, sir William. Nous ne pouvons en rester là, bien qu'il s'agisse sans doute – si ce n'est pas un accident, je le répète – d'un différend entre collègues d'une même corporation. On doit cependant montrer qu'on s'occupe de l'affaire. Nous ne voulons pas que la ville devienne encore plus hostile.

— Eh bien, voilà ! Le confrère Shardlake et son assistant traiteront ce dossier. » Plongeant la main dans sa robe, Maleverer en sortit une grosse clef de métal et la posa sur le bureau. Je m'en emparai à contrecœur. « C'est tout ce qu'il avait sur lui, à part une bourse contenant quelque menue monnaie. C'est probablement la clef de sa demeure. Vous me ferez part des résultats de votre enquête. Et ce serait parfait si, après l'examen des preuves, elle concluait à la mort accidentelle… Vous me comprenez, n'est-ce pas ? ajouta-t-il en me gratifiant d'un sourire qui découvrit de grosses dents jaunes. Je ferai mon compte rendu au duc de Suffolk et l'assurerai que tout sera réglé discrètement.

— Mais, sir William, répliquai-je, je suis un témoin, et il ne serait pas convenable que…

— Au diable ce qui est convenable ! Je veux en finir au plus tôt avec cette histoire. On peut constituer un jury avec les ouvriers qui travaillent ici.

— Je dois préparer les requêtes à présenter au roi, protestai-je.

— Eh bien ! vous n'aurez qu'à travailler nuit et jour, comme nous tous ! » rétorqua-t-il. Il se tourna vers Archbold. « Monsieur le coroner, pourriez-vous nous laisser seuls quelques instants ? Et emmenez celui-là avec vous ! » ajouta-t-il en désignant Barak. Les deux hommes saluèrent et sortirent. Maleverer planta sur moi un regard glacial. Percevant son antipathie, je me demandai s'il s'agissait du mépris que les hommes grands et solidement bâtis ressentent parfois envers les êtres contrefaits. Ses yeux s'étrécirent.

« Vous êtes chargé d'une autre mission, n'est-ce pas ? demanda-t-il. Au château ? Ne me regardez pas avec cet air ahuri ! Je suis au fait de tout, puisque je siège au Conseil du Nord. Vous savez que la situation politique est délicate. Vous devez m'obéir à la lettre en ce qui concerne l'affaire du verrier, comprenez-vous ? Bouclez le dossier sans lanterner.

— Entendu, monsieur », répondis-je, la mort dans l'âme. Ainsi donc, Maleverer étaient l'un des hommes de confiance siégeant au Conseil du Nord dont m'avait parlé Cranmer. Savait-il de quoi était accusé Broderick ?

Il me décocha son éternel sourire sardonique. « En ce qui concerne votre autre mission, reprit-il, c'est probablement une bonne idée de garder à l'œil maître Radwinter, si ce qu'on dit sur lui est vrai. Comment se porte Broderick ? L'avez-vous vu ?

— Oui. Hier. Une de ses brulûres s'est infectée. J'ai ordonné qu'on envoie quérir un médecin.

— Fort bien. Mais juste une chose, confrère Shardlake, ajouta-t-il en pointant sur moi un gros doigt court. Veillez à la santé de Broderick, mais gardez-vous de fourrer votre long nez dans l'affaire qui le concerne. Sous quelque prétexte que ce soit ! Je n'aime pas les longs nez. Il m'arrive de les couper... Ainsi que les têtes. »

6

B ARAK M'ATTENDAIT SUR LE PERRON DU MANOIR. Il contemplait la cour. La journée de travail avait désormais commencé et continuait au même rythme effréné que la veille. De visibles progrès avaient été accomplis sur les deux pavillons. Par les portes ouvertes on voyait les ouvriers terminer la décoration intérieure. Tout près on était en train d'ériger des cadres destinés à soutenir trois énormes tentes, tandis que des chariots chargés de vastes toiles attendaient à côté. La brume s'était dissipée pour laisser place à un ciel gris.

« On a emporté le cheval, déclara Barak en indiquant d'un signe de tête le mur devant lequel un homme nettoyait le sang.

— Il n'était pas nécessaire de tuer la pauvre bête », dis-je. Puis je lui fis part des ordres de Maleverer. « Finalement, je regrette de ne pas être resté coi. Me voilà à présent chargé de cette enquête, et si je découvre qu'Oldroyd a bien été assassiné je serai encore moins en odeur de sainteté.

— Par où commence-t-on ?

— Par le Guildhall, l'hôtel municipal, je suppose. Il faut que je rencontre le coroner de la ville. Et si le malheureux Oldroyd était maître verrier, on pourra me mettre en rapport avec sa corporation et peut-être m'indiquer son adresse. »

Barak opina du chef. Il avait toujours l'air chagrin et je me rappelai son éclat dans l'église. Il faudrait que je lui parle un peu plus tard.

« Eh bien, allons-y ! soupirai-je.

— On a un rendez-vous à dix heures avec le vieux Wrenne.

— En effet, juste ciel ! Je vais envoyer quelqu'un l'avertir de notre retard. Il faut aussi que je me rende à la prison pour m'assurer que Radwinter a fait examiner Broderick par un médecin…

— Messire Shardlake ! » Je me retournai au son de cette voix familière. Tamasin Reedbourne venait de la direction de l'église. Elle était accompagnée de la femme à la mine aigrie que j'avais vue avec lady Rochford la veille. Je serrai les dents. Était-il donc impossible d'éviter cette agaçante donzelle ? Elle s'approcha de nous.

« Nous n'avons pas le temps de rester à bavarder, Tamasin, lui dit l'autre femme d'un ton de reproche.

— Mais ce sont les deux messieurs qui ont sauvé les friandises de la reine hier ! Et aujourd'hui messire Shardlake est venu à ma rescousse, quand le cheval s'est précipité sur nous. »

Sa compagne me dévisagea d'un air curieux. « Vous êtes l'avocat qui a découvert le corps de cet homme ? me demanda-t-elle.

— En effet, mademoiselle, répondis-je en faisant une courbette. Matthew Shardlake. Et vous êtes Mlle Marlin, si je ne m'abuse. »

Je fus surpris par l'éclair de colère qui apparut dans ses grands yeux marron. « Et comment le savez-vous, monsieur ?

— Messire Craike a mentionné votre nom après notre rencontre d'hier.

— Vraiment ? s'étonna-t-elle, en me gratifiant de son déplaisant sourire pincé. Oui, je suis Jennet Marlin, suivante de lady Rochford, comme vous l'avez vu hier... Il paraît que vous vous êtes ensuite laissé enfermer dans la salle du chapitre et que vous avez dû appeler à l'aide.

— C'est tout à fait exact, répondis-je en la fixant sans ciller.

— Comment cela s'est-il passé ?

— Je n'ai pas le droit de le dire, répliquai-je avec froideur.

— Vous aimez les mystères, dit-elle en se détournant. Venez, Tamasin, il nous faut voir où ils en sont dans la cuisine de la reine. »

Tamasin nous sourit, ses yeux s'attardant sur Barak. « Le roi et la reine font installer leur propre cuisine dans la maison abbatiale, annonça-t-elle avec fierté. Nous aidons à l'organisation, comme je vous l'avais dit.

— Mais venez donc ! » lança Mlle Marlin, avant de s'éloigner dans un bruissement d'étoffe. Il se dégageait de son allure une étrange raideur, comme si son corps était tendu à l'extrême. Si son fiancé était à la Tour, elle avait en effet de quoi se faire du souci.

Tamasin chuchota quelques mots rapides à Barak. « Mangerez-vous dans la Grande Salle, ce soir ?

— Je n'en sais rien mam'selle. Nous n'avons même pas encore eu le temps de prendre le petit déjeuner.

— Mais vous avez la bouche à Cour. N'avez-vous pas de billets ?

— Pas encore, dis-je.

— Je vais m'en procurer pour vous.

— Nous mangerons tard. Nous allons avoir une journée très chargée.

— Alors, disons six heures ?

— Ce sera parfait, répondit Barak. Six heures. »

Tamasin fit une rapide révérence avant de courir rejoindre sa maîtresse. Les deux femmes disparurent dans la maison. Je secouai la tête.

« Je n'ai jamais vu une donzelle aussi délurée.

— Sa maîtresse est une pie-grièche.

— C'est vrai. Ces servantes de la maison royale s'accordent bien des familiarités. Et la jeune Tamasin s'est entichée de toi.

— Ça ne me déplaît guère, dit-il en souriant. Elle ne manque pas d'aplomb, hein ?

— Bon. Allons-y ! Voyons si dans ce vaste dédale il existe un bureau d'où l'on peut expédier un message. »

Un garde nous dirigea vers une tente où des gamins entraient et sortaient, des papiers à la main. Tout un système avait été mis en place pour envoyer des messages aux quatre coins de la ville. Le responsable semblait peu disposé à en faire parvenir un à Wrenne, mais le nom de Maleverer accomplit des miracles, et un gamin fut chargé de lui porter un mot griffonné à la hâte.

Nous allâmes chercher nos vêtements d'extérieur puis nous nous dirigeâmes vers la porte de Bootham. Sous la barbacane des gens allaient et venaient d'un pas pressé. L'un des soldats du roi discutait avec un couple aux habits poussiéreux qui était descendu d'un misérable chariot bourré de sacs. L'homme et la femme portaient tous les deux des blouses au dessin bizarre : des carrés verts de tailles diverses s'entrecroisant sur un fond brun-roux.

« Il paraît qu'on a besoin de tous les produits possibles pour la visite du roi ! dit l'homme avec un accent écossais.

— Pas d'Écossais dans la ville pendant la visite du roi ! Et pas de vagabonds, déclara le garde d'un ton impitoyable.

— Mais on vient de Jedburgh et on transporte toute la récolte d'avoine de l'année.

— Eh bien, servez-la à vos maraudeurs de la frontière qui volent notre bétail…. Allez ! Demi-tour et décampez ! Pas d'Écossais ! »

Le couple remonta dans son chariot d'un air las. Le garde nous fit un clin d'œil au moment où nous nous approchions. « Faut empêcher les barbares d'entrer, pas vrai ? » Il semblait tout fier de lui et, à en juger par son accent, c'était un Yorkais. Je me rappelai alors que la veille le confrère Kimber avait utilisé le même terme pour décrire les Anglais du Nord.

Nous pénétrâmes dans la ville. Le Guildhall ne se trouvait qu'à quelques rues de là, sur une place proche d'un autre monastère désaffecté dont le toit avait disparu. Jadis, la ville avait dû abriter quantité de moines et de frères. Quoique bien plus petit que celui de Londres, le Guildhall d'York était un bâtiment imposant, aussi animé que le

Manoir du roi, caractérisé par la même constante effervescence. Je demandai au portier où trouver le coroner de la ville.

« Il n'est pas là, m'sieu. » L'homme me dévisagea avec attention. « Mais le sénéchal Tankerd est présent. » Il nous fit entrer dans une grande salle au magnifique plafond à caissons où bavardaient des marchands et des employés municipaux au milieu d'un va-et-vient de commis affairés entre la salle et les pièces adjacentes. J'interpellai un clerc qui passait près de nous afin qu'il m'indique où trouver, cette fois, le sénéchal, le premier bailli d'York qui portait le même titre que celui de Londres.

« Il est avec le maire. Je doute qu'il puisse vous voir, m'sieu.

— Je viens de la part de sir William Maleverer. »

À nouveau, le nom produisit son effet.

« Ah bon ! Alors, venez avec moi, m'sieu. »

Nous suivîmes le clerc jusqu'à une vaste salle d'où l'on jouissait d'une belle vue sur la rivière. Deux hommes se tenaient devant une table et contemplaient plusieurs piles de pièces d'or. Je reconnus le corps grassouillet du maire que j'avais aperçu la veille, enveloppé dans sa robe rouge vif.

« Vu le nombre de personnes que nous avons sollicitées on va nous reprocher de ne pas avoir recueilli davantage de fonds, déclarait-il d'un ton agacé.

— On a déjà eu assez de mal à rassembler cette somme. Et la coupe en or a beaucoup de valeur, répliqua son interlocuteur, un homme plus jeune, doté d'un visage mince à l'air sérieux et vêtu d'une robe d'avocat.

— Cette somme ne fera pas l'affaire… » Le maire leva la tête, agacé par notre entrée. « Sangdieu, Oswaldkirke, de quoi s'agit-il à présent ? »

Le clerc se prosterna presque jusqu'au sol. « Monsieur le maire, cette personne vient de la part de sir William Maleverer. »

Le maire poussa un soupir, renvoya le clerc d'un geste, puis tourna ses yeux protubérants vers moi. « Eh bien, monsieur, en quoi puis-je être, *cette fois-ci*, utile à sir William ? » L'air irrité, il désigna les piles de pièces. « Le sénéchal et moi nous employons à préparer le cadeau qu'on offrira au roi vendredi. »

Après m'être présenté, j'expliquai qu'on m'avait chargé de l'enquête sur la mort du verrier. « On m'a confié cette mission mais, par courtoisie, je souhaiterais en avertir le coroner d'York. Peut-être pourra-t-il m'accorder son aide », ajoutai-je, plein d'espoir.

Le maire se renfrogna. « Je connaissais Peter Oldroyd, il présidait la corporation des verriers il y a deux ans. C'est la ville qui devrait mener l'enquête.

— Si le décès s'est produit en domaine royal, l'affaire est du ressort du coroner du roi », précisa l'homme au visage mince. Il me tendit la main. « William Tankerd, sénéchal d'York. » Il sourit tout en me dévisageant avec grande attention.

« Matthew Shardlake, de Londres.

— Tudieu ! s'écria le maire avec humeur. Ne me restera-t-il donc pas la moindre bribe d'autorité dans ma propre ville ? » Il fit un geste de la main en direction du sénéchal en soupirant. « Emmenez-les dehors, Tankerd ! Ils ne devraient pas se trouver dans cette pièce avec tout cet or. Dites à monsieur tout ce qu'il doit savoir, mais dépêchez-vous ! »

Tankerd nous fit sortir. « Excusez messire Hall, dit-il. La tâche que nous avons à accomplir d'ici à vendredi est d'envergure. Les gens continuent à déverser leurs immondices dans la rue et, malgré toutes nos menaces, refusent de les enlever.

— Désolé de vous déranger, monsieur. Si vous pouviez m'indiquer où je puis trouver le coroner… »

Il secoua la tête. « Je crains que messire Sykes ne soit pas en ville aujourd'hui. Il mène une enquête à l'Ainsty.

— Alors, puis-je demander l'adresse de la maison de maître Oldroyd ? Il faudrait prévenir sa famille. » Cet aspect de ma mission me déplaisait au plus haut point.

« Tous les verriers vivent dans Stonegate, la rue qui part de l'église Sainte-Hélène. C'est presque exactement en face d'ici. Oldroyd habitait juste après le cimetière, me semble-t-il.

— Merci, monsieur. Je vais donc m'y rendre. »

Il hocha la tête, puis planta sur moi un regard perçant. « Prenez garde, monsieur. À cause de la destruction des monastères, les verriers ont perdu beaucoup de travail. Ils ne portent guère les Sudistes dans leur cœur. »

Presque face à la place que surplombait le Guildhall se dressait une vieille église dotée de beaux vitraux. Un passant nous confirma que la petite rue où elle se trouvait portait bien le nom de Stonegate. Elle longeait d'un côté le vieux cimetière, et était bordée de l'autre de maisons hautes et étroites, dont les avant-toits en surplomb bloquaient une grande partie de la lumière échappée du ciel gris. La plupart des maisons arboraient des enseignes où figuraient des fenêtres vitrées, et des tintements de verre ainsi que des coups de marteau montaient des ateliers situes à l'intérieur. Le cimetière s'étendait jusqu'à la moitié de Stonegate.

« La maison ne doit pas être bien loin », déclara Barak.

J'arrêtai un passant, un homme brun d'un certain âge au visage carré et coiffé d'un chapeau à large bord, pour lui demander s'il connaissait l'adresse de maître Oldroyd.

« Qui êtes-vous, d'abord ? » demanda-t-il, fixant sur moi un regard pénétrant. Comme celles d'Oldroyd, ses mains étaient couvertes de cicatrices.

« Nous venons de Sainte-Marie, expliquai-je. Je crains que votre confrère n'ait eu un accident.

— Un accident ? Peter ? s'écria-t-il, l'air très inquiet.

— Le connaissiez-vous, monsieur ?

— Pour sûr que je le connais ! On appartient à la même corporation, et c'est un ami, de plus. Que s'est-il passé, m'sieu l'avocat ?

— Il est tombé de son échelle tôt ce matin alors qu'il travaillait à l'église du monastère. Il est mort, j'en ai peur. »

L'homme fronça les sourcils. « Tombé de son échelle ?

— Les circonstances ne sont pas claires. Le coroner du roi nous a chargés de l'enquête. Si vous le connaissiez, maître…

— Ralph Dike. Je suis maître verrier, comme Peter. C'était un honnête homme.

— Peut-être pourriez-vous nous parler de maître Oldroyd. A-t-il de la famille ?

— Sa femme et ses trois marmots sont morts pendant l'épidémie de peste de trente-huit. » Il se signa. « Il n'avait qu'un apprenti. »

Aucune famille, par conséquent, songeai-je avec soulagement. Maître Dike désigna une maison située à deux portes de là.

« Peter habitait là », nous dit-il en fixant sur nous un regard appuyé. Il s'écarta d'un pas. « J'ai à faire, maintenant. Je dois informer la corporation de son décès », ajouta-t-il, avant de s'éloigner à vive allure.

« Il n'avait aucune envie de bavarder, pas vrai ? dit Barak.

— Je pense qu'il se méfiait de nous, des Sudistes venant de Sainte-Marie… Allons voir la maison. »

Le bâtiment qu'avait désigné maître Dike demandait à être replâtré. La peinture de la porte d'entrée était craquelée et s'écaillait. Je frappai, mais, n'obtenant aucune réponse, je pris la clef et la fis tourner dans la serrure. Barak me donna alors un petit coup de coude et désigna du menton une fenêtre de la maison d'en face. Un visage de femme se retira prestement. J'ouvris la porte.

La maison était bâtie autour d'une salle centrale, comme celle de messire Wrenne mais en moins grand, avec un foyer au milieu et une cheminée percée dans le plafond aux poutres noircies. Les cendres du feu de la veille n'avaient pas été ôtées de la petite grille. La majeure partie de la vaisselle disposée sur le dressoir était en étain et le mobilier semblait propre mais bon marché.

« Holà ! criai-je. Il y a quelqu'un ? » Aucune réponse.

« C'est étrange, dit Barak. On se serait attendu à la présence d'un domestique ou de l'apprenti. »

Je me dirigeai vers une porte intérieure. Elle donnait sur un couloir percé de deux portes et d'où partait un escalier en bois conduisant à l'étage. Lorsque j'ouvris la première je me retrouvai dans la cuisine. Je m'approchai du four : il était chaud. Quelqu'un l'avait donc récemment utilisé. Outre de faibles bruits provenant de la rue, la maison était silencieuse. La porte d'en face menait à une cour intérieure fermée par une grille ; dans un coin, un appentis ouvert contenait un four de verrerie. Des fenêtres à vitraux peints ou colorés, la plupart brisés, étaient entassées contre les murs. Je frémis au souvenir du chariot trempé de sang. Oldroyd avait détaché et posé sur une toile certains des petits carreaux peints : représentations d'oiseaux, d'animaux ou de bêtes mythiques. Aucun n'avait un sujet religieux.

« C'est bien ce qu'il nous avait dit, commenta Barak. Il a pris les vitraux pour les réutiliser. » Je me penchai pour contempler les dessins. Certains étaient magnifiques et dataient de plusieurs siècles. Venaient-ils de Sainte-Marie ?

Barak s'était approché du four. Un grand seau plein de morceaux de verre où figuraient des moines en prière se trouvait à côté, dans l'attente d'être fondus, sans aucun doute. Barak toucha le flanc du four. « Il est froid, constata-t-il.

— Voyons ce qu'il y a à l'étage. »

Nous empruntâmes l'escalier qui menait à un étroit couloir où s'ouvraient deux autres portes. L'une donnait dans une chambre, sobrement meublée d'un lit de camp garni d'un matelas de paille et d'une malle ouverte contenant des vêtements, dont une blouse bleue.

« Ce doit être la chambre de l'apprenti, fis-je.

— Il a de la chance d'avoir sa propre chambre.

— Le malheureux Oldroyd n'avait peut-être pas d'autre usage pour cette pièce puisque toute sa famille est morte de la peste. » J'ouvris la seconde porte, celle de la chambre principale. Une tenture aux rayures vertes et jaunes recouvrait les murs. Ici, un bon lit doté d'un matelas de plumes et deux grosses malles robustes, peintes et sculptées, occupaient l'espace. J'y découvris en les ouvrant un grand nombre de vêtements soigneusement pliés.

« Où pouvait-il bien ranger ses papiers ? » Je me retournai vers Barak, qui venait de poser sa main sur mon bras. Il porta un doigt à ses lèvres et fit un signe de tête par-dessus son épaule. « Il y a quelqu'un dans l'escalier, murmura-t-il. J'ai entendu les marches grincer. » D'un geste il m'intima de ne pas bouger et se dirigea à pas de loup vers la sortie. Il tendit l'oreille un moment avant d'ouvrir la porte d'un seul coup. Il y eut un cri aigu et Barak recula d'un pas, son bras enserrant le cou d'un petit gars à la tignasse rousse vêtu d'une blouse bleue d'apprenti.

« Il écoutait à la porte, expliqua Barak. La petite fouine a essayé de me mordre quand je l'ai empoignée. » Il relâcha le gamin, lui donna une bourrade qui le projeta contre le mur d'en face, puis resta planté là, le dos à la porte. Le jeune gars nous fixait, les yeux écarquillés.

« Es-tu l'apprenti de maître Oldroyd ? demandai-je.

— Oui, m'sieu, hoqueta-t-il.

— Nous sommes des agents royaux. » En entendant ces paroles le gamin écarquilla encore plus ses yeux terrifiés. « Nous venons de l'abbaye Sainte-Marie. Comment t'appelles-tu ?

— P... Paul Green, m'sieu.

— Tu habites ici ?

— Oui, m'sieu, avec maître Oldroyd.

— Y a-t-il longtemps que tu travailles pour ce maître ? demandai-je d'un ton radouci.

— Deux ans. Je suis entré en apprentissage à quatorze ans. » Il prit une profonde inspiration. « Je faisais pas de mal, m'sieu. Je revenais d'aller chercher le charbon de bois quand j'ai entendu des voix dans la chambre de maître Oldroyd. » Il lança un très bref coup d'œil vers la base du mur. « J'ai eu peur que ce soit des voleurs, m'sieu.

— Il y a un sac de charbon de bois au pied de l'escalier, confirma Barak.

— N'y a-t-il aucun autre domestique dans la maison ? demandai-je.

— Juste la cuisinière. Elle est partie en quête de la volaille pour le dîner du maître. Les vivres manquent, car tout est acheté par les approvisionneurs du roi. Le maître m'a dit d'allumer le four pour fondre les vitraux des monastères, alors j'ai dû aller chercher le charbon, précisa-t-il en fixant sur moi ses yeux effrayés.

— J'ai de mauvaises nouvelles à t'annoncer, Green, déclarai-je avec douceur. Ton maître est mort, hélas ! Tôt ce matin, à Sainte-Marie, il est tombé de son échelle dans son chariot. »

Il blêmit et se laissa choir brusquement sur le lit, la mâchoire pendante.

« Maître Oldroyd était gentil avec toi ?

— Oui, chuchota-t-il. Ça oui... Mon pauvre maître. » Il se signa.

« Le coroner du roi nous a chargés d'enquêter sur sa mort. »

Les yeux du gamin s'étrécirent. « C'était pas un accident ?

— C'est ce que nous allons devoir déterminer... Est-ce que tu sais si ton maître avait maille à partir avec quelqu'un ? ajoutai-je en le regardant droit dans les yeux.

— Non, m'sieu. » Le ton était hésitant et son regard commença à dévier vers le même endroit du mur que tout à l'heure.

« Connais-tu le nom de tous les amis et des membres de la famille de ton maître ?

— La plupart de ses amis appartiennent à sa corporation ou sont des gens avec qui il était en affaire. Sa famille, m'sieu, elle est morte durant la peste. Son ancien apprenti aussi est mort, et c'est à ce moment-là qu'il m'a engagé.

— Par conséquent tu ne connais personne qui aurait pu lui vouloir du mal ?

— Non, m'sieu. » Je perçus à nouveau la même hésitation.

« Tu en es sûr et certain ?

— Oui, m'sieu. Je… »

Mais avant que le gamin ait pu continuer sa phrase on cogna contre la porte d'entrée. On ne frappait pas à la porte, on la défonçait. Nous sursautâmes tous les trois et le jeune apprenti poussa un cri de frayeur. Des bruits de pas retentirent, sonores. Une partie des intrus pénétrèrent dans les pièces du rez-de-chaussée et dans la cour, tandis que d'autres gravissaient les marches quatre à quatre. Barak fit un bond de côté juste avant que la porte soit ouverte à la volée et que deux gardes portant l'uniforme royal fassent irruption dans la chambre, l'épée au clair. Barak se tenait au milieu de la pièce, les mains tendues. L'apprenti geignait de peur. Le garde qui se trouvait le plus près de nous nous dévisagea, avant de nous lancer un sourire carnassier.

« Que personne ne bouge ! » ordonna-t-il d'un ton menaçant. Puis il cria à quelqu'un qui se trouvait au rez-de-chaussée : « M'sieu, y en a trois ici… dans la chambre !

— Que se passe-t-il ? demandai-je. Nous sommes…

— Taisez-vous ! s'écria le garde avec un nouveau sourire sardonique. Vous voilà dans une situation fort peu enviable, croyez-moi ! »

Quelques instants plus tard, Maleverer faisait son entrée dans la pièce.

7

LE REGARD COURROUCÉ DE SIR WILLIAM passa de moi à Barak, puis se posa sur le jeune apprenti.

« Que se passe-t-il donc ? » beugla-t-il.

Je parvins à maîtriser ma voix. « Sir William, nous enquêtons sur la mort du verrier à la place du coroner, selon vos ordres. Nous venons d'arriver. J'étais en train d'interroger l'apprenti…

— Ah oui ! » À ma grande surprise, il semblait avoir oublié ses propres instructions. « Mais pourquoi ici ?

— Il écoutait à la porte », expliqua Barak, en désignant du menton le jeune Green.

Maleverer se pencha en avant et saisit l'apprenti par l'oreille, le forçant à se relever. Le gamin resta planté là, terrifié, tremblant sur ses jambes potelées tandis que Maleverer le foudroyait du regard.

« Eh bien ! Qu'avez-vous tiré de ce galopin ? me demanda Maleverer.

— Il affirme qu'à sa connaissance maître Oldroyd n'avait pas d'ennemis.

— Vraiment ? » Il se tourna à nouveau vers l'apprenti. « Que sais-tu des affaires de ton maître ? Qu'as-tu appris en écoutant aux portes ?

— Rien d'autre que ce qui concernait son métier, m'sieu. »

Maleverer poussa un grognement, lâcha l'oreille du gosse et prit une profonde inspiration.

« J'ai parlé au duc de Suffolk, dit-il. Il me demande de mener moi-même l'enquête. Il semble qu'Oldroyd nous ait dupés dans les affaires qu'on a traitées avec lui. Il faut examiner ça de près.

— Sûrement pas, m'sieu. Pas le maître… »

La phrase fut interrompue par la violente gifle que Maleverer flanqua à l'apprenti, qui retomba sur le lit. Un épais filet de sang coulait de sa bouche et de sa joue qu'avait entaillées une bague de Maleverer.

« Je vais ramener à Sainte-Marie ce petit porc couinant afin de voir ce qu'un interrogatoire peut lui faire cracher. Y a-t-il d'autres domestiques ?

— Une gouvernante, apparemment, qui est sortie quérir de la volaille.

— Nous allons l'arrêter, elle aussi. » Il se tourna vers le garde le plus proche. « Prenez deux hommes et conduisez le gamin à Sainte Marie. Vous et les autres gardes allez m'aider à fouiller la maison. » Un garde força à se remettre sur pied l'apprenti, qui hoqueta, cracha une dent dans sa main, puis se mit à pleurer de désarroi et d'effroi. Sans ménagement, le garde fit sortir de la chambre le jeune Green à la bouche ensanglantée. Sir William se tourna soudain vers l'autre garde.

« Vous, descendez au rez-de-chaussée et organisez la fouille.

— Qu'est-ce qu'on doit chercher, sir William ?

— Je le saurai quand je verrai ce que vous aurez déniché. » Il suivit des yeux le garde puis me foudroya du regard. « Vous êtes déchargé de cette affaire. Ne vous en occupez plus. Compris ?

— Oui. Nous…

— Déchargé… Et les paroles que vous avez recueillies ce matin de la bouche d'Oldroyd à propos du roi, ainsi que ce nom… Blaybourne, ajouta-t-il en baissant la voix. Pas un mot de cela à quiconque, c'est compris ? En avez-vous parlé à quelqu'un ?

— Non, sir William.

— Eh bien, repartez, tous les deux ! Vaquez à vos occupations… »

Il fut interrompu par un raffut montant de la rue. De la fenêtre, il vit ses hommes traîner par les bras l'apprenti, que ses jambes ne soutenaient plus. Le gamin hurlait de terreur et suppliait qu'on le lâche. Un brouhaha de voix fusaient par les portes avoisinantes ouvertes, et une foule de gens – surtout des femmes – sortaient sur le seuil de leurs logis. Quelqu'un lança : « Honte à vous ! » à l'adresse des soldats. « Chiens de Sudistes ! » cria une autre voix. Maleverer serra les dents.

« Je les ferai tous jeter en prison, mordieu ! » Fou de colère il se précipita hors de la chambre, et, quelques instants plus tard, je l'entendis beugler à la foule : « Retournez à vos affaires ou je vous fais tous arrêter et fouetter ! »

Barak me donna un petit coup de coude. « Il me semble que nous devrions sortir tant que c'est encore possible. Filons par la porte de derrière ! »

J'hésitai. Je jetai un coup d'œil à l'endroit du mur qu'avait regardé l'apprenti, puis, hochant la tête, je suivis Barak dans l'escalier. Deux autres soldats gardaient la grille de derrière. J'expliquai que nous étions là en mission officielle, mais je dus montrer mon mandat afin qu'ils nous laissent sortir. Nous nous retrouvâmes dans une venelle qui conduisait à la rue principale, et reprîmes lentement le chemin du Guildhall, un peu ébranlés tous les deux par ce qui venait de se passer.

« Est-ce qu'on pourrait déjeuner ? demanda Barak. J'ai l'estomac dans les talons.

— D'accord. » Je me rendis compte que j'avais faim, moi aussi, car nous n'avions pas pris de petit déjeuner. Nous trouvâmes une auberge très animée où nous commandâmes du pain et de la potée avant d'aller nous asseoir à une table libre.

« De quoi s'agit-il, en fait ? demanda Barak à voix basse, afin de ne pas être entendu de nos voisins.

— Dieu seul le sait.

— En quoi le duc de Suffolk est-il impliqué ? C'est lui qui organise le voyage, non ?

— Oui, c'est le dirigeant en chef. Il se trouve aux côtés du roi

— Que tramait donc Oldroyd ? On n'aurait pas envoyé un détachement de soldats uniquement parce qu'il avait fait payer trop cher le démontage des vitraux. Ça, c'est de la foutaise.

— Tu as raison. C'est seulement la première idée qui a dû traverser l'esprit de Maleverer en tombant sur nous… Il y a un motif politique, ajoutai-je en baissant la voix. C'est évident.

— Un motif lié à la conjuration ? » Barak sifflota. « Je me rappelle qu'Oldroyd avait l'air d'un papiste quand il déplorait la disparition des vitraux. »

Je hochai la tête, puis grimaçai. « Dieu seul sait pourquoi on a maltraité l'apprenti de la sorte.

— Pauvre petit nigaud ! » Barak planta sur moi un regard perçant. « Il est vrai que les apprentis apprennent souvent nombre de choses en écoutant aux portes. Et pour tirer quelque révélation d'un béjaune comme le gamin, il suffit de lui faire peur.

— C'est ce qu'aurait fait lord Cromwell ? »

Il haussa les épaules. « Si le gosse a un peu de bon sens, il leur racontera tout ce qu'il sait.

— Et à l'évidence il sait quelque chose, songeai-je à haute voix. Il n'arrêtait pas de jeter des coups d'œil à un endroit précis du mur, comme si quelque chose était caché derrière la tenture.

— Vraiment ? Je ne m'en suis pas aperçu.

— J'allais le signaler à Maleverer mais il est sorti trop vite.

— Peut-être qu'on devrait retourner le lui dire maintenant. »

Je secouai la tête. « Tu as bien vu qu'il voulait qu'on quitte les lieux au plus vite. Je lui en parlerai plus tard.

— En tout cas, ce dossier ne nous concerne plus. Je ne peux pas dire que j'en suis désolé.

— Moi non plus. Pourtant..., continuai-je en hésitant. Je voudrais bien savoir de quoi il retourne. Je n'oublierai jamais la lueur de désespoir dans le regard d'Oldroyd. Ni ce qu'il a dit sur le roi et la reine, et le nom qu'il a prononcé : Blaybourne... De toute évidence, c'était important.

— Apparemment.

— À mon avis, lorsque Maleverer a rapporté les paroles d'Oldroyd au duc de Suffolk, celui-ci a saisi l'allusion. Il doit connaître des secrets d'État qu'ignore sans doute Maleverer.

— Ç'a piqué votre curiosité, n'est-ce pas ? fit Barak avec un sourire ironique. Il va falloir que je vous surveille, car vous allez être tenté d'enquêter sur la mort du verrier.

— Sûrement pas. J'ai déjà assez à faire comme ça. » Je repoussai mon assiette. « Il faut qu'on y aille. Je dois rendre visite à un autre charmant monsieur aujourd'hui : maître Radwinter. Puisqu'on est en ville, débarrassons-nous de cette corvée avant d'aller chez messire Wrenne. »

Nous traversâmes la ville en moins d'une demi-heure, car, dans ces rues étroites, il était plus aisé de se frayer un chemin à pied qu'à cheval. York étant beaucoup plus petit que Londres, nous commencions déjà à bien nous y repérer. Lorsque nous atteignîmes le château, il tombait à nouveau une bruine qui allait bientôt nous tremper jusqu'aux os. Jonché de feuilles mortes, le sol boueux de la cour intérieure était très glissant. Je levai les yeux vers le squelette de Robert Aske.

« C'est malsain de contempler trop longtemps ce genre de spectacle, murmura Barak.

— Selon Broderick cela devrait servir à rappeler à mon souvenir le sort qui peut attendre les avocats. » Je détournai le regard vers le sommet de la tour, où s'ouvrait la petite lucarne de la cellule de Broderick.

« Bien. Je vais y aller tout de suite !

— Voulez-vous que je vous accompagne, cette fois-ci ?

— Non. Je sais que tu es curieux, fis-je en souriant. Je le serais aussi à ta place. Mais il vaut mieux que je rencontre Radwinter seul à seul. Si j'emmenais quelqu'un, il le prendrait comme un signe de faiblesse. »

Il opina du chef et je me dirigeai vers le poste de garde, où l'homme au visage dur de la veille permit à Barak de s'installer près de son feu. Il m'accompagna de nouveau à la tour et déverrouilla le portail.

« Puis-je vous laisser monter tout seul, monsieur ?

— Fort bien. » Je pénétrai à l'intérieur, il referma la porte à clef derrière moi, et pour la deuxième fois je grimpai l'escalier de pierre. Le silence n'était brisé que par un bruit d'eau tombant goutte à goutte. Radwinter et Broderick étaient sans doute les seules personnes présentes dans la tour. Broderick ne risquait pas de s'échapper pensai-je. Entre lui et le monde extérieur il y avait les vigiles en faction au pont-levis du château, les sentinelles du poste de garde, puis la porte verrouillée de la tour et finalement celle de sa cellule.

Je m'arrêtai sur le palier devant la porte de Radwinter afin de reprendre ma respiration, de manière qu'il ne me voie pas à nouveau hors d'haleine. Mais il avait l'ouïe fine, car à peine avais-je eu le temps de souffler que la lourde porte s'ouvrit brusquement. Radwinter se tenait sur le seuil, la mâchoire serrée, brandissant une épée apparemment bien effilée. Il éclata de rire en me voyant.

« Messire Shardlake ! »

Je me sentis rougir, prêt à essuyer quelque remarque narquoise, mais il me fit signe d'entrer.

« Vous m'avez fait peur. J'ai entendu du bruit sur le palier. » Il abaissa son épée. « Mais vous êtes trempé, monsieur. Venez donc près du feu ! » J'acceptai volontiers, ravi de m'approcher du brasero au charbon de bois placé au centre de la pièce.

« L'année se termine en cascade, pas vrai ? déclara Radwinter du même ton amical, lissant ses cheveux pourtant déjà bien coiffés. « Espérons qu'il fera beau vendredi pour l'arrivée du cortège. Même si dans cette pluvieuse ville d'York on n'est jamais sûr de rien

- - Non, en effet. » Pourquoi donc se montrait-il si avenant cette fois-ci ?

« Accepterez-vous un verre de vin, aujourd'hui ? » J'hésitai puis opinai du chef. Il me tendit une coupe. « Voilà ! Le médecin est venu et a bandé les brûlures de sir Edward. Il a appliqué un cataplasme sur celle qui suppurait. Il reviendra demain.

- – Bien.

- Je crains que nous ne soyons partis du mauvais pied, hier. Pardonnez-moi, je vous prie. Je suis seul dans cette tour avec pour unique compagnie mon prisonnier et ces rustres de gardes. Un tel isolement rend atrabilaire. » Il me sourit, mais dans ses yeux brillait toujours la même lueur glaciale.

« Oublions cela ! » fis-je simplement, espérant que son attitude voulait dire que j'avais gagné la partie et qu'il ne contesterait plus mon autorité. Il hocha la tête, se dirigea vers l'une des étroites fenêtres et me fit signe d'approcher. À travers la vitre éclaboussée de pluie j'aperçus la large rivière, quelques maisons et, au-delà du mur de la ville, un lugubre et plat paysage de lande, de bruyère et de bois. Radwinter désigna une rue qui menait à la sortie de la ville.

« Voici Walmgate. Vendredi, le cortège entrera par là.

— Comment ces milliers de gens vont-ils donc traverser la ville pour gagner Sainte-Marie ?

— La maison du roi organise les voyages des souverains depuis des temps immémoriaux. Mais jamais aucun n'a eu cette envergure. » Il désigna l'horizon. « Là-bas se trouve Fulford Cross, qui marque la limite de la ville. C'est là que les édiles feront acte d'allégeance.

— Je dois assister à la cérémonie. »

Il se tourna vers moi. « Vraiment ?

— Je participe à la préparation des requêtes présentées au roi.

— Cette tâche n'a guère l'air de vous enchanter. »

J'hésitai. « C'est un peu impressionnant.

— Moi, j'ai déjà vu le roi, vous savez.

— Pas possible ! »

Il se rengorgea. « Vous rappelez-vous le procès de John Lambert qui s'est tenu il y a trois ans ? »

En effet. En tant que chef suprême de l'Église, le roi avait présidé le procès en hérésie de Lambert, un réformateur extrémiste. C'était le premier indice révélateur des intentions du roi : la réforme n'irait pas plus loin.

« Oui, murmurai-je. Il a été brûlé vif.

— Juste châtiment ! Lambert était sous ma surveillance durant sa détention dans la tour des Lollards. Je l'ai accompagné au procès. Le roi était… » Un sourire flotta sur les lèvres du geôlier. « … splendide. Magnifique. Tout de blanc vêtu, la couleur de la pureté. Quand Lambert a tenté d'exprimer ses interprétations hérétiques des Écritures, le roi lui a âprement enjoint de se taire, et Lambert s'est recroquevillé, tel un chien apeuré. J'ai également vu Lambert sur le bûcher, il a poussé de grands hurlements. » Il me fixa. Il avait deviné que ces détails allaient me sembler répugnants. Il jouait avec moi, comme l'autre fois. Je restai coi.

« Et le roi sera à nouveau merveilleux devant les Yorkais. C'est très malin de sa part d'obliger les nobliaux du coin à lui faire personnellement allégeance. Il leur pardonne leurs fautes tout en indiquant clairement que s'ils se parjurent ils ne doivent attendre aucune pitié de sa part. La carotte et le bâton, voilà comment on traite de tels ânes. Ainsi donc, ajouta-t-il, vous ne venez pas à York uniquement pour vous occuper de Broderick…

« — L'archevêque m'a d'abord offert la mission juridique. La seconde ne m'a été confiée qu'une fois que j'ai accepté la première.

— Oui, gloussa-t-il, il sait se montrer finaud comme un renard. Mais cela va bien vous rapporter.

— Assez bien, fis-je sèchement.

— Assez pour acheter une nouvelle robe, j'espère. Surtout si vous devez voir le roi. Celle que vous portez est déchirée. Je vous le signale au cas où vous ne vous en seriez pas rendu compte.

— J'en ai une autre. J'ai déchiré celle-ci ce matin. Sur le chariot d'un verrier.

— Vraiment ? Étrange mésaventure.

— En effet. » Je lui racontai comment j'avais trouvé le corps d'Oldroyd, ne lui révélant cependant que les aspects connus de tous. Il sourit à nouveau.

« Apparemment, un avocat doit être au four et au moulin », commenta-t-il. Il posa sa coupe. « Bon. Je suppose que vous souhaitez voir sir Edward.

— Oui, s'il vous plaît. »

Comme la veille, je montai derrière lui les marches qu'il gravissait d'un pas léger. Me rappelant ses propos sur le procès de Lambert et sa mort sur le bûcher, je repensai à Cranmer qui me l'avait décrit comme un homme animé d'une foi vraie et sincère. Autrement dit, Radwinter acceptait l'orthodoxie, selon laquelle, en matière de religion, le dernier mot appartenait au roi, chef suprême de l'Église. S'il était tout à fait normal qu'un tel homme approuve la mort sur le bûcher d'un hérétique, son ton désinvolte et narquois m'avait malgré tout répugné. Ses professions de foi n'étaient-elles qu'un alibi pour justifier la jouissance qu'il tirait de la cruauté ? Je fixai son dos tandis qu'il déverrouillait la porte de la cellule de Broderick.

Sir Edward était allongé sur sa paillasse sale. On avait cependant jeté des joncs frais sur le sol comme je l'avais ordonné, et une odeur moins nauséabonde régnait dans la cellule. L'ouverture de sa chemise laissait voir un cataplasme fixé sur sa poitrine, de même que ses côtes, saillant sous une peau d'un blanc cadavérique. Cette fois encore, il planta sur moi un regard froid.

« Eh bien, sir Edward, demandai-je, comment allez-vous aujourd'hui ?

— On a mis un cataplasme sur ma brûlure, et ça pique.

— Cela indique peut-être qu'il fait son effet. » Je me tournai vers son geôlier. « Il est très maigre, maître Radwinter. Que lui donne-t-on à manger ?

— De la potée preparée dans les cuisines du château, la même qu'on sert aux gardes. Pas en trop grande quantité, il est vrai. Un homme affaibli risque moins de causer des ennuis. Vous avez vu hier comment il peut se jeter sur quelqu'un.

— Et la façon dont il est solidement enchaîné... Il a été malade. Un homme malade peut dépérir s'il est privé de nourriture. »

L'œil du geôlier s'alluma. « Souhaiteriez-vous que je commande à la cuisine du roi du pâté de grive, et pour dessert peut-être une assiette de massepains ?

— Ce n'est pas nécessaire, rétorquai-je. Mais je voudrais qu'on lui fournisse les mêmes portions que celles qu'on sert aux gardes. » Radwinter plissa les lèvres. « Occupez-vous-en, s'il vous plaît », déclarai-je d'une voix égale.

Broderick laissa échapper un rire rauque. « N'avez-vous pas songé, monsieur, que je préférerais de beaucoup être affaibli quand j'arriverai à Londres ? Si affaibli que les premières caresses du bourreau m'achèveront.

— Ils se garderont bien de vous tuer, messire Broderick, déclara Radwinter d'un ton amène. Quand vous leur serez amené, ils vous étudieront avec soin. Ils savent évaluer pour chaque prisonnier le degré de douleur qui le fera parler, tout en prenant soin de le garder conscient et en vie. Mais il est vrai qu'un homme faible supporte moins bien la douleur et parle plus vite.. Vous voyez, ajouta-t-il en me souriant, mieux vous le traiterez, mieux il pourra supporter la douleur.

— Peu me chaut ! rétorquai-je d'un ton sec. Il faut le nourrir correctement.

— Et je mangerai de bon appétit, car j'ai faim. Même si je sais ce qui m'attend. » Broderick posa sur moi un regard à la fois douloureux et furieux. « Comme nous nous accrochons à la vie, n'est-ce pas, monsieur l'avocat ? Nous luttons pour survivre, même lorsque plus rien n'a de sens pour nous. » Il regarda vers la fenêtre. « Tant qu'il est resté suspendu là, chaque jour je suis venu voir le pauvre Robert, afin qu'il puisse apercevoir un visage ami. Chaque jour j'espérais le trouver mort, mais chaque jour je le voyais bouger et pousser de faibles gémissements. Oui, nous nous accrochons à la vie.

— Seuls les innocents méritent une mort rapide, affirma Radwinter. D'accord, messire Shardlake, je vais demander qu'on fournisse des rations supplémentaires à sir Edward. Autre chose ? »

Je regardai Broderick, qui fixait à nouveau le plafond. Il y eut quelques instants de silence, brisé seulement par le tambourinement de la pluie sur la fenêtre.

« Pas pour le moment, répondis-je. Je reviendrai. Demain, sans doute. »

Radwinter me reconduisit hors de la cellule et verrouilla la lourde porte. Si la position de ses épaules laissait deviner sa colère, je fus néanmoins surpris par la férocité de son regard quand il se retourna vers moi, le visage empourpré, un rictus aux lèvres. Le feu qui couvait sous la glace était décelable, à présent.

« Vous sapez mon autorité devant ce sale vaurien de félon ! lança-t-il, la voix vibrant de rage. Si vous vouliez que ses rations soient augmentées, n'auriez-vous pas pu attendre qu'on soit sortis de sa cellule pour m'en faire part ? »

Je le fixai calmement. « Je veux qu'il comprenne que je suis responsable de la manière dont il est traité.

— Je vous le répète, vous ne savez pas à quel genre d'homme vous avez affaire. Vous risquez de regretter cette indulgence.

— J'obéis aux ordres que j'ai reçus. » Je pris une profonde inspiration. « Je pense, monsieur, que votre jugement est altéré. Non par le zèle, comme me l'avait annoncé l'archevêque, mais par le plaisir que vous prenez à infliger des sévices. » Son regard me glaçait les sangs, mais la colère m'aiguillonnait. « Mais vous ne prendrez pas votre plaisir en agissant à l'encontre des ordres de l'archevêque. Il saura quelle sorte d'homme vous êtes. »

À mon grand étonnement, il m'éclata de rire au nez, d'un rire moqueur qui retentit dans le couloir humide.

« Croyez-vous que l'archevêque ne sait pas qui je suis ? Il me connaît parfaitement, monsieur, et il sait que l'Angleterre a besoin d'hommes comme moi pour la protéger des hérétiques ! » Il se rapprocha de moi. « Et nous servons tous un Dieu de colère et de justice. Ne l'oubliez pas ! »

8

B ARAK ET MOI REPRÎMES LE CHEMIN DE LA CATHÉDRALE d'un pas pressé, car nous étions en retard pour notre rendez-vous avec messire Wrenne.

« Peut-être devrais-je tout de suite apporter un message à Sainte-Marie pour Maleverer, au sujet de l'endroit que regardait le gamin, suggéra Barak.

— Non, répondis-je, après un instant d'hésitation. J'ai besoin de toi pour préparer les placets et les résumés. Ils doivent être prêts pour demain matin. On se rendra dès que possible à Sainte-Marie, mais il est à craindre que ce malheureux gosse ait été mis à rude épreuve, et qu'ils aient tiré de lui tout ce qu'il sait. »

À la porte de l'enceinte de la cathédrale je montrai mes documents et on nous laissa passer.

Juste à ce moment-là, un faisceau de lumière traversa les nuages qui s'amoncelaient dans le ciel, illuminant les immenses vitraux aux couleurs éclatantes de l'énorme édifice.

« Comment se fait-il que la cathédrale d'York ait eu le privilège de conserver ses vitraux, demanda Barak, alors qu'on a démonté tous ceux des monastères pour cause d'idolâtrie ?

— Certains réformateurs aimeraient remplacer tous les vitraux par de simples vitres, mais le roi s'est limité aux monastères. Pour le moment.

— Ça n'a aucun sens.

— Ça fait partie du compromis avec le parti de la tradition. Tu ne peux pas espérer que la politique soit logique.

— Là-dessus, vous avez raison. »

L'air toujours aussi chagrin, la gouvernante âgée de Wrenne ouvrit la porte. Le vieil homme lisait dans la salle éclairée par des bougies où un bon feu flambait dans le foyer central. Depuis la veille on avait fait un brin de ménage : les livres avaient été remis en ordre et les carreaux verts et jaunes du sol brillaient. Le faucon pèlerin était toujours juché sur son perchoir, près du feu ; la clochette attachée à sa patte tinta au moment où il se tourna vers nous. On avait recouvert d'une belle nappe ornée de roses blanches la table, où s'élevaient trois hautes piles de feuillets. Messire Wrenne posa son livre et se mit lentement sur pied.

« Le confrère Shardlake. Avec le jeune Barak. Fort bien.

— Je vous prie d'excuser notre retard. Avez-vous reçu mon mot ?

— Oui. Vous parliez d'une affaire urgente à régler ? »

Je racontai une fois de plus la découverte du corps du verrier dans son chariot, laissant de côté les événements qui s'étaient ensuivis. Wrenne fronça les sourcils d'un air soucieux.

« Peter Oldroyd. Oui, je le connaissais. J'ai travaillé en tant que juriste pour la corporation des verriers dont il a été le président durant une année. Un homme calme et respectable qui avait perdu sa famille durant l'épidémie de peste de 1538. Quelle tristesse ! » Il se tut un long moment avant de poursuivre : « Vous me surprenez en pleine lecture de la biographie de Richard III par sir Thomas More. C'était un homme aux propos particulièrement injurieux, non ?

— En effet. Ce n'était pas le gentil saint décrit par certains.

— Mais il a le don de la formule. J'ai lu ses écrits sur la guerre des Deux-Roses du siècle dernier. "Ce furent jeux de rois, comme s'il s'agissait de pièces de théâtre, jouées sur l'échafaud, pour la plupart."

— En effet. La scène était aussi le champ de bataille ensanglanté.

— Vous avez raison. Mais asseyez-vous donc ! Buvez un verre de vin avant que nous nous mettions à l'ouvrage. Vous semblez avoir eu une matinée éprouvantable.

— Merci. Avec plaisir. » Comme je saisissais ma coupe, mon regard dériva vers la pile de livres. « Vous avez là une collection de livres très rares, monsieur.

— Oui. Je possède nombre de livres ayant appartenu aux moines. Ce ne sont pas des essais de théologie susceptibles de me faire surveiller par le Conseil du Nord, mais j'ai sauvé des ouvrages d'histoire et de philosophie de grande valeur. Non seulement pour l'intérêt qu'ils présentent mais aussi pour leur beauté. Je suis une sorte d'antiquaire voyez-vous. C'est la passion de toute une vie.

— Voilà une admirable occupation. Les monastères péchaient certes par beaucoup d'aspects, mais tant de savoir et de beauté ont été réduits en cendres ! J'ai vu des pages écrites avec un soin extrême il y a plusieurs siècles employées à bouchonner des chevaux. »

Il opina du chef. « Je me doutais que nous serions des esprits frères. Je sais reconnaître un érudit. On a écumé les bibliothèques des monastères à York ces trois dernières années . Saint-Clément, la Sainte-Trinité, et surtout Sainte-Marie… L'antiquaire John Leland est venu ici au printemps, ajouta-t-il en souriant. Il a été fasciné par la bibliothèque que j'ai constituée à l'étage. Voire un rien jaloux, m'a-t-il semblé.

— Peut-être me permettrez-vous de l'admirer un de ces jours ?

— Bien sûr, répondit Wrenne en inclinant sa tête léonine. Mais aujourd'hui je crains que nous ne devions étudier des documents de moindre importance : les requêtes adressées au roi, fit-il avec un sourire ironique. Où exercez-vous, déjà, confrère Shardlake ?

— À Lincoln's Inn. J'ai de la chance car j'habite tout à côté, dans Chancery Lane.

— J'ai fait mes études de droit à Gray's Inn, il y a de nombreuses années. Je suis arrivé à Londres en 1486, précisa-t-il avec le même sourire. Le père de l'actuel roi régnait depuis moins d'un an. »

Je fis un rapide calcul. Cinquante-cinq ans plus tôt. Wrenne devait donc avoir bien plus de soixante-dix ans.

« Mais vous êtes revenu exercer à York.

— Oui. Je ne me suis jamais senti à l'aise dans le Sud... J'ai un neveu à Gray's Inn, poursuivit-il après une courte hésitation, le fils de la sœur de ma défunte épouse. Il y est allé étudier et y est resté. Peut-être avez-vous entendu parler de lui ? fit-il en posant sur moi un regard appuyé. Il s'appelle Martin Dakin et doit avoir plus ou moins votre âge, aujourd'hui. À moins qu'il ne soit quelque peu plus âgé. Il a un peu plus de quarante ans.

— Non. Je ne **le** connais pas. Mais il y a des centaines de juristes à Londres. »

Il eut l'air mal à l'aise. « Il y a eu grave différend. Une querelle de famille nous a fait perdre le contact. J'aimerais le revoir avant de mourir, soupira-t-il. Aujourd'hui, il est toute ma famille, voyez-vous. Ses parents sont morts de la peste, il y a trois ans.

— La peste semble avoir emporté beaucoup de monde...

— Les cinq dernières années ont été une période atroce pour York, dit-il en secouant la tête. La rébellion en 1536, puis la peste en 1538. Elle a également sévi en 1539, et à nouveau l'année dernière. Cette année, Dieu merci, nous avons été épargnés... Autrement, ajouta-t-il avec un sourire narquois, nous n'aurions pas eu droit à la visite du roi. Ses avant-coureurs ont inspecté les hôpitaux tout l'été pour s'assurer qu'il n'y avait eu aucun cas de la maladie. Mais à la place nous avons eu la nouvelle conspiration. Nous vivons une époque troublée.

— Eh bien, espérons que l'avenir sera plus rose ! Et je me chargerai volontiers d'un message pour votre neveu, monsieur, si vous voulez.

— Merci, dit Wrenne en hochant lentement la tête. Je vais y réfléchir. J'avais un fils que j'espérais voir embrasser comme moi la carrière juridique, mais il est mort à l'âge de cinq ans, le malheureux. » Il fixa le feu, puis haussa les épaules et sourit. « Pardonnez ces propos moroses d'un vieillard. Je suis le dernier de ma lignée et certains jours, cela est lourd à porter. »

Ma gorge se serra, car ses paroles me firent penser à mon père. Moi aussi, j'étais le dernier de ma lignée.

« Nous avons remarqué, monsieur, que les mesures de sécurité appliquées en ville semblaient très importantes. Nous avons vu un Écossais se faire refouler à Bootham Bar.

— C'est vrai. Et tous les robustes gueux sont chassés de la ville. Les mendiants auront quitté l'enceinte de la cathédrale dès demain. Pauvres miséreux, ces dispositions sont draconiennes.. Vous devez savoir, monsieur, reprit-il, après une brève hésitation, que le roi n'est guère aimé ici. Ni par les membres de la petite noblesse, même s'ils se prosternent devant lui à présent, ni, encore moins, parmi les gens du peuple. »

Je me rappelai la façon dont Cranmer avait vitupéré les papistes nordistes.

« À cause des réformes religieuses qui ont causé le soulèvement ?

— Oui. » Il serra fortement sa coupe. « Je m'en souviens fort bien. Les agents du roi fermaient les monastères et évaluaient les biens de l'Église. Puis d'un seul coup le peuple s'est insurgé dans tout le Yorkshire. L'émeute s'est propagée comme un feu de broussailles. » Il agita une grande main carrée où étincelait une belle émeraude. « Ils ont élu Robert Aske comme chef et moins d'une semaine plus tard il est entré dans York à la tête de cinq mille hommes. Le conseil municipal et les autorités de la cathédrale étaient terrifiés par cette foule déchaînée de grossiers paysans qui s'étaient constitués en armée. On a donc décidé d'obéir à Aske et les autorités ecclésiastiques ont fait célébrer un office pour lui. » Il désigna la fenêtre du menton. « J'ai regardé d'ici la file des rebelles entrer dans la cathédrale pour assister à la messe. Ils étaient des milliers, tous armés de piques et d'épées. »

Je hochai la tête, perplexe. « Et ils pensaient pouvoir contraindre le roi à revenir sur les réformes religieuses…

— Robert Aske était bien naïf pour un avocat. Mais si le roi ne les avait pas dupés et conduits à se débander, je pense qu'ils auraient envahi tout le pays. » Il posa sur moi un regard grave. « Le mécontentement du Nord remonte à très loin. À la guerre des Deux-Roses, au siècle dernier. Le Nord était fidèle à Richard III et les Tudors n'ont jamais été très aimés dans la région. La rébellion n'avait d'ailleurs pas que la religion pour motif. Les Dalesmen avaient distribué des tracts rédigés par un soi-disant "capitaine Misère", où étaient énumérées toute une série de doléances à propos des loyers élevés et de la dîme… L'arrivée des réformes religieuses n'a fait qu'aggraver la situation, conclut-il en écartant ses grandes mains.

— Le roi Richard ? demanda Barak. Pourtant il a usurpé le trône et fait assassiner les héritiers légitimes. Les "petits princes de la Tour".

— D'aucuns affirment que c'est le père du présent roi qui les a fait tuer. » Il se tut. « J'étais gamin quand le roi Richard et son cortège ont traversé York après son couronnement, reprit-il. Vous auriez dû voir la ville à cette occasion ! Les habitants ont accroché leurs plus belles tapisseries aux fenêtres sur tout le parcours et ont lancé sur lui des pétales de fleurs. Maintenant, les choses sont différentes. Les gens du peuple rechignent même à mettre du gravier devant leur porte pour faciliter le passage du roi, malgré les injonctions du Conseil.

— Mais la querelle des Deux-Roses ne peut guère avoir de sens aujourd'hui, dis-je.

— Vraiment ? fit Wrenne en inclinant la tête. Il paraît que, après la découverte du complot au printemps, la vieille comtesse de Salisbury et son fils ont été exécutés à la Tour. »

Je me rappelai l'histoire de la mort atroce de cette femme qui avait circulé à Londres durant l'été. Emprisonnée sans motif officiel, elle avait fini sur le billot. Là, le bourreau du roi étant occupé à York à exécuter les conspirateurs, un jeune gars sans expérience lui avait administré force coups de hache sur la tête et les épaules.

« C'était la dernière héritière de la maison d'York, expliqua Wrenne d'un ton serein. Son exécution ne signifie-t-elle pas que le roi craint toujours le nom de Plantagenêt ? »

Je me rejetai en arrière. « Mais le complot de cette année, tout comme le Pèlerinage de la Grâce, avait avant tout un motif religieux, n'est-ce pas ?

— Les vieilles allégeances ont aussi joué leur rôle. Le roi a fait exécuter la comtesse et son fils par mesure de précaution. Et ses jeunes enfants à lui seraient séquestrés dans la Tour, eux aussi.

— Personne n'en est sûr.

— Des "petits princes de la Tour", à nouveau. »

Je hochai la tête lentement. Je me rappelai les paroles de Cranmer : « Cette fois-ci, ils l'ont traité de tyran et cherchaient à le renverser. »

« Je comprends mieux pourquoi les mesures de sécurité sont si rigoureuses pour cette visite, dis-je. Et pourtant, les Tudors ont apporté l'ordre et la paix à l'Angleterre. Personne ne peut le nier.

— C'est tout à fait vrai. » Wrenne s'appuya au dossier de son siège en soupirant. « C'est d'ailleurs fort intelligent de la part du roi d'avoir entrepris ce voyage afin de mater le Nord. Tout ce que je dis, monsieur, c'est que vous ne devez pas sous-estimer les courants de fond qui existent dans la région. »

Je fixai le vieil homme. De quel côté penchait-il ? Sans doute, à l'instar de maint vieil observateur des affaires du monde, avait-il cessé d'être animé par de puissantes passions. Je changeai de sujet.

« Apparemment, nous allons assister à la réception du roi vendredi. Sir William Maleverer me l'a confirmé hier à Sainte-Marie. Nous devons remettre les placets.

— Oui. J'ai reçu le message. Nous devons porter demain les requêtes au bureau du grand chambellan. Il nous recevra à neuf heures et nous fera répéter le rôle que nous devrons jouer lors de notre rencontre avec le roi. Il veut que je lui remette les placets et le résumé une demi-heure plus tôt, afin qu'il puisse en prendre connaissance. Je gagnerai donc Sainte-Marie de bonne heure et vous y retrouverai à neuf heures.

— J'espère qu'on nous fera répéter correctement.

— J'en suis certain. Le Conseil souhaite à l'évidence que tout se déroule sans la moindre anicroche, répondit Wrenne en souriant. Grand Dieu ! voir le roi à mon âge, ajouta-t-il en secouant la tête. Quelle étrange expérience !

— J'avoue que la perspective ne me réjouit guère.

— Nous devrons seulement accomplir notre modeste tâche. Le roi s'apercevra à peine de notre présence. Mais le voir ! Et ce magnifique cortège de chariots long d'un mille ! Des hommes sont allés jusqu'à Carlisle chercher du foin pour nourrir les chevaux.

— C'est très bien organisé. Il y a même une donzelle qui parcourt la ville pour acheter les friandises destinées à la reine. » Je lui racontai notre rencontre avec Tamasin Reedbourne. Wrenne adressa un clin d'œil à Barak.

« Elle était mignonne, n'est-ce pas ?

— Assez jolie, monsieur. »

Soudain, une pensée me revint à l'esprit. La petite m'avait dit avoir autorisé son garde du corps à entrer dans une échoppe, afin qu'il choisisse une étoffe pour son pourpoint. Or, l'homme en était ressorti les mains vides. J'écartai cette pensée.

« Bien, dit Wrenne. Mettons-nous au travail. Les résumés peuvent être brefs. Je suggère qu'on commence tout de suite et qu'on ne s'arrête qu'une fois ivres de fatigue.

— Oui. Je n'aimerais pas irriter le bureau du chambellan. Ni sir William Maleverer. »

Wrenne se renfrogna. « Bien qu'il soit issu d'une vieille famille du Yorkshire, Maleverer est un malotru. Il ressemble à beaucoup de ceux qui ont été nommés au Conseil du Nord depuis le Pèlerinage de la Grâce. Il fait partie de ces nobliaux qui ne s'étaient pas joints à la rébellion et qui aujourd'hui proclament leur fidélité à la réforme, alors qu'ils n'ont en fait aucune religion, hormis leur propre avancement. Ce sont des hommes ambitieux et sans pitié. Mais, dites-moi, qu'avez-vous vu des constructions de Sainte-Marie ?

— C'est extraordinaire. Des centaines de charpentiers et d'artistes y construisent d'imposants pavillons. Au fait, quand le monastère a-t-il été détruit ?

— Il y a deux ans. Dans une requête à Thomas Cromwell, l'abbé Thornton a demandé qu'on épargne le monastère. Dans le cas contraire, il sollicitait des terres et une pension... Ce qu'il a obtenu, conclut le vieil homme en partant d'un rire cynique.

— Les abbés des grands monastères étaient des hommes avides et corrompus.

— Et maintenant, Sainte-Marie appartient au roi et la maison abbatiale a été rebaptisée le Manoir du roi. » Il passa sa main sur sa joue, l'air songeur. « Peut-être va-t-on annoncer que la reine est enceinte.

— Le roi serait sans doute heureux d'avoir un deuxième fils.

— La succession royale, commenta-t-il en souriant. La lignée des oints du Seigneur traversant les siècles. La tête et l'âme du royaume, le sommet de l'échelle qui lie les hommes entre eux et assure la sécurité de tout et de tous.

— Et nous, les juristes, nous nous trouvons quelque part vers le milieu, espérant parvenir au faîte, tout en craignant de choir.

— En effet ! » s'écria Wrenne dans un éclat de rire. Il fit un geste qui englobait toute la pièce. « Voyez ma table placée sur sa plateforme, tout près du feu, de façon que, lorsqu'ils dressent leur propre table pour dîner, les serviteurs soient assis plus bas et plus loin de l'âtre. Tout a sa place sur la grande échelle des rangs terrestres, dans le grand théâtre du monde. Et c'est bien ainsi, car autrement nous aurions le chaos. » Il me fit un clin d'œil de connivence. « Même si je permets à Madge de rester assise près du feu afin qu'elle réchauffe ses vieux os. »

Nous passâmes le reste de la journée à examiner les placets, ne nous interrompant que pour manger une assiette de la fade potée préparée par la vieille Madge. Certaines des requêtes étaient élégamment calligraphiée, frappées de lourds sceaux de cire, tandis que d'autres étaient griffonnées sur de minables bouts de papier. Barak rédigeait de brefs résumés des questions soulevées par chaque cas, sous ma dictée ou celle de Wrenne. Le vieil homme se montrait vif et sûr de lui, séparant prestement le bon grain de l'ivraie. La plupart des plaintes étaient insignifiantes et mettaient en cause de petits administrateurs. Nous travaillâmes dans un esprit de camaraderie, à la lueur de bougies allumées tôt pour éclairer le morne après-midi. Outre nos voix, on n'entendait que le tintement de la clochette du faucon et, de temps en temps, le carillon de la cathédrale.

En fin de journée, Wrenne me tendit une feuille de papier couverte d'un maladroit griffonnage. « Voici quelque chose d'intéressant », fit-il.

La requête émanait d'un fermier de la paroisse de Towton, située aux environs d'York. Il avait converti ses anciens pâturages en cultures de légumes destinées à la ville, et ses laboureurs ne cessaient de déterrer des ossements humains que les autorités ecclésiastiques lui enjoignaient de porter au cimetière de la paroisse pour qu'ils y soient inhumés. Il souhaitait donc être défrayé des dépenses que lui causaient toutes ces allées et venues et dédommagé pour le temps perdu.

« Towton, fis-je. C'est le lieu d'une bataille, non ?

— La plus grande bataille de la guerre des Deux-Roses. En 1461. Il y a eu trente mille morts dans cette plaine ensanglantée. Et voilà que ce paysan dépose une plainte en justice pour qu'on lui paye le transport des ossements jusqu'au cimetière. À votre avis, que doit-on faire de cette requête ?

— À l'évidence, ce n'est pas de notre ressort. Cela concerne l'Église. Il faut donc envoyer la demande au doyen de la cathédrale.

— Mais il est peu probable que l'Église agisse contre ses propres intérêts et dédommage ce fermier, n'est-ce pas ? demanda Barak. Il faudrait au moins que le plaignant soit représenté par un avocat. »

Wrenne reprit le papier, un sourire sardonique aux lèvres. « Mon confrère a raison, malgré tout. La requête relève du droit canon et ne peut être jointe aux autres placets adressés au roi. La juridiction de l'Église est une question sensible en ce moment. Le roi n'aurait aucune envie de soulever une tempête de protestations à propos d'une affaire aussi mince. Non, nous devons prier le fermier de s'adresser au doyen.

— Tout à fait d'accord », dis-je.

Wrenne nous offrit à nouveau son sourire ironique. « Aujourd'hui nous sommes contraints d'agir en politiciens. Et de reconnaître que la loi a ses limites. Vous ne devez pas trop compter sur elle, maître Barak. »

Dès cinq heures du soir, toutes les requêtes étaient succinctement récapitulées. Le jour tombait et j'entendais la pluie crépiter contre les fenêtres. Wrenne parcourut les résumés. « Bon, fit-il. Il me semble que tout est clair.

« — Très bien. Alors, il nous faut rentrer. Nous avons à faire au Manoir du roi. »

Il regarda par la fenêtre. « Permettez-moi de vous prêter un manteau, car il pleut à verse, des hallebardes, comme on dit. Attendez-moi un instant. » Il quitta la salle. Nous nous approchâmes du feu.

« C'est un bon vieillard, dit Barak.

— C'est vrai. » J'étendis mes mains pour les réchauffer. « Cet homme doit s'ennuyer, à mon avis. Pour toute compagnie il n'a que sa vieille gouvernante et cet oiseau. » D'un signe de tête, j'indiquai le faucon qui s'était endormi sur son perchoir. Wrenne revint avec un manteau chaud et épais mais beaucoup trop long pour moi. Je promis de le lui rendre dès le lendemain. Nous partîmes sous la pluie, curieux de savoir si le pauvre petit Green avait signalé une cachette dans le mur de la maison d'Oldroyd.

9

NOUS MARCHÂMES LE LONG DE RUES SOMBRES ET VIDES, recrus de fatigue. L'air était plein des senteurs automnales : fumée de feu de bois et âcre odeur de feuilles mortes.

« Vous allez donc voir le roi ! s'exclama Barak en secouant la tête d'un air incrédule.

— Tu ne l'as jamais vu quand tu travaillais pour Cromwell ?

— Non ! s'esclaffa-t-il. Moi et mes pareils étions relégués aux venelles des bas-fonds.

— Tu aimerais le voir ?

— Oui. Pour pouvoir le raconter à mes enfants un de ces jours », répondit-il avec un sourire rêveur.

Surpris, je le dévisageai. Cet homme, qui semblait vivre au jour le jour, ne m'avait jamais parlé d'enfants auparavant.

« Peut-être pourrions-nous aider messire Wrenne à retrouver son neveu, dis-je Tu pourrais t'enquérir de lui pour moi dans les écoles de droit.

— Le mieux est l'ennemi du bien... On risque de découvrir que ce neveu n'a aucune envie de revoir son oncle. » Le ton soudain amer de mon assistant me rappela qu'il refusait toute relation avec sa mère depuis qu'elle s'était remariée. La rupture avait été très douloureuse.

« C'est possible, mais on peut toujours essayer. Quelle tristesse que son enfant unique soit mort.

— C'est vrai. » Il se tut un instant. « Il a la langue bien pendue, messire Wrenne, poursuivit-il. Toutes ces tirades à propos des rois et des anciennes guerres !

— Ça me rappelle une discussion que j'ai eue avec Guy, juste avant notre départ.

— Comment va le vieux Maure ?

— Plutôt bien. Un jour que je lui parlais du voyage du roi, il m'a raconté l'histoire du dernier roi de son pays, Grenade. Quand il était enfant c'était encore un royaume arabe, indépendant de l'Espagne. Le dernier souverain, le roi Boabdil le Petit...

— En voilà un nom !

— Écoute, veux-tu ! Guy l'avait vu traverser Grenade en litière, tandis que la foule se prosternait et lui lançait des fleurs, exactement comme les Yorkais, selon le confrère Wrenne, avaient reçu le roi Richard. Mais Boabdil a perdu son royaume au profit de l'Espagne et il a dû fuir et s'exiler dans la terre des Maures.

— Qu'est-il advenu de lui ?

— D'après Guy, il serait mort au cours d'une bataille en Afrique. En fait, personne n'en sait rien Il avait perdu la puissance et la gloire. »

Alors que nous montions la rue Petergate, des cris et des hurlements nous tirèrent de notre conversation. Quatre mendiants en loques se précipitaient vers nous, poursuivis par trois hommes en tunique d'aspect officiel qui leur assenaient des coups de gourdin sur les épaules. Les malheureux passèrent devant nous et furent repoussés vers la rivière qui divise la ville en deux. « On débarrasse la ville de ses gueux », constatai-je.

Barak regarda les hommes en haillons qu'on forçait à franchir un grand pont de pierre. « Et comment sont-ils censés vivre hors des murs ? demanda-t-il. En demandant l'aumône aux arbres et aux buissons ? »

Nous restâmes silencieux lorsque nous passâmes sous l'arcade de Bootham Bar. Si les têtes plantées sur les piques étaient toujours là, le répugnant morceau de chair avait été enlevé.

« Ni mendiant, ni charogne de rebelle, commenta Barak. La ville doit se montrer sous son meilleur jour en l'honneur du roi. »

Allait-on descendre les restes d'Aske du donjon du château ? Il était probable que le roi ne visiterait pas cet endroit lugubre et délabré.

À Sainte-Marie, malgré la pluie et l'obscurité, les ouvriers continuaient à travailler d'arrache-pied. Des coups de marteau et un bruit de scie provenaient des pavillons, à côté desquels d'autres ouvriers dressaient les énormes tentes, déployant la toile et resserrant les cordes. Cela me rappelait celle que j'avais vues dans les tableaux représentant le camp du Drap d'or. La cour était un lac de boue. Je n'avais jamais vu d'ouvriers travailler dans de telles conditions. À l'évidence l'écoulement des eaux se faisait mal car, après avoir creusé une tranchée autour du deuxième pavillon, jurant et vociférant, un groupe d'hommes couverts de boue avait dû la prolonger par un long canal. Sous le porche du manoir, plan en main, des agents officiels discutaient ferme. Nous nous frayâmes un chemin parmi eux, et annonçâmes au garde que nous souhaitions voir sir William Maleverer.

« Il est absent, monsieur, répondit le garde. Il est parti à cheval à la rencontre du cortège. À Leconfield, il me semble.

— C'est loin ?

— À trente milles d'ici. Il a reçu une convocation urgente. Mais il sera de retour dès demain matin. »

Je réfléchis quelques instants. « Et le coroner du roi, est-il là ? Messire Archbold ?

— Il est parti avec lui. »

Je me mordis la lèvre. « Un petit apprenti a été arrêté en ville ce matin par sir William afin de subir un interrogatoire. Ainsi peut-être qu'une servante. Savez-vous ce qu'il est advenu d'eux ? »

Il me toisa d'un air suspicieux. « Pourquoi cette question ?

— Nous étions présents quand l'apprenti a été emmené. Je dois en parler avec sir William.

— Le gamin a été enfermé et nous avons l'ordre de le garder à l'œil jusqu'au retour de sir William. La servante a été renvoyée chez elle. Sir William venait de terminer l'interrogatoire de la femme et s'apprêtait à entamer celui du gamin quand il a reçu la convocation.

— Puis-je faire parvenir un message à sir William ?

— Par ce temps, même une estafette particulièrement rapide mettrait des heures à rejoindre le cortège et à trouver sir William. Vous auriez intérêt, monsieur, à revenir demain matin. Je crois qu'il doit prendre la route de très bonne heure. »

Je réfléchis quelques instants. « D'accord. Nous attendrons son retour. Puis-je toutefois lui laisser un message, indiquant que messire Shardlake a besoin de le voir demain matin à propos de cet apprenti ? »

Nous n'avions plus qu'à retourner à nos chambres. N'ayant pas la moindre envie d'emprunter le raccourci à travers l'église, même pour éviter la pluie, nous longeâmes le bâtiment. Je constatai que le chariot du verrier avait été enlevé.

« J'avais bien dit que j'aurais dû revenir pour porter un message à Maleverer.

— Merci de me rappeler ton conseil, répliquai-je sèchement. Je vais sans doute avoir des ennuis, maintenant. Pourquoi donc est-il allé rejoindre le cortège ? Sangdieu ! cette affaire est-elle assez grave à ses yeux pour qu'il juge nécessaire de consulter le Conseil privé ?

— Richard Rich appartient au Conseil privé, n'est-ce pas ?

— Ne m'en parle pas ! soupirai-je. Tudieu, comme je regrette de m'être laissé entraîner dans cette affaire ! » ajoutai-je en donnant un violent coup de pied dans un bout de bois qui traînait sur les caillebotis. Je rougis de confusion en apercevant la massive silhouette de Craike se dessiner dans l'obscurité. Drapé dans un manteau doublé de fourrure, le capuchon relevé pour s'abriter de la pluie, il marchait avec précaution sur le sol glissant. Il sourit, l'air de ne pas avoir remarqué mon éclat de colère.

« Sale temps ! s'écria-t-il.

— En effet. Je viens de remarquer que le chariot du verrier a été emporté. »

Il opina du chef. « Le véhicule a été fouillé, sur ordre, Dieu seul sait pourquoi. Mais comment vas-tu ? Est-il vrai que vous ayez été enfermés dans la salle du chapitre ? demanda-t-il, l'œil brillant.

— Ç'a été une ridicule mésaventure. Je dois te remercier de ton aide, ce matin.

— Je t'en prie, cher ami. La mort du verrier semble avoir causé beaucoup d'agitation. J'ai été conduit devant sir William afin de lui raconter par le menu tout ce qui était arrivé. Il y a anguille sous roche, déclara-t-il avec gravité.

— Oui. Apparemment. Dis-moi, tu connaissais bien Oldroyd ? »

— Pas très bien, s'empressa-t-il de répondre en posant sur moi un regard pénétrant. Quand il est arrivé la semaine dernière pour commencer le travail, il a demandé s'il pouvait disposer d'un endroit où remiser son cheval et son chariot durant la nuit ; j'ai dû l'informer qu'il devrait laisser son chariot dehors et ramener chaque soir la bête chez lui. Il y a si peu de place, vois-tu. Ensuite, lorsqu'il m'est arrivé d'échanger quelques mots avec lui, il m'est apparu comme un gars assez agréable, et cela m'intéressait de parler à un Yorkais. Je ne suis pas souvent allé en ville, ajouta-t-il, un peu trop vite à mon avis.

— Il semblait regretter la disparition des mœurs d'antan, déclarai-je en scrutant le visage de Craike.

— C'est possible. Je n'ai pas discuté de ça avec lui. Je n'ai guère le temps de bavarder, vu le travail qui m'incombe ! Le chevalier avant-courrier est arrivé afin de s'assurer que tout était prêt pour le séjour du roi. J'ai justement rendez-vous avec lui maintenant. » Il fit tomber un filet d'eau de son capuchon. « Je dois me sauver.

— Eh bien ! à plus tard, sans doute. Il faudra qu'on boive un verre ensemble, comme promis.

— En effet », acquiesça-t-il en hâte. Il nous contourna, pataugea dans l'herbe boueuse et s'éclipsa.

« Il était pressé de partir », dit Barak.

Je regardai la forte silhouette disparaître sous la pluie. « Oui, je suppose qu'il est partisan de l'ancienne religion et que lui et Oldroyd partageaient les mêmes convictions. J'espère que ça n'allait pas plus loin. » Nous reprîmes notre chemin.

« Il ne peut pas être impliqué dans la mort d'Oldroyd, reprit Barak.

Il était avec nous quand nous avons entendu grincer la porte de l'église.

— Tu as raison. Mais il était dehors très tôt. Il est venu vers moi juste après que le cheval a chargé dans la cour. Il est possible que plus d'une personne ait été mêlée à cette affaire. Tu as vu à quel point l'endroit est surveillé. Le meurtrier du verrier était déjà à Sainte-Marie. Il y réside.

— Mais il y a des centaines de résidents !

— En effet. »

Nous nous dirigeâmes vers nos chambres. Dans leur enclos, le bétail et les moutons étaient trempés et les volailles s'agglutinaient contre les murs pour tenter de se protéger de la pluie. À l'intérieur du bâtiment, autour du feu qui flambait joyeusement, un groupe de clercs se passaient une grosse outre de vin. Un peu à l'écart, messire Kimber, le jeune avocat que nous avions rencontré plus tôt, se réchauffait les mains.

« Bonsoir, monsieur... Vous avez été surpris par la pluie ! lança-t-il.

— Oui. Nous sommes allés en ville. Et vous, les gars, vous avez terminé le travail ?

— Oui, monsieur. Les clercs et moi avons trié les factures concernant l'achat de tous les vivres... Cet après-midi, maître Barrow, ici présent, poursuivit-il en désignant un jeune homme, a inscrit cinquante porcs au lieu de cinq cents ! Le trésorier de la maison du roi menace de le renvoyer à Londres. Auriez-vous par hasard besoin d'un aide-comptable ? »

Maître Barrow lui jeta un regard noir.

« Non, merci ! m'esclaffai-je.

— Quelqu'un vous a demandé tout à l'heure, me dit Kimber, avant de tourner la tête et de lancer . Holà, Tom Cowfold ! Vous êtes là ? » Un jeune homme au visage tout rond, et dont le crâne commençait déjà à se dégarnir, sortit la tête d'une cabine voisine. « Je vous présente messire Shardlake, déclara Kimber d'un ton solennel.

— Ah oui, monsieur, dit le clerc en avançant vers nous. Il s'agit de la répétition de demain concernant la présentation au roi...

— Venez dans ma chambre », dis-je, conscient que les autres clercs écoutaient avec curiosité. Je le menai dans ma cabine, suivi de Barak.

« Voilà de quoi il retourne, monsieur, expliqua maître Cowfold d'un air supérieur. Vous êtes prié de vous rendre à neuf heures au bureau de mon maître, sir James Fealty, du service de l'intendance. Messire Wrenne sera également présent avec les placets. Mon maître vous indiquera la façon dont on doit les présenter au roi.

— Qui doit effectuer la présentation ?

— Messire Wrenne. » Je fus soulagé d'avoir cette précision. « Euh..

Et vous devrez avoir déjà revêtu les habits que vous porterez à la cérémonie, ajouta-t-il en avisant le manteau trop grand dont j'étais affublé.

— Fort bien.

— À demain, par conséquent, monsieur ! » Il inclina le buste et s'éloigna.

« Changeons-nous ! dis-je à Barak. Puis allons dîner ! La jeune Reedbourne nous a donné rendez-vous dans la salle à manger à six heures. C'est presque l'heure.

— D'accord ! Je vais demander à ces jeunes gars où cela se trouve. » Il sortit de la cabine et un instant plus tard j'entendis Cowfold s'écrier : « Voici l'assistant de l'avocat bossu ! »

J'eus un coup de sang. Ce malotru aurait pu baisser la voix !

« Taisez-vous, espèce de crétin ! » rétorqua Barak. Après un court silence la conversation reprit d'un ton plus calme. Je changeai mes chausses mouillées, pris une profonde inspiration et sortis, désormais mal à l'aise dans le grand manteau de Wrenne. Quel ennui que Dieu ait donné un si grand corps au vieil homme ! Les clercs s'étant dispersés, Barak se tenait seul près du feu. Il me regarda d'un air gêné. Il savait que ce genre d'insulte n'arrangeait pas mon humeur.

« Alors, où est la salle à manger ? demandai-je sèchement.

— Les clercs affirment qu'elle a été installée dans l'ancien réfectoire des moines. Tout le monde mange ensemble, à part les hauts dignitaires qui se restaurent dans la maison abbatiale.

— Eh bien, allons-y ! »

Un certain nombre de personnes se dirigeaient vers la longue rangée de bâtiments claustraux situés le long de l'église. Nous suivîmes un groupe de charpentiers couverts de sciure mouillée qui approchaient d'un grand portail ouvert. Sous le porche se tenait Tamasin. Elle était vêtue de la robe jaune apparemment de grande qualité qu'elle portait le jour de notre première rencontre et coiffée d'un attifet bleu qui rehaussait l'éclat de ses yeux. À ma grande surprise, Jennet Marlin se tenait près d'elle, l'air un brin renfrogné, son expression habituelle, semblait-il. Tamasin nous fit une révérence, mais Mlle Marlin se contenta d'un froid hochement de tête. Tamasin nous remit deux billets. Sur le mien les services du chambellan avaient tamponné mon nom, suivi de l'appellation : « Avocat chargé des placets présentés au roi ».

« Merci, mam'selle Reedbourne, dit Barak. Vous nous avez évité d'attendre dans les courants d'air de la tente.

— En effet. Merci beaucoup », renchéris-je. Le côté déluré de la donzelle ne me plaisait guère, mais elle s'était donné du mal pour nous. Je décidai d'être courtois, même si je devais m'y efforcer. « Nous avons faim, ajoutai-je. Et vous aussi, j'imagine. Les membres de la suite de la reine ont sans doute leur salle à manger particulière.

— Oh non, monsieur ! s'écria Tamasin. Nous mangeons dans la salle commune, nous aussi.

— Avec la racaille, précisa Mlle Marlin de sa voix pointue. Dieu merci, la salle à manger de la reine sera installée demain, et alors nous pourrons nous y restaurer en paix. » Elle toisa Barak. « Ce soir, j'ai décidé d'accompagner Tamasin. Il ne serait pas convenable qu'elle dîne seule. »

Ne trouvant rien à répondre, je fis un salut pour inviter les deux femmes à passer devant nous. Nous gravîmes un large escalier dont les corniches étaient ornées de beaux anges sculptés. Des serviteurs montaient et descendaient, chargés de plateaux et d'outres de vin. Nous pénétrâmes dans l'ancien réfectoire des moines. Des rangées de tables à tréteaux avaient été disposées si près les unes des autres que les domestiques devaient se faufiler entre elles. J'estimai le nombre de places à environ deux cents, la plupart d'entre elles étant occupées par des ouvriers et des charpentiers à l'air fatigué. J'aperçus les clercs, qui s'étaient installés un peu à l'écart. À la table d'à côté, un petit groupe de femmes étaient assises ensemble. L'une d'elles regarda Mlle Marlin, puis donna un petit coup de coude à ses voisines, qui la fixèrent en gloussant. Jennet Marlin s'empourpra. Je la plaignis.

Un homme portant la robe noire d'un appariteur se précipita vers nous. Nous lui remîmes nos billets et il nous conduisit à une table de quatre places. J'étais content de dîner assez loin des clercs. Mlle Marlin fronça le nez en s'asseyant, à la vue des nappes et des serviettes tachées. Un serviteur planta un pichet de bière sur la table avant de repartir très vite. Je versai à boire à tout le monde.

« Dieu merci, à cette table, les assiettes et les gobelets sont en étain », fit remarquer Mlle Marlin. Jetant un coup d'œil à l'entour, je constatai que les charpentiers buvaient dans des chopes en bois.

« Ainsi donc, certaines convenances sont respectées », dis-je. Un autre serviteur apparut, chargé d'une grande soupière pleine de potée. Dans sa hâte à la déposer sur la table, il en renversa un peu sur la nappe. Mlle Marlin soupira, mais Tamasin éclata de rire en lui passant la soupière.

« Nous devons faire contre mauvaise fortune bon cœur », déclara-t-elle. À ma grande surprise, Jennet Marlin lui fit un bref sourire affectueux.

« Comment êtes-vous entrée au service de la reine ? demanda Barak à Tamasin, une fois que nous fûmes tous servis.

— Ma mère servait à la Cour avant moi. Depuis deux ans je travaille pour le pâtissier de la reine. Si on m'a demandé de participer au voyage c'est grâce à mon expérience dans l'élaboration des confiseries, ajouta-t-elle avec fierté. On m'a envoyée à l'avance avec lady Rochford et Mlle Marlin afin de préparer pour la reine et sa maison les délicieuses et coûteuses douceurs qu'elle aime tant : friandises de massepain, d'amandes et de gingembre. »

Je me tournai vers Jennet Marlin. « Et vous, mademoiselle, y a-t-il longtemps que vous servez lady Rochford ? »

Elle me toisa de son air hautain. « Non, monsieur. Je servais lady Edgecombe quand lady Anne de Clèves était reine. Je suis passée au service de lady Rochford l'été dernier.

— Et vous êtes du Nord ?

— Je suis originaire de Ripon, mais j'ai été envoyée à la Cour à l'âge de seize ans.

— Et vous avez suivi le cortège depuis le départ ?

— Oui, soupira-t-elle. Au mois de juillet, nous avons voyagé dans le froid et sous la pluie. Tout était incroyablement répugnant. Il pleuvait tant que toutes les routes avaient l'aspect de bourbiers. À tel point que les membres de la maison du roi affirmaient qu'il fallait rebrousser chemin, mais le roi et ses conseillers ont insisté pour que le voyage se poursuive. »

Je hochai la tête. « À cause de son extrême importance du point de vue politique.

— C'est cela. Puis, lorsque le temps s'est amélioré, le roi s'est attardé à Hatfield et à Pontefract, personne ne sait pourquoi. Ensuite on nous a envoyées à York pendant qu'il effectuait un détour par Hull. Nous sommes ici depuis près d'une semaine.

— Combien de temps le roi va-t-il rester à York ?

— Trois jours, paraît-il. Mais il semblerait qu'il reste toujours plus longtemps que prévu.

— Ce doit être énervant. » J'hésitai un instant avant de poursuivre : « Connaissez-vous le motif de la grande fête que tout le monde prépare ? »

Elle haussa les épaules. « Non. Toutes sortes de rumeurs circulent à ce propos… Vous êtes avocat, monsieur ? demanda-t-elle en changeant le sujet.

— Oui. À Lincoln's Inn.

— Mon fiancé est avocat à Gray's Inn. »

Comme le neveu de Wrenne, pensai-je.

« Vous devez sans doute savoir, reprit-elle, qu'il est à la Tour, soupçonné d'être impliqué dans la conjuration. Les commérages vont bon train à ce sujet.

— J'en ai entendu parler, répondis-je, mal à l'aise.

— Il se peut que vous l'ayez rencontré. Il s'appelle Bernard Locke. » La ligne sévère de ses lèvres charnues, qu'elle serrait toujours fortement, s'adoucit quelque peu.

« Je crains que non », répondis-je. C'était la seconde fois ce jour-là qu'on me demandait si je connaissais un avocat de Gray's Inn.

« Il est originaire de Ripon, lui aussi. Nous nous connaissons depuis l'enfance. » Elle fixa soudain sur moi un regard intense. « Son arrestation a été une grave erreur. Il sera libéré. Nombreux sont ceux qui ont été emprisonnés alors qu'ils n'étaient coupables de rien. On a dû entreprendre une vaste opération de capture, mais on se rendra compte que Bernard est innocent et on le relâchera.

— Espérons-le, mademoiselle ! » Je fus surpris qu'elle discute si librement de cette affaire. Je souhaitais que ses espoirs fussent fondés, tout en sachant que les personnes soupçonnées de délits politiques risquaient de languir à la Tour des années durant.

« Je ne cesserai jamais d'espérer, affirma-t-elle d'un ton farouche.

— Votre fidélité vous fait honneur, mademoiselle. »

Elle me gratifia alors de l'un de ses regards hautains. « Je lui dois tout », fit-elle.

On nous apporta ensuite un gros pâté de mouton. Barak se chargea de le couper en parts. Au moment où Jennet tendait le bras pour se servir, je vis la main qui tenait son couteau trembler légèrement. Malgré sa discourtoisie, je ne pus m'empêcher de la plaindre. Si elle parlait toujours ainsi à cœur ouvert, il n'était guère étonnant que les autres femmes de la maisonnée se moquent d'elle. Les femmes peuvent se montrer encore plus cruelles que les hommes.

« Il paraît que la reine a été malade durant le voyage, dis-je. J'espère qu'elle va mieux à présent. »

Son sourire morose se dessina de nouveau. « Un simple rhume de cerveau. Ce n'est qu'une toute jeune fille, et elle en a fait toute une histoire.

— Je suis content d'apprendre qu'il n'y a rien de plus grave.

— Elle s'est arrangée pour que lady Rochford, ma maîtresse, s'occupe d'elle, lui apporte des coussins, lui fasse mille grâces et l'appelle "ma pauvre petite enfant" », poursuivit-elle d'un ton désapprobateur. Je me souvins de la façon déplaisante dont lady Rochford l'avait traitée la veille et j'eus le sentiment que Jennet Marlin était une femme très en colère. Elle me rappelait quelqu'un, mais qui ? Cela m'échappait.

« On dit que la reine est enceinte », fis-je.

Elle planta sur moi un regard glacial. « On ne m'en a pas informée. Vous cherchez à me tirer les vers du nez, monsieur.

— Veuillez m'excuser », fis-je sèchement. Mlle Marlin baissa les yeux sur son assiette. À l'évidence, notre causerie était close.

Autour de nous la rumeur des conversations enflait, le vin libérant les langues. Barak donnait à Tamasin une version censurée de la manière dont il était devenu mon assistant. « Il y a deux ans, je travaillais pour lord Cromwell, qui était également le protecteur de messire Shardlake. À la chute de mon maître il m'a engagé comme assistant. »

Tamasin écarquilla les yeux tout grands. « Vous avez travaillé pour lord Cromwell ? demanda-t-elle. Vous l'avez rencontré ?

— Oui. » Une lueur de tristesse passa dans ses yeux.

« Au fait, comment vous êtes-vous laissé enfermer dans la salle du chapitre des moines ? demanda-t-elle en souriant. Je suis certaine que vous n'avez pas été victime d'une simple ridicule bévue.

— Si fait ! ricana-t-il. Je suis un benêt, un stupide bouffon. »

Elle éclata de rire. « Moi, je pense que vous êtes un homme doté de nombreux talents.

— Oui, je suis bien doté, en effet. » Ils rirent tous les deux. Mlle Marlin lança un regard sévère à la jeune fille. Mais qui donc me rappelait-elle ? Je m'entêtais à résoudre cette énigme tandis que la conversation de Barak et Tamasin s'apparentait de plus en plus à un badinage amoureux. Finalement, Mlle Marlin se leva de table.

« Tamasin, nous devons partir, maintenant. Lady Rochford a sûrement fini de dîner, auquel cas elle désire peut-être me confier quelque tâche. Et vous ne sauriez rentrer seule.

— Nous pouvons vous raccompagner à la maison abbatiale, si vous le souhaitez, proposai-je.

— Non, merci, répondit-elle vivement. Venez donc, Tamasin. » Barak et moi nous levâmes et fîmes une profonde révérence pour saluer leur départ. Tamasin reçut un ou deux regards admiratifs de la part d'autres dîneurs.

« Vous vous êtes bien entendus, tous les deux, lançai-je à Barak.

— Oui, c'est une fille charmante. Selon elle, après-demain, certains des citadins répètent un spectacle musical qui sera joué devant le roi à son arrivée. Je lui ai demandé de m'y accompagner... Si vous êtes d'accord, ajouta-t-il.

— Dans la mesure où l'on ne nous assigne pas une nouvelle corvée. » Je le fixai du regard. « Toutes les femmes avec qui tu badines sont-elles aussi aguicheuses ? » C'était une plaisanterie de ma part, mais le ton s'avéra agressif. Il haussa les épaules.

« Peut-être est-elle aguicheuse. Cependant, étant donné les circonstances, pourquoi ne pas prendre un peu de plaisir quand une aubaine se présente ? fit-il, un rien vindicatif. Elle vous déplaît ?

« En sus de ses manières frivoles, je perçois un aspect calculateur chez elle. » Je faillis lui dire qu'à mon sens l'incident de la veille éveillait en moi quelque suspicion, mais je tins ma langue.

« Mlle Marlin est une étrange femme, dit-il. Quel âge peut-elle bien avoir, à votre avis ?

— À peu près le tien. Une trentaine d'années.

— Elle ne serait pas mal si on n'avait pas toujours l'impression qu'elle est en train de passer sa langue sur une dent cariée.

— C'est vrai. Mais son fiancé est à la Tour et elle dit le connaître depuis l'enfance.

— Voilà de longues fiançailles si elle a trente ans.

— En effet. »

Il sourit. « Je peux me renseigner demain auprès de mam'selle Tamasin, si vous voulez.

— J'avoue que ma curiosité est piquée. J'ai l'impression qu'elle ne me porte pas dans son cœur et j'aimerais savoir pourquoi.

— J'ai le sentiment qu'elle déteste tout le monde.

— C'est possible. Mais maintenant que nous avons un moment, je voudrais te parler de ce qui s'est passé ce matin. À propos de ce que tu as affirmé dans la salle du chapitre : à savoir que tu n'aurais jamais commis une telle bévue à l'époque où tu travaillais pour Cromwell. Est-ce cela qui te préoccupe depuis plusieurs semaines ? »

Il hésita un instant, puis déclara calmement : « En ce moment, je ne sais plus trop qui je suis… » Je hochai la tête pour l'encourager à poursuivre. « Quand j'ai commencé à travailler pour vous, c'était nouveau et intéressant, reprit-il en rougissant. Or, aujourd'hui, je me rends compte…

— Continue.

— Je suis trop rustre pour m'adapter au milieu des cours de justice. Vous n'imaginez pas le nombre de fois où, occupé à prendre des notes pendant une audience au tribunal ou à accueillir des avocats dans votre étude, j'ai eu envie de tous les traiter de pédants, de crétins et de leur tordre le nez.

— C'est de l'enfantillage pur et simple.

— Pas du tout ! Vous connaissez le genre de vie que je menais avant de vous rencontrer. Une rude existence parmi de rudes gens. C'étaient mes contacts avec la roture qui intéressaient lord Cromwell. Mais aujourd'hui, Cromwell n'est plus, et si je devais quitter le milieu juridique sans métier, je retomberais dans les bas-fonds, comme jadis quand j'étais un gamin des rues. » Il soupira et se passa la main sur le front.

« Le droit peut s'avérer ennuyeux à l'occasion, Jack, mais projette-toi dans dix ans. Préférerais-tu alors vivre d'expédients dans la rue, avoir les membres plus gourds chaque hiver, ou être bien installé dans ton poste à Lincoln's Inn ? »

Il me regarda droit dans les yeux. « Je suis déchiré. D'un côté je veux rester, me ranger, mais d'un autre côté j'avoue avoir pris plaisir à l'incident de ce matin.

— Je vois. » Je respirai profondément. « Je serais extrêmement peiné de te perdre. Tu as illuminé ma vie professionnelle. Mais c'est à toi de décider ce que tu veux faire de la tienne ! »

Il sourit tristement. « J'ai été un clerc bien peu discipliné, ces dernières semaines, non ?

— Je ne te le fais pas dire.

— Désolé. » Il se mordit la lèvre. « Je vais prendre une décision, dans un sens ou dans l'autre, avant notre retour à Londres. Je vous le promets.

— Si tu veux en parler plus longuement avec moi, je suis à ta disposition.

— Merci. »

À nouveau, je pris une profonde inspiration. « Encore une chose… J'ai bien réfléchi et je pense qu'on doit se lever très tôt demain matin afin de retourner à la maison du verrier avant la répétition de la présentation des requêtes au roi. J'ai peur que Maleverer nous reproche de ne pas lui avoir dépêché un messager. Je veux aller vérifier si ceux qui ont fouillé la maison ont trouvé quelque chose dans la chambre. Si on découvre des signes indiquant que tel est le cas, on aura moins de souci à se faire.

— Et sinon ?

— On devra chercher nous-mêmes ! » lançai-je d'un ton décidé. L'œil de Barak s'alluma à cette perspective.

10

I L NE PLEUVAIT PLUS LORSQUE NOUS QUITTÂMES LE RÉFECTOIRE. La nuit était déjà tombée, mais les ouvriers continuaient à travailler dans la cour. Trois énormes tentes se dressaient à présent près des pavillons et des manœuvres y installaient du mobilier : sièges ornés, grands bahuts de bois sculptés, coffres vraisemblablement emplis de vaisselle d'or, que des soldats escortaient. Tout cela avait sans doute été apporté de Londres.

De retour à l'endroit où nous logions, nous trouvâmes les clercs occupés à jouer aux cartes sur une petite table à tréteaux qu'ils avaient approchée du feu. Kimber et deux autres jeunes gens en robe d'avocat s'étaient joints à eux, ce qui me fit réfléchir à l'étrange convivialité de circonstance que le voyage royal semblait avoir suscitée. Kimber nous invita à participer. Je proposai à Barak de rester s'il le désirait, mais je décrétai préférer regagner ma cabine. Je fus un peu dépité qu'il accepte, alors que ces personnes m'avaient traité quelques heures auparavant d'avocat bossu... Je le laissai donc et entrepris de réparer ma robe de mon mieux à l'aide de mon petit nécessaire à couture. Une fois la tâche achevée, je m'allongeai sur mon lit.

Il était trop tôt pour dormir, malgré tout, et tandis que j'écoutais les cris de joie et les grognements des joueurs de cartes, selon leur bonne ou leur mauvaise fortune, une série de tracas vinrent me tourmenter l'esprit. Je pensai au départ précipité de Maleverer, regrettant de n'avoir pu lui apprendre que la maison d'Oldroyd recelait peut-être un mystère. D'instinct, j'avais pris la décision d'y retourner très tôt le lendemain matin, mais, après réflexion, je me confortai dans l'idée que c'était la meilleure chose à faire pour éviter des ennuis. Si on avait déjà découvert une cachette dans le mur, cela ne m'affecterait en rien, mais si c'était moi qui la trouvais, ce serait à l'évidence porté à mon crédit. Je reconnaissais volontiers que Maleverer me faisait peur. Aussi cruel et impitoyable que mon ancien maître Cromwell, il ne possédait pas sa finesse, n'étant mû que par l'ambition et le goût effréné du pouvoir. Cet homme était une brute sans vergogne et extrêmement dangereuse.

Et puis il y avait Broderick. Je me rappelai sa façon d'affirmer sans ambages que je l'engraissais pour les tortionnaires de la Tour. Je ne devais pas oublier néanmoins qu'il avait participé à un complot qui, s'il avait réussi, aurait plongé le royaume dans un bain de sang. Je me demandai à nouveau quel secret il pouvait bien connaître, pour effrayer à ce point Cranmer même. Mais sans doute était-il moins dangereux de demeurer dans l'ignorance…

Finalement, les joueurs de cartes regagnèrent un à un leur cabine. À travers la paroi, j'entendis Barak entrer dans la sienne puis le cliquetis des pièces jetées sur le coffre : à l'évidence, la chance était avec lui, ce soir. Je me déshabillai et me mis au lit, sans parvenir à dissiper mes sombres pensées. Je revoyais Jennet Marlin, cette étrange pie-grièche qui semblait en vouloir au monde entier… En un éclair, je compris qui elle me rappelait, si soudainement que j'en eus le souffle coupé.

Dès l'enfance, ma difformité m'avait mis à l'écart. Je n'avais jamais été à l'aise parmi la bande de gamins des fermes du voisinage qui jouaient ensemble et chassaient les lapins dans les bois. Ils ne m'avaient jamais accepté, comme si, d'une certaine manière, je menaçais leur vigoureuse agilité. En outre, les bossus ont la réputation de porter malheur.

Durant quelques années, ma seule compagne de jeu avait été une gamine de mon âge, la fille du propriétaire de la ferme qui jouxtait celle de mon père. Costaud, jovial, peu raffiné, le fermier était veuf et père de cinq grands garçons lourdauds et d'une fille unique : Suzanne. Après la mort de sa femme, le fermier semblait ne savoir que faire de cette petite fille. Un beau jour, je l'avais trouvée dans notre cour alors que je faisais voguer des bateaux en papier sur une grande mare. Elle m'avait regardé un moment, mais j'étais trop timide pour lui parler.

« Qu'est-ce que tu fais ? avait-elle fini par me demander.

— Je m'amuse à faire naviguer des bateaux. »

J'avais levé les yeux vers elle. Elle portait une robe sale, trop petite pour elle, et ses cheveux blonds étaient hirsutes, tels des épis de paille. Elle ressemblait davantage à la fille d'un vagabond qu'à celle d'un fermier respectable.

« J'aimerais bien jouer à ce jeu, moi aussi. » Elle parlait d'un air un peu renfrogné, comme si elle s'attendait qu'on la repousse. Pour ma part, j'avais souvent eu envie de partager mes occupations, et je m'étais dit ce jour-là que même une fille ferait l'affaire.

« Eh bien, d'accord !

— Comment tu t'appelles ?

— Matthew.

— Moi, c'est Suzanne. Quel âge tu as ?

— Huit ans.

— Moi aussi. »

Elle s'était agenouillée près de moi et avait désigné l'un des bateaux. « Celui-ci est mal fichu. T'as pas bien plié le papier. »

C'est ainsi que pendant quelques années Suzanne devint ma camarade de jeu. Pas constamment, car il pouvait s'écouler plusieurs mois sans que je la voie. Peut-être son père lui avait-il interdit de jouer avec moi... Puis, sans offrir la moindre explication pour son absence, tôt ou tard elle revenait participer à mes amusements solitaires. Elle me persuadait de jouer à la dînette dans un coin de sa grange, puisant de l'eau dans les flaques pour la servir à sa collection de poupées de chiffon en piteux état. Certes, elle avait tendance à être autoritaire, mais sa compagnie m'était agréable. En outre, elle me faisait pitié, car rejetée par sa propre famille, sa mise à l'écart me semblait pire que la mienne.

Notre amitié, si on peut appeler ainsi notre relation, cessa brusquement à l'âge de treize ans. Je ne l'avais pas vue depuis plusieurs mois, sauf de loin, le dimanche à l'église. Un jour d'été, comme je rentrais chez moi après l'office, j'aperçus un petit groupe de gamins et de gamines qui marchaient devant moi dans le sentier. Les fillettes étaient coiffées de béguins et vêtues de robes élégantes tombant jusqu'aux pieds comme celles des femmes adultes, tandis que les garçonnets portaient de vrais petits pourpoints et des bonnets. Les gamines se bousculaient pour marcher à côté de Gilbert Baldwin, un beau gars de quatorze ans qui menait toujours les jeux des garçons. À la traîne derrière la petite bande, une longue branchette de coudrier à la main, Suzanne fouettait les hautes herbes qui bordaient le chemin. Je la rattrapai.

« Holà, Suzanne ! » m'écriai-je.

Elle tourna vers moi un visage qui eût été joli, s'il n'avait été tout rouge et grimaçant de colère. L'ourlet déchiré de sa robe misérable pendait et ses cheveux dépeignés étaient rien de moins qu'une tignasse.

« Fiche le camp ! » siffla-t-elle avec fureur.

Je reculai. « Mais qu'est-ce que j'ai fait, Suzanne ? »

Elle se retourna vers moi et me regarda droit dans les yeux. « Tout est de ta faute !

— Quoi ? Qu'est-ce qui est de ma faute ?

— Ils veulent pas que je marche avec eux ! Ils disent que mes vêtements sentent mauvais et que je suis sale. Que je suis aussi mal élevée qu'une romanichelle ! Et tout ça parce que je passe mon temps à jouer avec toi au lieu d'apprendre des travaux de filles ! Gilly Baldwin m'a dit d'aller faire les yeux doux à mon copain bossu ! » Elle avait des larmes dans la voix et son ton devenait suraigu. Au milieu de son visage écarlate sa bouche était comme un grand O.

116

Devant moi, la petite troupe de gamins et de gamines s'était arrêtée et contemplait la scène. Les garçons avaient l'air mal à l'aise mais les filles gloussaient méchamment.

« Suzanne fait du bateau avec son galant ! » lança l'une d'elles.

D'un mouvement brusque Suzanne se retourna vers le groupe. « Taisez-vous ! hurla-t-elle. C'est pas mon galant ! Ça suffit ! »

Comme les ricanements redoublaient, elle quitta le sentier et s'enfuit à travers champs, hurlant et frappant de sa branchette, telle une possédée, les jeunes épis de blé. Je la regardai courir un moment avant de rebrousser chemin. Je rentrerais chez moi une fois la bande partie. J'avais dès mon plus jeune âge appris que m'éloigner sans rien dire constituait la meilleure façon d'éviter les moqueries. Toutefois, malgré sa cruauté envers moi, et même si je savais qu'elle vivait en paria à cause de sa famille, et non de moi, chaque fois que je la voyais me lancer des regards noirs – quand elle s'abaissait à reconnaître mon existence –, je me sentais coupable, comme si j'étais en partie responsable de l'ostracisme et de l'extrême solitude dont elle souffrait. Je partis pour Londres quelques années plus tard et ne la revis plus, mais j'appris qu'elle était restée vieille fille et qu'elle était devenue par la suite une réformatrice enragée, dénonçant ses voisins et les accusant de papisme. Bien qu'elle eût appartenu à un milieu différent, Jennet Marlin semblait elle aussi nourrir des rancunes envers un monde qui l'aurait maltraitée. Et je ressentais le même étrange désir de l'amadouer. Soupirant, j'appuyai la tête sur l'oreiller et méditai sur l'étrange façon dont fonctionne l'esprit humain. Je finis enfin par m'endormir.

Barak s'était réglé pour se réveiller à six heures, et peu après il frappa de légers coups à ma porte. Eu égard à ma courte nuit, je ne me sentais guère reposé, mais je me levai tout de même et m'habillai dans l'air frais et humide. Je préférai enfiler le manteau de Wrenne plutôt que le mien, afin de penser à le lui rendre quand on se retrouverait pour la répétition de la remise des placets. Nous sortîmes discrètement, soucieux de ne pas réveiller ceux qui dormaient tout autour de nous. Dehors, l'aube venait de poindre et l'ombre enveloppait encore les entours. Nous suivîmes le chemin longeant l'église où nous avions découvert le malheureux Oldroyd le matin précédent et nous nous dirigeâmes vers la grille où le jeune sergent Leacon était derechef en faction.

« À nouveau matinal, monsieur ! fit-il.

— Oui. Nous devons aller en ville. Vous avez été de nuit deux fois de suite ?

— Oui-da. Et je le suis deux jours encore, jusqu'à la venue du roi. »

Il secoua la tête. « C'est une drôle d'histoire qui est arrivée au verrier, hier. Sir William Maleverer m'a questionné à ce sujet. »

Lui aussi…, pensai-je.

« En effet. Vous avez raison, c'est une drôle d'histoire. Quand le cheval a surgi dans la brume au grand galop, je n'ai pas tout de suite compris de quoi il s'agissait. On aurait dit une créature sortie de l'enfer.

— Il paraît que c'est un accident. Avez-vous de plus amples détails, monsieur ? »

À son regard perçant je devinai qu'il mettait en doute cette version des faits. Peut-être trouvait-il que Maleverer se préoccupait à l'excès d'une mort accidentelle.

« C'est ce qu'on dit… Je suis sûr que vous avez vu d'étranges choses, depuis Londres ? fis-je pour changer de sujet.

— Rien d'aussi étrange que cette affaire. Jusqu'à ce qu'on m'envoie ici après Pontefract, il s'agissait seulement de marcher et de chevaucher le long du cortège, à travers de profonds bourbiers quand il pleuvait et de grands nuages de poussière par temps sec. » Il sourit. « Il y a bien eu ce tohu-bohu, près de Hatfield, lorsqu'un singe appartenant à une dame d'atour de la reine s'est échappé et a échoué dans un village des environs…

— Ah oui ?

— Croyant que c'était le diable, les pauvres païens du coin se sont enfuis en direction de l'église où ils ont demandé au prêtre d'intervenir pour le renvoyer en enfer. Avec quelques hommes, j'ai dû me dévouer pour attraper l'animal qui s'était installé dans l'appentis d'une maison nette, où il dégustait allégrement la réserve de fruits du propriétaire.

— Ç'a dû être un sacré spectacle ! s'exclama Barak en riant.

— En effet. Il était assis là, la queue dressée, vêtu du petit pourpoint dont l'avait affublé sa maîtresse. Vu que ces villageois étaient tous des papistes, ils s'imaginaient, j'en jurerais, qu'une légion de démons escortaient le cortège du roi. » Il se tut et secoua la tête.

« Bon. Nous devons continuer notre chemin. Nous avons du travail. »

Nous franchîmes la grille et nous dirigeâmes vers Bootham Bar.

« Voilà un jeune gars intelligent, dis-je.

— Les soldats ne sont pas censés poser des questions, grogna Barak.

— Certaines personnes ne peuvent s'en empêcher.

— Je suis bien placé pour le savoir », répliqua-t-il en me jetant un coup d'œil de biais.

Nous parvînmes à la porte. Le couvre-feu n'ayant pas été levé, elle était fermée et le garde rechigna à nous l'ouvrir. Je fouillai dans ma poche à la recherche de ma lettre de mission, mais un juron m'échappa quand il m'apparut clairement que je l'avais oubliée dans ma cabine.

« Peux pas vous laisser passer si vous l'avez pas, m'sieu », déclara le garde d'un ton ferme.

Je demandai à Barak d'aller demander au sergent Leacon s'il pouvait envoyer un de ses hommes, en guise de garant. Mon assistant revint quelques minutes plus tard accompagné d'un vigoureux soldat originaire du Kent, qui, d'un ton péremptoire, ordonna au garde de nous laisser passer. Celui-ci ouvrit aussitôt les énormes portes de bois et nous sortîmes.

Nous nous dirigeâmes vers Stonegate. Le soleil se levait et la ville commençait à s'animer. C'était l'heure où les gens ouvrent leurs fenêtres pour déverser dans la rue le pipi de la nuit, alors nous serrions de près les murs. Les marchands apparaissaient sur le seuil de leur boutique, et les volets qui s'ouvraient claquaient au fil de notre progression.

« Tu es bien calme ce matin », dis-je à Barak. Avait-il réfléchi à notre conversation ?

« Vous aussi.

— J'ai mal dormi. » J'hésitai. « Je pensais à Broderick, entre autres préoccupations.

— Ah oui ?

— Tu sais que je dois veiller à ce qu'il soit en bonne santé à son arrivée à Londres ?

— Son geôlier vous met-il des bâtons dans les roues ?

— Il aime donner des coups d'épingle à Broderick, mais je crois pouvoir mettre un terme à ce harcèlement. Non, il s'agit de Broderick lui-même. Il assure que je remplis cette mission afin que les bourreaux s'amusent davantage avec lui.

— C'est plus dur de briser un homme en pleine possession de ses moyens.

— Il affirme que rien ne le fera parler, dût-il mourir sous la torture. »

Barak se tourna vers moi, la mine impassible. « Lord Cromwell déclarait que le commun des mortels parlent tôt ou tard. Il avait raison.

— Je le sais. Mais Broderick n'est pas le commun des mortels.

— Bien des choses ont le temps de se passer entre aujourd'hui et son arrivée à la Tour. Il peut décider de parler, ou un nouvel élément peut surgir qui rende son interrogatoire moins déterminant. Qui sait ? Il vous sera peut-être reconnaissant de vous être occupé de lui. »

Je secouai la tête. « Non. Cranmer a souligné avec force l'importance des aveux de Broderick. Il sera torturé, et s'ils parviennent à le briser, ce sera après lui avoir infligé d'horribles souffrances. »

Il me décocha l'un de ses regards agacés. « Vous n'y aviez pas pensé en acceptant cette mission ?

— Si. Mais à l'époque j'étais très préoccupé par mon père et sa propriété… Je vais tirer un bénéfice de cette mission, ajoutai-je, la mort dans l'âme.

— Vous ne pouvez plus y échapper, désormais.

— Je sais. Dieu du ciel ! m'écriai-je avec force, comme je serai ravi de revoir Londres.

— Moi aussi. »

Alors que nous longions Petergate, nous entendîmes de grands cris… Un peu plus loin devant nous, deux hommes brandissaient leur gourdin sur cinq ou six gamins haillonneux. Lorsque nous arrivâmes à leur hauteur, je reconnus parmi eux le gamin au nez orné d'une grosse verrue qui avait agrippé la veille le panier de Tamasin Reedbourne. J'aperçus également son complice. D'après la mine de Barak, je compris que lui aussi l'avait reconnu. Je me dirigeai en toute hâte vers les chasseurs de gueux.

« Pardon, messieurs. Vous faites sortir ces gamins de la ville ?

— Oui, m'sieu. » L'homme qui répondit avait un certain âge et était doté d'une bouche cruelle aux lèvres minces. « Ni mendiants ni Écossais dans la ville pendant la visite du roi ! »

Je désignai le gamin au nez verruqueux. « J'aimerais m'entretenir avec lui.

— Vous le connaissez ? Il vous a pas volé, si ? » Le gamin plantait sur Barak et moi un regard anxieux. À l'évidence, lui aussi nous avait reconnus.

« Non. Mais il saura peut-être répondre à une question au sujet d'une affaire qui m'intéresse », répondis-je en faisant miroiter une pièce de six pence.

L'homme la fixa d'un air cupide. « Ça me gêne pas de vous le confier quelques instants. La ville ne nous paie pas beaucoup. Pas vrai, Ralph ?

— Pour sûr », renchérit son collègue. En soupirant je sortis une seconde pièce de six pence et fis signe à Barak de saisir le gamin au collet. Celui-ci eut l'air effrayé quand nous le prîmes à l'écart, de manière à ce que nulle oreille ne puisse nous entendre.

« Je veux te poser une question à propos de ce qui s'est passé il y a deux jours. » Je scrutai le visage crasseux de ce gosse qui puait atrocement. Il semblait encore plus jeune que je ne l'avais cru, tout au plus devait-il avoir treize ans. « On ne t'accuse de rien, j'ai besoin d'un simple renseignement. » Je tirai de ma bourse une nouvelle pièce de six pence.

« Que faites-vous ? demanda Barak, perplexe. Il a essayé de voler Tamasin.

— Comment t'appelles-tu, petit ? poursuivis-je, sans prêter attention à l'intervention de Barak.

— Steven Hawkcliffe, m'sieu. » Il avait un si fort accent qu'on avait du mal à le comprendre. « C'était pas un vrai vol. Elle nous avait dit de faire semblant de lui voler son panier.

— La jeune fille ?

— Oui-da. Mon copain John et moi, on mendiait dans la rue pour récolter ce qu'on pouvait avant d'être chassés de la ville. La fille nous a demandé de faire semblant de la voler. Son valet qu'était avec elle, il était pas d'accord, mais elle lui a dit d'entrer dans une boutique comme s'il voulait acheter quéqu'chose. C'était pas un vol, m'sieu. »

Barak fit pivoter le gamin pour le regarder bien en face. « T'as intérêt à dire la vérité si tu ne veux pas que je t'étripe. Pourquoi est-ce qu'elle t'aurait demandé ça ?

— Elle a dit qu'elle voulait attirer l'attention d'un homme qui allait bientôt passer... C'est la vérité, m'sieu, ajouta-t-il, soudain au bord des larmes. Elle nous a ordonné d'attendre au coin d'l'impasse jusqu'à ce qu'elle appelle. Quand elle a appelé, j'ai fait semblant de vouloir lui arracher son panier, mais j'ai pas tiré très fort. Alors vous êtes arrivé en courant avec vot' épée. Ça nous a fichu la frousse et on a détalé. »

Barak fronça fortement les sourcils. Il voyait bien que le gamin disait la vérité.

« D'où es-tu, petit ? demandai-je.

— De Northallerton, m'sieu. Y a pas d'travail là-bas. Avec mon copain John on est venus à York, mais on a dû finir par mendier.

— Où vous emmènent les chasseurs de gueux ?

— Ils nous jettent sur la route. On a ordre de se trouver à dix milles d'York avant vendredi. Les infirmes sont cachés à la corporation des maîtres tailleurs mais tous les hommes valides doivent s'en aller. Et y a même plus de maisons religieuses où on pourrait demander l'aumône. »

Il me fixa de ses yeux bleu foncé qui illuminaient son visage crasseux. Soupirant et tournant soigneusement le dos au videur de gueux, je remis les six pence dans ma bourse pour les remplacer par une pièce de un shilling. « Tiens ! Prends bien garde à ce qu'ils ne la voient pas !

— Oh merci, m'sieu ! » murmura-t-il. Je fis un signe à l'homme et lui remis le gosse.

« Tudieu ! À quoi jouait Tamasin ? s'écria Barak, l'air furieux, une fois que le groupe se fut éloigné.

— Aucune idée. Je sentais bien que quelque chose était suspect mais j'ai tenu ma langue... Je vais devoir l'interroger à ce sujet, ajoutai-je en regardant Barak droit dans les yeux. Au cas où il s'agissait d'une ruse pour entrer en relation avec moi.

— Avec vous ? fit Barak, l'air surpris. Mais c'est après moi qu'elle court...

— C'est moi qui suis responsable d'un prisonnier important. Barak, je dois découvrir de quoi il retourne au juste. »

Il opina du chef. « Puis-je vous demander une faveur ? Ne la dénoncez pas auprès de la Marlin. Pas encore. Interrogez-la vous-même...

— C'est bien mon intention. Mlle Marlin est liée à un homme soupçonné de complot.

— Diantre ! Vous ne pensez pas..

— Je ne sais que penser. Mais je dois connaître le fin mot de l'histoire. Bon, allons-y ! Voyons ce qui s'est passé chez Oldroyd avant qu'il y ait trop de monde dans la rue. » Je palpai la clef dans ma poche, heureux que Maleverer ne m'ait pas sommé de la lui rendre.

Les magasins s'ouvraient dans Stonegate. Les boutiquiers nous dévisageaient d'un air glacial et je sentis des regards nous suivre. Je craignais qu'un garde n'ait été posté devant la maison, mais il n'y avait personne en faction. Les volets des fenêtres étaient fermés et la porte verrouillée. Maleverer avait dû trouver une autre clef dans la maison. Nous y pénétrâmes.

Il faisait sombre à l'intérieur. Barak traversa la salle et ouvrit les volets tout grands. Soudain un grand cri de frayeur nous fit sursauter de concert.

Maintenant qu'il faisait jour dans la pièce nous découvrîmes le chaos qui y régnait. Le bahut avait été écarté du mur, et les chaises, les bancs à haut dossier et la table, renversés. Au milieu de ce désordre, près de l'âtre, une femme d'âge mûr bien en chair, en chemise et bonnet de nuit blancs, se dressait sur son séant, sur un lit de camp. Elle poussa un nouveau hurlement à faire trembler les poutres du plafond.

Je fis un geste d'apaisement. « S'il vous plaît, madame, nous n'avons aucune mauvaise intention ! Nous ne savions pas qu'il y avait quelqu'un. » Elle continuait à hurler, les yeux écarquillés d'effroi, jusqu'au moment où Barak s'approcha d'elle et lui assena une gifle. Elle se tut, plaqua la main sur sa joue, avant d'éclater en pleurs.

« Dieu du ciel ! s'écria Barak. Vous allez réveiller les morts. On vous a dit qu'on ne vous voulait aucun mal. »

Les sanglots de la femme se calmèrent et elle remonta la mince couverture jusqu'à son menton. Elle me faisait pitié, avec son air totalement désemparé et sa marque rouge sur le visage. Ses vêtements étaient pliés à côté du lit.

« Êtes-vous la gouvernante de maître Oldroyd ?

— Oui-da, m'sieu, répondit-elle d'une voix tremblante. Kat Byland. Z'êtes des agents du roi ?

« — Oui. Calmez-vous, je vous prie. Barak, allons dans le couloir un instant pour permettre à la bonne dame de s'habiller. »

Nous sortîmes. On entendit un grincement, suivi d'un sanglot étouffé, tandis qu'elle passait ses vêtements.

« Je suis désolé d'avoir dû la gifler, marmonna Barak. C'était la seule façon de la faire taire avant qu'elle réveille toute la ville. »

Je hochai la tête. Quelques instants plus tard, la gouvernante rouvrit la porte. Elle avait une mine épuisée.

« Nous ne souhaitons pas vous ennuyer davantage, madame, dis-je. Nous devons juste chercher quelque chose à l'étage. »

Elle se rassit sur le lit. « Je peux pas vous en dire plus qu'à sir William, hier. Je savais rien des affaires de mon pauvre maître Oldroyd, que Dieu garde sa bonne âme ! » Elle se signa puis promena un regard affligé sur le chaos alentour. « Voyez dans quel état ils ont mis son logis. Ils ont également retourné toute la cour. Et ils ont emmené et emprisonné le pauvre Paul qu'a jamais fait de mal à une mouche. J'y comprends goutte.

— Si vous ne savez rien, vous n'avez rien à craindre. »

Elle leva un bras, puis le laissa retomber en un geste d'impuissance. « Je devrais remettre tout ça en ordre. Mais pour qui ? » Elle poussa un éclat de rire désespéré. « Y a plus personne. »

Nous la quittâmes et gravîmes l'escalier. Les portes des deux chambres étaient ouvertes et là aussi les deux pièces avaient été mises sens dessus dessous. Nous entrâmes dans la chambre d'Oldroyd. Le lit avait été renversé et les coffres retournés. Les vêtements du verrier étaient éparpillés sur le sol. Les tentures murales avaient été arrachées et entassées par terre, découvrant les murs en panneaux de bois peint qu'elles avaient recouverts.

« Il n'y a là aucune trace de cachette, dit Barak. Qu'aviez-vous espéré, une alcôve ?

— Quelque chose, en tout cas. » Je me dirigeai vers l'endroit où le regard du jeune apprenti s'était posé la veille et tapotai la paroi. Le son était tout à fait plein : il s'agissait du mur de soutènement séparant la maison contiguë de celle d'Oldroyd. Barak me rejoignit, se baissa et tapota les panneaux, lui aussi.

« Ha, ha ! Qu'est-ce que c'est que ça ? » s'écria-t-il.

Je m'agenouillai à côté de lui. Il se remit à tambouriner sur un panneau juste au-dessus du plancher. Le son était différent, comme creux. Je tâtai les bords du bout des doigts. Une série d'alvéoles, juste assez profondes pour y passer les ongles, avaient été découpées dans le bois de la solive. Je tirai délicatement... Le panneau se détacha et tomba par terre, révélant une cavité. C'était un système ingénieux, fait de petites entailles dans le bois, mais il est vrai, me dis-je, que le malheureux Oldroyd était artisan.

Nous scrutâmes l'intérieur. La cavité faisait environ dix-huit pouces carrés et contenait un coffret qui la remplissait presque entièrement. Je le retirai du trou. Il était en bois sombre et mesurait à peu près un pied carré. Sur le couvercle, une magnifique peinture représentait Diane chasseresse bandant son arc dont la flèche était pointée sur un cerf. C'était le genre de coffret dans lequel une femme riche aurait pu ranger ses bijoux. La peinture avait pâli et la robe de Diane et même le style du coffret étaient à la mode du siècle dernier, avant la guerre des Deux-Roses. Barak sifflota.

« Vous aviez raison. On est tombés sur quelque chose.

— C'est très léger, mais pas vide, me semble-t-il. » J'agrippai le couvercle, sans parvenir à l'ouvrir. Je constatai alors qu'il était retenu par une solide serrure. Je secouai le coffret mais n'entendis rien.

« Défonçons-le », suggéra Barak.

J'hésitai. « Non. Il faut l'ouvrir en présence de Maleverer. »

Je fixai le coffret. « L'apprenti avait dû découvrir sa présence. Soit en épiant son maître par le trou de la serrure ou d'une autre façon.

— Il n'a pas dû en parler à Sainte-Marie, autrement on serait déjà venu le chercher. Pas étonnant que les fouilleurs l'aient raté hier ; il était bien caché… Mais comment se fait-il que l'apprenti ne leur ait rien révélé ? Vous avez vu à quel point il était terrifié.

— Maleverer est parti avant d'avoir eu le temps de l'interroger. Viens ! Il faut apporter ça à Sainte-Marie sans tarder. »

Barak fronça les sourcils. « Qu'est-ce donc encore, que ce tapage ? » Il se releva et se dirigea vers la fenêtre. Une rumeur de voix montait de la rue. Je le rejoignis. La mère Byland pleurait sur l'épaule d'une autre femme. Trois ou quatre commères les entouraient, ainsi que cinq ou six hommes, des boutiquiers à en juger par l'apparence. Trois apprentis en blouse bleue se joignirent au groupe.

« Nom d'un chien ! soupirai-je. La gouvernante a ameuté les voisins.

— Sortons par-derrière ! »

Je glissai le coffret sous le manteau de messire Wrenne, appréciant pour une fois ses amples replis, puis descendis l'escalier sur les talons de Barak. Mais pas moyen de filer en catimini. La gouvernante avait laissé la porte ouverte et dès que nous atteignîmes le bas de l'escalier la foule put aisément nous voir. Un apprenti nous désigna. « Regardez ! C'est eux ! »

« Allons-y ! dis-je à Barak. Prends un air martial ! »

Je sortis de la maison, sentant mon cœur battre la chamade, d'autant plus fort que je n'avais pas sur moi mon ordre de mission.

« À quoi rime ce tapage ? » lançai-je d'un ton sévère.

Un boutiquier en tablier de cuir fit un pas vers nous. Il avait les mains couvertes des cicatrices caractéristiques des verriers et tenait un gourdin de bois.

« Qui est-ce que vous êtes ? Pourquoi est-ce que vous êtes entrés dans cette maison ? demanda-t-il avec colère. Parce que mon ami Peter Oldroyd est mort, les sbires du roi se croient autorisés à mettre sa maison sens dessus dessous et à malmener ses serviteurs ? La malheureuse mère Byland est terrorisée.

— Je suis un avocat envoyé par Sainte-Marie. Nous voulions simplement vérifier que la maison était en ordre. » Explication peu convaincante, même à mes propres oreilles.

« Vermine de bossu ! » cria un apprenti. L'insulte fut saluée par des murmures d'approbation. Barak posa la main sur la poignée de son épée, mais je secouai la tête. Si la foule devenait violente, on risquait d'avoir des ennuis. Je regardai de côté et d'autre de la rue, dans l'espoir d'apercevoir un garde ou un sergent, mais il n'y en avait aucun.

« Écoutez, s'il vous plaît, dis-je en levant la main. Je regrette les dommages causés, mais ils ne sont pas de mon fait. Je suis désolé si nous avons effrayé cette bonne dame. Mais on effectue une enquête sur les affaires de maître Oldroyd….

— Quelle enquête ? demanda le verrier. Peter était un brave homme qui n'a jamais fait de mal à personne.

— Je ne peux en dire plus. Laissez-nous passer, maintenant. »

Le verrier serra plus fermement son gourdin. « Où sont tes documents, espèce de monstre de foire ? Tous les envoyés du roi possèdent des documents !

— C'est peut-être des voleurs ! » lança une voix.

Je parcourus du regard la foule hostile, comptant sur la présence de maître Dike, le verrier que j'avais rencontré la veille. Il pourrait au moins confirmer que je menais l'enquête au nom du roi… Mais il n'était pas là.

Je pris une profonde inspiration. « Laissez-nous passer », répétai-je sèchement en faisant un pas en avant. Ni le verrier ni le reste de la foule ne bougèrent d'un iota. La situation était donc critique. Puis une pierre lancée par quelqu'un du fond de la foule frappa douloureusement le bras qui retenait le coffret sous mon manteau. Mon bras tressaillit et le coffret tomba sur le sol avec un grand bruit.

« Des voleurs ! s'écria quelqu'un. Ce sont bien des voleurs ! » Une seconde pierre heurta Barak à l'épaule, et soudain la foule déferla sur nous, nous acculant contre le mur de la maison. Le verrier leva son gourdin. Je bandai tous mes muscles, prêt à recevoir le coup.

11

« A RRÊTEZ ! »
« A L'ordre avait été hurlé par une voix grave que je reconnus. Le verrier abaissa son gourdin. Derrière lui se dressait la haute tête de Giles Wrenne, lequel se frayait un passage à travers la foule.

« Cher monsieur, je n'ai jamais été aussi ravi de revoir quelqu'un ! » m'écriai-je.

Le vieil homme se plaça entre nous et la foule. Vêtu d'une robe à parements de fourrure, la plus belle de sa garde-robe sans doute, et coiffé d'une toque noire ornée d'une plume rouge, il avait un air fort imposant.

« Que se passe-t-il, maître Pickering ? demanda-t-il sèchement au verrier. Que faites-vous donc ?

— Ces hommes sont entrés chez Peter Oldroyd, m'sieu ! Le bossu raconte qu'il est avocat, mais moi j'dis que ce sont des ladrons... Il l'avait caché sous son manteau », ajouta-t-il en désignant le coffret peint gisant à mes pieds.

Wrenne, sourcils froncés, contempla le coffret d'un air perplexe, puis planta sur moi un regard perçant.

« Nous agissons au nom du roi, monsieur », expliquai-je en rougissant.

Wrenne se redressa de toute sa hauteur et apostropha la foule. « Ici à Stonegate, vous me connaissez tous ! Je me porte garant de l'intégrité de cet homme. C'est un avocat chargé de m'aider à préparer la présentation des requêtes adressées au roi. Je vais m'occuper de cette affaire. »

La foule marmonna, mais elle avait perdu son agressivité. Une expression d'inquiétude apparaissait sur les visages de ceux qui comprenaient qu'ils avaient manqué s'en prendre à un agent de la couronne. Les apprentis coupables des jets de pierres s'éloignaient, penauds. Barak les foudroyait du regard en se frottant l'épaule. « Sales petits vauriens ! » marmonna-t-il.

Wrenne posa la main sur l'épaule de Pickering. « Allons, l'ami, retournez à votre atelier, si vous ne voulez pas perdre des clients.

— Que nous reste-t-il comme clients, maintenant qu'y a plus aucun établissement religieux ? répliqua le verrier en me lançant un regard amer. Peter Oldroyd n'a plus aucun souci à se faire là-dessus. Dieu ait son âme !

— Soit.

— Ici, les gens sont en colère, messire Wrenne. Ils ont perdu la moitié de leurs affaires. Puis Peter est mort au service du roi, et à présent on envoie des soldats pour mettre sa maison à sac et maltraiter ses serviteurs. » Il jeta un œil vers la mère Byland, qui, le visage mouillé de larmes, contemplait la scène d'un air hagard. « Et voilà que le jeune Green, un bon petit gars, a été emmené et bouclé à Sainte-Marie.

— C'est ce que j'ai entendu dire. Voilà pourquoi je suis venu ici m'enquérir de ce dont il retournait. Mais messire Shardlake n'a rien à voir là-dedans… Bon, maintenant, laissez-nous passer. Veuillez ramasser ce coffret, maître Barak. »

À mon grand soulagement, la foule se fendit devant nous. Wrenne se dirigea vers un gamin qui assistait à la scène, les yeux exorbités. Il tenait par la bride un âne surchargé de lourdes sacoches, lesquelles devaient contenir les placets.

« Allons-y, Adam ! » fit Wrenne. Le gosse donna un petit coup sur la croupe de l'âne pour le faire avancer. Comme nous nous éloignions, il posa sur mon confrère un regard interrogateur. « Tu as bien fait de rester calme, mon garçon, lui dit Wrenne, avant de se tourner vers nous. C'est mon petit marmiton, expliqua-t-il. Il me harcelait pour que je l'emmène voir les préparatifs au Manoir du roi. »

Je hochai la tête. Sentant sur mon dos une vingtaine d'yeux, je ne respirai librement qu'au moment où, l'église passée, le Guildhall apparut de l'autre côté de la place, au bout de Stonegate.

« Je vous remercie de tout mon cœur, monsieur dis-je à Wrenne. Si vous n'étiez pas survenu, je n'ose penser à ce qui aurait pu nous arriver.

— En effet, renchérit Barak. Ils avaient commencé à nous lancer des pierres. J'ai compris ce qui risque de se passer quand une foule londonienne s'en prend à un étranger. »

Wrenne posa sur lui un regard grave. « Je crains que ce ne soit tout à fait ainsi qu'ils vous considèrent. Ce qui s'est passé hier a mis Stonegate en émoi. Toute la ville en parle. Voilà pourquoi ce matin j'ai fait un détour par là sur le chemin de Sainte-Marie. Afin d'apprécier la situation.

— Le responsable est Maleverer, fis-je. Et il est du Yorkshire.

— Il siège au Conseil du Nord, ce qui, du point de vue des Yorkais, signifie qu'il est une créature du roi… Il est trop brutal, ajouta-t-il en secouant la tête.

— Il faudra que je le voie plus tard, soupirai-je.

— À cause de ça ? demanda-t-il en désignant du menton le coffret que Barak serrait contre sa poitrine. Vous l'avez trouvé chez Oldroyd ?

— Oui. En effet.

— Qu'est-ce que c'est, si ce n'est pas indiscret ?

— Aucune idée. Nous l'apportons à sir William. »

Il plongea son regard dans le mien. « En réponse aux révélations qu'a faites le malheureux apprenti à Sainte-Marie ?

— Je n'en sais rien, monsieur. Et nous ignorons ce que renferme ce coffret car il est fermé à clef. »

Il jeta un nouveau coup d'œil sur l'objet, sans faire de commentaire. Nous poursuivîmes notre chemin vers Sainte-Marie. Wrenne marchait lentement, en dépit de son allure plutôt jeune pour son âge. Le jeune Leacon montait toujours la garde devant la porte. Lorsque je demandai au sergent si sir William était revenu, je notai le regard étrange que Wrenne posa sur lui.

« Pas encore, monsieur, répondit-il. On l'attend d'un moment à l'autre. Un certain nombre de personnes souhaitent le voir mais sont obligées de faire le pied de grue. Messire Dereham, le nouveau secrétaire de la reine, est arrivé et il fait un raffut de tous les diables. »

Wrenne jeta un coup d'œil à une petite pendule placée sur la table de la guérite. Elle indiquait neuf heures moins vingt.

« Messire Fealty nous attend dans son bureau, nous rappela Wrenne.

— Barak et moi avons encore une demi-heure devant nous. Et nous devons d'abord mettre ce coffret en sécurité, jusqu'à l'arrivée de Maleverer. » Je réfléchis quelques instants, puis me tournai vers le sergent, qui fixait avec beaucoup d'intérêt le coffret que Barak tenait dans ses bras. « Savez-vous où je puis trouver messire Craike ?

— Il doit être dans son bureau au manoir.

— Merci. On va lui demander où on peut déposer le coffret en sécurité, puis on ira se changer avant la répétition », dis-je à Barak et Wrenne.

Celui-ci regarda le sergent par-dessus son épaule, lequel continuait à nous fixer attentivement.

« Ce jeune gars ressemble à mon père, dit-il d'une voix empreinte de tristesse. Même taille, même carrure, même cheveux blonds bouclés que mon père avait conservés jusque dans son vieil âge. Ce jeune homme me le rappelle. » Lorsqu'il se retourna, il tomba en arrêt devant le spectacle qu'offrait la cour. Le jeune Adam resta lui aussi coi devant les pavillons et les trois énormes tentes. Des manœuvres continuaient à y transporter des meubles sous l'œil attentif de soldats en tunique rouge. Par l'ouverture d'une des tentes j'aperçus une gigantesque tapisserie aux couleurs éclatantes qu'on était en train d'accrocher.

« Seigneur Dieu ! s'exclama Wrenne, je n'ai jamais rien vu de tel.

— Nous ignorons toujours ce qui est prévu. Les hauts dignitaires le savent, mais n'ont pas le droit de le révéler. »

Wrenne tourna ensuite son regard vers l'église du monastère. Il avisa les fenêtres dépourvues de vitraux et les traces de boue sur le seuil. Un porteballe y faisait entrer une file de baudets. « Je suppose que l'intérieur a été vidé, murmura-t-il.

— Saccagé... On s'en sert comme écurie.

— Quelle tristesse ! souffla-t-il. J'y suis souvent venu jadis. Bon, il est temps de gagner le manoir. Sir James Fealty doit s'y trouver, ainsi que votre messire Craike. Maître Barak, pourriez-vous porter les requêtes ? Elles pèsent assez lourd... »

Barak décrocha les pesantes sacoches du dos de l'âne, qu'un garde nous permit d'attacher à un poteau. Nous laissâmes le gamin avec l'animal, bien qu'il eût à l'évidence souhaité nous accompagner. Puis nous montâmes l'escalier et pénétrâmes dans la grande salle centrale. Là aussi les charpentiers s'affairaient à mettre la dernière touche. La salle avait été tendue de tapisseries aux couleurs éclatantes, brodées des plus beaux fils d'or. Des figures extrêmement complexes et colorées avaient été peintes sur le plafond.

Plusieurs délégués officiels discutaient ferme. Dans un coin, lady Rochford parlait à voix basse à un jeune homme barbu paré d'un pourpoint à crevés en soie et aux couleurs criardes. C'était l'homme que nous avions vu sous le porche de l'auberge se moquer des autochtones, le jour de notre arrivée. Tous deux grimaçaient de colère. Jennet Marlin se tenait un peu à l'écart. Elle contempla d'un air étonné Barak, qui portait les lourdes sacoches en bandoulière sur ses deux épaules tout en serrant dans ses bras le coffret du maître verrier. Au moment où nos regards se rencontrèrent, elle esquissa un bref signe de tête. Le jeune homme et lady Rochford suivirent son regard. Celle-ci leva les yeux d'un air hautain.

« Qu'est-ce qui leur prend ? marmonnai-je.

— Votre manteau est tout blanc dans le dos », expliqua Barak. Je me démanchai le cou pour vérifier ses dires et découvris que le manteau était couvert de plâtre à l'endroit où je m'étais appuyé contre le mur d'Oldroyd. Le jeune homme aux vêtements criards poussa un rugissement de rire.

« C'est votre manteau, messire Wrenne, dis-je d'un ton d'excuse.

— Aucune importance. Ces traces partiront facilement. Venez, monsieur, il est l'heure d'y aller. »

Nous reprîmes notre marche. Nous demandâmes à un garde où se trouvait le bureau de Craike et, suivant ses indications, nous gravîmes deux étages avant d'atteindre une série de pièces situées derrière la grande salle. Wrenne nous quitta pour gagner le bureau de sir James Fealty où nous promîmes de le rejoindre peu après. Je lui tendis son manteau en m'excusant derechef de le lui rendre dans cet état. Barak lui remit les sacoches.

Une intense animation régnait au dernier étage. Des serviteurs vêtus de la livrée royale transportaient des malles et des caisses hors des diverses pièces. Au milieu d'un petit bureau au sol recouvert de nattes de jonc, Craike surveillait d'un œil inquiet des manœuvres chargés d'entasser dans un coffre des documents et des livres.

« Prenez garde ! lançait-il, très agité. Ne mélangez pas ces documents !... Confrère Shardlake ! s'écria-t-il d'un ton surpris.

— Bonjour, confrère Craike. Peut-on te parler seul à seul ? »

Il fronça les sourcils d'un air intrigué mais ordonna aux manœuvres de quitter la pièce. Ils emportèrent le coffre, ne laissant qu'une table sur laquelle se trouvait l'écritoire de Craike. Une épaisse liasse de feuillets y était épinglée. Je fermai la porte.

« On transfère nos bureaux dans la résidence des moines, expliqua-t-il. C'est un vrai cauchemar.

— Je comprends. Mais j'ai entre les mains, cher ami, quelque chose qui appartenait au défunt verrier. » J'indiquai le coffret porté par Barak. « Il est extrêmement important que cet objet soit gardé en sécurité jusqu'au retour de sir William. Sais-tu où je pourrais l'entreposer ? Je dois voir sir James Fealty sous peu. »

Il passa la main dans ses maigres cheveux. « Tout le bâtiment est sens dessus dessous. Je suppose que tu pourrais le laisser ici. On m'a demandé de fermer cette pièce à clef en partant, mais je ne dois rendre la clef qu'à six heures du soir.

— Le coffret y sera-t-il vraiment en sécurité ? demandai-je, jetant un regard sceptique à l'entour.

— La porte est solide et nous sommes au deuxième étage », dit Barak.

Craike passa une nouvelle fois la main dans ses cheveux, puis m'offrit soudain un sourire confus. « Oh, confrère Shardlake, tu dois me juger bigrement peu coopératif. Mais j'ai tant à faire ! » Plongeant la main dans sa poche, il en retira une clef. « Voilà. Prends-la. Quand tu auras terminé, tâche de me retrouver pour me la rendre, s'il te plaît

— Avec plaisir, cher ami. Et merci de m'aider malgré ton affairement.

— Alors, à plus tard ! » Il mit sa petite écritoire en bandoulière et bondit hors de la pièce. Barak posa le coffret sur la table.

— C'est très léger. » Il le secoua. « Il y a quelque chose à l'intérieur. En tissu, peut-être ? » Il entreprit à nouveau de tirer sur le couvercle mais sans succès.

« Vide ou non, il est désormais en sécurité. Viens, on doit encore se changer. » Nous sortîmes, mais je ne pus m'empêcher de jeter un coup d'œil inquiet au coffre avant de refermer la porte derrière nous.

Nous trouvâmes bientôt le bureau de sir James Fealty, une grande pièce au rez-de-chaussée du manoir. Nous avions revêtu nos habits les plus corrects : moi, ma plus belle robe et mon nouveau bonnet que j'avais acheté à Londres et qui m'avait coûté fort cher. Je détestais ce couvre-chef voyant de velours noir, garni de minuscules grenats et d'une plume bleue sur le côté. L'attache s'étant légèrement desserrée, la pointe de la plume, tel un insecte importun, entrait dans mon champ de vision et en sortait tour à tour.

Vêtu d'un pourpoint marron et d'une chemise au col brodé, sir James était un svelte vieillard à la longue et fine barbe blanche qui lui tombait jusqu'au milieu de la poitrine. Assis à un grand bureau, il lisait les placets, sourcils froncés. Cowfold, le clerc qui, la veille, m'avait insulté derrière mon dos, se tenait près de son épaule, le visage impassible, et ne réagit pas quand je le foudroyai du regard. Wrenne restait un peu à l'écart.

Au bout d'un moment, sir James daigna lever les yeux. « Ainsi donc, vous êtes l'avocat, fit-il d'une voix ténue. Eh bien, je suppose que vos vêtements feront l'affaire, bien que le plumet du chapeau ait besoin d'être fixé. » Il pointa sa plume d'oie sur Barak. « Qui est-ce ?

— Mon assistant, monsieur. »

Il fit un geste de rejet avec la plume d'oie. « Vous n'allez pas assister à la cérémonie... Allez, ouste ! »

Barak le fusilla du regard mais obtempéra. Sir James se replongea dans les requêtes et dans nos résumés, les étudiant encore pendant dix bonnes minutes, sans prêter la moindre attention ni à Wrenne ni à moi. J'avais déjà rencontré des dignitaires imbus d'eux-mêmes, mais jamais comme Fealty. Je lançai un regard à Wrenne qui me décocha une œillade.

Au bout d'un moment, incommodé par des douleurs dorsales, je me dandinai d'un pied sur l'autre.

« Vendredi, vous avez intérêt à ne pas sautiller de la sorte, déclara sir James sans lever la tête. En présence du roi on reste absolument

131

immobile. » Il repoussa le résumé. « Bon, cela conviendra, je suppose. » Il se leva de son siège. « Bien. Écoutez-moi attentivement. Voici le programme de vendredi. »

Il passa en revue les diverses étapes. Tôt le matin nous devions nous rendre à Fulford Cross avec la délégation d'York chargée de se prosterner devant le roi, de renouer allégeance et de lui offrir des présents de la part de la ville. Nous attendrions ensemble l'arrivée du cortège. Tout le monde s'agenouillerait à l'approche du roi, comme l'avait ordonné Henri. Il y aurait plusieurs cérémonies durant lesquelles Tankerd – le sénéchal – et moi demeurerions à genoux à la tête de la délégation d'York. Puis le roi et la reine s'approcheraient du groupe et Tankerd ferait son discours à genoux. Ensuite Wrenne et moi nous mettrions sur pied afin de présenter les placets.

« Vous remettrez les requêtes aux pages du roi afin qu'ils les lui présentent. Ayant ainsi officiellement accepté les placets, le roi les passera à un dignitaire. Ils vous seront rendus plus tard, afin que vous les traitiez.

— On fera la ronde comme autour du mât du Premier Mai », déclara Wrenne en souriant. Il ne paraissait pas du tout intimidé par sir James, qui le fixait d'un air choqué.

« Sa Majesté aura gracieusement consenti à y donner suite, répliqua-t-il d'un ton grinçant. C'est ce qui compte.

— Bien sûr, sir James, répondit Wrenne d'un ton douceureux.

— Encore une chose… Le roi peut décider de vous honorer de quelques mots, de faire quelques plaisanteries. Dans ce cas, vous pouvez le regarder en face et répondre, très brièvement, en le remerciant de vous avoir adressé la parole. Vous lui direz "Votre Majesté", et non pas "Votre Grâce", car il préfère désormais la première appellation. C'est bien compris ?

— Ce serait un grand honneur », murmura Wrenne.

Sir James émit un petit grognement. « Mais s'il ne vous dit rien, reprit-il en se penchant en avant d'un air menaçant, ne regardez pas le roi dans les yeux. Gardez la tête baissée. Ainsi, un grand nombre des gens du peuple qui sont mis en présence du roi ne voient jamais son visage. Toutefois, poussés par quelque vile curiosité, d'aucuns prennent le risque de lever les yeux. Si le roi s'en aperçoit, eh bien, il sait rabrouer vertement l'importun… Et s'il est de mauvaise humeur, parce que sa jambe meurtrie le fait souffrir ou pour toute autre raison, il sait imaginer les plus cruels châtiments pour ceux qui l'ont offensé », ajouta-t-il avec un sourire pincé.

Je revis par la pensée le squelette d'Aske pendu et enchaîné. « Nous ferons bien attention, vendredi, sir James, dis-je.

— Il ne s'agit pas d'un jeu… Le but est de montrer à ces barbares de papistes la puissance et la gloire de leur souverain. » Il fit un signe à Cowfold, qui replaça les requêtes dans les sacoches avant de me les remettre.

« C'est tout. Présentez-vous dans la grande salle du Manoir du roi vendredi à huit heures. Et vous, messire l'avocat, assurez-vous de vous faire raser avant. Des barbiers seront à votre disposition. » Il nous indiqua la sortie d'un brusque mouvement de sa plume.

Nous sortîmes du bureau et retrouvâmes Barak qui attendait dehors. Je fis la moue.

« Il ne se prend pas pour de la roupie de sansonnet ! s'écria Barak.

— Je suis ravi que cet entretien soit terminé, bien que je doive avouer qu'après ses explications il me tarde encore moins d'être vendredi ! soupirai-je. Allons voir si Maleverer est de retour… À vendredi matin, confrère Wrenne ! Puis-je vous confier la garde des placets ?

— Oui. Je vais les rapporter chez moi. »

Je lui serrai la main. « Encore merci pour ce que vous avez fait ce matin. Vous nous avez évité une belle correction, voire pis.

— Je suis ravi d'avoir pu vous aider. Eh bien, bonne chance avec sir William !

— Merci. À vendredi, par conséquent.

— À vendredi ! Le grand jour. » Il haussa les sourcils, avant de s'éloigner.

Maleverer n'était toujours pas de retour. Nous patientâmes un moment dans la grande salle du manoir où s'était réunies tout un petit groupe de personnes venues lui soumettre des affaires requérant son attention. Lady Rochford et Jennet Marlin n'avaient pas bougé de place, ainsi que le jeune homme barbu qui parlait à lady Rochford d'un air très sérieux.

« Est-ce qu'on va devoir demeurer là toute la journée ? demanda Barak.

— Ça m'ennuie de laisser le coffret tout ce temps là-haut.

— Eh bien, remontons le surveiller ! On peut aussi bien attendre là-haut. »

Je réfléchis quelques instants. « Oui. Pourquoi pas ? On pourra guetter son retour depuis la fenêtre… Tu ne me trouves pas trop anxieux ? demandai-je.

— Non. Sûrement pas. On a affaire à Maleverer.

— Très bien. »

Il se pencha tout près de moi. « Et peut-être qu'on pourra jeter un œil à l'intérieur. »

Je lui lançai un regard irrité. « Il est fermé à clef et je n'ai pas l'intention d'arracher le couvercle.

— Ce ne serait pas nécessaire, répliqua-t-il avec un sourire sournois. Vous oubliez mes dons de crocheteur de serrures. Ce serait pour moi un jeu d'enfant d'ouvrir ce genre de coffret. » Il lorgna mon bonnet, que je tenais soigneusement entre mes mains. « Passez-moi l'épingle qui fixe le plumet et je n'aurai aucun mal à faire jouer la serrure. Après avoir vu ce qu'il contient on pourra le refermer. Personne n'est obligé de savoir qu'on l'a ouvert si on ne le souhaite pas. »

J'hésitai. Une vive lueur brillait à nouveau dans les yeux de Barak. « On verra », dis-je.

Nous montâmes au bureau de Craike. Mon cœur cognait dans ma poitrine, terrorisé à l'idée que ce satané coffret pouvait avoir disparu. Le couloir était vide et silencieux. À l'évidence on avait fini de déménager les bureaux des délégués. Je déverrouillai la porte de celui de Craike et souris de soulagement en apercevant le coffret sur la table où nous l'avions placé.

Nous refermâmes la porte. Barak posa sur moi un regard interrogateur. La curiosité le disputait à la crainte d'être encore plus mêlé à cette sinistre affaire. Or, nous y étions déjà fourrés jusqu'au cou et, pour l'avoir vu à l'œuvre, je connaissais les talents de crocheteur de serrure de Barak. « Vas-y ! lançai-je brusquement. Mais, pour l'amour du ciel, agis avec délicatesse ! » J'ôtai l'épingle de mon chapeau et la lui tendis

Il l'inséra dans la serrure, la fit jouer dans tous les sens, tandis que je contemplais à nouveau la peinture sur le coffret mettant en scène Diane chasseresse. Si elle présentait un réseau de craquelures dues à l'ancienneté, l'œuvre était d'excellente qualité. Ce coffret avait dû jadis coûter fort cher.

« Merde ! s'exclama soudain Barak, brandissant la moitié de l'épingle brisée. L'autre moitié était restée prise dans la serrure, d'où ne dépassait qu'une minuscule pointe de métal. Barak s'efforça de la saisir, en vain.

« Espèce de crétin, m'écriai-je. Au temps pour tes vantardises ! Si l'épingle est coincée, il faudra fracasser le coffret, et Maleverer s'apercevra qu'on a tenté de forcer la serrure.

— Cette satanée épingle était trop fine

— Foin de tes excuses !

— On pourrait déclarer qu'on l'a trouvé ainsi.

— Je n'ai guère envie de lui mentir. Toi, si ? »

Il se renfrogna. « Si on dénichait une pincette, je pourrais extirper l'épingle de la serrure. Les ouvriers doivent bien posséder toutes sortes de pinces.

— Eh bien, va donc en chercher une, Dieu du ciel ! Je savais que je n'aurais pas dû accepter ta proposition… »

Pour une fois, il avait l'air penaud. « Je reviens le plus vite possible, assura-t-il en se dirigeant vers la porte. Je l'entendis s'éloigner dans le corridor. Poussant un soupir, je posai un regard angoissé sur le coffret, puis touchai délicatement le bout cassé de l'épingle, espérant que mes doigts, plus minces que ceux de Barak, parviendraient à l'extirper, mais sans succès.

J'entendis toutefois un léger déclic. En triturant le bout de l'épingle, avais-je fait jouer le ressort ? Avec hésitation, je saisis le couvercle, qui s'ouvrit. Sans forcer le moins du monde je le relevai complètement. Une odeur de moisi assaillit mes narines. Je baissai la tête et scrutai l'intérieur, puis, avec moult précautions, j'examinai le contenu.

Le coffret était à demi plein de documents. Je saisis le premier, le dépliai et le contemplai, perplexe. Il s'agissait d'un arbre généalogique illustré de la famille royale, mais grossièrement rédigé à l'encre. Il remontait au siècle dernier, à l'époque des partisans de la maison d'York au cours de la guerre des Deux-Roses, bien que certains membres mineurs de la famille, morts sans descendants, n'y figurassent pas. Très intrigué, je l'étudiai avec soin. Cette généalogie ne recelait aucun secret . c'était celle que l'on voyait affichée dans maints bâtiments officiels royaux. Si quelqu'un s'était amusé à établir une version abrégée de l'arbre généalogique de la maison royale, pourquoi la cacher ?

Je fouillai de nouveau dans le coffret. Sous l'arbre généalogique se trouvait un vieux bout de papier sur lequel on avait grossièrement écrit un texte. « *Voici la prophétie du grand magicien Merlin*, commençait-il. *Révélées sous le règne du roi Arthur, telles sont ses prédictions concernant les rois qui succéderont à Jean…* » Le texte évoquait des monarques désignés sous les noms de Bouc, Lion et Âne, avant de conclure par les mots suivants : « *Henri le huitième, qui sera appelé la Taupe, sera maudit par Dieu pour toutes ses actions. Son royaume sera divisé en trois, et aucun de ses héritiers ne montera sur le trône.* »

Je reposai le griffonnage. Cela ressemblait à l'une de ces prophéties calomnieuses colportées dans tout Londres à l'époque du Pèlerinage de la Grâce. Les distributeurs de ce genre de pamphlets encouraient la peine de mort.

Le document suivant n'était pas un feuillet de papier mais un très grand parchemin plusieurs fois plié. L'ayant ouvert, je découvris le sceau du Parlement au bas de l'écrit. Il s'agissait donc d'un texte de loi, inconnu de moi cependant. Je commençai à le lire : « *Titulus Regulus. Loi concernant le couronnement du roi et de sa descendance...* » De quel roi était-il question... ? Je parcourais rapidement le texte écrit en larges et magnifiques lettres noires, quand mes yeux s'arrêtèrent sur les mots suivants : « *Notre souverain maître, le roi Richard III...* » Je fronçai les sourcils. Je n'avais jamais ouï parler de cette loi. Avec grand soin, je mis de côté le parchemin et m'enquis de ce qui restait dans le coffret. Il ne semblait s'agir que de feuillets de piètre qualité recouverts d'une série de gribouillis effectués à la main. Le premier était plus grand que les autres. Je le pris et le posai sur la table.

Voici la confession véridique d'Edward Blaybourne, rédigée à l'article de la mort, afin de révéler au monde mon lourd péché...

C'est alors que je reçus sur le côté de la tête un coup violent qui me coupa le souffle. Ma vue se brouilla et je vis une grosse goutte de sang tomber sur la confession de Blaybourne. Comme je comprenais qu'il s'agissait du mien, je sentis un second coup sur ma nuque. Mes jambes ployèrent sous moi et je plongeai dans les ténèbres.

12

L ORSQUE JE REVINS À MOI, j'eus d'abord une sensation de chaleur surprenante. J'y pris plaisir un instant, me rendant compte à quel point je m'étais habitué à vivre à York dans le froid et l'humidité. Que faisais-je à York ? Puis en un éclair tout me revint en mémoire. Je tentai de me dresser sur mon séant mais une violente douleur me traversa la nuque. Des mains s'emparèrent de moi et m'obligèrent avec douceur à me rallonger. « Il est revenu à lui ! entendis-je s'écrier Craike. Apportez l'hypocras ! Attention, cher ami, tu as reçu un mauvais coup sur la nuque. »

J'ouvris les yeux. J'étais couché sur un lit de coussins placés à même les nattes de jonc qui couvraient le sol. Craike se tenait au-dessus de moi, ses doigts potelés nerveusement noués. Chargé d'une cruche et d'un verre, Barak apparut derrière lui. « Buvez-en un peu, monsieur, mais pas trop ! »

Je bus quelques gorgées du vin chaud sucré, ce qui me revigora. Je tentai de me redresser, mais ma nuque me faisait mal, de même que le côté de mon visage. Je portai ma main à l'endroit endolori et l'en retirai souillée de sang visqueux.

« Ce n'est pas aussi grave que ça y paraît, me rassura Barak. Cette blessure-là est due à un coup oblique. »

Sonné, je promenai mon regard autour de la pièce qui me semblait familière. Je compris alors que je me trouvais dans le bureau de Maleverer au Manoir du roi. La chaleur venait d'un brasero alimenté par du charbon de bois, l'un de ces brasiers utilisés comme appareils de chauffage dans les riches demeures. À côté de la porte, armé d'une pique, un soldat en tunique rouge contemplait la scène. Je compris que nous étions gardés.

« Combien de temps suis-je resté inconscient ? demandai-je.

— Une bonne heure, répondit Barak. Je commençais à m'inquiéter. » En effet, il avait l'air aussi angoissé que Craike.

« Te rappelles-tu ce qui s'est passé, cher ami ? demanda Craike.

— J'ai reçu un coup. Quand j'ai touché la serrure il y a eu un déclic et le coffret s'est ouvert. Il contenait des papiers. J'étais en train de les lire... Barak ! Le coffret ? Où est-il ?

— Il est toujours là, répondit-il en désignant du menton la table sur laquelle l'objet était posé, couvercle relevé. Mais il est vide, ajouta-t-il, d'un ton chagrin.

— Des papiers, dis-je. Il était plein de papiers. »

Son visage se ferma. « Nous sommes dans une situation bien embarrassante, fit-il. Je suis revenu avec des pincettes environ une demi-heure après vous avoir quitté... Je vous ai trouvé gisant par terre dans le bureau de messire Craike, qui était penché au-dessus de vous, ajouta-t-il en plantant un œil suspicieux sur Craike, lequel le regardait en fronçant les sourcils.

— Le bureau de l'économe m'a réclamé la clef, répliqua le délégué grassouillet, qui toisait maintenant Barak. Vous pouvez vérifier auprès de ses services. Je t'ai cherché vainement, me dit-il. J'ai donc fini par revenir ici. Au moment où je débouchais dans le couloir, j'ai entendu quelqu'un descendre l'escalier de derrière. La porte du bureau était ouverte et tu gisais par terre. Puis ce jeune gars est arrivé. »

Je palpai ma tête avec précaution. C'était un vrai miracle que je sois toujours en vie. Comme Oldroyd, pensai-je, soudain terrorisé. Je fixai Craike. « Tu as dû interrompre la personne qui m'a agressé. Tu m'as peut-être sauvé la vie. As-tu perçu quelque chose du fuyard ?

— Rien, à part le bruit de ses pas. »

Je poussai un profond soupir. « Donc, les documents ont disparu », dis-je à Barak. S'il avait mené à bien son crochetage de serrure, cela ne serait pas arrivé. Je tentai de mettre de l'ordre dans mes pensées. « Si la personne qui m'a attaqué a entendu arriver messire Craike, elle a dû saisir les papiers et s'enfuir. Il aurait été plus difficile de cacher le coffret. » Je fixai le malheureux objet que je m'étais efforcé de protéger soigneusement. « Vidé de son contenu, il n'a aucune valeur. »

Barak passa devant Craike et se pencha pour remplir mon verre. « Oui, n'importe qui pourrait cacher les documents dans ses vêtements. » Il inclina légèrement la tête vers Craike, le regard toujours soupçonneux.

Je jetai à nouveau un coup d'œil au garde. « Pourquoi sommes-nous retenus ici ?

— Sir William est rentré juste après que je vous ai découvert, déclara Barak. Alors il a ordonné qu'on soit tous conduits ici. Il est parti faire son enquête... Il est fou furieux qu'on ait ouvert le coffret, ajouta-t-il en rougissant. J'espérais qu'il était vide. De quels papiers s'agissait-il ?

« — Eh bien... Ça n'avait ni queue ni tête. »

Le garde intervint. « Je dois prévenir que vous avez repris conscience. » Il ouvrit la porte, parla à quelqu'un à l'extérieur, avant de revenir à son poste, la pique serrée dans la main. Quelques instants plus tard, des pas résonnèrent dans le corridor. Je me raidis en voyant la porte s'ouvrir à la volée pour laisser passer Maleverer.

Il portait toujours son costume de cavalier, maintenant maculé de boue, et ses lourdes bottes. Il me fixa d'un air glacial. « Vous avez donc repris conscience, déclara-t-il tout à trac. Pour l'amour de Dieu, pourriez-vous m'expliquer ce qui s'est passé ? De retour de voyage, je découvre que vous avez été attaqué au Manoir du roi deux jours avant l'arrivée de Sa Majesté. » Son accent du Yorkshire était plus prononcé, la colère faisait monter sa voix de plusieurs tons. Il se défit lestement de sa veste, révélant un justaucorps de velours noir par-dessus une chemise de soie. Une lourde chaîne, emblème de sa fonction officielle, luisait sur sa large poitrine. Les mains sur les hanches, il dardait sur moi un regard furieux.

Je m'efforçai de me dresser correctement sur mon séant. « Dans le coffret, sir William... nous l'avons trouvé chez Oldroyd... il y avait des documents... »

Les yeux écarquillés, il se pencha au-dessus de moi. « Quels documents ? Vite ! De quoi s'agissait-il ? Qui les a vus ?

— Seulement moi. Quand j'ai été attaqué on les a pris...

— Ils étaient en votre possession et vous vous les êtes laissé voler. Vous... » Il se retint et se tourna vers le garde. « Attendez dehors, il s'agit d'une affaire confidentielle. Vous aussi, messire Craike. Non, un instant ! C'est vous qui avez découvert l'avocat ?

— En effet. Je vous ai dit...

— Tu es monté, l'interrompis-je, ayant recouvré totalement mes esprits, jusqu'au dernier étage et, au moment où tu as débouché dans le corridor, tu as entendu quelqu'un descendre l'escalier de derrrière.

- C'est ça.

— C'est ce que vous affirmez ! s'exclama Maleverer d'un ton brutal. Mais, tout de suite après, le dénommé Barak vous a trouvé penché au-dessus du corps de l'avocat.

— En effet », confirma Barak.

Craike serra les lèvres. « Je vois. On me considère comme suspect. »

Maleverer se tourna vers Barak. « Vous n'avez pas quitté messire Craike depuis que vous l'avez trouvé ?

— C'est ça, sir William. Nous sommes allés ensemble prévenir les gardes... »

Maleverer s'adressa de nouveau à Craike. « Par conséquent, si vous vous êtes servi de quelque instrument pour tenter de fracasser le crâne de l'avocat, il doit encore se trouver sur vous. Et à présent on apprend que des papiers ont disparu… Alors, ôtez votre robe et voyons si elle dissimule autre chose que votre grosse carcasse.

— Je n'ai rien à cacher, monsieur », répondit Craike en enlevant sa longue robe. Je fus soulagé de n'apercevoir dessous qu'un pourpoint dont les boutons peinaient à contenir le ventre replet de mon confrère. Maleverer appela le garde. « Fouillez-le. Vérifiez qu'il ne cache rien dans le haut de ses chausses. » Il se tourna vers moi. « Ces documents, il y en avait combien ?

— Le coffret était à moitié rempli d'une épaisse liasse de feuillets. »

Maleverer fit un signe de tête au garde. « Voyez s'il les a sur lui. »

Le garde s'approcha et palpa Craike des épaules jusqu'aux pieds. Craike se mit à transpirer. Le garde se tourna vers Maleverer en secouant la tête. « Rien, monsieur. »

Déçu, Maleverer fit la moue et désigna Barak du menton. « À son tour. Par mesure de sécurité. »

Il regarda Barak se soumettre au même traitement, avant de se tourner vers Craike, l'œil torve. « Bon. Vous pouvez disposer, pour le moment. Mais j'ai du mal à croire que, au bruit de vos pas, quelqu'un ait eu le temps de s'échapper sans être vu. Vous êtes un suspect, monsieur. Vous êtes connu depuis longtemps pour vos penchants papistes. »

Les yeux écarquillés de peur, Craike quitta la pièce. Maleverer se tourna vers Barak. « Vous pouvez rester, dit-il. Vous étiez naguère l'homme de confiance de lord Cromwell, n'est-ce pas ?

— Vous êtes parfaitement informé, monsieur, répondit simplement Barak.

— En effet. »

Je me levai avec beaucoup de difficulté. Barak m'aida à m'asseoir sur une chaise. Maleverer scruta mon visage. « Ça va ? demanda-t-il.

— Oui. Je suis un peu étourdi et ma tête et mon cou me font mal. »

Il émit un grognement. « Votre tête est de toute façon plutôt mal emmanchée sur votre corps. » Il traversa la pièce et s'assit sur le coin de son bureau, bras croisés, un pied botté pointé devant lui. Il me dévisagea de ses yeux perçants.

« Décrivez-moi les documents que vous avez trouvés.

— Je n'ai lu que les quatre premiers. Ils se trouvaient au-dessus d'autres papiers que je n'ai pas eu le temps de voir. Le premier représentait un arbre généalogique de la famille royale. Tracé à la main.

« Où commençait-il ? Réfléchissez quelques instants. Soyez précis.

— Par Richard, duc d'York, le père d'Édouard IV. Et son épouse, la duchesse Cecily Neville. »

Il poussa un soupir, qui se changea en un rire amer. «Ah oui ! Tout commence par Cecily Neville. » Ses traits se durcirent. « Pensez-vous pouvoir dessiner cet arbre généalogique ?

— Oui, il me semble.

— Bien sûr… Les avocats ont une bonne mémoire pour les documents. Ainsi peuvent-ils les citer pour décontenancer les profanes. Dessinez-le aujourd'hui même, en secret, et faites-le-moi porter par votre Barak.

— À vos ordres, monsieur.

— Et les autres papiers ?

— Il y avait un gribouillage censé relater une légende datant du temps de Merlin, selon laquelle notre roi actuel encourrait l'inimitié de Dieu et serait chassé du royaume… Il était surnommé "la Taupe" », ajoutai-je après un instant d'hésitation.

Maleverer eut un sourire cynique. « La légende de la Taupe… Ces fausses prophéties étaient distribuées par centaines durant le Pèlerinage de la Grâce. J'ai l'impression que ce coffret contenait moult bêtises. Quoi d'autre ?

— Le troisième document était écrit sur du parchemin. C'était une copie officielle d'un texte de loi dont je n'avais jamais entendu parler. La loi s'appelait *Titulus Regulus*. »

La tête de Maleverer se projeta en avant. « Quoi donc ?… Avez-vous lu ce texte ? ajouta-t-il d'un ton très calme, après une brève hésitation.

— Non. Uniquement la page de titre. Cela datait du règne de Richard III. »

Maleverer se tut un moment, passant un doigt sur le bord de sa barbe noire. « Il ne s'agit pas d'un vrai texte de loi.

— Mais le sceau…

— Sangdieu ! ne m'avez-vous pas entendu ? Il s'agit d'un faux. Fabriqué par les partisans de Lambert Simnel, qui défiait le père du roi en affirmant être l'un des petits princes de la Tour. »

Il était évident qu'il mentait. L'évocation de ce texte de loi l'avait complètement ébranlé.

« Et le quatrième document ? demanda-t-il.

— Il était encore différent. C'était un vieux feuillet gribouillé qui présentait une sorte de confession, celle d'un homme nommé Edward Blaybourne. Il était censé l'effectuer à l'article de la mort, afin que le monde fût mis au courant de son lourd péché. »

141

Maleverer semblait avoir suspendu sa respiration. « Et ce lourd péché, reprit-il d'un ton fort calme, expliquait-il en quoi il consistait ?

— Je n'étais pas allé plus avant dans ma lecture quand j'ai été assommé.

— En êtes-vous certain ? » s'enquit-il dans un chuchotement. Je le dévisageai tranquillement.

« Absolument certain.

— Vous avez dit qu'il s'agissait d'un vieux feuillet. Portait-il une date ?

— Pas en en-tête, en tout cas... "Blaybourne", c'est le nom que maître Oldroyd a cité, ajoutai-je après une hésitation.

— C'est bien ça, répondit-il en hochant la tête. Ce verrier cachait bien son jeu. Il a participé au complot qui cherchait à renverser le roi au printemps dernier. » Il planta sur moi un regard pénétrant. « Jurez-vous que vous n'avez pas lu plus loin et que vous ne savez pas en quoi consistait le péché de Blaybourne ? Réfléchissez bien avant de répondre. Si vous mentez, vous vous exposez à un grand châtiment.

— Je suis disposé à le jurer sur la Bible, monsieur. »

Il me fixa un long moment, avant de tourner la tête. Il se perdit quelques instants dans ses pensées, puis nous lança un regard noir. « Espèces d'idiots ! Si seulement vous n'aviez pas touché à ce coffret et m'aviez apporté ces documents. » Il serra ses gros poings. « Ah oui ! le gamin à présent.

— L'apprenti ?

— Oui. Barak m'a expliqué que vous l'aviez vu regarder un endroit du mur de la chambre de son maître et que c'est là que vous avez trouvé le coffret. Je n'ai pas eu le temps de l'interroger hier. On m'avait convoqué au Conseil privé. » Il fit un signe au garde. « Qu'on aille le chercher ! »

Le garde partit. Maleverer s'installa à son bureau. Muni d'une plume d'oie, il se mit à écrire à toute vitesse, s'arrêtant de temps à autre pour me demander de confirmer un point à propos des documents que j'avais vus. Il couchait mes propos sur le papier. Mal à l'aise, je regardais Barak, content de n'avoir dit que la vérité.

« Monsieur, fis-je. Puis-je vous demander à qui sont destinées ces notes

— Au Conseil privé », rétorqua-t-il, sans prendre la peine de lever la tête.

On frappa à la porte. Aidé d'un collègue, le garde traîna le petit apprenti rouquin dans la pièce. Le gamin se trouvait en piteux état, la joue et la lèvre gonflées et tachées de sang, par suite de la gifle que lui avait flanquée Maleverer. Il ne portait que sa chemise, dont le long pan, qui lui couvrait à peine les fesses, était souillé d'excréments, tout comme la partie arrière de ses grosses jambes. La puanteur qu'il dégageait me coupa le souffle.

« Il a fait sur lui pendant qu'on l'amenait ici, expliqua le garde.

— Cela vaut mieux qu'ici, s'esclaffa Maleverer. Lâchez-le ! » Les gardes obtempérèrent. L'apprenti tituba quelques secondes avant de fixer sir William de ses gros yeux saillants.

« Eh bien, mon garçon, fit-il, tu es prêt à parler ?

— M'sieu, pitié ! s'écria le gamin en se tordant les doigts, j'ai rien fait...

— Arrête de geindre ! l'interrompit Maleverer en brandissant son gros poing. À moins que tu ne veuilles perdre quelques dents de plus. » Le gamin refoula ses larmes et se tut, tout tremblant et la gorge serrée. « Bon, tu te rappelles que ces messieurs étaient en train de te parler hier avant mon arrivée ? »

Le jeune Green nous jeta un regard apeuré. « Oui, m'sieu.

— L'avocat affirme qu'il t'a vu regarder un endroit du mur de la chambre de maître Oldroyd. Il y est retourné aujourd'hui et a trouvé une cachette dans la paroi où se trouvait ceci », ajouta-t-il en désignant le coffret.

Le regard de l'apprenti pivota vers le coffret et blêmit de frayeur.

« Je vois que tu le reconnais, déclara Maleverer d'un ton tranchant. Dis-moi ce que tu sais à ce sujet. »

Green avala plusieurs fois sa salive avant de pouvoir s'exprimer. « Le maître recevait parfois des visiteurs qu'il faisait monter dans sa chambre pour parler en secret. Une fois j'ai... j'ai... regardé par l'trou de la serrure, par simple curiosité... Je sais bien que c'était mal. C'est l'diable qui m'a poussé. Je les ai vus assis sur le lit en train de lire un tas de papiers. J'ai vu le trou dans le mur et la boîte. J'ai entendu l'un des deux dire que ça suffirait pour achever le... roi...

— Ils ont dit "le roi" ? demanda Maleverer, percevant l'hésitation.

— Non, m'sieu. Ils ont dit "la vieille taupe", rectifia Green en reculant d'effroi, mais Maleverer se contenta d'opiner du chef. Après ça j'ai pris peur et j'ai pas voulu entendre un mot de plus. Alors j'ai filé.

— Quand cela s'est-il passé ?

— Au début de l'année. En janvier. Y avait de la neige.

— Tu aurais dû venir parler au Conseil du Nord si tu avais entendu dire du mal du roi, déclara Maleverer d'un ton menaçant.

— Je... j'avais la frousse, m'sieu. »

Maleverer regarda Green un long moment avant de lui parler à nouveau calmement. « Bon. Maintenant, mon garçon, je veux que tu

143

me dises qui étaient ces deux hommes. Si tu mens, attends-toi à tâter des poucettes et du chevalet à la prison d'York. Tu comprends ? »

Green, d'une pâleur extrême, s'était remis à trembler. « Je... je les avais jamais vus avant. Ils sont venus plusieurs fois, depuis la fin de l'année dernière jusqu'au moment où le complot a été découvert au printemps. Ils étaient pas d'la ville, autrement je les aurais reconnus. Ils arrivaient toujours le soir tombé après l'ouvrage.

— Décris-les.

— Y avait un grand blond avec un bec-de-lièvre.

— Quel âge ?

— Trente-cinq ans à peu près, m'sieu. Il parlait comme un gentilhomme, même s'il était vêtu pauvrement. C'est ça que j'ai trouvé bizarre, m'sieu, et qui m'a intrigué.

— Hem ! Et l'autre ?

— Lui aussi c'était un gentilhomme, malgré qu'il avait un drôle d'accent, comme s'il avait vécu dans le Sud. Il parlait un peu comme lui, précisa-t-il en pointant sur moi un doigt tremblant.

— Comment était-il physiquement ?

— Le même âge, peut-être un peu plus vieux. Il avait des cheveux châtains et un visage mince. Je. . je regrette, m'sieu, mais c'est tout ce que je sais. Si j'en savais plus je vous l'dirais, je l'jure. » Il tomba à genoux avec un bruit sourd et se tordit les doigts, levant les mains vers Maleverer en un geste suppliant. « Oh, m'sieu, pitié, m'envoyez pas en prison ! J'peux pas vous dire plus qu'je sais.

— D'accord. Je te relâche. Mais si tu souffles un seul mot à quiconque de cette histoire, tu te retrouveras aux fers séance tenante. Compris ?

— Oui, m'sieu. Je...

— Gardes ! » cria Maleverer. Deux soldats entrèrent dans le bureau. « Emmenez ce minable geignard et fichez-le dehors !

— Est-ce qu'on doit le laver et lui donner des vêtements propres ?

— Surtout pas ! » Maleverer rugit de rire. « Jetez-le dans la rue tel quel. Cul nu et jambes souillées. Il devra traverser la ville dans cet état. Ça lui apprendra à se mêler de ce qui ne le regarde pas ! »

Ils traînèrent l'apprenti hors du bureau. Une minute plus tard il apparut dans la cour. Maleverer souriait de toutes ses dents. Nous le regardâmes par la fenêtre courir vers la porte. Sous les rires des spectateurs de sa fuite, le gamin essayait de se couvrir en tirant sur sa chemise. Maleverer se tourna vers nous.

« Je vais le faire suivre et surveiller », annonça-t-il. Il prit une profonde inspiration. « L'homme blond décrit par Green est le drapier Thomas Tattershall. Il ne peut plus rien nous dire, nom d'un chien, puisqu'il a été exécuté en juin ! Je n'ai aucune idée de l'identité de l'autre homme. Les conspirateurs étaient prudents : ils s'organisaient en cellules, chacun connaissant seulement deux ou trois autres membres et aucun n'était au fait de tous les éléments du complot. Mais cette affaire des documents était primordiale. » Il me foudroya du regard. « Avoir trouvé ces papiers et ensuite s'en faire délester ! Si vous ne vous en étiez pas mêlé, j'aurais envoyé chercher le coffret et tiré les vers du nez à ce garçon.

— Je vous prie de m'excuser, sir William. »

Il regarda de nouveau par la fenêtre. « Ce doit être la personne qui a assassiné Oldroyd qui vous a attaqué. Elle vous aurait sans doute tué si Craike n'était pas apparu... Sauf s'il est le coupable, en fait. Et si ce n'est pas Craike, qui est-ce ?

— Quelqu'un qui veut ces papiers, à qui Oldroyd aurait refusé de les donner... Quelqu'un qui a ses entrées au Manoir du roi, ajoutai-je après quelque hésitation, et qui possédait les clefs de la salle du chapitre. »

Pour la première fois, Maleverer me regarda sans mépris. « Vous avez tout à fait raison, déclara-t-il. Tous ces éléments pourraient désigner Craike. » Il se mit à arpenter son bureau, ses grosses bottes faisant craquer le plancher. « Quand j'ai annoncé la mort d'Oldroyd au duc de Suffolk et que j'ai cité le nom de Blaybourne, cela a déclenché un tollé de tous les diables. Le Conseil privé m'a ordonné de prendre en main l'enquête, et d'agir dans le plus grand secret. Je ne connais ni l'identité ni le rôle de ce Blaybourne, sauf qu'il existe quelque rapport entre lui et le cas du prisonnier Broderick.

— Radwinter est-il au courant ?

— Non. Seulement le Conseil privé et Cranmer, à Londres. Je regrette qu'Oldroyd ait cité ce nom, messire Shardlake, car il vous a plongé dans une situation fort fâcheuse. Quand le Conseil privé apprendra que vous êtes responsable de la perte de ces papiers, attendez-vous à recevoir une belle semonce. Un homme averti en vaut deux ! » Il secoua la tête, la mâchoire tressaillant, les dents serrées de rage et de frustration.

« Je le regrette et vous prie de nous excuser, répétai-je.

— Au diable les excuses et foin de vos regrets ! » Il se dirigea vers nous et me toisa de haut en bas, m'obligeant à tordre ma nuque endolorie pour le regarder en face. Je sentis la forte odeur de l'homme qui a chevauché ventre à terre. « Avez-vous répété les paroles du verrier à quelqu'un ? Celles concernant le roi et la reine, ainsi que le nom de Blaybourne ?

— Non, monsieur. »

Il s'empara du coffret, le tourna et le retourna dans ses grosses mains velues. « C'est un objet ancien. Il date au moins d'une centaine d'années. Un très beau travail qui a beaucoup de valeur. Étrange idée de s'en servir comme coffre-fort... » Il fronça les sourcils d'un air songeur. « Qui pouvait savoir que vous vous trouviez ici avec le coffret ? Qui vous a vu ?

— Cent personnes dans la cour auraient pu me voir. Mais parmi les personnes de notre connaissance ? Messire Craike, bien sûr, auquel nous avons demandé la clef. Lady Rochford et sa dame de compagnie, Mlle Marlin, dans la grande salle. Elles s'entretenaient avec un jeune homme barbu qui s'est gaussé de moi à cause du plâtre sur mon manteau.

— Il s'agit sans doute de ce blanc-bec de Francis Dereham, grogna-t-il. Le secrétaire de la reine Catherine.

— Il y a également le garde de faction à la porte, le jeune sergent Leacon. Ainsi que messire Wrenne et son petit valet... » J'hésitai un instant car le nom de Mlle Marlin m'avait fait penser à Tamasin.

« Quoi ? Quoi d'autre ? »

Je regardai Barak et pris une profonde inspiration. « Nous avons découvert quelque chose ce matin, monsieur. » Je jetai un nouveau coup d'œil rapide vers Barak. « Il me semble que nous devons vous en faire part. Cela met en cause une servante de la reine, une certaine Reedbourne. » Barak serra les dents tandis que je racontais à Male-verer ce que nous avions appris à propos de la mise en scène du vol.

« On va tout de suite résoudre cette énigme », déclara-t-il d'un ton ferme. Il ouvrit la porte et parla au garde. Barak me lança un regard accusateur. À l'évidence, il se demandait comme moi-même si Male-verer allait infliger à Tamasin le même traitement qu'au jeune Green. Sa condition de femme ne comptait sans doute pas pour un homme comme lui. « Nous ne devons rien lui cacher, désormais, chuchotai-je vivement à Barak. Absolument rien. Tu ne te rends pas compte de ce qu'on risque ? »

Maleverer revint. « On est allé la quérir. Ainsi que la Marlin. » Après un petit moment passé dans un silence tendu, il y eut un bruit de pas dans le couloir. On frappa à la porte et deux gardes poussè-rent dans le bureau une Tamasin Reedbourne terrorisée, un tablier passé sur une robe de travail, suivie de Jennet Marlin. Celle-ci lança à Maleverer un regard si haineux que j'écarquillai les yeux de stupé-faction. Maleverer répondit par un sourire sarcastique. L'air horrifié, Tamasin fixait le sang séché sur le côté de ma tête.

Maleverer se dirigea vers elles. Ne jetant qu'un bref regard à Tamasin, il s'adressa à l'autre femme :

« Mademoiselle Marlin, me semble-t-il.

— Oui, monsieur, répondit-elle d'un ton glacial. Pour quelle raison avons-nous été amenées ici ? Lady Rochford s'attend à...

146

— Que lady Rochford aille au diable ! lança-t-il, avant de se tourner vers Tamasin, livide, qu'il dominait de toute sa hauteur, les bras croisés. Eh bien, mam'selle Reedbourne, vous savez qui je suis ?

— Oui, monsieur, fit-elle, la gorge nouée. Sir William Maleverer.

— Vous et Mlle Marlin avez été envoyées à York avec lady Rochford pour vous assurer que les appartements de la reine au Manoir du roi soient fin prêts. Vous êtes une fille de cuisine ?

— Je suis confiseuse, rectifia-t-elle.

— Une souillon de cuisine. Vous êtes sous les ordres de Mlle Marlin ?

— C'est bien cela, dit Jennet Marlin. Et moi sous ceux de lady Rochford.

— Silence ! Je ne vous parle pas, à vous ! » Il se retourna vers Tamasin. « Dites donc, ces messieurs m'ont raconté une drôle d'histoire. » La mine angoissée, Barak regardait Maleverer dominer Tamasin, l'intimidant de toute sa haute taille. « Ils affirment que vous avez mis en scène un faux vol afin de faire leur connaissance. Ils ont des preuves. Il se trouve que messire Shardlake ici présent s'occupe d'importantes affaires d'État. Certes, il ne paie pas de mine, mais c'est la pure vérité. Vous allez donc m'expliquer à quoi rimait ce jeu et si votre maîtresse était dans le coup. »

Tamasin resta coite quelques instants, puis elle sembla recouvrer son calme. Sa respiration devint plus régulière et la couleur regagna ses joues.

« Ce n'est pas de messire Shardlake que je cherchais à faire la connaissance, déclara-t-elle d'une voix claire, mais de maître Barak. Lorsque je l'ai vu chevaucher dans la ville, son apparence m'a séduite. Quand je l'ai vu repasser, j'ai cherché le moyen de l'arrêter. La ville était pleine de petits mendiants, et je savais qu'ils accepteraient de m'aider pour un shilling. » Le visage empourpré, elle fixa Barak, avant de se tourner à nouveau vers Maleverer. « Cela valait bien un shilling ! » déclara-t-elle, une note de défi dans la voix.

Maleverer lui flanqua un violent soufflet. Barak fit un pas en avant. Je lui saisis le bras d'un geste brusque qui provoqua un élancement dans ma tête. Sans un cri, Tamasin porta la main à sa joue, se contentant de fixer le sol en tremblant.

« Ne me parlez pas sur ce ton, petite insolente ! s'écria Maleverer. C'était donc la seule raison ! Vous vous êtes amourachée de ce rustaud, alors vous avez élaboré cette mise en scène ?

— L'unique raison, monsieur, je le jure. »

Il saisit le menton de la donzelle, soulevant sa tête d'un geste brusque afin de plonger son regard dans le sien

« Vous êtes une petite malapprise, impudente, têtue... Mademoiselle Marlin, assurez-vous que lady Rochford soit instruite de la conduite de cette fille. Ce ne sera que justice si on vous jette sur la route et qu'on vous renvoie à Londres. Je juge d'après votre accent que c'est bien de là que vous venez ?

— Oui, monsieur.

— Bon. Sortez ! Allez rejoindre les autres souillons de cuisine ! Et vous, mademoiselle Marlin, surveillez mieux vos servantes, au lieu de passer vos journées à pleurnicher sur le sort de votre promis.

— Ainsi donc, répliqua Mlle Marlin en rougissant, voilà la raison pour laquelle on nous a traînées ici ? Vous craigniez que j'aie impliqué Tamasin dans quelque complot ? Que je ne sois pas fidèle au roi ?... Une fois de plus, je suis une victime, ajouta-t-elle, d'une voix de crécelle, comme mon malheureux Bernard. » Maleverer se dirigea vers elle, mais, sans tressaillir, elle continua à le regarder droit dans les yeux. J'admirai son courage.

« Vous voulez que je vous soufflette, vous aussi, espèce de Jaideron ! N'imaginez pas que je n'oserais pas !

— Je n'en doute pas, monsieur.

— Oh, fichez le camp, toutes les deux ! Vous me faites perdre mon temps. » Il se détourna. Tamasin, le visage écarlate, quitta la pièce avec sa maîtresse.

Il regarda Barak d'un air dégoûté. « Ce n'était donc que ça ! Sangdieu, les manigances auxquelles se livrent les serviteurs royaux durant ce voyage ! Elles méritent le fouet, ces deux-là. » Il se tourna vers moi. « Vous dites que la Marlin vous a vu entrer dans la salle avec le coffret ? Vous la connaissez ?

— J'ai échangé quelques mots avec elle. Elle m'a parlé de la détention de son fiancé à la Tour.

— Elle ne parle que de ça. Malgré sa bonne connaissance de la région on n'aurait pas dû l'autoriser à participer au voyage... Elle est persuadée de l'innocence de ce papiste de Bernard Locke. Elle lui court après depuis sa jeunesse. Elle a attendu d'avoir trente ans et qu'il soit veuf pour l'amener à lui proposer le mariage... Et voilà qu'on l'embarque et qu'on le jette dans la Tour ! ajouta-t-il en rugissant de rire. Bon, allez donc me rédiger une copie de cet arbre généalogique. Et prenez garde, car il sera examiné par l'œil du Conseil privé ! Je vais convoquer messire Wrenne afin de l'interroger. » Il dut percevoir l'étonnement sur mon visage car il demanda : « Vous ne le souhaitez pas ?

— C'est seulement qu'il a tellement l'air d'un inoffensif vieillard...

— Inoffensif ! s'exclama Maleverer en poussant derechef un grand rire sans joie. Comment savez-vous qui, ici, est inoffensif et qui ne l'est pas ? »

Dehors on finissait les préparatifs en vue de l'arrivée du cortège. On plaçait plusieurs épaisseurs de drap d'or sur chaque pavillon. Une longue file de chariots s'étirait de la porte de l'enceinte à l'église. Tous étaient chargés de bottes de foin destinées à la litière et au fourrage du grand nombre de chevaux près d'arriver. Il faisait froid, le ciel était gris et un fort vent soufflait. Je pris une profonde inspiration, ce qui m'étourdit quelque peu. Barak me saisit le bras.

« Ça va ?

— Oui. Je regrette ce qui s'est passé avec la jeune Reedbourne, mais j'étais obligé de dire ce que je savais.

— Ce qui est fait est fait, répondit-il en haussant les épaules.

— Allons-y ! Il faut que je dessine l'arbre généalogique. Tudieu, Maleverer est une vraie brute ! J'espère qu'il ne va pas malmener messire Wrenne.

— Je pense que le vieux type saura se débrouiller tout seul.

— Mon Dieu, je l'espère. »

Il se retourna vers le manoir. « On s'en est bien tirés.

— N'en sois pas trop sûr ! Je doute que Maleverer en ait terminé avec nous. Ni les gens pour qui il prenait ces notes. »

T OUT LE MONDE SE TROUVAIT À L'OUVRAGE, le bâtiment où nous logions
était désert et le feu couvait dans l'âtre. Barak alla chercher un
banc et le traîna à l'intérieur de ma cabine. Il apporta également mon
bonnet, qu'il avait dû ramasser dans le bureau de Craike quand il
m'y avait trouvé. Avec ce qui restait de l'épingle, il avait fixé la plume
tant bien que mal.

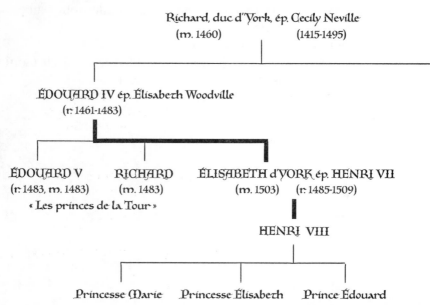

Je fermai la porte, puis sortis une grande feuille de papier de mon
havresac et la posai sur le lit, tandis que Barak taillait pour moi une
plume d'oie.

« Vous êtes sûr que vous pouvez vous rappeler le schéma de l'arbre
généalogique ?

— Oui. » Je changeai de position sur le banc, afin d'avoir moins
mal au cou. « J'ai toujours la cervelle un peu embrumée mais le

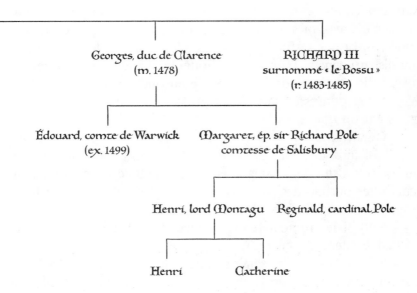

Georges, duc de Clarence
(m. 1478)

RICHARD III
surnommé « le Bossu »
(r. 1483-1485)

Édouard, comte de Warwick
(ex. 1499)

Margaret, ép. sir Richard Pole
comtesse de Salisbury

Henri, lord Montagu   Reginald, cardinal Pole

Henri   Catherine

compliment à double tranchant de Maleverer était juste . les avocats
retiennent facilement le contenu des documents. Voyons ce dont je
peux me souvenir… » Je trempai la plume dans l'encrier. J'étais
soulagé que Barak n'ait pas semblé m'en vouloir à propos de
Tamasin. Tranquillement assis, il me regardait esquisser l'arbre généalogique. J'avais noté que le lignage du présent roi avait été marqué à

l'encre plus foncée ; j'appuyai donc plus fortement sur la plume en le traçant. Nous eûmes bientôt sous les yeux une version gribouillée de ce que j'avais vu.

« J'ai vu un grand nombre de ces généalogies au palais de White-hall quand je travaillais pour lord Cromwell, dit Barak. Celle-ci a l'air un peu différente

— Oui. On a omis un certain nombre d'enfants, comme le fils de Richard III qui est mort jeune.

— Ainsi que les deux sœurs du roi.

— En effet, fis-je en fronçant les sourcils. Toute généalogie raconte une histoire. Le but est toujours de prouver la légitimité d'un titre par le lignage. C'est parce que la légitimité des Tudors était à l'origine si faible qu'ils ont affiché dans tous les édifices publics les arbres généa logiques indiquant les mariages qui la renforçaient. »

Barak étudia l'arbre. « Le lignage de notre roi remontant à Édouard IV est indiqué par un trait épais... Par conséquent, ajouta Barak en se tournant vers moi, cet arbre soutient la légitimité du roi.

— Toutefois, l'arbre comprend la famille du duc de Clarence, laquelle est omise dans la plupart des autres. Regarde : voici sa fille, Margaret, comtesse de Salisbury et son fils, lord Montagu, dont nous avons parlé avec messire Wrenne. Ils ont tous deux été exécutés cette année. Ainsi que le fils et la fille de Montagu, les deux enfants qui ont disparu dans la Tour. » Je me frottai le menton. « La légitimité du roi est-elle soulignée de cette façon pour quelque autre raison ?

— Ni la princesse Marie ni la princesse Élisabeth ne sont ratta chées par un trait épais.

— C'était ainsi sur le document que j'ai vu. Rappelle-toi que ni l'une ni l'autre ne sont des héritières du trône. Lorsque les mariages du roi avec Catherine d'Aragon et avec Anne Boleyn ont été annulés, leurs filles ont été déclarées bâtardes. Le prince Édouard, le fils de Jeanne Seymour, est le seul héritier du roi.

— Sauf si les rumeurs sont avérées et confirment que la reine Catherine attend un enfant.

— En effet. Cet enfant serait second dans la ligne de succession, ce qui rendrait plus solide la dynastie des Tudors. Mais est-elle vrai-ment enceinte ? » Je me tournai vers Barak, grimaçant à cause de ma douleur cervicale et baissant le ton bien que la résidence fût vide. « Pour divorcer d'Anne de Clèves l'année dernière le roi a argué de la non-consommation du mariage. Il a prétendu qu'il la trouvait si affreuse qu'il lui était impossible de la monter. Toutefois, quand l'annulation a été discutée à Lincoln's Inn, certains ont discrètement suggéré que, désormais très souvent malade, le roi était peut-être devenu impuissant et qu'il avait épousé la jeune Catherine Howard dans l'espoir qu'elle rendrait vigueur à sa virilité défaillante.

— C'est ce qu'on suggérait dans les tavernes, mais discrètement, comme vous l'avez dit.

— Peut-être allons-nous savoir à l'arrivée du roi si la reine Catherine est enceinte. Il est possible qu'on l'annonce depuis l'un de ces pavillons. » Je regardai à nouveau l'arbre généalogique. « De toute façon, tout ceci est parfaitement exact. »

Barak désigna le nom en tête de la liste. « Qui était Richard, duc d'York ? J'avoue m'être perdu parmi ces rivalités durant la guerre des Deux-Roses.

— Tout remonte à la déposition de Richard II en 1399 pour tyrannie. Il n'avait pas d'enfant et ses cousins se disputaient le trône. Cela a finalement entraîné une guerre. En 1461, Henri VI, de la maison de Lancastre, a été déposé. La maison d'York, rivale, s'est emparée du trône et Édouard IV est devenu roi. Le père d'Édouard, Richard, duc d'York, aurait accédé au trône, mais il est mort sur le champ de bataille un an auparavant. »

Barak parcourut la lignée du bout du doigt. « Et Édouard IV était le grand-père du roi actuel.

— C'est ça. Par la mère du roi, Élisabeth d'York. On dit que le roi lui ressemble beaucoup.

— Et qu'en est-il de la légitimité du père du roi ? Henri VII ?

— Elle était mal assurée, mais il a rattaché sa lignée à celle d'Édouard IV en épousant la fille de celui-ci. C'est ce qui, du point de vue dynastique, renforce la position du roi Henri. »

Le doigt de Barak remonta la lignée sur le feuillet. « Quand Édouard IV est mort, son fils a brièvement régné sous le nom d'Édouard V, n'est-ce pas ? Mais lui et son frère ont été tués lorsque le trône a été usurpé par Richard, le frère du roi Édouard.

— C'est exact. "Les petits princes de la Tour". » Je pris une profonde inspiration. « Il y a là une inscription intéressante concernant Richard III : "Surnommé le Bossu". » Barak eut l'air mal à l'aise mais je souris tristement. « Ne tournons pas autour du pot, dis-je. On prétend que Richard III était bossu, bien que d'aucuns affirment qu'il s'agit d'un mensonge inventé par les Tudors, les bossus étant censés porter malheur et leur difformité corporelle refléter une dégénérescence interne. Le fait que la personne qui a tracé l'arbre généalogique emploie le terme "surnommé" indique qu'elle ne croyait pas cette allégation à propos du roi Richard. Quoi qu'il en soit, l'usurpation du trône par Richard III a révolté le pays. Voilà pourquoi le père du roi, lorsqu'il s'est soulevé contre lui, a reçu un fort soutien. Ensuite il a consolidé la position de ses héritiers en épousant Élisabeth d'York.

— Et le duc de Clarence, l'autre frère d'Édouard IV, il est mort avant lui ?

— Il a été exécuté pour trahison, accusé d'avoir tenté de s'emparer lui aussi du trône.

— Quelle famille, Grand Dieu ! Maleverer a affirmé que tout commençait avec la mère de ces trois-là, Cecily Neville.

— Oui. Et son ton était empreint d'amertume. » Je fronçai les sourcils. « Je me demande pourquoi. Tous ceux qui apparaissent ici sont ses descendants, mais ce sont aussi ceux de Richard d'York, et le lignage passe par lui. »

Barak réfléchit quelques instants. « Si les conjurés avaient renversé le roi au printemps, le petit prince Édouard serait l'héritier légitime.

— Oui. Mais ce serait un enfant roi. Et cela entraînerait inévitablement des luttes entre les nobles. Non, si les conspirateurs avaient dû remplacer le souverain, ils auraient choisi Margaret de Salisbury.

— Ah oui ?

— La raison primordiale étant que tous les membres de cette famille sont papistes, comme les conspirateurs. Reginald Pole, le frère de Montagu, est cardinal à Rome.

— Seigneur Dieu !

— Et les rois sont désormais non seulement les souverains légitimes mais également les chefs de l'Église à la place du pape. Comme me l'a indiqué Cranmer, lorsque la conscience du roi s'exprime, c'est Dieu qui parle par son intermédiaire, ce qui lui confère le droit de faire ou de défaire la politique religieuse. » Je haussai les sourcils. « Quiconque s'empare du trône prend en même temps le titre de Défenseur de la foi.

— Dieu parlant par l'intermédiaire du roi, dit Barak en secouant la tête. Voilà une théorie qui m'a toujours semblé aussi stupide que celle qui affirme qu'Il s'exprime par la voix du pape. Mais cela donne un immense pouvoir au roi. »

C'était la première fois qu'il parlait si ouvertement de ses croyances religieuses. Je hochai la tête lentement. « Je suis d'accord, mais ce sont des propos séditieux.

— Beaucoup pensent de même.

— Certes, mais on s'aventure là en terrain dangereux… » Je séchai soigneusement l'encre avec du sable. « Tiens ! Porte ceci à Maleverer ! Remets-le-lui en main propre.

— Est-ce qu'il ne serait pas prudent d'en faire une copie ?

— Non. Ne prenons plus le moindre risque ! De plus, j'ai déjà une copie, ajoutai-je en tapotant ma tête endolorie. Ici ! »

Après le départ de Barak, je m'allongeai sur mon lit de camp. Je m'endormis tout de suite et ne me réveillai que lorsque Barak me secoua l'épaule longtemps après.

« Quelle heure est-il ? demandai-je.

— Presque cinq heures. Vous avez dormi tout l'après-midi. » Il paraissait plus enjoué.

Je me dressai sur mon séant. J'avais les idées plus claires, mais un élancement dans le cou m'arracha une grimace.

« Tu as porté l'arbre généalogique à Maleverer ?

— Oui. Et on m'a seulement gratifié d'un grognement pour ma peine… » Il hésita un instant. « Ensuite, je suis allé voir mam'selle Tamasin.

— Quoi ?

— J'ai graissé la patte à un garde pour qu'il aille la chercher, sous prétexte que j'avais des nouvelles d'un de ses parents, déclara-t-il en me regardant droit dans les yeux. Si je comprends fort bien les raisons qui vous ont poussé à parler de la supercherie de Tamasin à Maleverer, je voulais quand même lui dire que je n'y étais pour rien.

— Je vois.

— Elle m'a assez volontiers pardonné. Et s'est excusée de nous avoir trompés, tout en affirmant ne rien regretter. Elle n'a pas froid aux yeux, grands dieux !

— Tu m'as plus d'une fois assuré aimer qu'une femme reste à sa place.

— Je n aime pas les mégères. Mais Tamasin n'en est pas une. En fait, ajouta-t-il en souriant, je n'ai jamais rencontré une femme de sa trempe.

— Les femmes énergiques et qui n'ont pas froid aux yeux peuvent finir par porter la culotte dans le ménage.

— Allons donc ! s'exclama-t-il avec fougue. Vous n'y pensez pas ! Combien de fois m'avez-vous dit que vous admiriez les femmes indépendantes d'esprit. Comme lady Honor…

— Moins on me parle de lady Honor Bryanston, mieux je me porte. » Je perçus l'amertume de ma voix au souvenir de mon amourette avortée de l'année d'avant. « Et ne confonds pas folle imprudence avec indépendance esprit.

— Quoi qu'il en soit, j'ai rendez-vous avec elle demain soir au concert de chant, comme convenu.

— Est-ce bien raisonnable ? Maleverer n'a pas apprécié ses agissements.

— Il se fiche pas mal des affaires de cœur des gens, du moment qu'elles n'ont aucune conséquence politique. » Il me regarda à nouveau droit dans les yeux. « Et vous, ça vous gêne ?

— Je n'ai ni à approuver, ni à désapprouver », rétorquai-je, sur la défensive. Cette donzelle ne m'inspirait toujours pas une totale confiance, même si je me rendais compte que j'étais jaloux, non pas parce qu'une jolie fille courait après Barak, mais parce qu'elle me disputait l'attention de l'un de mes très rares amis. Je changeai de sujet en lui demandant s'il avait vu messire Wrenne.

« Oui. Dans la cour, quand je me rendais chez Maleverer. De loin seulement... Il se dirigeait vers la porte d'enceinte et il ne m'a pas vu.

— Avait-il l'air serein ?

— Oui. Il me semble avoir perçu un léger sourire sur son visage.

— Dieu soit loué ! Je craignais que Maleverer ne lui fasse subir un interrogatoire serré.

— Je vous avais bien dit qu'il se débrouillerait tout seul.

— C'est vrai. » Je me levai. « Bon, je crois que je vais aller faire une petite promenade. J'ai besoin de prendre un peu l'air.

— Vous voulez que je vous accompagne ?

— D'accord », répondis-je en souriant.

Dehors, le vent s'était levé et je sentais la pluie dans l'air.

« Ici, l'automne est bien arrivé », dis-je. J'avais les idées plus claires, mais la clarté suscita l'appréhension. Je regardais les gens passer : l'une de ces personnes m'a attaqué, pensai-je. Va-t-elle faire une seconde tentative ? J'étais content d'avoir Barak à mon côté.

Nous longeâmes les enclos des animaux. Deux grandes cages métalliques avaient été apportées. Dans chacune un énorme ours brun était vautré, regardant vers l'extérieur, ses petits yeux rouges pleins de peur et de rage.

« Entre autres spectacles publics en l'honneur du roi, il doit y avoir des combats d'ours et de chiens, expliqua Barak, que vous allez éviter soigneusement, je suppose ! » Il fit un petit sourire, trouvant bizarre cette délicatesse de ma part.

« Oui, répondis-je simplement.

— Tout à l'heure, dans la cour, j'ai vu qu'on amenait moult coqs de combat. Ces jeux sont censés distraire les soldats et les ouvriers, puisqu'ils n'ont pas le droit d'aller en ville, de peur qu'ils se bagarrent avec les Yorkais. Il paraît qu'on a mis les coqs dans la salle du chapitre. »

Je secouai la tête. « Le monde entier marche sur la tête. »

Nous longeâmes l'église pour gagner la cour principale. Grimpés sur des échelles, des ouvriers s'employaient à fixer des fanions verts et blancs, couleurs des Tudors, le drapeau de l'Angleterre à la croix rouge sur fond blanc et, à mon grand étonnement, des drapeaux bleus ornés d'une croix blanche de biais. « Regarde ! N'est-ce pas là le drapeau écossais ? Dieu du ciel, le roi Jacques est sûrement attendu ! Voilà la raison de toute cette pompe ! »

Barak sifflota. « Une rencontre entre deux rois.

— Donc, le roi Henri est non seulement venu se réconcilier avec les Yorkais mais aussi avec les Écossais. Il cherche à établir un traité de paix. » Je secouai la tête. « Le roi Jacques serait fou d'abandonner son alliance avec la France, c'est la seule chose qui nous ait retenus d'envahir son pays.

— Henri lui offre peut-être le choix entre l'accord de paix ou l'invasion.

— Si c'est là la raison de tout cette mise en scène, alors peut-être la reine Catherine n'est-elle pas enceinte en fin de compte. »

Je contemplai la cour, moins animée maintenant que les travaux de construction étaient terminés. Des ouvriers chargeaient sur des chariots le matériel restant, tandis que d'autres plaçaient de nouvelles dalles près du manoir pour couvrir la terre, afin que le roi ou les rois ne salissent pas leur robe. Je frissonnais de fatigue. « Allez ! Rentrons par l'église. On verra ainsi comment vont les chevaux. »

L'église du monastère abondait d'ouvriers. Des rangées de stalles avaient été construites pour les chevaux le long de la nef. Des palefreniers entassaient des balles de foin pour le fourrage et mettaient de la paille dans les stalles. Le lieu résonnait du claquement des balles de foin déchargées et du bruissement de la paille répartie sur le sol. Comme nous traversions l'église, on entendit un autre bruit, des cocoricos furieux poussés par les coqs de combat parqués par centaines dans la salle du chapitre. Comment percevaient-ils les statues pieuses ? Les prenaient-ils pour des hommes de chair et d'os, comme l'avait fait Barak ? Je jetai un coup d'œil à l'entour. En dépit des grands arcs des voûtes magnifiques, il s'agissait de la carcasse d'une église, d'un cadavre désacralisé et exposé aux moqueries, comme l'avait été, paraît-il, celui de Richard III, après la bataille de Bosworth. Soudain, pris de vertige, je me dirigeai vers un banc abandonné au milieu de la nef. « Il faut que je me repose un instant », dis-je.

Barak se joignit à moi. Nous restâmes assis en silence durant quelques instants, puis je me tournai vers lui. Un élancement dans la nuque m'arracha une grimace.

« Je me demande si je suis désormais en sécurité, dis-je.

— Vous voulez dire que votre agresseur vous aurait tué si Craike n'était pas survenu à l'improviste ?

157

— Je ne suis pas certain que Craike l'ait vraiment interrompu dans sa besogne.

— Vous pensez que c'était lui l'agresseur ?

— Non. Autrement, on aurait trouvé sur lui la matraque, ou l'arme utilisée, au moment de la fouille. Et ces fichus papiers. Non, je pense que mon assaillant avait déjà quitté la pièce lorsque Craike a débouché dans le couloir. Réfléchis un instant. Vu la longueur du couloir, mon agresseur aurait entendu les pas de Craike dès son arrivée à l'autre bout. Il n'aurait pu quitter la pièce et dévaler l'escalier sans que Craike le voie. Et Craike a précisé qu'il avait entendu quelqu'un descendre normalement l'escalier, et non pas le dévaler à toute vitesse.

— Par conséquent, l'agresseur croyait vous avoir tué...

— À moins qu'il n'ait pas eu l'intention de me tuer, mais simplement de m'assommer. Il a dû entrer juste au moment où je retirais du coffret la confession de Blaybourne, et il m'a frappé avant que je puisse la lire.

— Si cette révélation était si importante, il vous aurait tué, par simple mesure de précaution.

— En effet. Peut-être a-t-il cru l'avoir fait..., soupirai-je. Si c'est le cas, alors il s'est montré négligent. Et quand il découvrira que je suis toujours en vie, il risque de chercher à achever sa besogne.

— Mais le mal est fait. Vous avez révélé à Maleverer tout ce que vous avez vu.

— Mon agresseur ne le sait peut-être pas.

— Eh bien ! nous allons nous tenir sur nos gardes.

— Merci d'avoir dit "nous"... Que peuvent bien signifier ces documents ? Arbre généalogique apparemment exact, copie de la légende de la Taupe, texte de loi – un faux, selon Maleverer –, confession d'un dénommé Blaybourne, dont le nom paraît inspirer une grande frayeur aux puissants. Il y avait également d'autres papiers, un bon nombre, qui ressemblaient à des sortes d'attestations. Et qui les a volés ? Quelque conspirateur tentant d'empêcher le roi de mettre la main dessus ? Mais, dans ce cas, pourquoi Oldroyd ne les lui a-t-il pas remis ? Je suppose que cela constitue le motif de son assassinat...

— Je n'en sais rien. Grand Dieu, il me tarde de rentrer à la maison !

— À moi aussi. » Le vent glacial qui soufflait par une fenêtre ogivale dépouillée de ses vitraux me faisait frissonner. Par les ouvertures béantes je regardai le ciel gris qui commençait à peine à s'obscurcir. C'était sans doute Oldroyd qui avait démonté ces vitraux. Qu'allait-il advenir de sa maison et de son atelier ? Lui aussi était mort sans laisser d'héritier.

« À quoi pensez-vous ? demanda Barak.

— Que depuis notre arrivée mon esprit s'est préoccupé de généalogie. De dynasties, comme celle du roi, qui comporte des héritiers, et de descendances, comme celles de Wrenne et d'Oldroyd, qui n'en ont pas. Et comme la mienne peut-être. » Je souris tristement. « Je suppose que, grâce au sang juif de ton père, ton arbre remonte à Abraham.

— Adam, le premier pécheur, est notre ancêtre à tous, répondit Barak avec un haussement d'épaules. Je suis aussi fils unique et j'aimerais que la lignée continue… La lignée juive secrète », ajouta-t-il avec un sourire sans joie. Il se tourna vers moi. « Vous pouvez encore vous marier… Vous avez moins de quarante ans.

— Je les aurai l'année prochaine. Ensuite, on me considérera comme un vieillard.

— Le roi a dix ans de plus. »

Je soupirai. « Après lady Honor, l'année dernière… » Je changeai brusquement de sujet. « Par conséquent, tu t'es rabiboché avec Tamasin. »

Il sourit puis posa sur moi un regard grave. « C'est exact. Je crois qu'elle était terrorisée d'être traînée devant Maleverer, bien qu'elle ait cherché à s'en cacher. Elle m'a dit que Mlle Marlin lui a passé un savon mais a promis de ne rien dire à lady Rochford.

— Il n'est pas dans l'intérêt de Mlle Marlin de mettre au courant lady Rochford, qui risquerait de lui reprocher de mal surveiller la petite. Mlle Marlin est une drôle de femme. Que pense d'elle la jeune Tamasin ?

— Bizarrement, qu'en gros c'est une gentille maîtresse. C'est elle qui a choisi Tamasin pour l'accompagner à York. Je crois que Tamasin la plaint d'être moquée par les autres dames. Elle a bon cœur.

— C'est une qualité chez une femme… Seigneur Dieu, que je suis fatigué ! m'écriai-je en me massant le cou. Je devrais me rendre à la prison ce soir, mais je n'ai pas le courage de traverser York dans le noir.

— Ça ne m'étonne guère, après avoir été estourbi de la sorte. Ce soir, vous devriez vous reposer.

— J'irai demain, et je rendrai également visite à messire Wrenne. Je m'attache beaucoup à ce vieil homme. » Après un instant de silence, je repris : « Il est seul. Il me rappelle mon père, et je me sens coupable de ne pas être allé le voir durant une année entière avant sa mort. »

Les événements de la journée, l'ambiance de cette église profanée et résonant du bruissement de la paille et des cris des coqs de combat semblaient avoir rendu nos esprits inhabituellement propices aux confidences.

« Il m'arrive de penser à mon père, déclara Barak. Quand j'étais petit il voulait toujours me prendre dans ses bras, mais je me tortillais pour me dégager de son emprise à cause de son odeur... Il vidait les fosses d'aisances... Je rêve souvent qu'il vient vers moi, les bras tendus, mais, humant son odeur, c'est plus fort que moi et je recule comme jadis. Puis je me réveille, avec cette odeur dans les narines. J'y ai repensé quand on a amené l'apprenti dans le bureau de Maleverer. » Il se palpa la poitrine à l'endroit où je savais qu'il portait l'ancienne mezouzah héritée de son père. « Peut-être qu'on nous envoie ces rêves pour nous punir, conclut-il d'une voix douce. Pour nous rappeler nos péchés.

— Tu es un piètre consolateur.

— Oui, fit-il en se levant. C'est à cause de cet endroit sinistre.

— Et que va-t-il advenir de ce gamin ?

— Le jeune Green ?

— Quelle cruelle humiliation lui a infligée Maleverer ! Lui faire traverser la ville le derrière à l'air ! »

Il réprima un éclat de rire. « Excusez-moi, se reprit-il, mais c'était drôle à voir. Les Yorkais vont sans doute le prendre en pitié et il trouvera une autre place. Venez donc ! Si on dînait avant que vous alliez vous coucher.

— D'accord. » Je me levai et nous nous dirigeâmes jusqu'au portail.

Il se tourna vers moi. « Je suis absolument désolé de vous avoir fait perdre les papiers. »

Je lui donnai une tape sur l'épaule. « Allons, foin des reproches ! Ça ne sert à rien. »

Nous allâmes jeter un œil sur les chevaux et félicitâmes le palefrenier pour les excellents soins qu'il leur prodiguait. Puis nous dînâmes au réfectoire en bons compagnons. Nous marchions tous les deux l'œil aux aguets, scrutant les coins sombres. Le réfectoire était plus animé et plus bruyant que la veille. Maintenant que le travail était terminé, les charpentiers avaient envie de faire bamboche. Si on les laissait sortir ce soir-là, la beuverie était garantie, ainsi que la bagarre. Si j'étais à nouveau épuisé et content de regagner mon petit lit, Barak déclara qu'il allait se rendre en ville. « Rien que pour voir, affirma-t-il.

— Point d'aventures !

— Je me réserve pour Tamasin. Voulez-vous que je vous réveille à six heures demain matin ?

— Oui. »

Quand il partit, je sombrai dans un profond sommeil, heureuse-ment sans rêve, duquel me tirèrent les avocats et les clercs rentrés se coucher très tard. Toutefois je ne fus pas réveillé par Barak le matin, mais par un soldat qui me secouait sans ménagement. Il faisait encore nuit et il portait une lampe. Je le dévisageai. C'était le jeune sergent Leacon, la mine grave. Mon cœur fit un bond dans ma poitrine, car, l'espace d'un instant, je craignis que Maleverer n'eût décidé de me faire arrêter.

« Que se passe-t-il ?

— Monsieur, j'ai ordre de vous escorter immédiatement jusqu'au château d'York, répondit-il. Le prisonnier Broderick a été empoisonné. »

14

I L N'ÉTAIT QUE CINQ HEURES DU MATIN au moment où nous traversâmes un York sombre et silencieux. Barak, déjà réveillé quand
Leacon m'avait tiré du sommeil, nous accompagna à ma demande. Je
souhaitais qu'un autre regard soit porté sur ce qui nous attendait
au château. Alertés par le bruit de nos pas, les sergents de ville
levaient leur lampe dans notre direction, mais se retiraient à la vue
de la tunique rouge de Leacon. Un vent glacial s'était mis à souffler
en rafales et, frissonnant, je m'emmitouflai dans mon manteau.

« Qui vous a apporté la nouvelle ? demandai-je au jeune sergent.

— Un messager du capitaine des gardes du château. Il a déclaré
que le prisonnier avait été empoisonné et semblait sur le point de
rendre l'âme, et que vous deviez accourir sur-le-champ. J'ai préféré
venir moi-même car il faut traverser toute la ville. Autrement, les
sergents de ville vous auraient arrêté à chaque coin de rue.

— Je vous en remercie. » À la lumière de sa lampe je percevais une
expression d'inquiétude sur le visage juvénile de Leacon. « Je crains
de vous causer beaucoup d'ennuis.

— Hier, sir William m'a convoqué et m'a posé moult questions
sur votre arrivée à Sainte-Marie avec ce coffret. Il m'a fait subir un
interrogatoire serré. » Il hésita, les yeux fixés sur ma plaie à la tête. « Il
m'a dit que vous aviez été attaqué. Les gardes de Sainte-Marie ont
reçu pour consigne de redoubler d'attention. Le roi arrive demain. »

La tour du château se dressait sur la colline, se découpant sur un
ciel qui commençait tout juste à s'éclaircir. Nous pressâmes le pas en
direction du flamboiement des torches du pont-levis. Puisque nous
étions attendus on nous laissa passer sur-le-champ. Je remerciai le
sergent et le sommai de retourner à Sainte-Marie. Barak le regarda
refranchir le pont-levis.

« Il doit se dire que nous attirons les ennuis, où qu'on aille. »

Nous gagnâmes le poste de garde situé de l'autre côté de la cour.
Par la porte ouverte la lumière se déversait dehors. L'homme au

visage dur qui m'avait reçu lors de mes précédentes visites se tenait sur le seuil, l'air soucieux.

« Je vais vous accompagner, monsieur, dit-il immédiatement.

— Que s'est-il passé ?

— Il y a moins d'une heure, maître Radwinter est descendu au poste de garde pour annoncer que le prisonnier était malade. Il pensait à un empoisonnement et a demandé de vous envoyer quérir, vous et le médecin. Le médecin vient de monter. »

Radwinter m'avait donc fait envoyer chercher. Sans doute pour protéger ses arrières et partager la responsabilité au cas où Broderick viendrait à mourir. Je serrai les lèvres tandis que nous escaladions derrière le garde l'humide escalier à vis. La porte de la cellule de Broderick était ouverte. À l'intérieur, vêtu d'une robe noire aux parements de fourrure et coiffé d'une calotte ajustée au crâne, un homme corpulent se penchait au-dessus du lit éclairé par une lampe posée sur le sol. L'aigre odeur du vomi emplissait la pièce. Radwinter, une lampe à la main, contemplait la scène. Il se tourna à notre entrée. Son teint livide contrastait avec sa barbe noire. Dans sa précipitation à s'être rhabillé, il n'avait pas du tout l'air aussi fringant que d'habitude, et dans ses yeux la peur le disputait à la colère. Il dévisagea Barak, qui le fixa sans ciller.

« Qui est-ce ? lança-t-il sans ambages.

— Barak, mon assistant. Il peut être mis au courant de tout, consigne de l'archevêque… Comment va sir Edward ? »

À ce moment, le médecin se leva et se tourna vers moi. Âgé d'une cinquantaine d'années, il avait les cheveux grisonnants sous sa calotte, et j'eus le plaisir de découvrir un large visage à l'air intelligent.

« Cet homme a été incontestablement empoisonné, répondit-il. Maître Radwinter m'a expliqué qu'il y a environ une heure il a, depuis sa chambre à l'étage au-dessous, entendu le prisonnier tomber lourdement de son lit.

— Vous êtes le médecin qui a examiné le prisonnier avant-hier ?

— En effet, monsieur, dit-il en inclinant le buste. Je suis le Dr Jibson, de Lop Lane. »

Je me penchai sur le côté pour voir Broderick qui était allongé sur sa paillasse derrière lui, les longues chaînes reposant mollement sur son corps. Sa barbe était mouillée de vomi et son visage affichait une pâleur mortelle.

— Va-t-il s'en tirer ?

— Je l'espère. Il semble avoir complètement régurgité ce qu'on lui a donné. » Il jeta un coup d'œil vers un seau à demi plein. Un gobelet et une écuelle en bois, vides quant à eux, se trouvaient là également. « Il prend sa nourriture dans ces récipients ?

— Oui, répondit Radwinter. Il a dîné très tard hier soir. »

Le Dr Jibson fronça les sourcils. « Alors il aurait dû vomir plus tôt, d'après moi. Mais les poisons n'agissent pas tous au même rythme. » Il scruta le seau nauséabond avec un intérêt professionnel.

« Le poison ne pouvait se trouver que dans sa nourriture, déclara Radwinter. C'est la seule possibilité. Je n'ai pas bougé de ma chambre. La cellule de Broderick était verrouillée comme d'habitude, une souris ne saurait passer devant ma chambre sans que je l'entende. Et les gardes affirment qu'à aucun moment de la journée un inconnu ne s'est approché de ce côté-ci de la cour. »

Le Dr Jibson opina du bonnet. « Oui, c'était sans nul doute dans la nourriture.

— Sa potée vient du plat commun, reprit Radwinter. Je vais moi-même la chercher au corps de garde. C'est un travail de larbin, mais ainsi je peux m'assurer que rien n'a été dissimulé dans les aliments, des messages par exemple. » Il se tourna vers moi. Ses traits s'étaient durcis. « L'avis du médecin confirme ce que je pressentais. Je connais la réponse à cette énigme : le cuisinier des gardes. Il faisait la cuisine pour les moines à l'abbaye de Sainte-Marie, et il a l'air sournois. Je l'ai fait enfermer. »

Le médecin nous regarda tous les deux et déclara d'un ton sérieux : « Je dois vous avertir que cet homme n'est pas hors de péril. Il se peut qu'il reste encore du poison dans son corps. Il était déjà plutôt faible, à cause de la manière dont il est traité... » Il fit une grimace de dégoût. « ... des maigres rations qu'il semble avoir reçues, ainsi que de son confinement dans cet endroit lugubre. » Il embrassa la cellule d'un regard circulaire. Par la fenêtre à barreaux je vis que l'aube s'était levée. Sur le donjon du château qui se détachait en gris contre le ciel de plus en plus clair, quelque chose de blanc tournoyait dans le vent, qui balayait la tour en gémissant de plus en plus fort : le squelette d'Aske.

« Il serait préférable de déplacer sir Edward, déclara le Dr Jibson, et de l'installer confortablement quelque part.

— Il est trop dangereux, rétorqua Radwinter d'un ton ferme. On doit le garder en sécurité et enchaîné. »

Le médecin me regarda. J'hésitai. « On doit le garder en sécurité, en effet, renchéris-je. Mais il faut lui donner davantage de couvertures et peut-être installer un petit braiser pour chauffer la cellule. »

Le médecin opina du chef. « C'est une bonne idée.

— Fort bien », acquiesça Radwinter. Il me lança un regard torve

La remarque de Jibson sur la piètre alimentation du prisonnier avait dû lui déplaire.

Broderick bougea sur sa paillasse et je compris qu'il était conscient. Depuis combien de temps écoutait-il ? Il m'adressa un sourire amer. « Toujours soucieux de mon bien-être, monsieur l'avocat, grommela-t-il d'une voix rauque. Quelqu'un a eu moins de scrupules que vous et a cherché à mettre fin à mes malheurs. » Il poussa un profond soupir. Je scrutai ses yeux. Ils ne jetaient plus d'éclairs. Seul s'y reflétait un terrible épuisement.

« Savez-vous ce qui s'est passé, Broderick ?

— C'est le roi qui m'a empoisonné, répondit-il en respirant avec difficulté.

— Vous allez nous révéler la vérité ! s'écria Radwinter d'un ton menaçant.

— Allons, maître Radwinter, dis-je, il nous faut parler. Docteur Jibson, revenez-vous plus tard ?

— Bien sûr. Dès l'après-midi. » Je souris, pensant que pour cette mission royale il recevrait de beaux honoraires.

Nous quittâmes la cellule, et Radwinter la verrouilla soigneusement.

« Attendez-moi dans ma chambre ! lança-t-il. Je vais raccompagner le Dr Jibson et refermer la porte d'en bas. »

Barak et moi descendîmes l'escalier jusqu'à la chambre du geôlier. Excepté les draps et les couvertures jetés à la hâte sur le sol, l'endroit gardait le même aspect ordonné. Je me massai le cou, qui recommençait à me faire mal.

« Voilà donc Radwinter, dit Barak, inquisiteur professionnel, à en juger par les apparences. » Il prit *L'Obédience d'un chrétien*, qui était ouvert sur la chaise. « C'est également un lecteur d'ouvrages à deux sous.

— Il se prend pour un agent du Seigneur.

— Il n'est pas le seul, de nos jours. Il n'a pas l'air très effrayant, et d'ailleurs il paraissait lui-même un peu effrayé, là-haut.

— Attends qu'il essaye de fouiller dans ta cervelle… Mais tu as raison, ce nouvel épisode l'a ébranlé. » J'arpentais nerveusement la pièce. « Toutes ces précautions visent à empêcher qu'on délivre Broderick. On ne pouvait guère imaginer que quelqu'un chercherait à le tuer. Est-ce lié à la mort d'Oldroyd ou à ces papiers ? Maleverer a affirmé qu'il y avait un rapport entre Broderick et ce nom de Blaybourne.

— Peut-être devrait-on en avertir Radwinter.

— Non. Ça, c'est le travail de Maleverer. Il faudra qu'il en soit informé. »

Nous nous tûmes en entendant un léger bruit de pas dans l'escalier. Radwinter entra dans la pièce. Il referma la porte, examina Barak, puis me fit un sourire sans aménité, dévoilant ses petites dents blanches.

« Considérez-vous que vous avez besoin d'un garde du corps quand vous devez me rencontrer ? » demanda-t-il.

Même dans ces circonstances, il tentait de saper mon autorité. « Maître Radwinter, répliquai-je, foin de vos petits jeux ! Il s'agit d'une affaire sérieuse.

— J'ai ordonné qu'on apporte les couvertures et le braiser. Je ne veux pas que cet homme meure tant que j'en ai la garde, ajouta-t-il avec colère. C'est hors de question, sangdieu ! Accompagnez-moi, nous dit-il. Je vais interroger ce cuisinier.

— Si le cuisinier était coupable il se serait enfui après avoir ajouté le poison dans la nourriture, déclara Barak. En tant que principal suspect, il ne traînerait pas dans les parages. »

Radwinter le foudroya du regard, avant de se tourner vers moi. « Vous permettez à vos valets d'intervenir dans vos missions ?

— Les propos de Barak sont sensés, rétorquai-je d'un ton ferme.

— Vraiment ? » Le regard de Radwinter se dirigea vers la plaie que j'avais à la tête. « Votre ton caustique a-t-il irrité quelqu'un d'autre ?

— Je vous le répète, vos petits jeux sont malvenus. Allons interroger ce suspect !

— Très bien. » Radwinter empoigna son trousseau de clefs. « Mordieu, je vais lui tirer les vers du nez ! » s'écria-t-il en nous indiquant la sortie d'un geste rageur.

Le cuisinier était assis sur un tabouret dans la salle de garde, entre deux soldats. La tête en forme d'œuf, chauve, comme tous les bons cuisiniers il était gros et gras. L'homme avait cependant quelque chose de dur dans le visage et, comme l'avait indiqué Radwinter, de sournois dans son regard effrayé. Le geôlier se dirigea vers lui et, un sourire sinistre sur les lèvres, le regarda droit dans les yeux. Un brasero se trouvait dans la pièce, un tisonnier planté dans le charbon de bois. Radwinter s'en empara vivement et le brandit. Le cuisinier sursauta et eut un haut-le-cœur, au moment où Radwinter lui en montra la pointe chauffée au rouge, dont je sentais la chaleur de l'endroit où je me tenais. Mal à l'aise, les soldats se regardaient. De sa main libre, l'air pensif, Radwinter caressa sa barbiche bien taillée, avant de demander au cuisinier d'un ton doucereux : « Comment t'appelles-tu ?

— D... David Youhill, m'sieu. »

166

Radwinter opina du chef. « Et tu travaillais pour les moines de Sainte-Marie ? »

Écarquillés de peur, les yeux de Youhill fixèrent le tisonnier. « Oui, m'sieu.

— Regarde-moi en face quand tu me réponds, maraud. Pendant combien de temps ?

— Pendant dix ans, m'sieu. J'étais troisième cuisinier chez les moines.

— Tu étais un larbin d'abbaye, par conséquent. Autrement dit, tu coulais des jours heureux…. Ç'a dû te faire un choc quand on t'a jeté sur les routes, à la fermeture de cet antre de papistes.

— On m'a engagé ici, m'sieu.

— Et à présent tu as utilisé ton poste pour empoisonner un homme que le roi veut garder en vie. Tu connais le châtiment encouru par le cuisinier qui tente de tuer en empoisonnant la nourriture qu'il prépare ? Il est bouilli vivant. Par ordre du roi. » Youhill eut un nouveau haut-le-cœur ; il transpirait désormais à grosses gouttes. L'air grave, Radwinter hochait la tête, son regard impitoyable planté dans celui du cuisinier. « Je te garantis que ce doit être une mort douloureuse, bien que je n'aie jamais assisté à un tel châtiment. Jusqu'à présent…

— Mais… mais j'ai rien fait, m'sieu. » Youhill s'effondra soudain, déversant des flots de paroles, ses yeux hagards fixés sur le tisonnier. « Comme d'habitude, j'ai juste préparé pour les gardes le potage aux poireaux avec des ingrédients que j'ai achetés en ville. La nourriture du prisonnier a été prise dans la soupière commune et le reste est toujours dans la cuisine. S'il y avait du poison dedans tout le monde aurait été malade. » Il se tourna vers les soldats. « Giles, Peter, vous pourriez vous porter garants. »

Les gardes hochèrent la tête. « C'est vrai, m'sieu », dit l'un des deux. Radwinter le regarda en fronçant les sourcils.

« Je peux seulement vous dire ce que j'ai vu, m'sieu, reprit le garde. Le cuisinier n'a eu aucune occasion d'ajouter quelque chose dans la nourriture du prisonnier.

— Et c'est vous qui lui avez monté son écuelle et son gobelet, m'sieu, dit Youhill. Comme vous l'avez noté, sa bière a été puisée dans le tonneau commun.

— Qui nettoie son écuelle et son gobelet ? demandai-je.

— C'est moi qui me charge de ça. » Radwinter caressa sa barbe noire, puis abaissa lentement le tisonnier vers le nez du cuisinier. Je décidai que s'il s'approchait trop près de la peau j'interviendrais. Youhill s'agita sur son siège, en poussant de petits miaulements de peur.

« Je ne sais pas comment tu t'y es pris, maître cuisinier, mais personne d'autre n'aurait pu le faire. Je te ferai cracher le morceau, n'aie crainte. Je vous connais, vous, les serviteurs des moines… Vous avez adopté les idées papistes qui infestaient les monastères et quand on vous en a éjectés, vous vous êtes mis à en vouloir à Sa Majesté, et si l'occasion survient de faire le mal, vous la saisissez. À la tour des Lollards on m'a amené des larbins de monastères. La plupart te ressemblent : ils sont gras et faibles. Ils crachent le morceau dès qu'on les malmène un peu.

— Mais moi, je détestais les moines ! s'exclama Youhill. »
Radwinter arrêta le tisonnier à six pouces du nez du cuisinier.

« Quoi ?

— Je les haïssais ! Je les maudissais de mener une vie de cocagne alors que moi, je devais dormir sur des sacs. J'ai toujours su que leurs cérémonies étaient seulement destinées à soutirer de l'argent aux jobards. J'étais l'un des informateurs de lord Cromwell. »

Les yeux de Radwinter s'étrécirent. « Qu'est-ce que c'est que ces balivernes ? »

Le cuisinier tordait désespérément le cou pour éviter la chaleur du tisonnier. « C'est la vérité, s'écria-t-il, par le sang sacré de Jésus ! Quand les commissaires de lord Cromwell sont venus en 1535, ils ont interrogé tous les serviteurs. Ils ont découvert que j'avais eu des ennuis pour ivresse, même s'il est pourtant pas interdit d'aller étancher sa soif en ville. Ils m'ont demandé si j'acceptais d'acheminer des renseignements au bureau de lord Cromwell et ils m'ont promis une bonne place si le monastère fermait ses portes. Et ils ont tenu leur promesse : ils m'ont donné du travail au château. Je suis aussi fidèle au roi que le plus fidèle de ses sujets anglais ! »

Radwinter scruta le visage de Youhill, avant de lentement secouer la tête. « C'est trop facile, maître cuisinier. Je vois à ton air que tu es un larron rusé et retors. Tu as bel et bien empoisonné mon prisonnier et je vais te forcer à dire la vérité. Tu vas monter chez moi où nous aurons un autre entretien… Il y a aussi un braisier dans ma chambre. » Il replanta le tisonnier dans le charbon. « Emmenez-le ! » ordonna-t-il aux gardes. Il vit mon air désapprobateur. « Messire Shardlake, votre présence n'est pas nécessaire. »

Youhill agrippa nerveusement les bords du tabouret. Les soldats échangèrent un regard. Soudain, à mon grand étonnement, Barak fit un pas en avant et s'adressa au cuisinier. « J'ai jadis travaillé pour lord Cromwell. Ayant eu affaire à des informateurs de monastères en 1536, j'ai appris comment fonctionnait le système. »

Le soulagement qui apparut sur le visage du cuisinier indiquait qu'il avait dit la vérité. « Alors, aidez-moi, m'sieu !

— Vous deviez envoyer des missives. Savez-vous écrire ?

— Mon frère sait écrire. Je lui dictais les lettres.

— À qui étaient-elles destinées ?

— Au bureau de messire Bywater, dans les services du vicaire général à Westminster, s'empressa-t-il de répondre. À l'intention de messire Wells. »

Barak se tourna vers nous. « Il dit la vérité. Il a bien travaillé pour lord Cromwell.

– Il a pu retourner sa veste, suggéra Radwinter.

— D'accord, fit Barak en haussant les épaules, mais il m'a l'air trop craintif pour ça.

— Et il n'y a pas de preuves, ajoutai-je. En outre, maître Radwinter, vous ne jouissez d'aucun pouvoir légal vous autorisant à torturer cet homme. Si on peut l'enfermer pour le moment, on ne doit lui faire aucun mal. Je vais faire mon rapport à sir William Maleverer, mais je ne vois pas comment cet homme aurait pu empoisonner Broderick.

— Il est possible que le poison ne se soit pas trouvé dans sa nourriture, ajouta Barak.

— En effet. Réfléchissez aux autres possibilités, maître Radwinter, et je ferai de même de mon côté. Je reviendrai dès que j'aurais vu sir William. »

Dehors, le vent soufflait de plus en plus fort, les rafales de pluie nous cinglaient encore plus violemment le visage et les feuilles tourbillonnaient dans la cour de plus belle. Radwinter nous suivit, l'air sombre et furieux. Il me saisit le bras.

« Ne vous mêlez pas de mes enquêtes, monsieur ! Votre seule et unique mission est d'assurer le bon traitement du prisonnier !

— Vous n'avez pas le pouvoir d'effectuer la moindre enquête ! Il faut en référer à sir William. »

Il me serra plus fort le bras, les yeux étincelants de rage.

Barak lui posa la main sur l'épaule. « En voilà assez, monsieur », fit-il tranquillement.

Radwinter s'arrêta et me relâcha en riant. « C'est bien ce que je disais : vous avez peur de m'affronter sans garde du corps. » Il se tourna vers mon assistant. « Barak, est-ce là votre nom ? C'est un nom juif, pas vrai ? Ça vient de l'Ancien Testament.

— J'avais bien dit que vous étiez un amateur de livres à deux sous », répondit Barak en souriant.

Radwinter désigna la tour. « Vous voyez, à l'endroit où Aske se balance… Il paraît que là se dressait jadis une tour en bois et qu'un soir, il y a plusieurs siècles de cela, les citoyens d'York, saignés à blanc par les juifs, les ont pourchassés jusque dans la tour et ont brûlé tout le tas. Bien fait pour ces roublards de mécréants ! » Sur ce, il nous faussa compagnie. Barak était livide, et cette fois, c'est moi qui lui saisis le bras pour le retenir.

« Quel crétin !

— Ça c'est sûr. Et comme il est dépassé par les événements, il se fait un sang d'encre. Il est incapable de résoudre ce problème ; il n'est bon qu'à garder les prisonniers et à les harceler. Il commence à perdre la maîtrise de soi. » Je secouai la tête. « Rien de plus normal quand on sait qu'il a l'œil sur tout... » Je pris une profonde inspiration. « Bon. Toute cette histoire de poison est du ressort de Maleverer. »

15

CETTE FOIS-CI, MALEVERER NOUS REÇUT IMMÉDIATEMENT. Il était assis à son bureau jonché de documents, sa grosse tête brune rejetée en arrière.

« Corbleu ! lança-t-il, la mine sombre, vous n'apportez que des ennuis. Ne m'annoncez pas que Broderick va mourir, Seigneur Dieu ! »

Pendant que je lui racontais tout ce qui s'était passé au château, il s'était emparé du gros pain de cire à cacheter rouge qui se trouvait sur le bureau et le tournait et le retournait dans sa main, pétrissant sa surface dure de ses épais doigts velus. Quand j'eus terminé mon récit, il fit courir son autre main le long de sa barbe, comme s'il la taillait avec des ciseaux invisibles.

« Grand Dieu ! si ce que vous a dit Radwinter est vrai, comment quelqu'un aurait-il pu s'introduire auprès de Broderick ? Le médecin est-il sûr qu'il s'agissait de poison ?

— C'est ce qu'il croit. Il doit effectuer quelques expériences et revenir plus tard.

— Des expériences ! » Maleverer fit une grimace d'impatience. « Quelqu'un aurait-il pu tromper la vigilance de Radwinter hier ? Celui-ci aurait-il pu s'endormir dans sa chambre ?

— Pas à mon avis, sir William. Il prend sa mission très à cœur. »

Il poussa un grognement. « C'est bien l'impression qu'il m'a faite quand je l'ai rencontré.

— Et un empoisonneur aurait eu d'abord à franchir le corps de garde, ensuite à déverrouiller deux portes avant de monter adminis-trer le poison. »

Maleverer se tourna vers Barak. « Vous pouvez garantir la vérité de ce qu'a affirmé le cuisinier au sujet de son rôle d'informateur de lord Cromwell ?

— J'ai reconnu les noms, sir William. »

Maleverer fixa la cire, la malaxant comme s'il pouvait en extraire la vérité.

« Quelle méthode a-t-on employée, alors ? demanda-t-il en posant sur moi un regard interrogateur. « Eh bien, monsieur l'avocat, vous enquêtez sur les mystères, n'est-ce pas ?

— Je n'en ai aucune idée, monsieur. Mais personne n'aurait pu entrer dans la cellule sans que Radwinter s'en aperçoive.

— Alors, Radwinter lui-même doit être soupçonné, conclut Maleverer en serrant les dents.

— Il n'a guère d'amitié pour moi, monsieur, répondis-je après un instant d'hésitation, mais je le crois fidèle à l'archevêque Cranmer et à la réforme. Il ne ferait rien qui puisse aider les conspirateurs. »

Maleverer fronça les sourcils en contemplant un long ongle jaunâtre. « Je vais faire venir à Sainte-Marie Radwinter et Broderick, afin de les avoir sous mon regard. Je vais faire enfermer Broderick dans la cellule où l'on avait séquestré Green et la faire garder vingt-quatre heures sur vingt-quatre. Je confierai la sécurité au sergent Leacon, qui a l'air d'un honnête garçon. Broderick lui-même n'a rien laissé entendre sur la manière dont les choses se sont passées ?

— Non. Je pense qu'il le sait mais qu'il refuse de le dire. C'est le roi qui l'a empoisonné, affirme-t-il dans son délire. Peut-être suggère-t-il qu'il a été contraint d'avaler du poison pour éviter ce que les autorités lui réservent. À Londres. »

Maleverer planta sur moi un regard perçant et émit un grognement.

« Très bien. Le cuisinier peut être pour le moment placé dans l'ancienne cellule de Broderick au château pendant que je vérifie dans quelles conditions il a obtenu son poste actuel. Et je vais envoyer une missive à l'archevêque à propos de Radwinter... Vous n'avez rien dit à Radwinter au sujet de la disparition des papiers, n est-ce pas ? ajouta-t-il en plongeant son regard dans le mien.

— Non.

— Ni à personne d'autre ?

— Pas un mot. Comme vous l'avez ordonné.

— Je vais devoir aviser le Conseil privé de l'incident, grogna-t-il. Le cortège a quitté Leconfield et se dirige vers York. Je devrais pouvoir le rejoindre assez vite. Il faut que j'obtienne des instructions. » Il se laissa aller contre le dossier de son fauteuil et regarda par la fenêtre, sans cesser de triturer le pain de cire, qui opposait une certaine résistance. D'un geste impatient, Maleverer finit par le jeter bruyamment sur le bureau au milieu de ses papiers. « Que se passe-t-il, Dieu du ciel ? s'écria-t-il avec colère. On a l'impression d'avoir affaire à un esprit qui vole dans les airs et hante librement Sainte-Marie et le château d'York, traverse les portes verrouillées et assassine qui bon lui semble. Et le roi s'installe ici demain. Le roi d'Écosse est également attendu. Au fait, la nouvelle est officielle. Voilà pourquoi on a érigé les pavillons et dressé les tentes. Bien que personne ne connaisse la date de son arrivée. » Il me fixa. « J'ai accru la sécurité. Le roi doit savoir qu'il existe un problème. Tudieu, cela va le mettre dans une de ces colères !

— La créature que nous avons entraperçue dans la salle du chapitre était bien de chair et d'os, sir William. Je ne comprends pas comment quelqu'un a pu parvenir jusqu'à Broderick au château, mais les événements prouvent que l'assaillant évolue ici comme chez lui, y compris au Manoir du roi. Un inconnu ne peut pénétrer à Sainte-Marie sans laissez-passer. À l'évidence il s'agit de quelqu'un qu'on s'attend à voir se déplacer à l'intérieur aussi bien qu'à l'extérieur du bâtiment, quelqu'un dont la présence n'attire pas l'attention.

— Ce qui signifie que sa présence représente un danger pour le roi.

— Toutefois, si quelqu'un s'était introduit dans le manoir dans le but d'attenter aux jours du roi, se manifesterait-il en attaquant et en tuant des victimes à Sainte-Marie ? »

Il opina du chef, caressant à nouveau sa barbe noire, avant de pousser un petit éclat de rire. « Votre cervelle fonctionne bien, monsieur l'avocat, je vous l'accorde. Même si le fait d'avoir perdu ces papiers fera maudire votre nom par ceux qui nous gouvernent. Vous risquez encore d'en subir les conséquences… Vous préféreriez sans doute rentrer à Londres, j'imagine, ajouta-t-il avec un sourire glacial.

— En effet.

— Vous craignez peut-être que la personne qui vous a assommé ne se livre à une nouvelle tentative. Eh bien, tant pis ! vous demeurerez ici jusqu'à nouvel ordre. Et vous continuerez à vous occuper de Broderick. » La pluie tambourina soudain sur la fenêtre et Male verer tourna la tête d'un air agacé. « Le roi refusera de chevaucher par ce temps. Lui et la reine voyageront en litière, ce qui ralentira le mouvement… Ellerton ! » cria-t-il d'une voix si forte que je sursautai. Il ordonna au commis de faire seller son cheval. « Et vous, nous enjoignit-il, dites à Leacon d'organiser le transport de Broderick jusqu'ici par un détachement de gardes. Ils devront utiliser un chariot, attacher le prisonnier dedans et recouvrir la voiture d'une bâche. Je ne veux pas qu'on l'aperçoive dans la ville. Vous pouvez l'accompagner tous les deux jusqu'à sa nouvelle cellule. Et moins il y aura de gens au courant de son transfert, mieux ça vaudra

Nous redescendîmes l'escalier pour gagner la grande salle aux plafonds ornés de magnifiques peintures, aux murs tendus de tapisseries éclatantes et meublée de dressoirs garnis de vaisselle d'or.

Armés de balais et de pelles, des serviteurs enlevaient la poussière et les derniers copeaux de bois afin que la salle soit d'une propreté impeccable. Debout près d'un mur, Craike remuait des papiers sur son écritoire portative. Je ne pus m'empêcher de penser que si quelqu'un pouvait déambuler sans attirer l'attention dans le domaine de Sainte-Marie, c'était bien lui. Et personne ne pouvait jouir d'un accès plus facile aux clefs, à l'église du monastère ou à tout autre lieu.

« Salut, mon ami ! lui lançai-je. Tout est fin prêt ?

— Ah, Shardlake et le jeune Barak ! » Il nous regarda d'un air un peu gêné, me sembla-t-il. « Seigneur Dieu, tu as un énorme bleu...

— En effet. Bien que ce soit mon cou qui me fasse mal.

— Je suis désolé de ce qui t'est arrivé. Connaît-on le coupable ?

— Pas encore. Comment va ton travail ?

— C'est un vrai cauchemar, soupira-t-il. Je suis debout depuis trois heures du matin pour mettre la touche finale à tout ce qui doit être prêt avant demain. Messire Dereham, le secrétaire de la reine, affirme qu'il a droit à un logement dans la meilleure auberge d'York. » Il sortit un document de son écritoire et le brandit. « Il s'avère que ce n'est pas le cas, ce qui va entraîner moult récriminations.

— Messire Dereham ? Un grand freluquet en vêtements criards ? On l'a aperçu hier.

— C'est un voyou, mais un ami d'enfance de la reine qu'elle a connu jadis à Horsham. Elle a voulu qu'il soit son secrétaire. Et les désirs de la reine sont des ordres.

— Tu n'as pas l'air d'accord. »

Il haussa les épaules. « La reine Catherine est une petite écervelée. Elle est trop jeune et trop nigaude, à mon avis, pour la haute position qu'elle occupe. Elle est assez gentille, mais elle ne s'intéresse qu'aux toilettes et aux bijoux. Le roi, en revanche, est fou amoureux d'elle.

— Tu l'as déjà rencontrée ?

— Je l'ai juste aperçue.

— On dit que le clan des conservateurs en matière de religion plaçait de grands espoirs en son mariage avec le roi mais qu'ils sont déçus à présent. »

Il hocha la tête. « Contrairement à Jeanne Seymour, elle n'est pas femme à chuchoter à l'oreille du roi que les anciennes pratiques étaient bien meilleures. C'est le bruit qui court, en tout cas... », conclut-il, craignant peut-être d'en avoir trop dit.

« Vous lui faites confiance ? demanda Barak pendant que nous traversions la salle.

— Ici, je n'ai pas le sentiment de pouvoir faire confiance à quiconque. »

Sous le porche, une rafale de vent chargée de pluie nous heurta de plein fouet. Dans la cour régnait un tohu-bohu de tous les diables. La bourrasque avait renversé l'une des trois tentes. Un amas de magnifiques toiles tissées de feuille d'or était malmené par le vent, les tapis et les beaux rideaux en damas se retrouvant désormais exposés aux éléments. Des ouvriers s'efforçaient désespérément de soulever la toile, tandis qu'un jeune homme, sans doute Lucas Horenbout, le décorateur du roi, contemplait la scène en vociférant. Son exaspération atteignit son comble au moment où, en marchant sur une tapisserie d'une immense valeur, un manœuvre y laissa une empreinte boueuse.

Nous trouvâmes le sergent Leacon dans sa guérite. Une fois de plus, je fus impressionné par l'efficacité du jeune sous-officier, qui ordonna qu'on forme un détachement de soldats et qu'on aille chercher un chariot. Pendant qu'il organisait les opérations, Barak et moi attendîmes dans le corps de garde et regardâmes les manœuvres ramasser la toile de tente et l'emporter pour la faire nettoyer.

« Maleverer me cause du souci, déclara Barak. Il ne nous aime pas, il est impitoyable et jouit de puissants soutiens. C'est le genre à se défausser sur nous si ça tourne mal.

— C'est vrai. Tu as raison… » L'arrivée du sergent Leacon me fit taire. Il passa la main dans ses cheveux blonds bouclés que la pluie avait plaqués sur son front.

« On est allés chercher tout ce qu'il faut. Maître Barak pourrait-il aider à ramener le chariot ? Il y a beaucoup de boue près de l'entrepôt. »

Barak acquiesça d'un signe de tête. Le sergent lui expliqua comment se rendre sur les lieux, et Barak partit sous la pluie d'un pas assez guilleret. Je souris à Leacon. « Eh bien, sergent, il semble que les missions que nous confie sir William nous mettent constamment en présence. Vous devez assurer la sécurité de Broderick.

— Cela me changera du travail de sentinelle, monsieur.

— De quelle partie du Kent venez-vous ? demandai-je pour faire la conversation.

— De Waltham. Mais ma famille est originaire du Leacon, à quelques milles de là.

— D'où votre nom, n'est-ce pas ? J'ai lu qu'après la Grande Peste beaucoup de gens sont partis s'établir ailleurs, tout en conservant le nom de leur ancien lieu d'habitation.

— C'est exact.

« — Je connais un peu le Kent. Il y a quelques années, j'ai travaillé sur un dossier complexe à propos des limites entre diverses propriétés près d'Ashford. Des cartes contradictoires accompagnaient les différents actes de transmission et sur place il régnait une extrême confusion dans le libellé des titres de propriété. »

Leacon secoua la tête. « Le travail des avocats est singulier, monsieur. Je suis bien placé pour le savoir, hélas !

— Vraiment ? fis-je en le fixant avec intérêt.

— Si... Peut-être pourriez-vous m'aider, d'ailleurs, ajouta-t-il avec hésitation.

— Avec plaisir, si ça relève de mes compétences.

— Il existe une querelle à propos de la ferme de mes parents. Ma famille est propriétaire de la terre depuis des générations. Elle lui avait été donnée par le prieuré local il y a plus d'un siècle. Mais, depuis que le prieuré a été dissous, le nouveau propriétaire prétend que la terre lui appartient et que le don du prieuré comporte un vice de forme. »

Je hochai la tête avec sympathie « Depuis la dissolution, un grand nombre de revendications de cette nature ont vu le jour. Parfois, la documentation des petits monastères était défectueuse. Mais après une aussi longue jouissance... Bien qu'il me soit impossible de donner des conseils sans voir les papiers.

— On aurait pu penser que ces nouveaux propriétaires fonciers se seraient contentés d'acheter à bas prix un nombre si important de terres appartenant aux moines.

— Les gens avides de terres ne sont jamais satisfaits. Vos parents ont-ils consulté un homme de loi ?

— Ils n'en ont pas les moyens. Mon oncle les aide, car il sait lire alors qu'eux sont illettrés. Cela me cause du souci d'être posté si loin d'eux.

— Oui. Je vois que vous les aideriez de toutes vos forces. » Je me mordis les lèvres en me rappelant l'hypothèque exorbitante prise sur la ferme de mon père dont il ne s'était même pas senti capable de me parler. « Je vous souhaite bonne chance ! » Soudain une pensée me traversa l'esprit qui me coupa le souffle.

« Vous avez eu une idée ? demanda-t-il, plein d'espoir.

— Non, m'empressai-je de répondre. Mon cou me fait un peu mal, c'est tout. » Mais il ne s'agissait pas de cela. La mention de certains noms et l'évocation de mon séjour dans le Kent m'avaient remis en mémoire le nom de l'un des districts où j'étais inter venu : Braybourne. Nom qui s'était peut-être altéré en « Blaybourne » en devenant un patronyme.

On nous avait fourni un petit chariot à hauts bords tiré par deux chevaux et muni d'une grande bâche. Barak, le sergent et moi-même marchions à côté, accompagnés de six soldats armés de piques qui nous frayaient un chemin parmi la foule. En dépit du vent et de la pluie, la ville était plus animée que jamais, si près de l'arrivée du cortège royal.

Je m'étais attendu à des protestations de la part de Radwinter au moment où je lui parlerais de la décision de Maleverer. Or, malgré la lueur d'amertume qui apparut dans ses yeux, il se contenta de hocher la tête. Suivant les indications de Leacon, il défit les longues chaînes qui attachaient Broderick au mur, sans lui ôter les menottes. Le prisonnier, qui semblait toujours très faible, gémit en reprenant conscience. J'aperçus un éclat de terreur dans ses yeux quand il découvrit les têtes casquées des soldats au-dessus de lui.

« On vous emmène à Sainte-Marie, lui dis-je d'un ton calme. Pour votre propre sécurité. » Il m'adressa un sourire amer mais resta coi.

Ses jambes tremblaient fortement pendant qu'il descendait l'escalier pour gagner le chariot, rendant son déplacement difficile. Sans doute était-il loin, le temps où il avait fait plusieurs pas d'affilée… Je fus surpris de constater qu'il était petit, plus petit que moi, en fait. Quand nous sortîmes à l'air libre, il s'arrêta un court instant, se raidit pour affronter le vent et la pluie, levant les yeux vers les nuages – camaïeu de gris sale – qui filaient dans le ciel. Il aspira une grande bouffée d'air, ce qui manqua le faire défaillir.

« Prenez garde ! » fis-je au soldat qui le rattrapait par le bras. Broderick fixa quelques instants le squelette de son ami Robert Aske se balançant dans le vent, puis me gratifia du même rictus que tout à l'heure.

« Qui vous a empoisonné ? lui murmurai-je.

— Le roi Henri », répondit-il avec un petit gloussement.

Je poussai un soupir. « Faites-le monter dans le chariot. Il va attraper la fièvre à rester en plein air. » Soudain très pâle, il était seulement à moitié conscient lorsque les soldats le soulevèrent et le déposèrent délicatement au fond du chariot, où l'on avait pensé à placer quelques coussins. Ça sentait la pomme à l'intérieur, odeur ménagère incongrue dans l'atmosphère sinistre de notre tâche. Les soldats recouvrirent le prisonnier et nous partîmes. L'escorte militaire donnait à penser qu'on escortait jusqu'à l'abbaye des objets de grande valeur. Je regardais la foule de passants fouettés par la pluie : s'ils savaient que Broderick gît au fond du chariot, combien d'entre eux, me demandais-je, se précipiteraient pour le délivrer ?

16

J E MARCHAIS AVEC BARAK LE LONG DE FOSSGATE, l'une des principales rues de la ville, au milieu d'une foule qui se rendait à la répétition publique du spectacle musical qu'on devait donner le lendemain soir devant le roi. Le vent et la pluie avaient cessé à la tombée de la nuit, mais la rue était boueuse, jonchée de feuilles et de brindilles, et la lune faisait luire les seuils des maisons et les vitrines mouillés. Une foule joyeuse, plus joyeuse que celles que j'avais vues à York jusque-là, se dirigeait vers le palais de la corporation des marchands aventuriers.

J'avais décidé d'accompagner Barak à la répétition plutôt que rester à me morfondre dans la résidence, avec de noires pensées et les commentaires injurieux des clercs pour seule compagnie. Barak portait son plus beau pourpoint vert, surmonté d'un joli col de chemise orné de dentelles. Nous avions tous les deux les joues lisses, libérées de presque une semaine de barbe – les barbiers attachés au cortège étant arrivés cet après-midi-là à Sainte-Marie. Une massive opération de rasage avait eu lieu afin que tous les hommes aient le meilleur aspect possible pour accueillir le souverain. J'avais revêtu ma plus belle robe mais coiffé mon vieux bonnet. J'avais eu toutes les peines du monde à faire tenir la plume sur le nouveau et préférais ne plus le porter avant l'arrivée du roi, le lendemain. Cette pensée me donna une soudaine crampe à l'estomac.

Nous passâmes devant la cathédrale, dont l'intérieur était vivement éclairé, les immenses vitraux aux éclatantes et lumineuses couleurs se détachant contre le ciel sombre.

« Regarde ! lançai-je à Barak.

— Oui. Tout est fin prêt pour l'arrivée du roi », répondit-il en jetant un coup d'œil aux vitraux.

Au moment où je relevais ma robe, deux apprentis traversèrent une flaque d'eau en courant et nous éclaboussèrent en poussant de grands cris.

Barak eut un sourire narquois. « Hier soir, j'ai entendu dire dans les tavernes que les dernières instructions concernant le nettoyage des ordures causent de graves problèmes. Il est désormais interdit de jeter quoi que ce soit dans la rivière, afin qu'elle dégage une bonne odeur pour le roi. Autrement dit, ceux qui ne possèdent pas de fosse d'aisances doivent tout garder dans leur arrière-cour, laquelle va dégager une pestilence sordide, alors qu'au même moment on leur demande de décorer les façades de leur maison.

— Le mécontentement règne, par conséquent. »

Il opina du chef. « La plupart des Yorkais sont absolument contre la visite du roi.

— Tu as donc su éviter les ennuis hier soir.

— Oui. J'ai suivi un groupe de charpentiers. La majorité d'entre eux venaient de Londres mais il y avait également des Yorkais. Comme ils sont bien payés, eux sont tout à fait contents de la venue de Sa Majesté. On a évité les tavernes où on n'aime pas les Sudistes... J'ai vu quelque chose d'intéressant, cependant, ajouta-t-il en se tournant vers moi.

— Quoi donc ?

— On traversait un quartier miséreux de la ville et, alors qu'on passait devant des tripots, à éviter, selon les charpentiers, qui croyez-vous que j'aie vu entrer dans une masure minable située dans une ruelle ?

— Je donne ma langue au chat.

— Messire Craike. Quoiqu'il ait porté une cape noire et une toque, le clair de lune m'a permis de reconnaître son gros visage. Il avait une étrange expression figée.

— Il t'a vu ?

— Non. Je suis sûr que non.

— Craike..., fis-je, l'air songeur. C'est la dernière personne que j'aurais soupçonnée de fréquenter la nuit des tripots louches. Que pouvait-il bien faire là ?

— Peut-être faudrait-il lui poser la question ? »

J'opinai du chef. Juste à ce moment-là nous débouchâmes sur la place où se dressait la Corporation des marchands aventuriers. C'était un large et impressionnant bâtiment ancien de trois étages, précédé d'un parvis pavé où se massaient déjà une multitude de gens. Devant l'édifice on avait érigé une scène, fermée par des rideaux et flanquée de torches allumées. Vêtus de leurs robes, des membres de la corporation se tenaient par petits groupes parmi la foule. J'aperçus un certain nombre d'hommes riches au milieu de leur suite : l'avant-garde du cortège. Le parvis était bordé de sergents du guet vêtus de l'uniforme de la ville. De petits détachements de soldats étaient postés sur le seuil des maisons, leur plastron étincelant dans la lumière des flambeaux. Je me rappelai ce que Maleverer avait annoncé à propos de l'accroissement de la sécurité.

Un jeune homme au visage grave vêtu d'une robe d'avocat s'approcha de nous et inclina le buste. « Confrère Shardlake...

— Confrère Tankerd. » Je reconnus le sénéchal qui s'était trouvé au Guildhall, l'avant-veille. « Comment les choses vont-elles ?

— Je pense que tout est enfin prêt. L'attente a été si longue que j'ai du mal à croire que le roi sera vraiment parmi nous demain. » Il rit nerveusement. « Et que je ferai un discours devant lui. J'imagine que sir James Fealty est satisfait des requêtes...

— Oui.

— J'avoue que j'ai quelque appréhension.

— Comme tout le monde, je suppose.

— Ce sera merveilleux de voir le roi. Il paraît que lorsqu'il était jeune c'était le prince le plus magnifique de toute la chrétienté : beau, grand et fort.

— Ça, c'était il y a plus de trente ans. »

Il scruta mon visage. « Vous avez une vilaine plaie, là, monsieur.

— En effet, répondis-je en ajustant mon bonnet. Il faudra que j'essaye de la cacher demain.

— Et votre enquête sur maître Oldroyd, où en est-elle ? demanda-t-il, l'air très intéressé.

— Sir William Maleverer l'a prise en main lui-même. »

Il fut appelé par quelqu'un et s'excusa. Je me tournai alors vers Barak, qui se démanchait le cou pour voir par-dessus la foule.

« Où est-elle donc ? marmonna-t-il.

— La jeune Reedbourne ? Là-bas », dis-je en désignant un groupe de courtisans un peu plus loin. Je reconnus lady Rochford, qui, le visage animé, était en train de raconter quelque histoire à un petit groupe de dames. Comme toujours, son expression avait un je-ne-sais-quoi de fiévreux, de surexcité. Flanquée de Tamasin, Jennet Marlin se tenait à quelques pas de là, fixant d'un air désapprobateur la scène où devait se dérouler le spectacle, tandis que Tamasin jetait des regards curieux alentour.

J'eus un haut-le-corps en reconnaissant près de lady Rochford un petit homme soigné aux traits fins et délicats, vêtu d'une riche robe de fourrure, qui parlait à Dereham, le jeune secrétaire de la reine. Il s'agissait de sir Richard Rich, chancelier de la Cour des augmenta-tions, dont je m'étais fait un ennemi, l'année d'avant, et qui avait soutenu Bealknap, mon adversaire dans mon procès à la cour de la chancellerie. Même si je savais que je pourrais rencontrer Rich en ce lieu, sa présence me causa un choc.

Barak l'avait aperçu, lui aussi. « Ce crétin, marmonna-t-il.

— Je ne tiens pas à lui parler, sauf si je ne peux faire autrement.

— Alors, avec votre permission, je vais vous quitter pour aller rejoindre Tamasin. Rich ne se rappellera pas un type ordinaire comme moi.

— D'accord.

— Prenez garde aux coupeurs de bourses », fit-il avant de se frayer un chemin à travers la foule en direction de Tamasin. Seul, je me sentais soudain vulnérable. Gare aux coupeurs de bourses, soit. Ainsi qu'aux coupe-jarrets…

Des musiciens étaient apparus sous le porche du palais, portant des sacquebutes et des luths. Un homme en robe de choriste fit monter sur la scène un groupe de gamins bavards. Ils disparurent derrière le rideau.

« Voilà mon fiston Oswald ! » cria derrière moi une voix de femme, stridente. Je changeai de position, regrettant de ne pouvoir m'asseoir car ma nuque me faisait à nouveau mal. Je repensai soudain au nom de Blaybourne et à un certain endroit du Kent. Devrais-je en parler à Maleverer ? S'il existait un rapport entre le Kent et ce Blaybourne, peut-être devrait-il être mis au courant, car York était déjà plein de soldats originaires du Kent et des centaines d'autres allaient arriver le lendemain. Je pressentais toutefois que Maleverer ne serait guère ravi de découvrir que je n'avais pas chassé ce nom de mon esprit.

« Confrère Shardlake. » Je sursautai en entendant une voix grave à mes côtés, puis souris en me retournant.

« Confrère Wrenne. Comment allez-vous, monsieur ? »

Le vieil avocat portait son bonnet et son épais manteau, et je remarquai une canne sur laquelle il semblait lourdement s'appuyer.

« Je suis un peu raide, ce soir. Et vous ? Maleverer m'a dit que vous aviez été attaqué après que je vous ai quitté hier. Le contenu du vieux coffret que vous aviez trouvé chez Oldroyd vous aurait été dérobé…

— Je vais bien. On m'a seulement assommé.

— Est-ce une plaie que vous avez là ? Ç'a l'air douloureux.

— Ce n'est rien. J'ai été désolé d'apprendre que sir William vous avait interrogé. »

Il eut un sourire narquois. « Oh, Maleverer ne me fait pas peur J'ai répondu à ses questions, puis je suis reparti.

— Il a traité cruellement le jeune apprenti d'Oldroyd.

— Madge me l'a raconté. Tout York en parle. Mais la corporation des verriers cherche une autre place pour le jeune Green.

— J'en suis fort aise.

— Je me rappelle l'époque où sir William n'était que le petit cadet d'une vieille famille parmi d'autres, qui, après la rébellion, cherchait à obtenir du pouvoir en jouant des coudes et en roulant les épaules.

C'est un homme d'une ambition dévorante. Comme beaucoup d'hommes soupçonnés de bâtardise.

— C'est un fils illégitime ?

— À ce qu'on dit. Ce n'est pas un vrai rejeton de la famille Maleverer. Ses parents faisaient partie du cortège qui a accompagné Margaret Tudor en Écosse, quand elle a épousé le père du roi d'Écosse actuel, il y a quarante ans. Sa mère aurait eu une liaison là-bas.

— Vraiment ?

— Maleverer est poussé par un besoin irrésistible de réussite sociale. Mais un de ces jours il en fera trop, car il manque de subtilité. » Il fit un geste de la main, pour écarter l'ombre de Maleverer, la grosse émeraude de sa bague étincelant dans la lumière des torches. « J'ai décidé de venir voir la représentation. J'ai prié Madge de m'accompagner mais elle a refusé, sous prétexte que ce serait un spectacle païen.

— Il ne s'agit que d'un divertissement musical.

— Soit. Mais elle désapprouve l'utilisation des musiciens et de certains accessoires des mystères. En matière de religion elle fait partie des traditionalistes yorkais. » Il eut un bon sourire. Les lumières de la scène soulignaient les rides profondes de son visage.

Le rideau commença à bouger. Les discussions animées de la foule se calmèrent et seuls quelques chuchotements persistèrent au moment où fut révélé un décor merveilleux. La toile de fond peinte représentait une clairière dans un bois, un ciel bleu et, se profilant derrière une chaîne de montagnes et un arc-en-ciel aux couleurs éclatantes. Suspendus au plafond du dais par des fils invisibles, des nuages de papier glissaient d'un côté à l'autre. Les musiciens formaient un demi-cercle autour des petits choristes.

« Ce sont les petits chanteurs de noëls, m'expliqua Wrenne en souriant tristement. J'aime les mystères d'York depuis mon enfance. Il y a cependant des réformateurs qui voudraient les faire interdire, sous prétexte que ce sont, eux aussi, des manifestations superstitieuses.

— Oui. C'est dommage.

— Quelle meilleure manière de raconter aux illettrés les histoires bibliques, la vie du Sauveur ? » Je me rendis alors compte que Wrenne était un homme de foi, ce que moi je n'étais plus guère.

Les musiciens accordaient leurs instruments. Les chuchotements cessèrent et, au milieu du silence, j'entendis lady Rochford s'écrier d'un ton aigu, surexcité : « Mais c'est vrai ! Anne de Clèves était si innocente qu'elle croyait qu'un simple baiser... » Je me retournai, comme d'autres spectateurs, et la vis s'empourprer et se mordre la

182

lèvre. Voilà une idiote qui ne sait pas tenir sa langue, pensai-je. J'aperçus Barak en pleine discussion avec Tamasin, puis sir Richard Rich qui me fixait d'un air songeur. Je me tournai de nouveau vers la scène, car la musique commençait à se faire entendre.

Les habiles musiciens jouèrent un choix de joyeux morceaux. Puis les petits choristes entonnèrent un chant :

Bienvenue à York, grand roi souverain
Clairières ensoleillées et sombres monts t'accueillent,
Tu apportes la justice et la grâce,
Le pardon pour nos lourds péchés.
Et la lumière pour chasser la pluie, dissiper l'obscurité,
Afin que revienne la prospérité.

Déplacés par leurs fils, les nuages de papier s'écartèrent et un éclatant soleil jaune apparut, tandis que l'arc-en-ciel montait de plus en plus haut.

« Espérons que demain ils n'auront pas à chanter cela sous une nouvelle averse ! » chuchota Wrenne.

D'autres chants suivirent, tous exaltant la loyauté du Yorkshire, son repentir pour ses péchés passés et sa joie à la pensée que le roi venait apporter la justice et la prospérité. Je parcourus la foule du regard. Beaucoup suivaient le spectacle avec enthousiasme, mais d'autres, surtout les corpulents Dalesmen, gardaient les bras croisés, un sourire ironique sur les lèvres. Après une demi-heure il y eut un entracte, le rideau descendit et des vendeurs de pâtés apparurent, transportant leur marchandise sur des plateaux qui me firent penser à la petite écritoire de Craike. Tournant la tête, je vis que Wrenne me considérait d'un air sombre.

« Confrère Shardlake, connaissez-vous la durée du séjour du roi ? On a annoncé la venue à York du roi d'Écosse, or personne n'a ouï dire qu'un cortège devait quitter l'Écosse.

— Non. Je n'en ai aucune idée. »

Il hocha la tête. « Il va rester ici quelques jours, par conséquent. J'aimerais le savoir car j'ai des dispositions à prendre. » Il inspira profondément, puis posa sur moi un regard grave. « Puis-je me confier à vous, monsieur ?

— Bien sûr.

— Voyez-vous, j'ai l'intention de retourner à Londres avec le cortège. Afin de me rendre aux écoles de droit à la recherche de mon neveu, Martin Dakin. »

Je le regardai avec étonnement. « Ne vaudrait-il pas mieux écrire d'abord, puisqu'il y a eu une querelle de famille ? »

Il secoua vigoureusement la tête. « Non, c'est peut-être la dernière occasion qui s'offre à moi. Je suis désormais trop âgé pour me rendre seul à Londres. Au cours des ans, j'ai rendu bien des services à un grand nombre d'Yorkais. Y compris à notre ami Maleverer, avant son ascension. Je pense pouvoir obtenir une place dans le cortège.

— Malgré tout... après une querelle de famille...

— Je dois absolument voir mon neveu ! »

Je fus surpris par son ton, d'habitude serein et harmonieux, soudain si passionné. Une grimace déforma brusquement son visage. Je lui saisis le bras. « Confrère, vous ne vous sentez pas bien ? »

Il posa sur moi un regard sombre, puis, à mon grand étonnement, m'attrapa la main. « Tenez ! fit-il. Palpez mon ventre. Là, sur le côté. » Déconcerté par sa demande, je le laissai placer ma main sur son bas-ventre et découvris à cet endroit quelque chose d'étrange, une petite boule dure. Il me lâcha la main.

« Là... C'est une grosseur qui croît chaque jour et qui maintenant commence à me faire mal. Mon père avait la même chose, et un an après il est mort de la dégénérescence qu'entraîne ce genre d'enflure.

— Un médecin... »

Il fit un grand geste d'impatience. « J'ai consulté plusieurs médecins. Ils ne savent rien et ne peuvent rien faire. Mais je me rappelle ce qui s'est passé chez mon père. Je ne reverrai pas jouer un autre mystère de printemps. »

Je le fixai, médusé. « Confrère Wrenne, je suis désolé...

— Personne ne le sait. À part Madge. Toutefois... » Il poussa un profond soupir, puis se remit à parler sur son ton serein habituel. « Vous comprenez pourquoi je ne peux, à mon avis, voyager tout seul jusqu'à Londres. Si je pouvais aller avec le cortège jusqu'à Hull, puis continuer jusqu'à Londres par petites étapes ou même par bateau, ce serait plus facile. Et si vous pouviez m'accompagner, me soutenir si je tombais malade, ce serait extrêmement réconfortant. » Il me regarda d'un air suppliant. « C'est beaucoup demander, monsieur, mais j'ai pensé que vous accepteriez de m'aider.

— Confrère Wrenne, répondis-je avec chaleur, je vou. aiderai du mieux que je pourrai.

— Et peut-être, à Londres, pourrez-vous me guider jusqu'à Gray's Inn, me montrer le chemin. Voilà cinquante ans que je ne suis pas allé dans notre capitale et il paraît que la ville s'est beaucoup étendue. Veuillez m'excuser de vous dire cela, monsieur, mais... » Il me fit un triste sourire. « ... je crains que l'heure ne soit venue où je suis contraint de demander de l'aide.

— Je m'occuperai de vous. Je suis extrêmement désolé...

— Non ! s'écria-t-il d'un ton farouche. Pas de pitié, je ne le supporte pas. J'ai vécu bien plus longtemps que la plupart des hommes. Quoiqu'il vaille toujours mieux ne pas voir la mort venir à sa rencontre. J'aimerais revoir Martin, faire la paix avec lui. C'est la seule affaire importante que je n'ai pas terminée.

— Bien sûr.

— Mon père était fermier, là-bas, vers Holderness. Il fondait sur moi de grands espoirs et a travaillé dur pour pouvoir m'envoyer étudier le droit.

— Le mien aussi était fermier. À Lichfield. Je l'ai enterré juste avant de venir à York. Je… ne me suis pas bien occupé de lui durant ses vieux jours.

— J'ai du mal à croire que vous n'ayez pas été un bon fils.

— Je l'ai laissé mourir tout seul. »

Wrenne eut un regard vague quelques instants, comme s'il plongeait profondément en lui-même, puis son visage prit une expression résolue. « Quand mon fils est mort, déclara-t-il, et qu'aucun autre enfant n'est venu pour le remplacer, durant quelque temps je n'ai pas été facile à vivre. C'est peut-être pourquoi je me suis disputé avec les proches de ma pauvre femme. Je veux me réconcilier avec Martin. Il est ma seule famille. »

Je lui saisis le bras. « Nous le trouverons, monsieur. Barak peut retrouver n'importe qui à Londres. »

Il sourit. « Je ne savais pas que vous étiez fils de fermier. C'est peut-être pourquoi nous nous entendons si bien, ajouta-t-il d'un ton gêné.

— Peut-être, en effet.

— Je suis désolé de vous accabler de mes soucis.

— Je vous suis reconnaissant de vous être confié à moi.

— Merci. Dorénavant, appelez-moi Giles. En ami.

— Matthew. » Je lui tendis la main. Il la serra si fortement que je me dis qu'il n'allait peut-être pas mourir, qu'il pouvait se tromper. Il me tapota le bras, puis se retourna pour regarder les rideaux s'ouvrir à nouveau. Un jeune choriste, maquillé et travesti en noble dame, commença alors à chanter une complainte d'amour.

Je rentrai seul à Sainte-Marie. Les révélations de Giles m'avaient enclin à la solitude, et fait oublier le danger que je courais. Je pensai à la querelle de famille du pauvre Wrenne. J'avais l'impression qu'il s'agissait d'une grave dissension. Et qu'en avait pensé sa défunte femme ?

« C'étaient de beaux chants, hein ? » Je fis une brusque volte-face et découvris Barak à mes côtés. Flanqué de la jeune Tamasin, il était de joyeuse humeur. Elle levait vers lui son charmant visage empourpré Oui, pensai-je, tu es parvenue à tes fins, comme souvent les jolies filles. Jennet Marlin marchait de l'autre côté. On avait l'impression

185

qu'elle mâchonnait du fromage aigre, les boucles brunes qui tressautaient sur son front lui donnant en même temps un air étrangement enfantin. Cette femme me rappelait vraiment Suzanne, mon amie d'enfance.

« Assez beaux, répondis-je.

— Je suis certaine que le divertissement plaira au roi, affirma Tamasin en souriant. Peut-être sera-t-il également donné à Sainte-Marie pour le roi d'Écosse, bien que ce soit dommage que les préparatifs aient été, en fait, réalisés pour lui. Nous avions pensé que la reine était enceinte, qu'on ferait une annonce et qu'elle serait peut-être couronnée. Elle est très jolie, monsieur.

— Réellement ?

— Extrêmement jolie. Je l'ai vue plusieurs fois, même si je ne lui ai jamais parlé, bien sûr. » Elle essayait de m'amadouer. Barak me regarda, cherchant sans doute à jauger mon humeur, puis il lui donna un petit coup de coude. « Allons, fit-il, nous bloquons le passage, à marcher à quatre de front. » Il la fit passer devant moi, me laissant avec Mlle Marlin, qui me gratifia d'un sourire dénué de chaleur

« Eh bien, lui demandai-je, avez-vous aimé le spectacle ?

— Pas vraiment, répondit-elle, en me fixant de ses grands yeux sombres. Je dois vous parler », ajouta-t-elle. Elle désigna du menton le dos de Tamasin et de Barak. « Cela m'ennuie que votre valet continue à faire la cour à la jeune Reedbourne. À York, elle se trouve sous ma responsabilité. Surtout après avoir été traînée de la sorte chez sir William.

— C'est la conduite de mam'selle Reedbourne qui a causé ces ennuis, pas celle de Barak.

— En tant qu'homme, c'est lui qui détient l'autorité.

— Mam'selle Reedbourne me semble tout à fait capable de se débrouiller toute seule. Vous la connaissez bien, mademoiselle Marlin, vous devriez le savoir. Elle s'habille très bien », ajoutai-je en regardant sa belle robe verte.

Son ton devint encore plus désapprobateur. « Je ne trouve pas raisonnable qu'ils se fréquentent. Et votre valet m'a tout l'air d'un singe lascif. Tamasin est encore jeune et elle n'a personne au monde pour la protéger. Sa mère est morte. Il est de mon devoir de m'occuper d'elle. » Elle me regarda fixement. « Je dois la protéger de ceux qui cherchent à la fréquenter dans le seul but de trouver un emploi à la Cour. Quant à ses vêtements, sa grand-mère, qui était sa tutrice, lui a laissé un peu d'argent. Elle n'est pas dépensière, elle souhaite seulement être élégante.

— Vous jugez fort mal mon assistant, rétorquai-je d'un ton brusque.

— Vraiment ? Les serviteurs de la Cour constituent une belle prise, car ils gagnent extrêmement bien leur vie. » Elle plissa à nouveau les lèvres comme si une dent cariée l'élançait.

— Je doute que Barak ait pensé un seul instant à cet aspect des choses… Je lui verse un assez bon salaire, ajoutai-je.

— Je vois beaucoup de cupidité à la Cour, monsieur.

— Je n'en doute point. Mais nous n'avons rien à voir avec la Cour. Nous sommes des juristes londoniens. »

Elle planta sur moi un regard perçant. « Mais vous jouissez également de contacts à la Cour, me semble-t-il. Il paraît que vous vous présenterez demain devant le roi.

— En effet. Pour lui remettre les placets. » J'aurais préféré qu'elle ne me le rappelle pas.

« Et j'ai entendu dire que vous travaillez directement pour sir William Maleverer. »

Je fronçai les sourcils. « Où avez-vous entendu dire ça ? »

Elle haussa les épaules. « Le monde des serviteurs royaux est petit.

— Il s'agit d'affaires juridiques, rétorquai-je d'un sec. Et quel rapport cela a-t-il avec Barak et mam'selle Reedbourne ? » Devant nous, Barak se pencha tout près de Tamasin et lui murmura quelque chose qui la fit partir d'un rire perlé. Mlle Marlin leva les yeux sur eux, puis, se tournant vers moi, me lança un regard empreint d'une sorte de haine. Cela me ramena plus de vingt ans en arrière, quand Suzanne, dans ce sentier de campagne, avait dardé sur moi ce même regard de rage insensée.

« Vous faites partie de ceux qui font carrière au service de l'État pour se remplir les poches, déclara-t-elle d'un ton perfide. Et tel maître, tel valet.

— Comment osez-vous ? » répliquai-je avec colère. Nous nous étions presque arrêtés et des gens nous contournaient en pressant le pas. Elle me fit face.

« Je crois que, tel Maleverer, vous faites partie des ambitieux qui ont utilisé la réforme pour gravir les échelons.

— Par ma foi, dame, vous avez une langue fort acérée pour une inconnue ! Que savez-vous de ma vie et en quoi cela vous regarde-t-il ? »

Loin d'être ébranlée, elle me fixa droit dans les yeux. « J'ai entendu Tamasin et votre valet évoquer votre carrière. Comment vous étiez jadis un réformateur, protégé par lord Cromwell. Mais votre zèle a tiédi, désormais, cela saute aux yeux. Comme à tant d'autres, tout ce qui vous importe aujourd'hui, c'est de préserver votre richesse. »

Des passants se retournèrent pour nous regarder. L'un d'entre eux lança : « Qu'est-ce que vous attendez pour corriger cette pie-grièche, m'sieu !

— Savez-vous pourquoi mon pauvre Bernard est enfermé dans la Tour ? poursuivit Mlle Marlin sans se démonter. Parce que des gens de Londres aimeraient qu'il soit condamné pour complot et papisme afin de s'emparer de ses terres ! De ses terres ! hurla-t-elle comme une folle.

— Je compatis à votre douleur, mademoiselle, dis-je d'un ton calme. Mais je n'y suis pour rien. Ne vous targuez pas de lire dans mes pensées et de connaître ma carrière ! Je ne tolérerai pas ce genre d'insolence et je refuse d'être votre bouc émissaire ! » Sur ce, je tournai les talons et m'éloignai, la laissant seule au milieu de la rue.

Une demi-heure plus tard, j'étais à Sainte-Marie. La tente avait été remontée et, afin d'en ôter la moindre trace de boue, des ouvriers la brossaient à la lumière de bougies. Je pénétrai dans le manoir. Tout était fin prêt pour l'arrivée du roi. Un grand silence régnait dans les lieux, les rares serviteurs et courtisans présents s'entraînant à se déplacer d'un air compassé et respectueux, attitude obligatoire lorsque le roi réside quelque part. Un garde me conduisit au bureau de Maleverer. Il était toujours au travail, la lumière de la bougie faisant ressortir la blancheur de son gros visage encadré par la barbe noire. Il leva la tête, la mine agacée.

« De quoi s'agit-il à présent ?

— J'ai pensé à quelque chose, monsieur.

— Eh bien ? »

Je lui parlai de mon travail à Ashford et du nom de Blaybourne qui m'était revenu en mémoire. « J'ai pensé que vous deviez être mis au courant, monsieur, vu le nombre d'hommes originaires du Kent parmi les gardes. »

Il poussa un grognement. « Il était donc du Kent, n'est-ce pas ? Eh bien, cela s'accorde avec ce que nous savons. Intéressant… » Sa bouche se tordit en un sourire sardonique. « … mais peu utile. Edward Blaybourne est mort longtemps avant votre naissance ou la mienne, messire Shardlake. J'ai vu le Conseil privé cet après-midi et j'ai beaucoup appris sur lui… Secret confidentiel, ajouta-t-il, en plantant sur moi un regard dur.

— Alors je regrette de vous avoir dérangé.

— Un membre du Conseil privé a été chargé de s'entretenir avec vous demain. Pour évaluer ce que vous savez, vous rappeler de garder le silence, et vous réprimander, vu votre manque de bon sens. » Il paraissait avoir repris confiance ; sans doute avait-il réussi à convaincre le Conseil privé que tout était ma faute.

« Vous êtes toujours chargé de Broderick. Rendez-lui visite avant d'aller vous coucher. Je veux que vous le voyiez au moins une fois par jour pour vous assurer de sa santé. Demandez à un garde de vous accompagner jusqu'à sa cellule.

— À vos ordres, sir William.

— J'ai tancé maître Radwinter et lui ai conseillé de ne plus commettre la moindre erreur. » D'un geste de la main il me signifia que l'entretien était terminé, puis me lança un regard mi-amusé, mi-cruel.

Un garde me conduisit jusqu'aux bâtiments monastiques groupés autour de l'église. C'est là que logeaient et travaillaient jadis les moines de Sainte-Marie. La plupart des pièces étaient désormais inhabitées et vidées de leur mobilier, à part certaines où l'on avait placé des lits pour recevoir la troupe attendue le lendemain. Le garde me mena le long d'un étroit corridor dallé situé au centre du labyrinthe. Nous nous arrêtâmes tout au bout, devant une solide porte percée d'un judas vitré à barreaux, par lequel filtrait la lueur d'une bougie. Deux des hommes du sergent Leacon qui nous avaient accompagnés au château plus tôt montaient la garde.

« Comment va-t-il ? demandai-je.

— Il reste tranquillement allongé, monsieur. Le médecin est revenu et a dit qu'il allait mieux.

— Dieu soit loué ! Où est Radwinter ?

— Avec lui pour le moment. Voulez-vous que je vous fasse entrer ? »

J'opinai du chef et il déverrouilla la porte. Broderick dormait, allongé sur ses couvertures. Radwinter était accroupi à côté du prisonnier, dont il scrutait le visage, l'air concentré et furieux. Il tourna la tête en m'entendant entrer et se mit sur pied avec une souplesse que je lui enviai.

« Il paraît qu'il va mieux, dis-je simplement.

— Il dort. Et je dois dormir dans sa cellule. Je suis même forcé de partager son pot de chambre. Sir William montre ainsi son mécontentement.

— A-t-il dit quelque chose ?

— Non. Il était conscient tout à l'heure. Je lui ai demandé ce qui s'était passé, mais il a seulement répété ses balivernes à propos du roi qui l'aurait empoisonné. Si j'avais les mains libres, je saurais le mettre sur la sellette et lui faire perdre sa superbe.

— Si c'était aussi facile que ça, on ne le transporterait pas jusqu'à Londres. »

Il planta sur moi ses yeux brillants d'un éclat glacial. « Il y a toujours moyen de terroriser quelqu'un et de le ramener à de meilleurs sentiments, messire Shardlake. Il suffit de trouver la méthode adéquate. »

Je repris le chemin de notre résidence. Quelques clercs étaient cette fois encore en train de jouer aux cartes. Je leur fis un bref salut avant de frapper à la porte de la cabine de Barak.

« Oui ?

— C'est moi. Je voudrais te parler. » J'entrai dans ma cabine et m'assis sur le lit, soudain épuisé. Barak me rejoignit, l'air guilleret.

 Tu es donc de retour, dis-je. Je pensais que vous auriez trouvé quelque endroit tranquille, toi et la jeune Reedbourne.

— Pas avec Mlle Marlin comme chaperon. Elle avait l'air furieuse quand vous l'avez quittée. Je me suis demandé où vous étiez parti si brusquement.

— Pendant que tu contais fleurette je suis allé rendre visite au prisonnier.

— Comment va-t-il ?

— Radwinter le surveille comme un cerbère Quant à Mlle Jennet Marlin, elle pense que tu cours après Tamasin appâté par son salaire a la Cour.

— La peste soit de cette femme ! s esclaffa-t-il. Elle a peur de perdre Tamasin…

— Pourquoi cette fille compte-t-elle tant pour elle ? demandai-je. Elles n'ont pas l'air faites pour être amies.

— J'ai posé la question à Tamasin. Mlle Marlin apprécie son caractère enjoué, semble-t-il. Elle affirme que ça la distrait de ses ennuis, l'empêche de penser à son galant à la Tour… Qui peut sonder le cœur des femmes ? ajouta-t-il avec un mouvement d'épaules impatient.

— J'ai joui de sa compagnie sur le chemin du retour. Elle semble me détester cordialement. Elle me croit capable de tout pour obtenir un poste ou gagner de l'argent. Elle était dans un tel état d'agitation que je crains qu'elle n'ait perdu la raison.

— J'ai interrogé Tamasin à propos de lady Rochford, dit Barak. Apparemment, toutes les femmes ont peur d'elle, car elle passe son temps à tenir des propos désobligeants sur tout le monde. On raconte qu'elle était payée pour rapporter à lord Cromwell des racontars sur les femmes du roi dont elle était dame d'atour : Jane Seymour, puis Anne de Clèves.

— Et Catherine Howard ?

— Apparemment, elle et la reine sont devenues très proches, mais Tamasin affirme que la reine ne devrait pas lui accorder la moindre confiance. Mlle Marlin n'aime pas, elle non plus, lady Rochford. Elle prétend qu'elle n'a aucune morale.

— Qui en a dans cette Cour ? Cette pharisienne de Jennet Marlin est une naïve, à mon avis… Bon, que vas-tu faire pendant que j'accueillerai le cortège demain ? Voir à nouveau Tamasin ? soupirai-je.

— Elle sera occupée à préparer l'arrivée de la reine. Il se peut que je me rende en ville pour assister à l'entrée du cortège. » Il se tourna vers moi. « Tamasin vous a trouvé un peu cassant avec elle quand on a parlé de la reine.

— Je n'arrive pas à oublier ses manigances. En outre, j'avais appris de mauvaises nouvelles. » Je lui parlai de la maladie de Giles Wrenne et de son souhait de me voir l'aider à retrouver son neveu.

Il frissonna. « Le malheureux vieux bougre ! Il n'a pas de chance.

— Je lui ai promis que tu le soutiendrais toi aussi à notre retour à Londres.

— Oui, fort bien. Il me tarde d'y être à nouveau.

— Moi aussi. » Je me tus un instant puis repris : « Mlle Marlin m'a dit que Tamasin était orpheline. Sa mère est morte, mais elle n'a pas évoqué le père. Apparemment, elle a hérité un peu d'argent de sa grand-mère.

— Tamasin ne sait pas qui était son père. Sa mère a toujours refusé de le lui révéler. C'était sans nul doute quelqu'un de la Cour, seul univers connu de sa mère, qui travaillait dans l'atelier de couture de la reine. Elle a une vague idée, mais aucune certitude.

— Oh, oh !

— Songeries de gamine », dit-il, l'air gêné.

Je souris. « Elle s'imagine fille d'aristocrate, peut-être ? » Il haussa les épaules, mais je compris que j'avais vu juste. « Tu continueras à voir Tamasin quand chacun sera rentré chez soi ? demandai-je d'un ton faussement désinvolte.

— Peut-être. »

Moi, j'en suis sûr, pensai-je. Je te crois fou amoureux, pour la première fois peut-être de ta vie de jouisseur. Cela remettait-il en question son intention de travailler avec moi ?

« Tamasin a vu la reine, vous savez, déclara-t-il.

— Je sais. Elle me l'a dit.

— D'après elle, la reine est plus gamine que femme. Les choses ne se passent pas très bien parce qu'elle a procuré un poste à son vieux compère Dereham, et voilà qu'il survient ici et essaye de donner des ordres à lady Rochford à propos de l'installation de la reine. Tamasin affirme que la vieille sorcière est furibonde. »

Je haussai les épaules. Que m'importaient les rumeurs qui couraient dans la maisonnée royale ?

Il se tut un instant, avant de reprendre d'un ton plus grave : « J'ai repensé à messire Craike... Que pouvait-il bien manigancer hier soir ? »

Je hochai la tête lentement. « Si quelqu'un est libre d'aller et venir à Sainte-Marie, c'est bien lui. Et il était déjà sur le pied de guerre à l'heure matinale où Oldroyd a été assassiné. Vu son poste, il lui serait facile de se procurer des clefs. Celles de la salle du chapitre, par exemple.

— Pourtant, comme vous l'avez dit, on n'a rien trouvé sur lui lorsqu'on l'a fouillé.

— Et s'il avait un complice ? D'abord ils entreprennent Oldroyd, qui refuse de remettre les documents. Alors ils le tuent. Ensuite, je débarque au Manoir du roi avec ces papiers...

— Et le complice vous assomme et s'enfuit, tandis que Craike reste sur place. Mais pourquoi ne pas vous avoir achevé, puisqu'ils savent que vous avez vu au moins certains de ces documents ?

— Je l'ignore, dis-je d'un ton sombre. Malgré tout, je ne vois pas Craike participant au complot. Je ne pense pas qu'il ait les nerfs assez solides pour se lancer dans une aventure si périlleuse. Et quel rapport cela a-t-il avec Broderick ? Est-ce que ce sont les mêmes personnes qui ont tenté de l'empoisonner ?

— Pourquoi donc ? Si elles sont du même bord, celui des conspirateurs ?

— Peut-être a-t-il demandé qu'on lui apporte du poison, dis-je lentement. Pour le moment il parle par énigmes. Si on lui fournit le moyen de se suicider, cela l'empêche à coup sûr de faire des révélations. Mais comment s'y est-on pris ? » Je me concentrai quelques instants, fronçant les sourcils. « Ces maudits papiers, je pense qu'ils contiennent quelque chose qui a beaucoup de valeur pour les conspirateurs. Cela ne fait d'ailleurs aucun doute, puisque le Conseil privé s'en préoccupe. Des conjurés recherchent ces documents et tentent en outre de se débarrasser de Broderick pour qu'il ne puisse pas avouer quoi que ce soit.

— S'il s'agit de conjurés, pourquoi Oldroyd ne leur a-t-il pas remis les papiers ?

— Peut-être ne leur faisait-il pas entièrement confiance. Grand Dieu, ils lui ont infligé une mort affreuse ! Moi, ils m'ont épargné, volontairement ou involontairement. J'espère qu'ils avaient l'intention de m'épargner, Dieu du ciel ! » Je pris une profonde inspiration.

« Un membre du Conseil privé doit m'interroger demain, sans doute après la présentation des placets au roi. La perspective n'est pas réjouissante...

— Il se peut qu'on nous renvoie chez nous », dit Barak.

Je fis un sourire ironique. « C'est ce que j'espère. Ça ne me gênerait pas, même si le renvoi est déshonorant. Je veux me laver les mains de toute cette histoire. Peste soit de Cranmer pour m'avoir mêlé à l'affaire Broderick ! » J'étirai les bras au-dessus de ma tête. « Seigneur Dieu, Barak ! m'exclamai-je d'un ton passionné Comme j'aimerais être à après-demain ! »

17

JE FUS RÉVEILLÉ PAR LES CHANTS DES COQS. Pas un ou deux, mais des dizaines, ce qui produisait une incroyable cacophonie. Je demeurai perplexe quelques instants avant de comprendre qu'il s'agissait des coqs de combat parqués dans l'église du monastère. Dans toutes les cabines à l'entour les dormeurs toussaient, geignaient ou maudissaient les volailles.

Le soleil se levait dans un ciel absolument bleu, et lorsque j'ouvris la fenêtre je sentis de l'air chaud pour la première fois depuis mon arrivée à York. Comme l'avait promis la chanson, le roi avait chassé la pluie. Voilà ce qu'auraient dit les superstitieux. Pour la première fois, ce matin-là, l'énorme clocher de l'immense église n'était pas enveloppé de brume. La flèche pointait vers le ciel, tel l'immense doigt d'un squelette.

Je revêtis ma plus belle robe, ajustai le parement de fourrure, puis mis ma calotte et, par-dessus, mon nouveau bonnet dont j'avais réussi à remplacer l'épingle. Après l'avoir placé avec soin, le bord penché vers la gauche pour dissimuler la plaie, je sortis de ma cabine.

Partout, les clercs lissaient leurs vêtements et se regardaient dans des miroirs d'acier poli. On n'entendait pas le badinage habituel ; tout le monde avait l'air grave et préoccupé, chacun réfléchissant à l'avance au rôle qu'il devait tenir. Vêtu de son pourpoint rouge, Barak s'appuyait contre la porte de sa cabine et contemplait les clercs, un sourire ironique aux lèvres.

« Qu'est-ce que tu fais ? demandai-je.

— J'observe ces gaillards. J'ai décidé de vous attendre pour voir si vous vouliez prendre le petit déjeuner au réfectoire. Vous devriez manger un morceau, car vous ne savez pas quand vous pourrez déjeuner.

— Oui, allons prendre le petit déjeuner ! acquiesçai-je, ému par sa sollicitude. Comment me trouves-tu ?

— Apprêté. Ça ne vous ressemble pas. Mais la plaie est bien dissimulée. »

Nous traversâmes la cour pour gagner le réfectoire, où se pressaient commis et délégués officiels de second rang, qui, comme nous, se sustentaient tant qu'ils en avaient encore l'occasion. Les charpentiers étaient sans doute encore tous au lit, à présent que leur travail était enfin terminé. Là non plus on ne parlait guère et l'atmosphère était un peu tendue. Tout le monde sursauta et tourna la tête quand un valet d'écurie laissa tomber sur le sol une assiette de viande froide. « Sangdieu ! s'écria-t-il, y a de la graisse sur toute ma fichue tunique, maintenant... »

« Certains ont les nerfs en pelote, ricana Barak.

— C'est facile à dire pour toi, murmurai-je. Ne t'épuise pas trop à te balader en ville », ajoutai-je ironiquement, au moment où nous nous séparions sur les marches du réfectoire. Il m'adressa un salut moqueur et je me joignis au flot ininterrompu des gens élégants qui se dirigeaient vers le manoir. J'avais l'impression de me trouver sur un navire en partance pour une contrée lointaine et inconnue.

Dans la cour, le soleil levant faisait luire les feuilles d'or tissées sur la toile des tentes et le plastron de métal poli des soldats, qui, coiffés du casque à aigrette et la hallebarde dressée, montaient la garde devant les pavillons. Les bannières ainsi que les drapeaux écossais et anglais flottaient dans le vent chaud. Des garçons d'écurie faisaient sortir des chevaux de l'église, les sellaient et les attachaient dans l'attente de l'arrivée des maîtres, chaque animal portant un numéro autour du cou. Je cherchai des yeux Genesis. En vain.

Près du manoir, des dizaines d'hommes en pourpoints, robes et manteaux aux vives couleurs bavardaient en petits groupes. De temps en temps on entendait un éclat de rire nerveux. Je pénétrai dans le manoir.

À l'intérieur, droits comme des piquets, des soldats au garde-à-vous bordaient les murs de la grande salle. Dans les deux escaliers, des serviteurs peinaient à monter les divers éléments d'un grand lit destiné aux chambres à coucher du roi et de la reine. Lady Rochford et Dereham, le secrétaire de la reine, apostrophaient deux ouvriers qui s'efforçaient de manœuvrer une énorme tête de lit en bois richement décoré dans l'étroit passage menant aux appartements de la reine. Lady Rochford, le visage recouvert d'une épaisse couche de céruse blanche qui cachait son teint rougeaud, portait une robe de brocart rouge fleurdelisé, agrémentée d'un petit sac aromatique garni de bijoux accroché à la taille.

« Vils manants ! criait-elle d'une voix suraiguë. Vous allez érafler le

195

bord ! Messire Dereham, surveillez-les ! Moi, je dois aller me préparer.

— Je suis secrétaire, pas intendant », grogna-t-il. De près, sa mine me déplut. Il avait assez fière allure dans sa courte veste doublée de castor, au-dessus d'une énorme braguette en or, mais son beau visage étroit avait un air fuyant.

« Eh bien, allez quérir le chambellan de la reine ! » lui lança lady Rochford par-dessus son épaule en passant près de moi à vive allure. Je regardai l'autre escalier, où un groupe de manœuvres se débattaient avec un matelas si large et si épais qu'il menaçait de retomber sur eux et de les étouffer.

Je sentis un petit coup vif dans les côtes. Pivotant sur mes talons je découvris le visage renfrogné de sir James Fealty, vêtu d'une robe de riche brocart aux épaules rembourrées et garnie de larges parements de fourrure, qui lui tombait jusqu'aux chevilles. Tankerd, le sénéchal, se trouvait près de lui, vêtu comme moi d'une robe noire de bonne facture dont il triturait nerveusement les boutons et portant en bandoulière un havresac bordé d'or qui contenait sans doute son discours. Cowfold, l'assistant de Fealty, tenait les placets, attachés ensemble par un ruban rouge scellé à la cire.

« Que faites-vous là à traînasser ? me lança sir James d'un ton acerbe. Je dois regrouper tout mon monde. Où est le confrère Wrenne ?

— Je ne l'ai pas encore vu.

— Sortons ! Vous devriez être près de vos chevaux. Confrère Tankerd, cessez de triturer vos boutons, vous allez finir par les arracher. Quant à vos employeurs, je suis furieux d'apprendre leur décision. J'espère qu'ils se rendent compte de sa portée.

— Les échevins refusent catégoriquement de se changer avant d'avoir franchi les portes de la ville. »

Fealty poussa un grognement de mépris puis se dirigea vers la sortie. Comme nous lui emboîtions le pas, je jetai au sénéchal un regard de commisération. Le visage de Fealty s'éclaira un peu, malgré tout, en apercevant Giles Wrenne au bas des marches du perron, tandis qu'à une distance respectueuse un garçon d'écurie tenait trois chevaux par les rênes. L'un d'eux était Genesis, qui poussa un petit hennissement de plaisir en me voyant.

« Bonjour Matthew ! » me lança le vieil homme d'un ton joyeux. Il n'avait plus du tout l'air malade. Sa nouvelle robe lui donnait fière allure et son chapeau incrusté de pierreries, haut de forme, à l'ancienne mode, marquait une certaine originalité.

Sir James, dont la fine et longue barbe flottait dans le vent léger, insista pour porter lui-même les requêtes qui se trouvaient dans les sacoches accrochées sur le grand cheval de Wrenne. Une fois que tout fut réglé et que nous fûmes tous en selle, il désigna la porte de l'enceinte. « La délégation de la ville attend à l'extérieur. Vous chevaucherez avec elle jusqu'à Fulford, au signal des gardes. » Son regard passa de l'un à l'autre d'entre nous. « Rappelez-vous tout ce que je vous ai dit, ne me faites pas honte ! » Nous attendîmes qu'un groupe de courtisans passe près de nous et franchisse la porte ; parmi eux se trouvaient lady Rochford et Rich. Comme nous nous apprêtions à les suivre, j'entendis quelqu'un crier : « Bonne chance, messire Shardlake ! » Me retournant, j'aperçus Tamasin Reedbourne, qui contemplait la scène depuis le perron. Une fois de plus, elle portait une nouvelle robe élégante, bleue et orange ce jour-là. J'esquissai un salut de la main. Mais combien donc lui restait-il de l'héritage de sa grand-mère ? ne pus-je m'empêcher de me demander.

De l'autre côté de la porte d'enceinte, le Bootham fourmillait de cavaliers, tous vêtus de leurs plus beaux habits. J'estimai leur nombre à près de deux cents. En tête je reconnus le maire, dont le visage était presque aussi rouge que sa robe. Nous fîmes halte près d'eux et attendîmes. Un peu plus loin se trouvait un groupe d'une trentaine de soldats montés sur des chevaux aux caparaçons richement ornés.

J'étudiai le visage de Wrenne. Il regardait tout avec un enthousiasme qu'il semblait chercher à maîtriser. « Que de monde ! m'écriai-je. Qui sont-ils tous ?

— Les échevins et les dirigeants des corporations. Ainsi que les petits nobles de l'Ainsty. Notre troupe devrait s'ébranler sous peu.

— À propos du changement de vêtements des échevins, quel est le problème ? demandai-je à Tankerd.

— On leur a enjoint de se présenter au roi en vêtements humbles et sombres, signe qu'ils regrettent leur participation à la rébellion d'il y a cinq ans. Mais ils ont refusé catégoriquement de se changer avant d'être sortis de la ville, afin d'éviter les moqueries de leurs administrés. Puisque cela se passera en plein champ, sir James craint qu'ils ne salissent leurs vêtements en se changeant. Ç'a causé moult soucis au maire, Hall, acculé qu'il était entre le conseil municipal et le sieur Fealty. »

Quelque chose papillota devant mes yeux et je compris que le satané plumet s'était une fois de plus desserré. J'ôtai mon bonnet et triturai l'épingle, prenant bien garde de ne pas briser la délicate hampe de la plume. Puis le capitaine des gardes cria : « En avant ! En avant ! » et je dus le renfoncer sur ma tête au moment où tout le monde se mettait en branle. Nous suivîmes la procession des échevins qui passaient sous l'arcade de Bootham Bar, les sabots des chevaux des soldats martelant le sol derrière nous.

Si la ville était déserte, les Yorkais nous regardaient défiler par leurs fenêtres, où l'on apercevait des têtes se presser les unes contre les autres. Durant la nuit, la chaussée avait été recouverte de sable et de cendres pour assourdir le bruit des sabots, et au fur et à mesure que nous avancions des hommes armés de râteaux se précipitaient derrière nous pour remettre à niveau la couche. Dans certaines rues, des guirlandes de roses blanches avaient été accrochées d'un côté à l'autre, et ici et là, de rares tentures ou draperies aux couleurs vives flottaient aux fenêtres. Je me rappelai le récit de Giles à propos de la débauche de couleurs avec laquelle les Yorkais avaient pavoisé leur ville pour la visite du roi Richard III et des foules qui avaient accouru pour le voir.

« Au fait, où en est l'enquête sur la mort de maître Oldroyd ? me demanda Tankerd.

— C'est le coroner du roi qui est chargé de l'enquête.

— Vu l'agilité de ce maître verrier, il est étrange qu'il soit tombé dans son chariot. Certains Yorkais affirment qu'on a dû le pousser pour le faire basculer de son échelle, mais c'est impossible, non ?

— Je n'en sais rien, répondis-je, mal à l'aise.

— Il y a eu toute une série d'accidents à Sainte-Marie, n'est-ce pas ? Cela doit préoccuper Maleverer…

— En effet.

— Vous participez toujours à l'enquête ?

— Non. Plus maintenant. »

Nous nous dirigions vers une autre porte, Fulford Gate sans doute, ornée de guirlandes. Allait-on y reclouer les têtes et les morceaux de corps humains une fois le roi passé ?

Quelques maisons éparses s'égaillaient au-delà de la porte, mais très bientôt nous nous retrouvâmes en rase campagne, au milieu de verts pâturages et de champs labourés que la pluie de la veille avait parsemés de flaques d'eau. La route avait été réparée, les fondrières comblées.

Un peu plus loin, quelques chariots étaient garés sur le bas-côté, surveillés par des valets et six soldats. Parvenus à leur hauteur, les échevins mirent pied à terre. Dans un silence pesant, ils ôtèrent leurs riches habits pour enfiler une longue robe de couleur sombre aux reflets fauves, qu'ils prirent dans les chariots. Il était insolite de voir le maire Hall, le visage rougeaud et renfrogné, se dévêtir et passer ses maigres bras blancs dans les manches de l'austère robe. Les valets rangèrent les beaux habits et les bonnets dans des cartons placés sur les chariots. À l'évidence, les édiles devaient rester tête nue. Je détournai mon regard sur les champs et j'aperçus au loin un paysan qui, à la tête d'un attelage de bœufs, effectuait le premier labour d'hiver. Je pensai soudain à mon père.

Le capitaine sortit avec précaution une petite pendule portative de sa sacoche. « En avant ! » lança-t-il à nouveau. Les échevins se remirent en selle et nous avançâmes jusqu'à une grosse croix de pierre blanche qui se dressait au bord de la route. À cet endroit, des barrières avaient été abattues pour créer un espace libre empiétant sur les pâturages de chaque côté. Le capitaine descendit de cheval et alla se jucher sur le piédestal de la croix. D'une voix de stentor il ordonna à tous de mettre pied à terre et de s'aligner par rangées de vingt, les échevins en tête, les personnes ayant une fonction officielle comme Giles et moi d'un côté, et les autres derrière. Giles sortit les placets de son havresac et me les donna.

« Tenez ! Vous devez les garder jusqu'à l'arrivée du roi. Rappelez-vous de me les remettre alors. » Je hochai la tête et les serrai contre ma poitrine, regrettant qu'ils soient si lourds. Tankerd accrocha son havresac bordé d'or en bandoulière et alla rejoindre les échevins. Un tic nerveux agitait ses sourcils. Les garçons d'écurie rassemblèrent les chevaux et les conduisirent dans les pâturages. Le capitaine inspecta notre groupe avant d'aller se placer à notre tête, l'œil fixé sur la route de Fulford.

« Maintenant il nous faut attendre », murmura Giles. Je m'étirai la nuque, grimaçant sous le coup d'un douloureux élancement.

Toute cette grande assemblée scrutait en silence la route qui s'étendait devant nous. Seul était perceptible le cliquetis de la chute des feuilles sur les bas-côtés. Au loin, dans le champ, là où les chevaux avaient été conduits, un édifice de bois tout en longueur enveloppé d'une toile marron avait été dressé. À quoi cela allait-il servir ? Derrière la toile, un groupe de serviteurs manœuvraient de longues planches dans lesquelles étaient percés de loin en loin des trous de la taille d'une tête humaine. On eût dit des carcans pour plusieurs condamnés. Je regardai Giles, qui haussa les épaules. Je soulageai mes bras en déplaçant les lourdes liasses de requêtes.

Il faisait chaud, désormais, et je perçus l'odeur de sueur de nos compagnons qui commençaient à transpirer dans leurs robes. Je touchai mon chapeau pour m'assurer que la satanée plume était toujours en place, plaignant les malheureux échevins, contraints de rester nu-tête en plein soleil, tel le maire Hall, qui passa à ce moment-là la main sur son crâne chauve.

Nous entendîmes le cortège avant de le voir : roulement de tonnerre dans le lointain de plus en plus sonore, produit par des milliers de sabots, comme je le compris soudain. Puis une énorme tache brune apparut à l'horizon au-dessus d'une légère élévation de terrain. Elle s'étendait lentement dans notre direction, couvrant la large route d'un bord à l'autre, tel un immense tapis que l'on déroulait à perte de vue. Le claquement tonitruant des sabots emplissait l'air, faisant s'envoler les oiseaux des arbres. Je discernai la forme de centaines de chariots à hauts bords, tirés par des attelages de chevaux de trait. Deux rangées de soldats en tunique rouge caracolaient de chaque côté, genou contre genou. En tête, un éblouissement de couleurs se résolut en une foule de cavaliers vêtus de somptueuses robes. Les chevaux qu'ils montaient étaient aussi richement harnachés. Comme je plissais les yeux dans l'espoir d'apercevoir le roi, des trompettes résonnèrent dans le cortège, et la gigantesque cavalcade s'arrêta brusquement à environ un quart de mille. Le claquement des sabots s'estompa, cédant la place à une rumeur de voix qui montait et descendait comme la mer, percée de temps à autre par des ordres hurlés. Pendant ce temps, nous attendions en silence sous le regard des soldats. Je sentais que tous ceux qui m'entouraient maîtrisaient difficilement leur surexcitation. Même Giles, ses yeux bleus brillant de curiosité, paraissait tendu. Il intercepta mon regard et sourit. « Eh bien, s'écria-t-il, ça y est ! »

Lady Rochford, Rich et d'autres courtisans se détachèrent du groupe des Yorkais, se dirigèrent vers le cortège et disparurent dans la foule chamarrée qui se trouvait en tête. Le silence dura encore quelques instants. Puis les choses commencèrent à bouger Les soldats qui nous accompagnaient chevauchèrent en tête pour s'aligner de chaque côté de la route entre nous et le cortège royal. Alors plusieurs silhouettes sortirent de la masse des personnes somptueusement apprêtées qui nous faisaient face et s'avancèrent lentement à pied. D'abord, six hérauts, dont la tunique rouge arborait le blason du roi – lys et léopards – vinrent se poster à côté des soldats, brandissant leur longue trompette où étaient accrochées des oriflammes aux lumineuses couleurs. Ensuite, deux garçons d'écurie vêtus de vestes bariolées de vert et de blanc amenèrent deux chevaux et s'arrêtèrent devant nous, un peu sur le côté. De grandes draperies richement brodées recouvraient le corps des deux bêtes, tandis que les franges et les glands d'or cousus sur les harnais de velours noir étincelaient dans le soleil. Si l'une des deux montures, une jument grise était d'assez bonne taille, l'autre, un magnifique destrier, était gigantesque. Je compris soudain qu'il s'agissait des chevaux d'apparat du roi et de la reine.

Seuls ou par deux, les avant-coureurs du roi ne cessaient d'arriver, portant la tension à son comble. Mon col était trempé de sueur. Le vieux chambellan, paré de son immense épée officielle à pommeau d'or, s'avança et se plaça devant nous. Des gentilshommes et des dames vêtus de violet et d'or se rangèrent derrière lui. Parmi eux je remarquai un homme très grand, au torse puissant et au large visage encadré d'une barbe brune en bêche comme celle de Maleverer. Je devinai à son aspect qu'il s'agissait de Charles Brandon, duc de Suffolk, le pair qui avait organisé le voyage royal. Membre du Conseil privé, il devait avoir été informé de l'affaire Oldroyd, de Blaybourne et de la perte des papiers. Tressaillant soudain, je me demandai si le roi en avait lui aussi été instruit.

Un groupe de garçonnets à cheval, les enfants d'honneur en tunique et bonnet jaune et vert, s'approchèrent et firent halte devant nous. Toute une foule de courtisans aux visages impassibles nous faisaient maintenant face ; leurs vêtements n'étaient que tourbillons de couleurs éclatantes, leurs bonnets et leurs robes étincelaient de bijoux. La plus extrême tension ne pouvant, bizarrement, durer qu'un certain temps, mon esprit revint au laboureur que j'avais aperçu un peu plus tôt, et je pensai aux myriades de fois où mon père avait dû marcher derrière la charrue. Serait-il fier s'il me voyait là, sur le point de rencontrer le roi ?

Je fus brusquement ramené à la réalité par le silence subit. Tout murmure, tout bruissement cessa dans le cortège. Les hérauts embou- chèrent leur trompette et produisirent de longues notes à l'unisson. On entendit alors derrière nous un froissement d'étoffe lorsque les échevins tombèrent à genoux. Tankerd fit un pas en avant et s'agenouilla lui aussi. Giles et moi ôtâmes nos bonnets et l'imitâmes. L'herbe était humide sous mes genoux.

Deux silhouettes avancèrent vers nous. Un furtif coup d'œil me permit d'apercevoir un homme énorme flanqué d'une petite jeune fille en lamé argent, des pieds à la tête. Je me découvris et inclinai très bas la tête au moment où le roi et la reine approchaient, leurs pas résonnant dans le silence complet qui régnait désormais sur la campagne. Un léger grincement au passage du roi me rappela ce qu'on disait : il portait des corsets pour contenir son embonpoint.

Le couple royal s'arrêta à environ six pieds de nous. Agenouillé, la tête baissée, je ne pouvais voir que l'ourlet de la robe de la reine, constellée de minuscules joyaux de toutes les couleurs, ainsi que les bas-de-chausses blancs et les souliers à bout carré blancs ornés d'une boucle d'or du roi. Ses cuisses avaient la taille de celles d'un taureau. Il s'appuyait en marchant sur une canne incrustée de pierreries qu'il enfonçait lourdement dans les cendres de la route. Le bonnet écrasé contre les placets que je serrais sur ma poitrine, je restai agenouillé sur le sol, mon cœur battant la chamade.

« Yorkais, je suis disposé à vous entendre faire acte d'allégeance ! » La voix qui sortait de ce corps imposant était étrangement haut perchée, presque grinçante. Toujours à genoux, le sénéchal Tankerd déroula un long parchemin. Les yeux levés vers le roi, il prit en tremblant une profonde inspiration et ouvrit la bouche, mais fut incapable d'émettre le moindre son. Puis il recouvra ses esprits, surmonta cet atroce mutisme et se mit à déclamer d'une voix forte et claire un discours d'avocat :

« Très puissant et victorieux prince... »

Ce fut un long discours prononcé sur un ton d'abject abaissement :

« Nous, vos humbles sujets, qui avons si gravement et traîtreusement offensé Votre Majesté par un acte déloyal de rébellion, promettons et jurons, avec sincérité et fidélité, de vénérer et de craindre Votre Royale Majesté, jusqu'au total épanchement du sang qui bat dans nos cœurs... »

Je n'osai lever la tête, bien que mon cou me fît mal à nouveau. Dans cette pénible position agenouillée, mon dos aussi me faisait souffrir. Je jetai un coup d'œil de biais à Giles... Comme il courbait sa grosse tête presque jusqu'au sol, je ne pouvais pas voir son expression. Tankerd parvint enfin à la péroraison :

« En signe de soumission, Gracieux Souverain, nous vous remettons notre serment, signé par tous les présents. »

Il inclina très bas le buste et tendit le grand parchemin à l'un des enfants d'honneur qui s'approcha pour le recevoir.

Puis ce fut au tour du maire d'avancer, chargé des deux coupes très ornées que j'avais aperçues au Guildhall. Il s'agenouilla et, par de nouvelles paroles de plate soumission, supplia le roi d'accepter le présent de la ville. Il transpirait abondamment et, les mots se bousculant nerveusement dans sa bouche, je n'arrivais pas à saisir tout ce qu'il disait. Mon attention fléchit à nouveau, jusqu'à ce que Giles me chuchotât à l'oreille : « Vite ! C'est à nous ! » Je sentis une crampe à l'estomac en me levant, la tête toujours baissée, pour suivre Giles. N'était-il pas ridicule que j'en sois réduit à une telle veulerie, alors que j'avais eu jadis pour ami Thomas Cromwell et que j'avais su faire front à Richard Rich et au duc de Norfolk ? Mais la personne devant laquelle je me présentais à présent n'était pas un haut dignitaire ou un aristocrate, mais l'oint du Seigneur sur terre, le chef de Son Église, le gardien de l'âme de ses trois millions de sujets, être surhumain dans toute sa splendeur. Durant ces quelques instants, je croyais à tout cela.

Nous nous arrêtâmes près de Tankerd. Au milieu de cette foule agenouillée, je me sentais affreusement vulnérable. Le roi était si près à présent que, même les yeux baissés, je pouvais apercevoir l'épaisse fourrure de son manteau bougeant légèrement dans le vent, les énormes rubis sertis d'or sur son pourpoint. Je notai aussi que son mollet gauche était plus volumineux que le droit et devinai le bandage croisé, souillé d'une tache jaune, sous le bas-de-chausse blanc. C'est alors qu'une bouffée de vent porta à mes narines une puanteur de tuyau bouché, la forte odeur rance du pus.

Giles déclama de sa voix claire et puissante : « En tant que représentant des citoyens d'York, je supplie Votre Redoutée Majesté d'écouter les requêtes en justice du peuple.

— Soit ! » répondit le roi. Giles se tourna vers moi ; la tête toujours baissée, je lui remis les placets. C'est alors que mon bonnet m'échappa et que la plume s'en détacha au moment où il heurtait le sol. Je n'osai pas le ramasser et le fixai, jurant intérieurement. Giles remit les deux liasses de requêtes aux enfants d'honneur, qui les placèrent dans les mains du roi – de délicates mains blanches dont chaque long doigt était orné d'une bague sertie d'une pierre précieuse. J'entendis un dignitaire s'avancer, à qui le roi donna les placets.

Puis il éclata de rire. « Seigneur Dieu, monsieur ! lança-t-il à Giles de sa voix haut perchée. Vous êtes un beau vieillard. Les hommes du Nord sont-ils tous aussi grands que vous ? » Je levai un tout petit peu la tête, osant jeter un coup d'œil au visage de Wrenne mais pas à celui du roi. Très calme, Giles souriait au monarque. « Je ne suis pas aussi grand que Votre Majesté, répondit-il. Mais qui pourrait atteindre cette hauteur ? »

Le roi partit à nouveau d'un franc rire, sonore et joyeux. « Oyez, oyez ! s'écria-t-il, j'ai dit que ce brave vieillard montrait combien le Nord produisait de beaux gaillards. Voyez l'autre avocat à ses côtés, celui qui a laissé tomber son bonnet ! Je sais que c'est un Sudiste, et regardez comment à côté le malheureux a l'air d'une araignée boursouflée et biscornue ! »

Alors, tandis que les Yorkais qui m'entouraient éclataient d'un rire de courtisans, je levai la tête, ce que j'étais censé faire, maintenant que le roi avait parlé. Il était si grand que j'étais contraint de pencher la tête en arrière pour regarder son visage, surmonté d'un bonnet incrusté de nombreux joyaux. Je découvris une face rougeaude, de grosses bajoues, une frange de barbe rousse grisonnante, une petite bouche plissée sous un imposant nez aquilin. Le roi plantait sur moi ses yeux enfoncés qui rappelaient ceux de Radwinter : bleus, glacials, étincelants, cruels. Je compris qu'il m'avait repéré, connaissait mon identité, et savait que j'étais l'homme qui avait perdu les documents. Il esquissa un signe de tête à mon adresse, tordit sa bouche minuscule en un petit sourire, puis me tourna le dos et, s'appuyant lourdement sur sa canne, se dirigea vers son cheval d'un pas claudi-cant. Je vis alors que la reine Catherine me regardait. Potelée, elle était plus rayonnante de santé que de beauté. Les sourcils froncés, l'air un peu triste, comme si la cruauté du roi la peinait, elle s'éloigna d'un pas vif en direction de son cheval. Derrière moi, je perçus le bruissement général des Yorkais se relevant enfin.

Je me penchai pour ramasser mon bonnet et la plume. Je restai quelques instants rivé sur place, l'esprit vide, médusé et accablé de douleur. Puis je sentis une nouvelle crampe à l'estomac. Je cherchai Giles du regard, mais il était parti. Je vis sa haute silhouette s'éloigner et se fondre dans la foule des Yorkais. Beaucoup me regardaient, ricanant ou souriant d'un air moqueur. Très gêné, Tankerd se tenait toujours près de moi. Je lui saisis le bras.

« Confrère Tankerd, chuchotai-je. Je dois me rendre aux cabinets d'aisances, tout de suite. Où puis-je aller ? »

Pour toute réponse, il désigna la longue baraque dans la prairie. « Là-bas derrière. » Je compris alors à quoi servaient les planches percées de trous. « Mais il va falloir vous presser, car la moitié du conseil municipal vous a précédé. » En effet, des hommes se déta-chaient de la foule des Yorkais, silhouettes en robe brune qui traver-saient la prairie en trébuchant. Je leur emboîtai le pas à vive allure, poursuivi par de nouveaux éclats de rire. J'avais les oreilles en feu. Devant moi, un gémissement de désespoir poussé par un échevin titubant m'apprit que pour lui il était déjà trop tard…

Je repris le chemin de la ville à cheval au milieu des Yorkais, derrière le cortège royal et les soldats mais devant la vaste procession bourdonnante, dont je sentais la menace dans mon dos. Les paroles du roi m'avaient abasourdi… Et comment ne pas prêter attention aux coups d'œil narquois qu'on me jetait en biais ?

Nous passâmes sous Fulford Gate et rentrâmes dans York. Les rues étaient bordées de spectateurs, à présent, retenus par les soldats. J'entendis des vivats plus loin devant nous au passage du roi, mais ils me parurent clairsemés. Je cherchai du regard Barak et Tamasin, sans résultat. Je savais que la cérémonie suivante serait la réception par le roi de ceux qui avaient été directement impliqués dans la rébellion de 1536 mais qui n'avaient pas été exécutés parce qu'on avait besoin d'eux pour des raisons politiques. Ils devraient, disait-on, se traîner sur le ventre devant la cathédrale. Ensuite, le roi entendrait la messe et les cérémonies officielles seraient terminées.

Je n'avais qu'une envie : m'échapper. Je profitai d'une brèche dans la troupe de soldats pour me glisser dans une rue latérale et me diriger vers Sainte-Marie. Les sarcasmes du roi parviendraient jusqu'à

Lincoln's Inn – les médisances des avocats pouvant atteindre la lune. Le souvenir de cette journée me hanterait toute ma vie. Quant au péril que je courais à déambuler seul dans les rues, je n'en avais cure, désormais.

Sans même une petite tape d'adieu, je laissai Genesis à un palefrenier dans l'église et m'éloignai. Giles m'a abandonné à mon triste sort, pensai-je en fronçant les sourcils. N'aurait-il pas dû rester avec moi, prononcer quelques paroles de réconfort afin d'amoindrir un peu ma honte ? Je m'immobilisai, indécis, peu enclin à affronter seul dans ma cabine mes amères pensées. Je décidai d'aller vérifier l'état de santé de Broderick. L'atmosphère de la prison s'accorderait à mon humeur.

Je répondis au salut du garde par un bref signe de tête. Assis sur une chaise devant la porte de la cellule, Radwinter était en train de lire *L'Obédience d'un chrétien*, livre qui vantait le rôle du roi en tant qu'oint du Seigneur. Le geôlier avait recouvré son aspect soigné et sa confiance en lui habituels, notamment parce que ses cheveux et sa petite barbe avaient été taillés par le barbier.

« Comment s'est passée la cérémonie d'accueil du roi ? » demanda-t-il. Je frissonnai. Ses yeux avaient le même éclat vif de cruauté que ceux du roi. Devant ma mine bouleversée, le misérable planta sur moi un regard acéré.

« Assez bien répondis-je d'un ton sec.

— La plume de votre bonnet est de travers. »

J'ôtai mon couvre-chef, l'écrasant entre mes mains. Radwinter me dévisagea avec curiosité.

« Ça s'est mal passé ?

— Tout s'est déroulé comme prévu.

— Le roi était-il d'humeur joyeuse ou sombre ?

— Il était d'humeur extrêmement joyeuse... Comment va Broderick ?

— Il dort. Il a mangé tout à l'heure. Un repas préparé sous mes yeux dans la cuisine particulière de Sa Majesté par le cuisinier du roi en personne. Je l'ai apporté à Broderick et l'ai regardé manger.

— Il vaut mieux que je le voie.

— Très bien. » Radwinter se leva et ôta les clefs de sa ceinture, avant de poser à nouveau sur moi un regard interrogateur.

« Le roi vous a-t-il parlé ?

— Un mot seulement.

— C'est un grand honneur.

— En effet. »

Il sourit. « A-t-il fait une remarque sur votre plaie ?

— Non. Pas du tout. » Je sentais la colère monter en moi.

« Alors, que s'est-il passé ? Il me semble avoir touché un point sensible... Ah ! il a fait un commentaire sur votre bosse ? Je sais qu'il déteste les gens difformes, bien que Will Somers, son bouffon, soit bossu. On le dit superstitieux. Peut-être que vous voir... »

Je me ruai sur lui. Je n'avais pas réagi de la sorte depuis mes années d'études... Je le saisis à la gorge avant de le plaquer violemment contre le mur de pierre. Mais il était plus fort que moi... Il leva la main, me tordit le bras pour se dégager et me projeta contre le mur. Les soldats se précipitèrent vers nous mais Radwinter les arrêta d'un geste.

« Tout va bien, dit-il d'un ton doucereux. Messire Shardlake est d'humeur querelleuse, mais je l'ai bien en main. Inutile de signaler l'incident pour le moment. » Les soldats me regardèrent d'un air perplexe. Appuyé contre le mur, essoufflé, je respirais avec difficulté. Radwinter souriait, aux anges.

« Connaissez-vous la peine encourue pour une bagarre à l'intérieur du domaine de la Cour ? La perte de la main droite. Sur ordre particulier du roi. Et si un homme responsable d'un prisonnier important attaque son gardien... ? » Il secoua la tête, puis me lança un regard de triomphe. « Je vous tiens à ma merci, si je le souhaite, monsieur, reprit-il d'une voix tranquille. N'oubliez pas que les soldats ont été témoins de la scène. » Il éclata de rire. « Je savais qu'il n'y avait qu'à jouer sur votre haine de ce que vous êtes, un bossu éclopé et aigri, pour vous faire perdre la maîtrise de vos nerfs.

— Et vous, vous êtes la mort ! rétorquai-je avec fureur. Vous êtes le grand fléau, le contraire de tout ce qui est bon et vivant sous le soleil ! »

Il partit à nouveau d'un rire joyeux. Soudain, mon courroux me quitta. À quoi bon s'emporter contre cet homme ? Autant se mettre en colère contre un chien enragé. « Ouvrez-moi la cellule ! » dis-je.

Il s'exécuta, m'invitant à passer d'un profond salut moqueur. Je pénétrai avec un véritable soulagement dans le réduit humide. Couché sur sa paillasse, Broderick leva les yeux vers moi. Il était sale et sentait toujours le vomi. Je décidai d'ordonner qu'on le lave. Il fixait sur moi un regard interrogateur ; sans doute avait-il entendu toute la scène qui s'était déroulée dans le couloir.

« Je suis venu voir comment vous allez », dis-je d'une voix blanche.

Il continua à me fixer, puis fit un geste de son bras maigre. « Venez ! Agenouillez-vous près de moi, dit-il, et je vais parler. Il ne pourra pas entendre, cet homme que vous appelez la mort. Cela le mettra hors de lui. »

J'hésitai, puis m'agenouillai avec précaution. Mes malheureux genoux craquèrent. Les yeux de Broderick se posèrent sur le bonnet écrasé que je tenais toujours entre mes mains.

« Le roi a donc été cruel envers vous », murmura-t-il.

Je restai coi.

« Oui, c'est un homme cruel. Il frappe le plus durement possible, par simple plaisir, comme Radwinter, reprit-il. Le sort réservé au pauvre Robert Aske le montre clairement.

— Je ne dis rien contre le roi.

— C'est la Taupe.

— Oublions cette vieille légende ! dis-je d'un ton las.

— Il ne s'agit pas d'une légende, mais d'une prophétie ! rétorqua Broderick. C'est une prophétie. Tout le monde était au courant durant le Pèlerinage de la Grâce. Merlin a annoncé "la Taupe", le tyran qui serait chassé de son royaume ainsi que toute sa descendance. Aucun de ses enfants ne lui succédera. » Je scrutai son visage. Oldroyd avait dit quelque chose de très semblable juste avant de mourir.

Il tendit la main et saisit mon bras avec une force soudaine, puis déclara à voix basse mais d'un ton farouche : « *Un reptile apparaîtra, un Aske*[1] *doté d'un seul œil. Il réunira une belle troupe de chevaliers. Le coq tuera le chapon.* » Son regard brûlant me transperça. « Vous l'avez vue, la créature qui prétend représenter la volonté du Christ sur terre, la créature qui prétend être notre juste maître. Pouvez-vous nier qu'il est la Taupe ?

— Lâchez mon bras, sir Edward.

— La venue d'Aske était annoncée. Robert n'avait qu'un seul œil, il avait perdu l'autre dans un accident.

— Mais c'est Aske qui a été défait, pas le roi.

— Il a semé le grain qui va germer. La Taupe sera tôt ou tard jetée à bas du trône. »

Je dégageai mon bras avec force. « Ce sont des inepties.

— La prophétie est véridique. » Il parlait d'un ton serein désormais, avec assurance. « Le roi tombera, c'est certain. Bientôt, mais sans doute pas avant ma mort. »

Je le regardai droit dans les yeux. « Ce que vous dites s'appelle de la trahison, même s'il s'agit de propos insensés.

— Eh bien, allez-vous-en ! soupira-t-il. Je croyais seulement… que vous aviez vu la vérité à propos du roi. »

---

1. Une salamandre. (*N.d.T.*)

207

Je me relevai avec difficulté. J'éprouvai un certain plaisir à apercevoir Radwinter scruter l'intérieur de la cellule à travers les barreaux, les sourcils froncés. Il m'ouvrit la porte.

« Qu'a-t-il dit ? demanda-t-il d'un ton sec. Que chuchotiez-vous ?

— Rien d'important », répondis-je. Je jetai un coup d'œil à mon bonnet. Il était tout froissé, la plume brisée et les petits grenats pendouillaient. Je tournai les talons et m'éloignai. Je sentis le regard des soldats posé sur mon dos. Ils allaient raconter à Leacon comment j'avais agressé le geôlier.

J'atteignis la résidence. Une fois dans ma cabine, je jetai mon fichu bonnet par terre et le piétinai jusqu'à ce qu'il devienne informe Ensuite, je me laissai tomber lourdement sur le lit.

Je restai là, silencieux, songeant que, durant des années, au fur et à mesure que mon ami d'antan, Thomas Cromwell, s'approchait de la toute première source de lumière, le trône, j'avais eu par ricochet ma minuscule part de gloire. Rencontrer le roi, chef de l'Église, fontaine de la loi et de la justice, constituait le plus grand rêve de tout Anglais. L'espace d'un instant, j'eus le sentiment qu'il m'avait montré ce que j'étais vraiment . une créature méprisable, minable bestiole se traînant sur la terre. Puis la colère bouillonna de nouveau en moi. Je n'avais pas mérité cette atroce humiliation. Peut-être, songeai-je, Broderick avait-il raison. Peut-être Henri VIII était-il vraiment la Taupe, dont le règne de terreur – car c'était bien celle-ci que son règne avait répandue ces dernières années – serait mis à bas. Et pourquoi pas à juste titre…

18

ACCABLÉ DE TRISTESSE, PLONGÉ DANS UNE SORTE D'HÉBÉTUDE, je restai étendu là des heures durant, jusqu'au moment où j'entendis un bruit de pas et de voix. Leur participation aux cérémonies du voyage terminée, les clercs et les avocats revenaient en toute hâte. Surexcités, ils se mirent à discuter ferme autour du feu.

« T'as vu ce gros vieux marchand en sac, rampant sur les pavés ? J'ai bien cru que ses yeux allaient lui jaillir de la tête ! » De toute évidence ils venaient d'assister à l'humiliation des anciens rebelles à la cathédrale devant le roi.

« Oui, il devait relever son ventre pour qu'il ne racle pas les pavés.

— Tu sais à quoi toute cette mise en scène m'a fait penser ? À l'ancienne cérémonie de reptation devant la Croix à Pâques !

— Rafe, surveille tes propos ! Aujourd'hui, ramper jusqu'à la Croix est interdit !

— Je disais seulement... »

Je les écoutais d'une oreille jaser à l'envi. Je n'avais pas l'intention de sortir de ma cabine pour leur faire face. Puis j'entendis une voix familière, celle de Cowfold :

« Vous avez entendu ce que le roi a dit à l'avocat bossu, à Fulford ?

— Ouais. L'un des commis de la mairie me l'a raconté. » Je reconnus la voix de Kimber, le jeune avocat qui m'avait accueilli le soir de notre arrivée. « Il l'a traité d'araignée boursouflée et biscornue, comparé au vieil avocat qui se trouvait à ses côtés. Le commis m'a raconté que Shardlake a blêmi et que son teint est devenu crayeux. Il a fixé sur la reine un regard désespéré comme s'il implorait son aide, avant de s'éloigner d'un pas chancelant.

— C'était cruel, dit une voix.

— Tu parles ! s'écria Cowfold. Fealty et la Cour auraient dû y réfléchir à deux fois avant de choisir la personne qui dessert le Sud devant le roi. Un bossu ! Ma mère a été touchée par un mendiant bossu et, après ça, tout est allé de travers dans sa vie... »

N'y tenant plus, je me levai, ouvris la porte de la cabine et sortis.

Un silence s'abattit immédiatement sur le groupe qui entourait le feu. Je fixai Cowfold. « Quand votre mère a-t-elle été touchée par le bossu ? demandai-je à haute et intelligible voix. Avant qu'elle vous conçoive, je parie, puisque ensuite tout est allé de travers dans sa vie ? Apparemment, ça l'a poussée à copuler avec des porcs. »

Certains se mirent à rire nerveusement. Cowfold me foudroya du regard, et je devinai que seule ma position officielle l'empêchait de se ruer sur moi. Je m'éloignai, laissant un silence de mort derrière moi. Dehors, je sentis une douleur dans les mains et m'aperçus que j'avais serré les poings si fort que mes ongles commençaient à m'écorcher les paumes.

Je m'en voulais d'avoir répliqué si vulgairement ; ce genre de propos ne pouvaient qu'aggraver la situation. Cowfold ne décolérerait pas et, à la moindre occasion, se raillerait de moi derrière mon dos. Un peu plus tôt Radwinter m'avait fait sortir de mes gonds et mes nerfs venaient de lâcher derechef… Il fallait que je me ressaisisse. Je m'arrêtai sous un arbre, respirai profondément, et suivis des yeux un troupeau de moutons à mufle noir que l'on conduisait dans un enclos vide. Sans doute les précédents occupants avaient-ils tous été menés à l'abattoir, afin de nourrir les milliers d'arrivants.

Plus loin, un grand rustre en blouse, armé d'un gros gourdin et chargé d'un sac dégoulinant de sang, apparut et s'approcha de la cage aux ours. Au moment où l'homme déposait son sac à terre, les énormes bêtes poilues, jusque-là accroupies, se redressèrent et humèrent l'air. Il prit bien soin de demeurer à une distance prudente et sortit de son sac des morceaux de viande qu'il se mit à lancer à travers les barreaux métalliques. Révélant leurs crocs jaunâtres, les ours saisirent la viande dans leur long museau. Un ours plus avide et téméraire que les autres passa une patte à travers les barreaux afin d'attraper de ses longues griffes grisâtres un morceau de viande tombé hors de la cage. L'homme vociféra et frappa la patte de son gourdin, faisant hurler la bête. « Rentrez chez vous, maître Brun ! » lança le rustre, tandis que l'ours le fixait de ses minuscules yeux rouges.

Je longeai le flanc de l'église pour gagner la cour principale. On était en fin d'après-midi mais, par bonheur, il faisait encore chaud, car dans ma hâte j'étais sorti sans robe ni manteau. Malgré la fine brume qui flottait dans l'air, c'était un calme et lumineux après-midi d'automne aux vives couleurs. La douceur du temps ne faisait que contraster avec mon humeur sombre.

La cour était une vraie ruche et beaucoup de soldats étaient postés devant le Manoir du roi. Le roi et la reine étaient-ils à l'intérieur ? Des serviteurs couraient de-ci de-là et je faillis heurter un laquais qui transportait un énorme fauteuil sculpté jusqu'aux pavillons. Je m'adossai contre le mur, à l'écart de l'agitation, afin de contempler le spectacle des silhouettes sillonnant la cour en tous sens.

Des rires distingués fusèrent soudain. Un petit groupe de courtisans firent leur apparition. Parmi eux je remarquai lady Rochford, qui portait désormais une robe de soie jaune. À ses côtés Jennet Merlin serrait contre sa poitrine un petit chien aux oreilles pendantes. D'autres dames que je n'avais jamais vues les accompagnaient, toutes richement vêtues, le visage et le cou enduits d'un maquillage qui luisait telle la cire dans la lumière du soleil. Comme elles avançaient vers moi, leurs amples jupes bruissaient sur les pavés.

Les dames plaisantaient avec un groupe de jeunes gens, parmi lesquels je reconnus le secrétaire de la reine, Francis Dereham, dont l'air chagrin était peut-être dû au fait qu'elles semblaient toutes s'intéresser à un athlétique jeune homme. Celui-ci, doté d'un joli visage aux traits ciselés encadré de cheveux bouclés châtains, resplendissait dans son pourpoint écarlate aux manches à crevés jaunes au-dessus d'une braguette d'or incurvée. Quand il tourna la tête, la pierre précieuse de sa boucle d'oreille étincela dans le soleil. Ses traits dégageaient, en fait, une certaine mollesse, une douceur lascive.

« Vous devriez reprendre votre chien, lady Rochford, déclara le jeune fat. Je crains qu'il n'échauffe trop la poitrine de Mlle Marlin, elle a le visage tout empourpré. » Il fit un sourire taquin à Jennet, qui, en effet, était toute rose. Elle lui décocha un regard noir en échange.

« Peut-être avez-vous raison, messire Culpeper, dit lady Rochford. Eh bien, Jennet, passez-le-moi ! »

Mlle Marlin lui rendit l'animal qui se débattit lorsque lady Rochford le serra contre sa poitrine. « Là ! Tenir un chien ainsi fait du bien à un estomac délicat. Pas vrai, mon Rex ?

— Je connais de meilleurs moyens pour réchauffer un doux ventre de femme ! » lança Culpeper, ce qui fit glousser tout le groupe. À mon grand étonnement, lady Rochford la gratifia d'un clin d'œil de jeune coquette. « Fi donc, monsieur ! s'esclaffa-t-elle.

— Il n'y a aucune honte à réconforter une belle dame, répliqua-t-il en touchant le chien, qui grogna et se débattit à nouveau. Quand le groupe parvint à ma hauteur, je me détournai, mais Jennet Marlin eut le temps d'intercepter mon regard en fronçant les sourcils. Les courtisans passèrent devant moi et je les suivis des yeux. Lady Rochford, Mlle Marlin et Dereham, le jeune secrétaire à la mine renfrognée… Trois des personnes qui m'avaient vu entrer dans le Manoir du roi chargé du coffret, le jour où j'avais été assommé.

Je m'éloignai du mur et regagnai la résidence sans me presser. Où

211

donc était Barak ? Quelque part en compagnie de Tamasin, sans doute. J'étais sur le point d'entrer quand je m'entendis appeler. Me retournant, j'aperçus Craike qui se dirigeait vers moi.

« Confrère Shardlake, fit-il, tout sourire. Comment vas-tu ? »

Le ton était amical. Avait-il eu vent de ce qui m'était arrivé à Fulford ? Il me sembla que non. « Assez bien. Et toi, mon ami ? »

Il soupira. « Je reçois d'incessantes plaintes à propos du logement. Les gens ont l'air de s'imaginer que d'un coup de baguette magique je peux chasser les poux des lits de toutes les auberges d'York.

— Et ces milliers de nouveaux arrivants ? Où les a-t-on logés ?

— J'ai une minute à moi. Veux-tu que je te montre où on les a installés ? »

Je haussai les sourcils. « Tous ? En une minute ? »

Il sourit. « Tous les serviteurs et portefaix, en tout cas. Deux mille personnes...

— D'accord. Une distraction me fera du bien.

— À moi aussi. Quel cauchemar !... Bon. Allons-y ! »

À ma grande surprise, Craike me conduisit à l'église. Une bruyante agitation régnait à l'intérieur. La plupart des stalles étaient désormais occupées par des chevaux de selle. Des garçons d'écurie apportaient de grosses bottes de foin aux bêtes qui mangeaient goulûment tandis que d'autres valets les nettoyaient à grande eau. L'église empestait le fumier. Dans des chapelles latérales vides on installait des forges de maréchal-ferrant. On avait déjà allumé un feu ou deux et les forgerons travaillaient dur à la réparation des fers à cheval endommagés durant le voyage. Cinq mille chevaux dans le cortège, pensai-je, ça fait vingt mille fers.

Je suivis l'exemple de Craike, qui souleva le bas de sa robe au-dessus de la paille et du fumier qui jonchaient le sol. Sous le haut clocher au centre de la nef, il s'arrêta devant une porte gardée par deux soldats. Ils le saluèrent.

« Y a-t-il quelqu'un là-haut, soldat ? demanda Craike.

— Non, monsieur. Personne. »

Craike se tourna vers moi. « Viens ! lança-t-il. Te sens-tu assez vigoureux pour grimper quelques marches ?

— Il me semble. » J'hésitai un instant. Était-ce une bonne idée de me laisser conduire, seul, par l'homme qui m'avait peut-être agressé ? Foin de tout cela ! pensai-je. Je ne vais pas me terrer dans cette satanée résidence.

Nous franchîmes la porte et escaladâmes un long escalier en spirale. Nous n'en finissions pas de monter, et lorsque nous arrivâmes devant une autre porte que Craike ouvrit, nous étions tous les deux essoufflés. Nous pénétrâmes dans le local qui avait jadis été le clocher, bien que les cloches elles-mêmes fussent dès longtemps parties à la fonte. Par-dessus la grille qui les avait autrefois entourées, on plongeait le regard dans la nef. Tout en bas, une autre forge de maréchal-ferrant lançait une lumière rouge qui illuminait les piliers des murs, produisant un effet surnaturel. Je me rappelai soudain la lutte à mort que j'avais livrée quatre ans plus tôt dans un autre clocher, à Scarnsea. Cette fois-là, j'avais bien failli y laisser ma peau. Soudain pris de peur, je sursautai quand Craike me toucha le bras.

« Tu es sujet au vertige ? À cette hauteur, je ne suis pas très à l'aise moi non plus. Mais la vue en vaut la peine, ajouta-t-il en désignant une fenêtre. Regarde en bas ! »

Ie le rejoignis, les yeux écarquillés devant le spectacle. Derrière le monastère, pour délimiter une immense aire de campement, plusieurs champs avaient été ceints de clôtures d'osier. Des centaines de tentes militaires coniques avaient été dressées autour d'un espace herbeux où des chaudrons et de gigantesques broches étaient placés sur des feux de bois. Des panaches de fumée commençaient à monter dans le ciel de cette fin d'après-midi. Dans le pré contigu, gardées par des soldats, plusieurs centaines de chariots étaient rangées, tandis qu'autant de chevaux de trait, parqués dans d'autres prés éloignés, paissaient l'herbe. Dans un champ plus proche, des ouvriers étaient en train de creuser des latrines. Un nombre considérable d'hommes, l'équivalent de la population d'une ville, étaient assis devant les tentes, jouaient aux dés ou à des jeux de balle au pied. Des rires et des vivats montaient d'une arène improvisée où se déroulait un combat de coqs.

« Seigneur Dieu ! m'écriai-je.

— Le campement du voyage royal. C'est moi qui ai eu l'idée de faire de ce clocher un poste d'observation : les délégués officiels et les capitaines peuvent monter ici de temps en temps pour voir ce qui se passe en bas. Même si, Dieu soit loué ! je ne suis responsable que du logement des courtisans et des gentlemen, pas de tout cela...

— Quelle organisation ! murmurai-je. C'est merveilleux... Et terri-fiant, en un sens. »

Il hocha lentement la tête, le soleil soulignant les rides de son visage replet. « La maison du roi organise des voyages depuis de nombreuses années, bien sûr. Des armées également, car il s'agit aussi d'une armée. Mais avoir mis en œuvre tout cela en quelques semaines seulement ! Cela a coûté beaucoup d'efforts. Et d'argent, ajouta-t-il en haussant les sourcils. Tu ne peux pas t'imaginer les sommes qui ont été dépensées ! »

Je regardai les innombrables files de chariots. « J'ai été frappé ce matin par l'importance des chargements.

— Ah oui ! Toutes ces tentes... Car il y a eu des endroits en rase campagne où même les membres du Conseil privé ont dû se contenter de tentes... Et un millier d'autres choses, depuis les provisions alimentaires et le fourrage jusqu'aux archives du Conseil privé, en passant par les lévriers du roi pour ses chasses. » Il posa sur moi un regard grave. « Ainsi que des armes supplémentaires, en cas de troubles dans le Nord, qui nous auraient obligés d'incorporer dans l'armée les cochers et les portefaix. »

Je désignai une rangée de tentes aux vives couleurs dressées à une certaine distance des autres, devant lesquelles serpentait une file d'attente.

« Et que se passe-t-il là-bas ? »

Craike rougit et se racla la gorge. « Ce sont les... euh !... les suiveuses.

— Les quoi ?

— Les catins.

— Ah !

— Sauf les dames nobles et la maisonnée de la reine, seuls des hommes célibataires accompagnent le voyage. On ne pouvait pas laisser tous ces hommes s'abattre sur les villes situées sur le parcours du cortège. Par conséquent, on a été contraints de... » Il haussa les épaules. « Ça n'a pas été de gaieté de cœur. La plupart des filles ont été ramassées à Londres et examinées avec soin, pour éviter que la vérole ne se répande dans tout le pays. Je te laisse imaginer dans quel état se trouvent certaines d'entre elles aujourd'hui.

— Que veux-tu, les hommes ont leurs besoins.

— Certes. Mais je n'ai pas l'habitude de traiter avec ces crapules de serviteurs de la maison du roi. Tu aurais dû les voir pendant le trajet... Ils insultent les villageois, se saoulent, défèquent quand l'envie leur prend, n'importe où dans les champs, et sans les soldats, ils auraient pillé les chariots. Et quelle insolence ! Ils exhalent leur haleine fétide en plein dans le visage des courtisans, se tripotent la braguette sous vos yeux. » Il secoua la tête. « Leur nouveau savoir a rendu les gens du peuple arrogants. » Il se tourna vers moi, l'œil à nouveau perçant. « Mais toi, tu penses peut-être différemment. Il paraît que tu soutiens la réforme.

— Au début, oui. Aujourd'hui je ne soutiens plus personne. »

Il poussa un profond soupir. « Tu te rappelles l'époque où l'on était étudiants, avant que Nan Boleyn ait mis le pays sens dessus dessous ? Nous coulions des jours paisibles, saison après saison, à Lincoln's Inn. L'avenir était aussi sûr que le passé.

— On risque d'enjoliver les souvenirs de cette période.

— Peut-être, répondit-il en hochant la tête. Cependant, c'était une meilleure époque. Quand je suis allé travailler à la Cour, la vieille noblesse était encore au pouvoir. Mais aujourd'hui... ces roturiers, ces nouveaux dirigeants... Si Cromwell n'est plus là, il en reste tant d'autres...

— Oui. J'ai vu Richard Rich tout à l'heure. »

Sa réaction me surprit. Il fit un bond en arrière et fixa sur moi un regard à la fois effrayé et courroucé. « Tu connais Rich ?

— Du tribunal. J'ai un procès en cours à Londres où il soutient mon adversaire.

— C'est un serpent ! s'écria-t-il d'un ton passionné.

— Ça, c'est bien vrai. » Je m'attendais qu'il s'exprime davantage, mais il changea de sujet. « Au fait, sait-on quelque chose à propos de la personne qui t'a agressé au manoir ?

— Non, fis-je en le regardant droit dans les yeux. Mais on va la retrouver.

— Peut-être n'es-tu pas au courant, mais la sécurité a été grandement accrue depuis que tu as été attaqué. Et on dit que la mort du malheureux Oldroyd n'était pas un accident. Qu'il a été assassiné, pour une raison ou une autre.

— Vraiment ?

— Oui. Les personnes chargées de la sécurité sont inquiètes. Durant tous les voyages royaux on procède à des vérifications afin d'éliminer les parasites qui s'infiltrent dans la maisonnée en se faisant passer pour des serviteurs dans l'intention de voler de la nourriture et des babioles. Mais ce soir, il paraît que les papiers de tout le monde sont examinés de très près et que toute personne non officiellement autorisée à se trouver dans le camp est interrogée, et pas seulement chassée. » Il me regarda sans ciller. « Que se passe-t-il, cher ami ? »

Cherchait-il à me faire parler ? Pourtant, il avait l'air réellement perplexe.

« Je n'en sais rien, Craike.

— La fouille que m'a fait subir Maleverer le jour où je t'ai trouvé a été une expérience effrayante.

— Mais tu n'as rien à craindre. Il t'a laissé partir. T'aurait-il à nouveau interrogé ?

— Non. Mais... J'avais parlé à Oldroyd... Sans doute davantage que n'importe qui à Sainte-Marie. » Il soupira. « J'avoue que lorsqu'on m'a envoyé à York avant le cortège pour m'occuper du logement, vu ce qu'on racontait sur le comportement des Yorkais, qualifiés de rebelles sauvages, je me faisais un peu de souci. Et, en effet, ils se sont montrés réservés et très froids. Or, maître Oldroyd paraissait content de bavarder. C'était juste un visage avenant, rien d'autre. » Il prit une profonde inspiration. « Mais je crains que d'aucuns ne tentent de tirer d'autres conclusions. Tu as dû t'apercevoir qu'en dépit du cérémonial, tout le monde ici, Yorkais et Sudistes, marche sur des œufs. Ça me rend nerveux. »

Tu ne dis pas tout, pensai-je, je le sens... Je me rappelai ce que m'avait raconté Barak, comment il l'avait vu entrer tard le soir dans une taverne située dans un quartier miséreux de la ville.

« Je comprends que tu as dû te sentir seul à ton arrivée, dis-je.

— En effet. Maître Oldroyd était quelqu'un à qui parler.

— Tu seras soulagé quand tout sera terminé, j'imagine. Tu seras content de retrouver ta famille à Londres. Tu as sept enfants, n'est-ce pas ?

— Oui. Tous vivants et en bonne santé, grâce à Dieu. Ainsi que leur mère. Ma Jane. » À ma grande surprise, son visage s'assombrit. « Elle ne voulait pas que je participe au voyage... » Il tritura fébrilement les boutons de sa robe. « Le voyage dure plus longtemps que prévu et apparemment personne n'a l'air de savoir quand on va quitter York. Je crains d'être accablé de moult réprimandes, à mon retour. Préparées depuis quatre mois. » Il partit d'un rire nerveux. La vision que j'avais eue d'une vie familiale heureuse était peut-être fausse. Je songeai à l'interroger sans ambages sur sa visite à la taverne, puis me ravisai, par peur de le mettre sur ses gardes. Je m'y rendrais avec Barak.

« Bon, dis-je. Le jour tombe. On devrait redescendre tant qu'on y voit encore clair. Merci, Craike, de m'avoir montré le campement. Je pense que je vais aller le visiter.

— Ç'a été avec plaisir », répondit-il en souriant. Puis il me précéda dans la descente.

Je retraversai toute l'église. Dehors, un flot de gens franchissaient une porte latérale de l'enceinte, la porte Saint-Olav, avais-je appris. Comme moi, ils allaient sans doute visiter l'immense campement, mais je n'avais guère envie de me confronter à cette foule de badauds, certains d'entre eux ayant dû être présents à Fulford. Un grand hêtre pourpre, au pied duquel l'herbe était recouverte d'un épais tapis de feuilles rouge sombre, se dressait un peu plus loin. J'allai m'asseoir sur un banc placé contre le tronc. Le soleil se couchait et l'endroit était ombreux. Tout en écoutant le bruissement des feuilles, je regardais les gens passer la porte dans les deux sens.

Je revis la scène de Fulford. Tout l'après-midi, je n'avais cessé de ressasser cette avanie et je m'apprêtais à la ruminer encore et encore. Était-il vrai que mon teint était soudain devenu crayeux ? Avais-je réellement jeté un regard désespéré et implorant à la reine ? Quelle

216

vie pouvait mener cette jeune épouse avec ce grossier vieillard à la jambe nauséabonde ? Je revis les yeux du roi empreints de la même cruauté que ceux de Radwinter. Voilà donc le roi d'Angleterre l'homme qui, selon Cranmer, avait été choisi par Dieu Lui-même pour garder nos âmes ! Depuis l'enfance nous avions tous appris à considérer le monarque comme un être au-dessus du commun des mortels, et, depuis quelques années, comme une sorte de demi-dieu. Je ne l'avais jamais cru, mais je n'avais pas imaginé non plus que le manteau de la majesté couvrait une telle laideur, tant physique que morale. D'autres s'en étaient forcément aperçus… Ou bien étaient-ils éblouis par l'apparat et le pouvoir ? Comment Giles avait-il réagi à la rencontre ? Giles que le roi avait traité de beau gaillard, par opposition à ma personne… Giles qui aurait pu attendre, me réconforter quelque peu. Je n'aurais jamais pensé que cet homme était du genre à s'éclipser pour éviter de partager la honte d'autrui.

« Ah vous voilà ! Dieu merci. »

C'était Barak.

« Oui, me voici. Je crains d'avoir eu des pensées frisant la trahison.

— N'est-ce pas risqué de sortir seul ?

— Je n'étais pas d'humeur à me préoccuper de ma sécurité. As-tu entendu parler de ce qui s'est passé à Fulford ?

— Oui. Je viens de la résidence, où le dénommé Cowfold en faisait des gorges chaudes.

— Je l'ai quelque peu invectivé, tout à l'heure. J'ai eu tort, sans doute.

— Moi, je lui ai dit que s'il continuait de déverser son fiel je lui taperais la tête contre le mur jusqu'à ce qu'elle ait la consistance d'une pomme cuite. Je crois qu'il a compris…

— Merci », dis-je en souriant enfin. Je notai alors son expression d'anxiété. « Quelque chose ne va pas ?

— En effet. Je vous ai cherché partout dans ce lieu maudit. Male verer veut nous voir tous les deux. Au Manoir du roi.

— Oh ! » Je recouvrai d'un seul coup mes esprits, ce qui eut pour effet de dissiper sur-le-champ mon apitoiement sur moi-même et mon humeur morose.

« Un représentant du Conseil privé est là. Il veut nous parler des papiers qui ont disparu. Séance tenante. »

19

U NE FOIS DE PLUS, NOUS NOUS RETROUVÂMES dans le bureau de Maleverer. Deux gardes nous avaient escortés dans le Manoir du roi,
où des agents officiels et des serviteurs se déplaçaient dans un silence
respectueux. Le roi et la reine devaient se reposer à l'étage, dans les
appartements royaux. Je me rappelai les ouvriers peinant à monter
l'immense matelas du roi.

Maleverer était assis à sa table de travail, vêtu d'un pourpoint de
soie rouge, la chaîne emblématique de sa fonction autour du cou. Il
nous fit signe d'approcher, puis nous fixa du regard.

« Eh bien, monsieur l'avocat, je vous avais annoncé que le Conseil
privé enverrait quelqu'un pour vous parler », déclara-t-il, un sourire
sardonique sur les lèvres, tandis que des pas se faisaient entendre
dans le couloir. « Cela vous intéressera sans doute d'apprendre le
nom de la personne dépêchée par le Conseil privé. »

Je restai coi. Un coup impérieux fut frappé à la porte. Maleverer se
leva et, juste avant qu'il fasse un profond salut, sa mine de grande
brute céda la place à un masque de courtisan mielleux. Drapé dans
une robe de velours vert sombre, doublée de fourrure de castor, sir
Richard Rich entra dans la pièce.

« Sir Richard, c'est un grand honneur. Prenez mon fauteuil, je vous
prie.

— Merci, sir William », répondit Rich d'un ton doucereux en
s'asseyant. Maleverer se tenait dans une attitude respectueuse à côté
de lui. Rich me regarda, ses traits pâles contractés en un sourire
grimaçant.

« Messire Shardlake, mon confrère juriste... Je vous ai vu à York,
l'autre soir... Je connais messire Shardlake, sir William.

— Il nous cause énormément d'ennuis, dit Maleverer.

— À qui le dites-vous ! » Les froids yeux gris de Rich scrutèrent
mon visage. « Nous avons eu plusieurs... rendez-vous.. l'année
dernière, et un autre est prévu à la cour de la chancellerie.

— Vraiment ?

— Savez-vous, sir William, que le roi a fait au confrère Shardlake l'honneur de lui parler cet après-midi. Ou, en tout cas, de parler de lui.

— J'ai cru comprendre que quelque chose s'était passé.

— Tous les clercs en parlent. Le confrère Shardlake avait été chargé de présenter à Sa Majesté les plaintes et les doléances des solliciteurs yorkais, à Fulford Cross, en compagnie d'un avocat de la ville...

— Le vieux Wrenne.

— Est-ce là son nom ? Vous auriez dû voir le confrère Shardlake et le dénommé Wrenne devant le roi ! Wrenne est un vieux type de belle stature, et de loin on eût dit un fier retraité accompagné de sa vieille bonne femme pliée en deux. » Il pouffa de rire. « Le roi a déclaré que le Nord produisait de beaux gaillards, plus beaux que certaines créatures engendrées par le Sud. »

Maleverer me regarda et sourit. « Sa Majesté connaît la valeur du bon mot placé à propos. Cette saillie a dû ravir les Yorkais.

— En effet. Ça les a fait beaucoup rire.

— Vous voyez, messire Shardlake, vous avez un peu aidé le roi à soumettre le Nord à sa volonté, ricana Maleverer méchamment.

— Alors, j'en suis fort aise, répondis-je, m'efforçant de maîtriser ma voix.

— Excellente repartie, n'est-ce pas, sir Richard ? » s'esclaffa-t-il.

Rich poussa un petit grognement. « Réponse ironique, dirais-je, vu le caractère de notre ami. » Il joignit le bout des doigts et se pencha en avant. « Toutefois, à présent, nous avons d'autres affaires à régler. Messire Shardlake, vous étiez en possession d'un lot de documents découverts dans une cachette... Des documents d'une importance dont vous n'avez pas idée. Et vous vous les êtes laissé dérober. Sir William m'a mis au courant des événements, mais je veux entendre le récit de votre bouche.

— Fort bien, sir Richard. »

Je lui racontai notre visite chez Oldroyd, la découverte du panneau secret dans la paroi puis des papiers, et la manière dont j'avais été assommé. Rich fronça fortement les sourcils quand je lui expliquai la façon dont Barak avait essayé d'ouvrir le coffret.

« Vous n'en aviez pas le droit. Vous aviez le devoir d'attendre l'arrivée de sir William.

— Je suis désolé, sir Richard

— Moi aussi », dit Barak.

Rich émit un grognement, puis se tourna vers Barak. « Vous croyez toujours pouvoir agir à votre guise, maraud, comme si lord Cromwell était toujours parmi nous. Or, il n'est plus de ce monde. Vous êtes deux nigauds qui se mêlent de ce qui ne les regarde pas. » Il s'abîma dans ses pensées quelques instants. « Qui vous a vus apporter le coffret au Manoir du roi ?

— Quand nous y sommes entrés, lady Rochford et Mlle Marlin, sa suivante, s'y trouvaient en compagnie de Dereham, le secrétaire de la reine. Mon manteau était couvert de poussière et ils nous ont regardés. »

Rich écarquilla les yeux. « Comment se fait-il que vous fréquentiez des gens de ce milieu ?

— Nous ne les fréquentons pas, sir Richard. Mais, euh… » Je jetai un coup d'œil à Barak.

« Il y a eu quelque badinage amoureux entre le dénommé Barak et une fille de cuisine sous les ordres de Mlle Marlin, expliqua Maleverer.

— Qui d'autre ? demanda Rich d'un ton sec.

— Seulement messire Craike, qui nous a permis de déposer le coffret dans son bureau. Ainsi que messire Wrenne, que nous avions rencontré en chemin, et aussi le sergent posté devant la porte de l'enceinte.

— Je les ai interrogés tous les trois, précisa Maleverer. Ainsi que la fille. Tout comme l'apprenti d'Oldroyd, mais il n'a rien dit d'utile, lui non plus.

— Bien d'autres personnes que nous ne connaissons pas ont dû nous voir également », dis-je.

Rich réfléchit un moment. « Avez-vous questionné lady Rochford à propos du coffret ? demanda-t-il.

— Non, monsieur. J'ai questionné Jennet Marlin. J'ai pensé qu'il n'était pas en mon pouvoir d'interroger des membres de la maison de la reine. »

Rich opina du chef. « En effet. Lady Rochford et Dereham n'ont pas à être interrogés par des hommes de votre rang, mais le chambellan de la reine pourrait leur poser de discrètes questions. Quant à cette demoiselle Marlin, son fiancé est à la Tour, soupçonné de faire partie d'un réseau de Gray's Inn, lui-même impliqué dans le complot du printemps dernier.

— Elle a fait l'objet d'une enquête et a été officiellement autorisée à participer au voyage, dit Maleverer.

— Je vais faire en sorte qu'on questionne obligeamment lady Rochford et Dereham. Et vous pouvez interroger à nouveau la dénommée Marlin. On verra bien s'il en sort quelque chose. » Rich se retourna et pointa un long doigt sur Barak et moi. « Et tâchez de refréner votre curiosité, confrère Shardlake. Vous en savez déjà trop. Certains membres du Conseil privé pensent que ce serait une raison suffisante pour vous renvoyer à Londres, mais personnellement, je préfère vous garder à l'œil. En outre, l'archevêque vous a choisi pour vous occuper de Broderick. Non pas que vous ayez mieux réussi dans ce domaine, d'ailleurs ! Il paraît qu'on a tenté de l'empoisonner.

— C'est vrai, sir Richard.

— Et il refuse de révéler l'identité du coupable ?

— En effet. Je me suis demandé.

— Eh bien ?

— S'il n'était pas partie prenante dans cette tentative d'empoisonnement. Je sais qu'il souhaite mourir. »

Rich se tourna vers Malaverer. « L'hypothèse est-elle concevable ?

— Ce n'est pas impossible, en effet. Broderick est un étrange personnage. On a bien cherché à lui tirer des aveux, au château d'York, mais il n'a pas cédé à la pression. Les tortionnaires craignaient de le faire mourir s'ils continuaient leur besogne

— Quels instruments ont-ils utilisés ?

— Chevalet, tisonniers… La routine… Mais les exécutants ne sont guère à la hauteur.

— Et il n'est peut-être pas prudent que les autorités locales recueillent les révélations de Broderick. D'où l'ordre du roi de le transporter à la Tour où de véritables professionnels s'occuperont de lui… Toutefois, ajouta-t-il en secouant la tête, le temps passe.

— Avec un peu de chance il sera embarqué sur un bateau dans les jours qui viennent, dit Maleverer.

— Espérons que le vent sera favorable. On pourrait le faire transporter par voie terrestre, mais c'est un moyen moins sûr et les routes sont toujours en piteux état, à cause des pluies et du passage du cortège. » Rich se tourna vers moi. « Comment se porte-t-il, en ce moment ?

— Il est très faible, depuis la tentative d'empoisonnement… Je l'ai vu tout à l'heure, repris-je après une brève hésitation. Il a parlé de la légende de la Taupe. Il semble y croire.

— Le coffret contenait des papiers sur cette légende, expliqua Rich à Maleverer.

— C'était monnaie courante parmi les rebelles durant les troubles. Ça cadre bien avec le fanatisme de Broderick. »

Rich me jeta un regard perçant. « Pourquoi Broderick vous a-t-il raconté la légende de la Taupe ? Il ne peut guère avoir imaginé que vous y croiriez ? Si ?

— Il m'a entendu parler à Radwinter. » Je pris une profonde inspiration. « Radwinter a réussi à me faire avouer que le roi s'était moqué de moi à la cérémonie d'aujourd'hui. Broderick a entendu notre conversation et m'a rapporté ces inepties à propos de la Taupe. Mais je jure que je n'ai pas prononcé un seul mot contre le roi. »

Rich s'appuya au dossier du fauteuil et me lança un regard de biais. « Je vous conseille vivement de ne pas le faire, si vous ne souhaitez pas avoir des ennuis. Vous n'êtes déjà pas en odeur de sainteté auprès du Conseil privé. Si j'ai un avis à vous donner, messire Shardlake, c'est de suivre la tendance naturelle de votre corps et de courber l'échine.

— C'est entendu, sir Richard.

— Faites-vous tout petit. C'est la meilleure ligne de conduite que vous aurez à observer, dorénavant. » Il parlait lentement, en choisissant ses mots, sans détacher de moi ses yeux gris, aussi mornes que ceux d'un cadavre. Il se pencha en avant. « D'autre part, cela vous aiderait peut-être à restaurer votre réputation si vous incitiez le Guildhall de Londres à laisser tomber le dossier Bealknap. »

Je soutins son regard, persuadé que Rich s'était porté volontaire pour être le membre du Conseil privé chargé de m'interroger. Cette position lui donnait l'occasion de faire pression sur moi. Je restai coi. Il inclina légèrement la tête.

« En outre, ça ne servirait à rien de persévérer dans cette affaire. J'ai trouvé le juge qui me convient et on lui a confié le dossier.

— De qui s'agit-il ? demandai-je.

— Il n'a pas encore été officiellement désigné. Vous connaîtrez son nom si vous vous entêtez. Suivez mon avis : recommandez au Guildhall de laisser tomber l'affaire, cela évitera bien des frais inutiles. »

Loin de moi l'idée de suivre les conseils de Rich ! Je vis que Barak me fixait d'un air inquiet. Rich s'en aperçut lui aussi.

« Peut-être pourrez-vous conseiller à votre maître de devenir raisonnable, lui lança-t-il d'un ton cassant. Sans quoi je ne sais pas ce qu'il adviendra de lui. Bien. Ce sera tout pour le moment. Vous pouvez disposer. »

Maleverer se pencha vers Rich et lui glissa à l'oreille d'un ton à la fois calme et pressant : « Et si nous saisissions cette occasion, sir Richard, pour discuter des biens de la famille d'Aske ? Si on pouvait tomber d'accord sur les débours…

— Ce n'est pas le moment », le coupa Rich, l'air renfrogné. Il se tourna vers moi. « Je vous ai enjoint de partir. Envoyez quérir la Marlin. » Il nous expédia d'un geste et nous quittâmes la pièce. Dehors, un garde nous attendait pour nous raccompagner au rez-de-chaussée.

« Ces deux-là sont complices dans quelque affaire de corruption », murmurai-je à Barak.

Il faisait presque nuit désormais.

« Merde ! s'écria Barak. Merde, merde, et merde ! »

— Tu m'as ôté les mots de la bouche, renchéris-je d'un ton amer.

— Qu'allez-vous faire à propos de l'affaire Bealknap ?

— Il me semble peu probable que Rich ait réussi à acheter un juge ; il m'aurait donné son nom. Non. Il a juste saisi l'occasion de m'intimider.

— Vous intimider ? » Barak s'arrêta brusquement, l'air à la fois furieux et extrêmement angoissé. « Vous intimider ? répéta-t-il. Avez-vous idée des pressions qu'il peut exercer sur vous s'il le souhaite ? Sur tout homme qui déplaît au Conseil privé ? Savez-vous ce qu'il pourrait vous faire subir s'il le veut vraiment ?

— Je jouis de la protection de Cranmer...

— Et Cranmer est ici, n'est-ce pas ? Je n'aperçois aucune robe d'archevêque, parmi cette engeance. Et Cranmer ne peut pas s'opposer à Rich si celui-ci est soutenu par le Conseil privé.

— Cranmer...

— ... ne prendrait qu'un nombre limité de risques pour quelqu'un d'un rang aussi bas que vous. Ou moi. Ma situation aussi est alarmante... C'est moi qui ai décidé d'ouvrir ce maudit coffret !

— Je refuse qu'on exerce sur moi la moindre pression ou le moindre chantage pour me faire abandonner un dossier !

— Vous avez déclaré vous-même que vous ne pensiez pas gagner le procès.

— Je refuse le chantage ! » Je m'aperçus que je hurlais.

« C'est de l'entêtement. De l'entêtement et de l'orgueil. Cela vous sera fatal... Cela nous sera fatal à tous les deux. » Il ouvrit la bouche pour ajouter quelque chose, puis se ravisa et s'éloigna brusquement.

Je me frottai le front. « Merde ! » lançai-je. Un agent officiel qui passait par là me jeta un coup d'œil étonné. Je repartis, longeai l'église, me dirigeai vers le hêtre pourpre et me laissai tomber sur le banc que les branches ombrageaient. Des gens continuaient à franchir dans les deux sens la porte qui menait au campement. Je frissonnai car l'air s'était refroidi.

L'éclat de Barak m'avait surpris. Quand je l'avais rencontré pour la première fois, l'année précédente, il était l'audace personnifiée, toujours prêt à narguer les personnages les plus haut placés. Mais à cette époque il était protégé par lord Cromwell et, comme Rich s'était plu à nous le rappeler, Cromwell avait rendu l'âme. D'une certaine façon, et il l'avait reconnu, Barak aspirait à mener une vie tranquille. Ç'avait été étrange, toutefois, de l'entendre me taxer d'entêtement et d'imprudence... Je me haussai du col : je protégeais mes clients, comme c'était le devoir de tout avocat honnête. Au milieu du monde souvent corrompu de la justice, mon intégrité constituait mon trophée, mon identité. Cela même allait-il m'être retiré par ces courtisans narquois ?

Cependant, après être resté quelque temps sous l'arbre un calme se fit en moi. Je savais que je m'accrochais à ma réputation d'intégrité parce que, après les coups reçus au cours de cette longue journée c'était tout ce qui me restait. Et je n'avais pas le droit d'impliquer Barak dans mon imprudent désir de défier Rich. Mais je ne pouvais pas non plus abandonner mes clients si, comme je l'espérais, nous avions la moindre chance de gagner le procès. Il était impossible que Barak ignore cela.

Je me redressai en entendant un bruit de pas, soudain conscient que j'étais toujours en danger. Une silhouette floue s'approchait sur l'herbe… Je fus soulagé de voir qu'il s'agissait d'une femme. Sa robe bruissait sur le tapis de feuilles mortes tombées sous l'arbre. À ma grande surprise, je reconnus Tamasin, vêtue de sa robe jaune et parée d'un beau collier d'argent.

« Mam'selle Reedbourne ? »

Elle me fit une révérence puis se dandina devant moi. Elle paraissait nerveuse et avait perdu son air impertinent habituel.

« Pourrais-je vous parler, monsieur ? demanda-t-elle d'un ton hésitant. Je vous ai aperçu sur ce banc..

— De quoi s'agit-il ?

— D'un sujet important, monsieur. Pour moi.

— Très bien. » Je désignai le banc d'un geste et elle s'assit à côté de moi. Elle ne parla pas tout de suite, semblant réfléchir à ce qu'elle allait dire. Je scrutai son visage. Avec ses hautes pommettes, sa bouche pulpeuse et son menton volontaire, c'était vraiment une très jolie fille. Elle avait l'air si jeune, cependant, pratiquement encore une enfant.

« Mlle Marlin a été emmenée chez sir William pour y subir un nouvel interrogatoire, finit-elle par dire.

— Je le sais. Barak et moi venons de passer un moment avec lui. Et avec sir Richard Rich.

— Mlle Marlin avait l'air furieuse. Elle déteste cordialement sir William.

— C'est ce que j'ai constaté mercredi quand on vous a fait venir pour être interrogées. »

Elle rougit au souvenir de son subterfuge. « Vous auriez eu intérêt à nous laisser en paix, Barak et moi. Je suis chargé d'une mission extrêmement confidentielle.

— Oui, monsieur.

— Nous nous sommes disputés. Il a dû vous en parler. Maître Jack est fort insolent.

— Il se fait du souci, monsieur.

— En général, c'est moi qui me fais du souci... Mais il se peut qu'il ait raison, cette fois-ci », ajoutai-je après un instant d'hésitation. Je la fixai. Je me demandais bien ce que mon assistant lui avait révélé de notre mission. Le moins possible, espérais-je, pour la propre tranquillité d'esprit de cette petite. « Savez-vous où il est en ce moment ?

— Il vient de partir visiter le campement... Monsieur, je voulais vous dire..., ajouta-t-elle, avant de se taire derechef.

— Oui ? » fis-je pour l'encourager. Cela n'avait sans doute pas été facile pour elle de venir me trouver, moi, le vieux patron grincheux de Barak...

— Je regrette le stratagème du jour de votre arrivée à York. »

Je hochai la tête. « Comportement idiot et indécent de la part d'une femme. Sur ce point, Maleverer a raison. Mais ce n'était pas une raison pour vous frapper. »

Elle secoua la tête. « Peu importe », dit-elle. Elle me regarda fixement. « J'ai eu une drôle de vie, messire Shardlake. J'ai dû me débrouiller toute seule... Ma mère servait à la Cour.

— Oui. Barak me l'a dit.

— Elle cousait les vêtements des domestiques attachés à la personne de la reine dans l'atelier de couture. À l'époque de Catherine d'Aragon, puis d'Anne Boleyn.

— Vraiment ?

— Oui. Elle est morte pendant l'épidémie de peste à Londres, il y a sept ans.

— Je suis désolé de l'apprendre, lui dis-je avec douceur. Tant d'êtres ont disparu à cette époque. J'ai perdu quelqu'un, moi aussi.

— J'avais alors douze ans et je n'avais plus que ma grand-mère pour s'occuper de moi, ou plutôt c'est moi qui m'occupais d'elle, car elle était vieille et malade.

— Je vois.

— Je n'ai jamais su qui était mon père. Mais je crois qu'il était de bonne famille, déclara-t-elle avec un mouvement de fierté. Ma mère m'a dit que c'était un homme hautement qualifié.

— Ah oui ?

— Oui. C'était peut-être un courtisan de premier plan. »

Ou un tailleur. Elle me faisait pitié. Sa mère avait dû lui raconter cette histoire pour lui mettre du baume au cœur, que sa fille ait moins honte des circonstances de sa naissance.

« Je devine que vous mettez en doute mes paroles, monsieur, mais moi j'y crois. Je suis fière de mes origines, quoi qu'en puissent dire les mauvaises langues.

— Vous avez raison. Vous ne devez pas écouter ce que racontent les méchantes gens. » Même si c'est le roi ? pensai-je.

« Grand-maman m'a conseillé de tirer parti de la pénurie de serviteurs due à la peste pour solliciter la place de ma mère, poursuivit-elle. Et je l'ai obtenue, monsieur. J'ai annoncé au bureau du chambellan que j'étais une habile couturière, alors que je n'y connaissais goutte en couture.

— Vous êtes apparemment très douée pour le mensonge.

— J'ai travaillé dur, monsieur, répliqua-t-elle en se renfrognant. J'ai travaillé nuit et jour pour apprendre le métier. Les autres ouvrières me l'ont enseigné, en souvenir de ma mère. Et les pauvres sont contraints de faire flèche de tout bois. Il me fallait pourvoir à mes besoins et à ceux de ma grand-mère, et l'atelier de couture de la reine offrait de bons gages... Et une protection contre le monde extérieur.

— Oui. Je comprends.

— J'ai appris à ne compter que sur moi-même, monsieur.

— Comme Barak.

— Ce jour-là, quand je l'ai aperçu en ville, quelque chose s'est ému en moi, comme cela m'était rarement arrivé auparavant... Alors j'ai pensé : Pourquoi ne pas précipiter une rencontre ?

— En vérité, vous êtes une petite maligne, dis-je en souriant malgré moi, et vous n'avez pas froid aux yeux. Et maintenant vous espérez ferrer le poisson, c'est ça ? conclus-je en plongeant mon regard dans le sien.

— Nous devenons une bonne paire d'amis, répondit-elle, l'air grave. Je voulais juste vous prier de ne pas entraver notre amitié naissante. Cette requête vous paraît-elle téméraire, je vous prie ? »

J'étudiai son visage un long moment. « Vous êtes une femme étrange, mam'selle Reedbourne. Je vous avais prise pour une petite volage, mais je constate que j'avais tort.

— Jack regrette ses paroles de tout à l'heure.

— Il était jadis très hardi. Et je pense que son désir de se ranger est contrecarré par celui de reprendre sa vie d'antan.

— J'aimerais bien qu'il se range. Qu'il continue à travailler avec vous et qu'il juge à leur juste valeur les chances que vous lui avez données.

— Voilà donc le fin mot de l'histoire, mam'selle Tamasin, dis-je avec un sourire narquois. Vous êtes venue me proposer un pacte.

— Nous poursuivons le même but. Jack vous admire énormément, monsieur. Il affirme que, pour avoir eu vous-même des ennuis, vous avez pitié des pauvres gens et savez vous mettre à leur place.

— Il a dit cela, vraiment ? » J'étais touché. C'était d'ailleurs le but des déclarations de Tamasin.

« Oui, monsieur. Et il se sent responsable de la disparition du contenu du coffret. Il s'en veut terriblement. Ne vous montrez pas trop dur envers lui. »

Je pris une profonde inspiration. « Je vais réfléchir à ce que vous m'avez dit, mam'selle.

— Je n'en demande pas plus, monsieur.

— Soit. Je vois que vous tenez à lui. Et lui à vous, peut-être ?

— J'espère que lorsque ce fichu voyage sera terminé, Jack et moi on pourra se revoir à Londres. Mais la décision lui appartient. »

Je hochai la tête. « Dites-moi. Comment êtes-vous passée de l'atelier de couture au service de Mlle Marlin et de lady Rochford ?

— Après la mort de Jeanne Seymour, sa maisonnée a été démantelée. J'ai obtenu un poste chez Mme Cornwallis, la confiseuse de la reine. Elle m'a enseigné l'art de confectionner des friandises et des sucreries.

— Vous êtes également devenue l'amie de Mlle Marlin, pas vrai ?

— C'est une brave femme.

— Vous avez le don de nouer des amitiés profitables. Mais, comme vous le dites, les pauvres sont forcés de faire flèche de tout bois.

— Quand le roi a épousé la reine Catherine, l'année dernière, étant donné qu'elle aussi aime les friandises, j'ai été engagée dans sa maison et placée sous les ordres de Mlle Marlin, qui s'est montrée très bonne pour moi.

— Mlle Marlin est une femme étrange.

— Elle est gentille avec moi. Les autres femmes se moquent d'elle. »

Et vous, vous êtes naturellement bonne, pensai-je. Oui, je pense que vous l'êtes. « Et lady Rochford ? demandai-je, quel genre de personne est-ce ?

— Je n'ai guère affaire à elle. Tout le monde a peur de cette femme. On dit qu'elle est dangereuse.

— L'est-elle ?

— Je crois que oui. Elle adore recueillir des racontars épicés et les porter là où ils causeront le plus de dommages. » Elle fronça les sourcils. « Si elle n'est pas bête, elle se comporte bêtement, m'est avis.

— Dangereusement.

— Oui. Elle a toujours été ainsi. Pourtant, elle est très attachée à la reine. Elles sont devenues des amies intimes.

— J'ai vu la reine aujourd'hui.

— À Fulford ? demanda-t-elle après un instant d'hésitation.

227

— Oui. À Fulford. Jack vous a raconté ce qui m'est arrivé là-bas ? »
Elle baissa les yeux. « C'étaient des paroles cruelles.

— Je suis d'accord avec vous. Vivement qu'on quitte York ! »

Elle se leva. « Il faut que je m'en aille, monsieur. Je dois voir comment va Mlle Marlin.

— Barak sait-il que vous êtes venue me parler ?

— Non, monsieur. Je suis venue de mon propre chef.

— Eh bien, Tamasin, vous m'avez charmé, comme vous en avez sans doute charmé beaucoup d'autres. Voulez-vous que je vous raccompagne à votre résidence ?

— Non, merci, répondit-elle en souriant. J'ai l'habitude de me débrouiller toute seule, je le répète.

— Alors, bonne soirée ! »

Elle fit une révérence, puis repartit d'un pas ferme et se perdit dans la foule. Je la regardai s'éloigner. Je m'étais trompé sur son compte, c'était une femme de caractère. Peut-être Barak avait-il rencontré quelqu'un à sa mesure…

20

L E COURAGE QU'AVAIT MONTRÉ TAMASIN en me livrant ses confidences me rendit penaud, et me fit regretter mon manque de courtoisie envers elle ces derniers jours. Le froid commençait à me gagner, alors je me levai du banc et, dans l'espoir de retrouver Barak, décidai d'aller visiter le campement qui s'étendait de l'autre côté de la route. Je franchis la porte située près de l'église Saint-Olav, puis empruntai le sentier menant à l'une des barrières de la clôture en osier surveillées par des gardes. Je montrai mes papiers et on me laissa passer. Mes narines furent immédiatement assaillies par une forte odeur de fumée de bois, de corps mal lavés et d'excréments. Au moment où je pénétrais dans le champ, qui, labouré par les chaussures et les sabots des chevaux, avait déjà l'apparence d'un bourbier, un cor résonna tout près. Des hommes, portant des écuelles de bois et des chopes, se dirigèrent vers le brasero le plus proche. Vu l'heure tardive, ils devaient avoir faim.

Un large groupe se rassemblait autour d'un feu – une grande flambée de bûches allumée dans une fosse rectangulaire, surmontée d'un immense hâtier, haut de six pieds et long de douze, gigantesque broche métallique sur laquelle rôtissait un bœuf entier. Chargés de fagots supplémentaires, des tournebroches accouraient, tandis que, sous la surveillance d'un cuisinier en nage, d'autres actionnaient les énormes manivelles. Le hâtier était une machine extraordinairement complexe. Au niveau inférieur, des poulets grillaient sur de petites broches et des marmitons arrivaient puis repartaient à toute vitesse avec les volailles cuites, couvertes de la graisse dégoulinant du bœuf, avant de les découper habilement sur de grands plateaux. En tablier de cuir et un foulard sur le visage pour se protéger des jets de graisse, les petits marmitons remplissaient avec une rapidité et une adresse incroyables les écuelles tendues par les hommes affamés. On entendait des plaisanteries et des huées, mais les hommes se comportaient correctement. Ils avaient tous l'air fatigués. Leur journée avait dû être longue depuis leur départ pour la cérémonie de Fulford, avant de venir là établir leur bivouac.

Tandis que je regardais les petits tournebroches se faufilant entre les flammes et les jets de graisse brûlante, je me disais que Craike avait tort. L'organisation du voyage était certes une extraordinaire entreprise, mais il était injuste de railler les manouvriers. Sans la discipline et l'habileté de ces hommes – conducteurs, portefaix et cuisiniers –, rien n'aurait pu être mené à bien.

Quelqu'un toussa et je découvris Barak à mes côtés. « Ah, te voilà ! bougonnai-je. Quel spectacle, hein ? » Nous restâmes silencieux quelques instants à contempler les hommes accroupis près du feu qui dévoraient leur repas à belles dents.

« Il y a des centaines de grands chevaux du Suffolk dans les champs éloignés, dit Barak. Je n'en ai jamais vu autant à la fois.

— Je les ai vus. Craike m'a fait monter tout en haut du clocher. Les organisateurs s'en servent comme aire d'aigle pour surveiller le bivouac, au cas où les gars se livreraient à quelque bagarre.

— Ce serait un vrai cauchemar ! ricana-t-il.

— Oui, un véritable cauchemar ! m'esclaffai-je.

— Je regrette d'être sorti de mes gonds, tout à l'heure. Cette entrevue avec ces crétins de Maleverer et de Rich m'avait mis les nerfs à vif.

— Tu avais raison, en un sens, mais je ne pense pas pouvoir laisser tomber ce procès, pas tant que j'ai la moindre chance – si maigre soit-elle – de le gagner. Peux-tu comprendre cela ?

— Oui, sans doute. » Il se tut quelques instants, puis changea de sujet. « J'ai parlé tout à l'heure à l'un des clercs présents à Fulford.

— Ah oui ? fis-je en lui lançant un regard perçant.

— Il m'a dit que messire Wrenne a eu un malaise juste après sa rencontre avec le roi.

— Quoi ?

— Il s'est effondré au milieu des échevins et a dû être transporté chez lui en chariot.

— Voilà donc pourquoi il a disparu ! Moi qui croyais qu'il m'avait laissé choir... Comment va-t-il ?

— Je sais seulement qu'il a été ramené chez lui afin qu'il se repose. Son état ne doit pas être trop grave, autrement on serait allé quérir un médecin.

— J'irai lui rendre visite demain. Avez-vous vu le roi, toi et Tamasin, quand il est entré dans York ?

— Oui. Seigneur Dieu, quel énorme gaillard ! La reine avait l'air minuscule à côté de lui, une souris à côté d'un lion. Il souriait et

230

faisait de joyeux saluts de la main, mais j'ai remarqué des visages hostiles parmi la foule qu'une rangée de soldats séparait du roi.

— En effet. » De hautes flammes jaillissaient du brasero. Comment les quatre garçons en sueur qui actionnaient les manivelles du hâtier parvenaient-ils à supporter cette chaleur ? « Continuons notre balade ! fis-je. Avant qu'on soit rôtis comme ce bœuf. »

Nous nous promenâmes dans le campement. Il faisait très sombre désormais, même si les nombreux braseros et les lampes placés devant les tentes émettaient assez de lumière pour éclairer le chemin. La fraîche brise qui s'était levée nous envoya de la fumée en plein visage, et nous fit tousser.

« Il faut que je te dise que je me suis bagarré avec Radwinter, cet après-midi.

— Bagarré ? Vous ? » s'écria Barak en me dévisageant d'un air incrédule.

Je lui décrivis la scène. Il sifflota. « J'ai eu moi-même envie de lui donner une petite correction après ses propos sur les juifs d'York. Grand Dieu, il a l'art de pousser les gens à bout !... Pensez-vous que c'était son but ? ajouta-t-il en plantant sur moi un regard pénétrant. Vous faire sortir de vos gonds ?

— J'en suis persuadé. Cet incident va lui servir d'épée de Damoclès suspendue au-dessus de ma tête... Les clercs ne parlent pas de l'arrivée du roi d'Écosse, je suppose ?

— Non. J'ai bavardé avec quelques gars du campement. Ça ne les gêne pas d'attendre plusieurs jours, du moment qu'il ne pleut pas et que la campagne fournit assez de nourriture. Ils sont restés si longtemps à Pontefract qu'il y a eu pénurie et qu'on a dû rationner les vivres.

— C'est l'époque des moissons. J'imagine que les paysans vont tirer profit du voyage.

— Leurs produits sont payés au-dessus du cours. Ça fait partie du projet de reconquête des Yorkais. »

Je regardais les hommes faire les cent pas ou attendre, assis près de leur tente, l'écuelle à la main, tandis qu'on allumait de nouveaux braseros dans tout le campement.

« Ils sont épuisés, déclara Barak, voilà près de trois mois qu'ils voyagent. » J'opinai du chef, lui enviant sa facilité à lier conversation avec les gens du peuple.

Nous étions arrivés devant une arène de combats de coqs. Des spectateurs encourageaient de la voix deux coqs noirs, qui, le plumage poissé de sang, tournoyaient sur un espace dégagé tout près du feu, se lacérant mutuellement avec les effrayants crochets de métal fixés sur leurs griffes.

« Votre coq perd une fois de plus, dit une voix distinguée à l'accent traînant. Vous pouvez suer sang et eau, messire Dereham, dans un combat de coqs vous perdrez toujours votre pari contre moi. » Me retournant, je reconnus l'homme que lady Rochford avait désigné sous le nom de Culpeper. Un petit groupe de courtisans se trouvaient au tout premier rang de la foule et, par déférence, les autres spectateurs avaient laissé un espace autour d'eux. Le visage sournois de Culpeper rougeoyait dans la lumière des flammes, tout comme celui de Dereham, le secrétaire de la reine, qui se tenait près de lui, un sourire morose sur les lèvres.

« Nenni, monsieur ! répliqua Dereham. J'ai parié également sur votre coq. Deux marcs. »

Culpeper sembla déconcerté. « Mais alors… », fit-il, sans se départir de son air perplexe quand Dereham lui éclata de rire au nez. Le jeune Culpeper brillait peut-être par ses succès auprès des dames mais pas par son intelligence.

Dereham m'aperçut. Il fit alors un pas vers moi en roulant les épaules, les sourcils froncés. « Hé, vous ! lança-t-il d'un ton sec. Vous êtes l'avocat Shardlake, c'est bien ça ?

— Oui, messire.

— Sir William Maleverer m'a demandé si je vous avais vu porter un coffret décoré au Manoir du roi, il y a quelques jours. Pour quelle raison, maraud, avez-vous osé livrer mon nom de la sorte ?

— Je n'ai rien fait de tel, messire, répondis-je, sans hausser le ton. Sir William a souhaité connaître le nom de toutes les personnes qui m'avaient vu transporter le coffret et je me suis rappelé que vous et lady Rochford aviez jeté un coup d'œil vers moi… J'avais du plâtre sur mon manteau, précisai-je.

— Et qu'est-ce que ce coffret a donc de si important ? demanda Dereham. Maleverer a refusé de me le dire, se contentant d'affirmer qu'on en avait dérobé le contenu. »

Très gêné, je regardai à l'entour. Plusieurs personnes s'étaient retournées en entendant la voix braillarde de Dereham. Maleverer serait furieux s'il savait que Dereham répandait ainsi la nouvelle

« Le contenu du coffret a disparu, messire, répondis-je à voix basse Sir William s'occupe de cette affaire.

— Ne me répondez pas sur ce ton, vil manant ! » Son visage s'empourpra. « Savez-vous qui je suis ?

— Vous êtes messire Dereham, le secrétaire de la reine.

— Alors vous me devez le respect ! » Il fronça de nouveau les sourcils, puis sourit d'un air cruel. « Vous êtes le bossu dont le roi s'est gaussé, pas vrai ?

— C'est juste », répondis-je d'un ton las. Quand on avait affaire à quelqu'un du rang de Dereham, de Rich ou de Maleverer, on était contraint de ravaler son orgueil.

« Toute la ville en parle ! » s'esclaffa-t-il, avant de tourner les talons.

Barak me saisit le bras et m'emmena. « Ce sont des parasites, déclara-t-il. Tamasin m'a dit que Culpeper lui a fait des avances. Il tente sa chance avec toutes les femmes qui lui plaisent. Comme c'est l'un des serviteurs attachés à la personne du roi, tout lui est permis

— Je vais devoir me fabriquer une peau de crocodile.

— Votre mésaventure sera vite oubliée. Demain, un grand combat d'ours et de chiens va se dérouler au manoir. Toute la gentilhommerie d'York est invitée, et la moitié du campement accourra pour y assister. Vous verrez, on ne parlera plus que de ça. »

J'opinai de la tête. « Tu vas y emmener Tamasin ?

— Elle n'aime pas ce genre de spectacles. Elle n'a pas le cœur bien accroché, elle non plus. »

Je souris. « Est-ce que tu vas continuer à la fréquenter quand on rentrera à Londres ? Ou n'est-ce qu'une amourette parmi d'autres ?

— Je croyais que vous ne l'aimiez pas.

— Peut-être ne lui ai-je pas rendu justice. De toute façon, ce sont tes affaires, pas les miennes.

— Eh bien ! fit-il, on verra… Je ne peux pas décider si longtemps à l'avance, ajouta-t-il avec un sourire énigmatique. J'ai l'impression que nous sommes à York depuis une éternité.

— Moi aussi. Allons, viens ! Cette promenade m'a ouvert l'appétit. Est-ce qu'on sert le repas au réfectoire ?

— Théoriquement. »

Nous reprîmes le chemin de Sainte-Marie. J'aperçus le jeune Leacon au milieu d'un groupe de soldats, près des tentes. Il inclina le buste à mon adresse et je lui répondis par un signe de tête. Puis je reconnus quelqu'un d'autre en bordure d'une foule de spectateurs, qui, les bras croisés, encourageaient de la voix un combat entre deux énormes mâtins. Souriant d'un air approbateur, il se délectait de ce cruel spectacle, où l'un des deux chiens venait de déchirer le ventre de l'autre, d'où sortait un amas d'entrailles sanguinolentes.

« C'est Radwinter ! dis-je à Barak. Passons de ce côté-ci ! Je n'ai aucune envie de le voir. » Cependant, le misérable m'avait repéré et, au moment où nous nous enfoncions dans l'obscurité, il me décocha un sourire ironique.

« Qu'est-ce qu'il fait là ? demanda Barak. Je croyais qu'il était censé garder Broderick.

— Je suppose que Maleverer lui permet de se dégourdir les jambes de temps en temps. Que le diable l'emporte ! Attention à la boue ! »

Nous étions parvenus à l'extrémité du campement, au-delà des tentes, à un endroit où le sol s'abaissait vers un bouquet d'arbres. De l'autre côté, l'Ouse luisait au clair de lune. Nous rebroussâmes chemin.

« Demain, c'est samedi, dis-je. Tu peux avoir quartier libre. J'irai rendre visite à messire Wrenne pour m'enquérir de sa santé et de ce qui a été décidé pour la réception des solliciteurs. Si Wrenne est indisposé, je risque de devoir m'en charger moi-même.

— Le combat d'ours et de chiens a lieu le matin. Mais certains clercs vont à la chasse au faucon et je songe à me joindre à eux... Tamasin aimerait m'accompagner, ajouta-t-il, après un instant d'hésitation.

— Excellente idée. Va respirer l'air pur ! Que dit la vieille ritournelle, déjà ? "Un gerfaut gris pour un roi..."

— "Un émerillon pour une dame", continua Barak d'un ton joyeux.

— "Un autour pour un franc-tenancier, un épervier pour un prêtre..."

— "Une crécerelle pour un vilain"... J'espère que quelqu'un voudra bien me prêter une crécerelle, s'esclaffa-t-il.

— Tamasin m'a parlé de son père, dis-je.

— Ah bon ? » Il eut l'air surpris. « Quand l'avez-vous vue ?

— On s'est rencontrés par hasard. Nous avons eu une petite conversation. Peut-être ai-je été un peu dur avec elle.

— Je suis content que vous vous en rendiez compte.

— Elle croit que son père était un homme hautement qualifié.

— C'est sans doute ce que sa mère lui a dit pour la consoler. Personne n'aime la souillure de la bâtardise.

— C'est aussi mon avis. » Je pensai à Maleverer. Lui aussi souffrait de cette tare. Mais sa façon d'y réagir était plus brutale.

Barak secoua la tête. « Bien que Tammy ait les pieds sur terre dans beaucoup de domaines, elle a cette idée fixe à propos de son père. » Il soupira. « Les femmes ont besoin d'être moralement soutenues, or la religion ne compte guère pour Tamasin. À la Cour, elle a été témoin de la cupidité et des manœuvres politiques suscitées par les changements religieux.

— Sur ce point tu ne peux qu'être d'accord avec elle, me semble-t-il. Comme moi-même. »

Il opina du chef. « J'ai pensé écrire à l'une de mes relations qui travaille au bureau de la maison du roi. Je lui ai rendu un service autrefois, à l'époque où j'œuvrais pour lord Cromwell. En cas de doute sur la légitimité d'une personne, les rumeurs vont toujours bon train.

— Il vaudrait peut-être mieux ne pas découvrir la vérité.

— S'il s'avère que son père était en fait chargé de chasser les chiens errants des cuisines, ou quelque chose de ce genre, rien ne m'oblige à le lui révéler.

— Soit. »

On entendit un bruit de voix. Quoiqu'il ait fait noir à cet endroit-là, à la bordure du campement, j'aperçus un peu plus loin la lumière d'un petit feu au milieu d'un groupe d'hommes et de gamins. Une fosse avait été creusée que l'on avait remplie de fagots. Une équipe de marmitons avait déchargé d'un chariot les différentes pièces d'un autre gigantesque hâtier, ils s'escrimaient à le monter, encastrant les grandes barres centrales garnies de pointes dans le pivot de l'appareil.

« Ne fixe pas encore les manivelles, Danny ! lança un corpulent cuisinier en tablier.

— D'accord, papa ! » répondit de l'autre bout de la broche la voix flûtée d'un gamin. La broche était si longue qu'on avait du mal à distinguer la silhouette floue du gosse.

« Où est le fichu bœuf ?

— Owen est allé le chercher.

— Parle moins fort si tu veux pas que les types des tentes là-bas viennent réclamer à manger avant même que la bête soit embrochée. Qui va là ? cria le cuisinier d'un ton péremptoire en entendant nos pas, avant de se découvrir en voyant ma robe. Ah ! monsieur, excusez, mais on veut personne ici avant que la cuisson ait commencé.

— On ne fait que passer », répondis-je en m'éloignant de l'extrémité de la broche dont les pointes acérées oscillaient, pendant que le petit marmiton était en train de la fixer à l'autre bout. « Voilà une sacrée broche, dis-je. Vous allez y rôtir un bœuf entier ?

— Oui. Et des poulets et des canards en dessous. On a cent bouches à nourrir ce soir.

— Vous faites ça tous les soirs depuis le départ de Londres ? » Quel soulagement de parler à quelqu'un qui ignorait ce qui s'était passé à Fulford – ou n'y attachait aucune importance !

— Oui-da ! Et dans des conditions pires que celles-ci, de plus, par exemple dans des champs transformés en mer de boue au mois de juillet. Un jour, les pluies ont éteint le feu et les gars étaient à deux doigts de se révolter... On a dû faire appel aux soldats... Je ne me plaindrai plus du froid qui règne dans les cuisines de Hampton Court... », ajouta-t-il en secouant la tête.

Il se tut brusquement. À l'autre bout de la broche, le petit marmiton avait poussé un grand cri et j'entendis soudain un violent crissement métallique. Barak m'attrapa et me plaqua sur le sol.

« Que diable... ? » hurlai-je en m'affalant lourdement sur l'herbe drue. Puis, levant des yeux terrifiés, je vis que la grande barre métallique qu'on avait encastrée dans le pivot central du hâtier vibrait dans l'air à trois pieds au-dessus de ma tête. Si mon assistant n'avait pas eu de réflexes, elle m'aurait embroché tout cru. Barak et le cuisinier se précipitèrent à l'autre bout de la broche et on entendit un nouveau cri, cette fois-ci poussé par le cuisinier : « Au meurtre ! À l'assassin ! »

Je me remis sur pied, avec une grimace que m'arracha un regain de douleur dans le cou, et courus vers Barak et le cuisinier Ils étaient penchés au-dessus d'un petit corps étendu à terre.

« Quelqu'un a assommé le marmiton, me lança Barak, puis il a poussé la broche dans votre direction, dans l'intention de vous trucider.

— Danny ! s'écria le cuisinier. Danny !

— Ce gamin..., soupirai-je. Il est...

— Voyons un peu. »

Le cuisinier était accroupi sur le sol, la tête du garçonnet sur ses genoux. À mon grand soulagement, le petit corps bougeait.

« Maniez-le doucement, dit Barak. Faites attention à sa tête ! »

Le cuisinier le foudroya du regard. « Inutile de me donner des conseils ! C'est mon fils !

— Je suis désolé, dis-je en me penchant vers l'enfant. Où est-il blessé ?

— Il y a du sang à l'arrière de sa tête », indiqua le cuisinier. Je palpai délicatement le crâne du gamin. « Il me semble qu'il ne s'agit que d'une blessure superficielle. Il a été frappé à la nuque. »

Le gamin poussa un grognement. « Papa, je vois tout trouble ! » s'écria le petit, qui n'avait guère plus de douze ans. J'eus un accès de fureur contre la brute qui l'avait assommé de la sorte.

« Gardez-le sur vous en attendant que sa vision se rétablisse. »

Le cuisinier me fixait du regard. « C'est vous que l'assassin visait, monsieur.

— Je vois beaucoup mieux maintenant, papa, déclara le gosse en essayant de se relever, avant de gémir et de s'affaler à nouveau. J'ai la tête qui tourne.

— Écoutez, l'ami, fis-je. Votre fils souffre d'une commotion

cérébrale. Qu'il s'étende et se repose. Enveloppez-le dans une couverture. S'il ne va pas mieux demain, venez me trouver et je vous paierai
un médecin. Comment vous appelez-vous ?

— Goodrich, monsieur.

— Demandez messire Shardlake, à la résidence des juristes.

— D'accord. » L'air terrifié, il fixa la broche, puis scruta les
ténèbres. « Et s'il revenait ?

— On va s'occuper de ça », déclara Barak d'un ton sombre. Il
courut allumer un bout de bois dans le feu et je le suivis dans
l'obscurité. On ne vit rien, cependant, seulement la rivière au puissant courant et, derrière nous, les lumières du camp. « Il a dû regagner le camp. Merde ! jura Barak.

— Sans doute, murmurai-je. Viens ! Retournons-y, nous aussi ! »
Nous rejoignîmes le cuisinier, toujours accroupi près de son fils. Un
groupe d'hommes approchait, traînant un chariot chargé d'une
carcasse de bœuf. Je touchai le bras du cuisinier. « Souvenez-vous de
mon nom : messire Shardlake. Donnez-moi des nouvelles de votre
fils.

— Il faut signaler cette affaire !

— Je vais m'en charger. N'oubliez pas de venir me voir à la résidence des juristes. »

Nous nous éloignâmes et regagnâmes la sécurité relative des zones
éclairées. Nous nous arrêtâmes pour contempler la foule. Assis autour
de leur tente, après dîner, des hommes jouaient de la musique ; le
son des chalumeaux et des cornemuses montait dans l'air.

« Donc, dis-je à voix basse, je suis bien en danger. J'ai pris des
risques aujourd'hui en me baladant et en râlant tout seul.

— Comment se fait-il qu'ils n'aient pas tenté le coup plus tôt ?

— Peut-être ont-ils saisi la première occasion. La personne a dû
nous voir entrer dans le campement.

— Il doit y avoir là des centaines de gens venant du Manoir du
roi. Si seulement Maleverer acceptait de vous révéler la teneur de
ces papiers, la raison de leur importance, vous sauriez par où
commencer.

— Ça, il ne le fera jamais. Je vais lui rapporter ce qui vient
d'arriver, mais même s'il le voulait il n'aurait pas le moyen de me
protéger, pas au milieu de ces centaines de gens.

— C'est un crétin.

— Et il est de connivence avec Rich dans une affaire de corruption.
Non, je doute d'obtenir de l'aide de sa part. Rich serait sans doute
ravi d'être débarrassé de moi. »

Barak sifflota. « Vous ne pensez pas..

— Aucune idée Tout ce que je sais, c'est que la personne qui a voulu me tuer ce soir risque de se livrer à une nouvelle tentative.

— Nous pourrions demander à être renvoyés chez nous. Puisque vous êtes en danger.

— On semble avoir besoin de moi, ici. En outre, même si on retournait à Londres, qu est-ce qui pourrait empêcher cette personne de nous y suivre ? Sans compter qu'il y a aussi des conspirateurs dans les écoles de droit. Je regardai à nouveau les mouvements de la foule. Ce n'était pas la première fois que j'avais l'impression d'être menacé par un assassin, mais je n'avais jamais éprouvé une telle sensation d'impuissance. Je me tournai à nouveau vers Barak. « Merci, Jack, murmurai-je. Ta prompte réaction m'a sauvé la vie.

— Le crissement métallique m'a fait tourner la tête et j'ai vu le mouvement de la broche. Seigneur Dieu, il s'en est fallu d'un quart de seconde ! »

Je restai coi quelques instants, puis respirai profondément. « J'ai pris une décision, dis-je. Maintenant que je sais que quelqu'un en veut à ma vie, je vais me lancer à sa poursuite. J'en ai par-dessus la tête et je n'ai pas la moindre intention de me faire traquer comme une proie. Sans compter que d'autres vies risquent d'être menacées, la tienne aussi, peut-être, puisque mon ennemi n'hésite même pas à assommer les gosses... Acceptes-tu de m'aider ? Je n'ai aucun droit de te demander ce service, car je me suis conduit comme un rustre envers toi à propos de la jeune Tamasin. »

Il opina du chef. « Je me joins à vous sans la moindre hésitation. Je préfère agir que me transformer en cible vivante. » Il me tendit la main et je la serrai. « Comme la dernière fois », dit-il.

21

I L FAISAIT FROID QUAND POINTA L'AUBE DU SAMEDI, et la bruine se mêlait à une brume grise qui cachait le clocher de Sainte-Marie. J'avais sollicité un entretien avec Maleverer, la veille, mais on nous avait fait savoir qu'il ne pouvait être dérangé. Barak et moi nous levâmes tôt, après une brève nuit de sommeil, et sortîmes. Je refermai la porte à clef derrière moi, je m'étais toujours enfermé à double tour depuis la première attaque subie au Manoir du roi.

Un peu plus loin, les deux ours dormaient dans leurs grandes cages métalliques. Ils devaient ce jour-là affronter de gros mâtins pour le plaisir du roi. Nous nous dirigeâmes une fois de plus vers le manoir. Les arbres commençaient à perdre leurs feuilles, l'automne étant plus avancé dans le Nord. Taches rougeâtres animées, les écureuils couraient en tous sens sur les branches. Seules personnes autorisées à porter des armes dans le domaine royal, le fusil sur l'épaule et l'épée au côté, des soldats patrouillaient sur le chemin de ronde du mur d'enceinte. Sans doute en raison du meurtre du verrier à Sainte-Marie, les agents officiels de la maison du roi gardaient l'œil au guet en ce qui concernait le port d'armes. Barak et moi avions discuté fort tard et étions tombés d'accord sur le fait que je n'avais sans doute pas à craindre un coup d'épée. Notre assaillant, qui fût-il, chercherait à passer inaperçu. Il avait dû nous suivre de loin dans l'obscurité du campement, attendant le moment propice pour saisir hardiment l'occasion et frapper sans être vu.

« Êtes-vous certain de ne pas souhaiter que je reste avec vous aujourd'hui ? demanda Barak.

— Non, merci. Une fois que j'aurai vu Maleverer j'irai rendre visite à Wrenne, puis je reviendrai à la résidence. Le jour, je suis en relative sécurité si je reste dans les quartiers animés. Non, aujourd'hui tu as ta partie de chasse.

— Merci. Un des clercs me prête un autour. On vient de terminer son dressage. Il n'y a que quelques semaines qu'on a cousu ses yeux pour le dompter, mais ça vaut mieux que rien.

— Alors, fais bien attention. »

Il partit et je me dirigeai vers le manoir, dont le perron était à présent gardé par un détachement de soldats. Je levai les yeux vers les fenêtres des appartements du premier étage, où dormait le roi. Les volets étaient fermés. Avait-il fait venir la reine dans son lit ? Je frissonnai, me rappelant l'odeur de son énorme jambe.

On m'autorisa à entrer et on me conduisit au bureau de Maleverer, qui était déjà levé et travaillait sur ses documents. Il avait l'air fatigué et des cernes sombres ornaient ses yeux farouches. Cet homme était un bourreau de travail – force m'était de lui reconnaître cette qualité.

« Quoi encore ? grogna-t-il en me fixant d'un regard torve. Je m'étonne que vous osiez paraître une fois de plus devant moi.

— On m'a attaqué hier soir, sir William. J'ai pensé qu'il était de mon devoir de vous en aviser. »

Cette nouvelle parut éveiller son intérêt. Il écouta attentivement mon récit, fronça les sourcils pour mieux se concentrer, avant que ses yeux s'attardent sur moi.

« Êtes-vous sûr que ce n'était pas un accident ? Les domestiques peuvent se montrer malins comme des singes. Peut-être le marmiton n'a-t-il pas du tout été assommé et a-t-il seulement joué la comédie pour cacher son utilisation maladroite de la broche. Y avez-vous pensé ?

— Sa tête saignait. Et la broche a été lancée dans ma direction avec une force supérieure à celle d'un enfant. » Je revis la pointe acérée vibrant dans l'air.

Maleverer demeura coi quelques instants. Ce fut d'un ton serein qu'il reprit la parole. « Nous pensions que la personne qui s'est emparée des papiers s'était enfuie. Plusieurs conjurés se sont échappés dans les landes, d'autres ont gagné l'Écosse, et certains se trouvent également à Londres. Le voleur aurait été plus avisé de prendre la fuite, or on n'a noté la disparition inopinée de personne. Peut-être a-t-il remis les documents à un complice avant de reprendre sa place parmi nous. Afin de vous faire disparaître, puisque vous êtes le seul à avoir vu le contenu de ce coffret – c'est du moins ce que croient ces gens… Ils pensent sans doute que vous avez gardé pour vous ce que vous avez découvert, au lieu de me le révéler, ajouta-t-il, le front plissé.

— C'est possible, en effet.

— Je vais devoir faire part de cet incident au Conseil privé.

— Ne pensez-vous pas qu'il serait préférable que je quitte le cortège et que je rentre à Londres ? dis-je après une courte hésitation.

— Non, non, messire Shardlake ! répliqua-t-il avec un sourire

240

glacial. Vous pourrez nous servir d'appât. Peut-être amènerez-vous notre meurtrier à se découvrir...

— ... ou à m'assassiner. »

Il haussa les épaules. « À vous de rester sur vos gardes ! Que ce soit votre châtiment pour vous être laissé voler le contenu du coffret. Non, je vous interdis de quitter le cortège. » Il me sourit durant un long moment, promenant un gros doigt poilu le long du bord de sa barbe, l'ongle jauni se détachant sur les poils noirs.

« À vos ordres, sir William, répondis-je d'un ton neutre, professionnel. J'ai l'intention d'aller de ce pas rendre visite à messire Wrenne. Il paraît qu'il a été victime d'un malaise. Nous risquons de devoir prendre d'autres dispositions s'il ne peut pas assister à la discussion des doléances. »

Il poussa un grognement. « J'avais bien dit qu'il était trop âgé pour cette tâche. Il nous faudra trouver un remplaçant. Envoyez-moi un message s'il n'est pas disponible. Vous, vous n'êtes pas capable de remplir cette fonction... Il nous faut quelqu'un qui ait de la prestance et qui jouisse d'une certaine réputation dans la région pour présider les séances d'arbitrage », précisa-t-il en me décochant un nouveau sourire.

Je fis une révérence et sortis. Tout en descendant l'escalier, je décidai que, puisque je devais me défendre tout seul, j'allais dorénavant porter un poignard à la ceinture, même s'il était interdit d'être armé au Manoir du roi.

Comme je longeais une rue Petergate brumeuse en direction de la cathédrale, j'aperçus des manouvriers, armés de râteaux et revêtus de la tenue de la ville, qui s'employaient à égaliser le sable et la cendre sur la voie. Le roi allait sans doute revenir à York pour assister à de nouvelles cérémonies et à de nouveaux spectacles. Devant les petites maisons, je repensai au règlement qui interdisait aux Yorkais de jeter leurs déchets dans la rue ou dans la rivière durant le séjour du cortège. Les ordures devaient s'entasser dans les arrière-cours. Voilà le symbole même de cette visite royale ! Du clinquant en façade et un tas d'étrons derrière.

On me laissa entrer dans l'enceinte de la cathédrale. Je frappai à la porte de Wrenne et fus accueilli par la vieille gouvernante. Elle avait les traits tendus et la mine angoissée.

« Bonjour, Madge. Comment va messire Wrenne ? J'ai appris qu'il était souffrant.

— Le maître n'est pas capable de travailler, aujourd'hui. Il est couché bien au chaud dans son lit. Le docteur est à son chevet.

— Je suis juste venu m'enquérir de sa santé. »

Elle hésita un instant. « Eh bien, entrez donc, m'sieu. Je vais voir s'il peut vous recevoir. »

Elle me laissa dans la salle. Le feu était éteint, le faucon gris dormait sur son perchoir, la tête enfouie sous son aile. Je songeai à Barak parti à la chasse, accompagné de Tamasin. Je n'avais pas voulu rester seul à Sainte-Marie et je savais que je me sentirais en sécurité chez Wrenne.

Je parcourus du regard les piles de livres à l'entour. J'avais en tête de trouver quelque part une carte du Kent, afin d'y vérifier la situation du village de Braybourne. Je n'avais aucune idée de ce qu'il faudrait en déduire, mais ce serait un début. En outre, ma détermination à découvrir ce qui se passait s'était accrue. Cela contrebalançait mon sentiment de honte et de colère après l'incident de Fulford Cross.

Madge vint m'annoncer que messire Wrenne allait me recevoir. Je la suivis à l'étage dans une chambre petite mais bien meublée. Giles était couché sur un bon matelas de plumes. Je fus choqué de voir le changement qui s'était opéré en lui. Son fort visage carré était blême et j'eus l'impression qu'il s'était émacié depuis la veille. À ma grande surprise, le Dr Jibson était en train de lui parler. Il sourit en me voyant entrer.

« Bonjour, messire Shardlake. »

Giles me tendit la main. « Le Dr Jibson me dit que vous vous connaissez déjà. Il refuse de dire comment. Secret professionnel. Mais j'espère que vous n'êtes pas malade, vous aussi ? »

Je lui serrai la main, content de constater que la voix du vieil homme était toujours aussi claire et aussi forte qu'auparavant. Sa poignée de main restait ferme, elle aussi. « Non, répondis-je, mais vous…

— Oh, j'ai eu un malaise, mais je me rétablis. Dès lundi, je serai prêt à retravailler. C'est ce jour-là que nous écoutons les premières doléances, au château.

— Je dois vous quitter maintenant, monsieur, dit le Dr Jibson. Je vais expliquer à votre gouvernante comment fabriquer la poudre. »

Le médecin s'en alla.

« Prenez un siège, Matthew », dit Giles. J'approchai un tabouret du lit. Il posa sur moi un regard grave puis soupira. « Ce que le roi vous a dit hier a dû vous blesser énormément. Et je suis chagriné d'avoir été impliqué dans cette vile plaisanterie.

— Ce n'est pas la première fois que j'ai eu à subir ce genre de sarcasme, mais jamais de la part d'un roi, ni devant une telle assemblée. Et vous, il paraît que vous avez eu un malaise juste après cet épisode.

— Oui. Je n'avais jamais été victime d'une telle attaque. J'étais tout à fait calme jusqu'à ce que le roi me regarde droit dans les yeux et me parle. Et alors... » Il se tut, tressaillant visiblement.

« Et alors ?

— Vous allez me prendre pour un vieil imbécile.

— Pas du tout.

— J'ai ressenti une soudaine révulsion. Je ne vois pas comment l'appeler autrement. L'espace d'un instant, je ne savais plus où j'étais ni qui j'étais. Quand le roi s'est éloigné j'ai titubé au milieu de la foule et j'ai failli tomber. Heureusement que les Yorkais me connaissent : ils m'ont aidé à rentrer en ville sans que personne s'aperçoive du piteux état où je me trouvais. » Il prit une chope près de son lit et but une gorgée de son contenu. Je sentis le fumet capiteux d'un grog à la bière et au lait. Il secoua la tête. « Quand j'ai regardé les yeux du roi, j'ai eu l'impression que toute ma force m'était soutirée.

— Il a des yeux cruels. »

Wrenne poussa soudain un rugissement de rire, mais j'y perçus un certain effroi. « Cela m'a rappelé la fameuse légende qui courait à l'époque du soulèvement.

— Que le roi est la Taupe ?

— Oui. Vous êtes au courant ? fit-il en haussant les sourcils.

— J'en ai entendu parler. »

Il secoua de nouveau la tête. « Il est dangereux d'évoquer de si grotesques superstitions. J'avais trop travaillé, la pression était trop forte. Pourtant... Je m'étais souvent demandé à quoi le roi ressemblait vraiment. Maintenant je le sais. » Il secoua la tête derechef. « Et la reine... Elle est si jeune !

— Je la plains.

— Une mignonnette aux formes généreuses, mais pas royale.

— Elle a du sang Howard.

— Les Howard... Le lignage ne remonte pas aussi loin qu'ils le prétendent. » Il soupira. « Peut-être que tout l'apparat et le faste du pouvoir, tout ce qu'on nous raconte sur la puissance de la royauté de droit divin, peut-être que tout cela nous empoisonne l'esprit, si bien que lorsqu'on découvre la réalité cela produit un choc.

— La réalité... Affreuse, sordide... »

Il me fixa du regard. « Et cependant la royauté est indispensable. C'est la clef de voûte de l'ordre social ; sans elle tout s'effondrerait, et ce serait le chaos.

— Cela est déjà arrivé à York, n'est-ce pas ? Il y a cinq ans, et il s'en est fallu de peu au printemps dernier également, pas vrai ?

— Oui. Il y a beaucoup de ressentiment dans la région. Dites-moi, comment la ville a-t-elle accueilli le roi ?

— D'après Barak, les acclamations ont été clairsemées.

— Quelle différence avec ce qui s'est passé pour Richard III !

— Richard le Bossu, murmurai-je. Je me rappelle. .

— Oui ?

— Une fois, quand j'étais gosse, je jouais dans la salle de notre maison. Mon père et certains de ses amis discutaient autour de la table. L'un d'eux a évoqué un événement survenu sous le règne de Richard. "À l'époque de Richard le Bossu", a-t-il précisé, oubliant ma présence. Mon père a jeté un coup d'œil vers moi. Je vois encore l'expression de son visage : de la pitié mêlée à de la déception.

— Vous avez dû souffrir, dit Giles d'une voix douce.

— Peut-être, répondis-je en haussant les épaules.

— Ce n'était que de la propagande, de toute façon. Vous oubliez que j'ai vu le roi Richard. Il avait le dos tout à fait droit et un visage sérieux, dur, mais pas cruel. » Il se cala sur ses oreillers. « Je n'étais qu'un garçonnet, à l'époque. Tout cela est si loin… J'avais espéré garder mes forces un peu plus longtemps, poursuivit-il en levant les yeux vers moi, or cette attaque douloureuse et cette défaillance sont graves. S'il m'arrive ce qui est arrivé à mon père, je vivrai des moments de rémission, mais ces attaques se multiplieront. Je risque de ne pas être un compagnon facile sur le chemin du retour à Londres.

— Ne vous en faites pas. Barak et moi, nous vous aiderons de notre mieux.

— Vous êtes bon. » Il me regarda et, avant qu'il se détourne vivement pour me cacher ses yeux, je vis qu'ils étaient mouillés de larmes.

Je songeai alors que je n'avais jamais vu de larmes dans les yeux de mon père, même à la mort de ma mère. Il y eut quelques instants de silence, puis je dis d'un ton léger : « Je suis venu vous voir mais aussi vous demander un petit service.

— Bien sûr. N'importe quoi.

— J'ai besoin de vérifier quelque chose sur une carte de l'Angleterre du Sud. En rapport avec une affaire que je traite à Londres. Avez-vous des cartes dans votre collection ? »

Une lueur d'intérêt brilla dans ses yeux. « Oh oui, j'en possède plusieurs. Ce sont surtout de vieux documents qui appartenaient aux moines, mais consultez-les, je vous en prie. La plupart sont des cartes du Nord, mais j'en ai une ou deux qui représentent les comtés du Sud, me semble-t-il. J'avais d'ailleurs l'intention de vous montrer ma collection, qui se trouve dans deux pièces à l'arrière de la maison. Demandez les clefs à Madge. Les cartes et les plans sont rangés sur la troisième étagère accrochée au mur sud de la première pièce. Je crains d'être obligé de rester couché.

— Bien sûr. » Voyant qu'il était fatigué, je me levai. « J'enverrai prendre de vos nouvelles demain. Si vous êtes toujours mal en point, je demanderai à Maleverer de trouver quelqu'un d'autre pour s'occuper des placets. Il ne veut pas que je préside aux arbitrages. »

Wrenne sourit tout en secouant vigoureusement la tête. « Je me sentirai mieux demain... Ne prenez pas trop à cœur les propos du roi, Matthew, ajouta-t-il après une brève hésitation. Cela faisait partie d'un jeu politique. Ce n'était pas personnel.

— Une occasion de complimenter un Yorkais à mes dépens. Il a réussi son coup. Non, le plus douloureux a été de voir que le roi prenait plaisir à faire son commentaire. »

Il posa sur moi un regard grave. « La politique est un jeu cruel.

— À qui le dites-vous ! »

Je le quittai et regagnai le rez-de-chaussée. Le Dr Jibson était en train de s'entretenir avec Madge dans la salle. « Messire Wrenne m'a permis de consulter ses archives », déclarai-je à la gouvernante.

Elle hésita un instant. « Je vais chercher les clefs », dit-elle, puis elle me laissa avec le médecin.

« Comment va-t-il ? » demandai-je.

Jibson secoua la tête. « Il a une maladie qui le mine peu à peu.

— Il m'a dit que son père était mort de la même chose. Ne peut-on rien faire ?

— Non, ces atroces tumeurs rongent le malade. Seul un miracle peut le sauver.

— Et sans miracle, pour combien de temps en a-t-il encore ?

— Difficile à dire. J'ai palpé la boule dans son abdomen, elle n'est pas encore très volumineuse, mais elle va grossir. Quelques mois tout au plus, je pense. Il a l'intention de se rendre à Londres, m'a-t-il annoncé, ce qui est une folie, à mon avis.

— Peut-être. Mais c'est important pour ce vieil homme. Je lui ai promis de m'occuper de lui.

— La tâche risque d'être malaisée.

— Je me débrouillerai. » Je me tus un instant. « Avez-vous revu Broderick ?

— Oui. Il a évacué tout résidu du poison, quelle qu'en soit la nature. Il est jeune et robuste, malgré les mauvais traitements subis. »

Je hochai la tête, désappointé que le médecin ne donne jamais un diagnostic précis. Madge réapparut avec les clefs et je dis adieu à Jibson. Je remontai l'escalier sur les talons de la gouvernante, qui me conduisit jusqu'à un couloir situé derrière la chambre de Wrenne.

« Rares sont ceux que le maître laisse entrer ici, affirma-t-elle en me regardant d'un air méfiant. Vous ne dérangez pas ses livres et ses papiers, hein ? Il aime que tout soit en ordre.

— Non. C'est promis. »

Elle déverrouilla une solide porte et me fit entrer dans une grande pièce où régnait une odeur de poussière et de souris. Il s'agissait en fait de la chambre principale de la maison, et on avait abattu la moitié du mur qui la séparait du local contigu. Du sol au plafond, les murs des deux pièces étaient recouverts d'étagères débordant de livres et de documents, parchemins roulés et piles de manuscrits. Je jetai un coup d'œil stupéfait à l'entour.

« Je n'avais aucune idée de l'importance de sa collection, dis-je. Il doit y avoir des centaines de volumes, sans compter le reste.

— Oui. Le maître a commencé à les réunir il y a près de cinquante ans. » La vieille femme parcourut du regard toute la bibliothèque et secoua la tête, comme si Wrenne se livrait à une occupation déraisonnable.

« Y a-t-il un fichier ?

— Non. D'après lui, il garde tout dans sa tête. »

J'aperçus un petit dessin représentant les quatre points cardinaux accroché au mur. Comme Wrenne l'avait annoncé, des feuilles roulées s'entassaient sur la troisième étagère contre le mur sud.

« Je vais vous laisser, monsieur, dit Madge. Il faut que je prépare la poudre prescrite par le médecin pour soulager la douleur du maître.

— Cela veut donc dire qu'il a mal ?

— La plupart du temps.

— Il le cache bien.

— Ça c'est vrai ! » Elle fit une révérence et s'éclipsa.

Resté seul, je parcourus les étagères du regard. Quand je fouillai dans les cartes mon étonnement ne fit que croître. La collection qu'il avait accumulée était fascinante, stupéfiante. Je déroulai d'anciennes cartes de l'intérieur des terres et de la côte du Yorkshire, enluminées par des scribes de monastères et sur lesquelles figuraient des sanctuaires et des lieux de pèlerinage où des miracles s'étaient accomplis. Il y en avait aussi d'autres comtés, et parmi celles-ci je découvris une grande carte du Kent vieille de deux siècles environ. Si elle était quelque peu imprécise, un grand nombre de noms de lieux y étaient inscrits.

Un bureau se trouvait près de la fenêtre donnant sur la cathédrale. Je m'y installai et étudiai le document. Je repérai Ashford et ensuite, vers le sud-ouest, le nom de Braybourne. À l'ouest, je vis le Leacon d'où le jeune sergent était originaire. Je me frottai le menton. Par conséquent, un homme appelé Blaybourne ou Braybourne était peut-être venu du Kent au siècle dernier et avait laissé à York une confession qui préoccupait les rois. Mais en quoi cela m'avançait-il ? Apparemment j'avais espéré que la carte me fournirait une clef, une piste, mais je devais me contenter de ce nom, celui d'un trou perdu.

Je remis la carte sur l'étagère et avançai le long des rayonnages, étonné par la variété et l'ancienneté des livres et des documents : biographies, traités d'histoire, manuels de médecine et d'horticulture, ouvrages sur les arts décoratifs, en anglais, en latin, et en anglonormand. Je m'étonnai de ne voir aucun ouvrage de droit, mais quand j'entrai dans la seconde pièce, je découvris que plusieurs étagères en étaient pleines . œuvres classiques comme celle de Bracton, annuaires et vieux registres de minutes de procès, ainsi que des recueils entiers de textes de loi. Certaines années manquaient à Lincoln's Inn ; il y avait beaucoup de lacunes dans les dossiers juridiques de la bibliothèque de mon école de droit.

Je m'équipai de plusieurs annuaires et retournai m'installer au bureau. Il s'agissait bien d'anciens comptes rendus de procès qui avaient disparu. Oublieux du temps, je restai à lire ces vieux registres. Depuis l'enfance, chaque fois que j'étais malheureux, j'avais toujours pu m'échapper dans le monde des livres, et dès que je me plongeai dans la collection de Wrenne je sentis mon esprit et mon corps se calmer, se détendre. Quand je revins à la réalité, pensant que Lincoln's Inn donnerait beaucoup pour avoir des copies de certains de ces comptes rendus, je m'aperçus que plusieurs heures avaient passé. Je redescendis à la cuisine, un peu gêné. Madge était en train de coudre. Je toussotai.

« Madge, je suis désolé. J'étais complètement absorbé par les livres là-haut. »

Elle me sourit pour la première fois, et son sourire était étonnamment charmant. « Ça fait plaisir de voir quelqu'un s'intéresser à la collection du maître. Ce n'est pas fréquent. Aujourd'hui, les gens disent qu'il faut faire une croix sur le passé et les anciennes façons.

— Quelle remarquable bibliothèque !

— Le maître dort. » Elle regarda par la fenêtre. Dehors, la pluie continuait à cribler la brume. « Il bruine toujours. Voulez-vous manger quelque chose ?

— Ce n'est pas de refus, répondis-je. me rendant compte que j'avais faim.

— Je peux vous apporter cela dans la bibliothèque, et une bougie. »

L'idée ne me déplut pas. « D'accord. Je pense que je vais rester encore un peu. Merci beaucoup. »

Je remontai à l'étage. Madge m'apporta une écuelle de sa potée, fade mais nourrissante, du pain, de la bière, ainsi qu'une grosse bougie à la cire d'abeille qu'elle posa sur le bureau. Tout en mangeant, je jetai un coup d'œil à l'entour. Le décor était particulièrement spartiate : aucun meuble, hormis le bureau ; un plancher nu, même pas parsemé de joncs. Combien d'années Giles avait-il travaillé ici tout seul ? Et qu'adviendrait-il de sa collection à sa mort ?

Une pensée me traversa soudain l'esprit et je me dirigeai vers les étagères où se trouvaient les recueils des textes de loi. Comme certains des registres contenant les comptes rendus des procès étaient uniques, j'espérais que certains recueils de textes de lois l'étaient également. J'explorai les étagères jusqu'à ce que je trouve un volume couvrant le dernier tiers du siècle précédent. C'était un gros livre relié en cuir marron et dont la couverture portait l'écusson de la cathédrale. Je le portai sur le bureau. Devant l'obscurité naissante, j'étais content d'avoir la bougie.

Je tournai les épaisses pages de parchemin et tombai enfin dessus... Au milieu des lois de l'année 1484, la loi que j'avais aperçue dans le coffret d'Oldroyd : *Titulus Regulus*, soit « Le Titre du roi ». « *Loi concernant le couronnement du roi et de sa descendance* » Mon cœur se mit à cogner dans ma poitrine. J'examinai la reliure, étudiai le sceau du Parlement au bas de l'acte, le comparai avec celui des textes de loi avant et après. Il s'agissait d'une copie authentique, reliée dans ce registre un demi-siècle auparavant. Maleverer a menti, me dis-je. Cette loi n'est pas un faux. Mais je n'en avais jamais entendu parler. À un moment ou à un autre, elle avait été discrètement excisée des archives du Parlement.

Cette fois-là, je lus le texte de bout en bout. Il était court – cinq pages tout au plus – et prenait la forme d'une adresse au roi Richard III, expliquant pourquoi la Chambre des lords et celle des communes souhaitaient qu'il monte sur le trône. Après maintes expressions fleuries décrivant la décadence du pays, le texte en venait au mariage du roi Édouard IV. Je me rappelais vaguement cette histoire. Le roi Édouard, le grand-père de notre présent souverain, avait épousé une roturière, Élisabeth Woodville, bien qu'on ait prétendu qu'il avait déjà signé un autre contrat de mariage et que, selon le texte de loi, il avait « *déjà donné sa foi à dame Eleanor Butler.. le susdit roi Édouard, durant toute sa vie, et ladite Élisabeth vécurent ensemble dans le péché et l'adultère... Il s'ensuit que tous les enfants et descendants dudit roi Édouard sont des bâtards et n'ont pas le droit de réclamer quoi que ce soit en héritage* ».

La loi stipulait que l'héritier présomptif, le duc de Clarence, et sa lignée ayant été écartés de la succession pour trahison, il revenait au duc de Gloucester d'hériter du trône... « *Richard III, fils et héritier sans conteste de Richard, défunt duc d'York… Étant né dans ce pays, tu es donc plus certain de l'origine de ta naissance et de ta filiation. »*

Je me laissai aller contre le dossier du fauteuil. Pas étonnant que Maleverer ait souhaité que cette loi ne soit pas divulguée. Je revis l'arbre généalogique. Le principal droit du roi Henri venait de sa mère, la fille d'Édouard IV. Si elle était illégitime, la légitimité de Henri en tant que roi pouvait être contestée. Et cela signifiait que les descendants de George, duc de Clarence, étaient les légitimes héritiers, ce qui expliquait pourquoi Margaret de Salisbury et son fils avaient été massacrés à la Tour. Je me levai d'un bond et arpentai nerveusement la pièce.

Toutefois, mon instinct d'avocat reprit le dessus. J'avais déjà entendu l'histoire du contrat préalable du roi Édouard, qui n'avait rien de secret. Et le contrat préalable était une notion floue, difficile à prouver. Tout homme souhaitant annuler son mariage pouvait affirmer avoir promis d'épouser une autre femme avant ses fiançailles avec sa présente épouse. J'avais ouï parler de maris qui, pour s'extirper d'un mariage qui leur pesait, avaient payé des femmes pour qu'elles fassent un faux témoignage et prétendent avoir bénéficié d'un contrat préalable. En outre, le roi Édouard, sa femme Élisabeth Woodville et cette dame Eleanor Butler étant morts depuis un demi-siècle, rien ne pouvait être prouvé désormais, à moins qu'il n'existât un contrat écrit. Or cette hypothèse semblait impossible, car une telle preuve aurait été signalée dans le *Titulus*. Non, tout cela avait l'air d'un pot-pourri de raisons rassemblées après coup afin de justifier l'usurpation du trône par Richard. Quand cette loi avait été votée en 1484, il était roi depuis un an déjà. La révélation du *Titulus* serait aujourd'hui certes gênante, mais ne constituerait en aucun cas une menace.

Je relus les textes du début à la fin. Un passage me troubla : celui où Richard était décrit comme « *fils et héritier sans conteste de Richard, défunt duc d'York* ». Quelqu'un avait-il suggéré que Richard était bâtard ? Le fils de Cecily Neville et de quelqu'un d'autre ? Je me rappelai l'étrange remarque lâchée par Maleverer quand je lui avais parlé de l'arbre généalogique. « Ah oui ! s'était-il écrié, tout commence par Cecily Neville. » Mais cela non plus n'avait aucun sens. Si Richard III était illégitime, loin de cacher ce fait, les Tudors l'auraient claironné sur tous les toits, comme justification supplémentaire de leur usurpation du trône.

Je relus le texte une fois de plus, sans y trouver davantage d'explications susceptibles d'éclairer le passage en question. Assis au bureau, je regardai par la fenêtre la cathédrale aux beaux vitraux colorés qu'illuminait le soleil couchant. Avais-je vraiment passé ici toute la journée ?

Je replaçai le registre, quittai la pièce, refermai la porte et retournai voir Madge, qui se trouvait dans la salle et donnait une assiettée de viande hachée au faucon gris.

« Excusez-moi d'être resté si longtemps. Je n'ai pas vu l'heure tourner. »

Elle posa l'assiette et s'essuya les mains sur son tablier.

« Madge, merci de votre hospitalité.

— Le maître dort toujours Monsieur, ajouta-t-elle soudain, s'il va à Londres, vous.. vous vous occuperez bien de lui ?

— Comme s'il était mon propre père.

— Comment se porte-t-il, monsieur ? Le médecin refuse de me le dire, car il me prend pour une pauvre servante idiote.

— Pas très bien. »

Elle hocha la tête. Oui. Le maître dit qu'il ne guérira jamais. Il me manquera. Il a été bon avec moi, et sa femme avant lui aussi, Dieu ait son âme ! » Elle se signa. « C'est un brave homme, malgré la rancœur qu'il a nourrie envers sa belle-famille quand il s'est brouillé avec elle. Et aujourd'hui il essaye de retrouver le jeune Martin pour réparer les dégâts.

— Je vais l'aider dans sa recherche.

— Le maître a eu tort de rompre avec Martin pour une malheu reuse querelle à propos de politique, et je crois qu'il le sait.

— C'était ça, la raison ? »

Elle se mordit la lèvre. « Vous l'ignoriez ? Je croyais qu'il vous l'avait dit.

— Je resterai bouche cousue, Madge. Et, avec l'aide de Dieu, je vous le rendrai en bonne forme. »

Elle opina du chef, les yeux embués de larmes mais trop fière pour pleurer devant moi. Elle me reconduisit et je m'éloignai à grands pas.

La pluie avait cessé, mais une bise mordante soufflait. Je me rappelai la nuit où Wrenne avait cité Thomas More à propos de la guerre des Deux-Roses. « Ce furent jeux de rois, comme s'il s'agissait de pièces de théâtre, jouées sur l'échafaud, pour la plupart. » Je frissonnai et repris le chemin de Sainte-Marie, cheminant au milieu de la chaussée, une main sur le manche du poignard que cachait mon manteau et à l'affût de la moindre ombre sous les porches. Telle serait ma vie, dorénavant, pensai-je.

Sainte-Marie était calme. Je longeai la masse sombre de l'église et me dirigeai vers la résidence. Au son des joyeux éclats de voix qui en fusaient, je m'arrêtai sur le seuil : il me fallait affronter les clercs, à nouveau. Je poussai la porte. L'atmosphère de la salle centrale était chaude et enfumée. Assis devant le feu, un groupe de clercs jouaient aux cartes. Ils me lancèrent tous un regard curieux, sauf Cowfold, dont Barak avait menacé d'écraser la tête contre le mur, qui détourna vivement le regard.

« Bonsoir ! lançai-je. Maître Barak est-il là ?

— Il est sorti, monsieur, dit le jeune Kimber.

— Avec une jolie donzelle », ajouta un autre, ce qui fit rire plusieurs d'entre eux. Je hochai la tête et gagnai ma cabine. Je sentis leur regard sur mon dos jusqu'à ce que je referme la porte avec soulagement. Je tournai la clef et m'étendis sur le lit.

Bientôt j'entendis les clercs quitter la résidence pour aller dîner au réfectoire. J'avais faim, moi aussi, mais d'une part je n'avais pas le courage de faire face à tous ces regards curieux, et d'autre part j'avoue que je redoutais d'aller seul jusqu'au réfectoire. Je fermai les yeux et m'endormis immédiatement.

Lorsque je me réveillai, longtemps après, des clercs étaient revenus et couchés – je les entendis ronfler et marmonner dans leur sommeil. Je sortis dans la salle où le feu brûlait encore, même si les flammes étaient très basses.

Je décidai de faire un tour pour m'éclaircir les idées. Personne ne serait dehors à cette heure. J'ouvris la porte avec moult précautions, soucieux que le grincement ne réveille pas les clercs. Les nuages s'étaient dissipés et la lune brillait. Je regardai soigneusement alentour, l'œil au guet, de crainte qu'un assaillant ne se dissimulât dans l'embrasure d'une porte, puis tournai au coin du bâtiment, où un passage voûté donnait sur un sentier menant à la rivière.

Un bruit me fit sursauter et je portai immédiatement la main à mon poignard. Quelqu'un était accroupi près du passage – deux personnes en fait. « Qui va là ? » m'écriai-je.

Barak et Tamasin sortirent du passage voûté, main dans la main. Soulagé, j'éclatai de rire, persuadé de les avoir surpris en train de s'embrasser contre le mur. Puis je vis leur visage. Tamasin écarquillait les yeux de terreur et les traits de Barak étaient figés de stupéfaction

« Qu'y a-t-il ? Que se passe-t-il, Dieu du ciel ?

— Taisez-vous, Grand Dieu ! » s'écria Barak en me saisissant le bras pour me pousser dans l'ombre du passage. Il ne faut surtout pas qu'on nous voie ! siffla-t-il.

— Mais pourquoi ? Qu'est-ce qui... »

Il prit une profonde inspiration. « Tamasin et moi sommes sortis, chuchota-t-il. Tamasin ne devrait pas être dehors si tard.

— Ce n'est pas très grave. Qui...

— On a vu quelque chose, monsieur, dit Tamasin. Quelque chose qu'on n'était pas censés voir.

— Je sais maintenant ce que signifiaient les paroles d'Oldroyd, souffla Barak. "Aucun rejeton de Henri et de Catherine Howard ne pourra jamais être un héritier légitime. Elle, elle le sait." Oldroyd aussi savait. Dieu seul sait comment, mais il savait.

— Savait quoi ? Écoute, j'ai trouvé aujourd'hui quelque chose chez Wrenne. Une copie d'une loi votée par le Parlement...

— Oubliez cela ! s'écria Barak en secouant la tête, les yeux écarquillés d'agacement. Ce que savait Oldroyd n'avait rien à voir avec de vieux papiers. C'est ici et maintenant. Et la situation dans laquelle nous sommes tous les trois est beaucoup plus préoccupante qu'on n'aurait pu l'imaginer... »

22

M YSTIFIÉ, JE LES DÉVISAGEAI TOUS LES DEUX. Barak tendit le cou, les yeux rivés sur l'obscurité devant la résidence.

« Tu vois quelqu'un ? chuchota Tamasin.

— Non. Dieu seul sait où il est parti !

— Qui donc ? » demandai-je impatiemment.

Barak se tourna vers moi. « Écoutez, il faut qu'on trouve un endroit où l'on puisse parler.

— Le réfectoire reste ouvert jour et nuit, dit Tamasin. Pour que les soldats puissent s'y reposer entre deux gardes.

— Les soldats ? fit Barak d'un ton méfiant.

— Oui. Mais l'endroit sera presque vide à cette heure-ci. On pourra trouver une table à l'écart.

— Quelle heure est-il ? m'enquis-je.

— Près de deux heures du matin », répondit Barak. Il fit un signe de tête à Tamasin. « D'accord. Allons-y !

— Mais de quoi s'agit-il, Seigneur Dieu ? insistai-je, presque aussi bouleversé qu'eux désormais.

— Si nous le lui disons, nous le mettons en danger, dit Tamasin en jetant un coup d'œil vers moi.

— Il l'est déjà. Venez ! » Barak sortit du passage et nous entraîna d'un bon pas vers le réfectoire.

La porte était ouverte et des bougies posées sur les tables éclairaient faiblement la grande salle à manger. L'endroit était vide, à l'exception d'un groupe de soldats près de l'entrée qui buvaient en silence. Déchargés de leur plastron et de leur casque à plumes, ils prenaient quelques instants de repos devant leur verre, épuisés par les longues heures de faction debout. Barak nous conduisit jusqu'au coin le plus éloigné de la salle. « On devrait prendre une bière. » Il se dirigea vers un serviteur qui avait l'air de s'ennuyer ferme. Tamasin et moi nous installâmes. Elle baissa la tête et porta à son front une main qui tremblait légèrement, dépeignant ses longs cheveux blonds À l'évidence, quelque chose l'avait bouleversée.

Barak reparut, posa trois chopes sur la table, puis s'assit près de Tamasin. De sa place il avait une bonne vue sur l'entrée. Il se pencha en avant, prit une profonde inspiration, et commença à parler à voix basse.

« Vous savez qu'aujourd'hui, pendant le combat d'ours et de chiens, nous sommes allés à la chasse au faucon, Tamasin, un groupe de clercs, et moi.

— Oui. »

Tamasin secoua la tête. « Ç'a été une journée de totale détente ! À cette heure j'ai dû mal à y croire.

— On a fait une bonne partie de chasse, puis, quand il s'est mis à pleuvoir des cordes, on est allés se réfugier dans un village. On n'est rentrés qu'à la nuit tombée. On s'est rendus à la résidence, mais, comme vous dormiez à poings fermés, on n'a pas voulu vous réveiller. On a mangé ici. Puis on est allés...

— Jack... » Tamasin me jeta un coup d'œil en rougissant.

« Il faut qu'il connaisse toute l'histoire, Tammy. L'un des clercs possède la clef d'une pièce dans le groupe de bâtiments monastiques, un bureau où un feu est allumé. On y est allés...

— D'accord, fis-je. Je peux deviner le reste. Mais que s'est-il passé pour vous terrifier à ce point ?

— On a quitté l'endroit il y a environ une heure. Or, Tamasin aurait dû être de retour au Manoir du roi très tôt dans la soirée. Elle dort dans le quartier des serviteurs. On s'est demandé comment elle pourrait rentrer sans se faire remarquer et moquer par les soldats qui gardent l'entrée. On a alors vu une porte où il n'y avait aucun vigile. Près de la cuisine, du côté des appartements de la reine. On a longé le flanc du manoir pour voir si cette porte était fermée. Et c'est à ce moment-là qu'on les a vus.

— Qui donc ? »

Le regard de Barak parcourut le réfectoire avant de revenir sur l'amasin. Il semblait avoir du mal à s'exprimer, puis il finit par dire : « Vous vous rappelez ce freluquet de Thomas Culpeper qui assistait hier au combat de coqs, en compagnie de Dereham ?

— Oui. Tu m'as dit que c'était l'un des serviteurs attachés à la personne du roi.

— Serviteur attaché à une personne, en effet ! s'esclaffa nerveusement Barak. Il se trouvait dans l'embrasure de la porte et prenait congé de la reine.

— De la reine ?

— La reine Catherine en personne. Je ne l'ai pas moi-même reconnue, mais Tamasin, elle... »

Tamasin opina du chef. « C'était bien elle, monsieur. Et lady Rochford se tenait à ses côtés. »

Je les regardai, horrifié. « Vous vous rendez compte de ce que vous êtes en train de dire ?

— Oh oui ! s'écria Barak en poussant le même rire rauque et nerveux. Je dis qu'à une heure du matin passée la reine faisait sortir de ses appartements privés le plus célèbre débauché de la Cour !

— Seigneur Dieu ! » Je revis cette première matinée au Manoir du roi, lorsque lady Rochford houspillait Craike à propos de portes et de serrures, au cas où la reine devrait fuir un incendie.

— Vous n'avez pas encore entendu le pire, dit Tamasin d'une voix grave. Ils nous ont vus.

— Quoi ?

— Culpeper a été le premier à nous remarquer, expliqua Barak. Il s'est tourné et, quand il nous a vus, il s'est figé. Puis lady Rochford s'est penchée au-dehors et nous a dévisagés. Elle avait l'air absolument furieuse ! Et effrayée. Elle a tiré la reine – laquelle a poussé un petit cri de surprise – à l'intérieur de la pièce et a claqué la porte. Pris de court, le jeune Culpeper est resté là comme un nigaud. Puis il nous a salués, chapeau bas, et s'est éloigné. » Il émit de nouveau cet étrange rire rauque et répéta : « Il nous a salués, chapeau bas ! »

La bouche desséchée par l'émotion, je bus une gorgée de bière, puis réfléchis quelques instants avant de m'adresser à Tamasin : « Comment était vêtue la reine ? »

Je sus qu'elle comprit ma pensée. Elle me répondit : « De pied en cap. Elle avait une robe jaune. L'une de ses plus belles. Elle était maquillée et portait un collier et des boucles d'oreilles.

— Il n'y a donc aucune preuve qu'ils venaient de se livrer à des ébats. Au contraire, le fait qu'elle fût entièrement vêtue et maquillée est une preuve qui les disculpe. »

Barak secoua la tête. « Peu importe. Culpeper se trouvait dans ses appartements à une heure du matin. C'est une raison suffisante pour que le bourreau lui tranche la tête.

— Et celle de la reine. Elle ne serait pas la première à qui cela arriverait. Et le même sort attend lady Rochford. Grand Dieu, pourquoi cette femme risque-t-elle sa vie en se mêlant de ce genre de chose ?

— Dieu seul le sait, monsieur, répondit Tamasin d'un ton las. Peut-être que les propos tenus par certains à son sujet sont vrais. »

Je fronçai les sourcils. « Êtes-vous sûrs que Culpeper était en train de partir ? Peut-être ne faisait-il que passer, pour une raison ou une autre... Il a frappé et elles ont ouvert la porte... »

Barak secoua la tête avec impatience. « Si quelqu'un frappe à la porte de la cuisine à une heure du matin, la reine et sa principale dame d'atour descendent-elles pour ouvrir ?

— Non. C'est impossible. Ça sent mauvais, je suis d'accord.

— Des rumeurs ont couru parmi les dames, dit Tamasin. Que la reine et messire Culpeper étaient liés d'affection avant son mariage avec le roi. Et aussi que la reine et messire Dereham, son secrétaire, avaient badiné ensemble quand la reine était toute jeune. Dereham et Culpeper se détestent. Mais personne ne soupçonnait qu'elle...

— Elle doit vraiment avoir perdu la tête, déclara Barak en serrant les poings.

— Dieu du ciel ! m'écriai-je. Si la reine annonce qu'elle est enceinte, l'enfant risque d'être celui de Culpeper. » Je me mordis les lèvres, le souffle coupé. « Ça confirme ce qu'a dit Oldroyd : "Aucun rejeton de Henri et de Catherine Howard ne pourra jamais être un héritier légitime. Elle, elle le sait." Il faisait allusion à la reine.

— Exactement, renchérit Barak. Il se peut que cette relation dure depuis des mois. Et si, d'une façon ou d'une autre, la nouvelle était parvenue aux oreilles des conjurés ? Mon Dieu ! ajouta-t-il en secouant la tête d'un air incrédule. Culpeper a-t-il été assez idiot pour monter la brebis du vieux ? »

Je hochai lentement la tête. « Si on annonçait que la reine attendait un enfant et qu'on apprenne cela entre-temps, tu imagines à quel point le roi en serait affaibli ! Rappelle-toi que lady Rochford et Dereham nous ont vus apporter le coffret. Ce que tu viens de surprendre place ce fait sous un nouvel éclairage.

— Peut-être que la confession que vous avez lue a été écrite par quelqu'un qui, comme nous, les a vus ensemble, dit Barak.

— Non ! fis-je en fronçant les sourcils. La confession de Blaybourne datait de nombreuses années. Et le *Titulus* date de 1484.

— Vous avez dit qu'il y avait d'autres documents que vous n'avez pas eu le temps de voir.

— En effet.

— Peut-être parlaient-ils de la reine et de Culpeper ?

— Monsieur, intervint Tamasin, je ne comprends pas ce qu'est ce *Titulus*, ni ce Blaybourne. »

Je la fixai du regard. Ce qu'ils venaient de me raconter m'avait tellement stupéfié que j'avais sans réfléchir évoqué le contenu du coffret. Je faisais ainsi courir à Tamasin un danger encore plus grand que celui qu'elle devait déjà affronter. La menace pesait désormais sur nous trois ; nous allions devoir nous serrer les coudes. Je pris une profonde inspiration.

« Jack et moi avons trouvé chez Oldroyd, le verrier, un coffret plein de documents qui ont été ensuite subtilisés.

— Ça je le sais. C'est pour cela que Jennet et moi avons été interrogées.

— Quelqu'un l'a tué parce qu'il détenait ce coffret. Et maintenant, à mon avis, l'assassin essaye de me faire disparaître parce que j'en ai vu le contenu. Il ne sait pas que je n'en ai examiné qu'une faible partie, en fait. » Je lui parlai des attaques que j'avais subies au Manoir du roi et dans le campement, de la confession de Blaybourne, ainsi que du *Titulus*, ajoutant que j'en avais trouvé une seconde copie dans la bibliothèque de Wrenne.

« Seigneur Dieu ! murmura-t-elle en écarquillant les yeux. Dans quel embarras vous vous trouvez !

— Tu veux dire qu'il est dans la merde jusqu'au cou ! » rétorqua sèchement Barak.

Un bruit à l'autre bout du réfectoire m'interpella. Les soldats se mettaient péniblement sur pied et se dirigeaient vers la porte, nous laissant seuls avec le serviteur, lequel s'était assoupi sur sa table, la tête enfouie dans ses bras repliés. Je me retournai vers Barak et Tamasin. Leur expression anxieuse leur donnait des années de plus.

« Quel parti prend-on, maintenant ? Instruit-on Maleverer de tout ce que l'on sait ? demanda Barak.

— Pas pour le moment, répondis-je. Il faudrait qu'il te croie sur parole, et les intéressés nieraient. Tu t'attirerais seulement des ennuis, peut-être de graves ennuis, pour rien. »

Barak se pencha en avant. « Mais s'il existe un rapport entre la reine, Culpeper et les papiers dans le coffret, lady Rochford pourrait bien être l'instigatrice de ces tentatives d'assassinat sur votre personne. Elle va redoubler d'efforts, maintenant.

— Non, dit Tamasin à voix basse, la reine ne se rendrait jamais complice d'un meurtre, je peux vous l'assurer. C'est une femme – ou plutôt une jeune fille – bonne, généreuse, et très naïve, par certains côtés.

— Elle fait partie de ce nid de vipères qu'est la Cour, dit Barak.

— Justement, elle est en marge de ce monde ! C'est une petite nigaude, une gamine innocente, tout le monde le dit. Elle est complètement irréfléchie, c'est évident. Autrement elle n'agirait pas de façon aussi stupide.

— Mais lady Rochford paraît capable de tout, répliqua Barak. Il n'y a qu'à regarder son passé.

— Malgré tout, je ne l'imagine pas derrière ces agressions, dis-je. Elle ne me donne pas l'impression d'être une organisatrice méthodique... Tamasin, à votre avis, que va faire lady Rochford, maintenant ? demandai-je, après un instant de réflexion.

— Nul doute que c'est la reine qui décidera », déclara Barak.

Tamasin secoua la tête. « La reine suivra les conseils de lady Roch-ford, je pense… À sa place, continua-t-elle en se tournant vers moi, il me semble que je tenterais l'intimidation, ou bien j'essaierais d'acheter notre silence. »

J'opinai du chef. « Vous avez sans doute raison. Attendons de voir si elle se met en relation avec nous. Notre réaction dépendra de ce qu'elle nous demande. Si rien ne se passe ou si on est à nouveau pris pour cible, on ira voir Maleverer. Lundi. Entre-temps, tâchons d'éviter les lieux dangereux.

— Je pense qu'on devrait aller voir Maleverer sans tarder, dit Barak.

— Non. Pas sans preuve. Surtout que toi et moi sommes déjà dans une situation délicate. Imagines-tu la réaction du roi s'il avait vent de l'affaire et que l'histoire se révélait fausse ? Alors nous risquerions nos têtes. Nous allons vous raccompagner au manoir, dis-je à Tamasin. Les soldats vous laisseront-ils entrer à cette heure ?

— Oui. Je ne suis pas la seule fille qui sort en catimini la nuit. »

J'eus un sourire ironique. « Les mœurs de la Cour… » Je regardai Barak, qui avait toujours l'air sceptique. Soudain, surpris par quelque chose derrière nous, il écarquilla les yeux et serra les lèvres

« Trop tard ! » fit-il.

Je me retournai vivement. Un autre groupe de soldats était entré, le sergent Leacon à sa tête. Il quitta ses hommes et se dirigea vers nous d'un pas martial, la pique fermement tenue dans la main. Il fixa sur nous un regard perplexe.

« Que se passe-t-il ? Vous avez l'air désemparé de chiens qu'on a jetés par la fenêtre.

— Rien du tout, sergent, nous…

— Vous prenez un souper bien tardif.

— Nous nous sommes mis à discuter. Il est temps d'aller se coucher.

— Je dois vous parler de quelque chose, monsieur. En privé. » Il inclina la tête. Je me levai et le suivis. Ses soldats se pressaient autour du serviteur, qui s'était réveillé et leur versait de la bière. Je compris qu'ils n'avaient pas été envoyés pour nous arrêter mais qu'ils venaient simplement de terminer leur service.

Leacon fixait sur moi un regard grave. Jusqu'à présent il s'était toujours montré ouvert et amical, mais cette fois-ci je le sentais prudent, presque hostile.

« L'un de mes hommes m'a signalé avoir assisté à une scène devant la cellule de Broderick, déclara-t-il, entre vous et le geôlier Radwinter.

— Ah ! fis-je. C'est cela…

— Normalement, je devrais faire un rapport à sir William Male-verer. Mais mon soldat me dit que Radwinter vous avait provoqué.

— Oui, sergent, c'est la vérité, mais je n'aurais pas dû réagir.

— Je m'abstiendrai, cette fois-ci. Je ne veux pas avoir d'ennuis avec Radwinter, et sir William est déjà assez occupé comme ça. Mais vous devez m'assurer que ce genre de chose ne se reproduira pas.

— Vous avez ma parole. »

Il hocha la tête.

« Comment va Broderick, demandai-je. J'aurais dû lui rendre visite aujourd'hui.

— Toujours pareil. » Il me jeta de nouveau un regard réservé, puis inclina légèrement le buste et partit rejoindre ses hommes.

« De quoi s'agissait-il ? demanda Barak.

— De ma bagarre avec Radwinter. Il m'assure qu'il ne fera pas de rapport à ce sujet si je renonce à riposter aux provocations de Radwinter. Bon, j'ai maintenant d'autres sujets de méditation. »

Nous raccompagnâmes Tamasin jusqu'au Manoir du roi. Tout était sombre et silencieux. Un demi-angelot d'or offert aux gardes permit à Tamasin de franchir le poste. J'allai me coucher, mais je mis beau-coup de temps à m'endormir.

L'aube du dimanche fut très belle. J'étais en train de m'habiller dans ma cabine quand Barak frappa à ma porte.

« Maître Goodrich vous attend. »

Je me hâtai de rejoindre le cuisinier. Il patientait devant la porte.

« Comment va votre fils ?

— Mieux, monsieur. Mais il a une vilaine blessure à la tête. Je lui ai dit de ne pas travailler aujourd'hui.

— Dieu soit loué que ça ne soit pas plus grave !

— C'est vrai. Mais, monsieur... »

Il me fixa. Je portai la main à ma bourse, persuadé qu'il voulait de l'argent. Il secoua la tête.

« Je souhaitais juste savoir... Qui est capable de faire une chose pareille ? Mon garçon court-il quelque danger ?

— Absolument aucun, maître Goodrich. La personne qui a assommé votre fils cherchait à m'atteindre, moi. Soyez certain que nous découvrirons le coupable.

— Il faudrait signaler l'incident, monsieur, puisque le roi se trouve ici. ., affirma-t-il en jetant en direction du Manoir du roi un regard où se mêlaient la crainte et le respect.

— Laissez-moi m'occuper de cette affaire. Mes vœux de meilleure santé pour votre fils... »

Je regardai le cuisinier repartir vers le campement. Barak me rejoignit. « Il va bien ? demanda-t-il.

— Oui. Allons prendre le petit déjeuner. »

Nous nous dirigeâmes vers le réfectoire. Parmi les enclos des animaux, sous la surveillance du gardien des ours, des manouvriers s'appliquaient à démonter deux des cages. Je m'arrêtai pour contempler la scène.

« Après avoir tué six chiens sous le regard du roi, il est resté debout sur ses pattes, avant de mourir avec une grande dignité », m'expliqua le gardien, un sourire de satisfaction aux lèvres. L'autre cage était toujours occupée. Dans un coin, enroulé sur lui-même, le dos tourné vers nous, l'ours survivant était réveillé et poussa un faible gémissement de douleur au moment où il changea de position. Sa peau était lacérée en plusieurs endroits et son poil raidi par du sang séché.

« Celui-ci va-t-il devoir se battre derechef ? » demanda Barak.

Le gardien étudia l'ours d'un œil professionnel. « Oui. Il est bon pour un nouveau combat. Elles sont robustes, ces bêtes-là ! »

Tâchant de maîtriser un tressaillement de dégoût, je m'éloignai vivement.

Au réfectoire, nous mangeâmes en silence au milieu des courtisans et des serviteurs qui prenaient leur petit déjeuner avant d'aller à l'église. Je pensai aux événements de la veille ; elles semblaient désormais bien loin, ces heures tranquilles passées dans la bibliothèque de Wrenne.

« Je n'aime pas l'idée de laisser Tamasin toute seule au manoir, finit par dire Barak. Cela me préoccupe.

— Je pense que c'est la meilleure manière d'agir, Jack. Il ne faut rien brusquer. »

Il secoua la tête. « Je n'ai guère les idées claires après la soirée d'hier... Vous allez à l'église ? Une succession de messes sont célébrées à Saint-Olav.

— Non. Je n'ai pas le cœur à la prière.

— Moi, je n'ai pas envie de rester enfermé toute la journée.

— Je connais un endroit où l'on peut s'asseoir pour regarder ce qui se passe. »

Je le conduisis au banc où Tamasin et moi avions conversé l'autre soir. Des foules de gens se rendaient au premier service à Saint-Olav. L'ambiance de Sainte-Marie avait complètement changé depuis que le roi était présent. Tout le monde se déplaçait en silence et parlait à voix basse, l'air grave.

Un petit groupe de courtisans apparut et je reconnus quelques-uns des jeunes gens que j'avais vus au campement l'avant-veille. Dereham se trouvait parmi eux. Il me jeta un coup d'œil de mépris en passant Je notai l'absence de Culpeper.

« Où croyez-vous que le roi et la reine vont entendre la messe ? demanda Barak.

— À mon avis, en privé, au Manoir du roi.

— Pour des raisons de sécurité ? Pour se protéger des Yorkais ?

— Peut-être... Je ne suis pas étonné qu'ils se soient révoltés », soupirai-je.

Barak me lança un regard torve. « Deviendriez-vous papiste ?

— Non. Je parle de la façon dont on les traite depuis des années. En Anglais de second ordre. » Voyant passer Craike au milieu d'un groupe de personnages officiels vêtus de magnifiques robes, je lui fis un signe de la main. Il hésita, puis s'approcha de nous.

« Tu vas à l'église, confrère Shardlake ?

— Plus tard, peut-être.

— Nous venons du clocher, dit-il en souriant. Des prêtres célèbrent des messes en plein air dans tout le campement. Quel spectacle ! Bon. Il faut que j'y aille si je ne veux pas être en retard. » Il inclina le buste et s'éclipsa.

« Malgré ses paroles courtoises, ce type a l'air d'avoir quelque chose à se reprocher, déclara Barak.

— En effet.

— On devrait aller voir ce qui se passe dans le tripot où je l'ai vu entrer.

— D'accord. C'est une bonne idée. Tamasin pourrait aussi se livrer à quelques investigations. »

Il me jeta un regard de biais. « Je ne veux pas qu'elle coure le moindre danger.

— Il serait peut-être utile de connaître les antécédents de messire Culpeper. Qui sont sa famille et ses amis. A-t-il des accointances nordistes ?

— Je verrai... Je me sens responsable de Tamasin, ajouta-t-il en se renfrognant. Ça m'ennuie de l'avoir mêlée à toute cette affaire. »

Je hochai la tête. Pour la première fois, mon assistant semblait réellement s'attacher à une fille. « Je crains qu'elle n'y soit de toute façon impliquée.

— Je prie pour que la montagne accouche d'une souris et que les dernières paroles d'Oldroyd aient eu un tout autre sens. » Il passa la main sous sa chemise et palpa l'antique mezouzah de son père. « Si ces deux-là ont une liaison, pensez-vous que Maleverer et les hommes du roi s'en doutent ?

— Je n'en sais rien.

— Se peut-il que le roi soit impuissant ? fit Barak. Personne n'ignore qu'il a mal à la jambe depuis des années.

— Dieu seul le sait.

— Vu son âge avancé et sa maladie, peut-être que sa semence est claire et sans force, tandis que celle de Culpeper est épaisse et puissante.

— Je préfère ne pas trop penser à cela, dis-je en frémissant.

— À propos de maladie, comment va le vieux Wrenne ?

— Pas très bien. Il était couché, mais il assure qu'il sera rétabli pour entendre les requêtes, demain. Je lui ai promis de retourner le voir aujourd'hui. Viens avec moi. Chez lui, on est en sécurité.

— D'accord. Tenez, regardez qui arrive ! »

Des retardataires continuaient à se diriger vers l'église, parmi lesquels j'aperçus Jennet Marlin, accompagnée de deux dames que je ne reconnus pas.

« Où est donc Tammy ? demanda Barak d'une voix inquiète. Mlle Marlin aime la garder auprès d'elle. » Il se mordit la lèvre. « Pourriez-vous le lui demander ? Mon rang inférieur m'empêche de lui poser moi-même la question. »

Je me levai et inclinai le buste. Mlle Marlin, vêtue d'une robe en damas gris, les rubans d'une coiffe carrée à l'ancienne mode voletant sur sa nuque, fit signe aux autres dames de continuer sans elle. Elle s'arrêta et, à ma grande surprise, me sourit un peu nerveusement.

« Messire Shardlake. Êtes-vous sur le chemin de l'église ?

— Euh… Non… Mais puis-je vous poser une question ? La jeune Reedbourne n'est pas avec vous ?

— Non. Elle ne se sent pas très bien et a gardé la chambre. » Elle esquissa de nouveau son vague sourire, puis prit une profonde inspiration. « Je vous ai parlé un peu brusquement l'autre soir, monsieur, dit-elle. Je souhaite m'excuser. Tamasin a été une bonne compagne, voyez-vous… Mais, ajouta-t-elle en regardant Barak, je pense qu'elle et votre valet tiennent beaucoup l'un à l'autre ; or il ne faut sans doute jamais aller à l'encontre de l'amour, n'est-ce pas ?

— En effet », répondis-je, un peu étonné. C'était là une réelle volte-face, mais assez semblable à la mienne, après tout. Peut-être Tamasin avait-elle réussi à l'amadouer, elle aussi, à la charmer, même si Mlle Marlin n'avait pas l'air d'une femme facile à enjôler. Elle planta sur moi ses grands yeux bruns. « Si je vous ai parlé avec amertume, monsieur, c'est uniquement parce que mon fiancé se trouve injustement emprisonné à la Tour.

— Je comprends.

— Avez-vous par hasard appris la durée du séjour du roi à York ?

262

demanda-t-elle en saisissant sa bague de fiançailles et en la faisant tourner sur son doigt.

— Non, mademoiselle. Nul ne semble en être informé. J'imagine que tout dépend du roi d'Écosse.

— On ne sait même pas s'il a pris la route, répliqua-t-elle en secouant la tête. Et hier soir au manoir on a parlé de nouvelles incursions des pillards écossais à la frontière… Oh, que j'aimerais être loin d'ici ! s'écria-t-elle soudain.

— Moi aussi.

— Bernard n'a toujours pas été ni accusé ni relâché. Vous qui êtes avocat, monsieur, savez-vous combien de temps on peut le garder à la Tour ?

— Par ordre du roi, indéfiniment. Mais on peut présenter une requête. Qui connaissez-vous à Londres ?

— Seulement les amis avocats de Bernard. Et certains craignent de se mêler de cette affaire.

— Votre courage et votre constance peuvent le sauver. »

Elle posa derechef sur moi ses grands yeux ardents. « J'ai été désolée d'apprendre la façon dont le roi vous avait traité vendredi. »

Je me dandinai d'un pied sur l'autre. « Merci.

— Je sais ce que l'on ressent lorsqu'on est injustement moqué. Les autres femmes raillent ce que vous appelez ma constance.

— Voilà aussi un comportement cruel.

— Je regrette de vous avoir associé à sir William Maleverer. Il passe dans tout le Yorkshire pour un homme dangereux et cupide.

— Ce n'est ni mon ami ni mon protecteur.

— Certes. Mais, si ce n'est pas indiscret, comment se fait-il que vous fassiez partie du voyage ?

— Je suis ici sur la demande de l'archevêque Cranmer.

— Ah ! On dit que c'est un homme de bien. Est-ce votre protecteur ?

— En un sens.

— Je… Je suis désolée de vous avoir mal jugé. » Sur ce, elle fit une rapide révérence et s'éloigna en direction de l'église. L'air agacé, le bedeau trépignait devant la porte, qu'il referma derrière elle. Je rejoignis Barak.

« Qu'est-ce que c'était que toute cette discussion ? demanda-t-il.

— Elle s'est excusée à propos de son attitude, l'autre soir. Elle semble ne plus s'opposer à ce que tu fréquentes Tamasin. » Je secouai la tête. « C'est une drôle de femme. Il est évident qu'elle est extrêmement angoissée.

— Est-ce qu'elle vous a expliqué où se trouve Tamasin ?

— Tamasin a prétendu qu'elle était souffrante et qu'elle préférait garder la chambre. Sans doute pour rester à l'écart. » Je regardai la porte fermée de l'église. « Si on apprend ce que tu as vu cette nuit, Jennet Marlin se trouvera dans une situation difficile. Lady Rochford est sa patronne et Tamasin, sa servante.

— Ce ne serait rien, en comparaison de celle dans laquelle on se trouverait, vous et moi. »

J'opinai du chef. « Allons chez messire Wrenne ! Sortons de ce maudit endroit ! »

L'œil au guet, nous longeâmes les pavillons vides, devant lesquels des soldats montaient la garde, en direction de la porte de l'enceinte.

23

C OMME NOUS PASSIONS DEVANT LA FAÇADE DU MANOIR DU ROI, j'aperçus, vêtu d'une robe grise doublée de fourrure et portant une lourde chaîne d'or autour du cou, un homme qui descendait les marches du perron en compagnie d'un petit groupe de clercs. Il s'agissait de sir Richard Rich. Nos regards se croisèrent. J'eus un coup au cœur lorsqu'il renvoya les clercs et se dirigea vers moi d'un pas leste. Je lui fis une profonde révérence.

« Messire Shardlake ! lança-t-il, un sourire glacial sur les lèvres. Accompagné du jeune Barak, une fois de plus. Il est désormais votre commis ?

— En effet, sir Richard. »

Rich considéra Barak d'un air amusé. « Est-il suffisamment instruit ? » Il lissa sa robe de ses mains fines et sourit à nouveau. « Je viens de passer un moment avec le roi, déclara-t-il d'un ton enjoué. Quand les conjurés du printemps ont été convaincus de félonie, leurs terres ont été confiées à ma juridiction. On a discuté de la meilleure façon d'en disposer.

— Certes, sir Richard.

— Le roi sera généreux envers ses sujets du Yorkshire qui ont été loyaux. Même si, vu la menace permanente d'une invasion étrangère, Sa Majesté a besoin que ses terres rapportent le plus possible… Ce qui m'amène à l'autre sujet, poursuivit-il en esquissant un mince sourire. Avez-vous informé le Conseil municipal de Londres de ce que je vous ai dit à propos du dossier Bealknap ? »

Je pris une profonde inspiration. « À savoir que vous pensez qu'on a choisi le juge idoine ? Je leur ai signalé que ceux qui au début de la partie affirment posséder un bon jeu cherchent en général à tromper leurs adversaires. » Je mentais car, bien que j'en aie eu l'intention, je n'avais pas encore écrit à Londres. Comment Rich allait-il réagir ? Parler sur ce ton au chancelier des Augmentations serait normalement considéré comme de l'insolence, mais en l'occurrence il s'agissait d'une discussion d'avocat à avocat. Rich me dévisagea d'un air gêné. Ses yeux s'étrécirent et je compris que j'avais deviné juste : il n'avait pas encore de juge.

« Venez par ici ! » me lança-t-il d'un ton sec.

Il me saisit par le bras et m'amena à l'écart afin que Barak ne puisse entendre ses propos. Il planta alors sur moi un regard dur. « Vous savez que je traite avec sir William Maleverer, votre maître ici. » La colère tendait les traits de son mince visage. « Il désire acquérir de nouveaux terrains dans la région et les Augmentations ont des terres à vendre. N'oubliez pas, mon cher confrère Shardlake, que sir William est extrêmement puissant ici et que vous êtes seul avec votre rustre de valet. Et peu apprécié du roi, à ce qu'il paraît. Agissez avec prudence… » Il se tut quelques instants pour souligner ses propos. « Et n'envoyez pas à Londres cette lettre concernant le dossier Bealknap… Je sais que vous ne l'avez pas encore expédiée. » Mon air surpris le fit éclater de rire. « Croyez-vous, monsieur, que le courrier envoyé par les participants au voyage n'est pas surveillé, après les troubles politiques qui se sont produits ici ? » Il fixa sur moi ses froids yeux gris. « Retenez bien ce que je vous ai dit et ne vous jouez pas de moi ! » Pivotant sur ses talons, il s'éloigna d'un pas vif et sonore.

Barak me rejoignit. « Qu'est-ce qu'il voulait ? »

Je lui répétai les paroles de Rich. « Il brandit toujours des menaces. Il l'a déjà fait l'année dernière. » Toutefois je me sentais mal à l'aise. Nouvelles menaces, nouveau péril.

« Il faut que nous rentrions chez nous, déclara Barak d'un ton ferme. Nous deux et Tamasin.

— Aucun d'entre nous ne peut partir avant qu'on nous en donne l'ordre. Pour le moment nous sommes englués ici comme des mouches dans un pot de confiture.

— Dans un seau de merde, vous voulez dire… », marmonna Barak, comme nous nous dirigions vers la porte.

Nous pénétrâmes dans l'enceinte de la cathédrale et nous rendîmes chez Giles. Il ouvrit la porte lui-même, arborant une bien meilleure mine ; la couleur était revenue sur ses joues. Il nous reçut dans la salle où, assise près du feu, Madge égrenait un chapelet tout simple. Elle se leva, fit une révérence et partit chercher du vin. Messire Wrenne nous pria de nous asseoir. Sur son perchoir, le faucon gris inclina la tête dans notre direction.

« Vous avez l'air d'aller mieux, monsieur, dis-je.

— Oui, merci, répondit-il en souriant. Le repos m'a fait beaucoup de bien. Et la prescription du Dr Jibson soulage ma douleur

Comment allez-vous, maître Barak ? Avez-vous vu le roi hier ? » Il semblait très à l'aise et fit cette allusion d'un ton désinvolte.

« Oui, monsieur. Quand il est entré dans la ville. Il a une forte présence », répondit Barak, l'air un peu gêné. Je devinai qu'il n'avait jamais été confronté à une personne si proche de la mort. Si Giles nota la réaction de Barak, il fit semblant de n'avoir rien vu.

« Personne ne peut mettre en doute la forte présence du roi », renchérit-il, en hochant la tête d'un air pensif.

Madge apporta le vin et une assiette de petits gâteaux. Elle semblait éviter mon regard. Pourquoi donc ? Giles porta sa coupe à ses lèvres et avala une gorgée avec délectation.

« Ah, voilà un bon vin français ! Rien n'est meilleur par une belle matinée. Avec des petits sablés... Servez-vous, nous dit-il joyeusement. Bon. L'intendant m'a envoyé la liste des requérants qui se présenteront demain au château. Ce sera la première des deux séances.

— Vous êtes sûr d'être suffisamment remis pour présider la vôtre ?

— Tout à fait certain, affirma-t-il en hochant la tête avec vivacité. Il ne s'agit que de sujets assez simples.

— Et si les plaignants refusent notre arbitrage ?

— Dans ce cas, libre à eux de tenter leur chance auprès des tribunaux londoniens ! répliqua-t-il en souriant. Mais je doute que beaucoup s'y risquent.

— Alors il nous appartiendra de rendre une justice équitable.

— Sans aucun doute. J'ai déposé la liste dans le petit bureau contigu à cette pièce, ainsi que les havresacs qui contiennent les placets. Pourrait-on demander à maître Barak d'accorder les noms et les documents et d'y joindre nos résumés, afin que nous y jetions ensemble un rapide coup d'œil ?

— Très bonne idée. Barak, es-tu d'accord pour t'atteler à cette tâche ?

— Et n'oubliez pas votre vin ! ajouta Giles. Ne travaillez pas le gosier sec ! »

Une fois la porte refermée, Giles se retourna vers moi, un sourire contraint sur les lèvres. « Madge m'a avoué qu'elle a fait un léger faux pas hier durant votre visite. Elle vous a touché quelques mots de ma brouille avec mon neveu.

— Seulement qu'il s'agissait d'un différend politique.

— Elle s'est crue obligée de m'en parler. Eh bien ! Matthew, si vous devez m'aider à Londres, continua-t-il en souriant tristement, il faut que je vous dise la vérité. J'avais seulement... quelque difficulté à en parler.

— Je comprends. Toutefois, Giles, êtes-vous certain d'être tout à fait apte à voyager ? Après ce qui s'est passé à Fulford... »

Il agita sa grande main, l'émeraude de sa bague étincelant dans la lumière. « Je fais ce voyage, c'est décidé, répliqua-t-il d'un ton vif. Mais laissez-moi vous parler de mon neveu.

— Si tel est votre souhait.

— Ma femme et moi étions très malheureux qu'aucun de nos enfants n'ait survécu. Ma femme avait une sœur, Elizabeth, qui avait épousé un dénommé Dakin. Un premier clerc, un petit type effacé et sans ambition. Je l'avais toujours considéré comme un minable et, pour être franc, j'étais jaloux qu'ils aient un fils qui, après une enfance sans la moindre maladie, était devenu un grand garçon solide. Adulte, il est parti étudier le droit à Gray's Inn, porteur d'une lettre de recommandation de ma part... Je m'étais entre-temps attaché à ce garçon, poursuivit-il avec un sourire pincé. Martin était intelligent et j'admirais son indépendance d'esprit. C'est une qualité rare. Vous la possédez vous aussi, ajouta-t-il en me désignant avec son verre.

— Merci ! m'esclaffai-je.

— Toutefois, cette qualité peut être exacerbée et entraîner son possesseur en terrain dangereux.

— Soit.

— Chaque année, Martin revenait voir ses parents à York.. Nous avons passé de joyeuses soirées, ici, poursuivit-il en jetant un coup d'œil à la table sur la plateforme. Martin, ses parents, ma femme et moi. Ils sont tous morts, aujourd'hui, à part Martin et moi. » Il serra les lèvres. « Or, il ne m'avait jamais parlé d'une chose qu'il devait méditer en secret depuis longtemps. Jusqu'à sa venue ici durant l'été 1532, il y a neuf ans. À cette époque, le roi était encore marié à Catherine d'Aragon, même s'il s'efforçait depuis des années de convaincre le pape d'autoriser son divorce afin qu'il épouse Anne Boleyn. Il était sur le point de changer de voie : il s'apprêtait à rompre avec le pape, à nommer Cranmer archevêque de Cantorbéry et à le forcer à déclarer illégitime son premier mariage.

— Je m'en souviens parfaitement.

— Dans le Nord, quasiment tout le monde envisageait avec horreur cette rupture. Sachant qu'Anne Boleyn était une réformatrice, nous craignions que des hérétiques comme Cromwell arrivent au pouvoir... À juste titre, d'ailleurs.

— À l'époque, moi aussi j'étais réformateur, Giles, m'empressai-je de souligner. J'ai bien connu Cromwell avant même qu'il ne devienne extrêmement puissant. »

Il posa sur moi un regard interrogateur. Son œil pouvait se faire extrêmement perçant. « Je crois donc comprendre que vous avez perdu votre zèle.

— En effet. Je ne soutiens plus aucune des deux parties. »

Il opina du chef. « Martin était plein de zèle. On n'aurait pu être plus enthousiaste.

— Il soutenait la réforme ?

— Non. Le pape. Et la reine Catherine. C'était là le problème. Ah, il était facile – et ça l'est toujours – de faire du sentiment à propos de la première femme du roi. Comment elle était restée mariée vingt ans avec lui, comment elle lui avait toujours été fidèle, à quel point le roi avait été cruel de la répudier en faveur d'Anne Boleyn… Or, comme nous le savons, vous et moi, les choses n'étaient pas aussi simples. La reine Catherine avait la quarantaine, n'avait pas donné de rejeton mâle au roi et ne pouvait plus avoir d'enfants. S'il n'épousait pas une jeune femme susceptible de lui donner un héritier, la dynastie des Tudors s'éteindrait avec lui.

— Tout cela est vrai.

— Et nous étions nombreux à penser que la seule façon de préserver la vraie religion en Angleterre était que la reine Catherine fasse ce que le pape lui-même avait suggéré : qu'elle se retire dans un couvent afin que le roi puisse de nouveau convoler en justes noces… Quelle femme stupide et obstinée ! s'écria-t-il en secouant la tête. En soutenant que Dieu voulait qu'elle reste l'épouse du roi jusqu'à ce que la mort les sépare, elle a précisément suscité la révolution religieuse qu'elle craignait et honnissait. »

J'opinai du chef. « C'est paradoxal, en effet.

— Martin ne percevait pas ce paradoxe. Il campait sur ses postions : le roi devait rester marié à Catherine d'Aragon. C'est ce qu'il nous a affirmé haut et fort durant le dîner, ce soir-là, poursuivit Giles en jetant un coup d'œil à la table. Cela m'a mis dans une fureur noire. Contrairement à lui, je voyais clairement que, à moins que Catherine d'Aragon n'accepte le divorce ou ne se retire dans un couvent, le roi romprait avec Rome, et c'est ce qu'il a fini par faire. Cela peut sembler étrange, maintenant que Catherine d'Aragon et Anne Boleyn sont toutes les deux mortes, de penser qu'on s'est si violemment disputés. Or les partisans de l'ancienne religion étaient divisés : d'un côté, les réalistes, comme moi, et de l'autre, ceux qui, à l'instar de Martin, soutenaient que la reine Catherine ne devait pas céder d'un pouce. J'étais furieux, Matthew. » Il secoua sa tête léonine. « Furieux d'entendre ses parents le soutenir et de comprendre qu'il avait sans doute discuté de ses croyances avec eux et pas avec moi, qui avais tout fait pour l'aider à entrer dans le monde du droit en aplanissant les obstacles sur sa voie. » Son ton était empreint d'une grande amertume.

« Peut-être ne leur avait-il rien dit… Il est possible que ses parents aient trouvé normal dans une discussion de prendre le parti de leur fils, hasardai-je.

— C'est possible, soupira-t-il. Et peut-être mon aigreur était-elle en partie due à ma tristesse toujours vivace d'avoir perdu mon enfant – et d'autant plus vivace que ma femme s'était mise à soutenir Martin, elle aussi. C'était de la déloyauté de sa part. J'ai fini par chasser de ma table Martin et ses parents. »

Très étonné, je scrutai son visage. J'avais du mal à imaginer messire Wrenne furieux à ce point. Mais certes, avant sa maladie, il avait dû être redoutable.

« Je n'ai jamais reparlé à Martin, ni à ses parents. Ma femme était fort contrariée que j'interdise notre table à sa sœur. Elle ne me l'a jamais pardonné. » Il secoua la tête avec tristesse. « Ma pauvre Sarah… L'accès de notre maison interdit à la famille de sa sœur ! Et puis, il y a trois ans, la peste a sévi à York, et a tué en quelques semaines mon épouse et les parents de Martin. Martin est venu à York pour organiser l'enterrement de ses parents, mais je n'ai pas eu la force de me mettre en relation avec lui ni d'assister à la cérémonie. Je ne sais même pas s'il s'est marié. À l'époque de notre querelle il était célibataire. » La honte se lisait sur son visage ridé.

« Voilà un récit émouvant, Giles. Mais ce genre d'expérience a été bien trop fréquent ces dernières années. Les querelles de religion déchirant les familles…

— L'orgueil et l'entêtement sont de graves péchés, dit-il. Je m'en rends compte aujourd'hui. J'aimerais me réconcilier avec Martin, si c'est possible… La vérité dans cette histoire, poursuivit-il en émettant un rire sans joie, c'est que nous avons tous les deux perdu, tandis que Cromwell et les réformateurs ont gagné.

— Je dois vous dire, Giles, que si les réformateurs m'ont déçu, je ne considère pas que l'ancien système était meilleur. Ni moins impitoyable, ni moins fanatique… Ni moins cruel, ajoutai-je après une brève pause.

— Même si, ces dernières années, je suis devenu à la fois plus morose et plus tolérant, je continue à m'en tenir à ma foi… Comme tout homme parvenu à la fin de sa vie doit le faire, précisa-t-il en me regardant droit dans les yeux. On dit que le roi lui-même est déçu par la réforme. Je n'en suis pas si sûr, malgré tout. Cranmer gère toujours l'Église.

— Le roi joue une faction contre l'autre, dis-je en haussant les épaules. Et il se méfie des deux, désormais.

— Par conséquent, dorénavant pour lui tout est politique ?

— Peut-être croit-il que Dieu inspire la moindre de ses pensées et guide directement le moindre de ses actes. »

Il poussa un petit grognement. « Je pense que nous sommes d'accord sur un point au moins, à savoir qu'il est grotesque de croire que Dieu manipule Lui-même le cerveau du roi.

— Nous, les réformateurs de la première heure, n'avons jamais songé à remplacer le pape par le roi. » Je scrutai son visage. Je n'étais guère surpris qu'il fût conservateur en matière de religion, cela, je l'avais deviné. Toutefois, l'entêtement et le ressentiment manifestés à l'égard de sa famille m'avaient révélé un nouvel aspect de son caractère. Mais nous avons tous notre face obscure, pensai-je.

« Bien, soupira-t-il. Oublions ces tristes sujets ! Si on allait voir comment se débrouille le jeune Barak ?

— Giles, fis-je après un instant d'hésitation, avant d'aller rejoindre Barak, je dois vous faire à mon tour une confidence.

— Quoi donc ? demanda-t-il en me regardant d'un air étonné.

— Hier, pendant que je consultais vos cartes dans votre bibliothèque…

— Ah oui ! Avez-vous trouvé ce que vous cherchiez ? Madge m'a dit que vous y aviez passé de longues heures.

— Oui, merci. Votre collection est véritablement remarquable.

— C'est mon passe-temps depuis cinquante ans, déclara-t-il en souriant de plaisir.

— Savez-vous que vous avez là des ouvrages juridiques que personne d'autre ne possède, qui sont réputés perdus ? »

Il reçut la nouvelle avec un sourire de joie enfantin. « Réellement ?

— Lincoln's Inn paierait cher pour en acquérir des copies. Mais j'ai trouvé quelque chose d'autre… » Je pris une profonde inspiration. « Il s'agit d'une loi qui, me semble-t-il, a été ôtée des archives. Appelée le *Titulus Regulus.* »

Il resta absolument impassible, me fixant à travers ses paupières entre-closes. « Ah ! fit-il.

— Je me suis demandé si vous saviez l'avoir en votre possession.

— Oui. Vous l'avez lue ? Qu'en avez-vous pensé ? »

Je haussai les épaules. « Elle se fait l'écho des vieilles rumeurs selon lesquelles le mariage du roi Édouard IV avec Élisabeth Woodville n'était pas valable à cause d'un contrat préalable. Or, aujourd'hui il est impossible de prouver la véracité ou l'inanité de ces allégations. Il me semble que le roi Richard faisait flèche de tout bois afin de justifier sa prise de pouvoir. »

Il hocha la tête d'un air sagace. « C'est possible.

271

— Cependant, si ce document était révélé à l'heure qu'il est, cela pourrait susciter des troubles. »

À mon grand étonnement, il sourit. « Matthew, répondit-il, pour ceux d'entre nous qui ont plus de soixante-dix ans, surtout pour les avocats, la mise à l'écart du *Titulus* est une vieille histoire. J'étais étudiant à Gray's Inn quand il a été publié au vu et au su de tous et lorsque, l'année suivante, les sbires du nouveau roi ont investi toutes les écoles de droit pour en saisir la moindre copie. Je ne vois pas ce qu'il y a à ajouter à ce propos.

— Veuillez excuser ma franchise, Giles, mais peu de gens sont encore en vie pour s'en souvenir. Et cette loi risquerait de produire un certain malaise s'il elle reparaissait au grand jour. »

Il continua à sourire. « J'ai trouvé le *Titulus* il y a dix ans, à l'époque où l'on vidait la bibliothèque de la cathédrale de ses vieux livres de droit, et je l'ai conservé. Mais rares sont ceux qui s'intéressent à ma collection : Martin venait parfois consulter les livres, et à l'occasion un de mes confrères avocats fait de même. Mais je crois que, à part moi, vous êtes la seule personne depuis pas mal d'années à avoir passé autant de temps là-haut. Et ce texte de loi est plutôt bien caché. Rien ne le signale sur les étagères poussiéreuses, car je garde le fichier dans ma tête. Et vous n'allez pas en parler à Maleverer…

— Bien sûr que non ! Mais vous devez savoir qu'au Manoir du roi, on se livre à une chasse aux documents subversifs.

— Une chasse ? Quels documents ? me demanda-t-il, l'œil curieux.

— Je ne peux en dire plus. Mais croyez-moi sur parole quand j'affirme que vous devriez vous débarrasser du *Titulus*. »

Il réfléchit un instant. « Vous dites la vérité, Matthew ?

— Oui. Si j'attache peu d'importance au fait que la révélation du *Titulus* gêne le roi, je ne voudrais pas que vous – comme quiconque, d'ailleurs – couriez le moindre danger à cause de cette satanée loi. Le moment est fort mal choisi pour en détenir une copie… »

L'air songeur, il fixa le feu, puis poussa un soupir. « Peut-être avez-vous raison. J'ai été trop fier de ma collection. C'est une question de vanité, une fois de plus.

— J'espère qu'il n'y a pas d'autres documents séditieux dans ces deux pièces ?

— Non. Seulement le *Titulus*. Quand j'aurai disparu, si on le trouvait, je suppose que cela risquerait de causer des ennuis à mes exécuteurs testamentaires.

— Oui, répondis-je, mal à l'aise. Ce n'est pas impossible. Et Madge risquerait d'être interrogée, elle aussi.

— Ce serait un danger pour Madge ! Pauvre Angleterre, Seigneur

Dieu ! Très bien. Attendez-moi, Matthew. » Il prit appui sur le bras de son fauteuil afin de se redresser, lentement.

« Vous avez besoin d'aide ? demandai-je en me levant.

— Non, merci. Je suis seulement un peu chancelant après avoir gardé le lit si longtemps. » Il se dirigea vers la porte d'un pas plutôt assuré et quitta la pièce. Je restai debout à regarder le feu. Avait-il rédigé un testament ? À qui serait léguée la bibliothèque ? À son neveu peut-être. Je me dis que si Martin Dakin était un avocat de Gray's Inn politiquement très conservateur, il y avait de fortes chances qu'il ait fait partie du groupe d'avocats mené par Robert Aske en 1536. Et il était sans doute soupçonné d'avoir participé à la rébellion actuelle, voire emprisonné à la Tour, comme le fiancé de Jennet Marlin, l'autre avocat de Gray's Inn.

Giles reparut. À mon grand étonnement, il portait le registre contenant le *Titulus*, ainsi qu'un couteau aiguisé. Il me sourit tristement.

« Tenez, Matthew ! Voyez à quel point je vous fais confiance ! » Il posa le registre sur la table et, saisissant le couteau, découpa soigneusement les pages du *Titulus*. « Voilà ! Je n'ai jamais traité ainsi un de mes livres », soupira-t-il. Il se dirigea vers le feu et d'une main calme mit les feuillets dans les flammes. Nous regardâmes l'épais parchemin s'embraser et se calciner.

« Ç'a dû être un geste difficile à faire, dis-je.

— C'est vrai, mais vous avez raison. Nous vivons une époque dangereuse. Venez à la fenêtre », dit-il en me faisant signe. Il me montra un petit homme corpulent qui marchait d'un pas ferme dans la rue menant à la cathédrale, la soutane claquant au vent. « Je l'ai aperçu de la fenêtre de la bibliothèque. Savez-vous qui c'est ?

— Non.

— Messire Legh. Le doyen de la cathédrale. C'était jadis le commissaire le plus craint de Cromwell. Le marteau des monastères.

— On l'a nommé doyen ? demandai-je en me retournant vers Giles.

— Pour surveiller l'archevêque d'York. Vous avez raison, Matthew : aujourd'hui, même les simples érudits doivent se tenir sur leurs gardes. »

Je regardai de nouveau par la fenêtre. Une silhouette féminine avait capté mon regard. Les jupes relevées au-dessus des chevilles et les cheveux blonds voletant sur sa nuque, la femme marchait très vite dans l'étroite rue, courant presque en direction de la maison. Je reconnus Tamasin.

24

U N COUP SONORE FUT FRAPPÉ À LA PORTE et quelques instants plus tard Madge fit entrer Tamasin dans la salle. Le visage empourpré et l'air angoissé, la jeune fille esquissa une très brève révérence.

« Monsieur, me dit-elle, je viens du Manoir du roi. La sentinelle m'a dit que vous étiez parti en ville et j'ai pensé que vous vous trouviez peut-être ici Nous avons l'ordre de retourner au manoir sur-le-champ. Jack est-il là ? »

Je hochai la tête. Madge alla le chercher. Giles sourit et fixa d'un air émerveillé la robe verte et les cheveux blonds sous l'attifet. « Dieu du ciel, s'écria-t-il, la Cour emploie de jolis messagers, en ce moment !

— Je crains que nous ne soyons obligés de repartir sans avoir eu le temps d'examiner les placets, dis-je.

— De toute façon, ils ne présentent guère de difficulté et nous les avons déjà étudiés. Retrouvons-nous au château à neuf heures, ainsi nous pourrons y consacrer une heure. » Il me regarda d'un air interrogateur. « Quelque chose ne va pas ? Maleverer a-t-il besoin de vous voir ?

— Je m'attendais plus ou moins à être convoqué », répondis-je évasivement.

Il opina du chef puis planta sur Tamasin un regard franchement admiratif, qui la fit rosir.

« D'où êtes-vous, mam'selle ? demanda-t-il.

— De Londres, monsieur.

— Comme maître Barak. »

Celui-ci apparut dans l'embrasure de la porte et fixa Tamasin d'un air inquiet.

« Bon, fit Giles. Je vous verrai tous les deux demain matin. »

Après que je me fus à nouveau excusé de devoir partir si vite, nous quittâmes la maison.

« Que se passe-t-il ? » demanda Barak à Tamasin sitôt dans la rue. La jeune femme menait la marche d'un pas vif.

« Ce que j'avais deviné, répondit-elle, un peu essoufflée. J'étais dans ma chambre quand lady Rochford en personne est venue me voir, la mine aussi sinistre que celle d'un ogre. Elle m'a ordonné d'aller te chercher, Jack. On a rendez-vous avec elle dans l'un des pavillons. J'ai fait presque tout le chemin en courant.

— Apparemment, vous aviez tous les deux raison, me dit Barak. Elle veut nous parler, pas nous tuer. »

Je pris une profonde inspiration. « On verra. »

Tamasin posa sur moi un regard appuyé. « La convocation ne concerne que Jack et moi.

— Je veux personnellement entendre ce qu'elle dit, rétorquai-je. Et peut-être sera-t-elle plus modérée en présence d'un avocat.

— Vous ne connaissez pas lady Rochford, monsieur… », répondit évasivement Tamasin.

Nous gagnâmes le Manoir du roi à grands pas et nous dirigeâmes vers les pavillons, vides en cette fin de semaine, mais gardés.

« C'est le plus proche », expliqua Tamasin en nous conduisant vers l'extraordinaire construction. Des gardes postés devant les deux tours flanquant le portique d'entrée croisèrent leurs piques pour nous barrer le passage. Je jetai un coup d'œil à Tamasin, qui hocha la tête.

« Nous avons rendez-vous avec lady Rochford », dis-je à l'un des gardes.

Il nous examina des pieds à la tête. « Lady Rochford n'a parlé que d'une femme et d'un jeune homme.

— Les ordres ont été modifiés. »

J'étais gêné de porter un poignard, alors que le règlement l'interdisait. Apparemment convaincu que je n'étais pas dangereux, le garde finit par faire un signe de tête.

« Deuxième porte à gauche », indiqua-t-il. Lui et son collègue relevèrent leurs armes et nous franchîmes le seuil. Un sentiment de peur m'envahit soudain. Et si lady Rochford tirait les ficelles en coulisse et que des complices s'apprêtaient à nous assassiner ? Mais une telle supposition était ridicule. Les soldats pourraient témoigner que nous avions précisément rendez-vous avec elle ; elle serait alors confondue.

De l'autre côté du portique, on avait construit une grande cour intérieure au pavement de marbre et aux murs peints à l'imitation du marbre. Il y régnait une agréable odeur de bois fraîchement scié. Toute une série de portes s'ouvraient dans la cour, et devant chacune d'elles un soldat était en faction.

« Les gardes ne vont-ils pas trouver singulier que lady Rochford nous ait donné rendez-vous ici ? chuchotai-je à Tamasin.

— Son extravagance est notoire et ils ne jugeront pas cela anormal, les pavillons devant rester vides jusqu'à l'arrivée du roi d'Écosse. Leur seul souci est d'empêcher les serviteurs de venir voler les tapisseries et les meubles. »

En nous dirigeant vers la porte indiquée par le garde, nous entrevîmes une pièce de réception décorée de somptueuses tapisseries. J'aperçus un dressoir chargé de vaisselle d'or et des domestiques qui s'appliquaient à parsemer le sol de joncs parfumés. Deux grands fauteuils d'apparat garnis de coussins violets y avaient été installés. C'était donc là que les deux rois allaient se rencontrer.

À notre approche, le garde ouvrit la porte suivante. Nous entrâmes dans une pièce plus petite que celle que nous venions de découvrir. Elle ne contenait aucun mobilier mais les parois étaient tendues d'une suite de magnifiques tapisseries représentant la vie de saint Jean-Baptiste. Lady Rochford se tenait tout au fond de la salle. Elle portait une robe d'un rouge éclatant, très décolletée, qui dévoilait une poitrine toute blanche de céruse, à l'instar du visage et du cou. Un attifet incrusté de perles maintenait fermement sa chevelure brune. Elle arborait un air maussade et hautain qui s'intensifia quand elle m'aperçut.

« Pourquoi avez-vous emmené cet avocat ? s'écria-t-elle. Tudieu, mam'selle Reedbourne, si vous essayez de m'imposer un avocat, moi je vous imposerai quelque chose de bien pire ! »

Je lui fis une révérence, puis la regardai droit dans les yeux. J'étais intimidé mais ne voulais pas le montrer.

« Je m'appelle Matthew Shardlake, milady. Je suis l'employeur de maître Barak, ici présent. Mam'selle Reedbourne et lui ont requis ma protection après la rencontre qu'ils ont faite la nuit dernière. »

Lady Rochford s'avança vers Tamasin. Je crus qu'elle allait la frapper.

« À qui d'autre en avez-vous parlé ? siffla-t-elle. À qui encore ? » Je devinai qu'elle aussi était extrêmement effrayée.

« À personne d'autre, milady », souffla Tamasin.

Lady Rochford posa sur moi un regard flou, puis se tourna vers Barak. « Vous avez un drôle de nom, lui dit-elle. Êtes-vous anglais ?

— Des pieds à la tête, milady. »

Elle reporta alors son attention sur Tamasin. À l'évidence, elle a l'intention de concentrer son attaque sur cette petite servante entièrement sous sa coupe, pensai-je.

« Que croyez-vous au juste avoir vu, hier soir, vous et ce rustre de commis ? »

Même si un tremblement était perceptible dans sa voix, Tamasin répondit tout à trac : « Messire Culpeper devant la porte de la cuisine,

276

la reine sur le seuil, et vous, milady, derrière la reine. La reine semblait prendre congé de messire Culpeper. »

Lady Rochford émit un rire creux, forcé. « Petits nigauds ! Messire Culpeper était venu me rendre une visite tardive et c'était moi qui prenais congé de lui. La reine a entendu du bruit et est descendue voir ce qui se passait. Culpeper adore me faire des niches, le vilain garnement ! »

Cette explication était à l'évidence d'une telle absurdité que Tamasin ne prit pas la peine de réagir.

« C'était tout à fait innocent, reprit lady Rochford. Tout à fait innocent ! répéta-t-elle. Je vous préviens que quiconque soutiendra le contraire, ajouta-t-elle en haussant le ton, devra affronter l'ire du roi !

— Si le roi apprenait que sa reine avait été vue en pleine nuit dans l'embrasure d'une porte en compagnie du plus vicieux débauché de la Cour, je pense, en effet, qu'il serait furieux ! m'exclamai-je. Même si elle s'est effectuée en tout bien tout honneur, cette rencontre a fait voler en éclats toutes les règles de l'étiquette. »

La gorge blanchie de lady Rochford se souleva. Ses yeux lançaient des éclairs. « Vous êtes le bossu dont le roi s'est gaussé à Fulford. De quoi s'agit-il, monsieur l'avocat ? Cherchez-vous à vous venger de votre monarque parce qu'il s'est moqué de votre dos voûté ?

— Non, milady. Mon seul but est de protéger ces deux jeunes gens. »

Ses yeux s'étrécirent. « Les avocats manient toujours un langage abstrus. Est-ce de l'argent que vous voulez ? Souhaitez-vous qu'on achète votre silence et le leur ?

— Non, milady. Je souhaite seulement assurer leur sécurité. Et la mienne. »

Elle fronça les sourcils, l'air furieux. « Que voulez-vous dire ? Pourquoi seriez-vous tous les trois menacés ?

— C'est souvent le lot de ceux qui apprennent des secrets d'alcôve. Mon travail ici aux côtés de sir William Maleverer portant sur certaines questions de sécurité, je connais très bien ce domaine. »

Au nom de Maleverer, elle plissa les paupières, puis se força à sourire. « Il n'y a aucun secret, monsieur, répliqua-t-elle d'un ton faussement dégagé. Absolument aucun. La reine apprécie tout simplement la compagnie de ses amis de jeunesse. Ce voyage a été éprouvant pour elle... Les nombreuses réceptions officielles, les trajets interminables sur des chemins embourbés sont pénibles pour une jeune femme. Le roi ne s'opposerait certes pas à ce qu'elle rencontre ses amis de longue date, mais de peur des rumeurs, elle les voit parfois en catimini. Si cela venait à se savoir, ce serait... gênant.

— Alors, tout va pour le mieux, répondis-je d'un ton doucereux, notant avec intérêt qu'elle avait modifié son récit. Nous ne nous intéressons pas du tout aux rumeurs. Nous n'avons qu'un désir tous les trois : rentrer le plus tôt possible à Londres et oublier au plus vite cet exténuant voyage.

— Par conséquent, vous ne direz rien ? demanda lady Rochford, le ton autoritaire un rien perceptible à nouveau. Tenez-vous cois et tout se passera bien, je vous le promets.

— C'est bien là notre intention », affirma Barak, tandis que Tamasin approuvait d'un signe de tête.

Lady Rochford scruta nos visages sérieux. « Tant mieux ! s'exclama-t-elle, sa voix se faisant cassante derechef. D'ailleurs, on pourrait se demander ce que vous deux, les jeunes, vous faisiez dehors à plus d'une heure du matin. Vous, mam'selle Reedbourne, devriez être couchée depuis longtemps. Mlle Marlin vous laisse trop la bride sur le cou. Je pourrais aisément vous faire toutes les deux renvoyer du service du roi. Ne l'oubliez pas !

— Elle ne l'oubliera pas, fis-je. Au fait, milady, Mlle Marlin a-t-elle eu vent de ce qui s'est passé hier soir ? »

Lady Rochford partit d'un rire incrédule. « Cette pimbêche aigrie ! Bien sûr que non ! Personne d'autre n'en est instruit. Ni ne le sera !

— Dans ces conditions, comme vous l'avez dit, tout se passera bien. Même si, en tant qu'avocat, je dois vous avertir que je vais prendre mes précautions. »

Elle eut à nouveau l'air effrayé. « Que signifie cela ? Vous m'avez assuré n'avoir parlé à personne de cette affaire !

— En effet. Mais il se peut que je laisse certains écrits, en prévision d'une mort subite…

— Non. Ne faites pas ça ! S'ils étaient découverts… Espèce d'idiot, croyez-vous que je vous ferais du mal ? Pensez-y ! Même si la reine le permettait, ce qui est hors de question, pensez-vous que je risquerais d'attirer l'attention sur l'un d'entre vous ? » Elle se tut, avant de poursuivre en hurlant : « J'exige que vous teniez votre langue ! » Son corps se mit à tressaillir.

« Si vous ne tenez pas un peu mieux la vôtre, milady, le garde n'ignorera plus rien de vos affaires. Nul doute qu'en ce moment même il soit en train de tendre l'oreille. »

Elle porta la main à sa bouche. « Oui ! s'écria-t-elle, l'air hagard. Oui… » Elle se tourna vers la porte, puis me regarda d'un air si terrorisé que cette gente dame me fit pitié.

« Nous demeurerons cois », lui assurai-je.

Elle planta sur moi un regard dur. « Je n'ai guère d'autre choix que de vous faire confiance, semble-t-il.

— Nous allons donc prendre congé », conclus-je. J'attendis un instant, au cas où elle eût souhaité ajouter quelque chose, mais elle se contenta d'opiner du chef, tout en me fixant d'un air farouche. Barak et moi inclinâmes le buste, Tamasin fit une révérence, et nous quittâmes la pièce.

Je jetai un coup d'œil au garde en faction devant la porte, mais il arborait un air impassible. Nous restâmes cependant tous les trois silencieux jusqu'à ce que nous ayons atteint l'espace dégagé situé entre les pavillons et le manoir. Je m'appuyai contre un chariot et m'essuyai le front avec mon mouchoir.

« Merci, monsieur, dit Tamasin. Si vous n'aviez pas été là, je me serais évanouie de frayeur.

— Oui, ajouta Barak. Bien joué ! Vous avez gardé votre calme.

— C'est ce que vous apprennent des années de rapports avec des juges acariâtres. Mais ça n'a pas été facile. Grand Dieu ! j'ai le cœur qui cogne. » Et la tête me tournait un peu.

« Ça va, monsieur ? demanda Tamasin. Vous êtes tout pâle.

— Donnez-moi juste quelques instants, soupirai-je. Ces jours-ci, j'ai l'impression de me trouver à bord d'un bateau pris dans la tempête... Des vagues déferlent sur moi et le vent me pousse Dieu sait où, ajoutai-je en secouant la tête.

— Espérons qu'on sera bientôt sur un vrai bateau, dit Barak, et loin d'ici !

— Certes. Lady Rochford est terrifiée à l'idée de ce qu'on pourrait dire, Dieu du ciel ! Y a-t-il réellement quelque chose entre la reine et Culpeper ou craint-elle pour sa place ?

— Dieu seul le sait, dit Tamasin. Tout ce que je peux dire, moi, c'est que les serviteurs affirment que le torchon brûle entre Culpeper et Francis Dereham.

— Ah oui ! Dereham..., fis-je, l'air songeur. Un autre vieil ami de la reine.

— Culpeper, la reine et lady Rochford sont-ils fous tous les trois ? demanda Barak.

— Lady Rochford ne semble pas... disons, tout à fait normale. Et Culpeper a l'air d'un demeuré.

— C'est un fat débauché ! » s'écria Tamasin en frissonnant. Je me rappelai que, selon Barak, Culpeper avait tenté de la séduire. « Et la reine Catherine est une petite étourdie. Mais pas au point de tromper le roi avec Culpeper.

— Quelle décision prenons-nous, maintenant ? demanda Barak. On reste bouche cousue ou on informe Maleverer ?

— On se tait. Je ne crois pas que lady Rochford puisse être liée au vol des documents, ni d'ailleurs qu'elle sache de quoi il s'agit.

— J'ai interrogé les serviteurs sur les origines de Culpeper, dit Tamasin. Il est à la Cour depuis quatre ans. Il retourne dans sa famille de temps à autre. À Goudhurst, dans le Kent.

— Merci, Tamasin. » Je parlais d'un ton neutre, mais ce détail ne manqua pas de m'intéresser.

« Bon. Il faut que je me retire. Mlle Marlin va se demander où je suis passée. » Elle fit une révérence et s'éloigna, d'un pas relativement assuré.

« Elle a beaucoup de sang-froid, dis-je à Barak.

— Oui. Bien que toute cette affaire l'ait bouleversée. Savez-vous ce qu'elle a dit hier ? Que si seulement elle pouvait découvrir l'identité de son père et apprendre qu'il était un haut personnage, alors il pourrait nous protéger. Je lui ai répondu que sa position ne serait de toute façon jamais plus élevée que celle du roi. Cette histoire de paternité lui fait perdre le sens commun. »

J'opinai du chef. « Et il y a de fortes chances que son père soit un simple citoyen... Pour en revenir à Culpeper, le fait qu'il soit originaire du Kent est intéressant. Goudhurst est-il proche du village de Braybourne ? Et un homme appelé Blaybourne est-il lié aux rebelles ?

— Par rapport à York, le Kent n'est pas tout proche. » Il regarda derrière moi. « Mais voilà quelqu'un qui a parcouru toute cette distance. »

Je me retournai et vis le sergent Leacon, qui, le visage fermé, se dirigeait vers nous à grands pas. « Sangdieu ! murmurai-je, qu'est-ce qu'il y a, encore ? »

Le sergent s'approcha de nous et salua. Comme au réfectoire, son comportement était froid et guindé.

« Je vous ai cherché partout, messire Shardlake, dit-il. Sir William Maleverer veut vous voir, toutes affaires cessantes. Il se trouve avec sir Edward Broderick. Dans sa cellule.

— Broderick ? » Sous la pression des événements survenus depuis la veille, je l'avais complètement oublié.

« On a une nouvelle fois attenté à sa vie. »

25

APRÈS AVOIR PRIÉ BARAK DE M'ATTENDRE À LA RÉSIDENCE, je suivis Leacon, qui se dirigeait à grandes enjambées vers le groupe de bâtiments monastiques.

« Que s'est-il passé ? » demandai-je.

Sans ralentir le pas, le jeune sergent me répondit . « Juste après avoir regardé le prisonnier manger, Radwinter est allé se dégourdir les jambes, comme Maleverer l'y autorise. Dix minutes plus tard, les soldats qui gardent Broderick ont entendu des bruits de hoquet et de vomissement et l'ont découvert allongé sur le sol. L'homme qui l'a trouvé m'a appelé et j'ai envoyé chercher de la bière et du sel. Je les ai mélangés et ai forcé le prisonnier à ingurgiter cette mixture, puis j'ai fait venir le Dr Jibson. Il se trouve à son chevet, en compagnie de sir William. Ce dernier est d'une humeur de chien…

— Vous avez bien réagi. »

Il ne répondit pas et j'eus une nouvelle fois l'impression que, pour une raison mystérieuse, il m'en voulait désormais. Nous enfilâmes le couloir ; nos pas résonnaient sur les dalles de pierre. La porte de la cellule de Broderick était ouverte. Il y avait beaucoup de monde à l'intérieur, malgré l'odeur de vomi qui emplissait l'espace. À demi conscient, semblait-il, Broderick était assis sur le lit, soutenu par deux soldats. L'un d'entre eux lui maintenait la bouche ouverte tandis que le Dr Jibson lui versait un flacon de liquide dans le gosier. Radwinter contemplait la scène, les yeux brillants de rage. Un autre sentiment s'y lisait : la perplexité ? Maleverer se tenait à côté de lui, les bras croisés, les sourcils terriblement froncés. Il tourna vers moi un regard courroucé.

« Où étiez-vous passé ? me lança-t-il.

— J'étais chez… chez messire Wrenne, sir William.

— Accompagnez-moi. Non, restez là ! » hurla-t-il à Radwinter qui s'apprêtait à nous suivre. Une fois hors de la cellule, il croisa de nouveau les bras sur sa poitrine et me fit face.

« On a récidivé, dit-il.

— Du poison ?

— Comme d'habitude, Radwinter a surveillé la préparation de la nourriture dans la cuisine du roi, puis l'a apportée ici et a regardé manger le prisonnier. Dix minutes plus tard, Broderick est pris de convulsions et se contorsionne par terre. Radwinter assure que personne n'a pu ajouter quoi que ce soit aux aliments puisqu'on les a préparés sous ses yeux. Le sergent Leacon confirme ses dires... Alors je ne vois pas, siffla-t-il, comment quiconque, à part Radwinter, a pu l'empoisonner.

— Mais s'il est coupable, sir William, pourquoi attirerait-il si clairement l'attention sur lui ?

— Je n'en sais rien, répliqua-t-il, à la fois irrité et déconcerté.

— Et si ce n'est pas lui, qui pourrait être coupable ? Qui sait que Broderick est ici ?

— Pas mal de gens ! rétorqua-t-il en secouant la tête d'un air furieux. La nouvelle s'est répandue.

— Le sergent Leacon m'a expliqué que Radwinter est sorti se dégourdir les jambes juste après le repas du prisonnier. Quelqu'un aurait-il pu alors s'introduire auprès de Broderick ?

— Sans en être empêché par les soldats ? Et cette personne l'aurait forcé à absorber le poison ? s'écria-t-il impatiemment. Où le poison aurait-il pu se trouver, sinon dans sa nourriture ?

— Peut-être n'a-t-il pas été contraint de l'absorber. Peut-être était-ce son intention. »

Un raffut sur le seuil de la porte détourna l'attention de Maleverer. Les soldats traînaient Broderick dehors, et les lourdes chaînes attachées à ses chevilles résonnaient sur le sol. Puis ils apportèrent la chaise de Radwinter et y installèrent Broderick. Le Dr Jibson suivait, en bras de chemise, les manchettes souillées, ses joues rebondies empourprées.

« J'ai du mal à voir clair à l'intérieur », expliqua-t-il.

Le teint blême, Broderick hoquetait et respirait bruyamment. Il me foudroya brièvement du regard au passage. Radwinter sortit de la cellule. Maleverer l'appela.

« Comme je viens de le dire à messire Shardlake, lança-t-il d'un ton cassant, je ne vois qu'une réponse à ce mystère : c'est vous qui avez empoisonné le prisonnier. »

Radwinter m'adressa un regard assassin. « Lui ne dira rien pour vous détromper.

— Messire Shardlake n'est pas d'accord avec moi. »

Radwinter eut l'air stupéfait. Il me fixa d'un air perplexe. « Je jure que je ne l'ai pas empoisonné ! Sangdieu ! pourquoi est-ce que j'attirerais ainsi les soupçons sur moi ?

— Qui êtes-vous pour me tenir tête de la sorte, espèce de sac de merde ! » s'exclama Maleverer en avançant vers le geôlier qu'il dominait de toute sa hauteur. Radwinter recula d'un pas et, pour la première fois, il eut l'air effrayé.

« Je ne sais rien, sir William, je le jure. »

Pendant cette altercation, je vis le médecin faire ingurgiter une nouvelle lampée de bière à Broderick, ce qui eut pour effet un nouveau haut-le-cœur, suivi d'un rejet de liquide jaune.

« Tout est sorti ? demanda Maleverer au médecin

— Il me semble. Le soldat a été bien inspiré de le faire vomir tout de suite.

— Puis-je examiner la cellule ? demandai-je à Maleverer.

— Pourquoi donc ?

— Je n'en sais rien. Seulement… Si maître Radwinter est sorti dix minutes avant que Broderick tombe par terre, celui-ci n'aurait-il pas pu avaler quelque chose de son plein gré ?

— Il n'y a rien dans la cellule ! rétorqua Radwinter. Elle est fouillée tous les jours. Et où se procurerait-il du poison ?

— Eh bien ! regardez, si ça vous chante », répondit Maleverer d'un ton las.

J'entrai dans la cellule vide, le regard fixé sur le sol dallé, maculé de vomi. Fronçant les narines pour atténuer l'odeur, je marchai de long en large, à la recherche de quelque chose d'insolite, n'importe quoi, sous le regard de Maleverer et de Radwinter qui, semblables à deux sombres corbeaux, se tenaient dans l'embrasure de la porte.

Il n'y avait rien sur le sol, à part l'écuelle de bois de Broderick, sa cuiller et son gobelet, désormais vides. Le Dr Jibson pourrait les emporter pour les examiner une fois de plus, même si son analyse ne servait pas à grand-chose. Pour tout mobilier il y avait un tabouret, le lit et un pot de chambre vide. J'enlevai du lit les couvertures tachées et tâtai le matelas de paille.

Soudain j'aperçus quelque chose de blanc, coincé entre le lit et le mur. Je l'attrapai.

« Qu'est-ce que c'est ? demanda Maleverer d'un ton sec.

— Un mouchoir. » À mon grand étonnement, il s'agissait d'un mouchoir de femme plié en quatre, fin et bordé de dentelle.

« C'est tout ? »

Désagréable au toucher, il était rigide et souillé de taches sombres. Je pris mon propre mouchoir, le posai sur le lit, puis plaçai dessus le mouchoir plié.

« Je vais l'examiner de plus près dehors », murmurai-je. Je le portai avec précaution jusqu'à la porte, m'emparant du tabouret au passage. Broderick était affalé sur la chaise, apparemment inconscient, le

283

Dr Jibson penché au-dessus de lui. Je m'éloignai un peu dans le corridor, posai mon mouchoir sur le tabouret et le dépliai. Nous nous penchâmes tous les trois au-dessus du mouchoir de femme.

« Alors quoi ? fit Maleverer. Il a gardé ceci en souvenir de quelque dame...

— Il n'avait pas de mouchoir, déclara Radwinter, plissant le front d'étonnement. On l'a fouillé quand on l'a emmené au château et à nouveau quand on l'a transféré ici. Il n'a jamais eu de mouchoir. Il n'a eu aucun visiteur qui aurait pu le lui apporter. Et sûrement pas de visiteuse. »

Je me penchai plus près pour étudier les taches. « Vous avez dit qu'il a été fouillé lorsqu'on l'a emmené du château jusqu'ici ? demandai-je à Radwinter.

— Oui. On l'a mis nu et on a fouillé ses vêtements.

— Il ne reste donc qu'un seul endroit où il a pu cacher le mouchoir », dis-je en indiquant les taches sombres. Il y eut un moment de silence, puis Maleverer éclata d'un rire incrédule.

« Suggérez-vous que notre homme s'est baladé, un mouchoir de dame fourré dans le derrière ?

— En effet. Il a utilisé un mouchoir de dame parce que c'est plus petit, plus fin. Il n'est donc pas certain qu'il y ait eu une femme dans le coup.

— Mais dans quel but ?

— Pour envelopper quelque chose. » Je n'avais guère envie de retoucher au mouchoir, mais j'en saisis un coin et le dépliai avec précaution. À ma grande déception, il ne recélait rien. J'en approchai mon nez. Le mouchoir dégageait une légère odeur, mais pas de matières fécales. Plutôt de pourri. Je fronçai les sourcils. L'odeur ne m'était pas inconnue, je l'avais déjà humée, récemment. Je me redressai brusquement... Le souvenir me revint. C'était celle que j'avais brièvement perçue émanant de la jambe boursouflée du roi au moment où, la tête baissée, je me tenais devant lui à Fulford Cross.

« De quoi s'agit-il ? s'enquit Maleverer d'un ton sec. Qu'avez-vous découvert, monsieur l'avocat ?

— Je n'en suis pas certain, sir William. Pourrait-on demander au Dr Jibson de venir ? »

Il appela le médecin. Je lui fis part de mes supputations quant à l'endroit où, selon moi, le mouchoir avait été caché et suggérai qu'il avait contenu quelque chose. À contrecœur, il se baissa et approcha son nez du morceau de tissu.

« Quelle est cette odeur ? demandai-je. Quelque poison ? »

Il partit d'un rire amer. « Dieu seul sait que c'est une odeur que je connais bien, hélas ! Une odeur de pourri et de décomposition. Une vraie puanteur.

— Une odeur de poison, dit Maleverer.

— Si c'est le cas, je ne le reconnais pas. »

Les yeux de Maleverer lancèrent des éclairs. « Il l'a gardé dans l'endroit le plus sûr jusqu'à ce qu'il lui ait été loisible de l'utiliser. Il s'est empoisonné pour échapper à ce qui l'attend à Londres. » Je regardai Broderick, qui, à demi conscient, était toujours affalé sur son siège. « Tudieu ! s'écria Maleverer il doit être désespéré !

— Mais il n'a pas reçu la moindre visite, déclara Radwinter. Aucune n'a été autorisée durant tout le temps où il est resté au château.

— Un prêtre est-il venu l'entendre en confession ?

— Non. Les ordres de Londres étaient que personne ne devait avoir accès à lui. Cette règle est suivie depuis le début de sa détention au château, le mois dernier. Et il a été arrêté chez lui en pleine nuit et amené sans ménagement au château en chemise de nuit. Des vêtements et autres effets ont été par la suite apportés de sa maison. On aurait facilement découvert un mouchoir plein de poison. »

Je secouai la tête. « Par conséquent, ce poison a dû lui parvenir au château. Il avait déjà tenté de s'y donner la mort mais avait raté son coup. Alors il a apporté ici ce qui restait du poison en utilisant cette incroyable méthode et a effectué une seconde tentative. Je suppose que cette fois-ci la substance a si vite produit son effet que, n'ayant pas eu le temps de cacher le mouchoir à l'endroit habituel, il l'a fourré entre le lit et le mur.

— Mais la seconde tentative a échoué, elle aussi, souligna le Dr Jibson. Grâce au sergent qui l'a fait vomir. »

Maleverer se tourna vers l'endroit où Broderick, vautré sur son siège, hoquetait entre les deux soldats.

« Par conséquent, ici il n'y a pas eu d'empoisonneur.

— Non, dis-je. Je ne le pense pas.

— À part la personne qui a apporté le poison…, précisa Maleverer en fixant Radwinter. Qui a réussi à le faire passer à votre insu. Ou qui vous l'a remis personnellement.

— Je jure que non ! s'écria Radwinter d'une voix tremblante.

— Je vous relève de vos fonctions jusqu'à ce que le mystère soit élucidé. Sergent Leacon ! » cria-t-il. Le jeune homme sortit de derrière la cloison. « Je vous confie la garde du prisonnier. Vous le surveillerez constamment. Geôlier, remettez les clefs au sergent ! »

Après une brève hésitation, Radwinter décrocha les clefs de son pourpoint et les tendit à Leacon. Recouvrant un peu ses esprits,

Broderick geignit et se redressa sur son siège. Leacon regarda Maleverer d'un air dubitatif. « Je n'ai guère d'expérience, monsieur...

— Messire Shardlake vous indiquera vos tâches. Dr Jibson, prenez ce mouchoir et examinez-le. Je veux que vous identifiiez la substance... Et vous, geôlier, suivez-moi, dit-il en se tournant vers Radwinter. Que deux soldats nous accompagnent. Vous êtes aux arrêts, maître Radwinter, jusqu'à nouvel ordre. »

Radwinter me fusilla du regard. Ses lèvres s'entrouvrirent et je crus qu'il allait dire quelque chose, mais deux soldats l'encadrèrent et il emboîta le pas à Maleverer. Je poussai un profond soupir et me tournai vers Leacon.

« Je crois, sergent, que vous devriez lui faire regagner sa cellule. »

Il enjoignit aux soldats de soulever Broderick. Le prisonnier me regarda.

« Par conséquent, lui dis-je, vous vous êtes empoisonné.

— Ne m'accusez pas d'avoir commis là un grand péché, maugréa-t-il. Je ne faisais que tenter d'empêcher une mort plus douloureuse. Que je vais devoir subir, désormais.

— Qui vous a apporté le poison ?

— La Taupe. » Il se pencha en avant, saisi par une quinte de toux et de hoquets. Je fis signe aux soldats de le transporter dans sa cellule. Je restai debout dans la pièce et sursautai quand le sergent toussa à mes côtés.

« Que dois-je faire, monsieur, s'enquit-il d'un ton guindé. Comment se déroule sa journée ? »

J'expliquai à Leacon qu'il devrait surveiller Broderick sans relâche, assister à la confection de ses repas et le regarder manger. « Je vous suggère de demander des instructions supplémentaires à sir William quand il aura du temps à vous accorder. Ah ! j'oubliais. Vous ne devez pas l'encourager à parler. Pour cela, il faudra attendre qu'il arrive à Londres. »

Leacon opina du chef, puis me fixa du regard. « C'est le geôlier qui l'a empoisonné ?

— Je ne le crois pas. Mais je n'en sais rien, en fait.

— La réputation des bourreaux de la Tour n'est plus à faire. Je comprends pourquoi Broderick souhaite quitter ce monde.

— Alors je dois bloquer la sortie si c'est en mon pouvoir. Mais que pouvais-je faire d'autre ? soupirai-je. J'étais bien obligé de mener mon enquête.

— Les enquêtes créent parfois plus de problèmes qu'elles n'en résolvent, déclara Leacon d'un ton aigre.

— Que voulez-vous dire ? »

Il hésita, puis prit une profonde inspiration. « Vous vous souvenez du problème foncier de mes parents, à Waltham ?

— Certes.

— J'ai reçu une lettre il y a quelques jours. Vous vous rappelez qu'il s'agit de déterminer si certains vieux bois leur avaient vraiment été donnés par le prieuré local ? Or c'est bien le cas, apparemment.

— Voilà donc une bonne nouvelle, non ? »

Il secoua la tête. « Ce serait une bonne nouvelle s'il n'existait pas une question de limites. Des limites établies il y a quatre ans entre les terres de l'ancien prieuré et celles du seigneur. La ferme de mes parents se trouve du mauvais côté, ce qui signifie que, finalement, ils dépendent du seigneur. La question a été réglée après l'arbitrage d'un avocat. » Il prit à nouveau une profonde inspiration. « Cet avocat, c'est vous, monsieur, comme le montrent les archives d'Ashford. Mon oncle, qui sait lire, les a consultées pour mes parents. »

Je le regardai, stupéfait. « Oh ! fis-je. Ce travail que j'ai effectué…

— Les terres dont vous avez fixé les limites appartiennent en partie au seigneur de mes parents. Vous vous êtes peut-être livré à un arbitrage équitable entre lui et l'homme qui a acheté les terres de l'abbaye, mais cette décision a laissé mes parents sans le sou. »

J'étais muet de stupéfaction.

« Que voulez-vous ? Les pauvres n'ont jamais voix au chapitre, déclara le sergent d'un ton tranquille, teinté d'amertume, tout en se détournant de moi. Bon, il est temps que j'aille m'occuper de mon prisonnier. »

Une demi-heure plus tard, Barak et moi étions assis sur le banc sous le hêtre pourpre. C'était un endroit sûr, d'où on avait une vue dégagée de tous côtés. En cette fin d'après-midi, un vent glacial s'était levé et nous étions emmitouflés dans nos manteaux. Des feuilles mortes tombaient tout autour de nous en bruissant et s'ajoutaient à l'épais tapis qui s'étendait sous l'arbre.

« L'automne est déjà bien installé, ici, dit Barak. Apparemment, l'arrivée du roi a marqué la dernière belle journée.

— En effet. » Je plissai fortement les yeux, tout en fixant la tour de l'église Saint-Olav.

« Vous vous demandez toujours comment Broderick s'est procuré le poison ? » demanda-t-il. Je lui avais raconté ce qui s'était passé dans la prison.

« Oui. Je veux me rendre au château demain pour examiner à nouveau sa cellule.

— C'est là qu'on a enfermé le cuisinier.

— Il va être libéré, maintenant qu'on sait que le poison ne se trouvait pas dans la nourriture.

— Vous avez bien réagi. Maleverer devrait vous en savoir gré. »

J'éclatai de rire. « Ce n'est pas dans sa nature... Barak, dis-je en me redressant, j'essaye de réfléchir, de relier tous les fils...

— Moi aussi. Ça me donne mal à la tête.

— Que penses-tu de ceci ? Imagine que l'empoisonnement de Broderick n'ait aucun rapport avec les autres événements – le meurtre d'Oldroyd, les attaques contre moi après le vol du contenu du coffret, puis à nouveau l'autre soir.

— C'est votre avis ?

— C'est possible. Faisons du moins comme si c'était le cas.

— Eh bien, d'accord !

— Considère les autres événements. La mort d'Oldroyd, d'abord. Qui était à proximité, tôt le matin, le jour où il a été tué ? Craike, pour commencer. »

Barak partit d'un rire gêné. « Tamasin était aussi à l'entour...

— Elle affirme qu'elle avait rendez-vous avec Jennet Marlin, laquelle ne se trouvait pas à l'endroit où elles devaient se rencontrer, ajoutai-je en fixant sur lui un regard appuyé. Note cela pour le moment.

— Il y avait du brouillard, ce matin-là. N'importe qui aurait pu se rendre de Sainte-Marie au lieu de travail d'Oldroyd et faire basculer son échelle.

— En effet. Craike, lady Rochford, même le jeune Leacon, qui est arrivé en courant tout de suite après.

— Et qui est la personne que nous avons dérangée dans la salle du chapitre, Grand Dieu ? s'exclama-t-il en donnant des coups de pied agacés dans les feuilles.

— Je n'ai entrevu qu'un manteau ou une robe noirs, au moment où la personne s'esquivait en courant. Quelqu'un de leste.

— Tout le monde est leste quand il s'agit de sauver sa peau.

— Passons à l'épisode où j'ai été assommé et où le contenu du coffret a été volé.

— Dans ce cas aussi ça peut être le fait de toute personne libre d'aller et venir dans le Manoir du roi sans se faire remarquer...

— ... et qui nous a vus y apporter le coffret. C'est-à-dire à nouveau Craike et Jennet Marlin.

— Lady Rochford. Leacon, une fois de plus. Et une cinquantaine de personnes que nous ne connaissons pas et qui auraient pu nous voir arriver.

— Sans aucun doute, renchéris-je. Leacon, par exemple, semble toujours se trouver sur les lieux, mais nous remarquons sa présence parce que nous le connaissons. Quand nous avons apporté le coffret il pouvait y avoir une dizaine d'autres soldats dans les parages, que nous n'avons pas remarqués parce que pour nous un soldat n'est qu'une tunique rouge de plus, soupirai-je.

— De la même manière, Craike est le seul organisateur que nous connaissons... Et vous n'avez pas cité quelqu'un qui nous a vus porter le coffret.

— Qui donc ?

— Messire Wrenne. »

Je me renfrognai. « Giles ? Mais il ne se trouvait pas au Manoir du roi quand Oldroyd a été tué !

— Comment le savons-nous ? Il peut légitimement s'y trouver. Qui ferait attention à un avocat, en robe noire qui plus est ? Il aurait pu s'y rendre de bonne heure pour tuer Oldroyd. Je sais, monsieur, que vous et le vieil homme êtes devenus amis, et je ne vous le reproche pas car ici les visages sympathiques ne courent pas les rues. Mais si vous cherchez quelqu'un qui a des liens avec la ville, qui connaissait Oldroyd et qui a ses entrées à Sainte-Marie, il est votre homme.

— Mais est-il capable de tuer ? Et souviens-toi de son état de santé. Il se meurt. Il ne pense qu'à une chose : se réconcilier avec son neveu avant de mourir.

— Oui. Vous avez raison.

— Toi aussi tu as raison. Théoriquement, on ne doit mettre personne hors de cause. » Je fronçai les sourcils, me rappelant avec déplaisir que Martin Dakin était peut-être impliqué dans le complot. « Te souviens-tu du Pèlerinage de la Grâce ? demandai-je.

— Oui. Lord Cromwell m'avait chargé, avec quelques autres, de parcourir Londres, l'oreille au guet, pour déterminer le degré de soutien dont jouissaient les rebelles. » Il posa sur moi un regard grave. « Ils avaient davantage de partisans qu'il le croyait.

— Et la rumeur circulait parmi les juristes que des avocats de Gray's Inn étaient impliqués. Et plusieurs d'entre eux venaient des comtés du Nord. Robert Aske, par exemple.

— Personne n'a été inculpé.

— C'est vrai. Mais le fiancé de Jennet Marlin est membre de cette école de droit, tout comme le neveu de Giles. J'espère qu'il n'a pas d'ennuis, soupirai-je. Excuse-moi, je m'égare. Continuons ! Passons à l'attaque dans le campement. »

Barak pouffa de rire. « Seigneur Dieu, il y avait là des centaines de gens ! Dereham et Culpeper, par exemple. Le jeune Dereham nous a vus, et c'est une brute.

— C'est exact. Serait-il lié au complot du printemps ? Le secrétaire de la reine ? Il se trouvait à York lorsque Oldroyd a été tué. Tu te rappelles qu'on l'a vu à l'auberge ? Il faisait partie des avant-coureurs. Oui, nous devrions le mettre sur la liste.

— Leacon était là, lui aussi. Et Radwinter, qui vous en veut.

— Non. Je suis certain qu'il est loyal à Cranmer. Il ferait immédiatement part à Maleverer et à l'archevêque de tout renseignement en sa possession concernant le complot. » Je me frottai le menton. « Craike ne se trouvait pas dans le campement mais je venais de le voir et de lui signaler que je m'y rendais. Allons ce soir au tripot où tu l'as vu entrer.

— Il serait peut-être préférable que j'y aille seul.

— Non. Je vais t'accompagner. Il faut que je m'occupe. J'y perds mon latin. J'ai pensé à autre chose... Et si la seconde agression, celle que j'ai subie au campement, avait un autre motif que la première ?

— Que voulez-vous dire ?

— Rich m'avait menacé. Puisque j'avais déjà été attaqué une fois, si je l'étais une seconde fois, on considérerait que c'était lié au vol du contenu du coffret. » Je secouai la tête. « Toutefois, Rich prendrait-il la peine et le risque d'employer un homme de main pour me tuer, uniquement parce que je m'entête à propos du dossier Bealknap ?

— Vous vous entêtez trop, dit Barak en me regardant d'un air grave. Rich est tout à fait capable de se débarrasser de quelqu'un qui lui cause des ennuis. Je doute quand même qu'il passe à l'action pour mettre hors d'état de nuire un simple avocat importun, surtout qu'il finira bien par trouver un juge compréhensif.

— Tu as raison, soupirai-je. Quel imbroglio, Dieu du ciel ! C'est pénible d'être proie plutôt que chasseur.

— Le *Titulus* que vous avez découvert ne vous a été d'aucun secours ?

— Non. Quoiqu'il contienne des éléments déconcertants. Et nous sommes en possession d'un dangereux secret concernant la reine. Peut-être devrait-on en informer Maleverer, en fait.

— Oui, mais si lady Rochford, la reine et Culpeper nient les faits, et c'est ce qu'ils feront, quelle preuve fournirons-nous ? On nous traitera en trublions et je n'ai aucune envie de me retrouver à la merci de Maleverer. Il a menti en affirmant que le *Titulus* était un faux. Est-ce que vous ne pourriez pas écrire à Cranmer pour tout lui raconter sur ce qui s'est passé et le laisser s'occuper de cette affaire ?

— Le courrier qui part d'ici est surveillé. Et une réponse mettrait dix jours à arriver. Non, nous sommes réduits au silence. Je ne peux faire confiance à personne, sauf à toi. »

Il soupira. « Bon. J'ai promis à Tamasin de passer la voir. Il faudrait que j'y aille. Avec votre permission

— Bien sûr.

— Elle a peur.

— Je le sais.

— Je vous raccompagne à la résidence. »

Nous rentrâmes et décidâmes que Barak reviendrait à neuf heures. Nous nous rendrions alors à la taverne. Je regagnai ma cabine et fermai la porte à clef. La nuit commençait à tomber. Je poussai un profond soupir. Il semblait que je causais des ennuis à tout le monde : à Barak, au jeune Leacon à propos de cet arbitrage, et à Broderick, dont j'avais sauvé la vie pour le livrer au bourreau. Je revis le cruel sourire que m'avait décoché le roi à Fulford et secouai la tête. Cette vision continuait de me hanter, et me donnait des crampes à l'estomac. Elle se trouvait, en quelque sorte, au cœur de tous les événements qui s'étaient déroulés jusque-là. La Taupe...

26

L ES CLOCHES CARILLONNAIENT DANS L'AIR HUMIDE DU SOIR comme Barak et moi passions devant la cathédrale. Dans le noir nous titubions le long de voies non pavées, en direction de Fossgate et du coin où Barak avait aperçu Craike.

« C'est par ici », dit-il.

Il indiqua une étroite venelle, où le ciel était presque caché par les derniers étages en surplomb des maisons menaçant ruine. Les portes et les fenêtres étaient fermées, les pans de bois gauchis laissant filtrer des rais d'une lumière jaunâtre. Tout au bout de la ruelle, une enseigne blanche en bois grinçait et claquait dans le vent.

« Voici l'enseigne de la taverne, dit Barak. Le Cerf blanc. »

Je l'examinai. « Ça a l'air d'un endroit infect. Tu as raison : Craike ne logerait pas ici des membres de l'escorte. » La forte odeur d'urine qui empestait la ruelle me fit froncer les narines.

« Vous êtes certain de vouloir m'accompagner ? demanda Barak. Le coin est sordide.

— Je veux savoir ce qu'il y fabriquait. » Je suivis Barak dans la venelle, la main sur mon poignard. Sur ses conseils, j'avais enfilé mes vêtements les plus minables. Quand nous étions passés devant les entrées des maisons, j'avais eu l'impression qu'on nous regardait, mais personne ne nous avait suivis depuis Sainte-Marie. Nous avions gardé l'œil et l'oreille au guet.

Barak poussa la porte de la taverne. C'était bien le genre de lieu misérable auquel je m'étais attendu : une simple salle meublée de tables et de bancs, dotée d'un guichet par lequel une souillon passait de la bière brassée sur place aux hommes déguenillés assis sur les bancs placés le long des murs. Le sol était nu et il faisait froid dans la salle sans feu. Le chien de deux jeunes Dalesmen vêtus de vestes en peau de mouton et assis à côté l'un de l'autre, dos au mur, grogna puis aboya violemment contre nous.

« Couché, Crag ! cria son maître en posant une grosse main sur le dos du chien. Regarde, Davey, y a du beau monde qui vient au Cerf blanc ! »

Barak se dirigea vers le bar et demanda deux chopes de bière à la tenancière. Elle ne le comprit pas tout de suite et lui fit répéter sa commande. « Des Sudistes, expliqua à haute voix le propriétaire du chien à son copain. Crag a humé leur sale odeur. »

Barak se tourna vers les deux hommes. « On est juste venus boire un verre, l'ami. On ne cherche pas les ennuis. »

Mal à l'aise, je jetai un regard à l'entour. Une bonne dizaine de Yorkais fixaient sur nous un regard hostile. À en juger par leur trogne, les Dalesmen buvaient depuis un bon bout de temps.

La tenancière passa deux chopes de bois par le guichet. Tous les bancs étaient certes occupés, mais on aurait pu s'asseoir si certains clients avaient fait l'effort de se pousser. Comme nul ne bougea, on resta debout, l'air gauche. Le Dalesman appelé Davey s'esclaffa.

« Pouvez pas trouver un banc, messeigneurs ? Alan, tu devrais faire une p'tite place pour ces messieurs du Sud, ajouta-t-il en se tournant vers son ami. Doivent être des gens d'qualité, vu qu'on n'permet pas aux soldats et aux larbins d'entrer dans York. P'têt qu'on devrait s'mettre debout en leur présence.

— Moi, j'dis qu'on est tous faits par le même ouvrier avec la même glaise, répliqua Alan.

— Je suis d'accord, renchérit Barak d'un ton enjoué. De Londres à Carlisle, on est tous pareils.

— Non, m'sieu. Pas pour les sous, puisque tous nos loyers filent à Londres.

— Aujourd'hui, dit son compère, on s'est pas mal débrouillés en vendant cinq nobles ces misérables moutons aux approvisionneurs du roi.

— Ouais. Mais quand le cortège repartira les prix rechuteront. Not' peuple peut pas payer le même prix qu'les Sudistes. » Il nous défia du regard, nous cherchant querelle. Je bus une gorgée de l'infâme bière.

« Z'êtes venus ici pour affaires, messieurs ? demanda l'un des hommes assis sur les bancs, ce qui, à mon grand étonnement, déclencha des rires.

— Pour affaires ? répétai-je.

— Ouais. Pour sûr, z'êtes pas venus pour jouir de not' compagnie. » D'autres rires fusèrent.

Une porte s'ouvrit alors et un grand type filiforme en tablier apparut. Il fronça les sourcils en direction des Dalesmen et s'approcha de nous.

« Puis-je faire quelque chose pour vous, messieurs ? » demanda-t-il à voix basse.

J'échangeai un regard avec Barak. On ne vendait donc pas que de l'ale dans cet établissement…

« Ça dépend, répondit Barak. Que proposez-vous ? »

L'homme indiqua la porte d'un signe de tête, et nous fûmes plutôt soulagés de sortir de la salle et de le suivre dans un étroit couloir qui empestait la bière éventée. Une bougie brûlait sur l'escalier. Il referma la porte.

« Je regrette ce qui s'est passé, messieurs. Les Sudistes ne sont pas aimés par ici.

— Peu importe, dis-je. Bien. Que pouvez-vous faire pour nous ?

— Ça dépend de ce que vous voulez, répliqua-t-il, les yeux plissés, un regard calculateur fixé sur nous.

— Un de mes amis est venu ici, il y a environ une semaine… L'un des agents officiels du voyage. Un type bien en chair portant une frange de cheveux blonds.

— Ah oui ! » Ses traits se détendirent et son air devint égrillard. « Je m'en souviens fort bien. Il vous a dit ce qu'on offrait ici, pas vrai ?

— Exactement.

— Eh bien ! » Il nous fit un sourire complice. « À vous de m'indiquer vos goûts… Petits coups de poignard acéré infligés par une donzelle ou volée de coups de ceinturon flanqués par une vieille charogne, comme les aime votre ami ? » Il afficha de nouveau un air grivois. « Je peux m'arranger pour assouvir les désirs les plus cochons. »

J'étais sidéré. En venant ici, je n'avais absolument pas envisagé cette hypothèse. « Vous proposez des filles qui fournissent des plaisirs spéciaux, c'est ça ? »

Il opina vigoureusement du chef. « Des plaisirs que n'offrent pas les maisons ordinaires. Des garçons aussi, si vous préférez. On a un bon réseau à York, qui remonte à l'époque des moines. Certains d'entre eux étaient très vicieux.

— Voici de quoi il retourne, s'empressa de dire Barak. Nous prospectons pour l'un des hauts dignitaires de Sainte-Marie qui ne tient pas à être vu ici. Il me semble que vous avez ce qu'il recherche. Nous allons lui parler et nous reviendrons. Il ne souhaiterait pas être vu ici. Peut-être possédez-vous un cabinet privé ?

— Oui, m'sieu. Ça peut se faire.

— Entre-temps, voici deux shillings pour votre peine », dit Barak en lui tendant les pièces. L'homme les contempla.

« Il paiera bien, par conséquent, ce grand personnage ?

— Une belle somme. »

Les yeux du maquereau s'étrécirent. « Comment est-ce qu'il s'appelle, m'sieu ?

— Allons donc ! Quelle question ! Attendez simplement notre retour.

— Venez le matin, avant l'ouverture. Comme ça vous serez pas gênés par les clients.

— D'accord. À propos, la maison possède-t-elle une porte de derrière ? »

Il opina de la tête et nous conduisit à une issue donnant sur la venelle nauséabonde. Nous nous éloignâmes d'un pas vif et ne nous détendîmes qu'une fois atteint Fossgate. Barak partit alors d'un rire sonore.

« C'était donc ça ! Ce vieux barbon pompeux de Craike aime se faire rosser par quelque vieille catin. À votre avis, est-ce qu'il pense à ça tout en remuant ses papiers sur sa petite écritoire ?

— Tu as habilement manœuvré. On dirait que tu as l'habitude de ce genre de situations. »

Il haussa les épaules. « Lord Cromwell avait des intermédiaires en contact avec les proxénètes de Londres, notamment ce genre d'entremetteurs qui fournissent les clients ayant des goûts hors du commun. Ils révélaient souvent le nom de courtisans, qui se retrouvaient alors à la merci de mon maître.

— Du chantage ?

— Si vous voulez.

— Et tu y as participé ?

— Oui. J'étais l'intermédiaire de lord Cromwell auprès de certains maquereaux. » Il se tourna vers moi, les sourcils froncés. « Vous ne croyez tout de même pas que j'étais un simple garçon de courses… Ça ne me plaisait guère, vous savez. » Il haussa de nouveau les épaules. « Mais lorsque des hommes de qualité décident de se vautrer dans la fange, ils savent qu'ils courent des risques.

— En effet, s'ils sont surveillés par des espions. » Je claquai des doigts. « Je parie que c'est la raison pour laquelle Craike s'était lié avec Oldroyd. Pour savoir s'il existait de tels endroits à York.

— Il n'y a qu'une seule façon d'en être sûr. Interrogez-le. »

Je répugnais à faire honte à Craike, mais j'étais conscient que je n'avais guère le choix. « J'irai le voir demain », dis-je. Nous continuâmes à marcher en silence quelque temps, puis je demandai : « Tamasin est-elle au fait de ton travail pour Cromwell ?

— Pas dans les détails, répondit-il en me lançant un coup d'œil perçant. Elle n'a pas besoin de les connaître. Après tout, vous-même ne m'avez jamais posé de questions trop précises.

— En effet.

— Heureusement que j'ai deviné aussi vite ce qui se passait dans le tripot. Sinon, à cette heure, nous serions sans doute en train de subir une belle rossée flanquée par quelques vieilles putains salaces armées de verges… avant qu'un petit rapport soit expédié à qui de droit au Manoir du roi. »

J'éclatai de rire. Nous poursuivîmes notre chemin, nos pas résonnant sur les pavés. Au moment où Botham Bar apparut, je demandai à Barak : « As-tu repensé à notre conversation de l'autre jour ? À propos de ton avenir ?

— Pour l'heure, je ne souhaite qu'une chose : regagner Londres en toute sécurité. Et être assuré que j'ai bien un avenir », ajouta-t-il, l'air sinistre.

Nous rentrâmes tard à Sainte-Marie. Il était onze heures lorsque le garde nous autorisa à franchir la porte. Tout le monde était couché. C'était la pleine lune, et dans la pâle lumière jaunâtre les soldats casqués continuaient leur marche sans trêve sur le chemin de ronde, tandis que d'autres montaient la garde devant les tentes, les pavillons, et les portes du Manoir du roi, dont aucune fenêtre n'était éclairée. J'avais entendu dire que le roi allait chasser le lendemain. On n'annonçait toujours pas l'arrivée du roi d'Écosse.

« J'ai rendez-vous avec Tamasin, déclara Barak, mais je vais d'abord vous raccompagner à la résidence.

— À cette heure ? Ah ! dans votre nid d'amour secret ? » Je n'avais pas eu l'intention d'employer un ton narquois. Il me décocha un coup d'œil cinglant.

« Oui. Elle se sent en sécurité avec moi.

— Elle va avoir des ennuis si on s'en aperçoit.

— Elle n'en aura pas. Après trois mois de voyage, la plupart des servantes de la maison de la reine ont une liaison. Et la reine ne peut guère jouer les prudes et tenir ses suivantes en laisse. » Il passa alors devant moi et se dirigea d'un pas vif vers l'église. Je compris que je l'avais agacé. L'éternuement d'un des gardes en faction devant les pavillons me fit sursauter. Mais j'appréciais la présence de ces hommes armés. La nuit, tous mes sens étaient désormais en éveil, dans la crainte d'une nouvelle agression.

Un certain nombre de valets d'écurie logeaient dans l'église du monastère. Ils dormaient sur la paille, enroulés dans des couvertures, à côté des chevaux. Les montures des hommes de qualité – plus d'une centaine – se tenaient calmement dans leurs stalles ; sur la porte de chacune d'entre elles était accroché un bout de papier indiquant le nom du propriétaire – système ingénieux qui permettait au cavalier de trouver tout de suite sa monture. Quant au gigantesque troupeau des chevaux de trait, il paissait dans les prés. Nous nous dirigeâmes vers les stalles de Genesis et de Sukey, côte à côte.

« Allons voir comment vont les chevaux ! dis-je.

— D'accord. »

Un jeune palefrenier, enveloppé dans sa couverture sur un tas de paille, se redressa, l'air endormi. C'était un adolescent au visage rond dont la blouse était couverte de fétus de paille.

« Qui va là ? demanda-t-il d'un ton méfiant, l'œil fixé sur nos vêtements minables.

— Nous sommes les propriétaires de ces deux chevaux. Nous sommes juste venus voir comment ils allaient.

— Ils se portent comme des charmes, monsieur.

— Fort bien. Rendors-toi, mon garçon, nous n'allons rester là qu'un court moment. »

Nous nous approchâmes des stalles et parlâmes un peu aux chevaux en les caressant. Genesis semblait plutôt content, mais Sukey était agitée et se déroba à la main de Barak.

« Tu t'ennuies, Sukey ? demanda-t-il. Tu n'as rien à faire, c'est ça ? Eh bien, avec un peu de chance, on va bientôt reprendre la route. Tout dépend du roi d'Écosse.

— Quand pensez-vous que le roi Jacques va arriver, monsieur ? demanda le gamin. On a tous envie de repartir.

— J'aimerais bien le savoir, répondis-je en souriant. Bon. Nous devons aller nous coucher maintenant. Bonne nuit ! »

Nous gagnâmes le portail nord de l'église, ouvert sur la cour où se trouvaient la résidence et les enclos des animaux. Barak regarda vers la gauche, où se situaient les bâtiments monastiques, à l'autre bout de la cour.

« C'est là-bas qu'elle t'attend, pas vrai ?

— Oui.

— Vas-y ! Je peux rentrer tout seul jusqu'à la résidence. » J'étais au regret de l'avoir agacé tout à l'heure.

« C'est sûr ?

— Oui. Vas-y ! Personne ne nous a suivis dans l'église, je gardais l'œil au guet. »

Il s'éloigna et je m'engageai dans l'allée menant à la résidence. À côté d'un parc où broutaient de nombreux moutons à mufle noir, l'ours se dressait tout droit dans sa cage, ses pattes griffues posées sur les barreaux métalliques. Au moment où je passai devant lui, il geignit. Je m'arrêtai pour le regarder. La pauvre bête devait souffrir de ses blessures. Je l'observai à une distance prudente de quelques pieds de la cage. Il émit alors un sourd grognement de colère et changea de position. Fixés sur moi, ses petits yeux envoyaient des éclairs. L'épaisse fourrure dégageait une odeur rance.

Je réfléchis à son aventure : capturé dans une forêt allemande lointaine, amené en Angleterre par un bateau, harcelé et battu afin qu'il se départe le moins possible de son état sauvage, avant d'être lâché dans une arène pleine de chiens. Le roi aurait adoré assister à son calvaire, pensai-je.

J'entendis soudain un crissement, un bruit de métal frottant contre du métal. Je jetai un regard éperdu à l'entour, me rappelant immédiatement la broche du campement. Mais il n'y avait rien ni personne dans les parages. Je me retournai vers la cage. Quelque chose avait changé. Je me rendis soudain compte que la porte s'ouvrait. Une corde était fixée au sommet et, posté derrière la cage, quelqu'un tirait la porte vers le haut. L'ours recula, sans me quitter du regard. Il y eut un grand claquement métallique au moment où la porte se rabattait bruyamment sur le toit.

L'animal sortit et demeura quelques instants au milieu de l'allée, les yeux toujours rivés sur moi. Des bêlements frénétiques montèrent de l'enclos des moutons. L'ours poussa un rugissement rauque et agita ses grosses pattes de devant dans ma direction, ses longues griffes incurvées étincelant dans la lumière de la lune.

Je reculai d'un pas. Ma main se porta sur mon poignard – réflexe inutile s'il prenait envie à l'animal de charger. Alors, avec d'atroces grognements, l'ours se remit à quatre pattes et commença à marcher vers moi, traînant l'une de ses pattes de derrière, celle qui avait dû être abîmée durant le combat en présence du roi, et sans laquelle il aurait déjà bondi sur moi. Il se déplaçait vite, malgré tout. Je tournai les talons et me précipitai vers la porte ouverte de l'église, où j'entrai en trombe, dans la crainte de sentir ses griffes me déchirer le dos à tout instant, et d'être plaqué au sol sous le poids horrible de l'énorme bête.

Une fois à l'intérieur, j'empoignai le portail pour le refermer, mais la pluie avait gauchi le bois et je n'arrivai pas à le faire bouger.

« Au secours ! criai-je. L'ours est lâché ! » J'entendis des exclamations et des interjections derrière moi. L'ours avait dû s'immobiliser quelque part, car je ne le voyais plus. Le bruit le mettrait peut-être en fuite.

Le valet d'écurie auquel j'avais parlé plus tôt accourut, accompagné de deux autres.

« Que se passe-t-il ?

— L'ours. Il est sorti de sa cage. Il est juste là, dehors. Aidez-moi à fermer la porte. Et que quelqu'un aille chercher des soldats ! Vite ! Dépêchez-vous ! » Je m'étais souvenu que les armes étaient interdites au Manoir du roi. Encore à moitié endormis, les palefreniers me fixaient d'un air hébété. « Sangdieu ! hurlai-je. Aidez-moi donc à fermer ce portail ! »

L'un d'eux s'avança. « Mais qu'est-ce que.. Oh, merde ! » s'écria-t-il en apercevant l'ours sur le seuil. D'un pas lourd, l'énorme bête entra dans l'église, son imposante tête tournée vers nous, les narines frémissantes. Nous fîmes tous un bond en arrière. Les chevaux, alertés par son odeur, se mirent à hennir tant et plus et à s'agiter contre les parois des stalles. Cette soudaine cacophonie parut déconcerter l'animal. Il cessa d'avancer, dirigea ses petits yeux enfoncés d'un côté puis de l'autre, tandis que la salive lui dégoulinait au coin des babines. Il se dressa derechef sur ses pattes arrière et ouvrit la gueule, qui révéla une énorme paire de canines. La longue blessure sur sa patte de derrière s'était rouverte, et des gouttes de sang perlaient sur le sol. Après les épreuves qu'il venait de subir, l'animal devait souffrir et être désorienté, effrayé. Cela ne le rendait que plus dangereux.

Je me joignis au groupe des valets qui reculaient pas à pas. Terrorisés à l'idée que l'animal pouvait charger soudain, nous jetions des coups d'œil alentour à la recherche d'un endroit où s'abriter. Mais il n'y en avait aucun dans l'église vidée, dépouillée du moindre meuble sur lequel grimper. Les chevaux terrifiés faisaient un raffut de tous les diables, certains d'entre eux se cabrant, cognant contre les parois de bois des stalles, les défonçant de leurs sabots. J'espérais que le vacarme ferait fuir l'ours, mais il se remit à quatre pattes, commença à avancer, et sembla se délecter du spectacle des six garçons d'écurie, qui avec moi battaient en retraite. J'avais l'impression qu'il fixait son attention sur moi en particulier, le premier homme sur lequel il était tombé après sa libération.

Ce face-à-face sembla durer une éternité. Nous n'osions ni lâcher des yeux la bête, ni pivoter sur nos talons et détaler, de crainte de provoquer une charge. C'est alors que je dérapai sur de la paille souillée et me retrouvai les quatre fers en l'air au milieu de la nef. Je poussai un cri puis me remis sur pied en un clin d'œil. Entre-temps, les valets avaient poursuivi leur retraite, me laissant plus près de l'ours, qui se trouvait à dix pieds et ne me quittait pas du regard.

L'animal avança lentement, le regard toujours braqué sur moi. J'entendais au loin la cavalcade des valets d'écurie qui avaient pris leurs jambes à leur cou, m'abandonnant à mon sort. L'ours accéléra le pas. J'aperçus alors près de moi un grand chandelier, que je saisis à deux mains et lançai à la tête de l'énorme bête. Le chandelier, en s'abattant sur son flanc, arracha au monstre un hurlement, puis tomba sur un tas de paille, qui s'embrasa sur-le-champ. Fixant sur moi des yeux à la fois furieux et douloureux, l'ours recula, puis se dressa de nouveau sur ses pattes de derrière et chargea. Je poussai un cri et me raidis, prêt à être lacéré par ses griffes.

C'est alors que quelque chose passa à toute vitesse près de moi. Il y eut un bruit sourd, et mon agresseur bondit en arrière. Tout étourdi, j'aperçus une flèche, dont l'extrémité emplumée vibrait, plantée dans sa poitrine. Une autre flèche siffla près de moi et s'enfonça dans la fourrure de l'animal, puis une troisième. L'ours hurlait, battait l'air de ses griffes, tandis qu'une quatrième flèche se fichait dans sa poitrine. Elle dut lui transpercer le cœur, car cette fois l'animal s'abattit sur le flanc dans un grognement étouffé et atterrit sur le tas de paille embrasé. Il demeura là, inerte, dans les flammes, enfin libéré de ses souffrances.

Quant à moi, tremblant des pieds à la tête, j'étais appuyé contre un pilier, tandis qu'une voix familière criait : « Éteignez le feu avant qu'il ne s'étende ! De l'eau ! » Aidés de deux soldats, les garçons d'écurie se précipitèrent pour donner de grands coups de balai sur la paille en feu, en attendant que des seaux d'eau soient apportés et que le feu soit finalement éteint. Hagard, je fixais les soldats en tunique rouge, l'arc en bandoulière. Une silhouette apparut devant moi : le sergent Leacon.

« Sergent ! m'écriai-je. Comment… Qu'est-il arrivé ?

— Nous avons entendu le vacarme depuis la cellule de Broderick, qui se trouve juste derrière le mur de l'église. J'ai amené mes hommes jusqu'ici. Par chance, ils avaient leurs arcs… Heureusement pour vous que les archers du Kent savent bien viser ! » ajouta-t-il en me regardant d'un œil torve.

Je pris une profonde inspiration. « Vous m'avez sauvé la vie.

— Mais comment cet ours est-il entré dans l'église, Grand Dieu ?

— Quelqu'un a ouvert sa cage.

— Quoi ?

— Il m'a poursuivi dans l'église et j'ai glissé. » Mon regard se porta au-delà de Leacon, sur les valets d'écurie occupés à éteindre les dernières flammèches. L'un d'eux croisa mon regard et, tout penaud, détourna la tête. À côté de lui sur la paille calcinée, la carcasse de l'ours fumait.

D'autres voix se firent entendre. Le tumulte avait apparemment réveillé la moitié du camp. Des serviteurs et des soldats allaient et venaient, contemplaient le cadavre de l'ours.

« Il a chargé l'avocat bossu, déclara quelqu'un. Vous vous rappelez, celui de Fulford ? » Le regard du sergent passait sans cesse de moi à l'ours, ses sourcils froncés barrant son large et beau visage.

« Suggérez-vous que quelqu'un aurait fait sortir l'ours exprès ? demanda-t-il.

— Oui. » Je pris une profonde inspiration. « Quelqu'un savait que j'allais passer par là et m'a guetté. » Mais qui ? Et comment cette personne était-elle au fait de mes déplacements ? »

27

L E SERGENT LEACON DONNA L'ORDRE À UN SOLDAT de m'accompagner au manoir. Le soldat expliqua la situation à l'un des gardes en faction devant la porte et l'un des agents officiels me fit entrer dans le bâtiment, m'enjoignant de marcher sans faire de bruit et de parler à demi-mot, car le roi et la reine étaient couchés au premier étage. Un grand calme régnait à l'intérieur et les soldats alignés contre les murs avaient l'air à moitié endormis. Quelques bougies jetaient une lumière pâle sur les splendides tapisseries et le magnifique mobilier.

Une nouvelle fois je gravis l'escalier. L'agent frappa à la porte du cabinet de travail de Maleverer dont la voix grave cria : « Entrez ! » À mon grand étonnement, sir Richard Rich se trouvait avec lui. Assis tous les deux au bureau, ils étaient penchés sur des titres de propriété foncière. Au moment où, accompagné du soldat, j'entrai dans la pièce, j'eus le temps d'apercevoir le nom de Robert Aske d'Aughton en très gros caractères sur un titre de cession, avant que Maleverer ne s'empresse de rouler le document.

« Que voulez-vous à cette heure ? aboya-t-il.

— Il faut que vous sachiez, sir William, qu'on a une nouvelle fois essayé de me tuer.

— Quoi ? »

Je lui racontai l'incident de l'ours et les événements survenus dans l'église. Quand j'eus terminé mon récit, Rich émit un petit gloussement.

« Confrère Shardlake, peut-être qu'en apercevant votre silhouette voûtée dans l'obscurité l'ours vous prit pour une petite oursonne. » Sans me lâcher des yeux, il roulait d'autres actes de cession posés sur le bureau de Maleverer. À l'évidence, il tentait de détourner mon attention pour m'empêcher de voir de quoi il s'agissait.

« Quelqu'un a ouvert la porte de la cage à dessein. »

Maleverer appela l'agent qui attendait dehors. « Allez quérir le gardien des ours ! ordonna-t-il d'un ton cassant. Faites-le venir ici ! »

Le soldat salua et s'éloigna. Maleverer posa sur moi un regard appuyé. « J'ai parlé à Goodrich, le cuisinier du campement. Je n'ai pas réussi à déterminer si l'affaire de la broche était un accident qu'il essayait de camoufler ou si quelqu'un avait vraiment agressé le gamin et tenté de vous tuer. Ce dernier incident peut éclairer notre lanterne. Nous allons voir ce que raconte le gardien des ours.

— Vous n'avez pas d'autres nouvelles à propos des documents manquants ? demanda sir Richard à sir William. Ceux que ce nigaud s'est laissé dérober, précisa-t-il en jetant un coup d'œil vers moi.

— Aucune. Il y a bien longtemps qu'ils sont passés entre les mains des rebelles...

— Mais l'un d'eux est resté sur place pour fournir le poison à Broderick et attaquer Shardlake. Ce ne serait peut-être pas une mauvaise idée de caresser Broderick derechef, au château. De le tisonner pour lui faire avouer ce qu'il sait. »

Maleverer secoua la tête. « Le duc de Suffolk est contre, et le roi est de son avis. Ils ont évoqué la possibilité de faire venir un expert des cachots de la Tour, mais, le temps qu'il arrive à York, on sera déjà sur le chemin du retour si nous repartons par bateau. Ce que j'espère.

— Si le roi d'Écosse arrive jamais, ajouta sir Rich en faisant une moue ironique.

— Si ce galeux de Jacques ne montre pas bientôt sa méchante trogne à York, les Écossais en subiront les conséquences. »

On frappa à la porte et le soldat fit entrer le gardien des ours. Le costaud avait l'air effrayé. Rich agita la main devant son nez.

« Sangdieu, tu sens mauvais !

— Je suis désolé, monseigneur, dit l'homme d'une voix tremblante. C'est que je viens de transporter le cadavre de l'ours hors de l'église...

— Comment est-il sorti de sa cage ? Avais-tu par négligence mal rabattu le loquet ?

— Non, monsieur, je le jure ! Il n'y a pas de loquet. L'ouverture de la porte se fait par une corde que l'on tire vers le haut, par-derrière. Pour des raisons de sécurité, voyez-vous. Quelqu'un a soulevé la porte et a attaché le bout de la corde à l'arrière de la cage, avant de filer à toute allure et de laisser l'ours s'échapper.

— N'importe qui pourrait donc faire cela ? lança Maleverer en fronçant les sourcils. La porte n'est-elle pas, d'une manière ou d'une autre, solidement fixée ?

— Non, monsieur. Qui... Qui aurait envie de laisser s'échapper un ours sauvage ?

— Une personne qui savait que j'allais emprunter cette allée en pleine nuit, dis-je. Je devine maintenant ce qui s'est passé. Quand je suis entré dans Sainte-Marie en compagnie de Barak, quelqu'un qui se trouvait dans la cour m'a vu. Cette personne a longé l'église en courant, est passée derrière la cage de l'ours, et a libéré l'animal quand je suis ressorti de l'église. Pour qu'il me tue.

— Où était Barak ? demanda Maleverer d'un ton sec.

— Je l'avais autorisé à rendre visite à quelqu'un, répondis-je après une brève hésitation.

— À cette donzelle, c'est ça ? »

Je restai coi. Rich ramassa ses documents. « Bon, sir William. Je ne peux pas supporter cette puanteur une seconde de plus. Veuillez m'excuser, je vous prie. » Il fit un salut à Maleverer et quitta la pièce. Maleverer foudroya du regard le gardien des ours.

« Tu aurais dû mieux surveiller l'animal. Que se serait-il passé s'il s'était échappé quand le roi était dehors ?

— Mais je...

— Ferme-la ! Écoute-moi bien. Ne dis pas que quelqu'un a ouvert la cage, mais que tu avais mal refermé la porte. Je ne veux pas que des bruits courent. Compris ?

— Oui, monsieur. Je vous le promets.

— Tu as intérêt à tenir ta promesse. Bon, va-t'en maintenant ! D'autres combats d'ours et de chiens sont-ils prévus ?

— Oui. Mardi. Pour divertir le campement. On amène de nouveaux ours demain.

— Bien. Alors tu les installeras ailleurs, loin du manoir. Si d'autres s'échappent je te jette dans l'arène avec les ours, à la place des chiens. Compris ?

— Oui, sir William.

— Bon. Fiche le camp ! »

Le gardien sortit, apeuré, la tête basse. Maleverer soupira, puis se tourna vers moi. « Dorénavant, gardez le dénommé Barak auprès de vous et n'allez plus vous balader tout seul. Je suis surpris qu'après avoir failli vous faire embrocher au campement vous soyez resté seul cette nuit.

— J'ai été négligent, hélas !

— Qui est le coupable ? éructa-t-il. On a l'impression d'avoir affaire à un fantôme. » Il soupira, puis, avec un geste de la main : « Bon. Vous pouvez disposer... Au fait, reprit-il en me lançant un regard torve, vous avez un autre ennemi en la personne de Richard Rich. Vous auriez intérêt à inciter le Conseil municipal de Londres à renoncer à son action en justice. Ça vaudrait mieux pour votre cabinet, pour votre réputation, pour tout. »

Je restai silencieux. Maleverer fronça les sourcils. « Vous êtes têtu, n'est-ce pas ? Vous feriez bien d'agir au mieux de vos intérêts. »

Comme je redescendais l'escalier accompagné du garde, je réfléchis au conseil de Maleverer. Toi, en tout cas, tu soignes tes propres intérêts, pensai-je. Tu t'empares des terres d'Aske qui avaient été confisquées par le roi et placées sous la tutelle de la Cour des augmentations. Qu'obtenait Rich en échange ?

Barak revint à la résidence au petit matin. Je l'appelai dans ma cabine pour lui raconter ce qui était arrivé et lui indiquai que Maleverer avait ordonné qu'il m'accompagne partout.

« Si c'est nécessaire, monsieur, on s'exécutera.

— Il a deviné que tu étais avec Tamasin. Dorénavant, il te faudra prévoir tes rendez-vous amoureux pour les moments où je suis en sécurité à l'intérieur.

— Pourquoi est-ce qu'il ne nous renvoie pas purement et simplement ? La question des placets est presque réglée.

— Je n'en suis pas certain. » Je regardai par la petite fenêtre de ma cabine. « Il se peut que je serve d'appeau pour débusquer l'asssassin.

— Qui diable est-ce ?

— Comme je l'ai dit à Maleverer : quelqu'un qui guette l'occasion dans le noir. Quelqu'un aux aguets, tapi dans la cour quand on est revenus du tripot. Il a contourné l'église à toute vitesse pour se poster derrière la cage de l'ours. Sans doute avait-il prévu de le lâcher sur moi, et en m'approchant de l'enclos je lui ai fourni l'occasion rêvée. Il s'agit d'une personne qui a beaucoup de suite dans les idées et qui guette sa proie comme un chat.

— Une seule personne ?

— C'est ce que je pense.

— Un assassin professionnel ? »

Je le fixai du regard. « À qui penses-tu ? »

Il secoua la tête. « Non, cet homme est un amateur. Un professionnel se serait approché en catimini et vous aurait flanqué un coup de poignard dans les tripes. Il s'agit de quelqu'un du manoir qui craint d'être vu et reconnu. Si je ne vous quitte pas d'une semelle vous devriez être davantage en sécurité. Et quand vous serez seul dans la résidence il n'osera pas y entrer, de crainte d'être vu par les clercs. »

Je ris amèrement. « Ces gens-là ? Mes gardes du corps ? » Je me dirigeai vers la fenêtre. « Quel entêtement ! Quelle détermination ! Et tout ça parce que cet individu pense que j'ai pris connaissance de tous les documents... À moins que quelque chose ne m'échappe. Si seulement j'en savais plus sur ces papiers ! J'ai ressassé cent fois le contenu du *Titulus*. À certains endroits, le texte est si ambigu ! »

Je regardai par la fenêtre. Je me rappelais le rêve que j'avais fait le jour de notre arrivée, dans lequel ma cabine ressemblait à la cellule de Broderick au château. Une pensée me traversa soudain l'esprit et j'eus un haut-le-corps.

« Que se passe-t-il ? demanda Barak sur le qui-vive Y a-t-il quelqu'un dehors ?

— Non, non. Je viens de penser à quelque chose. Au poison utilisé par Broderick. Il l'avait dans sa cellule au château d'York. Or, il n'aurait pu l'y apporter lui-même et personne ne peut le lui avoir fait parvenir. Comment l'a-t-il obtenu ?

— Mystère...

— Il doit bien y avoir une solution à cette énigme.

— Vous en avez imaginé une ?

— Peut-être. Demain, quand nous irons entendre les requêtes, je veux jeter un nouveau coup d'œil à cette cellule. »

Le lendemain matin, nous partîmes très tôt pour nous rendre au château. À nouveau, un vent violent chargé de pluie s'était levé durant la nuit et soufflait en rafales. Le squelette d'Aske était toujours accroché à la tour. Ce spectacle me fit frissonner. Je jetai un coup d'œil à celle où Broderick avait été détenu. Dès qu'il y aurait une interruption de séance j'irais examiner son ancienne cellule.

Nous entrâmes dans le tribunal. Les bancs du vestibule étaient pleins à craquer : des commerçants, surtout, et des pauvres fermiers, même si quelques hommes plus richement vêtus étaient assis parmi eux, l'air guindé. Tous me regardèrent avec appréhension en voyant ma robe d'avocat.

Dans la salle du tribunal aux boiseries sombres, Giles était assis derrière une table placée sous l'écusson royal et recouverte d'une toile verte. Il paraissait tout à fait remis de ses ennuis de santé, et son large visage taillé à la serpe lui donnait un aspect impressionnant seyant à sa fonction. Près de lui se trouvait un homme mince, brun, âgé d'une trentaine d'années, qui portait une robe sombre ornée de l'insigne du Conseil du Nord.

Giles nous accueillit chaleureusement. « Matthew... Et vous, Barak, pourriez-vous vous asseoir au bout de la table pour prendre des notes ? De l'encre et une plume taillée vous attendent... Je vous présente messire Ralph Waters, dit-il en désignant l'homme assis à côté de lui, qui représente le Conseil du Nord. »

J'inclinai le buste. Messire Waters, un délégué subalterne à en juger par sa mine, semblait plutôt avenant.

« Messire Waters représente les intérêts du Conseil, car certains des dossiers de ce matin contiennent des plaintes contre cette institution. Achat obligatoire d'un terrain ici, obligation de fournir des aliments à bas prix là. Messire Waters a reçu l'ordre de se montrer accommodant.

Le délégué sourit. « En effet. Afin que la justice du roi soit considérée comme miséricordieuse. Pas de duperies, remarquez ! ajouta-t-il en levant le doigt. Je n'accepterai aucune tentative de tromperie.

— Nous non plus ! renchérit Giles avec force. N'est-ce pas, confrère Shardlake ? Nous renverrons les tricheurs, qui partiront sans demander leur reste. » La perspective de cette journée de travail semblait le réjouir. « Bien. Préparons-nous ! Jetons un coup d'œil aux dossiers avant de faire entrer les plaignants. »

Nous passâmes toute la matinée à écouter l'exposé des querelles et à rendre des sentences arbitrales. Après les atroces événements de la nuit, je trouvais curieux d'être assis là, au milieu des emblèmes du pouvoir, mais je réussis à oublier ce qui s'était passé, durant quelques heures en tout cas, en accomplissant mon devoir avec grand plaisir.

La plupart des différends étaient insignifiants, étant donné la fureur disproportionnée de plusieurs plaideurs au regard du sujet de la querelle. Nous expédiâmes ces dossiers. Lorsque le Conseil était en cause, messire Waters s'avérait un modèle de modération, mais je constatai que le Conseil avait fait preuve d'une certaine arrogance dans sa façon de traiter avec les Yorkais.

Nous fîmes une pause à midi. Un serviteur nous apporta des viandes froides et du pain. J'avalai mon repas, puis fis un signe à Barak.

« Pourrions-nous vous abandonner un bref moment, messieurs ? demandai-je. Nous serons de retour dans une petite demi-heure. » Messire Waters opina du chef. Giles posa sur nous un regard interrogateur.

Nous sortîmes dans la cour. La pluie avait cessé, mais le vent soufflait plus fort que jamais, soulevant les pans de ma robe.

« J'ai mal au poignet, déclara Barak. Que de notes à prendre ! Bon. Quel est ce mystère de la tour ? »

Je traversai la cour en direction du poste de garde, où l'homme aux traits durs que j'avais déjà rencontré accepta de nous conduire jusqu'à l'ancienne cellule de Broderick.

Celle-ci n'avait pas été nettoyée depuis le départ du cuisinier. Des joncs souillés traînaient sur le sol, le drap sale du lit de camp n'avait pas été enlevé, les chaînes qui avaient attaché Broderick étaient toujours retenues par l'anneau accroché au mur et posées en tas sur le lit.

« Eh bien ? » s'écria Barak.

Je me dirigeai vers le lit et saisis les menottes qui avaient enserré les poignets de Broderick. Je m'éloignai du lit, déroulant sur toute leur longueur les chaînes auxquelles elles étaient fixées. Debout, Broderick aurait pu couvrir une distance de huit pieds environ. Regardant vers l'intérieur, je décrivis un demi-cercle autour de la cellule, tandis que Barak et le garde me contemplaient d'un air perplexe.

« Que faites-vous donc ? demanda Barak.

— Je trace les limites de la surface qu'aurait pu parcourir Broderick en marchant. Pour voir s'il y a quelque chose de singulier sur le sol ou les murs.

— Je ne vois rien.

— Non… Ah ! fis-je en m'arrêtant devant la fenêtre. Oui, il pouvait marcher jusque-là. C'est bien ce que je pensais. Il m'a dit qu'il avait l'habitude de contempler le squelette d'Aske. »

Par la fenêtre, je voyais la tour d'en face et le squelette enchaîné qui se balançait dans le vent glacial. Je percevais quelque chose d'autre : l'odeur que j'avais sentie dans le mouchoir de Broderick à Sainte-Marie et aussi à Fulford, au moment où je m'étais incliné, l'œil sur la jambe du roi : une odeur de pourriture et de décomposition. J'examinai un long tuyau de plomb qui descendait le long du mur et s'arrêtait d'un côté de la fenêtre, à l'endroit où zigzaguait une fissure dans le mur. Un dépôt blanchâtre à l'aspect gluant pendait à l'extrémité du tuyau ; de l'eau en suintait et dégoulinait dans la fissure. Il y avait autre chose encore : deux tiges marron coupées sortant du champignon qui avait poussé dans cette pourriture.

« On dirait que l'endroit a été frappé par la foudre, dis-je au garde.

— Peut-être bien, répondit-il, étonné qu'une telle chose m'intéresse.

— D'où vient le tuyau ?

— C'est une gouttière qui part de la petite cuisine des gardes au sommet de la tour. Certains dorment là, en général, même s'ils ont été chassés quand Broderick est arrivé.

— Par conséquent, le tuyau doit contenir les pires déchets imaginables. Des bouts de viande avariée, des légumes pourris… » J'ôtai ma robe, sortis un mouchoir propre et, avec une certaine difficulté, passai le bras à travers les barreaux afin d'arracher un morceau du dépôt blanchâtre et gluant. J'eus un haut-le-cœur en le touchant. J'en humai l'odeur, puis le montrai à Barak. Il pencha la tête et se redressa brusquement.

« Pouah ! Ça sent la merde. Pire même ! »

Je tendis à nouveau le bras et cueillis deux petits bouts de champignon que je posai sur mes paumes.

« Voici le poison de Broderick, murmurai-je. Et l'odeur de son mouchoir venait du dépôt sur le tuyau. C'est ici qu'il se l'est procuré. Il a ensuite mangé le champignon dans l'espoir qu'il en mourrait.

— Seigneur Dieu ! s'exclama le garde, en faisant une moue de dégoût. Quelle sorte d'homme pourrait agir ainsi ?

— Un homme au comble du désespoir. Et courageux. Il était prêt à tout.

— Il ne pouvait pas connaître l'effet que produirait le champignon, fit remarquer Barak.

— Non. Mais il savait que, à défaut de le tuer, ça ne lui ferait aucun bien.

— Et il l'a conservé dans un mouchoir fourré dans son derrière, ajouta-t-il, ce qui accentua la mine de dégoût du garde.

— Je le répète : il était au désespoir. Quel courage il lui a fallu pour élaborer ce projet, recueillir cette substance et se forcer à l'ingurgiter, malgré les haut-le-cœur, tout en espérant, sans en être certain, que ce serait un poison mortel. Eh bien, voilà en tout cas une énigme de moins ! Personne d'autre n'est impliqué dans son empoisonnement.

— Comment avez-vous deviné ? demanda Barak.

— Je n'avais aucune certitude, mais, persuadé qu'il avait dû se procurer le poison lui-même quelque part, j'ai pensé à la possibilité de la fenêtre. Il n'y avait pas d'autre endroit plausible… Il existe toujours une réponse, si on cherche bien », ajoutai-je en souriant.

Nous quittâmes la cellule et regagnâmes la cour. Je regardai les feuilles tourbillonner dans le vent.

« Je vais en informer Maleverer, dis-je. Cela disculpera Radwinter. » J'émis un petit rire. « M'en sera-t-il reconnaissant ?

— À mon avis, il ne vous en détestera que davantage !

— Ce malheureux Broderick ! Il a pensé, je suppose, que tout vaudrait mieux que ce qui l'attend à la Tour… Bon. Grâce à moi il sera en pleine possession de ses moyens pour affronter l'épreuve, ajoutai-je en secouant la tête.

— Il ne serait pas mort. Cette saleté était si puissante que son corps l'a rejetée sur-le-champ. On dirait que vous l'admirez, dit Barak.

— C'est vrai. En un sens. Seigneur Dieu ! cette puanteur me rappelle l'odeur que dégageait la jambe du roi… La pourriture de la Taupe ! » m'esclaffai-je.

Comme le matin, l'après-midi vit défiler toute une série de requérants. Un dossier me troubla, cependant, et faillit provoquer, pour la première fois, un différend entre Giles et moi. Il s'agissait de la requête d'un marchand ayant fourni à Sainte-Marie le bois avec lequel on avait construit les pavillons. Cela faisait des mois qu'il avait livré le matériel et, selon les termes du contrat signé par le Conseil du Nord, sa facture aurait dû lui être réglée depuis fort longtemps. Invoquant la justice royale, il demandait à être payé sans plus tarder.

« C'est un cas épineux, déclara messire Waters d'un ton gêné comme nous étudiions les documents avant de recevoir le plaideur.

— Pourquoi donc ? demanda Giles. Cela semble assez clair : il y a longtemps que la facture de maître Segwike aurait dû être honorée. Je le connais, il a un petit commerce et il ne peut pas attendre davantage. »

Le jeune délégué s'agita sur son siège. « Le problème est que si nous accédons à sa requête, le Conseil sera inondé de demandes de paiement. Nos commis éprouvent certaines difficultés à maîtriser les... euh... les débours.

— Vous voulez dire que le Conseil s'est mis dans des embarras pécuniaires, en faisant des commandes qui grèvent son budget ?

— Sir Robert Holgate est en discussion avec le trésorier du roi. » Son regard passa de Giles à moi. « J'ai été généreux à propos d'autres réclamations concernant le Conseil. Selon les instructions que j'ai reçues, je dois continuer à l'être, du moment que cette requête est écartée. Maître Segwike sera de toute façon payé, ainsi que les autres plaignants. Mais nous avons besoin de temps. »

Giles opina du chef, un sourire bonhomme aux lèvres, puis se tourna vers moi.

« Nous sommes ici pour rendre la justice, lui dis-je. Nous ne devrions pas subir de pression de la part d'un membre du jury à propos de cas particuliers.

— Depuis quand la justice est-elle séparée de la politique ? demanda Giles d'un ton serein.

— D'après la Constitution de l'Angleterre, la réponse à cette question est "toujours". » Je savais que mon propos avait quelque chose de pédant, mais je refusais de laisser passer ce déni de justice.

« Alors je vais me montrer moins accommodant avec les autres plaignants, déclara messire Waters. Je le regrette, mais telles sont mes instructions.

— C'est donc à prendre ou à laisser, Matthew », affirma Giles. Agacé, je haussai les épaules, mais me tins coi. Si on rendait une justice équitable sur ce dossier, les autres plaideurs en pâtiraient. On appela le marchand de bois. Homme d'un certain âge, mal à l'aise de se retrouver devant nous, il expliqua son cas en bredouillant.

« Vous ne pouvez pas mettre en doute la parole du Conseil du

Nord quand il affirme qu'il réglera ses dettes, lui répondit Giles. Ses membres représentent le roi.

— Mais quand, monsieur ? insista le vieil homme. J'ai moi-même des dettes à régler. »

Giles se tourna vers Waters en haussant les sourcils, comme s'il se déchargeait du problème. « Bientôt, l'ami, dit celui-ci d'un ton rassurant. On s'en occupe.

— Mais mes créanciers...

— .. doivent attendre eux aussi, rétorqua Giles d'une voix grave. Tout finira par s'arranger. Vous pouvez le leur dire, ce tribunal a confirmé que la facture sera honorée... bientôt », ajouta-t-il après une brève hésitation.

Le marchand de bois fut renvoyé. Je le regardai partir, abattu, les épaules tombantes. Giles poussa un profond soupir et se tourna vers Waters.

« J'espère qu'il sera en effet bientôt payé, monsieur.

— Absolument. Nous ne pouvons pas nous permettre d'avoir trop longtemps une ville pleine de commerçants mécontents, vu l'atmosphère actuelle.

— Vous avez intimidé ce pauvre homme », dis-je à Giles.

Il haussa les épaules. « Les avocats doivent être de bons comédiens et jouer leur rôle avec conviction, pour le bien de tous. » Il se renfrogna cependant et brusqua les autres plaignants. Les dossiers se succédaient tandis que dehors le vent avait viré à la tempête. Les volets du donjon claquaient violemment.

« Bien. Voilà une bonne chose de faite ! » s'écria Giles après le départ du dernier requérant. « Une ultime journée devrait suffire pour achever la besogne, ajouta-t-il en se tournant vers Waters.

— Vous avez mené rondement l'affaire et je vous en félicite, monsieur, déclara Waters. Réunissons-nous demain à midi afin d'en finir avec ces requêtes. »

Je pensai soudain avec tristesse à l'arbitrage que j'avais rendu dans le Kent à propos des différends fonciers et à l'injustice qu'avait subie en l'occurrence la famille du sergent Leacon. « Barak va rédiger les procès-verbaux, dis-je. Souhaitez-vous recevoir des copies, messire Waters ?

— Oui, merci. » Il étira ses jambes. « Comment les choses se passent-elles au Manoir du roi ? Il paraît que sir Wiliam Maleverer est chargé de la sécurité du souverain ?

— En effet. Vous le connaissez ?

— Non, je travaille dans l'administration. Mais il a une réputation de brutalité. Tous craignent son ambition forcenée. Certes, la tare de bâtardise produit souvent ce genre d'effet sur le caractère, expliqua-t-il avec un sourire sardonique.

— J'ai entendu parler de cette histoire.

– On raconte qu'il a décidé de ne se marier qu'une fois propriétaire d'un nombre de terres tel que personne ne se préoccupera plus de ses origines. Il paraît que, dans sa jeunesse, il était très amoureux d'une Neville, qui n'a pas voulu de lui. Elle appartenait à une vieille famille d'anciens partisans de la maison d'York dans la guerre des Deux-Roses très fière de son lignage. Cette femme l'a éconduit à cause de ce soupçon de bâtardise.

— Vraiment ? » Je me rappelai alors la remarque de Maleverer quand j'avais cité le nom de Cecily Neville inscrit sur l'arbre généalogique. « Tout commence par Cecily Neville », avait-il déclaré. « Cela a dû le rendre amer. »

Waters hocha la tête, le regard fixé sur moi. « La mère et le père de sir William – enfin, son père putatif – ont fait partie du cortège qui a accompagné la reine Marguerite, quand elle a épousé le père de l'actuel roi d'Écosse, il y a quarante ans. Sir Martin Maleverer a dû rentrer plus tôt que prévu. De nombreux mois plus tard, son épouse est revenue avec les dames, et flanquée d'un bébé dont il doutait d'être le père. L'enfant n'était même pas né en Angleterre. »

Je me redressai sur mon siège, car les paroles de Waters venaient de me rappeler quelque chose : ce que le *Titulus* disait à propos de Richard III : « *Étant né dans ce pays, tu es donc plus certain de l'origine de ta naissance et de ta filiation.* » Je pris une profonde inspiration. Cela signifiait que l'un de ses frères ne l'était pas. L'un d'eux était bâtard. Je tentai de me rappeler l'arbre généalogique.

« Confrère Shardlake ? Vous allez bien ? s'enquit Waters.

— Euh... Oui.

— Vous étiez perdu dans vos pensées, dit Giles en riant.

— Veuillez m'excuser... » Je m'interrompis brusquement en entendant de grands cris et un bruit de course folle dehors. « Que diable... ? »

Giles et Waters échangèrent un regard de surprise, puis se levèrent et sortirent. Barak et moi nous regardâmes également. Je frissonnai d'effroi. Le vacarme me rappelait les exclamations et les hurlements de la veille dans l'église.

« On va jeter un coup d'œil ? » demanda Barak.

Nous descendîmes les marches menant à la cour du château. Des serviteurs et des clercs se tenaient çà et là, insoucieux de la pluie, absorbés par l'agitation des soldats qui couraient du poste de garde à la butte où se dressait le donjon. Au pied de celui-ci, un tas de chaînes et d'ossements gisaient sur l'herbe. Messire Waters se signa.

« Dieu du ciel, c'est le squelette d'Aske ! Le vent l'a décroché. » Les gardes se précipitèrent vers les ossements blanchis et se mirent à les ramasser, afin de les protéger des collectionneurs de reliques.

« Il fallait que ça arrive durant le séjour du roi ! » gloussa Wrenne, puis, haussant les sourcils, il me déclara : « Les Yorkais y verront un signe. »

28

M ALEVERER ÉCARQUILLA LES YEUX DE SURPRISE quand, une heure plus
tard, je lui expliquai comment Broderick s'était volontairement
empoisonné. Puis il secoua la tête et rugit de rire. Assis en face de
moi à son bureau, un sourire au coin des lèvres, il passait le doigt le
long du bord de sa barbe, selon son habitude.

« Vous êtes un petit malin, Seigneur Dieu ! Broderick a donc dupé
Radwinter. » Il rit à nouveau. « Sangdieu, quand cela se saura, la
réputation du geôlier, que j'ai consigné dans sa chambre, va en
pâtir ! Bon, maintenant que nous savons que Broderick n'avait pas de
complice, je suppose que Radwinter peut reprendre son service. Vous
l'avez disculpé, confrère Shardlake.

— Je ne tolérerai pas que quelqu'un soit accusé à tort... Même
Radwinter. »

Le sourire de Maleverer se changea en rictus cruel. « Grand Dieu,
monsieur, quel pédant moralisateur vous faites ! J'aimerais pouvoir
me permettre d'avoir vos scrupules. »

Je ne répondis pas. Il se tourna vers la fenêtre. Dehors, des manouvriers fixaient les tentes royales à l'aide de grosses cordes afin d'empêcher que le vent ne les abatte. Je scrutai son lourd visage sombre, me
demandant si c'était la honte et la rage d'être bâtard qui nourrissaient
son ambition et le rendaient impitoyable et cruel. Il était étrange de
penser que cet homme essuyait lui aussi des quolibets et que des
rires fusaient derrière son dos.

« Ces tentes ne pourront pas rester là à jamais ! s'écria-t-il. Que le
diable emporte le roi d'Écosse !

— Toujours aucune nouvelle de son arrivée, monsieur ?

— Occupez-vous de vos oignons !... Je vais annoncer à Radwinter
qu'il peut reprendre son service, poursuivit-il en changeant de sujet.
Quant à vous, gardez toujours un œil sur Broderick ! Rendez-lui
visite au moins une fois par jour, sans exception. Il risque d'essayer
une autre méthode. » Il posa sur moi un regard perplexe. « Si

Broderick s'est procuré le poison lui-même, cela signifie donc que vous êtes la seule personne qu'on cherche à assassiner

— Apparemment.

— Suivez bien mes ordres et gardez votre libidineux assistant à vos côtés... Vous pouvez disposer », ajouta-t-il en m'expédiant d'un mouvement de sa plume d'oie. J'inclinai le buste et m'en allai. Incapable de lui accorder la moindre confiance, j'étais plus que jamais décidé à ne rien lui dire à propos de la reine et de Culpeper. Il me détestait cordialement et me nuirait à la première occasion.

Dehors, le vent soufflait un peu moins fort. Barak m'attendait. Comme nous longions les pavillons, je reconnus la rondelette silhouette d'un homme qui entrait dans l'église. Il s'agissait de Craike, dont la robe se soulevait autour de ses chevilles.

« Voici l'occasion de résoudre un second mystère », dis-je.

L'église était une véritable ruche : valets d'écurie courant en tous sens, forges rougeoyant dans toutes les chapelles latérales, paille et fumier entassés partout. À la lumière du jour, je vis que les murs étaient souillés de crasse et couverts d'inscriptions, de grossiers dessins de femmes aux seins nus et d'hommes dotés de pénis gigantesques.

« Où est-il passé ? demanda Barak.

— Il est sans doute monté au clocher. » Je fis halte devant un tas de paille calcinée poussé contre le mur.

Quand on arriva à la porte du clocher, Craike avait déjà disparu, mais le garde confirma qu'il était monté. Nous le trouvâmes posté devant la fenêtre, assis sur un tabouret, une collation sur les genoux. Il me fixa d'un air étonné.

« Tiens, confrère Shardlake ! Quel bon vent t'amène ? » Le ton était enjoué, mais, une fois encore, la méfiance se lisait dans ses yeux. Il sourit en regardant le pain et les viandes froides qu'il s'apprêtait à manger. « J'ai eu une journée très chargée. Alors je suis monté ici pour m'échapper un peu et me restaurer. Je ne me lasse pas de contempler le campement d'ici. C'est intéressant de le découvrir d'en haut, comme un oiseau en plein vol. »

Je regardai par la fenêtre, plissant les yeux pour les protéger du vent qui sifflait autour du clocher. À nouveau, dans la lumière du couchant, j'aperçus les centaines d'hommes assis devant les tentes, en train de jouer aux cartes ou d'assister à des combats de coqs. Des feux de camp avaient été allumés, et le vent dispersait la fumée dans tous les sens. Un groupe important d'ouvriers creusaient de nouvelles latrines près des rangées de charrettes. Craike s'approcha de moi.

« Ils avaient des problèmes d'égout. Imagine un peu ! Si ces deux mille personnes, au bas mot, restent au même endroit plus de quelques jours, le campement devient répugnant. Certains champs bordant les routes empruntées par le cortège regorgent d'un tel amas de déchets qu'ils seront incultivables des années durant. On craint que ça engorge les rivières et que ça tue les poissons. La saleté s'infiltre, vois-tu. Elle s'infiltre partout. »

Je scrutai son visage mou, grassouillet, puis pris une profonde inspiration. « Confrère Craike, dis-je, je dois discuter de quelque chose avec toi.

— Ah oui ! Tu as l'air sérieux. » Son regard passa de moi à Barak, puis il émit un rire nerveux.

« C'est très sérieux, en effet. »

Il retourna s'asseoir sur son tabouret.

« Tu te rappelles le coffret ? demandai-je. Celui dont le contenu m'a été volé, dans ton ancien bureau ?

— Je ne suis pas près de l'oublier.

— Tu sais que c'était important.

— Je sais que j'ai été brutalement fouillé par les hommes de Maleverer. Il m'a enjoint de ne plus en parler, et j'ai obtempéré.

— Il y a quelques jours, Barak t'a vu entrer un soir dans une taverne d'York. Le Cerf blanc. »

Craike regarda Barak, une lueur d'effroi dans les yeux. « Quel rapport y a-t-il avec la disparition des documents de ce maudit coffret ? demanda-t-il, la voix tremblante.

— Nous nous y sommes rendus hier soir. Et j'ai appris que l'hôte peut fournir... eh bien, certaines femmes... »

Un frisson de terreur parcourut alors tout le corps de Craike, qui devint rouge comme une pivoine.

« Est-ce le motif de ta visite à cette taverne ? » repris-je.

Pour toute réponse, il enfouit son visage dans ses mains.

« Allons ! lançai-je d'un ton sec. Réponds !

— J'ai honte. Honte de te montrer mon visage, chuchota-t-il d'une voix tremblante.

— Je n'ai aucune envie de te faire honte, confrère Craike. »

Poussant un profond soupir, il leva la tête vers moi. Le visage empourpré, angoissé, les larmes au coin de ses yeux bleu clair, il avait l'air d'avoir vieilli de plusieurs années d'un seul coup.

« Quel horrible endroit que ce tripot ! s'écria-t-il. Mais Dieu seul sait que j'en ai vu pas mal de semblables à Londres. Oh, je suis conscient que je peux donner l'impression d'avoir bien réussi... » Il partit d'un rire amer, puis se mit à parler à toute vitesse, les mots se bousculant dans sa bouche. « J'ai une femme, des enfants, un bon poste, on me respecte. Mais... mais tu ne me connais pas... Je suis un méchant homme, un homme indigne, vicieux. Les prêtres qui ont été mes maîtres dans ma jeunesse le savaient. Ils se moquaient de moi et… ils me faisaient du mal. J'ai besoin qu'on me fasse du mal… Alors seulement je me sens en sécurité… » Il rit à nouveau, mais le rire était si creux et si aigre que j'en frémis.

Ses propos auraient dû me dégoûter, or ils m'inspiraient seulement de la pitié. Cet homme était prisonnier d'un piège mental que je parvenais difficilement à comprendre.

« Comment as-tu découvert ce lieu ? demandai-je. Est-ce par l'intermédiaire d'Oldroyd, le verrier ?

— Non. Je l'ai sondé à propos des bordels de la ville, prétendant que c'était en prévision de l'arrivée des organisateurs du voyage, mais il n'en connaissait aucun. C'était un homme respectable. Non, j'ai interrogé d'autres citadins qui m'ont dirigé vers le Cerf blanc.

— Eh bien, s'il ne s'agit que de cela, ça ne me regarde pas.

— S'il ne s'agit que de cela ! » Il poussa un râle, comme s'il voulait s'arracher le cœur. Son expression changea, et il sembla sortir de son enfer personnel pour revenir au monde réel. « Ce n'est pas tout. Il existe à Southwark une maison que je fréquente et dont la mère maquerelle est une indicatrice à la solde de sir Richard Rich.

— Rich…, répétai-je lentement. Je savais que Cromwell utilisait de telles méthodes, ajoutai-je en jetant un coup d'œil à Barak.

— Et lorsque Cromwell a été exécuté, Rich a repris ses réseaux, a rémunéré certains tenanciers pour qu'ils lui fournissent des noms. Oh ! moi, je n'intéressais guère lord Cromwell, ma position était bien trop humble. Mais avec Rich, c'est tout à fait différent… Tu sais en quoi consiste mon travail : j'attribue les logements aux courtisans dans les palais royaux londoniens, comme je le fais ici.

— Oui. Et alors ?

— Sir Richard Rich est plus avide de biens que quiconque en Angleterre. Et si je certifie auprès du grand chambellan que telle ou telle demeure, propriété jadis de quelque monastère, n'est pas digne de recevoir des courtisans, alors elle se vendra à bas prix. Et Richard Rich s'empressera de la rafler.

— Il exerce un chantage sur toi ?

— Si je ne coopère pas avec lui, il dira tout à ma femme. Et elle est redoutable, tu sais. Elle me quitterait, informerait le monde entier de mes vices et je ne reverrais plus mes enfants. » Les larmes se mirent à couler sur ses joues. Il les essuya et me jeta un regard de défi. « Eh bien, voilà toute la vérité ! Cela n'a rien à voir avec le contenu du coffret qui t'a été dérobé ni avec l'attaque dont tu as été victime. Si tu me dénonces non seulement tu détruiras ma carrière, mais tu encourras la fureur de sir Richard, je te préviens.

— Il te harcèle en ce moment ?

— Oui. Maleverer veut une maison à Londres. Il y a une propriété près de Smithfield qui fait partie du domaine royal. Lui et Rich vont se partager la différence entre la valeur que j'attribuerai à la maison de Londres et son véritable prix.

— Je vois. Maleverer essaye aussi d'acquérir des terres dans la région, il me semble.

— Ça, je n'en sais rien. Je t'en prie, ne dévoile pas mon secret !

— Je ne dirai rien. Cela ne me regarde absolument pas.

— Vraiment ? » L'espoir se peignit sur son visage.

« Je te le jure. Je t'aiderais si je le pouvais. À mon avis, le voyou de l'affaire, c'est Rich. »

Soulagé, il s'affala sur son siège. « Merci, merci. Et .

— Oui ?

— Tu ne te moques même pas de moi ! s'extasia-t-il. Comme le feraient la plupart des gens… »

Je scrutai son visage hâve. Quels obscurs secrets se dissimulaient derrière ce masque ?

« Les moqueries ne me sont que trop familières », répondis-je.

Il me fallait rendre visite à Broderick avant de passer à la tâche suivante, à savoir, réfléchir à l'arbre généalogique et à ce qu'avait dit le *Titulus* à propos de la naissance de Richard III en Angleterre. Ma découverte au château et ma conversation avec Craike m'avaient ragaillardi.

Le sergent Leacon et l'un de ses soldats montaient la garde devant la cellule de Broderick. Leacon nous fit un salut guindé.

« Tout va bien ? demandai-je.

— Oui. Il est resté allongé sur sa paillasse toute la journée et refuse de parler à l'homme que j'ai posté dans sa cellule.

— J'ai résolu l'énigme du poison. » Je lui fis le récit de ma découverte au château. « Je pense que Radwinter sera bientôt de retour.

— J'espérais qu'on ne le reverrait plus, dit-il en haussant les épaules.

— Hélas ! si… » Je pris une profonde inspiration. « Sergent, je dois vous remercier, vous et vos hommes… d'avoir tué l'ours, la nuit dernière. Un instant de plus et je crains que c'en eût été fait de moi.

— Nous n'avons fait que notre devoir, répliqua-t-il d'un ton sec. Bien que je me sois demandé s'il s'agissait d'une ruse pour détourner mon attention et libérer le prisonnier. J'ai hésité à enfermer Broderick à double tour avant de courir à l'église.

— Dieu soit loué que vous n'ayez pas hésité trop longtemps. Je tremble à la pensée de ce qui serait advenu de moi si vous ne vous étiez pas trouvés à deux pas. »

Il opina du chef, sans se dérider pour autant.

« Sergent, repris-je, j'ai réfléchi aux ennuis de votre famille. Que je leur ai moi-même en partie causés, semble-t-il. J'ai compris que j'avais rendu cet arbitrage sans avoir connaissance d'éventuels sous-baux ou d'une tenure en vertu d'une copie du rôle. Vos parents possèdent-ils des documents ayant trait à leur location ? »

Il secoua la tête. « Non. Les archives de la Cour seigneuriale ont été détruites dans un incendie il y a des années. Mais mes parents ont toujours cru qu'ils étaient locataires des moines.

— Je ne disposais pas de cet élément. Ç'aurait pu faire la différence, surtout s'il y avait eu la moindre preuve écrite.

— Mes parents savent à peine lire et écrire, expliqua-t-il d'un air gêné. Ils dépendent de mon oncle, qui n'est pas non plus un grand savant. Et ils n'ont pas l'argent pour s'offrir les services d'un avocat.

— Quel délai leur reste-t-il avant l'expulsion ?

— Six mois. Le jour du terme de printemps.

— Écoutez, sergent. Je me sens grandement responsable de la situation. Quand nous rentrerons à Londres, si vous le souhaitez, je tâcherai de vous aider.

— Comme je vous l'ai dit, mes parents n'ont pas les moyens d'engager un avocat.

— J'assurerai leur défense gratuitement. *Pro bono*, comme nous disons. »

Son visage s'éclaira un peu. « Vraiment, monsieur ? Si vous pouviez nous aider…

— Je ne vous garantis rien pour le moment, mais je ferai tout ce qui est en mon pouvoir.

— Merci. » Il me regarda droit dans les yeux. « J'avoue que je vous ai maudit tant et plus quand j'ai appris que vous étiez impliqué dans cette affaire.

— Alors, révoquez la malédiction ! Les malheurs, j'en ai eu tout mon saoul récemment. »

Il sourit. « Avec plaisir ! Si vous acceptez de nous aider.

— Bien, conclus-je, un peu gêné. Il faut que je m'enquière de l'état de Broderick. »

Tout en prenant ses clefs, Leacon secoua la tête. « Pourquoi les gens se fourrent-ils dans la sorte d'atroce pétrin où il se trouve ? N'y a-t-il pas assez de misères dans le monde ? »

Couché sur sa paillasse, le teint blême, les traits tirés, Broderick me fit pitié. Je restai un moment à le regarder. La lumière d'une bougie que l'on m'avait apportée pour dissiper l'ombre du crépuscule creusait les rides prématurées de son jeune visage. Il leva vers moi des yeux las.

« Vous avez quelque chose à boire ? » lui demandai-je.

D'un signe de tête il indiqua une cruche posée par terre. « Oui.

— Je sais comment vous vous y êtes pris, sir Edward, murmurai-je. Le poison... Vous avez arraché ces horribles champignons vénéneux au tuyau d'écoulement, n'est-ce pas ? »

Il me fixa longuement, puis abaissa les paupières. « Peu importe désormais, dit-il, l'air abattu. J'ai raté mon coup. Et maintenant que vous m'avez emmené ici, je n'aurai plus d'autre occasion de me tuer.

— Tout votre être a dû se révolter lorsque vous les avez ingurgités.

— En effet. Je me suis forcé à les avaler avec de l'eau, tout en me bouchant le nez pour ne pas en sentir l'odeur.

— Oh oui ! Cette odeur...

— Mais ça n'a servi à rien. Mon corps les a rejetés. » Un spasme de colère tordit son visage.

« Écoutez, lui dis-je. Pourquoi ne parlez-vous pas tout de suite ? Pourquoi ne pas leur dire ce qu'ils veulent savoir ? Tôt ou tard, des aveux vous seront arrachés sous la torture. Supporter la souffrance n'est pas une vertu. Vous bénéficierez peut-être d'une grâce si vous passiez aux aveux. Il y a des précédents. »

Il partit d'un rire âpre, guttural. « Pensez-vous que je croie aux promesses de ces gens ? Robert Aske y a cru, et voyez comment ils l'ont remercié.

— Son squelette est tombé de la tour aujourd'hui. Le vent l'a décroché. »

Il fit un lent sourire. « C'est un signe. Un signe que la Taupe devrait prendre en considération.

— Pour un homme instruit, monsieur, vous dites beaucoup d'inepties. » Combien de réponses aux questions que je me posais étaient renfermées dans cette poitrine couverte de cicatrices ? Le rapport entre le secret de la reine et les conspirateurs, les documents contenus dans le coffret... Mais je n'avais pas le droit de fouiller dans les mystères de son cœur.

« Si le roi Henri est la Taupe, lui demandai-je à brûle-pourpoint, qui est donc le roi légitime ? D'aucuns affirment que c'est un membre de la famille de la comtesse de Salisbury. »

Il fit un sourire ironique. « On affirme beaucoup de choses.

— Le prince Edward, le fils du roi, est l'héritier légitime, n'est-ce pas ?... Et tout fils que la reine Catherine aura après lui, repris-je après une courte pause. La rumeur a couru qu'elle était enceinte.

— Vraiment ? » Aucune étincelle ne jaillit dans ses yeux. Il n'y eut qu'une expression de mépris sur son visage, puis il émit un petit rire sans joie. « Seriez-vous devenu interrogateur, monsieur ?

— C'était uniquement pour le plaisir de faire la conversation.

— À mon avis, vous ne faites rien uniquement pour le plaisir. Mais savez-vous ce qui me ferait plaisir, à moi ?

— Quoi donc ?

— Que vous soyez présent dans la salle de la Tour où l'on s'acharnera sur moi. J'aimerais que vous contempliez le résultat de vos bons soins.

— Vous devriez parler maintenant, tant que votre corps est encore entier.

— Fichez le camp ! » lança-t-il avec dédain.

Je soupirai et frappai à la porte pour que le garde m'ouvre. En sortant j'eus le désagrément de tomber sur Radwinter, les yeux fatigués et cernés. Son arrestation avait marqué cet homme jaloux de son autorité. Il fixait un regard noir sur Barak, qui, appuyé contre le mur, était un modèle de nonchalance étudiée.

« Alors, disait Radwinter, il paraît que votre maître a découvert comment Broderick a tenté de s'empoisonner ?

— Oui. Broderick a été très malin.

— Il n'aura pas de seconde chance. J'ai récupéré mon poste... Maleverer me dit que c'est grâce à vous », ajouta-t-il en se tournant vers moi.

Je haussai les épaules.

« Vous allez pouvoir vous délecter de la pensée que je suis votre obligé, poursuivit-il d'un ton aigre.

— Peu me chaut, répliquai-je. J'ai des affaires autrement plus importantes en tête.

— Je vous ai déjà remis à votre place une fois. Et je recommencerai si nécessaire. » Il me bouscula pour passer, me poussant presque contre Barak, et enjoignit sèchement au soldat de lui rendre les clefs de la cellule du prisonnier.

29

B ARAK ET MOI ÉTIONS ASSIS dans ma cabine à la résidence. Entre nous, sur le lit, se trouvait la feuille de papier sur laquelle j'avais dere-chef dessiné de mémoire l'arbre généalogique que renfermait le coffret. Une lampe posée en équilibre instable sur le lit jetait une pâle lumière jaunâtre sur les noms royaux.

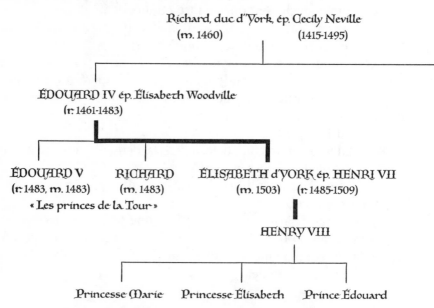

« Comment cela peut-il nous mener jusqu'à la personne qui vous a attaqué ? demanda Barak d'un ton las.

— La réponse se trouve toujours dans le détail significatif répondis-je en me concentrant sur le feuillet. Un peu de patience... Le *Titulus* insiste sur le fait que Richard III était né en Angleterre : « *... tu es donc plus certain de l'origine de ta naissance et de ta filiation.* » À mon avis, cela suggère à demi-mot que l'un des frères de Richard était bâtard.

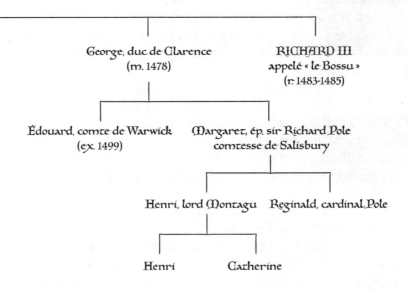

George, duc de Clarence
(m. 1478)

RICHARD III
appelé « le Bossu »
(r. 1483-1485)

Édouard, comte de Warwick
(ex. 1499)

Margaret, ép. sir Richard Pole
comtesse de Salisbury

Henri, lord Montagu

Reginald, cardinal Pole

Henri

Catherine

— Vous avez affirmé vous-même que le *Titulus* semblait faire un amalgame de toutes sortes d'éléments, même peu convaincants, pour justifier l'usurpation du trône par Richard. Où est la preuve ?

— Peut-être dans ce coffret à bijoux ? » répliquai-je en me tournant vers lui. Je désignai le nom de Cecily Neville tout en haut de l'arbre généalogique. « Si l'un de ses enfants était un bâtard, cela expliquerait la remarque de Maleverer quand le contenu du coffret a disparu : "Tout commence par Cecily Neville." »

Barak se frotta le menton.

« Il y a deux fils en plus de Richard III.

— En effet. George, duc de Clarence, le père de Margaret de Salisbury, laquelle a été exécutée cette année, et Édouard IV, le grand-père du roi actuel.

— Si la lignée des Clarence était contestée, cela servirait les intérêts du roi. Il souhaiterait que tout le monde le sache.

— Contrairement aux conspirateurs. Au lieu de les garder cachées et de les protéger, ceux-ci auraient détruit toutes les preuves. Par conséquent, l'accusation devait concerner Édouard IV, le grand-père du roi. À qui il ressemble beaucoup, paraît-il. »

Barak planta sur moi un regard horrifié. « Si Édouard IV n'était pas le fils du duc d'York...

— L'homme par lequel est transmis le sang royal... Dans ce cas la légitimité du roi est chancelante, beaucoup moins assurée que la lignée de la comtesse de Salisbury. À ce moment-là, il ne peut se réclamer que de celle de son père, Henri Tudor.

— Qui n'avait pas beaucoup de sang royal. »

Je désignai l'arbre généalogique. « Si j'ai raison, les noms reliés par un gros trait représentent une fausse lignée. Ce sont tous des descendants d'Édouard IV.

— Par conséquent, qui est censé être le géniteur d'Édouard IV ?

— Dieu seul le sait. Quelque noble ou courtisan de la maison d'York, il y a un siècle... Peut-être un dénommé Blaybourne », ajoutai-je en haussant les sourcils.

Barak sifflota puis s'abîma dans ses pensées quelques instants. « Je n'ai jamais entendu parler d'une famille de premier plan portant ce nom.

— Certes, mais bon nombre de familles nobles ont disparu au cours de la guerre des Deux-Roses. »

Il baissa le ton, bien que le silence régnât dans la résidence, tous les clercs étant partis dîner. « Il s'agit de sujets graves. Émettre le moindre doute au sujet de la légitimité du roi est synonyme de trahison.

— S'il existe un document et qu'il soit révélé en même temps qu'une preuve concernant le badinage entre Catherine et Culpeper, voilà qui pourrait réellement ébranler le trône, car cela assimilerait la majesté royale à une totale bouffonnerie. » Je partis d'un rire incrédule.

« Ce n'est pas drôle, déclara Barak en m'étudiant de près.

— Je sais. Seulement... Henri le Grand, simple descendant d'un coucou qui s'était introduit dans le nid royal ! Si j'ai raison, pour suivis-je d'un ton grave, les renseignements détenus par les conjurés constituent un mélange détonant qui risque de faire voler en éclats et la légitimité du roi et celle des éventuels enfants de Catherine Howard. J'imagine qu'il était prévu de révéler ces données au début de la rébellion. Mais le projet a tourné court, les conspirateurs ayant été trahis avant qu'elle ait pu se déclencher.

— "Trahis" ? Vous voulez dire "découverts", n'est-ce pas ? Le mouchard a rendu un service au pays.

— Va pour "découverts" ! Et les documents ont été emportés en catimini et cachés dans la chambre d'Oldroyd. » Je le fixai du regard. « Jusqu'à ce que l'heure soit venue de tenter de nouveau l'aventure. Broderick m'a un jour dit que le roi allait bientôt tomber. Peut-être sous-entendait-il : le jour où toutes ces preuves sortiraient.

— Vous pensez qu'une autre rébellion se prépare ? Mais York est bien bouclée. Aucune ville n'a jamais été aussi étroitement gardée.

— Tout est calme pour le moment. Mais quand le cortège lèvera le camp, les soldats repartiront eux aussi. York sera alors laissée aux mains des sergents de la ville, et qui peut dire où vont leurs sympa- thies ? De plus, les Yorkais n'ont guère réservé un accueil chaleu- reux au roi. Rappelle-toi ce qu'a dit messire Waters, que le Conseil du Nord ne pouvait se permettre que la ville soit pleine de commer- çants mécontents. Cranmer lui-même a reconnu qu'ils n'avaient pas pu remonter jusqu'à la source du complot. Beaucoup de chefs ont fui, et les autorités essayent toujours de tirer des renseignements des suspects emprisonnés, tel le fiancé de Jennet Marlin.

— Et Broderick. Mais il ne s'agit que de suppositions. De suppo- sitions dangereuses, qui plus est, ajouta Barak.

— Vraiment ? Cela expliquerait le texte du *Titulus* et la façon dont est établi l'arbre généalogique. Et les remarques de Maleverer à propos de Cecily Neville.

— Ça ne nous aide guère à identifier la personne qui essaye de vous tuer.

— En effet. Mais cela montre pourquoi une personne liée au complot souhaiterait ma mort si elle pense que j'ai pris connaissance du contenu des documents. Peut-être a-t-elle eu vent de mes liens avec Cranmer et pense-t-elle que dès mon retour à Londres je l'infor- merai de toute l'histoire, à l'insu de Maleverer. » Je me levai, ouvris la lampe et enflammai l'esquisse de l'arbre généalogique.

« C'est nécessaire ? demanda Barak.

— Oh oui ! je pense. » Le feuillet se consuma très vite. Je jetai les restes par terre et les piétinai. Puis je réfléchis quelques instants, immobile, avant de me tourner vers Barak. « Que ferais-tu, si tu étais l'un des membres de la conjuration qui ont échappé à l'arrestation ? Resterais-tu tapi dans quelque refuge secret avec les précieux documents ? »

Il médita la question puis répondit. « J'attendrais que le cortège et tous les soldats aient regagné Londres. Ensuite, j'essaierais de réactiver mes réseaux du Nord, en prenant garde cette fois-ci à d'éventuels espions.

— Tout en maintenant tes réseaux dans le Sud. À Gray's Inn, par exemple.

— Enfin, le moment venu, je brandirais mon étendard et révélerais tous les documents en ma possession concernant, d'une part, le lignage de Henri et, d'autre part, la reine Catherine. J'attendrais sans doute le printemps, vu la difficulté d'organiser une campagne d'hiver, qui demanderait de nourrir les hommes et de les vêtir.

— J'agirais de même. Et si Catherine Howard était enceinte à ce moment-là, ce serait l'occasion idéale pour révéler sa liaison avec Culpeper.

— Mais s'il était prouvé que le roi n'était pas le vrai roi, qu'adviendrait-il des serments d'allégeance que les édiles du cru lui ont prêtés ? Ces serments conserveraient-ils leur valeur ?

— Non, non ! Cela annulerait tout.

— Par conséquent, la tête de Maleverer pourrait bien se retrouver au-dessus de la porte d'York ?

— C'est possible, dis-je en me rasseyant. Et je me demande si, en un sens, ce ne serait pas une sorte de justice, quand on connaît la façon dont les gens d'ici sont opprimés. »

Il fronça les sourcils. « Ces conjurés souhaitaient le retour du pape et se seraient alliés avec une puissance étrangère. Avec les Écossais… Et là où il y a les Écossais, les Français ne sont jamais très loin.

— Cela risquerait de provoquer un bain de sang. »

Il se gratta la tête. « Pensez-vous…

— Quoi ?

— Que le roi connaît l'histoire de Blaybourne ? Qu'il sait qu'il n'est peut-être pas l'héritier légitime ? Il ne peut pas l'ignorer. Maleverer est allé donner ce nom au duc de Suffolk et c'est ce qui a déclenché tout le raffut. Si le duc est au fait du secret, le roi l'est aussi.

— Par conséquent, il sait qu'il n'est peut-être pas le roi légitime tout en faisant comme si.

— Ce n'est pas ce que vous feriez, vous ?

— Sans doute, en effet. Mais il ignore tout des relations entre Catherine et Culpeper. Ça, nous pouvons en être sûrs. Et je n'ai pas l'intention d'aller raconter l'histoire à Maleverer. S'il apprenait que

326

j'ai réussi à élucider le sens du *Titulus*, je ne donnerais pas cher de notre peau.

— Morte la bête, mort le venin, n'est-ce pas ?

— Ça ne m'étonnerait pas de lui. Le roi ne peut pas demeurer à York éternellement. Et notre passage a été réservé sur un bateau rapide qui partira de Hull.

— Vous devriez parler à Cranmer à notre retour à Londres.

— On verra.

— Tamasin va devoir rentrer avec le cortège. Cela risque de prendre des semaines. Elle ne le montre pas, mais elle vit dans la peur depuis l'interrogatoire de lady Rochford. Il me fixa et je compris l'importance que cette jeune femme avait désormais prise dans sa vie. « Y aurait-il la moindre chance que vous vous procuriez une place pour elle sur le bateau ?

— Ça risque d'être difficile. Il n'y a aucune raison officielle lui permettant de repartir plus tôt.

— On pourrait inventer une histoire de parent malade.

— Je ferai tout ce qui est en mon pouvoir, dis-je. Attendons d'arriver à Hull, toutefois.

— Merci, dit-il, l'air soulagé. À ce propos, pourquoi le roi retourne-t-il à Hull, puisqu'il s'y est déjà rendu ?

— Il a des projets de fortification de la ville.

— C'est bien loin pour y traîner tout le cortège.

— Il est le roi, et tel est son bon plaisir… Il faudrait aussi que je trouve une place sur le bateau pour Giles. Je me sens responsable de ce vieil homme. J'ai l'impression qu'il remplace mon père.

— Le pauvre diable ! À le voir, on ne dirait pas qu'il est si malade. Et durant la session d'aujourd'hui il était tout à fait lucide.

— C'est vrai. Pourtant le Dr Jibson affirme qu'il est perdu, répondis-je, le cœur lourd.

— Vous n'étiez pas d'accord avec lui dans l'affaire du marchand de bois ?

— En effet. Mais il connaît les données politiques de la région.

— Aurons-nous le temps de terminer l'audition des plaignants demain après-midi ?

— Oui. Et au terme de celle-ci nous aurons achevé notre besogne.

— Peut-être parviendrons-nous à aller faire un tour en ville, au matin ? Afin de nous échapper un peu d'ici… Tamasin m'a dit qu'elle devait y accompagner Mlle Marlin pour faire des emplettes, expliqua-t-il en rougissant. Elles ont des articles de couture à acheter pour réparer le linge de la reine. Je lui ai dit que je tâcherais de me trouver sur la place Sainte-Hélène vers dix heures et demie. Je ne l'ai pas vue, aujourd'hui. Mais je suis censé ne pas vous lâcher d'une semelle.

– Je vais donc devoir t'accompagner. Te servir de chaperon. Ça ne me gêne pas. J'ai besoin moi aussi de prendre un peu l'air... »

L'aube du lendemain fut radieuse, malgré un vent glacial. Le roi était à nouveau parti à la chasse. Nous nous dirigeâmes vers la ville. C'était jour de marché et une grande animation y régnait. Nous passâmes devant des agents officiels de Sainte-Marie qui discutaient avec des marchands. À l'évidence, ils faisaient l'acquisition de provisions.

Tamasin ayant annoncé à Barak que Mlle Marlin et elle se rendraient dans une boutique de beaux tissus située dans Coneygate, peu après dix heures nous débouchions sur la place Sainte-Hélène. Je jetai un coup d'œil dans Stonegate vers la maison d'Oldroyd, et me remémorai la scène où les verriers nous y avaient cernés. Les choses auraient pu mal tourner si Wrenne ne s'était pas trouvé là par hasard. De l'autre côté de la place, des gens entraient et sortaient par la porte du Guildhall.

Barak pointa le menton vers l'église Sainte-Hélène, qui se dressait au coin. Un banc avait été placé sous un arbre à l'endroit où la rue longeait le cimetière.

« Asseyons-nous un peu ici, dis-je.

— Les haltes sous les arbres sont devenues chez vous une nouvelle passion.

— Le tronc protège le dos, répondis-je simplement. Et on voit les gens arriver.

— Elles sont obligées de passer par ici pour revenir à Sainte-Marie. Nous donnerons ainsi l'impression de nous être arrêtés là pour nous reposer un brin. »

Nous pénétrâmes dans le cimetière et nous nous installâmes sur le banc. Les tombes étaient couvertes de feuilles, pourpres, jaunes et dorées. L'endroit était reposant.

Barak me poussa du coude. « Le sénéchal nous fait un signe de la main. »

Je levai la tête. Tankerd sortait du Guildhall. Son apparition me rappela Fulford. Je lui rendis son salut et il vint vers nous.

« Vous vous reposez, monsieur ? » me demanda-t-il. Son regard était à la fois pénétrant et interrogateur. Peut-être souhaitait-il pouvoir décrire à ses collègues la façon dont m'avaient affecté les moqueries du roi. Je savais que j'avais les traits tirés, même si ma lassitude avait d'autres causes.

« En effet. Nous jouissons d'une matinée de repos avant de traiter le reste des requêtes, cet après-midi.

— Les auditions se sont-elles déroulées sans encombre ?

— Absolument. Le confrère Wrenne connaît très bien son travail.

— Aucun autre avocat yorkais n'est plus respecté. Mais il n'accepte plus de nouveaux dossiers, paraît-il. Peut-être a-t-il décidé de prendre enfin sa retraite.

— Il n'est plus tout jeune, répondis-je évasivement.

— Et il fait son âge depuis peu. »

Je ne répondis pas. Tankerd esquissa un vague sourire. « Bon. Il faut que je file. On a demandé au Conseil de forcer les fermes d'Ainsty à livrer tous leurs produits à Sainte-Marie, même le grain de semence. Mais on offre un bon prix. Il semble que le roi d'Écosse ne soit pas près d'arriver… Eh bien, passez une bonne journée ! » Il se tut, avant d'ajouter : « Ce que le roi vous a dit est une honte, monsieur. Je ne suis pas le seul à le penser. »

Très surpris, je levai les yeux vers lui. « Merci… Ils ne se gaussent donc pas tous de moi, au Guildhall ? ajoutai-je après une courte pause.

— Absolument pas, monsieur. Cette cruelle plaisanterie n'a pas rehaussé la réputation du roi.

— Merci, confrère Tankerd. Voilà une bonne nouvelle. »

Il inclina le buste. Je le regardai s'éloigner.

Barak me donna un petit coup de coude. « Les voici ! »

Mlle Marlin et Tamasin avançaient lentement dans la rue. Derrière elles un serviteur armé transportait un gros carton, sans doute plein d'articles de couture.

« Bonjour ! » leur lançai-je.

Nous étions assis à contre-jour et Mlle Marlin plissa les yeux quelques instants avant de nous reconnaître. Elle hésita.

« Pouvons-nous nous arrêter quelques instants, mademoiselle ? s'enquit Tamasin d'un ton doucereux. Je suis restée debout toute la matinée. Cela me soulagerait de m'asseoir un peu. » Cette donzelle était à l'évidence une habile diplomate.

Mlle Marlin nous regarda, devinant peut-être qu'il ne s'agissait pas d'une rencontre fortuite. Elle finit par opiner du chef.

« D'accord. Prenons quelques instants de repos. »

Je me levai et inclinai le buste pour l'inviter à s'asseoir.

« Ce banc-ci est trop petit pour nous tous, dit Tamasin. Venez, maître Barak, allons sous cet arbre-là. Je vais vous montrer nos beaux achats.

— Hein ? Oh oui ! » Barak suivit Tamasin qui se dirigea vers un chêne qui se trouvait un peu à l'écart. Le serviteur étant allé s'asseoir sur l'herbe à une distance respectueuse, je me retrouvai en tête à tête avec Jennet Marlin, à qui je fis un vague sourire.

« Eh bien, mademoiselle Marlin, comment allez-vous ? » Elle

paraissait fatiguée, soucieuse, et la tristesse se lisait dans ses grands yeux. Elle écarta de son front des mèches brunes rebelles qui s'étaient échappées de l'attifet. « Vous avez des nouvelles de Londres ?

— Non. Et on ne sait toujours pas quand on pourra quitter cette affreuse ville.

— Le sénéchal dit qu'on achète encore des provisions.

— Les hommes vont s'agiter dans le campement et s'en échapperont le soir, comme à Pontefract... Par la Sainte Vierge, je regrette de m'être laissé persuader de m'embarquer dans cette aventure », soupira-t-elle. Elle posa sur moi un regard grave. « Bernard, mon fiancé, était censé nous accompagner... En fait, reprit-elle après une courte hésitation, il aurait dû faire le travail que vous effectuez en ce moment. L'examen des placets.

— Ah ! je l'ignorais.

— Bernard a été arrêté, puis son remplaçant est mort. Ce poste porte malheur. »

Pas étonnant qu'elle se fût montrée si hostile au début. Toutefois, elle semblait m'avoir désormais accepté, au point de me prendre pour confident. Cela me fit plaisir et me donna l'impression que nous nous étions réconciliés, la petite Suzanne de mon enfance et moi. Je dois cesser de substituer les personnes que je rencontre aux êtres chers de mon passé, me dis-je. Mlle Marlin remplaçant Suzanne et Giles Wrenne remplaçant mon père...

« C'est l'un de ses amis qui m'a persuadée de venir, poursuivit-elle. Un autre avocat de Gray's Inn. Lorsque Bernard a été emmené à la Tour au mois d'avril, je suis allée le voir chaque jour. Mais ses amis m'ont prévenue que je risquais de devenir moi-même suspecte et que j'aurais intérêt à m'éloigner avec le cortège. En outre, lady Rochford a beaucoup insisté pour que je l'accompagne. Elle a l'habitude que je m'occupe de ses vêtements.

— Je comprends que vous ayez répugné à quitter Londres.

— S'il y a du nouveau, j'ai la permission d'y rentrer. Mais depuis trois mois rien ne s'est passé... Veuillez m'excuser, monsieur, s'écria-t-elle soudain, je dois vous ennuyer avec mes histoires !

— Pas du tout ! Je suis avec vous de tout cœur. Comment se porte votre fiancé à la Tour ? Ses amis vont-ils lui rendre visite ? »

Elle tritura sa bague de fiançailles. « Oui. Ils lui apportent de la nourriture et des vêtements et il jouit d'une cellule moins sordide que la plupart, au-dessus du sol. On a dû suborner les geôliers, précisa-t-elle avec aigreur.

— Je m'en doute.

— Cela ne m'empêche pas de craindre pour sa santé. L'hiver approche.

— Peut-être sera-t-il libéré avant. »

Elle se contenta de soupirer.

« Ses amis, demandai-je. Appartiennent-ils tous à Gray's Inn ? »

Elle planta sur moi un regard perçant. « Pourquoi cette question ?

— Je me demande s'il ne connaîtrait pas le neveu d'un de mes amis, un autre avocat de Gray's Inn originaire du Nord. » Je lui parlai de la détermination de Giles à retrouver son neveu et de ma proposition de l'aider.

Elle réfléchit un instant. « Il est vrai que les avocats nordistes de Gray's Inn ont tendance à s'entraider. La plupart sont des traditionalistes en matière de religion.

— Je crois que c'est le cas de celui-là. Il s'appelle Martin Dakın.

— Ce nom ne me dit rien.

— D'autres avocats de Gray's Inn ont-ils été arrêtés ? Ils étaient considérés comme suspects en 1536.

— Pas que je sache.

— C'est rassurant. Je vous remercie. À Gray's Inn, où se trouvait le cabinet de consultation de votre fiancé ?

— Ne parlez pas au passé, monsieur. Son cabinet se trouve à Garden Court.

— Veuillez m'excuser. Merci. »

Elle demeura silencieuse quelques instants, puis tourna vers moi ses grands yeux tristes. « Savez-vous de quoi est accusé mon Bernard ?

— Non, mademoiselle.

— Je croyais, déclara-t-elle en posant sur moi un regard pénétrant, que vous en aviez entendu parler, puisque à ce sujet les rumeurs vont bon train.

— Non.

— On l'accuse de connaître deux hommes de qualité du Yorkshire qui faisaient partie de la conjuration. Mais c'étaient de vieux amis. Évidemment qu'il les connaissait !

— Ont-ils prétendu qu'il y était impliqué ?

— Non. Bien qu'ils aient été torturés. Ils sont morts, maintenant. Leurs restes ont été exposés à Fulford Gate avant d'être enlevés en prévision de l'arrivée du roi. » Elle serra fortement ses petits poings dans son giron.

« Il n'existe aucune preuve, par conséquent. »

Elle se tourna vers moi. « Il y avait une lettre envoyée par l'un d'entre eux à Bernard, à Gray's Inn, à la fin de l'année dernière. On prétend qu'elle annonçait pour cette année des temps plus propices. Mais Bernard m'a expliqué que cela ne signifiait que l'espoir d'une meilleure récolte après la sécheresse de l'année dernière.

— S'il n'y a rien d'autre, cela semble fort maigre.

— Aujourd'hui il n'en faut pas beaucoup pour condamner un homme. Surtout s'il regrette les anciennes mœurs religieuses. Oh, il n'est pas papiste – au contraire –, et je crois que j'étais sur le point de le persuader de la vérité d'une religion strictement fondée sur la Bible... Dans la mesure où une femme peut influencer un homme. Mais on savait qu'il était traditionaliste, et ç'a été une raison suffisante pour l'incriminer. Du moment que l'on murmure des infamies aux bonnes oreilles... » Son regard se fit dur et perçant.

« Les oreilles de qui ? » C'était à l'évidence la question qu'elle souhaitait que je lui pose.

« Bernard a acheté dans la région la terre d'une petite abbaye dissoute, dit-elle. Elle jouxtait ses terres familiales... Mais une certaine autre famille, poursuivit-elle, en pinçant les lèvres, dont les terres jouxtent aussi ce terrain, mais de l'autre côté, avait également jeté son dévolu dessus. Cela les arrangerait que Bernard soit accusé de trahison. Alors ses terres passeraient dans le domaine du roi et pourraient être acquises à bon marché... Il s'agit de la famille Male verer », ajouta-t-elle après un court silence.

Je me rappelai le regard de haine qu'elle avait lancé à sir William au Manoir du roi lorsque Tamasin y avait été amenée pour être interrogée.

« Il est avide de terres, Dieu du ciel ! s'écria-t-elle.

— Je sais qu'il cherche à acheter certaines des possessions de Robert Aske... Ainsi qu'une maison à Londres, me semble-t-il.

— Tout ça vient de sa bâtardise ! » Elle cracha presque le mot. « Il a l'impression que s'il peut acquérir assez de terres il pourra la faire oublier. De nos jours, pour de l'argent, les gens sont capables de n'importe quelle vilenie, ajouta-t-elle en me fixant droit dans les yeux. Il n'y a jamais eu tant de cupidité dans le pays.

— Je suis tout à fait d'accord avec vous sur ce point, mademoiselle.

— Maleverer ne parviendra pas à ses fins, continua-t-elle en serrant encore plus fermement les poings. Bernard et moi demeu rerons ensemble. C'est écrit... On se gausse de moi, reprit-elle d'une voix sereine. On dit que je veux à tout prix me marier avant d'être trop vieille...

— Mademoiselle..., murmurai-je, gêné par sa franchise, mais elle poursuivit son récit.

— Les gens ne comprennent pas les liens qui m'unissent à Bernard. C'était un ami d'enfance. Mes parents sont morts quand j'étais petite et j'ai été élevée par sa famille. Il avait trois ans de plus que moi et était à la fois un frère et un père pour moi. » Elle resta silencieuse quelques instants, puis se tourna de nouveau vers moi

« Dites-moi, monsieur, croyez-vous possible que deux êtres soient destinés l'un à l'autre, que Dieu ait pu tracer leur chemin avant leur naissance ? »

Mal à l'aise, je m'agitai sur le banc. Ses paroles semblaient sortir de quelque poème d'amour courtois au style fleuri.

« Je n'en suis pas sûr, mademoiselle, répondis-je. Les gens tombent amoureux, cessent de l'être, ou déclarent leur flamme trop tard, comme ç'a été mon cas jadis, hélas !... »

Elle me dévisagea, puis secoua la tête. « Vous ne comprenez pas. Même quand Bernard en a épousé une autre, je savais que tout n'était pas perdu. Lorsque sa femme est morte il m'a proposé le mariage. Vous voyez bien que c'était notre destinée. » Son regard devint soudain si farouche que je m'en trouvai tout désemparé. « Je ferais tout pour lui. N'importe quoi.

— Je suis désolé que vous ayez des ennuis », dis-je simplement.

Soudain, elle se remit sur pied. « Nous devons poursuivre notre chemin, monsieur. » Elle se tourna vers Tamasin, qui était en train de montrer quelque beau tissu aux couleurs éclatantes à Barak, lequel semblait s'ennuyer ferme. « Tamasin, lança-t-elle, il est temps de repartir. »

Tamasin remballa l'étoffe, fit tomber quelques feuilles mortes de sa robe, puis se dirigea vers nous, suivie de Barak. Mlle Marlin me fit une révérence. « Au revoir, monsieur », dit-elle. Les deux femmes retraversèrent le cimetière, le serviteur sur leurs talons. Barak secoua la tête.

« Grand Dieu ! Tammy sait jouer les coquettes. Elle m'a fait admirer ces satanées étoffes, m'en a expliqué la nature par le menu, tout en sachant que ça n'éveillait nullement ma curiosité, mais j'étais bien obligé de l'écouter.

— Elle va te domestiquer, si tu n'y prends garde.

— Jamais de la vie ! s'exclama-t-il d'une voix ferme, tout en souriant. Désolé de vous avoir laissé en tête à tête avec Mlle Marlin.

— Nous devenons de bons amis, semble-t-il.

— À tout seigneur, tout honneur...

— Elle m'a fourni de nouveaux détails sur son fiancé. Et j'en ai appris un peu plus sur le bon sir William. » Je lui rapportai les propos de Jennet Marlin sur Maleverer et Bernard Locke. « Elle semble avoir donné son cœur à son fiancé et lui être dévouée corps et âme.

— N'est-ce pas là une attitude digne d'éloges chez une femme ?

— Suppose qu'il arrive quelque chose à son fiancé. Elle n'aurait plus de raison de vivre.

— Peut-être sauriez-vous le remplacer ? dit Barak avec un large sourire.

— Je pense qu'à ses yeux il est irremplaçable. En outre, le caractère passionné de Mlle Marlin doit être pénible à supporter. » Je regardai dans la direction suivie par les deux femmes. « J'espère pour elle qu'on ne trouvera rien à reprocher à messire Locke. »

30

Nous retournâmes cet après-midi-là au château pour traiter les derniers placets. Les ossements d'Aske avaient disparu de la pelouse sous le donjon. Plus rien n'indiquait que le squelette était resté longtemps accroché là-haut, à part une mince traînée rouge au sommet de la tour. Je crus qu'il s'agissait de sang, avant de me rendre compte que ces traces résultaient plutôt de la rouille des chaînes.

Giles traita les requérants d'une manière inhabituellement dure, à mon avis ; j'intervins à deux ou trois reprises pour venir en aide à ceux qui bafouillaient, émoussant la patience de mon confrère. Quand nous eûmes fini, vers cinq heures, messire Waters ramassa ses papiers et nous fit un profond salut.

« Eh bien, messieurs, je vous souhaite bonne route jusqu'à Hull !

— Je vous remercie, répondis-je. Mais Dieu seul sait quand nous nous y rendrons.

— En effet. Le roi semble installé ici pour un long séjour. »

Une fois Waters parti, je me tournai vers Wrenne. Il avait le teint pâle et la mine fatiguée, et son grand corps se voûta lorsqu'il se releva. Il s'appuya lourdement sur sa canne, qu'il utilisait ce jour-là, d'une manière qui, l'espace d'un instant, me rappela bizarrement l'attitude du roi.

« Vous avez mal, Giles ? »

Il hocha la tête. « Oui-da. Vous serait-il loisible de me prêter le bras et de me raccompagner au mien logis ?

— Bien sûr », répondis-je, touché par la façon dont il avait repris la façon de parler du cru. Je l'aidai à descendre les marches pour regagner la rue. Barak nous suivait. Giles frissonna dans le vent glacial.

« Combien de temps le roi va-t-il laisser Jacques le faire attendre ? s'écria-t-il avec humeur. Il ne viendra pas !

— Rien ne nous dit que des messages ne sont pas échangés entre ici et la cour d'Écosse.

— Il ne viendra pas ! répéta Giles avec force. Grand Dieu !

entreriez-vous en terre étrangère pour vous placer à la merci d'un quidam comme Henri ? »

Barak jeta un regard inquiet à l'entour. Heureusement, personne ne se trouvait à portée de voix.

« Ne parlez pas si fort, Giles ! » le priai-je.

Il baissa le ton. « Je parle d'or, comme vous savez... Oh, Dieu ! s'exclama-t-il avec une véhémence inaccoutumée, je veux avoir le temps d'arriver jusqu'à Londres. »

Nous le laissâmes avec Madge et retournâmes au Manoir du roi. Je priai qu'il garde assez de force pour effectuer son dernier voyage de réconciliation. Nous avions pris rendez-vous avec Tamasin pour dîner ensemble. Au réfectoire, l'atmosphère était détendue. Les gens, désormais habitués à la présence du roi, bavardaient, plaisantaient et mangeaient en oubliant les bonnes manières, comme avant son arrivée. Tamasin nous attendait, assise à la table qui était devenue la nôtre, tout au fond et à un endroit d'où l'on pouvait bien voir la porte d'entrée. Elle portait une seyante robe bleue et un petit bonnet laissant échapper ses longs cheveux d'un blond doré, qui se déversaient sur ses épaules.

« Vous avez eu un après-midi très occupé, mam'selle ? lui demanda affectueusement Barak.

— Plutôt calme, en fait ; le roi et la reine étaient à nouveau absents pour une journée de chasse. Bonsoir, monsieur, me dit-elle en souriant.

— Bonsoir, Tamasin. » Je m'assis à côté de Barak, avec le sentiment d'être de trop. « Ce soir, je vais rester à la résidence, je pense. J'ai des papiers à examiner. » Ce n'était pas vrai, mais mon mensonge leur permettrait de passer quelque temps en tête à tête. Tamasin, loin d'être dupe de ma déclaration, me fit un sourire de gratitude.

« J'ai eu une conversation intéressante avec Mlle Marlin, aujourd'hui, lui dis-je. Elle m'a donné davantage de détails sur son fiancé.

— Pauvre Mlle Marlin. Elle parle de lui à quiconque veut bien l'écouter. Elle devrait prendre garde que ses accusations ne reviennent aux oreilles de sir William.

— Je crains qu'elle n'en ait cure. L'emprisonnement de messire Locke est la seule chose qui compte pour elle.

— N'est-ce pas compréhensible ? demanda Tamasin. Puisque l'homme qu'elle aime depuis toujours se trouve à la Tour. Certaines des suivantes font des remarques cruelles, et les remarques cruelles peuvent blesser...

— À qui le dites-vous !

— Et pourtant elle n'a jamais cédé à la colère, a toujours réussi à se maîtriser. Elle m'a parfois inspiré une telle pitié que j'en avais les larmes aux yeux.

— Elle m'a affirmé que c'était leur destin de se marier, elle et messire Locke. Je ne suis pas certain qu'une telle obsession soit saine. »

Elle sourit, mais son sourire avait quelque chose d'acéré. « J'admire sa détermination. »

Un silence gêné régna quelques instants. Puis Barak se pencha en avant. « Il faut que nous te disions quelque chose, Tammy. Messire Shardlake a été à nouveau attaqué hier soir.

— Quoi ? » Elle se tourna vers moi et je remarquai ses traits tirés et les cernes sous ses yeux. Barak lui raconta l'histoire de l'ours. Quand il eut terminé son récit, elle laissa échapper un long gémissement d'effroi.

« Par conséquent, si les soldats n'étaient pas arrivés, vous risquiez la mort ?

— Oui, répondit Barak à ma place. S'ils ne s'étaient pas trouvés à deux pas pour garder le prisonnier.

— Broderick ? »

Je lui lançai un regard perçant. « Qui vous a parlé de Broderick ? Sa présence en ces lieux est un secret... C'est toi qui l'as mise au courant ? demandai-je à Barak. Moins elle en sait, plus elle est en sécurité. »

Il eut l'air gêné. « C'est vrai. Mais bon nombre de gens sont dans la confidence.

— Nous devons faire attention à chacun de nos propos. »

Tamasin posa sur moi un regard étonnamment dur. « Je fais toujours attention, monsieur. La vie m'a appris à être prudente.

— Tammy affirme que lady Rochford la surveille étroitement, ajouta Barak.

— C'est le moins qu'on puisse dire ! » Comme elle se servait de potage dans la soupière, je vis sa main trembler, témoignant à nouveau à quel point elle était sous pression depuis la rencontre avec Culpeper. D'habitude elle savait parfaitement se maîtriser, mais ce soir-là son angoisse transparaissait.

Une journée passa, puis une autre, mais on n'annonçait toujours pas l'arrivée du roi d'Écosse. Les gardes ne quittaient pas leur poste devant les pavillons et les tentes, dont les pans étaient nettoyés chaque jour à l'aide de fines brosses. Un jour où Barak et moi marchions dans la cour, j'aperçus sir Richard Rich, qui, debout dans l'encadrement de la porte d'un des pavillons, m'observait d'un œil froid. Nous changeâmes de direction.

« Y a-t-il du nouveau à propos du dossier Bealknap ? demanda Barak.

— Non. J'ai écrit à Londres pour dire au Conseil que nous devions poursuivre notre action, étant donné les bons espoirs que je nourris en ce qui concerne l'issue du procès. Je doute que la lettre soit parvenue à destination, Rich ayant sûrement donné l'ordre qu'on intercepte les courriers que j'expédie avant que le messager les emporte.

— Alors pourquoi l'avoir écrite ?

— Afin que Rich se rende compte que ma détermination ne fléchit pas. »

Barak haussa les sourcils mais n'en dit pas plus. Jetant discrètement un coup d'œil en arrière, je constatai que Rich ne se trouvait plus devant le pavillon.

Le temps resta beau mais se rafraîchit. Les feuilles continuèrent à tomber dans la cour et on les brûla en gros tas qui dégageaient beaucoup de fumée. Le lendemain, je rendis une nouvelle visite à Giles. S'il était remis de son malaise, je notai cependant que ses joues jadis pleines s'étaient un peu plus creusées. Je dînai seul avec lui et il me parla des dossiers qu'il avait traités à York au cours des cinquante dernières années. Il s'agissait des récits habituels des avocats, certains amusants, d'autres tragiques. Toutefois je devinais qu'il avait d'autres soucis en tête.

« Giles, hasardai-je à un moment, avez-vous pensé à écrire à votre neveu ? Vous pourriez expédier une missive par une estafette. »

Il secoua vigoureusement la tête. « Non. Notre querelle a été acrimonieuse, Matthew. Il risque de ne pas répondre à une lettre. Il faut que je le voie personnellement. En outre, je n'ai pas son adresse... Vous considérez que je ne suis pas en état d'entreprendre ce voyage ? ajouta-t-il en me regardant droit dans les yeux.

— À vous de juger, Giles... Au fait, avant votre querelle, où se trouvait le cabinet de consultation de Martin Dakin ? demandai-je, après une hésitation.

— À Garden Court. Pourquoi donc ?

— Cela nous aidera à le retrouver. Il travaille toujours là, sans doute. » Le même lieu que celui où se trouvait le cabinet de Bernard Locke... Quel fichu manque de chance ! Ou n'était-ce qu'une coïncidence ? Il n'y avait pas beaucoup de lieux de consultation à Gray's Inn, et je savais que les avocats du Nord avaient tendance à rester ensemble. Mais je me gardai bien de le lui dire, de peur de l'inquiéter inutilement.

À dix heures, comme prévu, Barak vint me chercher pour me

338

raccompagner à la résidence. Au moment de nous séparer sur le seuil, Giles posa la main sur mon bras.

« Merci de vos bons soins, dit-il. Vous vous occupez de moi comme un fils.

— Non, non ! répliquai-je. Comme un bon ami... Merci pour cette agréable soirée, Giles. Cela m'a fait oublier mes soucis.

— La succession de votre père est-elle enfin réglée ?

— Elle est en passe de l'être. J'ai écrit au créancier hypothécaire pour lui indiquer que je pourrai payer ce qu'on lui doit dès que je serai rémunéré pour mon travail actuel.

— Ce sera triste, malgré tout, de vous séparer de la ferme familiale.

— C'est vrai », acquiesçai-je, alors que je n'avais guère pensé à cet aspect des choses. J'eus honte de ne ressentir aucune nostalgie pour la maison où j'avais passé mon enfance. Le visage de mon père m'apparut soudain. Il avait l'air triste, dépité.

« C'est tout ce qui vous tracasse, Matthew ? Barak et cette fille paraissaient terriblement angoissés quand elle est venue l'autre jour. Et vous semblez... tendu.

— Cela concerne ma mission officielle, Giles », dis-je, avec un sourire d'excuse.

Il leva la main. « Soit. Mais si vous pensez pouvoir en parler, je suis tout disposé à vous écouter, quand bon vous semblera. » Il ouvrit la porte et je fixai la ruelle sombre. Barak, qui attendait dehors, inclina le buste. « Venez donc tous les deux dimanche et je vous ferai visiter la cathédrale. Il me semble que vous ne l'avez pas encore visitée, si ?

— Non, en effet. » À cause de tout ce qui s'était passé, j'avais oublié mon désir d'en voir l'intérieur.

« Emmenez cette jolie donzelle, jeune Barak. La voir me met du baume au cœur.

— Merci, messire Wrenne.

— Très bien. Alors c'est convenu. Bonsoir, Matthew. À dimanche !

— Bonsoir, Giles. » Nous nous éloignâmes. Comme chaque fois que je marchais dans l'obscurité, désormais, je devenais nerveux, guettant une ombre dans l'embrasure d'une porte, un pas furtif derrière moi.

J'expliquai à Barak que le cabinet de consultation du neveu de Giles se trouvait au même endroit que celui de Bernard Locke. « Quand nous rentrerons à Londres, dis-je, avant d'y emmener Giles, je me rendrai discrètement à Gray's Inn afin de voir ce qu'il en est.

— Si on part jamais d'ici », répondit Barak d'un ton lugubre.

Le lendemain, un incident déplaisant nous rappela notre rencontre avec lady Rochford. J'avais passé la matinée avec Barak à vérifier les procès-verbaux des audiences d'arbitrage, avant de les porter au bureau de Maleverer. C'était là ma dernière tâche concernant les requêtes. Escorté par Barak, je me rendis au Manoir du roi et remis les documents à un clerc. Nous avions rendez-vous avec Tamasin devant le bâtiment pour aller déjeuner au réfectoire. Comme nous nous éloignions tous les trois du manoir, j'eus un haut-le-corps en apercevant lady Rochford qui approchait en compagnie d'un groupe de courtisans. Culpeper n'était pas parmi eux, mais il y avait Francis Dereham. Nous inclinâmes la tête et poursuivîmes notre route sans traîner, espérant qu'ils ne s'occuperaient pas de nous.

« Mam'selle Reedbourne ! » lança dans notre dos lady Rochford d'une voix sèche qui ne nous laissa guère d'autre choix que de nous arrêter et de nous retourner. Comme elle s'avançait vers nous, Barak et moi inclinâmes le buste et Tamasin fit une profonde révérence.

« Que faites-vous à l'extérieur du manoir, mam'selle ? » demanda lady Rochford d'un ton sévère. Son regard scrutait le visage de Barak et le mien. Les courtisans contemplaient la scène avec curiosité.

« Je vais au réfectoire, milady. Mlle Marlin m'en a donné l'autorisation. »

Lady Rochford nous toisa d'un air hautain. « Mlle Marlin est bien trop tolérante envers ses serviteurs. De toute façon, je ne pense pas que cela tire à conséquence. Vous avez de la chance d'être accompagnée par un homme de qualité, ajouta-t-elle en me fixant du regard. Bien que je me sois laissé dire que vous vous êtes trouvé nez à nez avec un ours échappé, messire Shardlake. Ç'aurait été fort triste qu'il vous eût étripé... Vous auriez emporté tous vos petits secrets d'avocat dans la tombe », conclut-elle en poussant un rire rauque, nerveux.

Je l'étudiai avec attention. S'agissait-il d'une mise en garde ? Non, me dis-je, puisqu'on avait fait courir le bruit que l'ours s'était échappé par accident. Elle se contentait de nous rappeler qu'elle nous gardait à l'œil. Et, bien entendu, elle devait s'imaginer que j'avais rédigé un compte rendu de la scène dont Barak et Tamasin avaient été témoins. Je n'avais rien écrit de tel, mais cette hypothèse pendait telle une épée de Damoclès au-dessus de sa tête. « Soyez certaine, milady, répondis-je d'un ton serein, que je prends soin de garder tous mes secrets dans un endroit extrêmement sûr.

— Gardez-les soigneusement, en effet ! » rétorqua-t-elle, avant de s'éloigner d'un pas vif.

Nous poursuivîmes notre chemin. Nous n'avions pas fait trois pas que j'entendis des pas nous rattraper. Avant même que j'aie le temps de me retourner, une main se posa sur mon épaule et me fit brutalement pivoter. Francis Dereham me foudroya du regard, une expression de cruauté déformant son visage ténébreux qu'encadrait une barbe noire.

« Maraud de bossu ! siffla-t-il. J'ai entendu vos paroles. Comment osez-vous manquer à ce point de respect à lady Rochford ? Mordieu ! vous vous prenez pour qui, monsieur l'avocat ? Vous mériteriez que je vous piétine pour vous punir de votre outrecuidance. »

Je restai coi. Heureusement, Dereham n'alla pas plus loin dans la violence, se rappelant sans doute que se rendre coupable de voies de fait dans l'enceinte de la Cour royale entraînait de lourdes conséquences.

« Vous m'agacez, espèce de bossu ! reprit-il. Et un homme de votre condition n'a pas intérêt à agacer une personne de mon rang. Allez donc supplier à deux genoux lady Rochford de vous pardonner ! »

J'avais le souffle coupé. Dans toute la cour des gens s'étaient arrêtés pour nous regarder. Je jetai un coup d'œil vers lady Rochford. Elle se tenait au premier rang des courtisans et pour une fois semblait ne pas savoir comment réagir. Elle finit par s'avancer et posa une main sur le bras de Dereham.

« Laissez-le, Francis, dit-elle. Il n'en vaut pas la peine. »

Dereham se tourna vers elle, sa colère se changeant en perplexité devant la modération inaccoutumée de lady Rochford. « Allez-vous laisser passer une telle insolence ? insista-t-il.

— Peu me chaut ! dit-elle en rougissant.

— Qu'y a-t-il entre vous et ces gens ? demanda Dereham.

— À présent, c'est vous qui êtes outrecuidant, Francis ! répliqua lady Rochford en haussant le ton. Mêlez-vous de ce qui vous regarde !

— Fi donc ! » s'écria-t-il en lâchant mon épaule, avant de s'éloigner prestement sans un mot de plus. Lady Rochford me fusilla du regard – signe du châtiment qu'elle m'aurait infligé si je n'avais pas eu barre sur elle –, avant de s'éloigner dans un bruissement de jupes. Les autres lui emboîtèrent le pas.

« Il paraît que Dereham soupçonne la reine de lui faire des cachotteries, expliqua Tamasin à voix basse.

— Alors, espérons pour nous tous qu'il ne découvrira pas le pot aux roses ! Du moins la façon dont nous sommes impliqués dans cette affaire », conclus-je.

Le dimanche, on n'avait toujours aucune nouvelle de l'arrivée du roi Jacques. Nous étions à York depuis treize jours. Après le déjeuner, je rejoignis Barak et Tamasin dans la cour pour aller rendre visite à Wrenne. Le ciel était sombre et une bise mordante soufflait. Nous nous étions emmitouflés dans nos manteaux.

« Je me réjouis à l'avance ɑe cette visite ! s'écria joyeusement Tamasin.

— Cela nous fera sortir queɪque temps de Sainte-Marie », renchérit Barak.

Nous descendîmes Petergate ɪn direction de la cathédrɑle. Je fixai le vitrail est, l'un des plus grands vitraux de la chrétienté, qui dominait toute la scène. Je m'étais tellement habitué à le voir que pour moi il faisait désormais simplement partie du décor. Les offices étaient terminés, les rues calmes, maɪs on voyait des soldats partout, en plus de ceux qui montaient la garde devant les portes d'enceinte de la cathédrale. À notre approche, ɑeux d'entre eux croisèrent leurs piques pour nous barrer le passage.

« Le roi est en train de visɪter la cathédrale. Qu'avez-vous à faire ici ? » demanda l'un d'eux.

Nous nous regardâmes, Barɑк, Tamasin et moi. J'aurais préféré faire demi-tour sur-le-champ, mais ce n'eût pas été courtois envers Giles. Je montrai mon ordre de mɪssion et expliquai que nous avions rendez-vous chez un avocat quɪ vivait à l'intérieur de l'enceinte. Le garde nous autorisa à entrer, tout en nous avertissant que si la suite du roi approchait nous devions demeurer très à l'écart et garder la tête baissée jusqu'à ce qu'elle soit passée. Mon imagination me jouait elle des tours ou, instruit de l'incident de Fulford, le garde avait-il réellement jeté un regard sur ma bosse au moment où il nous faisait entrer ?

L'enceinte était calme, malgré la présence d'un grand nombre de soldats, postés un peu partout. Tous étaient armés de piques, équipés d'une demi-armure par-dessus leur tunique rouge et coiffés d'un casque à plumet. Je poussai Barak et Tamasin vers la maison de Wrenne. Madge, qui me réservait désormais un accueil chaleureux, me fit entrer dans la salle. Giles se tenait debout devant le feu, un regard triste fixé sur le perchoir du faucon.

« Ah, Matthew ! Ainsi que maître Barak et mam'selle Tamasin.. » Il fit un sourire à cette dernière. « Voilà bien longtemps que je n'ai pas eu une jolie fille pour invitée.

— Où est votre faucon, Giles ? demandai-je.

— La pauvre Octavie est morte. Lorsque Madge est entrée ce matin elle l'a trouvée gisant par terre. Elle était très vieille. Je m'étais promis qu'on irait chasser ensemble, un de ces jours, pour la voir voler et jouir des rayons du soleil une dernière fois. On a toujours tendance à se donner du temps pour mener un projet à bien, jusqu'à ce qu'il soit trop tard ! » Il me regarda soudain, l'air terriblement bouleversé. Il doit penser à son neveu, songeai-je.

Il fit un sourire contraint. « Venez prendre un verre de vin Nous

342

devrons patienter un moment avant de pouvoir visiter la cathédrale. Le roi s'y trouve, donc le commun des mortels doit attendre. » Il se dirigea vers la table de son pas lent mais ferme, versa du vin et nous pria de nous asseoir. Il interrogea Tamasin sur ses activités durant ce voyage et elle lui raconta des anecdotes sur les serviteurs et les suivantes de la reine, évoqua leur difficulté à maintenir la propreté lorsqu'ils campaient sous la pluie dans des champs boueux. Elle évita de citer lady Rochford. Prenant un évident plaisir à sa présence, Wrenne l'incitait à parler. Nous finîmes par entendre un bruit de voix dehors, et un garde lancer : « En avant, marche ! » Giles se dirigea vers la fenêtre.

« Les soldats semblent repartir. La visite royale doit être terminée. Je pense que nous pouvons maintenant nous rendre à la cathédrale.

— J'aurais aimé voir le roi, dit Tamasin. Je ne l'ai aperçu qu'un petit instant au moment de son arrivée à York.

— Vous ne le voyez pas durant votre service ? demanda Giles.

— Non. Seulement la reine, de temps en temps. Et même elle, je ne lui ai jamais parlé.

— Cela peut suffire, de voir Sa Majesté une seule fois, n'est-ce pas, Matthew ?

— En effet ! » acquiesçai-je.

Nous empruntâmes la petite rue menant à l'avant-cour de la cathédrale. Mais, par malheur, le roi était encore là. Des files de soldats se tenaient toujours contre les murs, et le roi, qui venait de descendre les marches de l'édifice, se dirigeait vers nous d'un pas lourd, appuyé sur sa canne et suivi par un groupe de courtisans. Un vieillard à cheveux blancs, portant un habit semblable à celui de Cranmer – sans doute Lee, l'archevêque d'York –, marchait à ses côtés. Vêtu ce jour-là d'une lourde robe doublée de fourrure, laissée ouverte afin de découvrir la grosse chaîne en or et le pourpoint incrusté de pierreries, le roi, le visage rouge de colère – encore plus rouge que sa barbe –, réprimandait le vieil homme. Nous demeurâmes près du mur, la tête baissée. J'inclinai la mienne aussi bas que possible, dans l'espoir que le roi ne me reconnaîtrait pas et ne s'arrêterait pas pour me décocher l'un de ses joyeux traits d'esprit.

« Sangdieu ! hurla Henri de sa voix à la fois éraillée et aiguë, cette chapelle est assez vaste pour abriter les ossements d'un monarque, pas ceux d'un archevêque mort depuis des lustres ! Enlevez-moi toutes ces offrandes et faites abattre tout cet échafaudage ! Tudieu, Lee, si ce n'est cette chose, ce sera vous-même qui vous retrouverez en morceaux sur un tas de fumier, vous m'entendez ? Vous vouliez m'empêcher de le voir ! » Sa voix monta de plusieurs tons. « J'ai déjà donné l'ordre qu'on ferme toutes les chapelles funéraires d'Angleterre et maintenant je vais les faire détruire. En matière de religion je n'accepterai aucune autre autorité que la mienne ! »

Sa voix s'estompa comme il s'éloignait. Je hasardai un regard. Tandis qu'il continuait sa marche, suivi des courtisans, j'aperçus le dos de son manteau en beau velours rouge et orné d'un col de fourrure. Était-il vraiment le petit-fils d'un vulgaire roturier ? Je frissonnai, comme s'il lui était possible d'entendre mes pensées. Il boitait beaucoup. Sans sa canne sertie de joyaux, je doute qu'il eût pu mettre un pied devant l'autre. Au moment où il franchissait les grilles, les soldats se détachèrent des murs et emboîtèrent le pas à leur maître.

« Eh bien, Tammy ! dit Barak. Tu as finalement eu l'occasion de voir le roi de près.

— Je ne soupçonnais pas qu'il avait l'air si vieux, murmura-t-elle. Pauvre reine !

— Pauvres nous tous ! fit Giles. Venez ! Entrons dans l'église ! »

L'intérieur de la cathédrale était une pure merveille. La nef était plus large que celle de Saint-Paul et plus brillamment illuminée. Je contemplais toute chose à travers une légère brume d'encens. De l'intérieur on appréciait encore mieux la magnificence des vitraux, dont le plus grand sur la façade est, dominait tout le vaisseau. Debout dans les chapelles latérales et dans de petites niches, des prêtres de la Fondation pour le repos des âmes marmonnaient leurs messes. Je me pris à penser à la façon bizarre dont la réforme avait évolué en Angleterre. À Sainte-Marie, la grande église du monastère avait été transformée en écurie et en forge de maréchal-ferrant, tandis que la cathédrale était demeurée intacte.

Tamasin désigna un étrange objet, un dragon peint au long cou qui surplombait la nef. « Qu'est-ce que c'est, messire Wrenne ?

— Un levier qui permet de soulever le couvercle des grands fonts baptismaux. Il s'agit d'un trait d'ironie décorative Obsolète aujourd'hui. »

Je rejoignis Barak, qui, un peu à l'écart, contemplait une chapelle latérale richement décorée. Un petit groupe de prêtres se tenaient tout près. L'un d'entre eux était l'homme que Wrenne avait désigné comme étant le doyen. Il arborait un air de macabre satisfaction.

« Eh bien, allez-y ! Donnez les instructions aux ouvriers ! » lança-t-il, avant de s'éloigner, ses pas résonnant sur le dallage.

« Le roi s'est offusqué face aux offrandes déposées devant une grande chapelle funéraire située dans le chœur et leur a ordonné de la détruire, m'expliqua Barak.

— Tu tendais l'oreille, c'est ça ? demandai-je en souriant.

— Que faire d'autre ? Je ne peux pas dire que ces vieilles églises me passionnent.

— Tamasin paraît envoûtée.

— Ça, c'est bien les femmes…

— Des nouvelles de Londres ? À propos de l'identité de son père..

— Non. Tamasin a cessé d'en parler. Je me suis emporté, en fait, précisa-t-il, l'air penaud. Je lui ai dit qu'elle devait cesser de faire de ces recherches une obsession. Mes remarques semblent avoir porté leurs fruits… »

Nous allâmes rejoindre Tamasin devant la clôture du chœur, décorée d'une série de statues grandeur nature représentant les rois d'Angleterre, de Guillaume le Conquérant à Henri V. C'était un joli travail. Je les comptai. « Il y en a onze, dis-je.

— Ne sont-ils pas merveilleux ? s'écria Tamasin.

— C'est vrai.

— Pourquoi la rangée s'arrête-t-elle au roi Henri V ? demanda-t-elle en désignant les statues.

— Bonne question. Messire Wrenne le sait peut-être. » Je cherchai le vieil homme du regard mais ne l'aperçus nulle part.

— Il est parti par là, dit Tamasin en indiquant d'un signe de tête la porte du chœur.

— Je vais aller voir… Non, restez ici », ajoutai-je, comme Tamasin et Barak faisaient mine de me suivre. Si, par malheur, il avait eu un nouveau malaise, je ne voulais pas qu'ils le voient dans cet état.

Je pénétrai dans le chœur, où étaient alignées de merveilleuses hautes stalles sculptées. D'un côté se dressait une énorme construction en bois sombre, richement ornée de piliers et de voûtes. Une châsse décorée était placée au-dessus d'un tombeau de dix pieds de haut dans la paroi duquel plusieurs niches avaient été pratiquées pour que les adorateurs puissent s'y agenouiller et prier. Des offrandes y étaient accrochées : chapelets, bagues, colliers. Giles était agenouillé dans une niche, priant avec ferveur, mais en silence. Au bruit de mes pas, il se retourna vers moi, absorbé dans ses pensées, le regard vide quelques instants. Puis il sourit et se remit sur pied avec raideur.

« Veuillez m'excuser, dis-je. Je n'avais pas l'intention de vous interrompre.

— Non, non… C'était impoli de ma part de vous fausser compagnie. » Il fit un geste vers la chapelle. « Eh bien, contemplez le tombeau de saint William, qui a suscité la fureur du roi.

— Qui était-ce ?

— L'un des premiers évêques d'York. On dit que le pont sur l'Ouse s'est effondré alors qu'il le traversait à la tête d'une procession, mais que grâce à l'intervention divine il n'y a eu aucun mort. C'est le saint patron de la ville. Nombreux sont ceux qui viennent le prier d'intercéder en leur faveur, comme vous pouvez le constater. »

Un peu gêné, je hochai la tête. Les récits de miracles séculaires n'avaient aucun sens pour moi. Et à mes yeux le tombeau était surchargé, pour ne pas dire affreux.

« Apparemment, ceux qui affirment que la passion du roi pour la réforme est morte avec Cromwell ont tort, dit Giles. Comme nous l'avons entendu de ses propres lèvres, le tombeau de saint William sera abattu, car il constitue un crime de lèse-majesté.

— À ce qu'il paraît, murmurai-je.

— Seriez-vous d'accord avec cette vision des choses ? demanda-t-il en me regardant droit dans les yeux.

— J'avoue que les saints et les chapelles n'ont guère de sens pour moi. Mais peut-être est-ce dommage de détruire celle-ci, si elle compte tant pour le peuple.

— Et voilà que cela aussi va être enlevé à York ! soupira-t-il. Bon. Allons-y ! » Il lança un dernier coup d'œil à la chapelle, puis nous regagnâmes la nef où Tamasin et Barak se tenaient toujours devant les statues des rois.

« Messire Wrenne, demanda Tamasin, pourquoi les rois s'arrêtent-ils à Henri V ?

— Ah ! Il y avait jadis une statue de Henri VI, le roi de la maison de Lancastre qui a été vaincu durant la guerre des Deux-Roses. Beaucoup le considéraient comme un saint et venaient déposer des offrandes à ses pieds. Comme cela déplaisait aux rois issus de la maison d'York, la statue a été retirée. » Il se tourna vers moi et haussa les sourcils. « Vous constatez que, tout comme les saints, les rois peuvent être biffés de l'histoire. »

Deux clercs passèrent devant nous et se dirigèrent vers le chœur. « Demain ? entendis-je l'un des deux demander à l'autre, un vieil homme.

— Oui, il est las d'attendre. Ils font leurs bagages ce soir et partent pour Hull demain matin Le roi est furieux, paraît-il. C'est peut-être pour ça que la chapelle l'a irrité à ce point. »

Je me tournai vers lui. « Pardonnez-moi, monsieur. Le roi s'en va ?

— Oui, monsieur, répondit-il en souriant. Demain matin, à la première heure. Il est fatigué d'attendre le roi Jacques. Ils sont déjà en train de tout emballer au campement. » Le clerc était à l'évidence enchanté de la nouvelle.

Je me tournai vers mes compagnons. Le soulagement illumina nos visages.

« Enfin ! s'écria Tamasin. Dieu soit loué ! »

31

QUAND NOUS RENTRÂMES À SAINTE-MARIE, nous découvrîmes que l'endroit avait déjà changé d'aspect. On était en train de démonter les tentes royales, les manouvriers enveloppaient soigneusement les riches tapisseries et le précieux mobilier, avant de les charger sur des chariots.

Un délégué officiel posté dans la cour nous arrêta : « Messieurs, mademoiselle. Un instant s'il vous plaît. Avez-vous des chevaux dans l'église ?

— Oui.

— Veillez à les récupérer demain matin de bonne heure. Tout le monde doit se trouver dans la cour avant six heures.

— Si tôt que ça ?

— Oui. Le cortège doit arriver à Holme-on-Spalding Moor avant la tombée de la nuit. Le roi veut secouer de ses sandales la poussière d'York.

— Où allons-nous dormir demain soir ? demanda Barak.

— Sous la tente, bien sûr. En pleins champs. Le manoir de Holme ne peut contenir que la maisonnée royale... Veuillez m'excuser, monsieur », dit le délégué avant d'interpeller un autre homme qui venait d'entrer. Barak fit un large sourire à Tamasin. « Demain soir tu devras dormir dans la gadoue, Tammy.

— Les serviteurs de la reine ont toujours eu de bonnes tentes, dit-elle en rejetant la tête en arrière. La plupart du temps, en tout cas, ajouta-t-elle en faisant la grimace. » Nous éclatâmes de rire, la perspective de bouger enfin nous ayant mis en joie.

« Je vais m'enquérir de ce qui est prévu pour Broderick, dis-je à Barak. À tout à l'heure !

— Vous ne souhaitez pas que je vous accompagne ? »

J'hésitai. Sans aucun doute n'avais-je rien à craindre en plein jour. « Inutile. Je serai en sécurité au milieu des soldats. Je vous verrai au réfectoire dans une heure. »

Alors que je cheminais en direction de la cellule, je pensais à Giles, rentré chez lui pour effectuer les préparatifs du voyage qui devait se terminer à Londres. Il avait annoncé sa venue au Manoir du roi dès l'aube. J'espérais qu'il nous retrouverait au milieu de la cohue prévisible du lendemain matin.

Je saluai le sergent Leacon et un autre soldat qui montaient la garde devant la cellule de Broderick.

« Eh bien, monsieur, s'écria le sergent, on lève enfin le camp ! Ce n'est pas moi qui m'en plaindrai.

— Ni moi non plus. Que va-t-il se passer avec Broderick ?

— On doit le transporter dans une voiture en compagnie de Radwinter. Sir William est venu nous en informer. Il est soulagé que Broderick soit enfin déplacé et se retrouve bientôt enfermé à la Tour.

— Bien. » La nouvelle qui m'avait tant soulagé ne faisait que rapprocher Broderick de la torture et du supplice.

« Mes hommes et moi chevaucherons à côté de la voiture, qui sera étroitement gardée et roulera tout à fait à l'écart du cortège, expliqua le sergent, le regard grave.

— Comment va-t-il ?

— Peu loquace. Comme d'habitude. Radwinter est avec lui en ce moment. Il a repris son poste », ajouta-t-il en faisant la grimace.

Je regardai par les barreaux du judas. Broderick était allongé sur le lit, tandis que Radwinter, agenouillé près de lui, lui parlait à voix basse. Une bougie était placée près du lit. Une vive lueur brilla dans les yeux de Broderick au moment où il se tourna vers moi. Radwinter se leva, fronça les sourcils et vint déverrouiller la porte. Il me gratifia de son sourire narquois.

« Messire Shardlake. Nous attendions votre visite avec impatience. Sir Edward et moi finissons par nous lasser l'un de l'autre. »

J'entrai dans la cellule, où régnait une odeur fétide. « Il se porte bien ?

— Oui. Il a mangé ses repas comme un gentil garçon. » Je regardai Broderick. Je ne lui trouvai pas bonne mine. Il avait le teint cireux.

« Il ne fait pas assez d'exercice », dis-je.

Radwinter secoua vigoureusement la tête. « Personne ne doit l'apercevoir dehors, et il doit rester au secret jusqu'à l'arrivée à Londres. Pour passer le temps, j'ai raconté à sir Edward des histoires de la tour des Lollards et lui ai parlé de certains prisonniers que j'ai connus. »

Broderick se redressa sur un coude. « Il essaye de m'effrayer en m'expliquant comment, à cause de lui, des gens ont été brûlés vifs ou éviscérés. C'est un soulagement de voir même votre long visage, messire Shardlake. » La touche de mépris aristocratique perceptible dans sa voix me rappela qu'il avait jadis occupé un rang élevé.

« Nous nous mettons en route demain, sir Edward, dis-je. Vous a-t-on prévenu ? »

Ce fut Radwinter qui répondit. « Oui. Je vais devoir cahoter en sa compagnie jusqu'à Hull dans une voiture fermée.

— Demain soir nous nous arrêtons dans un endroit appelé Holme. »

Broderick acquiesça. « Je connais bien le lieu. Le château appartenait à sir Robert Constable, le second d'Aske au cours du Pèlerinage de la Grâce. La dépouille de Constable se balance désormais au-dessus de la porte de Hull et le roi a volé sa maison de Holme. C'était une belle demeure. »

J'accueillis ces paroles par un petit grognement, puis désignai la porte du menton. « J'aimerais vous dire un mot, monsieur », dis-je à Radwinter. Il me suivit dehors, enjoignant au soldat de rester avec Broderick. À l'évidence, dorénavant, on ne devait plus laisser le prisonnier seul.

Radwinter s'adossa contre le mur et planta sur moi un regard interrogateur. Appuyé sur sa pique, le sergent Leacon contemplait la scène.

« Le teint livide de Broderick m'inquiète. Et cette cellule empeste. Il a besoin d'un peu d'air.

— Dès demain il sera embarqué dans une voiture.

— Je ne suis pas certain qu'il soit en état de voyager.

— Votre opinion ne compte pas. Ce sont les instructions. »

Je le fixai droit dans les yeux. « Cranmer m'a dit qu'un prisonnier est mort naguère, alors qu'il était sous votre garde. Si Broderick devait connaître le même sort, je n'aimerais pas être à votre place. »

Il se préparait à partir d'un rire sardonique, mais se contenta d'opiner du chef en me gratifiant à nouveau de son sourire narquois. « Nous avons tous le droit à l'erreur, messire Shardlake. Les circonstances étaient tout à fait différentes. Voulez-vous que je vous raconte ce qui s'est passé ?

— Allez-y ! »

Il adopta une position plus confortable. « C'était il y a sept ans. Le roi était marié depuis peu à Anne Boleyn. Un dominicain frère Frederick, appartenant à un monastère du Hertfordshire était monté à Londres pour prêcher que la rupture du roi avec Rome signifiait qu'il était maudit par Dieu. Conduit devant l'archevêque, il a refusé de révéler le nom de la personne qui lui offrait le gîte et le couvert. Cromwell, votre ancien maître, voulait l'expédier à la Tour afin que la torture le rende plus loquace, mais l'archevêque a jugé qu'un séjour à la tour des Lollards suffirait à calmer ses ardeurs et à lui délier la langue. On me l'a donc confié en me recommandant de le traiter avec sévérité et de le questionner.

— Et alors ?

— Il s'obstinait dans l'erreur. Quand je lui ai donné à lire le livre des Prières publiques, il l'a balancé à travers la cellule. J'ai donc décidé de le ramener à la raison en le suspendant au plafond par les poignets, la pointe des pieds effleurant le sol. Je me suis laissé dire que les Écossais utilisent une variante de cette pratique, laquelle consiste à suspendre l'individu par les pouces. Mais les pouces sont bien sûr assez vite arrachés, et je voulais que le supplice de frère Frederick dure un bon bout de temps. »

Je le regardai d'un air dégoûté, réaction qu'il avait peut-être cherché à provoquer.

Il sourit à nouveau. « Cela a fait taire ce cher vieux frère. Cette position rend la respiration pénible, sans parler de la douleur ressentie. Mais je ne m'étais pas aperçu que le frère Frederick souffrait du cœur. Oh ! je me rends bien compte aujourd'hui que j'aurais dû envisager cette possibilité, vu qu'il était rougeaud, gros et gras, et qu'il avait ahané en gravissant les marches de la tour des Lollards. Le lendemain, je l'ai trouvé mort, suspendu à ses chaînes. L'archevêque était fou furieux contre moi, je l'avoue. Alors il m'a envoyé à la Tour pour que les experts m'enseignent à évaluer le degré de résistance d'un individu.

— Cranmer a fait cela ?

— Oui. » Radwinter inclina la tête. « Voilà pourquoi je possède dorénavant la compétence pour juger de la condition physique d'un homme.

— Vous êtes un infâme individu.

— Vous plaignez ce moine, bossu ? Eh bien, dites-vous qu'il a moins souffert que s'il avait été écartelé pour trahison. Je lui ai rendu service, à ce vaurien ! »

Je m'éloignai, mais il me rappela. « Il paraît que vous avez parlé à Broderick, durant mon absence. De l'héritier légitime du trône. Vous avez signalé que la reine était peut-être enceinte. » Je le regardai, l'air surpris. « Oh ! le soldat en faction devant la porte a écouté votre conversation, comme je le lui avais ordonné. Vous aviez l'ordre formel de ne pas l'interroger.

— Il ne s'agissait que d'une banale conversation, répondis-je évasivement.

— Vraiment ? » Il me fixa du regard. « Je doute parfois que vous jouiez franc jeu, messire Shardlake, que votre sollicitude envers le prisonnier ne soit que de la mollesse et de la ridicule compassion. Si j'ai raison, prenez garde ! »

L'avertissement de Radwinter me tracassa durant tout le repas pris en compagnie de Barak. Le réfectoire était rempli de gens qui déjeunaient en toute hâte, avant de se livrer aux préparatifs du départ. On criait et on s'appelait de toutes parts, et le soulagement de savoir le cortège enfin sur le point de parcourir la dernière étape du voyage avant le retour à Londres était clairement perceptible.

Je me remémorai les propos que j'avais tenus à Broderick quelques jours plus tôt. Rien de dangereux ou de séditieux, en fait. Je m'étais contrôlé sans imaginer toutefois que Radwinter avait pris la peine d'ordonner à un soldat d'écouter aux portes. Il l'avait sans doute soudoyé. Devais-je le signaler au sergent Leacon ? Je décidai que non. Mais je veillerais désormais à ne plus prendre le moindre risque en ce qui concernait Broderick.

« À votre avis, dans combien de temps arriverons-nous à Londres ? demanda Barak.

— Il nous faudra environ trois ou quatre jours pour atteindre Hull, puis une semaine sans doute pour la traversée en bateau. Tout va dépendre du temps en mer. De toute façon, ça ira plus vite qu'à cheval.

— Voilà une semaine qu'on n'a pas eu d'ennuis, dit-il, l'air songeur. Pensez-vous que la personne qui vous a attaqué a renoncé ?

— Je l'espère, mais je reste sur mes gardes.

— Eh bien ! dans environ deux semaines, dit-il avec un grand sourire, nous serons en sécurité, et on aura repris le collier à Lincoln's Inn.

— Tu reviens réellement travailler au cabinet ?

— Apparemment.

— Quand on arrivera à Hull, j'essaierai de trouver une place pour Giles sur le bateau. Et pour Tamasin. Il faudra donner des pots-de-vin mais, entre Giles et moi, on y parviendra.

— Merci », dit-il simplement.

J'eus du mal à dormir, en raison des bruits incessants dus au déménagement et au chargement qui se prolongèrent durant toute la nuit – cris, appels et brimbalement des chariots... Je me levai à la pique de l'aube, m'habillai et enfilai mon manteau, ainsi que, pour la première fois depuis mon arrivée à York, mes bottes de cavalier. Certains des clercs étaient déjà réveillés et entouraient le feu que l'un d'eux s'efforçait d'allumer. Je les saluai froidement d'un signe de tête et sortis.

Il faisait frais et humide, un dais de hauts nuages d'un blanc laiteux couvrant le ciel. Debout dans l'embrasure de la porte, Barak contemplait la cour qu'on avait presque entièrement vidée. On démontait les enclos des animaux.

« Sainte-Marie vient de connaître ses ultimes moments de splendeur, déclara-t-il. Il paraît que le roi a donné l'ordre d'enlever le toit et les derniers vitraux de l'église. »

Me rappelant le pauvre Oldroyd, je regardai l'édifice dont la flèche était à nouveau perdue dans la brume.

Après le petit déjeuner, nous allâmes chercher les chevaux à l'église, où les charpentiers démontaient les pavillons. Quel incroyable gaspillage ! Des serviteurs de la maison royale emballaient soigneusement dans une bâche imperméable une gigantesque tapisserie mesurant quarante pieds de long, dont les feuilles d'or envoyaient des éclats lumineux. Il fallut quatre hommes pour l'enrouler avec moult précautions, tandis que des soldats montaient la garde autour de cet objet précieux. Une immense agitation régnait près du portail principal de l'église laissé grand ouvert. Des cavaliers sortaient leur monture et prenaient place dans les groupes qui se formaient tout autour de la cour. Une fois à l'intérieur du bâtiment, nous nous retrouvâmes en pleine cohue : des gens allaient et venaient, scrutant les stalles placées le long des hauts murs, à la recherche de leurs bêtes, dont la plupart étaient déjà sellées. J'aperçus le sergent Leacon au milieu de la foule.

« Vous allez chevaucher aujourd'hui ? demanda-t-il.

— Oui. Si je peux trouver mon cheval. »

Poussé violemment contre une stalle, je me retournai avec colère.

« Dégagez ! Maison de la reine. » Flanqués de serviteurs qui écartaient sans ménagement tout le monde sur leur passage, un groupe de courtisans conduisaient leur monture vers le portail. Je reconnus Francis Dereham, qui m'adressa un sourire sardonique. Les courtisans passés, Barak et moi revînmes vers les stalles.

« Attention, monsieur, attention ! » cria vivement une voix de femme que je reconnus. Jennet Marlin se trouvait à deux pas de moi. Un jeune courtisan tentait de calmer son cheval, qui, effrayé par la foule, renâclait en secouant la tête et menaçait d'aplatir Mlle Marlin contre une stalle. Barak s'avança. « Prenez garde ! s'écriat-il. Prenez garde à la dame ! » Il aida le jeune homme à calmer le cheval, tandis que j'offrais mon bras à Mlle Marlin pour l'aider à s'éloigner de l'animal. Elle me regarda d'un air surpris.

« C'est vous ? Ah… Merci !

— Vous cherchez votre jument ?

— Oui. Elle doit être quelque part par ici. »

Barak et moi l'aidâmes à retrouver la stalle de sa monture, un palefroi gris, tout sellé.

« Venez avec nous ! lui dis-je. On va juste chercher nos bêtes.

— Non merci, répondit-elle en rougissant. Tout va bien, maintenant. Je vous suis très reconnaissante de votre sollicitude et vous remercie de tout cœur. » Elle saisit la bride de sa jument et s'éloigna.

« Elle n'aime pas qu'on la considère comme une faible femme, déclara Barak.

— À l'évidence, elle a sa fierté. » Nous nous frayâmes un chemin jusqu'aux stalles où nous attendaient Sukey et Genesis, déjà sellés, comme tous les autres chevaux. Nous les fîmes sortir de l'église, non sans difficultés, attendu leur nervosité. Si Sukey, la jument de Barak, avait toujours été rétive, je fus surpris de constater à quel point Genesis, habituellement si calme, était soudain devenu ombrageux.

« Quelle cohue ! m'exclamai-je. Quel manque d'organisation ! Quelqu'un pourrait être facilement piétiné. »

Ce fut un grand soulagement de ressortir de l'église. De petits groupes d'hommes s'étaient formés tout autour du cimetière, certains à cheval, d'autres tenant leur monture par la bride. Il s'agissait des maisonnées de nobles et de personnages officiels et, près de la porte de l'enceinte, se trouvaient celles du roi et de la reine. Il y avait également une bande d'avocats et de clercs entourant un sir James Fealty à la barbe blanche, lequel jeta un coup d'œil vers nous et cocha deux noms sur une liste qu'il tenait à la main.

Parmi les membres de la maisonnée de la reine, Tamasin était montée sur un palefroi gris à côté de Jennet Marlin juchée sur le sien, l'air toujours un peu égarée. Non loin, vêtue d'un manteau prune et chevauchant une grande jument noire, lady Rochford rayonnait auprès de sir Richard Rich, à califourchon sur une belle jument grise. Alors que je me tournais vers la maisonnée du roi, je fus déconcerté de découvrir Maleverer parmi la foule vêtue de ses plus beaux atours. Allait-il faire partie du cortège ? L'idée ne me plaisait guère. C'est alors que je sentis un regard posé sur mon dos ; je jetai un coup d'œil derrière moi, juste à temps pour voir Thomas Culpeper détourner sa belle tête.

Craike se trouvait tout près, monté sur un robuste rouan. Même à cheval il transportait toujours son écritoire attachée autour du cou. Il fouillait dans ses papiers, mais lui aussi croisa mon regard. Je devinai qu'il aurait préféré ne pas avoir à me saluer. Il hésita, puis esquissa un pâle sourire. « Bonjour, confrère Shardlake.

— Confrère Craike ! m'écriai-je d'un ton volontairement joyeux. Quelle cohue dans cette écurie !

— En effet. Moi, je suis allé chercher mon cheval très tôt.

— Tu vas être très occupé maintenant qu'on reprend la route.

« — Oui, je pars dans quelques instants. Je dois gagner le château de Holme à l'avance afin de m'assurer que tout est prêt pour accueillir le roi.

— Je suppose que nous devrons attendre avec les autres avocats.

— Oui, vous allez sans doute devoir prendre votre mal en patience... Le roi, la reine et la maisonnée royale se mettront en marche en premier, suivis des officiers des maisons royales et de celles des nobles. Ensuite viendront les divers personnages officiels. Je crains que les avocats ne soient en bout de file. Et après vous il y aura tous les serviteurs du campement et les chariots. Tout doit se dérouler selon l'ordre prescrit.

— Bien sûr. »

Il jeta un regard vers le Manoir du roi. Insoucieux du bruit et de l'agitation à l'entour, un serviteur était en train de tailler les rosiers plantés sur le côté, rangeant soigneusement dans une charrette les branches épineuses. Le manoir allait sans doute retrouver sa fonction originelle de siège du Conseil du Nord. « Le roi est fou furieux que Jacques d'Écosse se soit dérobé, expliqua Craike. Il menace d'exercer de sévères représailles contre les Écossais. Ils vont le payer cher, à mon avis.

— Ça serait... » Je cherchai un mot neutre. « ... typique de lui.

— En effet. » Il y eut un silence gêné, et Craike sourit nerveusement. « Eh bien, je vais être dorénavant constamment en déplacement. Il se peut qu'on ne se revoie pas.

— Alors dans ce cas, adieu !

— Adieu ! répéta-t-il, avant de murmurer : Merci. » Puis il dirigea son cheval vers la porte de l'enceinte.

L'air songeur, Barak le regarda s'éloigner. « Pauvre vieux crétin ! fit-il.

— Oh, du calme, Genesis ! » Le cheval venait de faire un écart en hennissant.

« Ne montons pas en selle tout de suite, conseilla Barak. Donnons aux chevaux le temps de se calmer.

— D'accord. Tiens ! voici Giles. Mais où est donc sa monture ? »

Le vieil homme venait d'entrer dans l'enceinte. Il portait un lourd panier de bât et regardait de toutes parts, l'air désemparé. Homme à la carrure imposante, il dominait d'une tête la plupart de ceux qui allaient et venaient autour de lui. Je lui fis signe d'approcher et il avança lentement vers nous.

« Ah, Matthew ! fit-il, essoufflé. Bonjour ! Vous voilà donc avec Barak. Je crains d'avoir un ennui. Hier soir, un éclat de pierre s'est glissé dans le sabot de ma jument et elle ne peut plus marcher. Je ne sais que faire.

— Nous pourrons disposer d'autres chevaux, affirma Barak.

— Sans aucun doute, renchéris-je. Mais s'ils sont dans le campement, nous n'en aurons pas un dans l'immédiat.

— Prenez Sukey, proposa Barak. Je marcherai à côté de vous. Et je suis persuadé qu'on vous trouvera une monture un peu plus tard. »

Giles le regarda avec soulagement. « Oh, merci, jeune Barak ! Vous êtes sûr que ça ne vous dérange pas ?

— Non. Prenez Sukey.

— Genesis fera mieux l'affaire. La jument de Barak risque de renâcler si elle ne connaît pas le cavalier. Moi, je peux la monter, je lui suis familier. Prenez Genesis, c'est un cheval calme.

— À nouveau, merci. » Il eut un rire gêné. « Je ne sais pas ce que je ferais sans vous. »

Un agent officiel fit son apparition et compara sa liste à celle de Fealty. « Tous en selle ! » cria-t-il.

« Permettez-moi de vous aider », dit Barak en faisant la courte échelle au vieil homme, qui se hissa sur la selle et s'y installa avec précaution. Soudain l'animal se cabra avec une telle violence et poussa un hurlement si terrifiant que j'en devins comme fou. Giles hurla et tira tant et plus sur les rênes, mais le cheval ne cessait de décocher des ruades pour le désarçonner. Alors, sous mes yeux horrifiés, le vieil homme fut éjecté de la selle et plongea vers le sol, la tête la première. Si Barak ne s'était pas interposé, il se serait sans doute fracassé le crâne sur les pavés de la cour. Giles tomba lourdement sur Barak, qui poussa un cri, puis ils s'affalèrent ensemble sur le sol.

Les gens se retournèrent pour voir ce qui se passait. Certains s'exclamèrent, d'autres s'esclaffèrent. Wrenne gisait à terre, à demi inconscient.

« Giles ! m'écriai-je. Vous ne vous êtes pas fait mal ?

— Non. Ça va… Il me semble. Mais qu'est-ce qui…

— Jack ? » fis-je en me tournant vers Barak. Il tenta de se redresser, mais gémit et retomba en arrière. Il était livide. « Merde ! lança-t-il d'une voix rauque. Ma foutue cheville ! » Il contempla son pied gauche, qui avait pris un angle anormal.

Je levai les yeux vers la foule qui se formait rapidement autour de nous. « Un médecin ! criai-je. Il y a un blessé ! » Deux clercs avaient saisi les rênes de Genesis et le retenaient avec difficulté. Mon vieux cheval, normalement si calme, était toujours agité et se contorsionnait comme s'il souffrait. Une petite silhouette se fraya un chemin au milieu de la presse et s'agenouilla à côté de Barak. C'était Tamasin, le visage chaviré. « Jack ! cria-t-elle. Jack !

« — Rien de grave, ma petite ! Je me suis juste tordu la cheville. Rien de plus.

— Je t'ai entendu pousser un cri. J'ai cru qu'on…

— Non. C'est seulement un accident. » Il promena sur la foule un regard gêné. Sir James Fealty apparut, les sourcils froncés, la mine très renfrognée.

« Qu'est-ce que tout ce vacarme, Dieu du ciel ? demanda-t-il avec colère. Levez-vous, ma fille, lança-t-il sèchement à Tamasin. C'est indécent !

— Mon assistant s'est foulé la cheville, déclarai-je d'un ton acrimonieux.

— En effet, renchérit Wrenne en se remettant sur pied tant bien que mal. Il m'a sauvé la vie. »

Je me rendis compte qu'un silence soudain régnait et, levant la tête, j'aperçus lady Rochford, dressée au-dessus de nous, l'air quelque peu effrayée.

« Que s'est-il passé ? demanda-t-elle.

— Un accident, milady, répondit Wrenne, en inclinant le buste. Cet homme s'est brisé la cheville. »

Elle regarda Barak, puis se tourna vers Tamasin, et ensuite vers moi. « Rien de plus grave ?

— Non, milady », répondis-je.

Elle repartit à grandes enjambées, le cercle des badauds s'ouvrant devant elle.

« Venez, Tamasin ! dis-je à voix basse, en la forçant à se relever. Il faut que vous vous en alliez, vous aussi Je vais prendre soin de Jack. »

Ravalant sa salive, elle opina du chef, puis regarda Genesis qui s'obstinait toujours à se dégager de l'emprise des hommes qui le retenaient.

« Pourquoi le cheval a-t-il lancé toutes ces ruades ?

— Je n'en sais rien.

— C'est comme s'il essayait de se débarrasser de la selle. » Elle eut soudain un haut-le-corps. « Regardez, monsieur, il y a du sang ! » Horrifié, j'aperçus un mince filet rouge s'écouler de dessous la selle, tachant le flanc de l'animal.

« Tamasin, murmurai-je. Aidez-moi à enlever cette selle En douceur, autrement il va recommencer à ruer. »

Sous le regard curieux des avocats, nous soulevâmes la selle. J'écarquillai les yeux d'horreur… Dessous, plantée dans la chair de mon pauvre cheval, se trouvait une petite tige de rose hérissée d'épines.

« On l'a placée là pour que le cheval se cabre dès qu'on s'assiérait sur la selle, soufflai-je. Une nouvelle fois on a tenté de me tuer. »

32

EU ÉGARD AU NOMBRE D'AVOCATS témoins de la découverte de la tige épineuse sous la selle de Genesis, la nouvelle se répandit dans la cour comme une traînée de poudre. J'attendis auprès de Barak qu'un médecin de la maisonnée royale vienne l'examiner. Je fus soulagé d'apprendre qu'il ne s'était pas cassé la cheville, mais les ligaments étaient endommagés. Le médecin lui banda le pied et nous prévint qu'il mettrait un certain temps à remarcher normalement. On fabriqua une béquille de fortune avec une branche d'arbre et on envoya quérir un serviteur pour aider le blessé à s'installer dans l'un des chariots de la file qui attendaient dans le campement, et dans lequel il serait obligé de voyager jusqu'à Holme. Le roi et la reine étaient déjà partis, et l'immense cortège des courtisans et des dignitaires s'ébranlait, passant, un groupe après l'autre, sous l'arcade de la porte de Sainte-Marie.

« Quelle barbe ! s'écria Barak comme le serviteur lui offrait son bras, je déteste devoir rester allongé.

— Vous devez reposer votre pied, dit Giles. J'espère que vous serez bientôt à nouveau en pleine forme. Merci encore !

— Je suis ravi de vous avoir sauvé la vie, monsieur. »

Barak jeta un coup d'œil autour de la cour qui se vidait peu à peu. Son regard passa des cavaliers qui en sortaient, aux manouvriers qui, juchés sur des échelles, retiraient les toits des pavillons, et alla enfin à la grande église silencieuse. « Je ne vais pas regretter cet endroit », fit-il, avant de s'éloigner en boitant, appuyé sur le serviteur. J'aperçus alors une imposante silhouette se diriger vers nous : Maleverer, flanqué de sir Richard Rich, lequel portait une magnifique robe noire aux larges parements de fourrure. Ils s'arrêtèrent devant nous, et Maleverer posa ses mains sur ses hanches.

« Eh bien ! aboya-t-il. Il paraît que vous avez encore eu des ennuis.

— Cet homme les attire comme un aimant ! s'exclama Rich avec hargne.

— Que s'est-il passé ? »

Je désignai d'un signe de tête le jardinier qui continuait à tailler les rosiers près du bâtiment. « Quelqu'un a glissé une de ces tiges épineuses sous la selle de mon cheval. » Je brandis la tige que je tenais toujours à la main. »

Maleverer sifflota. « Tudieu ! Quelle audace !

— Pas vraiment. Il y avait une telle cohue dans l'église qu'il était impossible de s'inquiéter d'une présence dans telle ou telle stalle. Les parois sont si hautes que quelqu'un a pu se placer dos à l'ouverture et introduire quelque chose sous la selle sans attirer l'attention. » Dereham se trouvait dans l'écurie, songeai-je. Et Craike avait indiqué qu'il s'y était rendu de bonne heure. Le coupable pouvait être n'importe qui, parmi des centaines de personnes.

« Le diable l'emporte ! s'écria Maleverer. C'est un opportuniste et un malin. Par conséquent, il n'a pas abandonné la partie et on n'est pas plus avancés dans notre enquête. » Il se renfrogna et je me dis : Toi, tu m'utilises comme un appeau...

« Vous accompagnez le cortège, sir William ?

— Jusqu'au bout. J'ai à faire à Londres... Vous n'êtes pas encore débarrassé de moi, ajouta-t-il en souriant. Et votre cheval ? demanda-t-il en regardant Genesis.

— Pour le moment, il refuse qu'on le monte.

— Il faut qu'on vous en trouve un autre. On peut mener le vôtre par la bride à l'arrière. Cela va tout retarder. Les chariots ne se mettront pas en route tant que les dignitaires n'auront pas pris place à la tête du cortège. » Il me foudroya du regard comme si j'avais fait exprès de tout désorganiser. « Attendez là ! » me lança-t-il avant de s'éloigner à grands pas.

Rich me sourit. « J'espère que vous n'aurez plus d'ennuis, confrère. Que ferait-on sans vous au Guildhall ? » Il pivota sur ses talons et emboîta le pas à Maleverer. Le teint blême et le front soucieux, Giles se tourna vers moi.

« On a essayé de vous tuer ? » fit-il, atterré.

Je soupirai. « Depuis quelque temps, déjà. C'est la troisième tentative.

— Mais pourquoi donc ?

— Je n'en sais fichtre rien. Peut-être parce que cette personne pense que j'ai vu les documents contenus dans le fichu coffret qu'on a trouvé chez Oldroyd.

— Vous croyez que ces agressions sont l'œuvre du voleur ? fit-il, scandalisé.

— Oui. Et le plus drôle, c'est que j'ai entrevu très peu de ces papiers. Pas assez, en tout cas, pour en comprendre l'importance. Je suis désolé, Giles, de vous avoir fait courir des risques, à vous aussi.

— Ce n'est pas étonnant que vous sembliez si tendu. Je n'avais aucune idée... »

Conduisant par la bride un grand cheval gris, un militaire d'un certain âge doté d'une barbe brune hirsute apparut. « Je m'appelle Templeman, dit-il. Ce cheval vous est destiné et on m'a demandé d'emmener le vôtre.

— Merci. » Je suggérai à Giles de monter ce cheval tandis que j'enfourcherais Sukey. Le soldat saisit les rênes de Genesis et nous suivit jusqu'à la porte de l'enceinte. Après un ultime coup d'œil à Sainte-Marie, je passai sous l'arcade.

Nous traversâmes lentement York, le roi, la reine et leur maisonnée en tête, suivis de la noblesse puis des dignitaires, et enfin des avocats. Derrière nous cahotait une immense file de chariots, une double rangée de soldats à cheval flanquant le cortège de chaque côté. Faire partie de cette imposante procession produisait une impression étrange, comme si l'on était emporté par un vaste fleuve. Rares étaient les Yorkais, désormais habitués à notre présence, qui s'étaient mis aux fenêtres, et les spectateurs avaient l'air satisfaits de voir le cortège s'en aller enfin.

Nous nous engageâmes sur une route qui se dirigeait vers l'est, avançant pratiquement au pas, au son du frappement des sabots des chevaux et du grincement des centaines de chariots qui nous suivaient. La campagne était plate, marécageuse et constellée de mares. Le vent balayait la plaine, ébouriffant les crinières et les queues des chevaux et faisant claquer les bannières tenues par les soldats. De temps en temps, un cavalier porteur de messages entre les diverses sections du cortège chevauchait sur le bas-côté herbeux, entre la route et le champ.

Vers midi, l'imposante procession ralentit pour franchir un pont en dos-d'âne qui enjambait une rivière au flot impétueux. « C'est la Derwent, expliqua Giles. Avec toutes ces chutes de pluie, elle est en crue.

— C'est ce que je vois. » Il semblait s'être remis de ses émotions et ses joues avaient repris de la couleur. Nous chevauchâmes le long de routes sillonnant d'immenses plaines vides. Perdu dans la contemplation du ciel gris et du vaste horizon brumeux, je me rendais compte seulement maintenant à quel point l'atmosphère qui régnait à Sainte-Marie était étouffante. La région était peu peuplée, parsemée de rares villages miséreux que nous traversâmes sans nous arrêter. Les habitants se regroupaient sur le seuil de leurs masures pour nous regarder passer. Le visage dénué de toute expression, des mères serraient leurs enfants contre elles.

Enfin, ordre fut donné de faire halte pour déjeuner. Tout le monde se figea, tandis qu'une file de cuisiniers détachés de l'arrière du cortège apportaient des paniers de pain et de viande froide. Sur son petit cheval gris, Jennet Marlin s'arrêta à notre hauteur, suivie de Tamasin sur son palefroi. « Ah, vous voilà, monsieur ! dit celle-ci. Je viens d'aller voir Jack.

— Où se trouve-t-il ?

— À un quart de mille vers l'arrière, dans un chariot rempli de manteaux imperméables. Il m'a dit qu'il se sentait ridicule... Je vous en prie, monsieur, obligez-le à se reposer quand nous arriverons à Holme, ajouta-t-elle, le regard grave.

— Je vous le promets. »

Juste à ce moment-là, le cri « En route ! » retentit à nouveau. Apparemment, le roi souhaitait repartir au plus vite. Tamasin et Mlle Marlin se rangèrent à nos côtés.

« J'ai été bouleversée d'apprendre ce qui vous est arrivé, dit Jennet Marlin. Il paraît que quelqu'un a glissé une tige épineuse sous la selle de votre cheval pour qu'il vous désarçonne. Pourquoi commettrait-on un acte aussi horrible ?

— Quelqu'un pense que je connais un secret, mademoiselle. »

Elle se retourna un instant sur sa selle pour contempler l'immense masse. « Le mal infeste ce cortège. Pourquoi ne rentrez-vous pas directement à Londres ?

— Je n'en ai pas le droit.

— Dommage pour vous. »

« Écartez-vous ! Écartez-vous ! » Un courrier, porteur d'un message pour l'un des dignitaires, s'arrêta brusquement. Jennet Marlin s'avança afin de le laisser passer. Tamasin se pencha tout près de moi. « Pour quelle raison lady Rochford est-elle venue vers nous lorsque Jack est tombé ? demanda-t-elle à voix basse.

— Aucune idée. Elle semblait avoir peur.

— Et je dois les rejoindre ce soir. J'espérais que nos ennuis cesseraient après notre départ d'York.

— Nous devons garder courage, Tamasin. »

Jennet Marlin regarda par-dessus son épaule. « Nous ferions mieux de rejoindre la maisonnée de la reine, Tamasin. Tenez-vous sur vos gardes, monsieur ! me lança-t-elle.

— Merci. » Les deux femmes s'éloignèrent en direction de la tête du cortège. Me retournant, je vis que Giles me fixait d'un air perplexe.

« Qui peut vous en vouloir à ce point ?

— Je n'en sais rien. Il vaut mieux que je n'en dise pas plus. »

Nous continuâmes de chevaucher en silence. La route passait

au-dessus des champs, désormais, surplombant des prairies détrempées, qui, après un certain temps, cédèrent la place à des terres marécageuses brunâtres, désolées, incultes et parsemées de mares sombres où poussaient des roseaux. L'atmosphère lugubre paraissait affecter l'humeur du cortège, le bourdonnement des conversations s'estompant peu à peu.

« Quel déprimant décor ! dis-je à Giles.

— Oui. La lande de Spalding Moor a toujours été un endroit sinistre et dangereux. Mais voyez là-bas notre destination. » Il sourit et désigna quelque chose dans le lointain. Surgissant des marécages et couverte d'arbres au feuillage rouge et or, une colline surmontée d'une église s'élevait étonnamment haut. Quelques maisons s'accrochaient aux pentes abruptes.

« Voilà Holme.

— Vous connaissez l'endroit ? »

Pour la première fois depuis notre départ d'York, il sourit.

« Oh oui ! fit-il. C'est mon lieu de naissance. »

Je m'étais demandé si le cortège tenterait de gravir la colline escarpée, opération que les chariots rendraient d'autant plus délicate. Mais nous nous arrêtâmes au bas des pentes, où, au milieu de champs gagnés sur les marécages, se trouvait un grand manoir. Tout le monde mit pied à terre et attendit. Quatre énormes chariots contenant les grandes cages où étaient enfermés les lévriers du roi passèrent devant nous en cahotant, au milieu des aboiements et des gémissements des bêtes.

« Que va-t-il se passer, maintenant ? demandai-je à Templeman, qui tenait Genesis par la bride.

— On va venir nous indiquer où nous sommes logés. » Il se tourna vers la prairie qui s'étendait près de nous. « C'est un endroit humide, commenta-t-il d'un ton lugubre. Je parie que lorsqu'on se réveillera, l'eau sourdra autour de nos sacs de couchage. Ce ne sera pas la première fois.

— Je crois que je vais aller à pied jusqu'au village, dit Giles. Pour rendre une dernière visite au berceau de mon enfance.

— Il y a longtemps que vous n'y êtes pas revenu ?

— Plus de cinquante ans. Depuis la mort de ma mère. » Il mit pied à terre, décrocha sa canne de la selle et contempla la colline escarpée. « Personne ne se souviendra de moi aujourd'hui, mais je souhaite me recueillir sur la tombe de mes parents… Pourriez-vous surveiller mon cheval, l'ami ? demanda-t-il au militaire.

— Oui, monsieur.

— Cherchez-moi tout à l'heure, Matthew, dans le campement.

361

Nous pourrons dîner ensemble, même si je n'ai pas la moindre idée de ce qu'on nous servira au milieu de ces champs.

— Alors, à plus tard ! » fis-je. Il s'éloigna, se frayant lentement un chemin parmi la foule. Je regardai le manoir qui s'élevait au-delà de la prairie. La maisonnée royale s'était regroupée là-bas devant le portail : chatoiement de velours, de satin, d'acier et d'aigrettes. Dépassant tout le monde de la tête et des épaules, une silhouette semblait le pivot du spectacle : le roi. Je me retournai, juste à temps pour voir un petit homme vêtu d'un pourpoint vert et blanc qui fendait la foule en jouant des coudes et se dirigeait vers moi. Il ôta son couvre-chef et me fit un profond salut.

« Êtes-vous envoyé par sir William Maleverer ? demandai-je.

— Non, monsieur. Votre présence est requise ailleurs.

— Où donc ? Par qui ? demandai-je d'un ton brusque, soudain conscient que Barak n'était plus là pour me protéger.

— Je n'ai pas le droit de vous le dire, monsieur. Mais je tiens mes instructions d'une haute autorité. »

À contrecœur, j'acceptai de suivre l'envoyé à travers la foule. Je fus contraint de presser le pas pour rester dans son sillage. Dieu merci, il ne prenait pas la direction du manoir. Un bref instant, j'avais redouté qu'il se soit agi d'une convocation du roi. Je réussis à rattraper le messager. « Mais qui donc requiert ma présence ? » haletai-je.

Il se jeta de côté pour laisser passer un énorme chariot cahotant chargé de quartiers de bœuf. « Vous n'allez pas tarder à le savoir, monsieur. »

Il me conduisit dans un champ où l'on avait dressé plusieurs vastes tentes. Un certain nombre de femmes y entraient et en sortaient. J'en déduisis que ce devait être l'endroit où étaient logés les membres de la maison de la reine. Il se dirigea vers la plus grande, souleva un peu le rabat et inclina le buste pour m'inviter à entrer.

L'intérieur était richement décoré. On avait jeté sur le sol des nattes de roseau, et de grosses bougies à la cire d'abeille répandaient une chaude lumière ambrée. À mon grand étonnement, Barak était présent, lui aussi, appuyé sur une béquille de bois. Près de lui se tenait Tamasin, les traits tendus. En face d'eux se dressait lady Rochford, l'air sévère et hautain. Et aux côtés de cette dernière, vêtue d'une robe de satin argenté et coiffée d'un attifet noir incrusté d'énormes perles, se tenait une petite femme rondelette que je reconnus. C'était la reine Catherine, devant qui je me prosternai immédiatement.

« Levez-vous, je vous prie ! » fit-elle d'une voix douce de petite fille. Je me redressai et lui fis face, soudain conscient que je tremblais de tous mes membres. La reine me dévisagea. De près elle paraissait encore plus jeune, presque une enfant. Or, malgré son air troublé, les yeux noisette étaient empreints de sensualité. Lady Rochford fit un pas en avant.

« Il a été pris au dépourvu, Votre Majesté, déclara-t-elle d'un ton hargneux. Il a perdu de sa superbe, depuis la dernière fois où je l'ai rencontré. »

Je restai coi, attendant que la reine dise quelque chose. Après un moment de silence, elle reprit la parole. « Lady Rochford m'indique que Tamasin Reedbourne et maître Barak se trouvent sous votre protection.

— En effet, Votre Majesté.

— Je vous ai vu à Fulford. J'ai été peinée de la façon dont on vous a alors traité.

— Cela n'a aucune importance. »

Elle poussa un profond soupir. « On me dit qu'on a essayé d'attenter à votre vie, aujourd'hui.

— Oui, Votre Majesté. Une tige épineuse avait été placée sous la selle de mon cheval. Un ami qui montait le cheval aurait été tué si maître Barak n'avait pas réagi promptement. »

La reine regarda lady Rochford. L'espace d'un instant, la stupeur sembla la rendre muette, puis elle se reprit. « Savez-vous, monsieur, pour quelle raison quelqu'un agirait de la sorte ? »

J'hésitai. « Non, Votre Majesté. Toutefois, cette attaque n'est pas la première dont je suis victime. » Je jetai un coup d'œil à lady Rochford. « Sir William Maleverer s'occupe de cette affaire.

— Vous voyez, Votre Majesté ! s'exclama lady Rochford. Vous avez noté la façon dont il m'a regardée ? Il croit que j'y suis pour quelque chose.

— Vraiment ? » me demanda la reine, un frisson dans la voix.

J'hésitai à nouveau avant de répondre. « Je n'ai aucune idée de l'identité du coupable. »

Elle prit une profonde inspiration « Je vous ai convoqué, monsieur, afin de vous assurer que ma maison n'a rien à voir avec cette affaire.

— Merci, Votre Majesté. Je crois que ç'a à voir avec… une autre affaire que celle qui nous a mis en contact, lady Rochford et moi. »

Une expression de peur passa derechef sur le visage de la reine. Elle jeta un coup d'œil à lady Rochford.

« De quelle affaire parlez-vous ? demanda cette dernière d'un ton brusque.

— Cela a un rapport avec la conjuration. »

Elle eut l'air déconcertée. « Je vois. »

La reine leva les deux mains. « Je ne veux rien savoir à ce sujet !

On ne m'entretient jamais de politique et je ne souhaite pas que vous m'en parliez. » Sa stratégie de survie consistait-elle à se tenir à l'écart des factions ? Elle me regarda droit dans les yeux. « Quant à ce que ces gens ont vu à Sainte-Marie, reprit-elle en jetant un coup d'œil à Barak et Tamasin, qui n'avaient pas desserré les lèvres, vous avez tous promis à lady Rochford de n'en rien dire. Je... je compte sur vous », ajouta-t-elle en se redressant pour se donner l'air d'une reine, et non pas d'une adolescente apeurée.

À court de réponse adéquate, j'inclinai la tête.

« Vous n'avez informé personne de ce que vos amis ont vu, n'est-ce pas ? s'enquit lady Rochford d'une voix perçante.

— Personne. Je le jure. »

L'air soulagé, elle parla d'un ton plus léger. « Il est dommage que Culpeper ait été aperçu ce soir-là. La reine avait envie de jouir de la compagnie de quelqu'un de son âge, je vous le répète. Il n'y a rien eu d'indécent. Je suis restée constamment avec eux.

— C'est la pure vérité, renchérit Catherine Howard. Vous fiez-vous à la parole de votre reine ? »

Je la fixai du regard. « Oui, Votre Majesté. » Et j'étais sincère. J'étais plus certain que jamais que ses rendez-vous avec Culpeper s'étaient déroulés en toute innocence sous le regard de lady Rochford. Elle n'oserait pas aller plus loin. Je plaignais cette toute jeune fille plutôt naïve, ou sans grande intelligence, d'être mariée au roi Henri et d'avoir été jetée au milieu de la meute de loups des courtisans.

Elle sourit. « Eh bien, je vous remercie. Soyez certains que vous serez récompensés dès que nous rentrerons à Londres.

— Nous ne cherchons aucune récompense, Votre Majesté.

— Alors, merci à nouveau. Et j'espère que la personne qui vous cause ces ennuis, quelle qu'elle soit, sera arrêtée et punie comme elle le mérite.

— Tenez bien votre promesse ! insista lady Rochford. J'ai pris le risque d'organiser cette entrevue. Alors que la reine est attendue au manoir de Holme, nous avons annoncé qu'elle venait ici pour se changer. »

La reine se détourna et lady Rochford agita la main pour nous signifier notre congé. Nous fîmes la révérence. Tamasin saisit le bras de Barak et l'aida à sortir de la tente. Parvenus à la lisière du champ, nous nous arrêtâmes.

« Bon Dieu de merde ! s'écria Barak.

— Jack ! le reprit Tamasin.

— Quand j'ai répondu à cette convocation et ai découvert la reine sous la tente, j'ai failli faire sur moi.

— Eh bien, que pensez-vous de tout ça ? demandai-je à Tamasin.

— Je crois que la reine a dit la vérité, monsieur.

— C'est bien mon avis. Ces femmes n'ont rien à voir avec mes ennuis, j'en suis plus que jamais certain… La reine est si jeune, ajoutai-je en secouant la tête.

— Il paraît qu'elle était très délurée avant que le regard du roi ne s'attarde sur elle.

— Une stupide coquette, peut-être. Et lady Rochford doit tirer quelque plaisir pervers à organiser des rendez-vous entre elle et des jeunes gens. Mais ces deux femmes n'ont sans doute pas la bêtise d'abandonner toute prudence. Et maintenant elles tremblent. » Je regardai les centaines de chariots qu'on conduisait à travers champs. « Viens ! il faut qu'on trouve notre logement. »

Barak me poussa du coude. « Regardez ! »

Je suivis son regard. Un groupe de dignitaires nous dévisageaient. Craike se trouvait parmi eux et je manquai défaillir en apercevant sir Richard Rich. Il avait dû nous voir sortir de la tente de la reine. Qu'en pensait-il ?

33

Nous rejoignîmes le soldat Templeman, qui mangeait une pomme sur le bas-côté herbeux où nous l'avions laissé avec les chevaux. Dans le champ derrière lui, on dressait des tentes militaires coniques. Peinant à avancer au milieu de la cohue et de la bousculade, Barak aurait risqué de chuter si Tamasin et moi ne l'avions pas accompagné. Après avoir compté sur sa force et sa dextérité dans tant de circonstances difficiles je trouvais étrange de devoir l'aider à marcher.

Je me dirigeai vers Genesis. Il paraissait dorénavant plus serein, même si, vu les affreuses écorchures qui marquaient son dos, il n'était pas question de le monter avant quelque temps.

« Connaissons-nous nos lieux d'hébergement ? demandai-je au soldat.

— Non, monsieur. On viendra nous avertir quand ils seront prêts. Il nous faut patienter. »

Un chariot cahotant passa si près de nous que nous dûmes grimper sur le bas-côté. Appuyé sur sa béquille, Barak glissa, et fut rattrapé de justesse par Tamasin.

« Que le diable l'emporte ! s'exclama-t-il avec fureur.

— Tu ne devrais pas marcher au milieu de cette cohue, lui dis-je. Écoute. Tamasin et toi, restez là avec Templeman jusqu'à ce qu'on sache où l'on doit être logés.

— Qu'allez-vous faire ? » demanda-t-il.

Je ressentais un impérieux besoin de m'éloigner de la mêlée. « Je vais monter à Holme chercher messire Wrenne et revenir avec lui, dis-je.

— Vous devriez rester en sécurité avec nous, conseilla Tamasin. Il va bientôt faire nuit.

— J'ai besoin de m'échapper un peu. Et je serai plus en sécurité là-haut qu'au milieu de ce tumulte. Wrenne et moi vous retrouverons plus tard. »

Et, pour mettre fin à la discussion, je les quittai et commençai à gravir le chemin menant au village.

Partout on faisait entrer des chariots dans les champs, sous le regard vigilant d'officiers de la maison royale en tunique verte et blanche, dont certains portaient de petites écritoires pareilles à celle de Craike. L'un des chariots s'était renversé sur la route, et plusieurs soldats s'efforçaient de dégager les énormes chevaux qui, couchés sur le flanc entre les brancards, hennissaient et se débattaient comme des fous. Le contenu du véhicule – épées, arbalètes, fusils – était éparpillé sur le sol. Des soldats ramassaient ces armes, puis allaient les déposer dans le champ voisin, écartant brusquement les passants afin d'éviter qu'ils ne se blessent. Dans le champ contigu, isolée, une voiture noire, ornée de l'écusson royal, était gardée par une demi-douzaine de militaires. Le sergent Leacon se trouvait parmi eux. Je pataugeai jusqu'à lui, mes bottes s'enfonçant dans l'herbe boueuse. La voiture n'avait pas de fenêtre et la porte en était fermée. Le sergent inclina le buste.

« Le voyage s'est déroulé sans encombre ? demandai-je.

— Oui. Aucune anicroche. » Il fixa sur moi un regard curieux. « J'ai entendu parler des épines sous la selle de votre cheval.

— Tout le cortège a eu vent de l'affaire ?

— La nouvelle a créé pas mal d'émotion. » D'un brusque mouvement du menton, il désigna la voiture derrière lui. « Ç'a un rapport avec Broderick ?

— Non. Je ne le pense pas. » Je soupirai. « Je vais faire une balade pour sortir de la foule. »

Il sourit. « Au début, à notre départ de Londres, moi aussi j'ai trouvé cette énorme masse humaine oppressante. Ensuite on s'habitue.

— Je n'ai pas l'impression que je pourrai jamais m'y habituer. J'ai décidé de monter au village. Un de mes amis s'y trouve. Peut-être l'avez-vous vu… Un grand vieillard marchant avec une canne et vêtu d'une robe d'avocat ?

— Oui. Il n'y a pas longtemps qu'il est passé. » Il jeta un coup d'œil à la voiture. « Monsieur, le prisonnier n'a pas bonne mine. Il a le teint terreux. Depuis l'empoisonnement, il semble mal en point. Il faudrait qu'il prenne un peu l'air. Ça ne peut guère lui faire du bien d'être confiné là-dedans tout le temps en compagnie de ce type.

— Vous avez raison.

— Le malheureux fait peine à voir. Quel que soit son crime. Il a le visage et la démarche d'un vieillard, alors qu'il n'a pas encore trente ans, paraît-il.

— C'est exact. Et il va subir une mort atroce, ajoutai-je en secouant la tête, comme tant d'autres, ces dernières années. »

Le sergent scruta mon visage. « Lui aussi était prêt à tuer pour ses principes. Si le Nord s'était soulevé au printemps, comme prévu, il y aurait eu un bain de sang. »

Je hochai lentement la tête. « En effet. Vous avez raison sergent. C'est ce qui se serait passé. Peut-être ai-je pris notre prisonnier en trop grande pitié… Mais je suis chargé de sa santé. Je vais en parler à Maleverer et voir si on peut lui faire faire un peu d'exercice. » Je regardai la voiture noire. « Je n'ai pas le courage pour le moment d'affronter Radwinter. Je vais faire ma balade et je repasserai ensuite pour voir comment se porte Broderick.

— Restez sur le qui-vive, monsieur, si vous avez des ennemis dans les parages.

— Promis. Au fait, avez-vous des nouvelles du dossier foncier de vos parents ?

— Juste une lettre de mon oncle m'indiquant qu'ils se font un sang d'encre. Il a l'intention de les conduire à Londres, afin qu'ils me visitent au retour du cortège. Je serai alors logé à la Tour.

— Emmenez-les me voir. Je regrette le rôle que j'ai joué dans le déclenchement de leurs ennuis.

— Pensez-vous pouvoir les aider ?

— Il m'est difficile de m'avancer avant d'avoir consulté les documents afférents à cette affaire. Mais si j'ai la moindre possibilité de les aider, comptez sur moi ! »

Il posa sur moi un long regard appuyé. « Je l'espère, monsieur, car si on les expulse de leur terre ils n'auront plus rien. »

Bourrelé de remords, je quittai le champ et commençai l'ascension de la colline. Le sentier était large, bordé par des bois de chênes et couvert d'une épaisse couche de feuilles mortes qui m'obligeait à marcher avec précaution pour ne pas glisser. Si je ressentis d'abord une certaine nervosité à me retrouver tout seul, je me rassurai en me disant que je verrais quiconque graviraitt la pente.

Une bise glaciale soufflait. Le village ne se composait, en fait, que d'une série de minables masures qui s'égaillaient le long du chemin montant. Quelques poulets picoraient, quelques cochons fouillaient le sol de leur groin, mais à part un groupe d'enfants qui jouaient près d'une mare, on n'apercevait âme qui vive. La plupart des adultes avaient dû être réquisitionnés pour aider à l'installation du campement nocturne du cortège.

Au-delà du village, la pente devenait plus escarpée. Au sommet de la colline, le chemin débouchait sur un espace dégagé. De l'autre côté se dressait une église romane au clocher carré, le vieux cimetière à sa gauche s'étendant vers l'arrière jusqu'à un bois. Je m'arrêtai devant le porche d'entrée pour reprendre mon souffle. À cet endroit-là, la bise soufflait fort et l'air semblait très pur. À ma gauche se dressait une immense tour, d'une vingtaine de pieds de haut, formée de planches fixées fermement par d'épaisses cordes. J'allai l'examiner. C'était l'une des tours du feu d'alarme que Cromwell avait fait bâtir sur des collines dans tout le pays trois ans plus tôt, à l'époque où l'on craignait que les Français et les Espagnols n'envahissent l'Angleterre sur ordre du pape.

De cette hauteur je voyais le campement se répandre sur les champs pour la nuit. Comme la fois où je l'avais vu approcher à Fulford, le cortège me donna l'impression d'une grande tache souillant le paysage. Je regardai le manoir, une belle demeure ancienne, où le roi avait dû déjà s'installer. Broderick avait affirmé que le roi l'avait volé à Robert Constable. Le roi a tant volé ! pensai-je.

« Par temps clair, on peut apercevoir la cathédrale d'York. »

Je sursautai en entendant une voix tout près de moi. Giles se trouvait à mes côtés.

« Grand Dieu, monsieur, vous m'avez fait peur !

— Désolé. J'allais me recueillir sur la tombe de mes parents quand je vous ai vu arriver depuis le cimetière. Les feuilles détrempées ont assourdi mes pas. Vous avez l'air triste, Matthew.

— J'avais besoin de m'échapper du bivouac. Je respire mieux sur ces hauteurs.

— C'est vrai. En bas, tout n'est que vacarme et cnienlit. » Il porta le regard vers l'horizon brumeux. Le soleil se couchait derrière les nuages laiteux où transparaissaient des lueurs rougeâtres. Giles s'appuya lourdement sur sa canne. « Vous savez, le jour où il a été décidé que je ferais mon droit, je suis monté ici et j'ai contemplé la cathédrale. Je me suis dit qu'un jour je travaillerais comme avocat à York.

— Promesse tenue !

— Oui. » Il secoua la tête. « Il y a si longtemps de cela. À l'époque, le rapport de l'homme à Dieu paraissait clair et bien établi. » Il soupira. « Depuis, le monde a été complètement bouleversé et York et le Nord se sont retrouvés à fond de cale.

— Peut-être les choses vont-elles se calmer dans le Nord, après le séjour du cortège royal.

— À mon avis, le roi n'a pas fait grand-chose pour apaiser la rancœur ressentie dans la région. Certes, il a acheté la petite noblesse, lui a fait prêter serment d'allégeance, mais il suffit de regarder le visage des gens du commun pour deviner leurs véritables pensées. »

J'eus un rire gêné. « Giles, vous parlez comme ceux qui en veulent à tous les riches et aimeraient les faire tomber de leur piédestal. » Je fis un sourire triste. « Je me demande d'ailleurs parfois s'ils n'ont pas raison.

— Non, non ! s'écria Giles en secouant sa tête léonine. La royauté est indispensable pour que règne l'ordre. Mais il est malheureux que l'Angleterre ait un tel roi.

— Oui, je suis d'accord. » Je regardai vers les champs. Ils avaient été découpés sur un terrain bourbeux au pied de la colline et s'arrêtaient brusquement à la lisière des marécages, qui s'étendaient sur des milles. Je décidai de changer de sujet, m'apercevant une fois de plus que je remettais en cause la fidélité au roi qui m'avait jadis semblé toute naturelle.

« Où se trouvait la ferme de vos parents, Giles ? » demandai-je.

Il désigna de sa canne un groupe de maisons. « Là-bas. Mon père avait lui-même asséché le terrain. Il n'existe aucun chemin dans les marais de Holme, vous savez. Il y a un ermitage, un peu à l'écart, où deux moines guidaient jadis les voyageurs égarés. Aujourd'hui ils ne sont plus là, bien sûr. Même leur misérable masure a été prise par le roi.

— Vous avez eu une enfance heureuse ?

— Oh oui ! répondit-il avec un sourire.

— Votre père ne comptait pas sur vous pour reprendre la ferme ?

— Non. J'étais bon élève, voyez-vous. Dès qu'on a constaté que les mots et la rhétorique étaient davantage mon fort que les serpettes et les rigoles d'assèchement, on a compris que je pourrais m'élever dans la société.

— Moi aussi j'aimais les livres, ainsi que le dessin. Je peignais en amateur, mais il y a quelque temps que je ne me suis pas adonné à cette activité. Toutefois, j'ai toujours su que mon père aurait préféré avoir un fils robuste pour reprendre la ferme plutôt que... plutôt que moi, disons.

— Il aurait dû vous accepter tel que vous étiez et se réjouir que vous soyez intelligent.

— Il a essayé, je crois... Ma mère est morte quand j'avais dix ans, ajoutai-je après un court silence.

— Aucune influence adoucissante sur votre père, par conséquent.

— En effet. Il s'est montré plus dur après la mort de ma mère. » Je me tus quelques instants.

« Je vais me recueillir sur la tombe de mes parents, puis je compte entrer dans l'église. Aimeriez-vous m'accompagner ?

— Oui. Je dois réfléchir au choix d'une pierre tombale pour mon père. »

Il me conduisit dans le cimetière. La plupart des stèles étaient en grès patiné par le temps, mais il me mena à une imposante tombe en marbre blanc. L'épitaphe était toute simple.

Edward Wrenne 1421-1486
Et sa femme Agnes 1439-1488
Repos éternel

« Ils sont tous les deux morts quand j'étais étudiant, dit-il. Ma mère vivait pour mon père. Elle est morte de langueur dix-huit mois après lui.

— Elle était beaucoup plus jeune que lui.

— Oui. Mon père avait été précédemment marié à une femme dont l'âge était plus en rapport avec le sien. Ils n ont pas eu d'enfants. Elle est morte quand ils avaient tous les deux la quarantaine et est enterrée avec sa famille. Puis mon père a épousé ma mère. J'étais son bâton de vieillesse.

— La famille de mon père a vécu dans la région de Lichfield durant de nombreuses générations. Je crois que c'est l'une des raisons pour lesquelles il a regretté que je ne reprenne pas la ferme. La lignée disparaissait…

— Mon père venait d'au-delà de Wakefield et c'était déjà un jeune homme quand il est arrivé à Holme. Si bien que nous avions moins d'attaches locales. »

Je hochai lentement la tête. « Eh bien, voici une belle pierre tombale. En marbre, c'est bien. C'est ce que je vais utiliser pour celle de mon père.

— Laissez-moi seul quelques instants, Matthew, murmura Giles. Je vous rejoindrai dans l'église dans un petit moment. Elle mérite une visite. »

Je rebroussai chemin et me dirigeai vers l'église. Je m'arrêtai brus quement lorsque j'entendis une branche craquer, un bruit sec. Je fixai les arbres qui ombrageaient le cimetière mais ne vis rien. Ce doit être un cerf, pensai-je, tout en continuant mon chemin vers la petite église.

L'intérieur était faiblement éclairé par des bougies. L'église avait de charmantes petites voûtes ainsi qu'un nouveau toit dont les poutres étaient décorées par des roses Tudor. Dans une grande chapelle latérale, la flamme rougeoyante d'une bougie vacillait devant une image de la Vierge. Voilà qui aurait déplu au roi Henri… Je m'assis sur un banc clos privé et, tandis que s'estompait peu à peu la lumière filtrant à travers les hauts vitraux, je pensai à mon père. Je revis son visage, impassible, austère, sous les cheveux grisonnants. Oui, il avait été dur. En vérité, c'était la raison pour laquelle, parvenu à l'âge adulte, j'avais toujours rechigné à aller lui rendre visite.

La porte s'ouvrit sur Giles, dont la canne frappait le sol. Il se dirigea vers la chapelle latérale, se signa, puis prit une bougie qu'il alluma à la lampe. Il vint vers moi, posa la bougie sur le rebord du banc, se laissa tomber lourdement à mes côtés.

« C'est une jolie église, n'est-ce pas ? J'étais jadis enfant de chœur, ici. Nous étions de sacrés garnements ! s'esclaffa-t-il. Nous attrapions les souris qui venaient ronger les bougies et nous les placions entre les brancards de minuscules chariots que nous fabriquions nous-mêmes, puis nous les lâchions dans les bas-côtés de l'église. »

Je souris. « Moi aussi, j'étais enfant de chœur. En revanche, j'étais très sage. Je prenais mon rôle très au sérieux.

— Jusqu'à ce que vous changiez d'allégeance et souteniez la réforme, dit-il en se tournant vers moi.

— Oui. J'étais jadis un partisan enragé de la réforme, croyez-le ou non. Je passais mon temps à tout remettre en question.

— Il me semble que vous continuez à le faire.

— Peut-être. D'une autre façon. »

D'un mouvement du menton, Wrenne désigna la chapelle latérale. « C'est la chapelle des Constable.

— La famille de sir Robert Constable ?

— Oui. Ils sont propriétaires terriens dans la région depuis des siècles. Un prêtre de la Fondation célèbre quotidiennement une messe pour le repos de leur âme. Quand j'étais gosse, le prêtre de l'église était un Constable.

— Étaient-ce de bons seigneurs ?

— Non. C'étaient des gens durs et cupides – Robert Constable le premier. Toutefois il n'a pas hésité à donner sa vie pour défendre ses principes. »

C'est plus ou moins ce que j'ai dit au sergent Leacon à propos de Broderick, songeai-je. « Il paraît que son squelette est toujours accroché au-dessus de la porte de Hull.

— En effet. On va le voir... Après la mort de mon père, j'ai vendu la ferme aux Constable, poursuivit-il après un instant de réflexion. Comme dans votre cas, cela n'avait aucun sens pour moi de garder une ferme si loin de mon lieu d'habitation. Vous ne devriez pas vous sentir coupable de vendre la ferme de votre père, Matthew.

— Non. Vous avez raison.

— Vous avez été mis à rude épreuve, dit-il en secouant la tête. D'abord le décès de votre père et maintenant ces agressions. Il y en a eu de nouvelles, avez-vous dit ? »

Je pris une profonde inspiration. « Trois en tout. Y compris l'affaire de l'épine placée sous la selle de ma monture, mais sans compter la fois où j'ai été assommé et où on a volé le contenu de ce fichu coffret plein de documents. Il y a une semaine, on a essayé de m'embrocher, au campement.

— Grand Dieu ! s'exclama-t-il, les yeux écarquillés.

— Et puis on a lâché un ours sur mon passage.

— Seigneur Dieu !

— Mon agresseur doit croire que j'en sais davantage sur les documents que ce n'est le cas. Je n'ai eu le temps de jeter un coup d'œil que sur quelques-uns d'entre eux, dont le *Titulus*.

— Ah oui ?

— C'est ainsi que j'ai su que vous couriez des risques en en détenant une copie.

— Maintenant je comprends mieux. Quels autres papiers avez-vous vus ? demanda-t-il, l'air très intéressé. Quand il m'a interrogé, Maleverer m'a affirmé que vous n'aviez pas eu le temps de fouiller dans le coffret.

— Rien d'important.

— Ç'a dû le rendre furieux contre vous !

— Oui. Lui et le Conseil privé.

— Comment avez-vous supporté toutes ces épreuves ? demanda-t-il d'une voix douce. Ça et, en plus, la scène de Fulford ?

— On supporte ce que l'on ne peut pas changer… Comme vous avez de bonnes raisons de le savoir, vous plus que quiconque.

— En effet, acquiesça-t-il en hochant la tête lentement. Le Seigneur place de lourds fardeaux sur nos épaules. Extrêmement lourds pour un être humain, me dis-je dans mes moments de morosité. »

Je m'agitai sur le banc étroit. Mon cou me faisait de nouveau souffrir. « On devrait retourner au campement, il me semble. La nuit va bientôt tomber.

— Accordez-moi quelques instants de plus. J'aimerais faire une prière.

— Bien sûr. Je vais vous attendre près de la tour du feu d'alarme. »

Je ressortis de l'église. Le soleil était désormais passé sous la ligne d'horizon et le cimetière était plongé dans l'ombre. J'en franchis le porche et contemplai le campement. Des torches et des feux de joie illuminaient les champs et toutes les fenêtres du manoir étaient brillamment éclairées. Le roi et la reine devaient maintenant s'y trouver. Craike s'était sans doute assuré de leur confort.

Les prières de Giles se prolongeaient. Je palpai les épaisses cordes qui maintenaient bien droite la tour du feu d'alarme. Elles étaient fermement attachées, à un bout à la pointe d'une perche métallique plantée au milieu de l'énorme foyer et, à l'autre, à des pieux fichés dans le sol. Soudain je fus conscient d'une pression dans ma vessie. Je m'assurai que j'étais bien seul en jetant un coup d'œil à l'entour jusqu'aux arbres qui bordaient l'espace dégagé devant le cimetière. Je délaçai mes chausses et soupirai de soulagement au moment où je lâchais un jet d'urine contre la tour. L'opération terminée, je relaçai ma braguette et me retournai. Médusé, je restai figé... Vêtue d'un manteau sombre à capuchon et les lèvres plus pincées que jamais, Jennet Marlin se tenait à dix pieds de moi et pointait une arbalète sur mon cœur.

Je la fixai, bouche bée. Elle déplaça légèrement l'arme appuyée sur son épaule. Je grimaçai, m'attendant à sentir le carreau me transpercer le corps. Toutefois, alors que sa main se trouvait sur la détente, elle ne tira pas.

« Cette fois-ci, je vous tiens ! » lança-t-elle d'une voix tranchante comme une lame.

Je jetai un coup d'œil par-dessus son épaule vers l'église, masse noire se détachant sur le ciel vespéral, la lumière diffuse de la chapelle faisant rougeoyer les vitraux. Elle eut un rictus et secoua la tête.

« N'attendez pas d'aide du vieil homme, s'écria-t-elle.

— Que... que lui avez-vous fait ? »

Elle me fixa de ses grands yeux ardents, brûlants de colère.

« J'ai bloqué la porte de l'église en plaçant une barre de bois entre les poignées. Il est enfermé, rien de plus. Je n'ôte la vie que lorsque c'est nécessaire.

— Et la mienne ? Est-il nécessaire de me l'ôter ? »

Elle ne répondit pas. L'arbalète trembla un instant dans les bras de la jeune femme, au comble de la tension. Je priai pour que sa main ne dérape pas...

Je savais que je devais la faire parler le plus longtemps possible, l'empêcher d'appuyer sur la détente. « C'est vous qui avez essayé de m'embrocher dans le campement, vous qui avez libéré l'ours, vous qui avez placé l'épine sous la selle du cheval ?

— Oui. Quel heureux hasard de vous trouver cette première fois dans le campement ! Je longeais la rivière... » Son regard était devenu haineux. Pourquoi donc ? Que me reprochait-elle ? « Quant à l'ours, sachant par Tamasin que vous étiez allé à York, j'attendais votre retour près des dépendances. J'espérais qu'une occasion se présenterait dans l'obscurité. Alors, quand vous avez traversé l'église, je l'ai longée en courant pour me dissimuler derrière la cage. Ah ! cela fait deux semaines que je vous surveille, ajouta-t-elle d'un ton passionné. Des fenêtres du manoir et depuis le campement, cachée dans certains recoins de la cour. Ce soir, quand, du bivouac, je vous ai vu gravir la colline, je savais que je tenais l'occasion rêvée.

— L'arbalète vient du chariot renversé.

— Oui. » Apparemment un peu rassérénée, elle me gardait cependant toujours en joue.

« J'avais l'impression que quelqu'un me regardait depuis le bois. » Il faut continuer à la faire parler, pensai-je. Il ne faut pas qu'elle s'arrête. « Vous avez tué Oldroyd ?

— Oui. Oldroyd devait mourir. Il possédait ce fichu coffret. Il a refusé de me le remettre, même quand je lui ai annoncé que je venais de la part de Bernard.

— Votre fiancé vous a confié une mission. Par conséquent Bernard Locke était bien l'un des conjurés ?

— Oui. C'est vrai.

— Mais je croyais que vous souteniez la réforme ?

— En effet. Bernard regrette ce qu'il a fait. Il voulait qu'on détruise le contenu de ce coffret… D'après lui, cela risquait de mettre le trône en péril. Il s'est repenti. Comme moi, il veut protéger le roi des complots des traîtres. »

Bernard Locke s'était-il vraiment repenti ? Non, pensai-je, il a utilisé cette femme assotée pour retirer un avantage de la situation.

Je perçus un mouvement derrière elle. Une forme imposante se dirigeait vers nous en catimini. C'était Giles. Il avait réussi à sortir de l'église et, brandissant sa canne à deux mains, l'air concentré, il s'efforçait de se rapprocher lentement de Jennet Marlin, sans faire de bruit. Je m'obligeai à reporter mon regard sur elle.

« Bernard m'avait dit que maître Oldroyd d'York était en possession des papiers, qu'il les gardait chez lui dans une cachette. Il m'avait expliqué que je devrais tuer le verrier pour prendre les clefs sur son corps, car il n'accepterait jamais de me les remettre.

— Vous avez fait basculer cet homme sans défense du haut de son échelle, de sang froid.

— Je n'avais pas le choix. » Sa voix métallique ne trembla pas. « N'était-il pas un conspirateur qui méritait une mort de traître ? Si son cheval ne s'était pas enfui quand son maître est tombé, j'aurais pris les clefs de sa maison sur son corps, mais la course folle du cheval a déclenché l'alerte.

— Vous nous avez entendus venir et vous vous êtes cachée dans l'église ?

— Oui. Vous et ce rustre de Barak avez bien failli me coincer. Heureusement que j'avais réussi à trouver des clefs de l'église. Mais avant même que j'aie pu me rendre chez Oldroyd, voilà que vous apparaissez chargé de ce coffret ! Un coffret à bijoux correspondant à la description que m'en avait faite Bernard.

— Par conséquent, vous êtes devenue amie avec moi tout en projetant de me tuer, parce que vous pensiez que je connaissais le contenu du coffret ? »

Giles se trouvait maintenant juste derrière elle, sa canne brandie à deux mains au-dessus de la tête de Jennet Marlin Mais il hésitait. Sans doute craignait-il que, s'il la frappait, la femme, en tombant, libère le carreau de l'arbalète.

« Oui, pour essayer de vous arracher vos secrets. Vous faisiez semblant d'être mon ami, tout en riant sous cape, car vous saviez que certains des documents mettaient en cause Bernard. Rester courtoise s'avérait plus difficile que vous tuer. Dès que j'apercevais votre silhouette difforme, j'avais envie de vomir… »

Je comprenais mieux le motif de son inimitié. « Mademoiselle, répliquai-je, je n'ai fait qu'entrapercevoir les documents. Je n'ai rien vu qui puisse compromettre votre fiancé.

— Billevesées ! Vous ne faites pas confiance à Maleverer, mais dès que vous aurez regagné Londres, vous révélerez tout à votre maître Cranmer. Il faut que vous sachiez… »

Elle ne finit jamais sa phrase : à ce moment précis, Giles lui assena de toutes ses forces un violent coup de canne sur la tête. On entendit un atroce et sonore craquement. Jennet poussa un petit gémissement de surprise, avant de s'effondrer sur le sol. L'arbalète produisit un déclic et je me jetai vers la droite. Le carreau se ficha avec un bruit sourd dans le bois de la tour du feu d'alarme, tout à côté de moi. En relevant les yeux, je découvris Jennet Marlin, à plat ventre sur le sol, la tête cachée par son capuchon. Giles se trouvait derrière elle, oscillant légèrement sur ses jambes, les yeux écarquillés.

Je me précipitai vers le corps de la jeune femme, gisant à côté de l'arbalète. Je lui saisis le bras, qui retomba, flasque, sans vie. Je retournai le corps… Elle était morte. Les mèches brunes étaient poissées de sang, les grands yeux, vides, fixés au ciel, pareils à ceux d'un poisson, dépourvus désormais de toute cette dévorante passion. Je fus alors pris de violents vomissements.

Je sentis un bras sur mon épaule et me relevai. Les yeux écarquillés de Giles et le tressaillement de sa joue indiquaient à quel point il était bouleverse.

« Je l'ai tuée ? » chuchota-t-il.

Je hochai la tête. « Vous m'avez sauvé la vie. Avez-vous tout entendu ?

— Suffisamment. » Il contempla le corps. « Dieu du ciel ! s'exclama-t-il, avant de prendre une longue et profonde inspiration.

— Comment avez-vous réussi à sortir ?

— Je connais l'église de Holme depuis mon enfance. Quand je ne suis pas parvenu à ouvrir le portail, j'ai emprunté une autre sortie. Il existe une porte latérale... J'avais tellement peur qu'elle appuie sur la détente », poursuivit-il en fixant le cadavre.

Je ramassai l'arbalète et saisis le bras de Giles. « Venez ! dis-je à voix basse. Il faut que nous redescendions au campement. Nous devons informer Maleverer de cet accident séance tenante. »

34

Sur le chemin du retour au campement, je tâchai de ne pas être agacé par le pas lent et hésitant de Giles, qui, appuyé sur sa canne, avançait à tâtons dans l'obscurité. L'arbalète, que j'avais ramassée, pendait au bout de mon bras.

« Maleverer va-t-il se trouver au manoir de Holme ? demanda Giles.

— Sans doute. Il faut qu'on s'y rende.

— Il est difficile de croire qu'une femme soit capable de faire ce qu'elle a fait.

— Ça arrive parfois », répliquai-je.

Parvenus en bas de la pente, nous tournâmes à droite et prîmes la direction du manoir. Giles avait l'air épuisé. Je posai la main sur son bras.

« Avez-vous assez de forces ? Peut-être devriez-vous retourner au campement, chercher la tente qu'on vous a allouée et vous reposer.

— Non. Je vous accompagne. Maleverer voudra nous voir tous les deux. »

Nous atteignîmes le haut mur qui entourait la propriété et dont le large portail était gardé par des soldats. Ils refusèrent de nous laisser entrer, mais je persuadai l'un d'entre eux d'aller quérir Maleverer. Giles s'affala sur un monticule près du portail, noua les mains sur le pommeau de sa canne et baissa la tête.

« Ça va ? demandai-je.

— Oui, oui. J'ai… j'ai un peu mal… Mais n'en faites pas toute une histoire ! » ajouta-t-il d'un ton soudain énervé.

Je le regardai avec une certaine inquiétude, me rappelant le malaise qu'il avait eu à Fulford. Il y eut une agitation autour du portail et Maleverer fit son apparition, nous dominant de toute sa hauteur, l'air furieux.

« Tudieu ! Que se passe-t-il, maintenant ? Le roi est là… » Il scruta mon visage, puis demanda d'un ton brusque : « Qu'est-il arrivé ?

« — J'ai été attaqué une fois de plus, sir William. Avec ceci. C'était Jennet Marlin.

— Quoi ? Cette femme ? fit-il, incrédule. Où est-elle ?

— Elle gît morte devant l'église de Holme. »

Il planta sur moi un long regard acéré, puis se tourna vers Giles. « Que fait là ce vieux type ?

— Messire Wrenne m'accompagnait. Il m'a sauvé la vie. »

Giles leva la tête. « J'ai dû l'estourbir. Je n'avais pas le choix. »

Maleverer tendit la main vers l'arbalète.

« Elle l'avait volée quand le chariot s'est renversé, expliquai-je.

— Entrez ! lança-t-il. Tous les deux. »

Il mena la marche dans l'allée centrale puis nous fit pénétrer dans le grand vestibule. Le roi n'était pas en ce lieu, Dieu merci ! Maleverer nous conduisit dans une pièce du rez-de-chaussée, transformée en cabinet de travail, et s'installa derrière le bureau, tandis que nous restions debout devant lui. Dans la lumière des bougies qui emplissait la pièce, le visage de Wrenne paraissait blême et bouffi.

« Messire Wrenne pourrait-il s'asseoir, sir William ? Il a subi un grand choc. » Maleverer le regarda et grogna son assentiment. J'approchai une chaise pour le vieil homme.

« Je vous remercie.

— Eh bien ? Que s'est-il passé ? »

Je lui relatai les événements qui s'étaient déroulés sur la colline. Comment Jennet Marlin avait avoué être bien l'auteur des agressions, persuadée que j'avais vu dans le coffret des documents compromettants pour son fiancé. Maleverer s'adossa au dossier de son fauteuil, l'air songeur, puis se tourna vers Giles, qui était resté coi durant tout mon récit. Il désigna du menton la canne que Giles tenait entre ses genoux.

« Vous lui avez broyé la cervelle avec ça ?

— Oui. » Il abaissa le regard et tressaillit en découvrant des taches de sang sur ses mains.

« Qu'avez-vous entendu de ses propos avant de l'assommer ? lui demandai-je.

— Les derniers mots seulement. Je n'avais pas l'intention de la tuer. Je n'avais jamais tué personne auparavant...

— Eh bien ! il y a un commencement à tout ! répliqua Maleverer en le toisant. Qu'avez-vous donc ? Vous semblez sur le point de vous pâmer. Vous paraissez bien délicat, pour un avocat.

— Il a... Il ne va pas bien, dis-je à Maleverer, qui, l'air soudain inquiet, le regarda en fronçant les sourcils.

— Alors il faut l'emmener hors du manoir. Le roi interdit la présence d'un malade dans la demeure où il se trouve... Garde ! »

lança-t-il. Un soldat se précipita dans le bureau et Maleverer désigna Giles d'un grand geste. « Trouvez sa tente et accompagnez-le jusqu'à elle. »

Le soldat aida Giles à se relever. Celui-ci leva les yeux vers moi. « Désolé », fit-il avant de se laisser raccompagner. Il y eut un moment de silence, puis Maleverer fit rapidement courir son doigt le long du bord de sa barbe, produisant un léger froufrou... Ensuite il se pencha et tira un objet d'un tiroir : le coffret à bijoux, qu'il plaça sur le bureau. Je reconnus la peinture représentant Diane chasseresse, habillée à la mode d'il y a cent ans et pointant la flèche de son arc sur un cerf.

« Je le garde avec moi depuis Sainte-Marie. Je l'ai longuement observé, cherchant à deviner l'identité du voleur. » Il rugit de rire. « J'ai souvent regretté que le coffret ne puisse me révéler ce qu'il avait contenu. » Il secoua la tête. « Sans jamais imaginer que l'auteur du vol ait pu être Mlle Marlin. Je vais faire fouiller sa chambre. Il est possible qu'elle y ait caché les documents.

— Je ne l'avais pas soupçonnée, moi non plus. Mais elle était désespérée et prête à tout pour faire libérer son fiancé, rien d'autre ne comptait pour elle. Or, une personne désespérée est plus dangereuse que le brigand le plus endurci. On ne sait jamais jusqu'où le désespoir peut conduire, alors qu'un brigand, on s'en méfie toujours.

— Et elle était maligne. Je suppose qu'elle n'a eu aucun mal à dérober les clefs de l'église de Sainte-Marie. Une personne liée à quelqu'un d'aussi craint que lady Rochford pouvait s'y déplacer à sa guise.

— Une maligne et une froide calculatrice. Elle a fait semblant d'être mon amie, dis-je en souriant tristement. Elle m'a amadoué. Je recherchais son amitié. »

Il posa sur moi un regard interrogateur. « Vous étiez amoureux d'elle, c'est ça ?

— Non, sir William, soupirai-je. Je me suis toujours méfié de son côté obsessionnel – une obsession qui lui a permis de justifier ses actes... Qu'ils soient stupides ou intelligents, les gens désespérés se fabriquent des raisons pour justifier quasiment n'importe quoi. » Je pris une profonde inspiration. « Elle affirmait que c'était vous le responsable de l'emprisonnement de messire Locke à la Tour, que vous convoitiez ses terres et que vous vouliez le faire condamner pour trahison. »

Je me raidis, dans l'attente d'un violent éclat, mais Maleverer se contenta de rire. « Quelle impudente péronnelle ! Je n'ai fait qu'expédier Locke dans le Sud, sur ordre du Conseil privé. Quoique, si ses terres sont confisquées, comme cela ne fait plus aucun doute, d'ailleurs, il soit possible que j'en achète certaines moi-même. » Une lueur de convoitise brilla dans ses yeux et, alors qu'on parlait de traîtres et d'assassins, la perpective d'acquérir de nouveaux biens lui arracha un bref sourire. Peut-être serait-il bientôt propriétaire d'assez de terres pour se marier, ayant selon lui suffisamment lavé son honneur ?

« Qu'avez-vous donc ? me demanda-t-il, les sourcils froncés. Vous paraissez toujours soucieux.

— Je reste déconcerté par certains éléments. Pourquoi était-elle si sûre que j'avais vu tous les papiers du coffret ? Quand elle m'a assommé à Sainte-Marie, elle avait bien dû constater que je n'avais sorti que ceux du dessus. »

Il haussa les épaules. « Peut-être pensait-elle que vous les aviez lus, avant de les remettre en place.

— Non. Elle était certaine que je les avais tous lus mais que je vous en cachais le contenu, en attendant de le révéler à Cranmer.

— Et elle se trompait, n'est-ce pas ? fit-il en plantant sur moi un regard acéré, tout en tapotant le coffret d'un doigt. Concernant ce que vous avez vu, nous devons vous croire sur parole.

— J'ai dit l'entière vérité, sir William. »

Il fixa sur moi un regard dédaigneux. « Je vais faire fouiller son logement de fond en comble, et si nous n'y dénichons pas ces documents, je ferai interroger toutes les personnes de son entourage. La jeune Reedbourne, lady Rochford...

— Cela mécontentera lady Rochford, dis-je. Et terrifiera Tamasin.

— Peste soit de la donzelle ! »

Si des soldats apparaissaient chez elle, songeai-je, lady Rochford – comme Tamasin – penserait que la liaison entre la reine et Culpeper avait été découverte. Ce qui se passerait peut-être, d'ailleurs, si les documents existaient toujours. Si...

« Elle avait l'intention de détruire ces documents, sir William. Je crains qu'elle ne soit passée à l'acte il y a longtemps, sans doute dès qu'elle les a dérobés à Sainte-Marie. »

Il opina du chef, faisant à nouveau courir son doigt sur le rebord de sa barbe. « S'il n'y a aucune trace des papiers, nous considérerons qu'elle s'en est débarrassée. Ils appartenaient à Oldroyd, qui soutenait les conjurés.

— En effet. Bernard Locke avait déclaré à Mlle Marlin s'être repenti. Par la suite, elle s'est convaincue qu'en s'emparant de ces documents, elle aidait à contrecarrer les projets des conspirateurs tout en éliminant les preuves de la culpabilité de son fiancé. Même si, à mon avis, le principal but de Locke était sans doute de sauver sa peau. »

Il hocha la tête. « La plupart des prisonniers de la Tour viennent à résipiscence, surtout si on leur a montré le chevalet et s'ils ont entendu les hurlements de douleur.

— Sauf Broderick.

— Il n'est pas encore sur place, grogna-t-il. Eh bien ! si elle a détruit les documents, elle nous a rendu service. Quoique le Conseil privé eût préféré en prendre connaissance. » Il se leva. « Locke va devoir subir un interrogatoire serré, désormais. Bon. Je vais ordonner la fouille. » Je sentais quasiment des effluves d'énergie nerveuse émaner de son imposante carcasse. « Et j'ai intérêt, avant qu'un villa geois ne trébuche dessus, à faire redescendre le corps de cette foutue bonne femme. Surtout, ne bougez pas de cette pièce avant mon retour ! Compris ? »

Il quitta la pièce, sa robe bruissant dans son sillage. Je m'installai sur le siège qu'avait occupé Wrenne. Maleverer n'est pas particuliè- rement intelligent, pensai-je. Il essaye de m'impressionner pour parvenir à ses fins. S'il me méprise, il aime cependant sonder ma cervelle. Je jetai un regard à l'entour en soupirant. La pièce avait dû être un cabinet de travail, jadis. Une tapisserie ancienne représen tant une scène de chasse était accrochée derrière le bureau de Male verer. Le défunt Robert Constable l'avait-il contemplée comme moi à présent ? Je tournai le regard vers la fenêtre et m'abîmai dans mes pensées en scrutant la nuit noire.

Je repensai à Jennet. Même à ce moment-là je ne pouvais m'empê cher de la plaindre. Son amour pour Bernard Locke avait dû l'obséder depuis l'enfance. Ce n'était pas une femme laide ; elle aurait pu trouver un autre parti si elle n'avait pas nourri cette passion exclu- sive pour lui. Quel genre d'homme est-il ? me demandai-je. Est-ce un vil séducteur qui réussit à faire faire tout ce qu'il veut aux femmes ? J'avais rencontré ce genre d'individus au cours de ma carrière, la plupart du temps lorsqu'ils avaient saigné à blanc quelque femme qui s'efforçait de récupérer son argent en intentant un procès. Locke avait-il utilisé la passion de Jennet pour sauver sa tête en faisant d'elle une meurtrière ? Si tel était le cas, il était plus coupable qu'elle. Je frissonnai en revoyant l'expression de son visage au moment où elle me fixait par-dessus l'arbalète.

Je regardai le coffret. À qui avait-il appartenu, à l'origine ? À quelqu'un de riche… Je me penchai en avant pour l'ouvrir, scrutai l'intérieur vide. Il en émanait toujours une légère odeur de vieux papiers moisis. Jennet Marlin les avait-elle tous détruits ? Si c'était le cas, tout ce qui concernait la reine et Culpeper avait disparu. Comme tout cela m'est égal ! pensai-je. Je n'éprouve plus le moindre sentiment de loyauté envers Henri. C'est peut-être un imposteur. Il sera soulagé, en effet, si c'est son imposture que prouvaient les documents de Blaybourne !

Je sursautai au moment où la porte s'ouvrit brusquement sur Maleverer. Il la referma, puis me fixa, l'air renfrogné.

« Pourquoi triturez-vous ce coffret ? » Il se laissa tomber lourdement sur son fauteuil. « Aucune trace des documents dans son logement. Rien que des lettres de Bernard Locke envoyées de la Tour, attachées par un ruban. Elles ne disent rien d'intéressant, ne parlent que de leur grand amour réciproque… De vrais tourtereaux, ces deux-là ! railla-t-il. Je fais questionner les dames pour voir si elles se rappellent quelque chose qui puisse nous aider, mais j'en doute. Je crois que vous avez raison, Mlle Marlin a détruit ces documents. Peut-être les a-t-elle jetés dans l'un des feux de camp à York. Retournez au campement. Je vous ferai appeler si nécessaire. Un soldat attend devant la porte. Il va vous reconduire.

— Très bien, sir William. » Je me levai, inclinai le buste et quittai la pièce. Le soldat en faction me fit ressortir du manoir. Quel soulagement de se retrouver à l'air libre !

« Le roi est-il couché ? demandai-je au soldat, pour faire la conversation.

— Non, monsieur. Il joue aux échecs avec les gentilshommes de la chambre. Il n'est pas près d'aller dormir, tant s'en faut, m'est avis. »

Il me conduisit au campement. Maintenant que soldats et serviteurs avaient dîné, les feux allumés pour préparer les repas s'éteignaient. Assis devant leur tente, des hommes bavardaient ou jouaient aux cartes.

« Est-ce loin ? m'enquis-je. Je suis fourbu.

— Non. Votre tente se trouve près de la barrière. Votre valet et ıe vieil homme logent tout à côté de vous. »

Il fit halte devant trois petites tentes de forme conique placées côte à côte dans le coin d'un champ, au milieu d'autres dressées çà et là – certaines éclairées de l'intérieur par des bougies à la flamme vacillante. Il s'agissait peut-être également de tentes d'avocats qui, grâce à leur position hiérarchique, avaient droit à un logis individuel. Je remerciai le soldat, qui s'éloigna en direction du manoir, et relevai le rabat de la seule tente, parmi les trois, éclairée de l'intérieur.

Giles était allongé sur un lit de camp placé à même l'herbe. Un verre de bière à la main, Barak était assis sur une caisse, sa béquille à côté de lui et sa jambe blessée reposant sur une autre caisse.

« Quelle belle scène domestique ! commentai-je. Comment allez-vous, tous les deux ?

— Messire Wrenne dort, répondit Barak. Il m'a raconté ce qui s'est passé. Jennet Marlin est-elle réellement morte ?

— Oui. Je viens de passer un moment chez Maleverer. Il a fouillé ses effets à la recherche des documents. En pure perte.

— Elle les a détruits, par conséquent ?

— C'est ce qu'il pense. Comment va ta cheville ?

— Bien. Tant que je ne m'appuie pas dessus. Tammy a été obligée de regagner sa tente.

— Maleverer va la questionner sur Jennet Marlin. Ainsi que les autres dames. Y compris lady Rochford.

— Tammy va être bouleversée, déclara Barak, l'air sombre. Elle avait beaucoup d'affection pour Mlle Marlin. » Il poussa un profond soupir.

« Tu n'as toujours pas de nouvelles de ton ami londonien ? À propos du père de Tamasin ?

— Juste un mot m'indiquant qu'il suit plusieurs pistes.

— Tu l'en as informée ?

— Non. Et si, comme je le crains, les nouvelles ne sont pas bonnes, je ne lui en parlerai pas. »

J'opinai du chef, puis allai jeter un coup d'œil sur Giles, qui semblait dormir d'un profond sommeil.

« Il m'a sauvé la vie, dis-je. Cette aventure l'a complètement ébranlé. Ce genre d'épreuve est au-dessus de ses forces. Nous devons prendre soin de lui.

— Bien sûr... Ainsi, l'histoire est bel et bien terminée.

— Je l'espère.

— Vous n'en êtes pas certain ?

— Non. Quelque chose... Mais je suis fourbu. Il faut que je rentre sous ma tente et que je dorme. Je n'ai pas les idées claires pour le moment. » Je m'esclaffai soudain.

« Quoi donc ?

— Le soldat qui m'a accompagné jusqu'ici m'a indiqué que le roi était en train de jouer aux échecs avec ses gentilshommes. Je songeais que tout ce voyage ressemble à un immense échiquier, avec un vrai roi et une vraie reine qui s'efforcent de déjouer les manœuvres des gens du Nord. »

Il posa sur moi un regard grave, ses yeux étincelant dans la lumière de la bougie. « Un vrai roi ? murmura-t-il. Ou un coucou installé dans le nid royal ?

— De toute façon, nous ne sommes tous les trois que des pions de la plus grande insignifiance et dont on peut aisément se passer. »

35

Nous avancions sur une longue route. Les écorchures de Genesis n'étant pas encore tout à fait cicatrisées, je montais le cheval qu'on m'avait prêté la veille. Genesis marchait à l'arrière du cortège, avec les chevaux de rechange. À mes côtés, l'air las, Barak chevauchait Sukey. Il avait décidé ce jour-là de monter, malgré l'état de sa cheville. Giles, mal en point et affaibli dès le réveil, ne nous accompagnait pas. J'avais prié qu'on lui permette de voyager dans l'un des chariots afin de lui rendre ses souffrances moins pénibles. Moi aussi, je ressentais les effets des événement de la veille et grelottais, alors que j'étais bien emmitouflé dans mon épais manteau.

L'étape de la journée devait être encore plus longue : cinq milles jusqu'au château de Leconfield, au nord de Hull. Au-delà de Holme, la campagne était moins plate. De basses collines arrondies étaient hérissées d'arbres dont les feuillages jaunes et pourpres rutilaient par cette lumineuse et froide matinée d'automne. Quel joli paysage ! Au loin, vers l'est, s'étirait une enfilade de coteaux et de vallons que quelqu'un désigna sous le nom de Yorkshire Wolds. Tout autour de nous, la cavalcade du cortège produisait un immense vacarme. Derrière, la procession des chariots disparaissait au détour de la route. Devant, les plumets ornant les bonnets des dignitaires ondulaient, tandis que, de chaque côté du cortège, vêtus de leur uniforme aux couleurs éclatantes, les soldats caracolaient au son du cliquetis des harnais. Des messagers couraient sur les bas-côtés dans les deux sens.

Je revoyais constamment Jennet Marlin, la tête fracassée. Sans doute l'état de santé de Giles ce matin-là était-il l'expression de la réaction à l'acte qu'il avait été contraint de perpétrer. Je me rappelai son air horrifié quand il avait lancé : « Je n'avais jamais tué personne auparavant ! »

« À quoi pensez-vous ? me demanda Barak.

— À hier soir. À Mlle Marlin, gisant morte sur la colline.

— J'ai vu Tammy, ce matin, avant le départ. Elle m'a dit que lady

Rochford avait paru terrorisée lorsque Malaverer était venu la questionner. Il a également interrogé Tammy, mais elle n'a rien pu lui révéler. Elle était affreusement bouleversée d'apprendre ce qui était arrivé à Mlle Marlin. Elle était en larmes quand je suis arrivé.

— Bouleversée d'apprendre que sa maîtresse était une meurtrière ?

— Et qu'elle était morte.

— Lady Rochford a dû craindre que les sottises de la reine n'aient été découvertes.

— Certes. Mais aucune des dames n'avait eu vent de l'affaire. Mlle Marlin n'avait aucune amie à part Tamasin. Il lui arrivait d'aller se promener toute seule, mais personne ne connaissait le but de ces balades.

— Elle allait m'espionner.

— Vous aviez raison de ne pas vouloir parler de Culpeper à Maleverer, dit Barak en baissant le ton. Réjouissez-vous, vous êtes sain et sauf ! Tout est terminé et vous pouvez cesser de vous faire du souci à propos de l'arbre généalogique et de l'identité de Blaybourne. Arrêtez de vous mettre la rate au court-bouillon, comme disent les Yorkais.

— Je me pose des questions, dis-je simplement.

— C'est-à-dire ?

— Jennet Marlin n'a jamais vraiment reconnu avoir pris les documents.

— Que voulez-vous dire ?

— Si c'était elle qui m'avait assommé quand le contenu du coffret a été volé au Manoir du roi, elle se serait assurée que j'étais bien mort.

— Vous suggérez qu'elle avait un complice ? »

Je secouai la tête. « Non. Elle effectuait sa mission en solitaire.

— Alors, qui peut les avoir dérobés ? s'écria-t-il d'un ton exaspéré.

— Aucune idée. Et pourquoi ne m'a-t-elle pas tué tout de suite hier soir, alors que j'étais à sa merci ? Elle aurait pu me tirer dans le dos pendant que je me soulageais contre la tour du feu d'alarme. Or elle m'a obligé à rester debout devant elle. » Je frissonnai. « Quelque chose me dit que si elle en avait eu le temps, elle m'aurait demandé si je savais où se trouvaient les documents.

— Vous ne pouvez pas en être certain.

— Bien sûr que non. Mais si elle croyait qu'ils étaient en ma possession, cela expliquerait pourquoi elle était convaincue que j'avais lu les pièces mettant en cause Bernard Locke.

— Et pourtant elle n'a jamais cherché à vous interroger là-dessus. L'horrible bonne femme a juste tenté de vous tuer.

— Elle n'en avait pas eu l'occasion jusque-là. Si l'une de ses premières tentatives avait été couronnée de succès, elle aurait pu réussir à fouiller dans mes papiers à la résidence, en soudoyant un serviteur, par exemple.

— Ça me semble impossible, dit Barak en secouant la tête.

— Je n'ai aucune preuve. Si c'est quelqu'un d'autre qui m'a assommé au Manoir du roi, un comparse des conspirateurs, les papiers ont dû être expédiés à ceux-ci depuis longtemps.

— Par conséquent ils ont disparu, quelle qu'en ait été la nature ?

— C'est mon avis, soupirai-je. Maleverer a annoncé qu'on allait faire subir à Bernard Locke un interrogatoire serré. Peut-être en apprendra-t-on davantage ainsi. »

Barak haussa les épaules. « Je suppose qu'on va le torturer.

— Certainement. » Je frissonnai. « Et que va-t-il révéler ? repris-je J'espère que le nom de Martin Dakin ne sera pas prononcé. Cela risquerait de porter un coup fatal au vieil homme.

— Pourquoi le serait-il ? Que Locke et Dakin soient tous les deux de Gray's Inn n'est pas en soi une raison suffisante. »

Je hochai la tête, l'air songeur. « Et il existe également une différence d'âge entre eux. Giles dit que Dakin a plus de quarante ans, alors que, s'il a le même âge que Jennet Marlin, Locke doit avoir une dizaine d'années de moins.

— Alors, vous voyez bien. Des avocats possédant une expérience si différente ne se fréquenteraient guère.

— Sauf s'ils ont autre chose en commun. » Je soupirai à nouveau. « Dès notre arrivée à Leconfield, il faut que je rende visite à Broderick. Finalement, hier, je ne suis pas retourné à sa voiture. »

Barak changea de position pour soulager sa jambe. « Vous devriez faire part de votre hypothèse à Maleverer. Selon laquelle il se peut que les papiers n'aient pas été détruits.

— J'en ai bien l'intention. Mais il va sans doute se moquer. Il croira ce qui l'arrange, c'est-à-dire que l'affaire est terminée. »

Il parcourut la foule du regard. « Qui pourrait être le coupable ? »

Je suivis son regard. « N'importe qui. Absolument n'importe lequel d'entre eux. »

Nous traversâmes la petite ville de Market Weighton sans nous arrêter. Le roi et la reine chevauchaient en tête, très loin devant, hors de vue. Dans les rues des habitants regardaient passer le cortège, le couvre-chef à la main, comme dans les villages, mais le visage fermé, même si on entendit des vivats clairsemés au moment où les souverains arrivaient à leur hauteur.

Vers le soir, nous atteignîmes une zone boisée où les branches des arbres envahissaient la route, ralentissant encore plus notre marche.

Au soleil couchant, nous fîmes halte sur une étendue herbeuse qui s'étalait devant un immense château entouré de douves, à l'ancienne mode. Nous mîmes pied à terre. Des valets d'écurie passaient le long du cortège afin d'emmener les montures des gentlemen.

« Savez-vous où nous sommes logés ? demandai-je à celui qui prit nos chevaux.

— L'un des hommes de l'intendant vous l'indiquera, monsieur. Restez ici, en attendant. »

J'aidai Barak, qui, incapable de se servir de sa jambe gauche, ne pouvait descendre tout seul de cheval. Il grommela et jura. Giles fit son apparition. Il avait meilleure mine mais s'appuyait toujours aussi lourdement sur sa canne. Nous nous assîmes sur l'herbe et contemplâmes le château qui se dressait de l'autre côté des douves, la file de chariots et la foule qui se répandaient dans les champs avoisinants, où l'on dressait déjà des tentes. Mon attention fut attirée par une voiture noire arrêtée dans le champ contigu, entourée de soldats à cheval, et dont l'aspect m'était familier. « Broderick », fis-je

Giles posa sur moi un regard interrogateur. « Sir Edward Broderick de Hallington ? Je savais qu'on l'avait arrêté. On l'emmène dans le Sud ?

— Oui. » Maintenant que le cortège avait repris la route, il était inévitable que les gens se posent des questions à propos de cette voiture fermée et gardée. « Vous le connaissiez ?

— Seulement de réputation. C'était, paraît-il, un excellent jeune homme et un bon propriétaire, répondit Giles en souriant tristement.

— Je suis chargé de veiller à ce qu'il soit correctement traité. Sur la requête de l'archevêque Cranmer.

— En plus de tout le reste ? Vous portez un lourd fardeau, Matthew.

— Pas pour longtemps, à présent que nous sommes en route. Bon. Je pars le visiter. Veuillez m'excuser. » Je laissai mes deux compagnons assis dans l'herbe et me dirigeai vers la voiture.

Le sergent Leacon était en train d'étriller son cheval. Il inclina le buste. « Je pensais vous voir hier soir, monsieur, dit-il.

— J'ai eu un empêchement. Comment va le prisonnier ? demandai-je en jetant un coup d'œil à la voiture close.

— Indolent.

— Et Radwinter ? »

Il cracha par terre. « Égal à lui-même.

— Il vaut mieux que je les voie.

— Sir William Maleverer est venu hier soir, la mine sombre. Il a parlé un certain temps avec le prisonnier en tête à tête. Il a fait attendre Radwinter dehors, au grand déplaisir de ce dernier. »

Avait-il essayé de découvrir si Broderick était, d'une façon ou d'une autre, lié à Jennet Marlin ?

« Bien. Je vais voir comment il va », déclarai-je. Je montai sur le marchepied de la voiture et frappai à la portière. Elle s'ouvrit et Radwinter apparut. La mine lasse, il était dépeigné et un peu débraillé. Dans ce lieu clos, il ne pouvait rester aussi soigné que d'habitude.

« Je croyais que vous nous aviez oubliés », dit-il avec aigreur. Il s'écarta pour me laisser pénétrer dans la voiture sombre qui sentait le renfermé, la sueur et la crasse corporelle. Les sièges avaient été enlevés et deux paillasses avaient été installées sur le sol, pour le prisonnier et son gardien. Broderick était allongé sur l'une d'elles, les poignets et les chevilles attachés par de lourdes chaînes. Malgré la pénombre, j'avais l'impression qu'il était plus livide que jamais.

« Eh bien, sir Edward… »

Il leva vers moi ses yeux brillants et furieux. Que pouvait-il savoir sur Jennet Marlin et son fiancé ? Mais même s'il savait quelque chose, Maleverer n'aurait pas réussi à le faire parler.

« Où sommes-nous, maintenant ? demanda-t-il.

— Dans un lieu appelé Leconfield. Nous passons la nuit ici et repartons demain pour Hull, me semble-t-il.

— Leconfield ! Ah… » Une expression de tristesse passa sur son visage.

« Vous connaissez l'endroit ?

— Oui. » Il regarda par la portière ouverte. « Sommes-nous au château ?

— Tout près. On peut le voir d'ici.

— J'aimerais beaucoup le voir. Juste par la portière. Si c'est possible.

— Non, fit Radwinter.

— Si ! » rétorquai-je. Je souhaitais regarder plus nettement le prisonnier à la lumière. Radwinter haussa les épaules, l'air rageur. Broderick tenta de se mettre sur pied tant bien que mal, mais ses lourdes chaînes l'en empêchèrent. Je lui offris mon bras, qu'il accepta à contrecœur. À travers la chemise sale, on avait l'impression que son bras n'avait plus que la peau et les os. Il parvint jusqu'à la portière ouverte en traînant les pieds. Des courtisans franchissaient le pont-levis à cheval et un groupe de cygnes, dérangés par le vacarme, s'envolèrent des eaux calmes des douves. Les hauts murs de brique rutilaient dans la lumière du soleil couchant, et tout autour les arbres se paraient de leurs éclatantes couleurs d'automne. Je scrutai le visage de Broderick, qui, surpris par la clarté, clignait des yeux. Émacié et livide, il avait l'air réellement pitoyable.

389

« Je suis souvent venu ici, dans mon enfance, expliqua-t-il d'une voix très douce que je ne lui connaissais pas. C'était la demeure seigneuriale des Percy, dans le Yorkshire... Il fut un temps où la famille Percy était la plus noble famille du Nord, dit-il en se tournant vers moi.

— Qui en est le propriétaire aujourd'hui ?

— Qui possède tout ? Le roi. Il a forcé le comte de Northumberland à faire de lui son héritier et a tout raflé à sa mort. Et l'héritier légitime, sir Thomas, le frère du comte, a été exécuté pour avoir participé au Pèlerinage de la Grâce.

— Où sont suspendus ses ossements ? »

Il planta sur moi un regard perçant. « Nulle part. Le roi l'a fait brûler vif à Smithfield. Il a été réduit en cendres, et celles-ci ont été emportées par le vent. » Il se retourna vers Radwinter. « Je suppose que vous avez assisté à la scène, puisque vous m'avez affirmé être présent à toutes les exécutions sur le bûcher. »

Radwinter se renfrogna. « C'est le devoir de tout homme d'assister à la fin d'un traître.

— Pour vous, c'est une distraction. Vous êtes le digne serviteur de la Taupe.

— Vous feriez mieux de rentrer, s esclaffa Radwinter. Les chrétiens ne doivent pas voir votre face de traître. » Saisissant l'épaule de Broderick, il le poussa dans la pénombre de la voiture. Au milieu d'un bruit de chaînes, Broderick se baissa et s'installa avec difficulté sur le matelas.

« Je prendrais bien un peu l'air moi-même, dit Radwinter. Puis-je vous dire deux mots, messire Shardlake ? » ajouta-t-il en sautant sur l'herbe avec agilité, tandis que je redescendais péniblement de la voiture. Il inspira avec avidité l'air frais du soir.

« Ça fait du bien d'être dehors. Savez-vous si nous partons pour Hull demain ?

— Je n'en suis pas sûr. Je le suppose.

— Il me tarde de sortir de cette voiture. On y est constamment secoués par les cahots. En tout cas, on y est en sécurité.. Il paraît que quelqu'un a tenté de vous tuer, ajouta-t-il du même ton désinvolte et que cette personne l'a payé de sa vie. Une femme..

— C'est exact.

— Je tiens cela de Maleverer. Il me l'a appris quand il est venu interroger Broderick, hier soir. Notre prisonnier a totalement nié connaître cette femme et son promis. Peut-être en avait-elle simplement par-dessus la tête de vos manières pédantes et de votre façon de fourrer votre nez partout.

— C'est probable », répliquai-je sèchement. Pas question de perdre ma réserve et de lui en dire davantage que le peu que lui avait révélé Maleverer. « Broderick me paraît affaibli, mal en point. Le sergent Leacon m'a rapporté que vous passiez votre temps à lui faire des récits d'horreur.

— Ce sont des sujets dignes d'un traître. Mais si je raconte ces histoires à Broderick, c'est pour une bonne raison... Dites-moi, messire Shardlake, poursuivit-il en plissant les yeux, fréquentez-vous les combats de coqs, ou les combats d'ours et de chiens ? Non, bien sûr que non, vous êtes une petite nature.

— Quel rapport avec notre affaire ?

— Quand j'étais gamin, je me rendais à la fosse aux ours chaque fois que je pouvais extorquer un penny à quelqu'un. Mon père m'emmenait aussi assister aux pendaisons et aux exécutions par le feu, bien qu'elles aient été plus rares à l'époque. J'ai appris qu'il existe une grande différence entre les animaux et les hommes quand on les conduit au supplice pour servir de spectacle. »

Je le fixai du regard. Au début, j'avais eu peur de cet homme aux étranges petits yeux glacials, mais plus je le voyais, plus la peur cédait la place au dégoût.

« La différence vient de la faculté d'anticipation. Les chiens qu'on mène dans la fosse ne se disent pas : Seigneur Dieu, je vais mourir dans d'extrêmes souffrances ! Ils pénètrent dans l'arène, ils se battent et ils meurent. Mais les hommes savent ce qui va leur arriver, se représentent le supplice des jours à l'avance. Ils imaginent la longue strangulation, comment le feu va dépouiller l'os de sa chair. Pour celui qui est condamné il n'existe pas d'échappatoire, mais si un prisonnier peut sauver sa peau en parlant... » Il haussa les sourcils. « J'ai décrit à Broderick tout ce qui risque de lui arriver, afin de tenter de l'effrayer. On m'a interdit d'utiliser la violence physique, mais j'ai compris depuis longtemps que les mots produisent le même effet.

— Broderick ne parlera jamais, rétorquai-je, agacé. Vous le savez fort bien.

— L'eau ronge la pierre Je ne peux pas croire qu'il ne se réveille pas la nuit, terrorisé, en imaginant ce qui l'attend à la Tour.

— Vous savez, Radwinter, je crois que vous êtes fou et que vous le devenez davantage chaque jour. » Sur ce, je tournai les talons et m'éloignai à grandes enjambées.

Cette entrevue me mit mal à l'aise. Après chaque rencontre avec Radwinter, j'avais l'impression d'être couvert de vermine. Les sourcils froncés, je me dirigeai vers le château.

Sur la prairie s'étendant devant les douves, un groupe d'agents officiels bavardaient dans l'air du soir. Parmi eux, tout seul, se trouvait

Craike, occupé à vérifier les papiers posés sur sa petite écritoire. J'hésitai, sachant que ma présence le gênait, mais il me fallait parler à Tamasin. J'allai donc le rejoindre afin qu'il m'indique peut-être où elle était logée.

« Bonsoir ! fis-je. Toujours en plein travail ?

— Oui, je suis très occupé, hélas ! » Il s'écarta d'un pas, et même si je connaissais la raison de sa répugnance à me parler, son ton brusque m'agaça.

« J'aurais une question à te poser, lui dis-je du ton le plus neutre et le plus officiel possible. À propos des dispositions pour ce soir.

— Très bien, mais je suis débordé. On vient de m'apprendre que nous devons passer quatre nuits ici.

— Quatre ?

— En effet. Nous ne repartons pour Hull que le 1er octobre. »

Je serrai les lèvres. Il me tardait beaucoup de me retrouver à bord du bateau pour Londres, or cette annonce promettait encore moult retard. Je me tournai vers Craike, afin de lui poser ma question. « Sais-tu où se trouvent les pavillons des suivantes de la reine ? » demandai-je. Il scruta mon visage. « Raison officielle », précisai-je.

De sa plume, il désigna un champ où l'on était en train de dresser des tentes un peu à l'écart des autres. « Là-bas.

— Merci. J'espère que l'installation se fera sans encombre », ajoutai-je en esquissant un sourire. Mais il avait déjà tourné le dos. Je secouai la tête, et partis en direction du champ. Comme j'approchais du campement, j'aperçus Tamasin, qui avançait vers moi en soulevant le bas de sa robe pour la protéger de l'herbe mouillée. Elle avait les yeux rouges.

« Je suis venu vous indiquer où nous sommes logés, lui dis-je.

— Et je partais à votre recherche, monsieur. » Elle me fit un pâle sourire et m'emboîta le pas. « Comment va Jack ? demanda-t-elle.

— Assez bien Tant qu'il ne s'appuie pas sur sa cheville. Il est grognon, cependant.

— Voilà qui ne m'étonne pas.

— Il m'a dit que Maleverer vous a interrogée hier soir. »

Elle eut un ricanement qui dépara ses traits charmants. « Et maintenant, c'est votre tour de me questionner sur l'interrogatoire.

— J'ai besoin de savoir ce qu'il a dit.

— Il a interrogé toutes les suivantes de la reine. Mais ni elles ni moi n'avons pu lui fournir le moindre renseignement. Jennet ne me parlait guère que de nos tâches et de son fiancé à la Tour. Et de sa vie d'antan. C'était très triste. Cette femme était une orpheline dont personne ne voulait, et messire Locke est la seule personne qui se soit jamais montrée bonne envers elle. Sa vie a été fort triste, dans l'ensemble, et elle était plus à plaindre qu'à blâmer, malgré ce qu'elle a fait.

— Ne m'en veuillez pas si j'ai du mal à compatir. »

Elle resta silencieuse.

« Et lady Rochford ? repris-je. Jack m'a dit que d'après vous elle avait l'air effrayée quand Maleverer l'a interrogée.

— Je n'ai pas assisté à l'entrevue. On m'a simplement rapporté qu'elle a crié sur lui et qu'il lui a répondu sur le même ton... Je crois qu'elle a fini par se calmer, ajouta Tamasin en baissant la voix, lorsqu'elle s'est rendu compte que l'interrogatoire n'avait rien à voir avec la reine et Culpeper. Voilà plusieurs jours que ce dernier n'a pas montré le bout de son nez, du reste.

— Vous avez pleuré ? fis-je en me tournant vers elle. Avez-vous eu peur, vous aussi ?

— Je pleure la mort de Jennet, répondit-elle en me regardant droit dans les yeux. C'est plus fort que moi. Elle était très bonne à mon égard. Elle me traitait presque comme sa fille. » Elle hésita. « Que va-t-on faire de son corps ?

— Je n'en ai aucune idée. Il sera laissé sur place et enterré à Holme sans doute. Elle a tenté de me tuer, Tamasin. »

Elle poussa un profond soupir. « Je le sais. Je n'y comprends absolument rien.

— Elle a avoué obéir aux instructions de son fiancé... Elle agissait par amour, précisai-je sèchement. Tout sentiment avait disparu, à part cet amour obsessionnel.

— Oui. Elle aimait cet homme. Cette passion la consumait. Que va-t-il advenir de lui, maintenant ?

— Il y a de fortes chances qu'il soit interrogé à ce sujet.

— Durement ?

— Oui.

— Il est difficile de croire que l'amour pousse un être à faire autant de mal.

— Voilà ce qui peut arriver quand on s'abandonne à ses émotions. »

Elle sembla intriguée. « Vous croyez vraiment cela ?

— Oui.

— Alors je vous plains, monsieur. »

Je la regardai d'un air sévère. « Vous savez, Tamasin, d'aucuns affirmeraient que votre tromperie pour attirer l'attention de Jack, le jour de notre arrivée à York, relève non pas de l'obsession, mais d'un certain manque de retenue.

— On avance dans la vie en agissant, monsieur, pas en faisant de longs discours.

— Croyez-vous ? Jouez-vous les maîtresses d'école et me traitez-vous comme votre élève ? »

Elle détourna la tête.

« Par conséquent, Jennet ne vous avait rien dit qui puisse nous aider à sonder ses intentions ?

— Non, répondit-elle, la tête toujours tournée de côté.

— Vous avez bien dû discuter avec elle de ces documents dérobés. Après que Maleverer vous a interrogées toutes les deux au Manoir du roi ?

— Pas du tout. Cela ne l'intéressait pas. En apparence, en tout cas. »

Je regardai son profil Elle m'en voulait et je sentis renaître mon ancien agacement vis-à-vis d'elle.

Nous atteignîmes l'endroit où Giles et Barak étaient assis sur l'herbe. À notre approche, Barak leva les yeux et fit un grand signe de la main à Tamasin. « Jack ! » lança-t-elle avec ferveur en se précipitant vers lui.

36

Nous restâmes trois jours à Leconfield, logés dans des tentes dressées sur la prairie de l'autre côté des douves. Le roi avait des affaires à traiter, disait-on. Les Écossais opéraient des incursions dans les villages frontaliers, preuve évidente que Jacques ne s'intéressait pas à un rapprochement avec l'Angleterre. Le renforcement des ouvrages de défense à Hull n'était peut-être pas une mauvaise idée, après tout.

Les participants du voyage n'avaient pas le droit de sortir des champs qui entouraient le campement, mais je ne m'aventurai même pas jusque-là, préférant me reposer dans ma tente. Après avoir frôlé la mort à Holme, ces quelques jours d'attente me permirent de me remettre de mes émois et de me détendre un brin. Pour tout exercice, je marchais chaque jour jusqu'à un champ voisin où, surveillée de près, se trouvait la voiture de Broderick. Ce dernier paraissait s'être replié sur lui-même. Prostré sur sa paillasse, il restait silencieux et semblait à peine conscient de ma présence. Radwinter n'était guère plus loquace. Désormais il se montrait revêche et avait perdu son goût des joutes oratoires. S'entendre traiter de fou l'avait peut-être finalement ébranlé.

Le lendemain matin, je pris mon courage à deux mains et retournai voir Maleverer. Les gardes me dirigèrent vers une cour intérieure du château. J'eus un coup au cœur en le voyant cheminer et discuter avec sir Richard Rich. Ils me regardèrent avec surprise et je les saluai, chapeau bas.

« À nouveau, messire Shardlake », lança Rich, son visage étroit éclairé d'un sourire. Cet homme qui m'avait vu sortir de la tente de la reine à Holme, le jour où j'avais été convoqué par lady Rochford, allait-il faire référence à cet événement ? Il se contenta en fait de déclarer : « Je me suis laissé dire que vous aviez échappé à une tentative de meurtre. Perpétrée par une femme. Voilà qui m'aurait facilité la vie si elle avait réussi son coup... Cela m'aurait évité d'avoir à démêler le dossier Bealknap », s'esclaffa-t-il, imité servilement par Maleverer.

J'étais si habitué aux moqueries de Rich que cette saillie me laissa de marbre. « Sir William, je souhaitais vous parler de Mlle Marlin.

— Il est intelligent, le bougre, dit Maleverer en se tournant vers Rich. Il lui arrive d'avoir de bonnes idées. Son esprit fureteur a permis de mettre au jour la vérité à propos de l'empoisonnement de Broderick.

— Il furète trop, grommela Rich. Je vous quitte, sir William. Nous reparlerons plus tard de cette affaire », ajouta-t-il, avant de s'éloigner.

Maleverer fixa sur moi un regard agacé. « Je vous écoute, confrère Shardlake. »

Je lui expliquai que je me posais des questions sur l'attitude de Jennet Marlin devant la tour du feu d'alarme. « Je me demande si c'est elle qui m'a attaqué au Manoir du roi. Elle n'a jamais signalé ce fait, et il me semble étrange qu'après m'avoir laissé la vie sauve elle m'ait pourchassé par la suite. » Je le regardai droit dans les yeux. « Peut-être pour m'empêcher de montrer les documents à Cranmer après vous les avoir cachés. »

Il fronça les sourcils et mordilla l'un de ses longs ongles jaunis. « Ce qui signifierait que ces documents sont finalement entre les mains des conspirateurs.

— Oui, sir William. C'est bien ça.

— Vous vous mettez trop martel en tête. Si les conjurés étaient en possession de ces papiers, ils les auraient déjà utilisés.

— Il se peut qu'ils attendent le moment adéquat. »

Il scruta mon visage. « Avez-vous énoncé cette hypothèse à quelqu'un d'autre ?

— Seulement à Barak.

— Et qu'en pense-t-il, lui ? bougonna-t-il.

— Il... Lui aussi pense que ce ne sont que des hypothèses.

— Vous voyez bien. Oubliez tout ça. Vous m'entendez ? Oubliez tout ça ! » répéta-t-il avec un puissant froncement de sourcils

Je compris que s'il faisait part de cette hypothèse au Conseil privé et que celui-ci envisage la possibilité que les documents soient entre les mains des conspirateurs, cela nuirait à sa réputation, juste au moment où il pensait que tout était réglé.

« Très bien, sir William », répondis-je. J'inclinai le buste et m'éloignai. Au moment où j'atteignais l'arcade, il me rappela :

« Messire Shardlake !

— Oui, sir William. »

Il avait l'air mécontent, troublé. « Sir Richard a raison. Vous êtes un fâcheux personnage. »

Durant les deux jours suivants, le temps resta beau, quoiqu'un peu plus froid chaque jour. Leconfield était un endroit charmant ; le château et les prairies étaient entourés de bois aux lumineuses couleurs automnales. Les heures passaient lentement, cependant. Emmitouflés dans nos manteaux, Barak, Giles et moi restions de longs moments dans ma tente à jouer aux cartes. Après que Barak nous eut pris tout notre argent, nous passâmes aux échecs ; Giles et moi lui apprîmes le jeu en utilisant des pièces que je dessinai sur des bouts de papier. Nous ne vîmes pas Tamasin, car il eût été indé‑ cent qu'elle vienne nous rejoindre sous nos tentes. Barak se prome‑ nait presque tous les soirs avec elle dans le campement, appuyé sur une canne, qu'il avait pu adopter à la place de sa béquille. Depuis notre querelle dans le champ, Tamasin m'évitait. Elle avait dû en parler à Barak, qui depuis lors se montrait gêné.

Le matin du troisième jour, je me tenais avec Giles devant ma tente, en admiration devant les bois vêtus de leur parure d'automne. Il semblait sensiblement plus mince, désormais, du moins avait-il perdu de sa robustesse.

« Comment allez-vous ? demandai-je.

— J'ai un peu mal, répondit-il simplement. Le pire, c'est le froid qui règne sous ces tentes. Cela sape mon énergie. » Il regarda ses fortes mains, faisant tourner la bague sertie d'une émeraude. « Je maigris. Si je ne fais pas attention, je vais finir par perdre ma bague. J'en serais désolé, car elle appartenait à mon père.

— À Hull, peut-être serons-nous à nouveau entourés de murs de brique et aurons-nous du feu. C'est une grande ville, je crois

— Je me suis déjà occupé de cette question. » Il me fit un clin d'œil. « De l'or est passé de ma poche à celle d'un des sous-fifres de messire Craike, et une chambre d'auberge m'attend, expliqua-t-il. Il y en a aussi une pour vous et Barak.

— C'est fort généreux de votre part, Giles.

— Pas du tout ! se récria-t-il avec un sourire amer. Autant utiliser mon argent à bon escient, vu que je n'en aurai bientôt plus besoin. Seigneur Dieu, comme mon feu me manque, ainsi que les bons soins de Madge !... Je lui ai laissé un bel héritage par testament, pour suivit-il en se tournant vers moi. Elle va finir ses jours dans le confort... Et je vous lègue ma bibliothèque

— À moi ? m'exclamai-je, interloqué.

— Vous êtes la seule personne de ma connaissance qui saura l'apprécier. Toutefois, donnez les vieux livres de droit à la biblio‑ thèque de Gray's Inn. Une de mes dernières volontés est de les offrir à ma vieille école de droit.

397

— Mais... Et votre neveu... ?

— Martin héritera de ma maison et de tout le reste. Avant notre départ d'York, j'ai rédigé un nouveau testament. Mais je veux l'en informer en personne. »

Je posai une main sur son bras. « Vous le verrez. »

Il eut l'air triste, l'espace d'un instant. Puis la sonnerie d'un cor de chasse nous fit sursauter tous les deux. À une certaine distance, un groupe de cavaliers vêtus de robes aux couleurs éclatantes se dirigeaient vers les bois. Une énorme meute de lévriers couraient et bondissaient à côté des chevaux.

« Le roi va chasser, dit Giles. Il paraît qu'il marche et qu'il monte avec tant de difficulté aujourd'hui qu'il est contraint de rester à l'affût avec son arc et ses flèches et de tirer les cerfs seulement au moment où les lévriers et les gardes-chasse les rabattent. Lui qu'on appelait dans sa jeunesse le plus grand athlète d'Europe. »

Le roi. Le vrai roi ? me demandai-je à nouveau.

Le lendemain après-midi, on nous enjoignit de nous préparer car on devait prendre la route de Hull le jour suivant, c'est-à-dire le 1er octobre. Le nouveau mois commença sous des vents soufflant de l'est et chargés de fortes pluies, ce qui rendit très désagréable la mise en route du cortège au petit matin, la recherche de nos chevaux et de notre place dans la cavalcade. Les champs s'étaient transformés en bourbiers et les roues de tous les chariots et même le bas des robes des grands dignitaires étaient maculés de boue. Barak pouvait plus aisément monter à cheval, désormais, le repos forcé ayant soulagé sa cheville. Sans doute regrettait-il d'ailleurs son chariot bâché, car nous chevauchions lentement, luttant, tête baissée, contre le vent et la pluie.

Grâce à Dieu, le temps s'améliora au cours de la matinée, au moment où nous approchions de la ville de Beverley. Nous la traversâmes rapidement avant de déboucher à nouveau sur une morne plaine, parsemée de clochers blancs marquant les rares villages. Puis la route se mit à descendre lentement, le long de champs à la terre noire fertile, et, en fin d'après-midi, nous aperçûmes au loin un vaste estuaire gris, plus large que la Tamise à Londres et constellé de voiles.

« On y est presque ! s'écria avec soulagement Giles, qui chevauchait à mes côtés.

— Il ne nous reste plus qu'à monter à bord du bateau qui nous ramènera chez nous », dis-je. Cette perspective me mettait du baume au cœur. « Voici donc la Humber ? Elle est très large.

— En effet. On voguera dessus, puis on passera devant le cap Spurn, avant d'entrer dans la mer du Nord.

— Vous êtes déjà venu à Hull ?

— Une fois ou deux. Pour des affaires juridiques. La dernière fois, c'était il y a près de vingt ans. Tenez, voici les murs… » Suivant du regard la direction qu'indiquait son doigt, je découvris une ville fortifiée, bordée par l'estuaire gris et une petite rivière qui s'y déversait à angle droit. Elle était moins grande que je l'avais imaginé, d'une superficie équivalant à moins de la moitié d'York.

« Les murs ont une couleur bizarre, dis-je. Rougeâtre.

— C'est de la brique, expliqua Wrenne. Toutes les briques du Yorkshire passent par Hull. »

Comme nous approchions de la ville, j'aperçus un groupe de dignitaires devant les murs. Ils attendaient l'arrivée du roi, qui honorait Hull de sa visite pour la deuxième fois. Le cortège s'arrêta et nous restâmes en selle un bon moment durant la cérémonie d'accueil du roi, de la reine, et de leur entourage. La foule qui s'était agglutinée devant nous les dérobait à ma vue. J'en étais ravi, car il m'avait suffi d'apercevoir l'assemblée des dignitaires pour revivre l'épisode de Fulford. Souvenir qui m'emplissait de honte et de colère. J'aperçus Dereham et Culpeper à cheval au milieu des courtisans.

Finalement, des agents officiels commencèrent à déambuler parmi nous, indiquant à chacun où il devait passer la nuit. Craike était présent, les yeux rivés sur ses documents pour répondre aux questions. Heureusement qu'une pince les retenait sur son écritoire car le vent ne cessait de les soulever. Il s'approcha de l'endroit où nous étions assis.

« Confrère Shardlake, dit-il, tu seras logé à l'auberge. Toi, messire Wrenne, et ton assistant Barak. Apparemment, quelqu'un a donné son aval à ces dispositions. » Il nous jeta un coup d'œil méfiant. Humait-il l'odeur du pot-de-vin ? Près de nous, certains des autres avocats, qu'une nuit sous la tente en pleins champs attendait, nous regardaient avec envie.

« Je vais maintenant accompagner à pied jusqu'à Hull ceux qui logent en ville. On va venir chercher vos montures pour les mener à l'écurie. »

Giles, Barak et moi entrâmes dans la ville en compagnie de Craike. Nous faisions partie d'un groupe de dignitaires chanceux – la plupart d'un rang très supérieur au nôtre. Comme nous approchions des murs de brique, je vis un nouveau squelette enchaîné et suspendu aux remparts. Celui de sir Robert Constable, devinai-je, dans la demeure duquel le roi avait séjourné à Holme. Wrenne détourna le regard. Le dégoût se lisait sur son visage.

Nous franchîmes la porte de la ville et suivîmes une longue artère qui, selon Craike, s'appelait Lowgate. Les bâtiments semblaient en meilleur état que ceux d'York, les habitants un peu plus prospères. Ils nous fixaient d'un air morne en s'écartant sur notre passage. C'était la deuxième fois que le roi leur rendait visite et ils étaient blasés.

« Combien de temps allons-nous demeurer ici ? demandai-je à Craike.

— Aucune idée. Le roi veut élaborer les plans des nouveaux ouvrages de défense.

— Où loge-t-il ? »

Craike désigna sur notre gauche un groupe de hautes cheminées dominant les maisons aux toits rouges. « Dans son château de Hull, qui appartenait jadis à la famille de la Pole. »

Une autre demeure dont il s'est emparé, pensai-je. Craike ne semblait pas avoir envie de converser, mais j'insistai : « Nous devons rentrer à Londres par bateau. Beaucoup d'autres personnes emprunteront-elles ce mode de locomotion ?

— Non. Après Hull, le cortège traversera le fleuve et se rendra à Lincoln à cheval. Il se divisera à partir de là.

— Il faut que nous y arrivions le plus vite possible. »

Le vent soulevait à nouveau ses papiers, que Craike plaqua sur l'écritoire du plat de sa main grassouillette. Il leva les yeux vers le ciel où voguaient des nuages gris. « Alors, j'espère que le temps vous permettra de partir… Eh bien, nous y voici ! » fit-il en s'arrêtant devant la porte d'une auberge.

À l'intérieur se trouvaient déjà un certain nombre d'hommes de qualité. Ils jetèrent un regard méprisant sur nos robes d'avocats. Craike leur fit un profond salut. « Il faut que je reparte. Je ne fais guère confiance à mon personnel en ce qui concerne l'attribution des différents logements. Un vrai cauchemar ! » Sur ce, il s'esquiva.

« Il n'est pas extrêmement courtois », déclara Wrenne.

Appuyé sur sa canne, Barak émit un sourire sardonique. « Il a des soucis », expliqua-t-il.

Barak et moi partagions une chambre agréable à l'arrière de l'auberge, Wrenne logeait dans la chambre contiguë. Un feu brûlait dans l'âtre et la fenêtre donnait sur les maisons aux toits rouges qui descendaient vers les berges boueuses de la petite rivière. La pluie s'était remise à tomber, et de grosses gouttes ruisselaient sur les carreaux en forme de losanges. Barak s'assit sur un lit en poussant un soupir de soulagement. Je contemplai mes sacoches, sans trop savoir ce que je devais déballer. J'entendis alors un lourd pas dans l'escalier. La porte s'ouvrit et Maleverer entra sans frapper. Il jeta un coup d'œil à l'entour.

« Vous vous êtes bien débrouillés, persifla-t-il. Je suis venu vous annoncer que Broderick se trouve dans la prison de Hull. En compagnie de Radwinter. On a libéré une aile de tous ses prisonniers. » Selon son geste habituel, il passa la main sur le bord de sa barbe d'un noir de jais. « J'ai reçu du Conseil privé de nouvelles instructions le concernant. Avec ce vilain temps, on ne sait pas quand on rentrera à Londres.

— Il risque d'y avoir du retard ?

— C'est possible. C'est la raison pour laquelle le roi a ordonné qu'on lui inflige l'interrogatoire ici même. La prison de Hull possède un chevalet. Je dois superviser l'opération moi-même. »

J'avais follement espéré que Broderick pourrait échapper à son sort. Et voilà que l'instruction devait avoir lieu dès le lendemain.

« Il est très faible », dis-je.

Il haussa les épaules. « Nous n'y pouvons rien. Nous ne croyons pas qu'il connaisse le contenu exact du coffret, mais ce n'est pas impossible. Et il se peut qu'il sache le nom des conjurés londoniens. Nous n'avons jamais ignoré que des avocats londoniens se trouvaient au cœur de la conspiration, mais nous ne sommes pas parvenus à leur mettre la main au collet. » Il fit craquer bruyamment ses doigts. « On verra donc ce qu'on peut tirer de lui demain. Entretemps on interrogera Bernard Locke à la Tour, au sujet de la mission de Mlle Marlin. »

Je scrutai son visage lourd et cruel. Pour lui, il s'agissait seulement d'un travail, d'une nouvelle tâche à effectuer. Il eut un bref rictus, puis quitta la chambre. Barak fixa la porte fermée. « Seigneur Dieu, ce n'est pas la pitié qui l'étouffe ! Il est aussi impitoyable que lord Cromwell. »

Je dormis peu, cette nuit-là. La pensée de ce qui attendait Broderick m'empêchait de fermer l'œil. Je me rappelais comment il m'accusait avec ironie de le garder vivant pour le bourreau. Le tour de Bernard Locke était sans doute déjà venu. La dureté de Maleverer me glaçait les sangs. Je me levai avant l'aube, sans faire de bruit pour ne pas réveiller Barak, qui ronflait légèrement, et me dirigeai vers la fenêtre. Il faisait nuit noire, des rafales de vent écrasaient des gouttes de pluie contre les vitres. Broderick était-il réveillé dans sa cellule ? S'efforçait-il de se raidir et de s'insensibiliser en prévision du chevalet ? Une feuille de hêtre trempée se plaqua contre un carreau. Recroquevillée sur elle-même elle avait l'air d'un doigt accusateur.

Maleverer revint à l'auberge après le déjeuner. Barak, Giles et moi étions occupés à jouer aux cartes. Nous étions tous les trois d'humeur morose à cause de la pluie et du vent, qui ne cessait de souffler avec une violence extrême. Une vraie tempête d'automne... L'aubergiste nous avait cependant indiqué qu'au mois d'octobre un tel vent de sud-est était inhabituel. Or, tant que le vent ne tombait pas nous ne pouvions lever l'ancre.

« Laissez-nous ! lança sèchement Maleverer aux deux autres. Je désire m'entretenir en tête à tête avec le confrère Shardlake. »

Wrenne et Barak sortirent et Maleverer se jeta sur le siège de Barak, qui émit un craquement sonore. Il me gratifia de son sourire triste.

« Vous aviez raison à propos de Broderick, déclara-t-il de but en blanc.

— Dans quel sens ?

— Il était très faible. Je m'en suis aperçu dès qu'on l'a amené. J'avais fait préparer une pièce de la prison : le chevalet dans un coin et des fers en train de chauffer dans le feu, afin qu'il puisse voir ce qui l'attendait. » Il avait l'air de décrire les préparatifs d'un repas. « Radwinter s'est fait un plaisir de l'amener. Or, Broderick a à peine jeté un coup d'œil sur les instruments, et lorsque je lui ai annoncé qu'il tâterait de leur morsure et de leur brûlure s'il refusait de parler, il m'a simplement prié d'en finir au plus vite. Il ne manque pas de courage. » Il serra les lèvres. « Je suis donc passé à l'acte, et, afin que les gardiens n'entendent pas ce qu'il pourrait révéler, je les ai fait sortir. C'est donc Radwinter et moi qui avons serré les roues. Broderick est resté silencieux pendant une bonne minute, puis il a poussé un hurlement, avant de s'évanouir. Il avait perdu totalement connaissance. » Maleverer secoua la tête. « Il nous a fallu plusieurs minutes pour le ranimer. J'étais ennuyé et Radwinter, soudain pris de panique, m'a dit qu'on devrait arrêter.

— Un prisonnier est jadis mort des soins qu'il lui avait prodigués. L'archevêque Cranmer en a été fort mécontent.

— Si Broderick mourait avant de parler alors qu'il est sous ma garde, le roi me châtierait durement. De quoi souffre-t-il, à votre avis ? demanda-t-il en plongeant son regard dans le mien.

— D'affaiblissement, d'épuisement, conséquence de son emprisonnement, de son empoisonnement, et du séjour dans cette voiture durant plusieurs jours.

— Vous étiez censé vous assurer qu'il reste en bonne santé.

— J'ai fait de mon mieux.

— Eh bien, dorénavant, je m'occuperai de lui personnellement, afin qu'il arrive à la Tour en possession de tous ses moyens. Je vais l'engraisser. Radwinter n'osera pas s'opposer à moi Votre mission dans ce domaine prend fin séance tenante.

— L'archevêque Cranmer...

— Je tiens mes ordres du Conseil privé.

— Je vois. » Très bien. Ma mission s'achevait. Je pouvais me laver les mains de Broderick. Tel Ponce Pilate.

— Sir William, m'enquis-je, savez-vous combien de temps nous allons rester à Hull ? »

Il désigna la fenêtre du menton. « Un bateau attend, et, outre Broderick, plusieurs dignitaires ont besoin de rentrer à Londres plus vite que leur monture ne peut les y conduire. Toutefois, nous devons patienter jusqu'à ce que le temps s'améliore, car la pluie ralentira notre cheminement par la route, surtout si Broderick est transporté en voiture. » Il foudroya du regard les vitres sur lesquelles tambourinait la pluie.

« Puis-je quand même rentrer à bord du bateau ? » Maintenant que mon rôle d'accompagnateur était terminé, il n'y avait aucune raison que je regagne Londres le plus vite possible, mais j'avais une envie folle de me retrouver chez moi. Je devais également penser à Giles et à Barak. Persuadé qu'il refuserait, je fus surpris qu'il opine du chef.

« Certes.

— Monsieur, lorsque nous lèverons l'ancre, messire Wrenne pourrait-il nous accompagner ? » J'hésitai, me rappelant une autre promesse. « Ainsi que la jeune Reedbourne ? »

Il haussa les épaules. « Peu me chaut. Renseignez-vous au bureau du chambellan si vous le souhaitez. Il reste des places à bord mais les agents officiels demanderont à être payés.

— Merci.

— Ne me remerciez pas jusqu'à ce que vous soyez arrivé sain et sauf à Londres », dit-il. Sur ce, il quitta la pièce, l'air quelque peu mystérieux et moqueur. L'expression de son visage produisit en moi un certain malaise.

37

L E MAUVAIS TEMPS CONTINUA À SÉVIR. Il pleuvait souvent à verse, et
même lorsque la pluie cessait, des nuages sillonnaient le ciel,
poussés par un fort vent soufflant toujours du sud-est. Aucun bateau
ne pouvait lever l'ancre. On disait que le roi inspectait les laisses de
vase sur l'autre rive de la Hull – visite en relation avec ses plans de
fortification de la ville. Lui aussi devait être trempé et fouetté par le
vent. Il ne peut commander aux éléments, pensai-je avec un plaisir
amer.

L'auberge était confortable mais nous finîmes par nous ennuyer,
surtout Barak. Contraint de se contenter de courtes promenades, il
devint morose et irritable. Son visage ne s'éclairait que lorsque
Tamasin venait nous voir. Alors, par discrétion, je quittais la pièce
et rejoignais Giles dans sa chambre. Depuis notre conversation à
Leconfield, Tamasin s'était montrée froide envers moi, ainsi
qu'envers Giles. Elle paraissait nous reprocher la mort de Jennet
Marlin et négliger le fait que celle-ci ait voulu m'assassiner. Lorsque
nous nous étions rendus aux bureaux du chambellan, Giles avait
déboursé une forte somme afin de réserver des places sur le bateau,
non seulement pour nous-mêmes mais également pour Tamasin et
Barak. Or, si Barak s'était montré extrêmement reconnaissant,
Tamasin nous avait simplement remerciés d'un ton froid.

Les rares fois où la pluie nous accordait un répit, Giles avait pris
l'habitude d'effectuer de petites balades dans la ville, et un soir où
nous bavardions dans sa chambre il m'expliqua le but de ces promenades. Depuis quelque temps il avait bonne mine, le repos forcé lui
ayant fait du bien, malgré l'ennui.

« J'ai fait la connaissance de certains des avocats du coin, déclara-
t-il. Ils habitent tous un quartier près de la rivière. Ils y ont même
une petite bibliothèque. »

Très intéressé, je l'interrogeai du regard. Ces derniers jours, j'avais
souvent regretté de n'avoir rien à lire.

« Elle n'a pas grande valeur, poursuivit-il, mais ils possèdent moult comptes rendus d'anciens procès que j'ai consultés pour passer le temps. La bibliothèque est installée chez l'un d'entre eux et il en autorise l'accès à ses confrères, moyennant un petit droit d'entrée.

— Même aux adversaires de l'avocat ?

— Oui. À cette distance de Londres, ils doivent se débrouiller comme ils peuvent. C'est curieux : je sais que je ne plaiderai jamais plus, mais j'arrive encore à lire des dossiers avec intérêt, et même à m'amuser de la façon dont les hommes s'invectivent et s'envoient des coups de griffe.

— Vous devez passer des moments difficiles », dis-je doucement.

Il posa sur moi un regard grave. « Je suis résigné, aujourd'hui. Quand j'ai compris de quoi je souffrais j'ai d'abord pesté, mais j'ai eu des mois pour accepter mon sort. Je serai satisfait si je peux résoudre l'affaire de Londres, régler cette ancienne querelle avec Martin. M'assurer qu'à ma mort mon nom et ma famille ne seront pas oubliés et que je puis lui laisser un héritage. » Il serra inconsciemment son gros poing, faisant étinceler l'émeraude de sa bague.

« Nous trouverons Martin Dakin, le rassurai-je, tout en me rappelant désagréablement les paroles de Maleverer.

— Merci. » Il jeta un coup d'œil par la fenêtre. « La pluie a cessé. Venez ! Enfilez votre robe d'avocat. Je vais vous conduire à la bibliothèque.

— Vivement que le vent tourne ! Grand Dieu, il me tarde tant de repartir ! »

Il fixa sur moi un regard appuyé. « Vous reverrez le prisonnier sur le bateau ? Broderick ?

— Oui. » J'avais dit à Giles que Maleverer m'avait déchargé de ma mission. « J'espère qu'il n'est pas trop mal en point.

— Et à Londres, il sera conduit à la Tour.

— Certes.

— Bon. Pensons à autre chose ! »

Nous sortîmes de l'auberge. Quel plaisir de respirer l'air pur ! De nombreux membres du cortège profitaient de cette rare accalmie pour se dégourdir les jambes. J'aperçus un groupe de maîtres clercs, y compris celui qui s'était moqué de moi à la résidence. L'air renfrogné, je détournai la tête au moment où nous les croisâmes.

« Messire Shardlake ! » Je me retournai brusquement en entendant mon nom. Comment osaient-ils m'apostropher en pleine rue ? Je me rassérénai en découvrant que c'était le sergent Leacon qui m'avait appelé. Il portait des vêtements civils : pourpoint et chausses bleus. Avec ses cheveux blonds et son corps d'athlète, il était très beau garçon.

« Comment allez-vous, sergent ? Vous vous rappelez messire Wrenne ?

— En effet, monsieur, dit-il en inclinant le buste.

— Vous avez quitté l'uniforme, sergent ?

— Oui, je ne suis pas en service. J'ai profité de l'accalmie pour sortir faire un tour.

— Nous aussi. Joignez-vous à nous ! ajoutai-je, devinant qu'il souhaitait me parler. Vous avez des nouvelles de l'affaire de vos parents ?

— Rien de bon, monsieur. Mon oncle, qui s'occupait des papiers de mes parents, a eu une attaque.

— Vous m'en voyez désolé.

— Pourrez-vous nous aider, monsieur, quand nous arriverons à Londres ? Si je réussis à y faire venir mes parents ? » Une lueur de désespoir se lisait dans ses yeux bleus suppliants.

« Bien sûr. Emmenez-les à Lincoln's Inn.

— Ils se font beaucoup de souci car ils ne savent pas quand nous serons de retour. J'ai une place sur le bateau.

— Vraiment ?

— Oui. Pour aider à garder Broderick. Mais Dieu seul sait quand on lèvera l'ancre.

— Vous l'avez vu ? Comment va-t-il ? »

Il secoua la tête. « Ce sont les geôliers du château qui s'occupent de lui, désormais. Je sais qu'on a commencé à le torturer, mais on a dû interrompre l'opération à cause de son état de grande faiblesse. Peut-être Radwinter lui a-t-il rendu service, en le gardant cloîtré dans la voiture jusqu'à Hull et en laissant sa santé se détériorer.

— Oui. Peut-être. »

Nous marchions le long des rues étroites qui descendaient jusqu'à la Hull. La rivière était sujette à des marées et, en lutte contre le vent pour garder leur équilibre, des oiseaux de mer fouillaient les ordures de la ville qui jonchaient les laisses de vase.

« Il vaut mieux que je rentre, dit le sergent.

— Dites à vos parents de ne pas désespérer, que je les aiderai dans la mesure du possible. » Je le regardai tourner le coin de la rue. « C'est à cause de moi qu'ils sont dans cette situation délicate, dis-je à Giles.

— Comment ça ? »

Je le lui expliquai.

« Ce n'est pas votre faute, mais celle des vautours qui se sont jetés sur les terres des moines.

— Les moines étaient aussi parfois de durs propriétaires.

— Pas dans cette région. »

Je restai coi.

« Venez ! fit-il. La bibliothèque se trouve par ici. »

Il me conduisit dans une rue bordée de maisons de quatre étages à l'aspect soigné. Il frappa à la porte de l'une d'entre elles et un serviteur nous fit entrer dans un vestibule bien arrangé, puis dans une grande pièce meublée de nombreuses étagères ainsi que de plusieurs tables où étaient assis trois ou quatre avocats en robe noire, occupés à lire des dossiers en prenant des notes. L'un d'entre eux, un petit homme entre deux âges, se leva pour venir nous saluer.

« Confrère Wrenne ! Est-ce là le confrère de Londres dont vous m'avez parlé ?

— En effet. Je vous présente le confrère Shardlake. Matthew, voici le confrère Hal Davies, qui a eu la merveilleuse idée de transformer cette pièce en bibliothèque et qui ne demande qu'une modique participation aux utilisateurs. Il ne fait aucun bénéfice, les sommes reçues étant entièrement consacrées à l'entretien.

— J'ai même reçu une médaille de la municipalité pour me récompenser ! » s'exclama le confrère Davies d'un ton enjoué. Sa mine me plut. Il avait un visage ouvert pour un avocat. « Il faut que vous utilisiez la bibliothèque, poursuivit-il, pendant que vous êtes retenu ici.

— Avec plaisir.

— Je crains que vous ne deviez rester à Hull durant un petit bout de temps. Ce violent vent de sud-est est inhabituel au mois d'octobre. Même les marchands de la Hanse hésitent à traverser la mer du Nord en ce moment.

— Combien de temps cela va-t-il encore durer, à votre avis ? »

Il inclina la tête. « C'est difficile à prévoir, avec ces tempêtes d'automne. Cela peut cesser dès demain ou se prolonger quinze jours de plus. Venez donc vous distraire ici quand vous en avez envie. Pour le moment, accepteriez-vous de boire un verre de vin avec moi ? »

Nous passâmes une heure agréable avec le confrère Davies. À la fin de l'entretien, Wrenne avait l'air fatigué et accepta tout de suite ma proposition de rentrer à l'auberge sans plus tarder. L'accalmie se prolongeait et j'espérais que le temps était sur le point de réellement changer. Mais ces jours derniers cet espoir avait été maintes fois déçu.

Comme nous nous engagions dans Lowgate, nous tombâmes sur un groupe de jeunes courtisans qui marchaient au milieu de la rue, forçant les gens du cru à s'écarter. J'eus un pincement au cœur en reconnaissant messire Dereham et, un peu derrière lui, Culpeper. Celui-ci croisa mon regard et, sans un mot, quitta le groupe et disparut dans une rue adjacente. Dereham s'en aperçut et me dévisagea en fronçant les sourcils. Je saisis alors le bras de Wrenne, dans l'intention de lui faire vivement dépasser le groupe, mais une voix m'interpella. « Holà ! Vous, l'avocat bossu ! »

Deux ou trois courtisans ricanèrent. Je me retournai lentement. Dereham s'était détaché du groupe et se dirigeait vers moi, les mains sur les hanches, roulant les épaules. Il s'arrêta et me fit signe d'approcher. À contrecœur, je m'avançai vers lui. Il me toisa d'un œil glacial.

« Encore vous ! Vu la façon dont vous vous êtes ridiculisé à Fulford, je suis surpris que vous osiez montrer votre trogne en ville.

— Avez-vous à vous entretenir avec moi, monsieur ? m'enquis-je.

— Qu'avez-vous fait à messire Culpeper, monsieur l'avocat, pour que votre vue le fasse fuir ? interrogea-t-il à voix basse.

— Qui est messire Culpeper ? » demandai-je calmement alors que mon cœur cognait dans ma poitrine.

Il plissa les yeux. « Et qui sortait de la tente de la reine à Holme ? Vous, monsieur, ainsi qu'une femme et un jeune homme. Prenez garde à qui vous avez affaire, monsieur ! »

Je n'avais pas remarqué sa présence, alors. « Nous répondions à une convocation officielle, répondis-je.

— Tiens, tiens ! »

Je le regardai droit dans les yeux. Malgré ses beaux atours, cet individu n'était qu'un jeune freluquet. Bien qu'il fût le secrétaire de la reine, celle-ci n'aurait sûrement pas apprécié qu'il me pose ce genre de questions. Cela m'ennuyait qu'il établisse un lien entre Culpeper, la reine et moi. Il me fixa longuement, avant de tourner les talons. Je poussai un soupir de soulagement en revenant vers l'endroit où j'avais laissé Wrenne.

« Venez ! » lançai-je, avant de murmurer à mi-voix : « Oh non ! » Je venais d'apercevoir sir Richard Rich qui avançait dans la rue, escorté par une petite troupe de serviteurs armés. D'un geste impérieux, il me fit signe d'approcher. Je fus soudain furieux contre ces gens qui pouvaient me faire aller et venir d'un simple geste de la main. Quelles insultes me réservait-il, lui ?

Il arborait son petit sourire glacial. « Messire Shardlake. Vous avez tant de fers au feu ! Qu'avez-vous à faire avec le secrétaire de la reine ?

— Rien d'important, sir Richard. Il a seulement désiré me rappeler l'épisode de Fulford. »

Le sourire de Rich s'élargit. « Ah oui ! Cette histoire… » Puis ses traits se durcirent et se figèrent. « Il y a un fer que je souhaite toujours vous voir retirer du feu.

— Le dossier Bealknap ?

— Exactement, répondit-il en fixant sur moi ses yeux gris et froids. Ce sera ma dernière demande courtoise.

— Je refuse, sir Richard », rétorquai-je.

Il serra la mâchoire, puis prit une profonde inspiration. « Très bien. Je vous donne cinquante livres pour conseiller au Guildhall de Londres de laisser tomber l'affaire. Je sais que vous avez besoin d'argent. La succession de votre père…

— Je refuse, sir Richard.

— Fort bien. » Il hocha la tête deux fois avant de faire un nouveau sourire. « Dans ce cas, votre vie risque de ne pas tarder à prendre un sale tour.

— Me menacez-vous d'action violente, monsieur ? » demandai-je avec impudence.

Son sourire cruel et supérieur me rappela celui dont m'avait gratifié Maleverer. « Je ne vous menace pas de violences. Je possède d'autres moyens.

— Vous pouvez persuader des clients de me quitter, comme vous l'avez déjà fait ?

— Non. Pas ça ! Vous connaissez les pouvoirs dont je dispose, messire Shardlake. Je ne parle pas à la légère.. Bon. Allez-vous laisser tomber le dossier Bealknap ?

— Non, sir Richard.

— Très bien. » Il hocha la tête, sourit à nouveau, puis s'éloigna.

Ce soir-là, Wrenne et moi bûmes un verre de vin ensemble. Tamasin était venue rendre visite à Barak et je m'étais éclipsé. On entendait de faibles gémissements et des coups sourds de l'autre côté de la paroi. Wrenne sourit. « Ce qu'ils sont en train de faire doit être considéré comme un péché, me semble-t-il, et, en tant que patron vous devriez le signaler à Barak. »

J'éclatai de rire. « Alors, il faut que je m'apprête à entendre une belle bordée d'injures. » On entendit un nouveau soubresaut. « Il va finir par se faire mal… »

Wrenne posa sur moi un regard grave. « Vous risquez aussi de vous faire du mal, Matthew.

— Que voulez-vous dire, Giles ?

— Ce procès contre ce Bealknap. Je n'ai pas entendu tous les propos de Rich, mais j'en ai perçu suffisamment. »

Je poussai un soupir. « Il a essayé de m'acheter, ensuite il m'a menacé de malheurs si je ne laissais pas tomber l'affaire.

— Vous n'êtes pas obligé d'accepter ses pots-de-vin, mais pourquoi ne pas renoncer à plaider ? Vous avez reconnu vous-même que le dossier n'était pas vraiment solide.

— Renoncer sous la menace serait une faute.

— Nombre d'avocats s'y résigneraient. Vous êtes têtu, Matthew. Et rendrez-vous service à vos clients en leur conseillant de poursuivre l'affaire si vous ne pouvez pas gagner ? Pour la simple raison que vous détestez ce Bealknap et la corruption qu'il incarne ? La législation a toujours été corrompue et le sera toujours.

— Mais ne voyez-vous pas, rétorquai-je en le regardant d'un air surpris, que l'acharnement que met Rich à me faire renoncer à plaider indique que j'ai une chance de gagner ? Il a été incapable de trouver un juge corrompu à la cour de la chancellerie. Cela signifie à n'en pas douter que les juges considèrent notre dossier comme défendable et qu'ils refusent de prendre le risque de prononcer un jugement à l'évidence entaché de corruption.

— C'est possible. Mais si le conseil gagne le procès, vous savez bien que le roi peut simplement faire adopter une loi au Parlement pour annuler le jugement, et qu'il obtient tout ce qu'il veut, par des moyens honnêtes ou malhonnêtes.

— Si c'est ce qu'il décide de faire, eh bien, tant pis ! J'irai à la bibliothèque demain pour consulter la loi dont relève ce dossier. Je suis resté si longtemps éloigné de cette affaire qu'un nouvel angle d'attaque peut très bien se présenter soudain à moi.

— Si vous ne prenez pas garde, c'est vous qui risquez d'être attaqué, répliqua-t-il en secouant la tête. Voilà ce que je crains pour vous.

— Je refuse de céder sous la pression, rétorquai-je. C'est hors de question. »

Je quittai Giles un peu plus tard pour me rendre aux cabinets d'aisances. Dans le couloir je tombai sur Tamasin, qui en revenait peut-être. Elle me lança un bref regard glacial qui ne m'échappa guère, avant de se composer un charmant sourire.

« Messire Shardlake, dit-elle, je ne vous ai pas suffisamment remercié de m'avoir assuré une place sur le bateau. Il me tarde tant d'être loin de la maison de la reine !

— C'est messire Wrenne que vous devez remercier. C'est lui qui a payé votre passage.

— Pourrez-vous le remercier de ma part ? » Elle posa la main sur la porte de la chambre que je partageais avec Barak.

Petite impudente ! pensai-je. Et elle se croit de noble lignage !
« D'accord », répondis-je d'un ton sec.

Elle se mordit les lèvres. « Ne soyez pas en colère contre moi, monsieur, dit-elle d'une petite voix. Je regrette de m'être montrée impolie envers vous ces derniers temps. Mais la mort de Mlle Marlin

m'a bouleversée. Je n'arrivais pas vraiment à croire qu'elle avait fait…
ce qu'elle a fait.

— Eh bien, c'est pourtant la vérité. Et j'ai de la chance d'être
toujours là pour témoigner.

— Je m'en rends bien compte, maintenant. Je suis désolée.

— Très bien. Mais veuillez m'excuser… »

Je passai vivement devant elle, la forçant à s'écarter. Plus vivement
que je ne l'avais voulu, car elle perdit l'équilibre, glissa et heurta le
mur. Quelque chose s'échappa alors de sa robe et tomba par terre.

« Veuillez m'excuser, m'empressai-je de dire, craignant qu'elle ne se
soit fait mal. Permettez-moi… » Je me baissai pour ramasser l'objet,
que je contemplai, intrigué, les sourcils froncés. C'était un chapelet
bon marché, de simples grains de bois enfilés, lisses à force d'avoir
été palpés. Je levai les yeux vers elle. Elle était devenue rouge comme
une pivoine.

« Vous avez découvert mon secret, monsieur », murmura-t-elle.

Je lui rendis l'objet et elle s'empressa de refermer dessus son petit
poing. Elle avait dû l'attacher à une ceinture passée autour de son
jupon, pensai-je. Bien caché.

Je balayai le couloir du regard. « Barak sait-il que vous êtes
papiste ? demandai-je à voix basse. Il m'avait dit qu'en matière de
religion vous n'aviez pas de point de vue bien défini. »

Elle affronta mon regard perçant. « Je ne suis pas du tout papiste,
monsieur. Mais ma grand-mère a été élevée longtemps avant qu'on
parle de réforme et elle égrenait toujours son chapelet. Elle disait que
ça la calmait quand elle avait des soucis. Aujourd'hui encore c'est un
réconfort pour les miséreux.

— Réconfort désapprouvé, comme vous le savez, puisque vous le
dissimulez. »

Sa voix prit un ton de défi. « Égrener le chapelet en prononçant les
mots mentalement, monsieur, quel mal y a-t-il à cela ? Ce geste me
calme », répéta-t-elle en me regardant droit dans les yeux. L'angoisse
se lisait sur son visage. « Je redoute que ce que nous avons surpris
soit révélé au grand jour. J'ai peur, et Jennet me manque. »

Je fixai son poing refermé sur le chapelet. Les ongles étaient rongés
jusqu'au sang. « N'est-ce vraiment que pour vous calmer les nerfs que
vous dites votre chapelet ?

— Oui. C'est la seule raison, et je pense que j'aurais intérêt à
perdre cette habitude, ajouta-t-elle d'un ton amer. Je suivrai la forme
de religion prescrite par le roi, quelle qu'elle soit, et bien qu'elle
change d'année en année. J'y perds mon latin, et peut-être Dieu
aussi… Mais les gens ordinaires doivent laisser Dieu et le roi régler
la question entre eux, n'est-ce pas ?

— C'est plus sage, en effet. »

Sur ce, elle s'éloigna. Au lieu de rentrer dans notre chambre, où attendait Barak, elle enfila le couloir. Ses pas résonnèrent dans l'escalier. Je la suivis d'un pas plus lent. Avait-elle dit la vérité concernant la raison pour laquelle elle égrenait son chapelet, ou sa vivacité d'esprit coutumière lui avait-elle permis d'inventer sur-le-champ l'histoire de sa grand-mère ? Plus que jamais j'eus l'impression de ne pas connaître Tamasin, cette femme particulièrement mystérieuse.

Le lendemain matin, je regagnai la petite bibliothèque, quoique la pluie se fût remise à tomber. Comme le serviteur prenait mon manteau trempé, le confrère Davies dévala les escaliers, un sac en cuir sous le bras, l'air très pressé.

« Confrère Shardlake... Déjà de retour ? Il faut que je parte. Je dois plaider devant le conseil municipal Mais consultez tout ce qui vous intéresse dans la bibliothèque.

— Merci. Combien vous dois-je ? »

Il écarta ma question d'un geste. « C'est gratuit pour les hôtes de passage. Un petit mot d'avertissement, cependant... » Il baissa la voix. « Le vieux confrère Swann est là, ce matin. À plus de quatre-vingts ans, il est le plus vieil avocat de Hull, à la retraite depuis longtemps déjà... Il affirme venir à la bibliothèque pour rester informé, mais il vient en fait pour bavarder.

— Ah, je vois !

— J'ai jeté un coup d'œil avant de partir... Il dort devant le feu. Ne le réveillez pas si vous avez l'intention de travailler.

— Merci. »

Il hocha la tête, prit son manteau des mains du serviteur et sortit sous la pluie battante. J'ouvris doucement la porte de la bibliothèque. La salle était chaude et silencieuse, un bon feu brûlait dans l'âtre, les lettres gravées en relief au dos des vieux livres étincelaient dans la lumière des flammes. Le seul occupant du lieu, un vieil homme vêtu d'une robe d'avocat luisante d'usure, dormait profondément au coin du feu. Son visage n'était que plis et rides et son crâne rose apparaissait entre les cheveux blancs clairsemés. Je me dirigeai sur la pointe des pieds vers les étagères, pris deux livres contenant des comptes rendus de procès susceptibles de m'aider dans le dossier Bealknap et m'installai à une table. Toutefois, j'avais du mal à me concentrer ; j'étais resté trop longtemps éloigné de mes livres. Je réfléchissais aux paroles de Giles et repensai au mauvais regard que m'avait lancé Rich au moment de nous quitter. Oui, j'avais la forte intuition que Rich n'aurait pas déployé autant d'efforts s'il n'avait craint de perdre le procès. Il me fallait poursuivre ma tâche, tenter de l'emporter. Lutter pour faire gagner mes clients, tel était le but de ma vie. Que me resterait-il si je cédais ?

Je levai les yeux et découvris que le vieil homme s'était réveillé et fixait sur moi des yeux étonnamment bleus. Il sourit, ce qui eut pour effet de multiplier les rides de son visage.

« Vous n'avez pas envie de travailler aujourd'hui, confrère ?

— Je crains que non, m'esclaffai-je.

— Il me semble que c'est la première fois que je vous vois. Vous venez d'arriver à Hull ?

— Je participe au voyage royal.

— Ah oui, c'est ça…

— Je m'appelle Matthew Shardlake, dis-je en me levant et en inclinant le buste.

— Excusez-moi si je ne me lève pas. J'ai quatre-vingt-six ans. Je m'appelle Alan Swann. Je suis avocat. À la retraite, gloussa-t-il. Par conséquent, le mauvais temps vous retient ici…

— Je le crains, en effet.

— Je me rappelle la grande tempête de vent de 1460, l'année de la bataille de Wakefield.

— Vous vous en souvenez ? demandai-je, stupéfait.

— Je me rappelle l'arrivée du messager à Hull pour annoncer que le duc d'York avait été tué, que sa tête, ceinte d'une couronne de papier, avait été placée au-dessus de la porte d'York. Mon père a poussé des vivats, car à l'époque nous étions tous partisans de la maison de Lancastre. Ce n'est que plus tard que le comté a soutenu la maison d'York.

— Je connais l'histoire de la guerre des Deux-Roses. J'ai un ami à York qui me l'a contée.

— Dure époque, fit-il. Très dure. »

Une pensée me traversa l'esprit. « Vous vous souvenez sans doute de la prise du trône par Richard III à la mort d'Édouard V ? De la disparition des petits princes de la Tour ? »

Il hocha la tête. « Ah oui…

— Quand Richard s'est emparé du trône, des rumeurs ont circulé selon lesquelles le mariage de son frère Édouard IV était nul et non avenu. » J'hésitai un instant puis repris en fixant le confrère Swann droit dans les yeux : « Et la légitimité d'Édouard lui-même n'était-elle pas mise en question ? » En 1483, Giles était encore tout gamin, mais ce vieillard devait déjà friser la trentaine.

Sans répondre, il se tourna vers l'âtre. Le vent mugissant faisait monter les flammes vers le conduit de la cheminée. M'avait-il oublié ? Il finit par se retourner vers moi en souriant.

« Voilà longtemps que personne n'a évoqué une telle question. Des lustres…

— Je suis un peu historien à mes heures. Comme mon ami yorkais. Il m'a parlé des rumeurs, du roi Édouard. » J'avais des scrupules à mentir au vieil homme, mais l'envie de savoir ce qu'il se rappelait était plus forte.

Il sourit. « C'est une histoire intéressante. Dans quelle mesure est-elle véridique, personne ne le sait ni ne le saura jamais, car le père du roi avait formellement interdit qu'on en parle.

— Oui, c'est que j'ai entendu dire.

— C'est Cecily Neville, la mère d'Édouard, qui avait affirmé cela après la mort de son fils. Elle a déclaré en public que le père d'Édouard IV n'avait pas été le défunt duc d'York, son mari. Elle a soutenu qu'Édouard était illégitime, fruit de sa liaison avec un archer quand ils étaient en France pendant la guerre. »

Mon cœur se mit à battre la chamade.

« Cela a provoqué un beau scandale », poursuivit doucement le vieil homme. Il se tut et resserra les pans de son manteau autour de son corps. « Cette fenêtre laisse passer un sacré courant d'air. Le vent a failli m'emporter sur le chemin de la bibliothèque. Je me rappelle la tempête de 1460…

— Oui. Vous me l'avez déjà dit, fis-je en maîtrisant mon impatience. Mais vous parliez de Cecily Neville…

— Ah oui ! Cecily Neville s'est postée devant Saint-Paul (il me semble que c'était Saint-Paul) et a déclaré au monde qu'Édouard IV était le fruit d'une liaison entre elle et un archer. C'est un avocat londonien, venu à Hull pour un procès peu après l'événement, qui .n'a tout raconté.

— Vous vous rappelez le nom de l'archer ?

— Blaybourne. Edward Blaybourne, un archer du Kent. »

Mes oreilles bourdonnaient. « Que lui est-il arrivé ?

— Je crois qu'il était déjà mort au moment de l'usurpation du trône par Richard III. Après tout, la liaison avait eu lieu quarante ans auparavant… Peut-être a-t-il été assassiné, ajouta-t-il en posant sur moi un regard grave.

— Par conséquent, il n'existe aucune preuve tangible pour soutenir ces allégations ?

— Pas que je sache. Comme je l'ai dit, l'histoire a été étouffée après l'accession au trône des Tudors. Car Henri VII a épousé la fille d'Édouard IV, la mère de l'actuel roi. Richard a fait voter une loi..

— Le *Titulus Regulus*.

— Vous connaissez ? me demanda-t-il, l'air soudain inquiet.

Peut-être ne devrait-on pas parler de ces choses, même aujourd'hui. Voilà des années que je n'y avais pas songé.

— Vous devez être l'une des rares personnes à vous en souvenir.

— En effet. Peu de gens atteignent l'âge de quatre-vingt-six ans, affirma-t-il avec fierté. Mais il ne s'agissait que de rumeurs, même à l'époque. »

Je me levai brusquement. « Je viens de me rappeler que j'avais un rendez-vous, monsieur. Notre discussion était si passionnante que je l'ai complètement oublié. »

Il eut l'air déçu. « Êtes-vous obligé de partir si vite ?

— J'en ai bien peur.

— Eh bien ! On se reverra une autre fois. Je viens souvent ici le matin, près du bon feu de confrère Davies... Il est très tolérant envers moi, ajouta-t-il, le regard soudain empreint de tristesse. Je sais que je parle trop et que j'empêche les gens de travailler. Mais, voyez-vous, monsieur, tous mes contemporains sont morts. »

Je saisis sa main, fine et légère comme une griffe d'oiseau, et la serrai. « Vous pouvez vous vanter d'être une mine de souvenirs, confrère. Merci ! » Sur ce, je sortis de la pièce, la tête prise dans un violent tourbillon.

38

J E REGAGNAI HULL EN TOUTE HÂTE, luttant tête baissée contre les rafales de vent. Mon esprit s'emballait, faisant des calculs, établissant des liens.

J'avais donc eu raison lorsque j'avais évoqué devant Barak la possibilité qu'Édouard IV fût de naissance illégitime, son vrai père s'appelant Blaybourne. Toutefois, Blaybourne n'avait pas été éliminé, comme le supposait le vieux confrère Swann, et avait eu le temps de rédiger une confession sur son lit de mort. Je me rappelai les quelques mots tracés de l'écriture maladroite d'un homme sans grande instruction. « *Voici la confession véridique d'Edward Blaybourne, rédigée à l'article de la mort, afin de révéler au monde mon lourd péché...* » Il avait dû mourir avant 1483, comme l'avait supposé Swann, avant que la vieille Cecily Neville ne fasse son annonce, autrement elle aurait sans doute présenté son ancien amant à l'appui de ses déclarations.

Et, à la Tour, au mois d'avril dernier, après la découverte de la conspiration, quelqu'un avait révélé sous la torture l'existence de ces documents sans pouvoir indiquer ni l'endroit où ils se trouvaient, ni le nom de la personne qui les détenait. L'habitude des conjurés de réserver ces renseignements uniquement à ceux qui avaient besoin de les connaître avait joué en leur faveur. Bernard Locke, qu'on avait emmené à la Tour, savait, lui, qu'Oldroyd possédait ces documents, mais, paradoxalement, on avait hésité à le torturer à cause de ses relations et de la minceur des preuves l'incriminant. Entre-temps, Broderick avait été arrêté. Je le soupçonnais d'avoir eu vent de l'existence de ces papiers, mais, puisqu'on avait été incapable de le faire parler à York, il avait été décidé qu'il serait transporté dans le Sud.

Et quelle était la teneur des autres papiers contenus dans le coffret ? Sans doute des documents étayant les affirmations de Blaybourne. Par exemple, le *Titulus*. Et l'arbre généalogique était une sorte d'aide-mémoire. Qui pouvait connaître l'affaire Blaybourne, à présent ? Le roi et le Conseil privé devaient en avoir eu vent depuis des mois. Quand j'avais dit à Maleverer qu'Oldroyd avait prononcé le nom de Blaybourne juste avant de mourir, il avait transmis le message au duc de Suffolk. Le duc savait ce que signifiait ce nom, et avait dû alors en informer Maleverer. Cela expliquait pourquoi celui-ci avait affirmé que tout commençait par Cecily Neville. La suite de la déclaration d'Oldroyd me revint en mémoire : « *Aucun rejeton de Henri et de Catherine Howard ne pourra jamais être un héritier légitime. Elle, elle le sait.* » Je me figeai, en pleine rue. Il ne voulait pas dire qu'aucun de leurs enfants ne pouvait être héritier légitime parce qu'un rejeton de Catherine pourrait avoir Culpeper pour père, mais bien parce que Henri était le petit-fils d'un archer. Et quand il avait ajouté : « Elle, elle le sait », il avait fait allusion à Jennet Marlin, qui venait de le faire basculer de son échelle. « Il ne s'agit pas du tout de Catherine Howard ! » lançai-je à haute voix.

À l'auberge, Barak arpentait la chambre en boitant. Il avait abandonné sa canne – trop tôt à mon avis –, et faisait la grimace chaque fois qu'il posait le pied sur le sol.

« Fais attention ! conseillai-je.

— Ça va, tant que je ne m'appuie pas trop dessus ! » Il avança d'un pas, fit une nouvelle grimace, avant de s'affaler lourdement sur son lit. « Oh merde !

— Jack, dis-je, en m'asseyant sur mon lit à côté du sien, j'ai fait une découverte.

— Quoi donc ? » demanda-t-il, d'un ton quelque peu agacé. Mais quand je lui fis part des déclarations du confrère Swann et de mes propres déductions sur le chemin du retour à l'auberge, il sifflota.

« Seigneur Dieu ! » Il demeura silencieux quelques instants pour digérer la nouvelle, puis me fixa du regard. « C'est donc vrai ! Le roi est **vé**ritablement le petit-fils d'un archer du Kent !

— On dirait bien.

— Et il le sait ! s'écria-t-il en écarquillant les yeux. Il doit le savoir depuis la révélation de l'existence de ces documents.

— Et on a dû lui dire que c'est moi qui ai trouvé les papiers avant de me les laisser dérober. Pas étonnant qu'il ait cherché à me blesser à Fulford, ni que les rebelles aient voulu à tout prix s'en emparer, si la confession de Blaybourne se trouve parmi ces documents.

— Et pourtant, Bernard Locke voulait que Jennet Marlin les détruise, pour sauver sa peau.

— Oui. C'est paradoxal.

— Mais comment diable cette confession est-elle parvenue du Kent, si on suppose que c'est là que Blaybourne était retourné, aux mains des rebelles du Yorkshire ? Et si ce document date

417

d'il y a… combien ?… soixante ans ? pourquoi l'utiliser seulement aujourd'hui ? Pourquoi pas durant le Pèlerinage de la Grâce, il y a cinq ans ? »

Je me passai la main sur le menton. « À l'époque, Robert Aske et le peuple ne cherchaient pas à renverser le roi, seulement Cromwell et Cranmer. En outre, il se peut qu'ils n'aient pas été alors en possession des documents. »

Ses yeux brillèrent. « Vous pensez donc que ça n'a absolument rien à voir avec Catherine Howard et Culpeper ?

— En effet. Le fait qu'Oldroyd ait été tué par Jennet Martin jette une tout autre lumière sur ses dernières paroles. Quand il a dit : "Elle, elle le sait", je pense qu'il faisait allusion à Jennet Marlin. »

Il poussa un soupir de soulagement. « Nous sommes donc sauvés. Tammy sera bigrement soulagée de l'apprendre… Allez-vous rapporter à Maleverer les déclarations du vieil avocat ? demanda-t-il après un instant de réflexion.

— C'est inutile. Il connaît déjà l'histoire de Blaybourne. Non, il n'y a aucune raison de faire quoi que ce soit. On peut oublier tout cela, oublier Catherine Howard et rentrer chez nous. » Je secouai la tête. « En emportant deux dangereux secrets avec nous : un sur Blaybourne et un sur la reine. Mais nous devons rester bouche cousue.

— On peut se demander si les documents sont désormais entre les mains des conspirateurs.

— Qui sait ? Si tel est le cas, qu'ils en fassent ce que bon leur semble, dis-je en faisant un geste désinvolte de la main. Qu'ils impriment un millier d'exemplaires de la confession de Blaybourne et qu'ils les affichent dans les rues d'York et de Londres ! Ça m'est désormais égal.

— Peut-être devriez-vous dire à Cranmer que vous soupçonnez Jennet Marlin de n'avoir jamais été en possession des documents. Cela pourrait aider à comprendre les ramifications du complot.

— Je vais y réfléchir.

— Vous devriez lui faire part de vos suppositions.

— Je vais réfléchir à la question », répétai-je, agacé. Alors que la plupart des conspirateurs étaient papistes, je me rendais compte que, dans une certaine mesure, j'étais de leur côté. « De toute façon, Dieu seul sait quand on va rentrer », ajoutai-je, en désignant la fenêtre du menton. La pluie s'était remise à tomber, projetées contre les vitres par des rafales de vent violent.

« Tôt ou tard, on retrouvera Lincoln's Inn et notre chez-nous, je suppose.

— Tu reviens bien travailler avec moi ? Tu n'as pas changé d'avis ? » demandai-je en plongeant mon regard dans le sien.

Il hocha la tête. « Je n'ai pas changé d'avis. Il est temps que je me range… Mais je continuerai à fréquenter Tammy, précisa-t-il en me lançant un regard de défi.

— Je sais qu'elle me reproche toujours plus ou moins la mort de cette femme, répliquai-je après une brève hésitation. Oh ! elle se montre à nouveau courtoise ; il est dans son intérêt de ne pas se faire un ennemi de ton employeur, mais je vois bien qu'elle m'en veut encore. Ce n'est pas juste. »

Barak eut l'air gêné. « Tammy a du mal a accepter la mort de Jennet Marlin. Elle sait bien que ce n'est pas votre faute, mais… la logique n'est pas le fort des femmes.

— Tamasin sait être très maligne, grognai-je. Quand ça l'arrange. Elle l'a prouvé, le fameux jour où elle a feint cette tentative de vol. Ou dans sa façon de se réconcilier avec moi, parce qu'elle sait où se trouve son intérêt. » Allais-je lui parler du chapelet ? Je me dis que de toute façon il croirait la version de Tamasin selon laquelle il s'agissait d'un souvenir de sa grand-mère. Que ce soit vrai ou non, il prendra son parti, à la manière des amoureux.

Barak me regardait en fronçant les sourcils. « Tammy a pleuré des nuits entières depuis la mort de Jennet Marlin. J'aimerais bien qu'elle maudisse cette femme comme elle le mérite, mais elle refuse. Entre ça et l'histoire de la reine et de Culpeper, elle se fait beaucoup de mauvais sang.

— Eh bien ! quand nous rentrerons à Londres, il faudra que je m'habitue à son caractère.

— Assurément, rétorqua-t-il d'un ton de défi, avant d'ajouter plus calmement : Vous savez ce qui ne va pas chez vous ?

— Non, quoi ?

— Vous ne comprenez pas les femmes. Les femmes normales, les femmes naturelles, féminines. Quand une femme vous plaît, c'est une mégère mal embouchée, comme lady Honor, l'année dernière… »

Je me levai. « Et moi, je me demande, ce que, toi, tu comprends vraiment. Tamasin semble te faire marcher au doigt et à l'œil, chose que je n'aurais jamais crue possible. » À peine avais-je prononcé ces paroles que j'eusse voulu pouvoir les rattraper. En plus des autres motifs d'énervement, la promiscuité de cette chambre nous rendait irascibles.

Le regard de Barak se durcit. « Et vous savez quel est votre autre problème ? Vous êtes jaloux. Jaloux de ce qui nous lie, Tammy et moi. Peut-être devriez-vous trouver une autre belle dame à qui faire les yeux doux.

« — Tu en as assez dit !

— J'ai rouvert la plaie, pas vrai ? railla-t-il.

— Je vais chez messire Wrenne. » Je sortis en coup de vent, claquant la porte comme un petit nigaud.

Les rapports entre Barak et moi demeurèrent tendus les jours suivants. De plus, le vent du sud-est et les violentes averses persistaient. Pas question, dès lors, de lever l'ancre. L'aubergiste grommela que si le temps ne s'améliorait pas, le manque d'échanges commerciaux ruinerait la ville de Hull. À nouveau, Tamasin se montrait froide envers moi. J'en déduisis que Barak lui avait parlé de notre dispute.

J'étais ravi que l'état de santé de Giles soit resté stable grâce à ce repos forcé, même si de temps en temps je devinais à ses traits tirés qu'il souffrait. Nous passions beaucoup de temps ensemble, à nous raconter des anecdotes tirées de nos carrières juridiques respectives, et il m'apprit beaucoup sur la vie à York et sur le déclin de la ville auquel il avait assisté au cours de son existence. Je comprenais de mieux en mieux la façon dont le Nord avait été négligé et opprimé sous les Tudors. Alors que nous nous connaissions depuis fort peu de temps, je savais que la mort de Giles me ferait revivre celle de mon père. Mais j'étais déterminé à l'assister dans ses derniers moments, même si cela m'obligeait à revenir à York avec lui après son séjour à Londres.

Entre-temps, le cortège royal avait fini par quitter Hull. Le 4 octobre, une accalmie s'était produite, le soleil avait même brillé – pour la première fois depuis notre arrivée dans la ville – entre deux averses. Selon la rumeur, le cortège allait traverser la Humber le lendemain, première étape du long voyage de retour. Giles et moi descendîmes jusqu'à la berge de l'immense estuaire pour regarder les centaines de bateaux qui faisaient passer le fleuve à l'énorme suite royale jusqu'à Barton, situé sur la rive opposée, côté Lincolnshire. Cela dura plusieurs heures. On avait sans doute amené des bateaux de tout le Yorkshire, car l'estuaire était constellé d'une myriade de voiles blanches.

Lorsque nous y rentrâmes, la ville paraissait étrangement vide. Le voyage royal semblait être le centre de ma vie depuis si longtemps que j'avais du mal à comprendre que je n'avais plus aucun rôle à y jouer. J'éprouvais un grand soulagement et me sentais tout ragaillardi, surtout parce que chaque jour qui passait éloignait le roi Henri et la reine Catherine de quelques milles de plus. Ainsi que Dereham, Culpeper et lady Rochford… Je n'aurais plus à les revoir. Le secret de la reine ne serait sans doute jamais découvert. Elle et Culpeper avaient eu une peur bleue et je doutais qu'elle le revoie un jour. Il ne me restait plus qu'à affronter Rich à Londres, à propos du dossier Bealknap. Je ressentais d'ailleurs un regain de confiance à ce sujet, et me surpris à avoir presque envie d'en découdre avec lui.

Les grands vents et la pluie revinrent le soir du départ du cortège, et le temps ne s'améliora pas durant les dix jours suivants. C'est seulement le 15 octobre, alors que nous étions à Hull depuis deux semaines, que je me rendis compte en revenant de la bibliothèque du confrère Davies que, depuis deux jours, nous n'avions eu à subir pratiquement ni vent ni pluie. J'avais passé une grande partie de mon temps à parler avec le vieux Swann, ou plutôt à l'écouter parler. Peut-être allions-nous enfin pouvoir lever l'ancre. Je pensai à Broderick. Comment se portait-il ? Voilà deux semaines qu'il végétait dans la prison de Hull.

En rentrant à l'auberge ce soir-là, je trouvai un message qui m'enjoignait de me rendre dans la demeure du roi, où Maleverer souhaitait me voir. Il n'était donc pas encore rentré à York. Je me demandai avec angoisse ce qu'il voulait et répondis sur-le-champ à sa convocation. L'ancienne demeure de la famille de la Pole, le plus bel édifice de la ville, était un imposant hôtel particulier précédé d'une cour d'honneur. Comme toujours, le cabinet de travail de Maleverer était dominé par un énorme bureau jonché de documents – élément essentiel pour crédibiliser son image d'administrateur indispensable.

Il planta sur moi son regard grave et fixe, tout en faisant tournoyer une plume d'oie entre ses gros doigts. « Eh bien, messire Shardlake ! déclara-t-il d'un ton brusque. Fini l'attente, nous levons l'ancre demain. Il a été enfin décidé que la mer n'était plus dangereuse. Après tout, on aurait peut-être mieux fait de rentrer à cheval, mais il était impossible de prévoir la fin du mauvais temps.

— Vous vous rendez donc à Londres vous aussi, sir William ?

— En effet. Je dois faire un compte rendu sur ce qui s'est passé à York et m'occuper de certains achats fonciers.

— Je vois. » Et Rich a exercé un chantage sur Craike afin que tu puisses acquérir ces biens à bon marché, pensai-je.

« Soyez sur le quai demain matin à dix heures. Vous, Barak, la jeune Reedbourne et le vieillard qui vous accompagne. Votre petit entourage… Vos chevaux, eux, seront ramenés à Londres par la route.

— Nous y serons.

— Il se peut que j'aie besoin de vous interroger à Londres, à propos de Mlle Marlin. »

Tout n'est donc pas terminé, me dis-je.

« Combien de jours va durer le voyage, sir William ?

— Cela dépendra du temps. Moins d'une semaine, s'il ne se gâte pas. De toute façon, on sera de retour à Londres avant le roi.

— Comment va Broderick ? demandai-je d'une voix hésitante.

— Assez bien. Je lui ai fait parvenir de la bonne nourriture et l'ai menacé de le gaver à l'aide d'un entonnoir s'il ne la mangeait pas. Il engraisse joliment, comme une dinde de Noël. » Il fit un sourire, balafre blanchâtre tranchant sur sa barbe noire. « Au fait, une estafette m'a apporté une missive de Londres. Bernard Locke est passé aux aveux. Il a confirmé que Jennet Marlin obéissait à ses instructions.

— Comment s'y est-il pris pour qu'elle exécute ses ordres ? » demandai-je d'une voix tranquille.

Il haussa ses lourdes épaules. « Elle était assotée de lui, apparemment. Elle vous a dit la vérité : il connaissait l'existence du coffret contenant des documents susceptibles de nuire au roi. Il lui a enjoint de le trouver, quitte à tuer quiconque la gênerait dans son entreprise. Il a reconnu lui avoir ordonné de détruire le contenu du coffret dès qu'elle l'aurait entre les mains, et non de le ramener à Londres pour le remettre à l'un des conjurés, contrairement aux ordres qu'il avait reçus, en cas d'échec du soulèvement nordiste. Il lui a déclaré s'être repenti, mais il a admis à la Tour que c'était pour sauver sa peau.

— Je vois, dis-je d'un ton neutre.

— Parmi les papiers il y avait, semble-t-il, une lettre contenant la description physique de Locke et qui autorisait Oldroyd à lui remettre les documents s'il se présentait en personne. Uniquement à Locke, pas à une femme. C'est la raison pour laquelle Jennet Marlin a dû tuer Oldroyd pour s'emparer du coffret, et voilà pourquoi le coffret incriminait Locke.

— A-t-il… » La question resta quelques instants coincée dans ma gorge tandis que je réfléchissais à la façon dont on avait obtenu ces aveux. « A-t-il donné les noms d'autres conjurés ?

— Non. Ces salauds ont été très malins. Je vous ai déjà décrit l'excellente manière dont ils étaient organisés, c'est-à-dire en cellules, chacun ne connaissant qu'un strict minimum de noms. Et Locke ignorait aussi le contenu du coffret, à part la lettre. Il savait seulement qu'il s'agissait de documents importants. Son contact à Londres était l'un des rebelles, qui a réussi à s'enfuir. Il se trouve probablement en Écosse aujourd'hui pour aider le roi Jacques à nous préparer des ennuis. Locke était censé remettre le coffret à un autre comparse, un confrère avocat qui devait se faire reconnaître par lui.

— Appartenant à Gray's Inn ?

— Il ne connaissait pas son identité, et je crois qu'il dit la vérité. » Il serra fortement les lèvres. « Mais nous le démasquerons, quitte à amener à la Tour tous les avocats originaires du Nord, sans exception. » Le neveu de Wrenne, pensai-je avec angoisse.

« Comment a réagi Bernard Locke en apprenant la mort de Jennet Marlin ? » demandai-je d'un ton égal.

Il haussa les épaules. « D'abord, il n'y a pas cru, jusqu'à ce que le gouverneur de la Tour agite devant ses yeux la bague de fiançailles que j'avais extirpée du doigt de sa promise, avant de l'envoyer à Londres.

— A-t-il montré du chagrin ?

— Je n'en sais rien. Qu'est-ce que ça peut faire ? » Il s'approcha, me toisant de toute sa hauteur. Il était si près de moi que je sentais son haleine fétide. « Vous garderez ça pour vous, compris ? Vous avez travaillé pour lord Cromwell. Vous connaissez la valeur du silence et ce qu'il en coûte de le rompre.

— Comptez sur moi. » S'il ce n'était déjà fait, Martin Dakin devrait affronter bien des ennuis, pensai-je. Garden Court serait mis sens dessus dessous.

Arborant son sourire à la fois glacial et moqueur, Maleverer me scrutait du regard. « Au fait, une autre de vos connaissances sera aussi à bord : sir Richard Rich.

— Il n'est pas reparti avec le cortège ?

— Non, il a réservé une place sur le bateau. Il souhaite rentrer à Londres le plus vite possible...

— Avez-vous renoncé à plaider contre lui ? ajouta-t-il en souriant à nouveau.

– Non, sir William.

– J'espère que vous savez à quoi vous vous exposez », conclut-il sans cesser de sourire.

Nous fûmes sur les quais de bonne heure. C'était le premier jour de grand beau temps depuis notre arrivée à Hull. La mer était calme et les oiseaux marins tourbillonnaient dans les airs en poussant des cris. Notre bateau, une caravelle de soixante-dix pieds, dotée de grandes voiles carrées pour voguer à grande vitesse, dominait le port. L'énorme poupe s'élevait vingt pieds au-dessus de la ligne de flottaison. Son nom, *The Dauntless* – « L'Intrépide » –, s'étalait en lettres blanches sur son flanc. Des sabords condamnés indiquaient qu'on avait affaire à un ancien vaisseau de guerre. Les ponts inférieurs avaient dû être divisés en cabines confortablement équipées, car je devinais à leurs riches vêtements que la demi-douzaine de personnages qui attendaient de monter à bord, chacun accompagné d'un valet, étaient de hauts dignitaires. Rich, en pleine discussion avec Maleverer, se trouvait parmi ces privilégiés. Ni l'un ni l'autre ne nous accorda le moindre coup d'œil.

Tamasin, Barak, Giles et moi formions un petit groupe à part. Giles, appuyé sur sa canne, contemplait le bateau avec grand intérêt. Je ne lui avais pas révélé que son neveu courait peut-être un grave danger, par crainte du choc que cette nouvelle pouvait lui causer.

« On sera bientôt en route », dit Giles à Barak et à Tamasin. Barak hocha la tête et Tamasin fit un sourire pincé. Elle se tenait tout près de Barak, prête à le soutenir s'il trébuchait, car il boitait toujours beaucoup.

Mon attention fut attirée par une voiture qui roulait en cahotant en direction du bord du quai. Partout des têtes se tournèrent avec curiosité au moment où la porte s'ouvrit sur le sergent Leacon et deux tuniques rouges, suivis de Radwinter. Celui-ci s'immobilisa sur le quai avant de jeter des regards à l'entour. Les deux soldats aidèrent Broderick à descendre de la voiture. Par-dessus sa chemise on avait jeté une veste qu'il serra contre lui pour se protéger du vent frais qui soufflait de la mer. De son bras droit il soutenait le gauche, grimaçant de douleur à chaque pas. Les quelques minutes passées sur le chevalet de torture avaient dû suffire pour lui déboîter une articulation.

Il contempla la petite foule rassemblée sur le quai. Les traits crispés, il planta son regard un long moment sur notre petit groupe. Puis il hocha lentement la tête comme pour dire : Voyez à quel état je suis réduit. Les soldats, Radwinter sur les talons, le poussèrent du coude pour le faire avancer sur les planches qui menaient du quai au bateau. Ils traversèrent le pont et disparurent par une écoutille vers les profondeurs du bâtiment.

« Voilà donc Broderick ! murmura Wrenne. Il va mourir à Londres ?

— Oui, répondis-je d'un ton lugubre. S'il survit à la torture, il subira le châtiment des traîtres : exécuté et éviscéré à Tyburn.

— Je ne me rendais pas compte qu'il était si jeune. »

Le commis chargé de l'attribution des cabines alla s'occuper des courtisans, qui commencèrent à monter à bord. Plusieurs d'entre eux requirent l'aide de leur valet pour traverser la passerelle, pris de vertige à la vue de l'eau sous les planches. Le commis se dirigea ensuite vers nous. Grassouillet et affairé, il me rappelait messire Craike, qui était désormais en route vers Londres avec le cortège, sans avoir pris congé de nous avant de partir.

« Voudriez-vous embarquer, messieurs ?... »

Giles fit un pas en avant. Je me tournai vers Barak et esquissai un sourire. « Nous partons enfin...

— Oui. Au revoir, Yorkshire ! Et bon débarras ! » lança-t-il, tandis que Tamasin l'aidait à monter à bord.

39

B ARAK, TAMASIN, GILES ET MOI DISPOSIONS chacun d'une minuscule cabine à l'arrière, de la taille d'un placard et juste assez grande pour contenir une étroite couchette clouée sur le plancher. De l'autre côté de la coursive j'aperçus un valet en train de défaire la valise de son maître dans une cabine plus spacieuse. Un peu plus loin les deux soldats qui avaient escorté Broderick étaient postés devant une lourde porte, celle du cachot du bateau, sans aucun doute. Radwinter était-il à l'intérieur avec le prisonnier ? Nous remontâmes tous les quatre sur le pont. Il faisait froid malgré le calme de la mer et la clarté des cieux. Je pensai avec effroi à ce qui se passerait par mauvais temps.

L'équipage s'occupait des voiles sous l'œil du second, un homme trapu au visage buriné. Satisfait de la manœuvre, il s'éloigna à grands pas, ses bottes martelant les planches. Il y eut un bruit sourd, suivi d'un grincement, puis le bateau commença à se détacher du quai. Giles ôta son bonnet et salua la rive du Yorkshire.

« Vous ne devriez pas le remettre, dis-je, le vent risque de l'emporter. Je vous conseillerais même de rester en bas, en fait.

— Je vais me débrouiller », répliqua-t-il. Comme il s'emmitouflait dans son manteau, je remarquai ses traits tirés. Il alla s'asseoir sur un banc cloué au pont, tandis que Barak, Tamasin et moi, balancés par la légère houle qui faisait tanguer le bateau, regardions Hull s'estomper lentement. Pris de quelque nausée, je me rappelai ce qu'on m'avait conseillé jadis et fixai les laisses de vase qui s'étendaient à l'horizon.

J'entendis un murmure derrière moi. « C'est le type de Fulford. Le roi l'a obligé à montrer son dos nu à la foule. » Je me retournai et aperçus deux clercs qui me fixaient par-dessus leur épaule. Je leur lançai un regard qui les contraignit à tourner la tête. Donc on brodait sur l'épisode de Fulford Cross..., pensai-je avec amertume. Aurais-je jamais le droit d'oublier l'humiliation que le roi m'avait fait subir ?

Quelle serait la réaction de ces gens s'ils apprenaient que le roi Henri n'était peut-être que le petit-fils d'un archer du Kent ?

« Oh, Grand Dieu ! s'écria Barak en faisant un brusque écart de côté, avant de se courber et de vomir sur le pont. Puis il perdit l'équilibre et s'affala sur les planches avec un bruit sourd. Les clercs et les marins qui s'activaient sur le mât jetèrent un coup d'œil vers lui, un sourire railleur aux lèvres. Je l'aidai à se remettre sur pied. Tamasin lui saisit l'autre bras et nous le fîmes asseoir près de Giles. L'âcre odeur de vomi me soulevait le cœur. Barak était blanc comme un linge. La tête entre les genoux, il se mit à geindre, avant de se redresser et de me regarder.

« J'ai horreur d'être malade et de ne pouvoir compter que sur une foutue jambe ! s'exclama-t-il. J'en ai par-dessus la tête ! Ils riraient jaune, ces crétins, si je n'étais pas éclopé.

— Tu vas bientôt retrouver tes forces.

— Tu pourras te reposer quand tu seras de retour à Londres, Jack », lui dit Tamasin. Elle me lança un regard suppliant derrière le dos de Barak. « Peut-être messire Shardlake te permettra-t-il de loger quelque temps chez lui afin que sa gouvernante s'occupe de toi et que tu te rétablisses le plus vite possible.

— Bien sûr, dis-je d'un ton gêné. Ce n'est pas une mauvaise idée.

— Je ne demande aucune faveur. Seigneur Dieu ! » s'écria-t-il en replaçant sa tête entre ses genoux.

Je me dirigeai vers le bastingage pour fuir l'odeur de vomi. La requête de Tamasin m'avait agacé. La petite manipulatrice l'avait faite à un moment où il m'eût été difficile de refuser. Mais elle avait raison : Barak ne pouvait pas encore se débrouiller tout seul, et, à vouloir trop en faire, il risquait de se blesser à nouveau.

Quelques minutes plus tard, je regagnai l'endroit où Barak était toujours assis, la tête entre les jambes, le bras de Tamasin passé autour de ses épaules. De l'autre côté, Giles était affalé sur le banc. Son immobilité me donna des frissons dans le dos, mais ses yeux s'ouvrirent quand je le touchai.

« Giles ? demandai-je doucement. Vous allez bien ? » Il grimaça de douleur.

« J'ai dû m'assoupir.

— Barak a vomi et il est tombé. Vous n'avez pas entendu ? »

Il avait l'air brisé de fatigue. Il tenta de sourire. « Je n'ai pas le pied marin, n'est-ce pas ? Il y a longtemps que je n'ai pas pris le bateau. Mais, heureusement, je n'ai jamais eu le mal de mer. » Il regarda les laisses de vase dans le lointain. « Nous sommes donc toujours en vue des côtes du Yorkshire.

— Je suppose qu'il nous faudra de longues heures pour sortir de l'estuaire.

— Je me demande comment s'en tire Madge, maintenant qu'elle n'a plus à s'occuper de moi.

— Quand nous arriverons à Londres, Giles, ma première tâche sera de me mettre à la recherche de votre neveu. Barak vous aidera, lui aussi.

— Comment les choses vont-elles entre vous et lui ? demanda-t-il en baissant la voix.

— Ah ! vous vous êtes aperçu que nous étions quelque peu en froid…

— Il était difficile de ne pas s'en apercevoir, ces derniers jours. C'est à cause de cette fille ?

— Indirectement. » Je fixai la rive, qui s'était encore un peu plus éloignée. « Mais ne vous tracassez pas à ce sujet. Tout rentrera dans l'ordre une fois que tout ça sera terminé, dès que nous aurons repris notre vie normale à Lincoln's Inn… Et puis nous retrouverons votre neveu », ajoutai-je en souriant.

Il me regarda d'un air songeur. « Comment allez-vous vous y prendre ?

— Nous commencerons par nous rendre à Garden Court, et s'il n'est pas là, l'intendant de Gray's Inn pourra nous indiquer l'endroit où se trouve son cabinet. »

Il hocha la tête. « Donc, cela devrait s'avérer tout à fait simple.

— En effet », répondis-je, tout en espérant de tout mon cœur que les choses se passeraient bien ainsi.

Les trois jours suivants, le temps demeura calme et lumineux, et même s'il n'était guère agréable de rester assis sur le pont ou enfermés dans les minuscules cabines, la traversée aurait pu être bien pire. Nous ne vîmes ni Rich ni Maleverer ; sans doute étaient-ils logés dans des cabines luxueuses sous le pont. Giles passait lui aussi la majeure partie du temps dans sa cabine, allongé sur sa minuscule couchette, perdu dans ses pensées, semblait-il. J'étais inquiet ; il devait tellement souffrir.

Si le beau temps facilitait la vie des passagers, nous sûmes que le capitaine était mécontent de la brise trop légère qui l'obligeait à louvoyer constamment. Le quatrième jour, la nouvelle se répandit qu'on allait devoir faire escale à Great Yarmouth, sur la côte du Norfolk, car nous n'avions pas assez de vivres pour tenir jusqu'à la fin du voyage. J'aperçus Maleverer discuter âprement avec le capitaine, arguant qu'on avait déjà assez perdu de temps, mais le capitaine ne changea pas d'avis.

Nous passâmes deux jours à Great Yarmouth afin de charger des provisions. Nous y apprîmes que le cortège s'était disloqué à Lincoln, le roi filant vers le sud en toute hâte après avoir reçu la nouvelle de la maladie du prince Édouard.

« La dynastie des Tudors dépend de la survie de cet enfant, commenta Giles alors que, assis sur le pont, nous regardions le bateau quitter le port de Great Yarmouth. Le vieil homme était monté prendre l'air, affirmant se sentir mieux, mais sa mauvaise mine et ses petites grimaces de douleur m'assuraient du contraire et me fendaient le cœur. Barak, débarrassé de son mal de mer, était accoudé au bastingage en compagnie de Tamasin. Ces derniers jours, nous n'avions pas beaucoup bavardé, lui et moi.

« À moins que la reine Catherine ne tombe enceinte, marmonna Giles. Mais voilà plus d'un an qu'ils sont mariés, et toujours rien. Peut-être le roi ne peut-il plus engendrer.

— C'est possible », répondis-je d'une voix hésitante. Vu ce que je savais sur la reine, je n'avais aucune envie de m'engager dans ce genre de discussion.

« Si le prince meurt, continua Giles, qui sera alors héritier du trône ? La famille de la comtesse de Salisbury, liquidée, les deux filles du roi, déshéritées… Le roi nous laisserait dans une situation fort délicate ! » Il émit un petit gloussement amer.

Je me levai. « Il faut que je me dégourdisse les jambes, Giles. » Il enveloppa plus soigneusement son grand corps dans la couverture qu'il avait apportée. « Il va faire froid, maintenant que nous sommes en pleine mer. Peut-être devriez-vous redescendre, ajoutai-je d'un ton hésitant, sachant qu'il détestait être traité comme un malade.

— Vous avez raison, acquiesça-t-il cependant. Je vais descendre. Aidez-moi, voulez-vous ? »

Je le raccompagnai à sa cabine, puis remontai sur le pont. Appuyés au bastingage, Tamasin et Barak bavardaient toujours en riant. Je me sentais exclu. Barak désigna du menton un marin qui avançait sur le pont. À mon grand étonnement, l'homme tenait par la queue dans une de ses mains, une demi-douzaine de rats morts qui se balançaient à chaque pas. Du sang dégoulinait de leurs longs corps noirs et éclaboussait le pont.

« Le chasseur de rats du bateau », expliqua Barak à Tamasin en lui faisant un large sourire. Le joli visage de la donzelle se renfrogna et elle détourna la tête. Barak lui donna un petit coup de coude. « Connais-tu le principal avantage de la fonction ?

— Non. Et je ne tiens pas à l'apprendre.

— Il a le droit de manger les rats qu'il attrape.

— Parfois tu es répugnant, tu sais. »

— C'est meilleur que les vieux biscuits charançonnes qu'on leur distribue ! » s'esclaffa-t-il.

Juste à ce moment-là, les deux soldats sortirent d'une écoutille par laquelle on descendait sous le pont. Ils attendirent que Broderick les rejoigne, pieds et poings enchaînés, silhouette maigre et pitoyable à côté des deux costauds. Derrière lui montait le sergent Leacon, suivi de Radwinter.

Les soldats conduisirent Broderick jusqu'au bastingage. Il demeura là, à contempler la mer, un soldat de chaque côté de lui, prêt à le rattraper s'il tentait de sauter par-dessus bord. Le sergent Leacon parcourut le pont du regard, humant l'air pur à pleins poumons. M'apercevant, Radwinter s'avança vers moi.

« Messire Shardlake ! »

Il avait l'air fatigué, ses traits étaient tirés, ses cheveux trop longs, dépeignés, et sa barbe aurait eu besoin d'être taillée. Il avait dû être cantonné sous le pont en compagnie de Broderick depuis notre départ de Hull. Cela fait longtemps, me dis-je, que je ne l'ai pas vu aussi soigné et fringant que lors de notre première rencontre au château d'York.

« Tiens, tiens ! Radwinter ! fis-je. Espérons qu'on ne va pas tarder à arriver à Londres !

— En effet, répondit-il en levant les yeux vers les voiles. J'ai l'impression qu'il y a un peu plus de vent. J'ai entendu le capitaine affirmer que ce voyage se déroulait sous de mauvais auspices.

— C'est de la superstition.

— Je suis d'accord. On débarquera à Londres dans seulement quelques jours. Alors sir Edward passera un joyeux moment à la Tour, ajouta-t-il en me gratifiant de son habituel sourire cruel.

— Il va bien ?

— Assez bien. Savez-vous qu'il a pleuré comme une femme quand je lui ai annoncé qu'on avait dépassé le cap Spurn ? Parce qu'il ne reverrait plus le Yorkshire, d'après lui. Je lui ai dit qu'on allait peut-être accrocher sa carcasse au-dessus d'une porte d'York, une fois qu'on en aurait fini avec lui. »

Je secouai la tête. « Vous ne ressentez aucune pitié pour lui, n'est-ce pas ? »

Il haussa les épaules. « Dans ma profession, il n'est pas bon de ressentir de la pitié. Vous m'avez un jour accusé d'être fou – ses yeux étincelèrent et je compris qu'il n'avait absolument pas oublié mes propos –, mais la réelle folie serait de garder des traîtres et des hérétiques en s'apitoyant sur leur sort. Et d'ailleurs, ce ne serait pas la volonté de Dieu.

— La volonté de Dieu est-elle de torturer et de répandre le sang ?

— Lorsque c'est nécessaire pour préserver la vraie religion. » Il fixa sur moi un regard à la fois apitoyé et dédaigneux. « Vous n'avez pas lu la Bible, qui parle de toutes ces batailles et de tout ce sang répandu ? Le monde créé par Dieu est plein de violence, et force nous est d'œuvrer dans ce monde. Le roi le sait et il ne craint pas d'agir avec dureté.

— La Bible ne dit-elle pas "Heureux les doux, parce qu'ils hériteront de la terre" ?

— Pas avant que les forts ne l'aient rendue sûre.

— Quand cela arrivera-t-il ? Quand les carcasses des derniers papistes seront suspendues au-dessus des portes d'York ?

— C'est possible. Il faut être fort pour faire régner l'ordre ici-bas, messire Shardlake. Il faut être sans pitié, aussi impitoyable que nos ennemis. »

Je me détournai de lui. Le sergent Leacon se dirigeait vers moi. Avant de m'adresser la parole, il lança à Radwinter un regard de dégoût.

« Messire Shardlake, bonjour.

— Bonjour à vous, sergent ! J'ai naguère traité Radwinter de fou, continuai-je en baissant la voix. Et à chaque nouvelle rencontre sa folie semble avoir empiré. »

Il hocha la tête. « Sir William m'a désormais placé au-dessus de lui. » Il observait Radwinter, qui s'était approché du bastingage et contemplait la mer. « Je pense que sir William ne lui fait plus confiance depuis qu'il n'a pas bien réagi aux événements d'York.

— En effet. C'était hors de son champ de compétence, me semble-t-il.

— Il enrage d'avoir perdu son pouvoir. Quand il me regarde, j'ai l'impression qu'il a envie de me tuer.

— Avec un peu de chance, on ne devrait pas tarder à rentrer à la maison… Comment va Broderick ? Radwinter prétend qu'il a pleuré quand il a appris qu'on avait perdu de vue la côte du Yorkshire.

— C'est vrai. Il est resté très calme depuis lors… Quand il vous a aperçu il a demandé à vous parler une minute », poursuivit-il après une courte hésitation.

Je jetai un coup d'œil à Broderick qui fixait la mer, insoucieux de la présence des soldats. « D'accord. Juste une minute. »

Il apostropha ses hommes : « Éloignez-vous ! Et tenez-vous droits, si c'est possible… » Les soldats s'écartèrent de Broderick et Leacon se retourna vers moi. « Maleverer m'a attribué deux des plus tristes crétins de la compagnie pour garder le prisonnier. J'ai déjà dû effectuer une retenue sur la solde de l'un d'eux pour ivrognerie. »

À mon approche, Broderick se tourna vers moi. Ses traits émaciés étaient marqués par la souffrance, tandis que sa barbe blonde mal taillée et ses cheveux trop longs étincelaient d'embruns. Il avait davantage l'air d'un petit vieillard que d'un jeune homme. Il grimaça lorsqu'il bougea son bras gauche en se tournant vers moi.

« Qu'avez-vous au bras ?

— C'est à cause du chevalet », expliqua-t-il en plongeant son regard dans le mien. L'éclat farouche avait disparu de ses yeux et il semblait étonnamment serein. Son état d'esprit avait changé depuis notre entrevue précédente.

« Il paraît que vous avez failli être tué à Holme, dit-il calmement. Par la fiancée de Bernard Locke.

— C'est exact.

— J'ai un peu connu Locke. C'est le genre d'homme qui a de l'ascendant sur les femmes. Je voulais vous dire que je n'ai rien à voir avec cela. Maleverer m'a interrogé à ce sujet. En utilisant des moyens énergiques.

— J'en suis désolé. Je sais que Jennet Marlin a agi seule... On n'a jamais retrouvé les papiers qu'elle avait dérobés. Si c'est elle qui les a pris. »

Il ne répondit pas.

« Ont-ils été pris par quelqu'un d'autre ? Et sont-ils désormais entre les mains des conspirateurs ? Maleverer considère que j'ai agi comme un idiot. »

Il me regarda sans inimitié, droit dans les yeux, mais ne desserra pas les lèvres.

« J'ai raison, n'est-ce pas ? »

Toujours pas de réponse. Je poussai un soupir et changeai de sujet.

« Vous êtes sincèrement désolé que Jennet Marlin ait voulu me tuer ?

— Oui. Je ne souhaite pas votre mort. À votre façon, vous avez été bon envers moi.

— Toutefois, fis-je sans le quitter des yeux, si cela servait vos intérêts, vous n'hésiteriez pas à me tuer, n'est-ce pas ?

— Pas de gaieté de cœur, répondit-il sur un ton étonnamment naturel. Je n'envisage avec plaisir la mort de personne. Même lorsqu'elle est nécessaire. Vous non plus, à mon avis.

— Mlle Marlin elle aussi a parlé de "morts nécessaires". L'idée que la mort de quelqu'un soit nécessaire ne me plaît pas.

— La mienne l'est, répliqua-t-il en me décochant son sourire ironique. Vous êtes d'accord, sinon vous n'auriez pas accepté la mission que vous a confiée Cranmer, celle de veiller à ma santé. »

Je soupirai.

« Pourquoi l'avez-vous acceptée ? Vous n'appartenez pas à cette bande de brutes telles que Maleverer ou Radwinter.

— Sans y prendre garde, je suis devenu l'obligé de l'archevêque. »

Il hocha la tête. « On ne me fera pas parler à Londres.

— Si, Broderick, répondis-je simplement.

— Non », insista-t-il avec un léger sourire, celui d'un être qui possède un savoir secret, avant de chuchoter : « Ça n'arrivera pas. Et rappelez-vous, messire Shardlake, ce que je vous ai annoncé naguère… Le règne de la Taupe tire à sa fin… Vous savez, ajouta-t-il d'une voix triste, je pense que vous auriez pu être l'un des nôtres. Et il n'est pas trop tard. »

Je me détournai de lui. Le sergent Leacon se tenait tout près.

« Je ne l'ai jamais vu aussi calme, lui dis-je.

— Il se trouve dans un étrange état d'esprit. A-t-il dit quelque chose d'important ?

— Il a affirmé qu'on n'arriverait pas à le briser.

— Il se trompe.

— Je le sais. »

Je me dirigeai vers l'écoutille. Radwinter était toujours appuyé au bastingage, le regard fixé sur les flots.

Ce soir-là, après le dîner qui nous fut servi sur le pont, je restai assis sur le banc, regardant le soleil s'enfoncer derrière la ligne d'horizon. La mer était calme, remuée seulement par une petite houle. Le soleil rougeoyait dans un ciel qui avait commencé à se couvrir de nuages. J'espérais que cela n'annonçait pas une nouvelle période de mauvais temps. Tamasin était redescendue dans sa cabine et, un peu plus loin, Barak parlait à un groupe de valets.

Le vent soufflait un peu plus fort, désormais, assez pour nous permettre d'avancer quelque peu. Tant mieux, car je me faisais de plus en plus de souci à propos de Giles, qui passait la majeure partie du temps à dormir dans sa cabine. Tout autour, des silhouettes floues, recroquevillées sur elles-mêmes afin de se protéger du froid, somnolaient ou parlaient à voix basse, jouaient aux cartes ou aux échecs. La lune apparut, lueur argentée sur la mer. Un homme emmitouflé dans une fourrure monta prendre l'air sur le pont. Sous le bonnet incrusté de pierreries je reconnus le mince visage de Richard Rich. Abîmé dans ses pensées, il s'éloigna, le menton rentré. Les marins qui œuvraient sur le pont s'empressèrent de s'écarter sur son passage. Il rebroussa chemin et, lorsqu'il parvint à la hauteur du banc où je me trouvais, ses yeux croisèrent les miens. Il esquissa son petit sourire, fit demi-tour et repartit dans la direction opposée. Puis il redescendit l'échelle, le claquement de ses pas s'estompant peu à peu. Une fois qu'il eut disparu, je me levai. Barak s'approcha de moi.

« Quel crétin !

— Oui. » J'étais content qu'il se préoccupe de moi.

« A-t-il dit quelque chose ?

— Non. Il m'a juste regardé d'un air déplaisant. Je pense que je vais redescendre.

— Il commence à faire froid, en effet.

— J'ai encore plus froid après avoir vu Rich. »

En bas, le calme régnait. En passant devant la cellule de Broderick, je fus surpris de voir les deux soldats en faction se repasser un pot de bière. Celui qui l'avait en main tenta de le cacher derrière son dos lorsqu'il m'aperçut. Je fronçai les sourcils et regagnai ma cabine. Au moment où je m'installais sur ma couchette, j'entendis des éclats de voix dans la coursive. Je bondis à l'extérieur. D'autres portes s'ouvraient sur des passagers qui passaient la tête pour voir de quoi il retournait.

« Vous vous rendez compte de ce que vous faites, Dieu du ciel ? » hurlait le sergent Leacon. Les soldats étaient rouges de confusion. De la main de l'un des deux pendait piteusement le pot de bière. D'un coup de pied le sergent le lui fit lâcher. Le pot s'écrasa par terre et la bière se répandit sur le sol. Le soldat tituba.

« Vous me le paierez, sangdieu ! Suivez-moi chez Maleverer, séance tenante. »

Les deux soldats pâlirent. La porte de la cellule s'ouvrit alors et la tête de Radwinter apparut. « Qu'est-ce qu'il se passe, que diable ? » lança-t-il.

Rouge de colère, Leacon se tourna vers lui. « Ces rustres boivent pendant le service. Je les emmène chez Maleverer. » Sur ce, il attrapa les deux soldats par le col et les entraîna à sa suite. Radwinter les regarda partir, souriant de la déconfiture de son rival. Je refermai le battant avant qu'il ait le temps de me voir.

Une main me secouait brutalement. J'ouvris les yeux, clignant les paupières. Quelqu'un brandissait une lampe. La porte de ma cabine était ouverte et j'entendis dans la coursive des chuchotements fiévreux. Je me dressai sur mon séant et découvris le visage sinistre de Maleverer. Derrière lui, dans l'ombre, j'aperçus Barak, en chemise et les cheveux en bataille.

« Réveillez-vous ! lança Maleverer en faisant claquer ses doigts sous mon nez d'un geste rageur. Allons, debout ! »

Je me mis sur pied. Tout ébaubi, emmitouflé dans des couvertures qu'il serrait autour de lui, Giles se tenait dans l'embrasure de la porte à côté de Tamasin, enveloppée dans le manteau de Barak. Maleverer se tourna vers eux et les autres passagers, qui, réveillés, étaient sortis dans la coursive, et leur hurla : « Allez vous recoucher ! Je vais vous faire tous arrêter !

— À quoi rime tout ce raffut ? demanda Giles, d'un ton bougon que je ne lui connaissais pas.

— Retournez vous coucher, messire Wrenne ! » lui ordonna Tamasin en lui saisissant le bras pour l'entraîner vers la cabine. Des portes se refermèrent. Barak resta seul sur le seuil. Maleverer se retourna vers moi.

« Vous avez parlé à Broderick hier, dit-il d'une voix rauque. Que vous a-t-il dit ? »

Mon cœur fit un bond dans ma poitrine en me rappelant les paroles de Broderick : « *Vous auriez pu être l'un des nôtres. Et il n'est pas trop tard.* » « Je… Rien de particulier, répondis-je. J'ai essayé de l'interroger à propos de Jennet Marlin, mais il n'a fourni aucune réponse, comme d'habitude. Que s'est-il passé ?

— Je vais vous le montrer. Venez avec moi ! »

Il sortit brusquement de la cabine. Heureusement que je m'étais couché en chemise et en chausses. « De quoi s'agit-il ? demandai-je à Barak.

— Je n'en sais rien. J'ai été réveillé par des voix et des bruits de pas… Par là », fit-il en désignant du menton la cellule de Broderick. À ma grande surprise, la porte était entrebâillée. Radwinter était assis par terre, affalé, la tête entre les mains, tandis que le sergent Leacon se dressait devant lui.

« Par ici ! » s'écria Maleverer. Je le suivis dans la coursive en traînant les pieds. Il ouvrit toute grande la porte de la cellule avant de s'écarter. Barak s'était approché lui aussi, et sa fidélité me mit du baume au cœur.

La cellule, l'une des grandes cabines du bateau, contenait deux couchettes, placées chacune contre une cloison et séparées par un espace. Au-dessus de cet espace, Broderick était suspendu au plafond, torse nu. Il s'était servi de sa chemise pour former une épaisse torsade de tissu dont un bout avait été accroché à une grosse poutre et l'autre passé autour de son cou. Il était mort. Son corps se balançait au rythme de la légère houle, au son du cliquetis des chaînes qui attachaient ses bras et ses jambes. Ses pieds se trouvaient à deux ou trois pouces du plancher. S'il avait été plus grand, il n'aurait pas réussi à se pendre dans cette cabine basse de plafond. Ses yeux étaient clos, la tête penchée selon un angle bizarre, le cou atrocement tordu. Je détournai le regard de sa poitrine décharnée et lacérée. « Grand Dieu ! m'écriai-je. Mais comment…, commençai-je en m'adressant à Maleverer.

— Les soldats s'étaient saoulés. Leacon me les a amenés et je les ai envoyés cuver leur bière. Ils ne perdent rien pour attendre ! Leacon et Radwinter sont restés seuls pour garder Broderick. Plus tard, Leacon est revenu me voir pour discuter de la punition à infliger aux soldats. Quand il est retourné à la cellule, Radwinter était allongé par terre près du banc. Il a expliqué qu'ayant entendu frapper à la porte, il est sorti de la cabine, mais n'a vu personne dans la coursive. Soudain quelqu'un l'a frappé par-derrière, lui a dérobé ses clefs, a défait les chaînes, puis a tué le prisonnier. » Il se dirigea vers Radwinter, qui leva les yeux, l'air abasourdi, déboussolé. Ce qui, paradoxalement, pour la première fois depuis que je le connaissais, le faisait paraître normal, humain.

« Il n'aurait pas pu se pendre lui-même ? demandai-je.

— Non ! » rugit Maleverer. Il avait perdu son prisonnier. Cela allait lui coûter cher. « Regardez ses poignets. Ils sont menottés derrière son dos, séparés par seulement six pouces de chaîne. On le menottait chaque fois qu'il devait rester seul justement pour qu'il ne puisse pas se faire du mal. Quelqu'un l'a aidé. On a attaché la torsade de tissu à la poutre, hissé Broderick sur la couchette et on lui a passé le nœud coulant autour du cou. Ensuite il a sauté…

— Soit. » Je me forçai à regarder le corps de plus près. « Et la personne qui l'a aidé a eu la bonté de tirer sur ses pieds dès qu'il s'est balancé pour activer l'étranglement en lui brisant la nuque. Il a finalement réussi son coup… » Je scrutai à nouveau le visage de Broderick, qui était légèrement tourné de côté, l'air étrangement apaisé. Il était enfin parvenu à se couper totalement de nous. À jamais.

« La version de Radwinter n'est pas crédible, déclara Maleverer, en foudroyant le geôlier du regard. Il prétend avoir été frappé sur la tête par-derrière, mais je ne vois aucune trace de coup… Je vous arrête pour le meurtre de votre prisonnier ! lança-t-il à Radwinter. Et, Seigneur Dieu, lorsque nous arriverons à Londres, d'une façon ou d'une autre, nous découvrirons le motif. »

Radwinter leva les yeux vers lui, avant de pousser un cri atroce, mi-hurlement, mi-gémissement. Maleverer fit un signe de tête à Leacon. « Bouclez-le et décrochez le cadavre ! Et, Grand Dieu ! vous et vos soldats devrez aussi répondre de cet échec notoire. » Maleverer se tourna vers moi. « Eh bien, voilà ! La dernière chance d'en savoir plus sur les conspirateurs s'est envolée… »

Moi, j'étais certain que Radwinter n'y était pour rien. Maleverer avait simplement besoin d'un coupable et il en avait trouvé un. Une pensée me traversa l'esprit et mon cœur se mit à cogner comme un fou dans ma poitrine. J'avais eu raison de penser que ce n'était pas Jennet Marlin qui m'avait assommé au Manoir du roi. Mon agresseur se trouvait sur le bateau et avait aidé Broderick à mourir.

40

L A TEMPÊTE S'ABATTIT SUR NOUS LE LENDEMAIN MATIN. Les flots démontés donnaient le mal de mer à tous les passagers. La pluie s'étant calmée après le déjeuner, j'allai m'asseoir seul sur le banc du pont pour contempler l'immense étendue grise de la mer du Nord. D'énormes vagues écumeuses déferlaient sous un ciel à peine moins sombre que les flots déchaînés. Un goéland argenté planait au-dessus de l'eau. Comment ces oiseaux survivaient-ils ici ?

J'avais ressenti le besoin d'être seul, d'échapper à l'atmosphère de stupéfaction et d'angoisse que la mort de Broderick et l'arrestation de Radwinter avaient créée en bas. Je n'arrivais pas à oublier le cou démanché de Broderick, tandis que son corps oscillait légèrement. Comment Dieu allait-Il le juger ? Le suicide était un grand péché, mais Broderick n'avait fait qu'avancer et faciliter son passage dans l'au-delà. Et – quoique à contrecœur – j'avais été l'agent de ceux qui l'avaient maltraité, si bien qu'il n'avait plus eu d'autre solution que de se tuer, avec l'aide de quelqu'un. J'avais fini par l'admirer, même si son exaltation m'avait parfois effrayé.

À l'autre bout du pont, au-delà des voiles gonflées, le capitaine courait et hurlait au milieu des matelots, tout en jetant des coups d'œil par-dessus bord. Quelque chose allait-il de travers ? La porte de l'écoutille menant sous le pont s'ouvrit bruyamment et Barak apparut, emmitouflé comme moi dans un épais manteau. Il vint vers moi en s'agrippant au bastingage à cause du tangage et du roulis. Il s'assit à côté de moi.

« Comment va Wrenne ? demanda-t-il.

— Il est toujours couché. Il prétend que tout va bien, mais il me semble très faible. Je crains que ce voyage ne soit trop pénible pour lui. »

Il soupira. « On ne peut pas faire grand-chose. Le pauvre vieux bougre ! » Nous restâmes silencieux quelques instants, puis il se tourna vers l'endroit où le capitaine arpentait le pont. « Il y a une avarie dans le gouvernail. On redoute qu'un boulon de pont ne soit cassé. C'est une sorte de cheville.

— Tu es sérieux ?

— Il va falloir le réparer. On s'apprête à faire escale à Ipswich. Encore un sacré retard en perspective, alors qu'on jouissait d'un vent favorable. Les marins sont de plus en plus convaincus que ce voyage est maudit.

— Les marins sont superstitieux. Quel jour sommes-nous ? Je perds la notion du temps.

— Le 23 octobre. Voilà déjà une semaine qu'on est partis. Le marin qui m'a renseigné affirme que Rich est furieux, qu'il va débarquer à Ipswich et rentrer à cheval à Londres.

— À ce rythme, le roi sera de retour avant nous. Bien que cela n'ait plus guère d'importance, maintenant que Broderick est mort. »

Il hocha la tête, plissant les yeux pour se protéger de l'écume au moment où une grosse vague se fracassa contre le flanc du bateau et aspergea le pont.

« Merci d'être resté à mes côtés hier soir, lui dis-je.

— Il n'y a pas de quoi.

— Comment va Tamasin ? demandai-je, après une courte hésitation.

— Très bien. » Il baissa la tête un instant, puis se tourna à nouveau vers moi. « Mais je lui ai dit qu'elle devait cesser de pleurer la mort de Jennet Marlin. Car même si cette femme s'est montrée bonne envers elle, elle n'en demeure pas moins une meurtrière. Je lui ai dit aussi qu'il est normal que vous lui en vouliez d'avoir du chagrin. Jennet Marlin aurait même tué Tamasin si elle l'avait gênée, Dieu du ciel !

— Sans aucun doute. »

Il eut un sourire triste. « Tamasin jouit de si peu de sécurité dans sa vie qu'elle s'accrochait à Jennet Marlin. Tout comme elle s'accroche à l'idée que son père est un homme de qualité. S'il se révèle que ce n'est pas le cas, je me tairai.

— Et si c'est le cas, il est probable qu'il n'a aucune envie de la connaître.

— En effet. » Il fixa ses pieds quelques instants. « Il n'y a pas d'issue ! » Il releva les yeux. « Mais je tiens à elle. Je regrette malgré tout ce que je vous ai dit à Hull.

— Ne t'en fais pas. Il y a trop longtemps qu'on vit l'un sur l'autre. » Je pensai au chapelet, mais le moment était mal choisi pour en parler – notre réconciliation était encore trop fragile.

« Je suppose que Radwinter sera conduit à la Tour, à l'arrivée, dit Barak.

— Oui. Pour y subir un interrogatoire.

— Le même que celui qu'aurait subi Broderick ?

— Probablement. » Je secouai la tête « Je ne crois pas que Radwinter l'ait tué. Maleverer se trompe. Il est si borné qu'il ne voit que ce qui se trouve droit devant lui, comme un cheval à qui on a mis des œillères.

— Et pourtant tout désigne Radwinter. Il était seul avec Broderick au moment des faits et il a affirmé avoir été frappé à la tête alors qu'il n'y a aucune trace de coup.

— Tu sais bien qu'il est possible d'assommer quelqu'un sans laisser la moindre marque. Et il n'existe aucun mobile. Pourquoi diable Radwinter aurait-il fait ça ?

— Maleverer pense qu'il est devenu fou. Non ?

— C'est exact, mais c'est en partie à cause de moi qu'il le croit. » Je soupirai. Maleverer m'avait interrogé après qu'on eut emporté le cadavre de Broderick et avait pesté tant et plus contre Radwinter. Quand Leacon lui avait dit que j'avais traité le geôlier de fou, Maleverer s'était emparé de cette hypothèse et avait prétendu que c'était la diminution de son pouvoir qui lui avait fait perdre la tête, au point de s'en prendre à Broderick et de le tuer. J'avais souligné n'avoir nullement suggéré que Radwinter risquait de tuer le prisonnier, mais Maleverer n'avait pas été d'humeur à se laisser convaincre.

« Maleverer a d'autres raisons de croire que Radwinter a perdu la tête, dit Barak. Il paraît que ses nerfs ont lâché depuis qu'on l'a mis au cachot. Il hurle, vocifère et maudit Maleverer, appelant sur lui les dix plaies d'Égypte. Qui peut dire ce qui passe dans la tête d'un homme qui a perdu l'esprit ?

— L'histoire ne tient quand même pas debout, à mon avis. Comment Radwinter aurait-il pu agir seul ?

— Peut-être a-t-il d'abord assommé Broderick avant de le pendre.

— Je ne le vois pas prendre Broderick par surprise… Tu sais ce qui est arrivé, selon moi ? ajoutai-je après un instant de silence.

— Je vous écoute.

— Lors de notre dernière entrevue, Broderick paraissait calme, presque résigné. Et si quelqu'un était déjà allé lui rendre visite pour lui proposer cette solution, s'il souhaitait toujours se tuer ? »

Il sifflota.

« Ensuite, lorsque Leacon a renvoyé les deux soldats ivres et est allé faire son rapport à Maleverer, le visiteur attendait dans sa cabine, d'où l'on entend ce qui se passe dans la coursive. Il a assommé Radwinter…

— S'est emparé de ses clefs, a passé la torsade au cou de Broderick, puis a tiré sur ses pieds pour lui briser la nuque.

— Exactement. »

Barak fixa les eaux glaciales de la mer démontée. « Quelle atroce façon de se donner la mort ! Broderick devait avoir un certain courage.

— Ça, on le savait déjà. » Je suivis son regard. Broderick se trouvait désormais sous ces énormes vagues. Le capitaine avait refusé de transporter un cadavre jusqu'à Londres, redoutant que le voyage se déroule sous d'encore plus mauvais auspices. Il avait récité la prière des morts, puis, attaché dans un drap blanc, le corps avait été précipité dans la mer, heurtant les flots gris au milieu d'une gerbe d'écume, avant de disparaître à jamais.

« Par conséquent, l'un des passagers l'a tué.

— C'est ce que je pense. Un passager qu'il connaissait déjà.

— La personne qui vous a assommé au Manoir du roi ?

— Oui. » Je fis part à Barak des propos que m'avait tenus Broderick la veille. « Je suis certain qu'il connaissait l'identité de la personne qui m'avait assommé au Manoir du roi pour dérober les documents. Sinon, il aurait nié quand j'ai parlé de Jennet Marlin. Hier, il avait changé. Il était plus serein. Il n'avait plus peur de la Tour, même s'il avait toujours tenté de cacher cette crainte. Je crois qu'il avait déjà organisé sa pendaison.

— Mais comment ? Il était constamment surveillé ?

— Voilà bien ce que je n'arrive pas à comprendre.

— Avez-vous fait part à Maleverer de vos déductions ?

— Oui. Il les a repoussées en jurant et il m'a envoyé promener, puisqu'il croit tenir le coupable. Il lui en faut un, car, désormais, il va tomber en disgrâce. D'abord le vol des documents, et à présent le meurtre de Broderick... Après ces événements, je crains qu'il ne fasse pas la prestigieuse carrière qu'il espérait, commentai-je en souriant amèrement. Il ne la méritait d'ailleurs pas. C'est une simple brute, qui ne prend pas le temps de réfléchir et qui ne possède aucune finesse.

— Contrairement à lord Cromwell.

— Oh oui ! Lui avait le don de double vue. Tu penses que je me trompe ?

— Je n'en sais rien. Si vous avez raison, la personne qui a aidé Broderick à mourir pourrait être n'importe qui sur le bateau, voire un membre de l'équipage.

— Certes. » J'hésitai. « Hier soir, avant la mort de Broderick, alors que j'étais assis ici, Rich est monté et s'est mis à arpenter le pont. Quand il m'a vu, il m'a décoché son sourire sardonique.

— Pourquoi Rich aurait-il tué Broderick ? Pour quelle raison priverait-il le roi de son prisonnier favori ?

— Aucune idée.

— En tout cas, cette fois-ci on peut exclure lady Rochford de la liste des suspects.

— Oui. » Je me mordis la lèvre. « Il existe une autre hypothèse. Une personne jouissait de l'occasion rêvée pour tout préparer avec Broderick et ensuite l'aider à mourir. Un homme originaire du Kent.

— Le sergent Leacon ? demanda Barak, stupéfait.

— Peut-être ne faut-il pas se fier aux apparences. Depuis ma conversation avec le vieil avocat de Hull, je me suis interrogé sur la famille de l'archer Blaybourne. Il a dû aller la retrouver dans le Kent après son retour de France. Que savaient ces gens, au juste ? La confession aurait pu être faite devant un parent dans le Sud, gardée dans la famille, puis apportée à Londres et ensuite à York quand la rébellion a été organisée. »

Barak secoua la tête. « Je n'arrive pas à imaginer Leacon en tueur.

— Il n'est pas nécessaire qu'il le soit. La personne qui m'a assommé au Manoir du roi n'avait peut-être pas l'intention de me tuer, seulement de s'emparer des documents. Et elle n'a pas tué Broderick, elle l'a simplement aidé à en finir. Leacon aurait pu assommer Radwinter et aider Broderick à mourir avant d'aller faire son rapport à Maleverer. Il aurait même pu permettre aux soldats de se procurer la bière. »

Barak prit un air dubitatif. « Ça colle, et pourtant…

— Je sais. Il n'a vraiment pas la tête de l'emploi. Je suis déjà gêné à cause du rôle que j'ai joué dans les ennuis de ses parents. J'ai proposé de tenter de les aider. »

Il réfléchit quelques instants. « C'est lui qui garde Radwinter, à présent.

— C'est exact.

— Peut-être devriez-vous en parler à Maleverer. »

Je secouai la tête. « C'est inutile. Il n'écouterait pas.

— Vous devriez quand même. »

Je soupirai. « Un de ces jours il sera tellement las de mes supputations que je vais finir par avoir des ennuis. Mais tu as raison. »

Une nouvelle grosse vague heurta le bateau de plein fouet, qui éclaboussa les matelots en train de manœuvrer les voiles. Au même moment un cri fut poussé depuis le nid-de-pie : « Terre ! »

Nous passâmes quatre jours à Ipswich, une jolie petite ville. Si mettre le bateau en cale sèche et réparer le gouvernail n'était pas tâche aisée, il ne fut pas difficile, en revanche, de trouver une auberge. Giles, épuisé de douleur et d'humeur peu loquace, se coucha sur-le-champ. Je décidai de suivre les conseils de Barak et partis à la recherche de Maleverer. Il avait reconstitué son cabinet de travail dans une chambre de l'une des meilleures hôtelleries de la ville. Déjà, ses documents étaient entassés sur un bureau de fortune. Les traits tirés, son teint rougeaud devenu pâle et grisâtre, il était occupé à écrire quand j'entrai dans la pièce et, comme à l'accoutumée, il m'accueillit par un froncement de sourcils.

« Je n'ai guère de temps à vous accorder, messire Shardlake. Je dois préparer un long rapport pour le conseil.

— Une idée m'a traversé l'esprit, sir William. À propos de la mort de Broderick. »

Il soupira, mais posa sa plume. « Eh bien ? »

Je lui fis part de mes réflexions au sujet de Leacon. Il me fixa d'un air agacé.

« Leacon aurait pu tuer Broderick n'importe quand durant ces dernières semaines, rétorqua-t-il.

— Je doute qu'il y ait eu un moment où il n'y avait pas d'autres soldats dans les parages. Cette fois-ci, ç'a peut-être été l'occasion idéale.

— Il a commis la négligence de laisser ces soldats se saouler. Je l'indique dans mon rapport et il en paiera le prix. Mais, Dieu du ciel, pourquoi donc aurait-il tué Broderick ?

— Je n'en sais rien, sir William. C'est juste qu'il en avait l'occasion. Et..., eh bien, il est originaire du Kent. Vous vous rappelez ce que je vous ai dit sur Blaybourne ?

— Ne mentionnez pas ce nom, Seigneur Dieu ! Le murs ont des oreilles. Vous continuez à ressasser cette histoire ?

— Je me suis posé des questions à propos de la famille de Blaybourne. Si la confession sur laquelle j'ai jeté un coup d'œil a été transmise...

— Vous raffolez des hypothèses saugrenues, n'est-ce pas ? » Il pointa sa plume sur moi. « Vous n'êtes pas sans savoir que la plupart des soldats qui escortaient le cortège étaient originaires du Kent. Leacon fait partie de la garde royale depuis cinq ans. Il a toujours été extrêmement sérieux, jusqu'à cette négligence.

— Qu'il commette une négligence précisément à ce moment, n'est-ce pas en soi un sujet d'inquiétude ?

— Prenez garde ! L'agression dont vous avez été victime vous porte à soupçonner n'importe qui et à souiller la réputation de tout le monde sans la moindre preuve... Allez-vous-en ! me lança-t-il en m'indiquant la porte. Sortez ! Hors de ma vue ! Dehors ! »

Après notre départ d'Ipswich, la malchance sembla abandonner le bateau comme par enchantement. Un vent favorable nous poussa et nous atteignîmes la Tamise en quatre jours, le 1ᵉʳ novembre. Accoudé au bastingage, je regardai le bateau remonter le large estuaire entre les berges boueuses. La mer était calme et des filets de brume planaient au-dessus du rivage. Comme tous les autres passagers, j'avais froid et j'étais épuisé. Les premières maisons apparurent et le bateau se dirigea en louvoyant vers le quai de Billingsgate. Sur la rive nord, la tour de Londres se dressait au-dessus de nous.

Barak et Tamasin firent leur apparition et vinrent se placer à mes côtés. Tamasin posa sur moi un regard indécis. Je lui souris, car à quoi aurait servi d'afficher notre différend ?

« Que salue-t-on ? » demanda Barak. Les cloches carillonnaient dans toutes les églises de la ville.

« Il paraît que, en l'honneur de la reine Catherine, le roi a ordonné de célébrer des offices dans toutes les églises, pour remercier Dieu d'avoir enfin trouvé une bonne épouse, déclara Tamasin.

— S'il savait…, murmura Barak.

— Eh bien, il ne sait pas, répliquai-je à voix basse. Et il ne faut pas qu'il le sache. Oublions tout ça. Nous nous fondons à nouveau dans Londres. »

Tamasin poussa un soupir de soulagement. « Cela semble une merveilleuse perspective, après ces six dernières semaines.

— En effet… Mais il faut que j'aille chercher messire Wrenne, ajoutai-je, mal à l'aise. Lui annoncer qu'on est presque arrivés. »

Je descendis sous le pont pour gagner la minuscule cabine de Giles. Il avait passé toute la semaine sur sa couchette, endormi la plupart du temps. Je le trouvai éveillé, mais allongé, l'air chagrin.

« Nous sommes presque arrivés, dis-je.

— Je le sais. D'après les appels des marins. J'ai donc survécu à la traversée, commenta-t-il avec un petit sourire.

— Comment allez-vous ?

— Mieux. Je dois me lever, soupira-t-il.

— Lorsque nous arriverons chez moi, il faudra que vous vous reposiez plusieurs jours. Entre-temps, Barak et moi irons faire une enquête à Gray's Inn.

— Pourriez-vous attendre un peu ? Jusqu'à ce que je me sente capable de vous accompagner. » Il eut un rire gêné. « J'aimerais revoir mon neveu debout sur mes deux jambes, plutôt que de lui imposer une visite à mon chevet.

— Très bien, Giles. Absolument. Attendons quelques jours. Je vais faire venir mon ami Guy. Il est apothicaire, mais c'est aussi un médecin patenté.

— Le vieux Maure espagnol dont vous m'avez parlé ?

« — C'est ça. Je suis persuadé qu'il soulagera vos douleurs. Et vous apprécierez mon logis. Joan, ma gouvernante, est une bonne vieille qui prendra bien soin de vous. » Penser à ma maison me mit du baume au cœur. En tout premier lieu, je tâcherai de faire fixer la date du procès Bealknap.

« Vous avez été si bon pour moi, murmura Giles. Comme un fils. »

Je ne répondis rien, me contentant de lui poser la main sur le bras. « Je vous laisse vous préparer. On vous attend en haut. »

Quand j'arrivai sur le pont je constatai que nous étions en train d'accoster. Le bateau cogna contre le débarcadère sur lequel se trouvaient six soldats armés de piques, l'escorte de Radwinter.

Le bateau fut amarré. Giles nous rejoignit, agrippé au bastingage. « Londres, fit-il. Ça paraît énorme.

— Ça l'est, dit Barak. On dit qu'il y débarque chaque jour un millier de nouveaux arrivants.

— Jack vous fera visiter la ville, monsieur, dit Tamasin.

— Et vous aussi, j'espère, mam'selle. Ce sera agréable de marcher dans les rues de Londres en compagnie d'une jolie fille. »

Nous regardâmes débarquer les courtisans, petite troupe plutôt débraillée, à présent. Maleverer se trouvait parmi eux.

Le sergent Leacon apparut en compagnie des deux soldats qui flanquaient Radwinter. Les vêtements jadis si nets du geôlier étaient tout chiffonnés. Le visage crasseux, mal rasé, les cheveux et la barbe hirsutes, l'homme avait les bras et les jambes enchaînés, comme jadis Broderick. La tête pendante, il n'avait plus du tout l'air farouche.

Leacon et les soldats lui firent traverser la passerelle et le conduisirent vers l'escorte qui l'attendait. Sur un signe d'un soldat, les passagers restants débarquèrent à leur tour. Une fois sur le quai, surpris par la sensation de marcher sur la terre ferme, je faillis perdre l'équilibre. Tamasin et Barak me saisirent chacun un bras.

« Tout doux ! s'écria Barak. Vous allez provoquer une dégringolade générale ! Je suis un peu chancelant, moi aussi. »

Je sentis une autre main sur mon bras. Je me retournai, pensant qu'il s'agissait d'une main secourable.

« Ça va... » Je m'interrompis. La main m'avait serré fortement le bras et je découvrais maintenant qu'elle appartenait au sergent Leacon. Trois des soldats s'étaient approchés et nous entouraient, à présent, brandissant leurs piques. Le sergent Leacon posa sur moi un regard grave.

« Il faut que vous suiviez les soldats, messire Shardlake. »

Je me renfrognai. « Mais... de quoi s'agit-il ?

— Vous êtes en état d'arrestation, monsieur. Vous êtes soupçonné de trahison. »

Giles s'avança. « De trahison ? répéta-t-il, stupéfait, un tressaille-ment dans la voix. Que voulez-vous dire ? Il doit y avoir une erreur...

— Aucune erreur, monsieur. Les soldats qui sont venus chercher Radwinter ont aussi apporté un mandat d'arrêt concernant messire Shardlake.

— Voyons un peu ! lança Giles d'un ton d'autorité en tendant la main. Je suis avocat. » Leacon sortit un document de sa poche et le lui remit. Giles l'étudia, les yeux écarquillés, avant de me le passer d'une main tremblante. L'ordre d'arrestation portait la signature de l'archevêque Cranmer.

« De quoi m'accuse-t-on ? » J'avais les lèvres douloureusement gercées et mon cœur cognait comme un fou dans ma poitrine.

« On vous le dira à la Tour.

— Non ! » Barak se jeta en avant et saisit le bras de Leacon. « C'est impossible. Il doit y avoir une erreur. L'archevêque Cranmer... »

Un soldat lui attrapa le bras. Barak perdit l'équilibre et tomba sur les pavés boueux en poussant un cri. On m'entraîna sans ménagement.

« Cherche à savoir de quoi il retourne, Jack ! » lançai-je.

Tamasin l'aidait à se remettre sur pied. « Comptez sur nous ! » me cria-t-elle. Figé, la mine scandalisée, Wrenne contemplait la scène. Un peu plus loin, les courtisans me fixaient. Je croisai le regard de Male verer. Il inclina la tête, haussa les sourcils et sourit. Il savait.

41

LES SOLDATS NOUS ENTRAÎNÈRENT VERS UNE GRANDE BARQUE à rames ancrée un peu plus loin. Le sergent Leacon ne nous accompagna pas et je fus, bizarrement, très malheureux d'être abandonné à des mains étrangères. On me fit descendre des marches couvertes de bourbe verdâtre gluante. Je glissai, et, si l'un des soldats ne m'avait pas saisi le bras, je serais tombé dans les eaux sales de la Tamise.

Ils m'installèrent près de Radwinter et firent avancer la barque à coups de rames au milieu du large fleuve. Lorsque je me retournai vers le quai, j'aperçus, immobiles comme des statues, trois personnes qui regardaient, et dont nous nous éloignions de plus en plus : Barak, Tamasin et Giles, impuissants à m'aider.

D'autres embarcations s'écartaient, à la vue du bateau empli de tuniques rouges. Nous passâmes tout près d'un bachot dont le passager, un magistrat municipal bien en chair, me lança, ainsi qu'à Radwinter, un regard où la peur le disputait à la pitié. J'imaginais ses pensées : on les transporte à la Tour, mais ce pourrait être moi. Cette crainte hantait tous les esprits. Et d'un seul coup, à l'improviste, voilà que ça m'arrivait, à moi. Toutefois, pensai-je avec effroi, peut-être ne devrais-je pas être surpris, vu le nombre de secrets que je connais, à propos de Blaybourne et de l'illégitimité du roi. Non que j'aie jamais cherché à les connaître, mais à présent on allait, coûte que coûte, me les extirper de la cervelle. Qui m'a dénoncé ? me demandai-je, les sourcils froncés. Sûrement pas le vieux Swann. Et, à part lui, seul Barak connaissait l'étendue de mes découvertes sur Blaybourne. Si Barak avait mis Tamasin dans la confidence, cela ne pouvait quand même pas venir d'elle ! J'avalai ma salive. J'avais le gosier sec comme un parchemin. À côté de moi, Radwinter regardait droit devant lui, la mine lugubre, mais je ne perçus aucun signe de la folie furieuse décrite par Barak. Il se mit à pleuvoir.

Le trajet fut court. Soudain, les murs de la Tour nous dominèrent de toute leur hauteur. On était à marée basse et la partie normalement immergée était couverte de boue. Mon cœur battait la chamade. Nous nous arrêtâmes devant la herse sarrasine qui donnait sur le fleuve. Le *Watergate*, le « Porche d'eau »... Je pensai : Anne Boleyn est entrée par cette grille, Anne Boleyn, Anne Boleyn... Ce nom martelait mon esprit C'était pour m'empêcher de parvenir au terme de cette histoire, Cromwell m'ayant forcé à assister à l'exécution de la reine. Cinq ans plus tôt, par une belle journée de printemps, j'avais vu sa tête rebondir du billot sur la pelouse de Tower Green.

« Débarquez ! » La barque avait heurté les marches de pierre. Les soldats saisirent nos bras et nous soulevèrent de force. Par l'arcade de pierre en haut des marches, j'aperçus Tower Green, où picoraient des corbeaux, et, au-delà, la grande masse carrée de la Tour blanche. La pluie redoubla.

« Lâchez-moi ! » À mes côtés, Radwinter s'était ranimé. « Je n'ai rien fait ! Je suis innocent. » Il se démena, mais les soldats le maîtrisaient fortement, sans prendre la peine de répondre. « Innocent », pensai-je. Comme Anne Boleyn, comme Margaret de Salisbury, qu'ils avaient tuée ici même au printemps dernier. En ce lieu, l'innocence ne servait de rien.

« Montez ! » Les soldats nous lançaient des ordres brefs. Ils nous firent gravir les marches et, comme je ne m'étais toujours pas réhabitué à marcher sur la terre ferme, je faillis glisser derechef.

« Attendez ici ! »

Nous nous immobilisâmes dans une allée. Les soldats nous entourèrent, piques dressées, l'eau giclant sur les plastrons et les casques. Un administrateur apparut, tête baissée afin de se protéger de la pluie. Il nous jeta un coup d'œil au passage, l'air vaguement intéressé, comme s'il se demandait : À qui le tour, cette fois-ci ? Ici, on devait être habitué aux nouveaux venus. J'avais horriblement honte d'en être arrivé là, et, durant quelques instants, la honte fut plus forte que la peur. Et si mon père pouvait assister à cette scène depuis le ciel ?

Un homme sortit de la Tour blanche et se dirigea vers nous. Vêtu d'une robe de fourrure et coiffé d'un chapeau à large bord, il avançait lentement, insoucieux de la pluie. Les soldats le saluèrent au moment où il fit halte devant nous. Grand et mince, la barbe châtain-roux bien taillée, il devait avoir une bonne trentaine d'années. L'un des soldats lui tendit deux documents, les mandats d'amener, sans aucun doute. Il nous examina, Radwinter et moi, le regard vif, scrutateur.

« Qui est qui ? » demanda-t-il d'une voix égale.

Le soldat inclina la tête vers moi. « Voici Shardlake, sir Jacob. L'autre, c'est Radwinter. »

Sir Jacob hocha la tête. « Amenez-les tous les deux ! » lança-t-il, avant de tourner les talons. Les soldats nous entourèrent et, à la suite de sir Jacob, nous avançâmes sur la pelouse en direction de la Tour. Les corbeaux s'écartaient sur notre passage en sautillant.

Nous fûmes conduits jusqu'à l'escalier principal de la Tour blanche, puis nous traversâmes la grande salle au haut plafond voûté où les soldats de la garnison bavardaient et jouaient aux cartes. Ils s'interrompirent pour nous regarder passer. Un grand nombre d'entre eux devaient tout juste revenir du voyage royal, peut-être certains avaient-ils assisté à l'épisode de Fulford.

J'étais déjà venu à la Tour, en mission officielle, et quand je compris qu'on nous emmenait dans les cachots, j'eus un violent coup au cœur et l'angoisse me serra l'estomac. On descendit un escalier à vis éclairé par des torches, de plus en plus bas, avant d'atteindre tout au fond une porte dans laquelle s'ouvrait un judas muni de barreaux. Au-dessous du niveau de l'eau, les murs suintaient et luisaient d'humidité. J'étais venu là quatre ans plus tôt afin d'obtenir des renseignements auprès d'un geôlier et j'avais alors eu un bref aperçu de ce qui se passait en ce lieu ; mais je n'y avais pas prêté grande attention, ma mission occupant alors entièrement mon esprit. Sir Jacob cogna contre la porte. Il y eut un cliquetis de clefs, la porte s'ouvrit et on nous fit entrer. Puis la porte claqua derrière nous. Je me sentais plus impuissant que jamais, complètement coupé du monde d'en haut.

Nous nous trouvions dans un espace au sol dallé, mal éclairé et entouré de murs de pierre. Il y faisait froid et très humide. Les murs étaient percés de lourdes portes entravées de barres de fer. Au milieu du local, donnant à l'endroit un aspect incongrûment domestique, se trouvait un bureau sur lequel était posée une grosse bougie de cire d'abeille qui projetait une lumière jaunâtre sur un amas de papiers. Le gardien qui nous avait fait entrer, gros homme aux cheveux gras coupés court, s'approcha et se posta à côté de nous. Sir Jacob prit un papier, l'examina, hocha la tête. « Ah, il est donc prêt, je vois. Mettez Radwinter au numéro neuf, dit-il tranquillement. Enchaînez-le, puis revenez. Caffrey est-il là-haut ?

— Oui, sir Jacob.

— Ramenez-le avec vous. » Il fit un signe de tête aux soldats. « Vous pouvez disposer. »

Ils partirent, leurs bottes claquant bruyamment sur les marches. Le gardien leur ouvrit la porte, revint, empoigna le bras de Radwinter et l'emmena. Radwinter ne résista pas, complètement hébété, semblait-il. Ils disparurent au détour d'un couloir tout au fond du local, au son du cliquetis des clefs suspendues à la ceinture du gros homme. Sir Jacob se tourna vers moi.

« Je suis sir Jacob Rawling, vice-gouverneur de la Tour, chargé de ce genre de tâches. » Il eut un sourire glacial en balayant l'espace de la main.

« Oui, monsieur. » Je frissonnai. Le froid me tranperçait jusqu'aux moelles à travers mes vêtements trempés.

« Il est triste de voir quelqu'un de votre rang réduit à cet état. » Sa façon de secouer la tête lui donnait bizarrement l'air d'un maître d'école gourmandant un élève sur le point d'être puni pour avoir commis une grave infraction à la discipline.

« Je ne sais pas pourquoi j'ai été arrêté, monsieur », osai-je déclarer.

Il scruta mon visage, plissa les lèvres et expliqua : « L'affaire est liée à la reine. » La stupéfaction me fit cligner des yeux. Il ne s'agissait donc pas du tout de Blaybourne. Mais, dans ce cas-là, pourquoi avais-je été arrêté et non pas Barak et Tamasin ? Horrifié, je pensai que la reine avait été découverte. On alléguera que j'avais omis de dénoncer l'adultère qu'elle avait commis avec Culpeper. Maleverer devait donc être au fait de la situation depuis le début.

« N'aviez-vous pas déjà assez de préoccupations au cours de ce voyage ? » me demanda sir Jacob en me gratifiant d'un nouveau sourire de maître d'école, comme si, malgré tout, quelque chose dans la mauvaise conduite du garnement l'amusait. Peut-être le fait d'avoir eu la naïveté de croire qu'il pourrait s'en tirer. Il m'étudia avec intérêt. « On a déjà entendu votre nom en ce lieu, tout récemment. Quand on a torturé Bernard Locke. On cherchait à découvrir le rôle qu'il avait joué dans les tentatives de meurtre dont vous avez été victime. »

Il ne prononça pas le mot « torturé » avec plaisir, comme l'aurait fait Radwinter, ni avec une froide détermination, comme Maleverer, mais d'un ton parfaitement neutre. Et, d'un seul coup, il me fit très peur.

« Je le sais, monsieur.

— Je sais que vous le savez. Sir William l'a signalé dans le rapport qu'il a rédigé contre vous.

— Donc c'est lui mon accusateur ?

— Oui. Il vous accuse de ne pas avoir dit que vous connaissiez l'existence d'une certaine relation entre la reine et Dereham.

— Dereham ? répétai-je, médusé.

— Messire Dereham est soupçonné d'avoir eu une affaire de cœur avec la reine Catherine. On vous suspecte de l'avoir su et de vous être tu. »

Je me rappelais à présent que Rich m'avait vu sortir de la tente de la reine à Holme et qu'il avait vu Dereham m'interpeller et me questionner dans une rue de Hull. Dereham avait dû être soupçonné et peut-être était-il surveillé par Maleverer. Rich avait raconté ces deux scènes à Maleverer et on m'avait arrêté. Alors que je savais des choses si graves, je me retrouvais à la Tour pour quelque chose que j'ignorais totalement. « Dereham ? répétai-je.

— À quoi bon dissimuler, Shardlake ? répliqua-t-il d'un ton serein, en bon maître d'école qui tente de faire entendre raison à un élève têtu. Je vais vous montrer ce qui vous attend si vous vous obstinez. » Mais il resta immobile, le regard fixé sur moi. Son attitude acheva de me déconcerter et je frissonnai à nouveau.

Il y eut un cliquetis de clefs. Le gros gardien était revenu, accompagné d'un jeune homme trapu vêtu d'un pourpoint en cuir taché. Je plissai les yeux pour scruter le pourpoint dans la pénombre. S'agissait-il de taches de sang ?

Sir Jacob leur fit un signe de tête. « Fouillez-le ! »

Je grimaçai lorsque les deux hommes m'empoignèrent et passèrent leurs mains brutales sur mes vêtements. Ils prirent mon poignard, ma bourse, le sceau de Cranmer et les posèrent sur le bureau. Sir Jacob se saisit du sceau, le regarda et poussa un petit grognement.

« Faites sortir Bernard Locke, dit-il aux deux hommes. Il faut qu'on le mette dans la cellule des condamnés sur le point d'être exécutés. »

Ils ouvrirent la porte de l'une des cellules et y pénétrèrent. J'allais donc voir en chair et en os le fiancé de Jennet Marlin, l'homme qui l'avait chargée de cette mission de mort.

On l'amena sur une chaise. Il n'était pas enchaîné et je compris qu'il avait été tellement torturé qu'il ne pouvait plus marcher. Ses jambes et l'un de ses bras pendaient, flasques, tandis que de l'autre bras, secoué de spasmes et de tremblements, il essayait de s'accrocher au bord du siège pour garder l'équilibre. « On y va, l'ami ! » lança le gros gardien d'un ton plaisant au moment de lui faire traverser l'espace central. J'essayai de voir le visage de Locke, mais il était dissimulé par de longues mèches de cheveux.

« Un instant ! » cria sir Jacob. Les gardiens, qui suaient à grosses gouttes, s'immobilisèrent. Le vice-gouverneur fit redresser la tête de Locke en tirant sur ses cheveux. Le prisonnier geignit. Une balafre purulente, marque de brûlure, lui traversait le front. Je fus surpris de constater qu'il avait toujours dû être laid. Ses traits étaient épais, grossiers, et ses yeux proéminents regardaient à présent de toutes parts d'un air hagard.

« Eh bien, messire Locke ! fit sir Jacob. Vous voilà donc presque au terme du voyage. J'ai pensé que vous deviez rencontrer messire Shardlake, un autre avocat qui a mal tourné, l'homme que votre fiancée a tenté de tuer. Avez-vous quelque chose à lui dire ? »

Bernard Locke me fixa quelques instants. Le simple fait de tourner la tête le fit grimacer. « Non, chuchota-t-il.

— Pourquoi avez-vous fait cela ? lui demandai-je. Pour quel motif avez-vous utilisé de la sorte cette malheureuse femme ? Pour quelle raison l'avoir obligée à ôter la vie à un innocent et lui avoir fait courir un péril tel qu'elle en a perdu la vie ? »

Il ne répondit pas, se contentant de fixer sur moi un regard vague, comme s'il appartenait déjà à un autre monde.

« Vous avez trahi les conjurés, vous l'avez trahie, elle. »

Il ne répondit pas davantage.

« Si vous aviez réussi, auriez-vous épousé Jennet ? » Pour une raison inconnue, j'avais besoin de le savoir.

Il passa une langue gonflée sur des lèvres gercées. « Peut-être, fit-il d'une voix à la fois rauque et haut perchée. Quelle importance désormais ? »

Une autre question me traversa l'esprit. « Connaissez-vous un avocat de Gray's Inn du nom de Martin Dakin ? » Je savais que la question ne pouvait faire courir aucun danger à Dakin. Locke avait sans aucun doute déjà dit à ses bourreaux tout ce qui aurait pu incriminer un tiers.

Une lueur d'intérêt brilla dans les yeux vides. « Oui. Je connaissais Martin. » Il parlait déjà de lui-même au passé, comme s'il était déjà mort. Sa bouche se tordit en un demi-sourire. « Il n'était pas impliqué. Il ne court aucun danger.

— Qui est ce Dakin ? » demanda sir Jacob.

Je poussai un soupir. « C'est seulement le neveu d'un vieux juriste que je connais. Un avocat de Gray's Inn. J'essaye d'aider cet homme à le retrouver. »

Il fronça les sourcils. « Vous avez d'autres préoccupations désormais, messire Shardlake, croyez-moi. » Il fit un signe de tête aux geôliers, qui emportèrent Locke, l'effort faisant haleter le gros homme. Ce dernier réussit péniblement à déverrouiller la porte sans lâcher la chaise, et ils transportèrent Locke de l'autre côté. « Ça va pas être facile de monter l'escalier, déclara le jeune gardien.

— Que non ! haleta le gros. Tu nous causes des ennuis, tu sais, l'ami », dit-il à Locke. L'ascension des marches arracha à Locke un gémissement à chaque saccade. Sir Jacob inclina la tête.

« À la fin, ils ont si mal qu'ils sont incapables de penser à autre chose. Eh bien ! il sera bientôt au bout de ses peines. Il aura la tête tranchée demain.

— Il n'y aura pas de procès ? »

Il me lança un long regard de travers, comme si j'avais proféré une insolence. « Je pense que je vais vous laisser un certain temps pour

451

que vous compreniez où vous êtes, dit-il. Oui, cela vaudra mieux. Nous reparlerons plus tard. » En attendant le retour des gardiens, il s'installa au bureau, commença à jeter des notes sur une feuille de papier et ne me prêta plus aucune attention.

Je restai debout devant lui, les jambes flageolantes, l'esprit agité de pensées fiévreuses. La reine avait-elle eu des relations amoureuses, non seulement avec Culpeper, mais aussi avec Dereham ? Cela paraissait incroyable, pourtant, rien d'autre ne pouvait expliquer la présence de la signature de Cranmer au bas du mandat d'amener. Si personne ne savait rien à propos de Culpeper, moi, je pouvais sans mentir affirmer ne rien savoir sur Dereham. Allait-on me croire ou, au contraire, essayer de me faire parler coûte que coûte ? Je savais aussi que si l'on me torturait je leur raconterais n'importe quoi pour les faire cesser et que je leur avouerais ce que je savais sur Culpeper, ou mes doutes à propos de l'ascendance du roi. Absolument n'importe quoi. Je savais parfaitement que je ne serais pas aussi résistant que Locke, ni que Broderick s'il avait été torturé à la Tour. La terreur me fit soudain chavirer l'esprit et, cachant mon visage dans mes mains, je me mis à gémir.

Essoufflés, haletants, les gardiens redescendirent l'escalier. J'enlevai mes mains tremblantes de mon visage. Sir Jacob me regardait avec une tranquille satisfaction. « Ça y est ! lança-t-il. La lumière a jailli semble-t-il. Mettez-le avec Radwinter ! »

42

LE GROS GARDIEN ME FIT MONTER À L'ÉTAGE SUPÉRIEUR et me conduisit jusqu'à un étroit couloir éclairé par des torches où étaient alignées toute une série de robustes portes en bois. Il en ouvrit une et me poussa à l'intérieur de la cellule d'un geste si brusque que je faillis tomber.

C'était une longue pièce basse de plafond dont les murs de brique badigeonnés étaient maculés de plaques de moisi. Par une petite fenêtre à barreaux percée en hauteur à l'autre bout de la cellule, j'apercevais un morceau de ciel sombre et j'entendais le chuintement de la pluie criblant le fleuve. On devait donc se trouver tout près de l'eau. Pour tout mobilier, deux lits de camp branlants se faisaient face, près de la porte. Radwinter était assis sur l'un des deux, la tête entre ses mains, enchaînées tout comme ses pieds.

« Asseyez-vous », me dit le gros homme. Je m'effondrai plutôt que je ne m'assis sur un mince matelas crasseux qui puait le moisi. Il n'y avait aucune couverture. « Tendez les bras ! ordonna-t-il. Dépê-chez-vous, j'ai pas que ça à faire ! » Il parlait toujours d'un ton calme, mais, quand je levai les yeux vers lui, le dur éclat de ses petits yeux me fit comprendre qu'il valait mieux obtempérer. J'étendis les bras. Avec une dextérité telle que j'eus à peine le temps de comprendre ce qu'il faisait, il saisit sous le lit une chaîne dotée de menottes à chaque bout, qu'il glissa autour de mes poignets. Il y eut un double déclic et je me retrouvai entravé. Il se pencha de nouveau, tira une autre chaîne et m'attacha les pieds, avant de se lever et d'examiner son travail en hochant la tête.

« Bien. Ça ira comme ça !

— Est-ce absolument nécessaire ? demandai-je, la peur faisant monter ma voix de plusieurs tons.

— Est-ce ab-solument né-cessaire ? répéta-t-il avec un large sourire moqueur en imitant mon accent d'homme instruit. C'est le règle-ment, l'ami. Et c'est pas ce qu'il y a de pire, comme vous allez le constater. » Après avoir jeté un coup d'œil sur Radwinter, toujours affalé, la tête entre les mains, le gardien sortit de la cellule. La clef tourna bruyamment dans la serrure.

Je restai immobile, figé de terreur. Les chaînes étaient assez longues pour que je puisse remuer les bras et sans doute marcher, mais elles étaient lourdes, et l'un des fers était très serré, pas au point d'entraver la circulation du sang mais suffisamment pour écorcher mon poignet quand je le bougeais.

Radwinter me fixait du regard. Les vêtements crasseux, le visage sale, il avait les yeux hagards et injectés de sang. On ne reconnaissait guère l'homme soigné et sûr de lui qui m'avait accueilli au château d'York.

« Qu'avez-vous fait ? demanda-t-il d'une .oix enrouee, fêlée.

— Pas ce dont on m'accuse.

— Vous mentez ! » hurla-t-il soudain.

Je ne répondis pas, de crainte qu'il ne se jette sur moi.

D'un ton à la fois amer et passionné, il reprit : « Vous êtes un faible de nature, et les faibles sont des êtres dangereux. Il peuvent se laisser influencer par des pécheurs, comme Broderick. Il faut châtier les méchants, car ils le méritent. Quand il me battait, mon père me disait que c'était la loi divine, et il avait raison. C'est vrai. Si, c'est la vérité ! hurla-t-il, comme si je l'avais contredit. Mais je n'ai pas tue Broderick ! J'ai commis des erreurs, mais commettre une erreur ne signifie pas que l'on est un traître et ça ne justifie pas cette punition ! cria-t-il en fixant sur moi des yeux de fou.

— Peut-être se contentera-t-on de vous interroger, dis-je pour le calmer. Puis on vous relâchera quand on s apercevra que vous n'êtes pas responsable de la mort de Broderick. Personnellement, je ne crois pas que vous l'ayez tué. »

Il ne sembla faire aucun cas de mes paroles. « Les erreurs doivent être punies. » Il fronça les sourcils. « Mais pas aussi sévèrement. C'est le mal fait sciemment qu'il faut punir avec dureté Mon père m'a élevé ainsi. Pour avoir oublié l'heure de mon coucher : trois coups de martinet. Pour être resté volontairement jouer dehors plus long-temps que permis : douze. Les cicatrices me le rappellent. Il m'avait fait ces marques pour que je n'oublie pas. »

Je ne répondis rien. Il avait l'œil vague, le regard tourné vers l'inte rieur, et se parlait davantage à lui-même qu'il ne dialoguait avec moi

« Parfois il me faisait agenouiller et m'obligeait à regarder le martinet pendant une demi-heure avant qu'il l'utilise. Cela faisait partie de la punition. Il m'a appris que ça ne marche pas avec les animaux. » Il leva les yeux vers moi. « Vous vous rappelez ? demanda t-il en souriant. Je vous l'ai déjà expliqué.

— Oui. » Je me dis que Maleverer avait raison : cet homme avait perdu la tête ; l'épreuve qu'il subissait était au-dessus de ses forces. On m'avait enfermé avec un fou.

« Il me racontait ça quand on allait aux combats de taureaux et de chiens, et qu'il me serrait la main si fort que le sang ne passait plus. L'attente effraye un garçonnet, et je devinais que ça effraierait aussi un homme adulte. » Il eut alors un rictus que j'espère ne jamais revoir sur les lèvres de quiconque. Je me déplaçai sur le lit, en un effort involontaire pour m'éloigner un peu plus de lui. Il parut recouvrer ses esprits et planta sur moi son regard glacial de jadis.

« Vous, vous allez sentir la morsure du martinet, je veux dire de l'instrument, mais pas moi, parce que je suis innocent. Aux yeux de Dieu je suis bon ! Le roi, le représentant de Dieu sur terre, ne le permettra pas ! » Il se mit alors à hurler, pris d'une furie soudaine. Je m'écartai encore plus, me recroquevillant sur moi-même. « Espèce de minable bossu ! À Fulford Cross, le roi vous a traité comme vous le méritiez ! » Il rit, soudain animé d'une joie démoniaque, comme le lutin malfaisant d'une fable. Il habitait à présent dans un monde à part, à moins que ce n'eût toujours été le cas. Son rire cessa brusquement. « Maleverer m'accuse, reprit-il. À tort. Dès que je serai sorti d'ici, il sentira la brûlure du martinet. C'est moi qui la lui infligerai. » Il secoua la tête. « Non. Je veux dire, les fers, le feu. Pourquoi est-ce que ma tête bouillonne et me brûle ? Pourquoi est-ce que je ne peux plus penser normalement ? s'écria-t-il en me lançant un regard désespéré.

— Vous devriez voir un prêtre, Radwinter.

— On m'enverra un papiste, un sale papiste qui mériterait le bûcher... » Il baissa la voix et son marmonnement – balbutiements de fou adressés à lui-même – devint incompréhensible. Je me levai et me dirigeai vers la fenêtre. Les chaînes faisaient un bruit de ferraille et entravaient mes mouvements. Je me dis à nouveau que j'étais en train de vivre ce que craignaient les Londoniens : se retrouver dans une cellule de la Tour, enchaîné, accusé de trahison, attendant d'être interrogé au moyen de Dieu seul savait quelles horribles méthodes. En outre, le froid me transperçait jusqu'à la moelle. Je fermai les yeux et portai les mains à mon visage, tandis que Radwinter chuchotait ses propos de dément et qu'à l'extérieur, la pluie crépitait sur le fleuve. La marée devait monter car le chuintement semblait s'être rapproché. De ma vie, je n'avais jamais été aussi terrifié.

Je retournai me coucher sur mon lit, grelottant de froid. Les heures passèrent. Radwinter s'était allongé, lui aussi, et calmé. Nous sursautâmes tous les deux quand la clef tourna dans la serrure, mais il ne s'agissait que du jeune gardien qui apportait la nourriture – un potage peu consistant, malodorant et mousseux, où flottaient des petits bouts de nerfs. Il posa les écuelles à même le sol.

« Si vous voulez quelque chose de meilleur, déclara-t-il, faudra payer. » Il nous regarda d'un air intéressé. « Vous êtes tous les deux des messieurs. Est-ce que vous allez recevoir des visites ?

— Sont-elles autorisées ? demandai-je.

— Pour sûr ! répliqua-t-il, comme si j'étais idiot. Autrement, comment est-ce que vous auriez de l'argent pour payer vos achats ? Est-ce que quelqu'un va venir vous voir ?

— Je l'espère bien », soupirai-je. Je me rendis alors compte à quel point j'avais envie de voir un visage amical.

« L'archevêque Cranmer viendra me voir, moi, annonça Radwinter avec une certaine hauteur. Alors ce sera vous et le gouverneur de la Tour qui payerez !

— Est-ce qu'il amènera le roi avec lui ? » s'esclaffa le gardien, avant de refermer la porte. Radwinter le regarda d'un œil torve, puis attrapa l'une des écuelles et se mit à aspirer bruyamment des gorgées de potage. J'avalai moi aussi le répugnant breuvage, ce qui n'arrangea pas l'état de mon estomac.

Plusieurs heures passèrent encore, et le jour déclina. Dehors, le chuintement de la pluie ne connaissait pas de répit. Nous faisait-on attendre exprès, comme jadis le père de Radwinter, pour nous laisser imaginer tout ce qui pourrait se passer ? Je m'allongeai sur mon lit. Barak et Wrenne allaient m'aider, me dis-je. Ils allaient venir.

Au fur et à mesure que l'heure tournait, le froid chassait toute autre pensée de mon esprit. Mes vêtements étaient mouillés depuis la traversée sur le fleuve et ils ne sécheraient jamais en ce lieu. Dehors, il pleuvait toujours à verse. Le crépitement montait et baissait sur le fleuve, au gré du flux et du reflux de la marée. Je finis par m'étendre sur les planches nues du lit, m'enveloppant tant bien que mal dans le matelas crasseux pour tenter de me réchauffer. Opération malaisée, à cause des chaînes. Le matelas puait l'urine et la sueur rance, et la peau me démangeait, attaquée par la vermine qui pénétrait sous mes vêtements. Radwinter était tout à fait silencieux. Je distinguais juste la forme de son corps allongé sur le lit. J'espérais qu'il dormait. L'idée qu'il ait pu être éveillé dans le noir me déplaisait, car alors, Dieu seul savait quelles pensées folles il aurait pu ressasser.

Le matelas ne m'apportait guère de chaleur. Je m'assoupis un moment avant de me réveiller, transi de froid. Entre les épais barreaux de la fenêtre je vis le ciel passer du noir au gris. Le bruit de la pluie ne cessait toujours pas. Je dormis encore un peu, tourmenté par d'horribles cauchemars. Dans l'un d'eux j'étais conduit par des soldats, enchaîné, devant le roi. Il était allongé sur un lit richement décoré, dans le pavillon du Manoir du roi où nous avions rencontré lady Rochford. Il portait une chemise de nuit qui révélait son extrême grosseur, et lorsqu'il se dressa péniblement sur son séant des bourrelets de graisse déferlèrent comme des vagues. Presque chauve, il n'avait plus qu'une frange de cheveux roux et gris au-dessus des oreilles. Il me foudroya du regard. « Voyez ce que vous avez fait ! » s'écria-t-il en écartant la courtepointe. Sur l'une de ses jambes, aussi grosse qu'un tronc d'arbre, s'étalait une plaque noire où poussait un champignon jaunâtre, pareil à celui avec lequel Broderick avait tenté de s'empoisonner. « Vous allez me payer ça, Blaybourne ! s'écria-t-il en fixant sur moi des yeux tout à fait semblables à ceux de Radwinter.

— Je ne suis pas Blaybourne ! » rétorquai-je en tendant les bras dans un geste de supplication. Les soldats tirèrent alors sur mes chaînes, qui cliquetèrent, et l'anneau trop serré me blessa le poignet. Je me réveillai, haletant. La douleur au poignet était bien réelle. J'avais écarté brusquement le bras et l'anneau m'écorchait. Le bruit métallique était réel, lui aussi : une clef tournait dans la serrure. Les deux gardiens, le gros et le jeune, entrèrent, le visage grave, et sans nourriture cette fois-ci. Mon cœur cogna dans ma poitrine et mon estomac se serra de frayeur.

Ils ne m'accordèrent qu'un bref coup d'œil, avant de se tourner vers Radwinter, qui lui aussi s'était redressé d'un bond. À en juger par son air hébété, il devait être en train de dormir. Le gros gardien le souleva pour l'aider à se mettre sur pied. « Bien, l'ami. Sir Jacob veut qu'on vous interroge ! »

Radwinter se débattit. « Non ! Je n'ai rien fait. C'est Maleverer qui devrait être à ma place ! Je suis le geôlier de l'archevêque Cranmer ! Lâchez-moi ! » Il continua à se démener. Le gros gardien lui flanqua une forte gifle, lui saisit la tête et plongea son regard dans le sien.

« Si vous ne vous calmez pas, on va vous traîner par les pieds. »

Abasourdi par le coup, Radwinter ne répondit pas et se laissa emmener sans ménagement. Une fois dehors, il reprit ses esprits et je l'entendis hurler pendant qu'on l'entraînait, appelant sur Malaverer la vengeance de Dieu et hurlant qu'il ferait enfermer le gardien dans sa propre prison. Je m'assis sur le lit, les jambes tremblantes. Quand allait-on venir me chercher ?

Plusieurs heures passèrent.

La marée montait encore et encore et le crépitement de la pluie s'intensifiait. J'avais entendu dire qu'il arrivait que l'eau envahisse certaines cellules donnant sur le fleuve à marée haute et que des prisonniers se noient J'espérais presque que cela se produirait, guettant avec un mélange d'espoir et de crainte le moment où l'eau commencerait à claquer contre la fenêtre. Je sursautai au bruit de la clef dans la serrure et, le souffle coupé par la peur, me retournai brusquement. Était-ce mon tour ?

Barak se tenait sur le seuil, flanqué du jeune gardien. Il avait l'air épuisé. Je me mis sur pied d'un bond, courus vers lui, et, au diable la réserve ! me jetai dans ses bras. « Jack, Jack ! Gloire à Dieu ! »

Il rougit, gêné par ces inhabituelles démonstrations d'affection. La vue de mes chaînes le fit rougir plus encore et il me saisit doucement le bras. « Venez vous asseoir, monsieur. » Il me conduisit jusqu'à mon lit puis se tourna vers le gardien. « Une demi-heure, d'accord ? fit-il.

— C'est ça. Une demi-heure pour six pence. Dites-moi si vous avez quelque chose à apporter et je vous indiquerai le tarif. » Il ressortit et nous enferma à double tour. Barak s'assit sur le lit de Radwinter. À son air las et angoissé, je compris qu'il n'était pas porteur de bonnes nouvelles.

« C'est le lit de Radwinter ! l'avertis-je en poussant un petit gloussement nerveux.

— Radwinter ? On l'a enfermé avec vous ?

— Oui. Il a perdu l'esprit, Jack, et c'est ce qui va m'arriver si je reste ici. On l'a emmené, et Dieu seul sait ce qu'on est en train de lui faire subir. Je n'ai pas la force de supporter cela.

— Qui pourrait le supporter ? Sangdieu, vous avez l'air en piteux état ! Puis-je vous apporter quelque chose ?

— Des couvertures et des vêtements secs. J'en ai absolument besoin. » Ma voix défaillit et je sentis des larmes me monter aux yeux. « Et de la nourriture mangeable. Je te rembourserai plus tard.

— Je vais me débrouiller.

— Merci. Grand Dieu, cela fait plaisir de te voir ! Parle-moi. Aide-moi à me rappeler qu'il existe toujours un monde à l'extérieur. Es-tu allé chez moi ?

— Oui. J'ai pensé qu'il valait mieux qu'on y habite tous les trois. Tamasin s'occupe de messire Wrenne. . Monsieur, reprit-il après un instant d'hésitation, le pauvre vieux ne va pas bien du tout. Il a failli s'évanouir au moment où nous arrivions dans Chancery Lane, et on a dû le coucher tout de suite.

— Je redoutais qu'il soit très mal en point. Est-ce la fin ? demandai-je en le fixant droit dans les yeux.

— Je crois qu'il a juste besoin de repos. Le voyage l'a exténué.

— Joan sait-elle où je suis ?

— On a préféré lui mentir... On lui a dit que vous aviez à faire à

Whitehall et que vous nous aviez proposé de loger à Chancery Lane afin de prendre soin de messire Wrenne jusqu'à votre retour.

— Bonne idée. » Nous demeurâmes silencieux quelques instants. « Tu entends cette pluie ? fis-je.

— En effet. Il a fait apparemment très mauvais temps à Londres. Il paraît qu'il a plu quinze jours durant. Vous vous rappelez le verger qui se trouve derrière votre maison et que la municipalité a fait déplanter pour construire de nouveaux bâtiments ?

— Oui.

— Maintenant qu'il n'y a plus d'arbres, l'endroit est devenu une mer de boue. Vous vous souvenez que ça descend en pente jusqu'au mur de votre jardin ? Eh bien, l'eau enfle et un petit lac se forme près du mur du fond. L'eau ne s'est pas encore infiltrée sous le mur, mais le jardin risque de se retrouver inondé. Joan m'a montré l'endroit. »

Je ne répondis pas, incapable de me concentrer sur ses propos. Il se tut quelques instants puis reprit : « J'ai passé la journée d'hier et la matinée d'aujourd'hui à essayer de découvrir de quoi il retourne. J'ai fait la tournée de mes anciens contacts, mais ils ne savent rien. Le roi est de retour à Hampton Court depuis quelques jours, et il n'est pas encore revenu à Londres. On dit que quelque chose d'extrêmement important se passe là-bas. Tous les gros bonnets sont sur place, y compris Cranmer.

— À cause de la maladie du prince ?

— Non. Il va mieux. J'ai pensé tenter d'obtenir un laissez-passer pour Hampton Court. Que vous a-t-on dit ? »

Je jetai un coup d'œil vers la porte puis me penchai en avant. « Parle à voix basse. Je crois qu'on nous écoute... Il s'agit de la reine. » Je lui fis part des déclarations de sir Jacob à propos de Dereham.

« Dereham ! Ça n'a aucun sens. »

Je posai sur lui un regard grave. « S'ils utilisent des moyens brutaux, Jack, je crains de ne pouvoir tenir le coup. On a emmené Radwinter pour l'interroger. Quand j'ai entendu la clef tourner dans la serrure à ton arrivée, j'ai cru que mon tour était venu. » Je poussai un grognement. « J'ai même été tenté d'appeler le gardien pour raconter tout ce que je sais à propos de la reine et de Culpeper, et au sujet de Blaybourne, par-dessus le marché... Mais cela vous ferait courir un danger, à toi et à Tamasin », ajoutai-je en le fixant d'un air lugubre.

Il hocha lentement la tête et se mordit la lèvre. « Je ne comprends rien à cette histoire, dit-il à voix basse. Quel rapport est-il censé y avoir entre vous et Dereham ? »

Je lui expliquai que Rich nous avait vus sortir de la tente de la reine et ensuite avait vu Dereham m'apostropher, à Hull. « C'est l'œuvre de Rich, avec la complicité de Maleverer. » Les pensées se bousculaient désormais dans ma tête. « On devait déjà soupçonner Dereham... Peut-être ont-ils fait une erreur sur la personne, à moins que la reine ne soit encore plus stupide que nous le pensions...

— Dereham également ?

— Oui. Je pense que Rich a suggéré à Maleverer d'en parler à Cranmer et m'a fait enfermer ici pour qu'on me questionne.

— Drôle de façon de procéder... Ça semblerait sans doute plus normal de vous convoquer simplement chez Cranmer pour un interrogatoire, d'autant plus que vous dépendez de lui.

— Je pense qu'ils lui ont raconté quelque mensonge, lui ont fait croire qu'on me reproche des fautes que je n'ai pas commises en fait. » Je réfléchis quelques instants. Mes pensées devenaient plus rationnelles, maintenant que Barak était là : mon enfermement à la Tour ne pourrait que compromettre ma réputation, et pousser le Guildhall à laisser tomber l'affaire Bealknap. Cette hypothèse s'accordait avec les menaces de Rich et les sourires en coin de Maleverer.

« C'est possible.

— Écoute ! Rends-toi au Guildhall et demande à parler à messire Vervey. C'est l'un des avocats du conseil municipal de Londres, et c'est un honnête homme. Essaye d'apprendre si des créatures de Rich se sont préoccupées du dossier Bealknap. Si Rich est effectivement responsable de ce qui m'arrive, c'est ce qui a dû se passer.

— D'accord.

— Ensuite, transmets ce renseignement à Cranmer. Va à Hampton Court. Graisse la patte à quiconque peut t'aider, tu sais où je garde mon argent. Si Cranmer se sent manipulé, ça lui déplaira. Dis aussi un mot en faveur de Radwinter. Explique qu'il a perdu la tête et que je ne crois pas qu'il ait tué Broderick. »

Il sourit en secouant la tête. « Vous voulez aider ce gredin ?

— J'aiderai quiconque est accusé à tort, même lui.

— Même sans recevoir d'honoraires ? plaisanta-t-il.

— Oui. Pour la défense d'un miséreux. *Pro bono*. Pour le bien commun, dis-je en partant d'un rire amer.

– Mais qui a tué Broderick ?

— Quelqu'un dont le nom était inscrit sur le manifeste du bateau, quelqu'un qui se trouvait à Holme quand Jennet Marlin est morte. Dis ça aussi à Cranmer, si tu en as l'occasion.

— Est-ce que vous soupçonnez toujours Leacon ? Après votre arrestation il est venu s'excuser d'avoir dû vous interpeller en expliquant qu'il obéissait aux ordres.

— Je n'ai pas renoncé à cette hypothèse. J'en arrive même à me demander si cette histoire concernant la terre de ses parents est véridique. » Je me tus et, quand je repris la parole, ma voix tremblait. « Sors-moi d'ici, Jack, pour l'amour du ciel ! On m'a montré ce qu'on a fait à Bernard Locke. Il était brisé... Il a été exécuté ce matin », ajoutai-je en poussant un bruyant soupir.

Il se leva, l'air décidé, maintenant qu'il avait une mission à accomplir. « Je me rends de ce pas au conseil municipal, puis je vais me débrouiller pour entrer à Hampton Court. Il y a un type à Whitehall à qui j'ai rendu service à l'époque où je travaillais pour lord Cromwell. Et je vais charger Tamasin d'aller chercher ce dont vous avez besoin. Elle attend devant les grilles de la Tour... Je ne voulais pas qu'elle voie l'intérieur de cet endroit, précisa-t-il après une courte hésitation.

— Non. Bien sûr que non. C'est gentil de sa part.

— Elle prie pour vous.

— Remercie-la pour moi. Tu avais raison, continuai-je, de me conseiller de ne pas prendre les menaces de Rich à la légère. Mais... je pensais pouvoir damer le pion à l'adversaire et, en tant qu'avocat, je n'avais pas le droit de renoncer à plaider. Voilà pourquoi il m'a expédié ici. Tu vas me dire : Je vous l'avais bien dit ! conclus-je avec un piteux sourire.

— Non. Vous avez choisi la voie de l'honneur. » Il se leva d'un bond et prit ma main dans les deux siennes. « C'est insupportable de vous voir dans cet état ! s'écria-t-il.

— Nous sommes donc à nouveau de vrais amis ?

— Bien sûr. Mais vous n'aviez pas besoin d'en faire tant pour m'amadouer », plaisanta-t-il, tentant de me dérider. Il exerça une plus forte pression sur ma main, ce qui me fit grimacer.

« Doucement ! Cette menotte est trop serrée, le poignet est écorché.

— Excusez-moi. » Il s'écarta en regardant l'anneau d'un air dégoûté.

« Tu boites toujours.

— Je me débrouille.

— Va à Hampton Court, Jack. Pour l'amour du ciel, tâche de voir Cranmer. Mais sois prudent... »

43

Tout le reste de cette longue journée, j'attendis des nouvelles, même si je savais que les tâches que j'avais confiées à Barak prendraient un certain temps. Je me rappelai le carillon des cloches entendu la veille sur le fleuve – n'était-ce que la veille ? –, ordre du roi, selon Tamasin, de faire célébrer des offices spéciaux pour fêter le bonheur dont il jouissait aux côtés de sa cinquième épouse. Il n'était sans doute pas encore instruit des soupçons qui pesaient sur Catherine... Cranmer devrait réunir de solides preuves avant d'oser aller l'en informer.

Radwinter revint en tout début d'après-midi. Je fus soulagé de noter qu'il semblait ne pas avoir été maltraité. D'une humeur massacrante malgré tout, il s'assit sur son lit, marmonnant entre ses dents, l'écume aux lèvres. Son aspect me faisait frissonner. À un moment, il leva les yeux vers moi et me foudroya du regard. « La torture, ils m'ont promis la torture pour demain, alors que je leur ai tout dit. Ils refusent de croire que je dis la vérité. Tu vois, père, ils enfreignent la règle ! Tu avais tort. Même si les règles ont été établies par Dieu, ce sont les hommes qui les appliquent, et eux les enfreignent ! » Il se tut et poussa le même étrange gloussement de lutin malfaisant que la veille. « Vous n'êtes pas mon père, je le sais. Vous êtes l'avocat bossu, un mou qui ne comprend rien. » Puis il détourna la tête.

Comme le jour tombait, la porte fut à nouveau déverrouillée et le jeune gardien réapparut. Il portait trois couvertures propres et des vêtements soigneusement pliés, sur lesquels avaient été posés du pain, du fromage et des fruits. Il les plaça sur le lit. « Une jeune fille a apporté ça pour vous. » Il fit un sourire égrillard. « Appétissante petite blonde. C'est votre poulette ?

— Non. »

Il regarda Radwinter, qui s'était retourné pour fixer le mur quand il avait cru que le gardien venait le chercher. « Il ne va pas bien chuchotai-je. Il perd la tête.

— Oui-da. On a bien rigolé quand il a dit qu'on allait avoir affaire au roi et à Cranmer. Mais lorsqu'il va subir ce qui l'attend demain, ça lui remettra les idées en place vite fait. Ça rate jamais. Alors, bonne nuit, l'ami ! » Il referma la porte en la claquant.

J'arrachai un bout de pain et un morceau de fromage. Ç'avait bon goût. Je ne m'étais pas rendu compte à quel point j'avais faim. « Radwinter, lançai-je. Vous en voulez ? »

Il se tourna vers moi et je vis qu'il pleurait. « Non, fit-il. Ils continuent à m'accuser d'avoir tué Broderick.

— Je ne crois pas que vous soyez coupable.

— Qui est coupable alors ?

— Je n'en sais rien. Mais je ne pense pas que ce soit vous. »

Il planta sur moi un regard dur. Quelque chose sembla changer dans ses yeux, l'éclat de folie réapparut. « Qui se soucie de votre avis ? cracha-t-il, à nouveau furieux.

— Personne.

— Espèce de mollasson et d'idiot de bossu ! » Il se détourna de moi.

« Seigneur Dieu ! marmonnai-je entre mes dents ! Tire-nous de là tous les deux ! »

Deuxième nuit passée dans la cellule. Si j'avais moins froid, grâce aux couvertures apportées par Tamasin, j'étais tout aussi terrorisé. Radwinter marmonna et poussa des cris dans son sommeil. La pluie cessa puis reprit de plus belle, sifflant comme quelque bête en colère. Une nouvelle aube grise se leva et, lorsque je me mis sur pied dans un bruit de chaînes, la raideur de mes jambes m'arracha une grimace de douleur. Je mangeai le reste de la nourriture. Où était Barak ? Avait-il appris quelque chose au Guildhall ? Avait-il réussi à se rendre à Hampton Court ?

Ce matin-là, les deux gardiens arrivèrent de bonne heure, leur clef faisant un bruit d'enfer dans la serrure. « Allons, venez ! lança le gros à Radwinter d'un ton enjoué. On vous demande. »

Ils vinrent me chercher deux heures plus tard. « Il est temps d aller voir sir Jacob, me dit le gros gardien. Bon, vous, vous n'allez pas faire d'histoires ? fit-il d'un ton doucereux qui n'annonçait rien de bon. Pour le moment, il ne s'agira que d'un simple interrogatoire. »

Je les laissai me conduire dans l'espace central où se trouvait le bureau. Au fond, je revis la porte barrée menant à la Tour blanche et devant laquelle attendait un soldat. Le jeune gardien lui fit un signe de tête. « Emmène celui-ci au vice-gouverneur ! » dit-il. Le soldat me saisit le bras tandis que le gardien ouvrait la porte donnant

463

sur l'escalier. Le soldat me fit signe de le précéder. Je gravis les marches dans un bruit de ferraille.

Un brouhaha de voix mâles me procura un sentiment de honte et d'effroi à l'idée de retraverser la grande salle, boitillant, sale, enchaîné, sous des regards hostiles. Mais le soldat me fit simplement passer devant l'entrée de la salle, gravir un autre escalier jusqu'à l'étage supérieur doté de larges fenêtres sans barreaux et d'un plancher parsemé de joncs frais. Il s'arrêta devant une porte et frappa.

« Entrez ! » lança la voix de sir Jacob.

La pièce était claire, peinte en jaune. Des tables étaient couvertes de papiers soigneusement rangés en piles. Je me rappelai qu'un grand désordre avait toujours régné dans les divers bureaux de Maleverer.

Par une fenêtre ruisselante de pluie on découvrait la pelouse de Tower Green sur laquelle des gens allaient et venaient. En pourpoint noir et chemise blanche, sir Jacob était assis derrière un bureau. Il posa sur moi un regard grave.

« C'est votre dernière chance de répondre sincèrement à mes questions, commença-t-il d'un ton calme. Si vos réponses ne me satisfont pas, vous subirez ce que Radwinter est en train de subir. Vous comprenez ?

— Oui, sir Jacob. » Mon cœur battait la chamade et je me retins une fois de plus de raconter tout ce que je savais sur la reine. Je ne voulais pas impliquer Barak et Tamasin, pas tant qu'il y avait encore une chance que Barak parvienne à voir Cranmer et à me faire sortir de la Tour.

« Hier, la reine a été placée en résidence surveillée, reprit sir Jacob, après que l'archevêque Cranmer a appris qu'elle aurait eu avant son mariage une liaison avec Francis Dereham, qu'elle a choisi comme secrétaire personnel à York. Il se peut qu'il y ait eu un contrat préalable de mariage entre eux, et, en tant qu'avocat, vous devez savoir que cela risque de causer certaines difficultés dans son union avec le roi. »

Abasourdi, je restai coi. « Je ne sais rien à ce sujet, monsieur, répondis-je après quelques instants. Je connais à peine Dereham. Monsieur, je crois savoir d'où vient cette méprise. »

Il hocha la tête, et je décrivis rapidement l'animosité que me portait Rich à cause du dossier Bealknap, la façon dont il m'avait vu quitter la tente de la reine avant de voir Dereham me parler dans la rue. Je répétai l'explication que j'avais fournie à Rich, selon laquelle Dereham m'avait apostrophé dans la rue, à Hull, pour se gausser de moi lui aussi, comme le roi l'avait fait à Fulford. J'avais hésité à raconter cette histoire et, à la vive lueur qui apparut dans les yeux de sir Jacob, interrogateur expérimenté, je compris qu'il s'en était aperçu.

Il consulta un document qui se trouvait sur son bureau, puis demanda sèchement : « Pourquoi vous êtes-vous rendu chez la reine à Holme ? »

Heureusement que dans ma profession on est obligé de trouver une repartie au pied levé. « Il s'agissait de l'une de ses servantes, Tamasin Reedbourne. Elle a une… liaison avec mon assistant, maître Barak. Elle avait eu des ennuis avec lady Rochford à ce sujet. »

Il fronça les sourcils, avant d'éclater de rire, à nouveau comme un maître d'école qui a démasqué un élève indiscipliné. « La reine se préoccupait de la moralité de l'une de ses servantes ? demanda-t-il, incrédule.

— Sir Jacob, m'empressai-je de répondre, sir Richard Rich ne peut rien savoir d'autre. Je n'arrive pas à croire que j'ai été conduit ici pour ce simple motif.

— Cette affaire est on ne peut plus grave. J'ai reçu un rapport de sir William Maleverer indiquant que l'employé d'un important administrateur vous a entendu au réfectoire dire à Francis Dereham que s'il réussissait à avoir une liaison avec la reine, cela vous vengerait de la façon dont vous avait traité le roi à Fulford.

— C'est un mensonge éhonté ! m'écriai-je. Et je parie que le patron de l'employé n'est autre que sir Richard Rich. »

Le sourire supérieur réapparut. « Pas du tout. L'employé est un commis de messire Simon Craike, du service des avant-courriers.

— Craike est à la solde de Rich. Questionnez le commis, monsieur, je vous en supplie. Rich a fourni de faux renseignements à l'archevêque Cranmer.

— Je vous répète que le rapport émane de sir William Maleverer.

— Je crois que lui et Rich sont de connivence. Je vous en prie, monsieur, je vous en supplie, interrogez l'employé de Craike. » Craike m'avait donc trahi à ce point ! Rich avait dû exercer une forte pression sur lui.

Sir Jacob s'empressa de consulter un autre document. « Maître Barak et mam'selle Reedbourne vous ont apporté de la nourriture et des vêtements, hier. Le gardien a révélé que vous aviez parlé à voix basse, comme si vous souhaitiez ne pas être entendus.

— À ma place, n'agiriez-vous pas de même, monsieur ?

— Je ne risque guère de me trouver à votre place.

— Monsieur, ne pourriez-vous pas interroger le commis ? Cela ne prendrait pas longtemps. Voilà déjà deux jours que je suis ici. Un jour de plus… »

Il se mit alors à réfléchir, tout en tapotant d'un doigt ses lèvres minces. Une bouffée d'espoir monta dans ma poitrine, mais il secoua la tête.

« Non, je ne suis pas convaincu. Vous cachez certaines choses, je le sens.

— Sir Jacob...

— Non ! lança-t-il d'un ton sec en faisant un geste furieux de la main. Je vous ai donné votre chance. Vous allez regagner votre cellule. Vous serez alors à même de constater ce qui est arrivé à Radwinter, et peut-être demain, quand on vous conduira au même endroit que lui, aurez-vous la sagesse de dire la vérité avant qu'on passe aux affaires sérieuses. »

Je restai bouche bée de frayeur. « Sir Jacob, s'il vous plaît, un seul jour...

— Non. Pour arracher la vérité à un récalcitrant, il n'existe pas de meilleur moyen que la torture. »

On me fit redescendre l'escalier, passer devant la salle où les soldats bavardaient et riaient. La lumière inonda alors l'escalier sombre, puis nous plongeâmes dans l'obscurité et l'humidité. Après qu'on eut franchi derechef la porte barrée, le soldat me remit au jeune gardien. Le gros gardien était là également. Il sourit en secouant la tête.

« Demain, descente à la chambre, pas vrai ? Je le vois à votre mine. Je vous conseille de cracher le morceau tout de suite. Contrairement à votre copain Radwinter, qui est en piteux état.

— T'as vu sa bouche, Ted ? dit le jeune d'un ton joyeux.

— Oui. On a dû utiliser la tenaille sur ses dents. Il va pas pouvoir mâcher pendant un bon bout de temps. » Le gros gardien secoua à nouveau la tête. « Allez, l'ami, dit-il en me saisissant le bras, retour à la cellule !

— Est-ce que... est-ce qu'il y a eu un message ? demandai-je. De la part de mes amis ?

— Non. Rien, répondit-il tandis qu'il m'entraînait. Inutile d'espérer, poursuivit-il au moment où nous approchions de la cellule. Il vaut mieux prendre la décision de cracher le morceau demain, avant qu'ils attaquent le vrai boulot. » Il fit tourner la clef dans la serrure. « Croyez-moi sur parole, j'ai vu... Oh merde ! » hurla-t-il soudain en me lâchant le bras.

Je coulai mon regard derrière lui. Au début, je ne compris pas ce que je voyais. On aurait dit qu'un gigantesque pendule avait été apporté dans la cellule et accroché sous la fenêtre où il se balançait. Puis je vis que c'était Radwinter. Il avait placé les deux lits l'un sur l'autre et, comme Broderick, avait fait une torsade de sa chemise. Il l'avait ensuite utilisée comme un nœud coulant dont il avait attaché une extrémité à la fenêtre et l'autre autour de son cou, avant de sauter du lit. La nuque était brisée et la tête avait pris un angle anormal. Son visage était devenu hideux : la bouche grande ouverte était couverte de sang et la moitié des dents avaient disparu. Je tombai en arrière contre le chambranle de la porte, mes jambes ployèrent sous moi et je m'affalai sur le sol.

Après s'être précipité vers la fenêtre, le gros gardien revenait maintenant en courant vers la porte. « Billy ! hurla-t-il, Billy ! » On entendit des pas précipités et, quelques instants plus tard, l'autre le rejoignit sur le seuil de la cellule.

« Nom de Dieu ! lança-t-il. Nous voilà dans une foutue merde ! » Il se dirigea vers Radwinter, puis se retourna vers le gros gardien. « Tu sais que les lits doivent être fixés au sol quand il y a une fenêtre en hauteur.

— Ça fait des mois que j'essaye de faire venir les ouvriers ! Comment diable est-ce qu'il a réussi à tirer les lits jusqu'à la fenêtre, vu l'état de ses mains ? » Celles-ci pendaient de chaque côté de son corps, écorchées et ensanglantées, les ongles arrachés. Je frissonnai et détournai la tête.

« Ils auraient dû utiliser le chevalet, déclara le jeune Billy, au lieu de faire joujou avec ses dents. Là, au moins, il en aurait été incapable. Merde ! il se balance toujours. Il vient sans doute de sauter ! » Il attrapa l'une des jambes de Radwinter pour arrêter le mouvement de balancier du corps.

« Mais pourquoi est-ce qu'il a fait ça ? s'écria le gros d'un ton offusqué.

— On devait lui donner une deuxième ration demain.

— La honte, voilà le motif, murmurai-je. Il n'aurait pu éprouver de plus grande honte. Et voilà comment la torture permet de connaître la vérité… »

Le vice-gouverneur arriva sur place, surveilla le décrochage et l'enlèvement du corps. « Et on n'a rien tiré de lui », marmonna-t-il avec irritation. C'est qu'il n'avait rien eu à offrir, pensai-je. Il n'avait pas tué Broderick. Oldroyd, Jennet Marlin, Broderick, et à présent Radwinter. Quelle moisson de vies avait récoltée le coffret ! Et combien de vies coûterait l'affaire de cœur de Catherine Howard ?

Je restai donc seul dans la cellule, un jour encore, une nuit de plus. Dehors, la pluie tombait à verse, crépitant de plus belle, dégoulinant le long des murs. Quand la nuit apparut, je me mis à regarder dans les coins, comme si l'esprit tourmenté de Radwinter pouvait s'y manifester. Mais il n'y avait rien, et je ne sentais pas sa présence. Au fur et à mesure que l'heure tournait, l'espoir montait et refluait avec la marée du fleuve. Je me disais que Barak allait arriver ou que je recevrais un message qui me mettrait du baume au cœur. Nul doute que par le fleuve il ait déjà eu le temps de se rendre à Hampton Court et d'en revenir. S'il ne venait pas, qu'allait-on me faire demain ? J'eus le vertige à la pensée de tous les instruments de torture dont j'avais entendu parler : chevalet, tenailles, fers ardents. J'avais été idiot d'imaginer un seul instant pouvoir mentir à sir Jacob. Je revis la bouche ensanglantée de Radwinter. Dans un moment de désespoir, au cœur de la nuit, je me demandai avec effroi si Barak et Tamasin n'avaient pas dû fuir pour éviter d'être interrogés au sujet de la reine. Puis je me maudis d'être d'une telle stupidité : Barak ne me laisserait jamais tomber. Enfin l'aube se leva, éclairant la fenêtre où pendait encore un morceau de la chemise de Radwinter.

Les gardiens vinrent me chercher très tôt. Ils me surveillèrent de près, de crainte que je ne me débatte, or, sachant toute résistance inutile, je me laissai docilement conduire. La tête me tournait, comme si mon esprit était sur le point de déserter mon corps.

Nous descendîmes un escalier, puis nous suivîmes un couloir mal éclairé, avant de faire halte devant une grande porte d'aspect robuste. Le gros gardien frappa, tandis que je fixais le vieux bois sombre. Mon cœur cognait comme un fou, à présent, ce qui accroissait la sensation de vertige. La porte s'ouvrit et les gardiens me firent entrer. Ils me lâchèrent les bras et s'empressèrent de ressortir.

Je me trouvais dans une grande pièce sans fenêtre dont les murs étaient noirs de suie. Un braisier dans un renfoncement et l'homme en tablier de cuir, fort comme un taureau, qui se dressait devant moi, les mains sur les hanches, me donnèrent un instant l'impression d'être dans un atelier de forgeron. Un grand adolescent trapu tisonnait les charbons ardents. Puis j'aperçus dans le coin le chevalet équipé de ses courroies et de ses poulies en bois, la panoplie d'instruments – pinces, tisonniers, couteaux – suspendus à des crochets. Mon esprit chavira. Près de moi se trouvait une grosse boîte métallique sur le couvercle de laquelle, parmi des cendres et des scories, brillaient de petits objets blancs. Je compris qu'il s'agissait des dents de Radwinter et mes jambes se dérobèrent sous moi.

Le grand costaud me rattrapa et m'installa sur une chaise de bois. Il poussa un soupir, comme moi devant un document mal recopié. « Respirez profondément, dit-il. Restez assis là et prenez de profondes inspirations. »

J'obtempérai tout en le regardant d'un air hébété. Il avait la mine renfrognée et son tablier était souillé d'anciennes taches de sang. « T'as fait chauffer le couteau effilé, Tom ? demanda-t-il en tournant la tête.

— Oui, papa. Ça chauffe bien. » Par-dessus l'épaule du grand costaud, le jeune me décocha un sourire méchant.

« Vous avez repris votre souffle ? me demanda le père.

— Oui. Écoutez, s'il vous plaît, je…

— Bon. Tom, amène-toi ! » Et, avant que je puisse réagir, il me souleva et me retint, tandis que le jeune gars m'arrachait le pourpoint neuf que m'avait apporté Tamasin, puis ma chemise blanche. Le père s'écarta d'un pas et m'examina. Il ne se moqua pas de ma malformation, n'y prenant qu'un intérêt froidement professionnel.

« Très bien, fit-il. Les chaînes. » Et, cette fois-là encore, avant que j'aie le temps de réagir, ils saisirent les menottes qui liaient mes poignets, tirèrent vers le haut et fixèrent les chaînes à un crochet planté dans le plafond bas. Je me retrouvai suspendu par les bras, la pointe des pieds effleurant le sol. Les menottes m'écorchaient, et celle qui avait déjà blessé mon poignet droit me causait une douleur atroce. Je poussai un cri.

Le grand costaud me fixait du regard ; je pouvais lire l'impatience sur ses lourds traits. « Bien, dit-il. On va pas tourner autour du pot. On veut tout de suite des réponses. Que savez-vous des relations entre Francis Dereham et la reine ?

— Rien du tout ! » hurlai-je. Je me dis que je pourrais arrêter le processus si je citais le nom de Culpeper et racontais ce que je savais de ses relations avec la reine. Mais serait-ce une bonne idée ? Cela ne les encouragerait-il pas au contraire à continuer ?

« Allez ! grogna-t-il Vous pouvez faire mieux !

— La torture est illégale en Angleterre ! m'écriai-je, ce qui fit ricaner mon bourreau.

— T'entends ça, Tom ? Ce nigaud à la peau douce croit qu'on a déjà commencé à le torturer ! Oh non ! On vous a juste fait prendre la bonne position. Montre-lui, Tom ! »

Le jeune gars s'approcha. Dans une main il tenait un couteau effilé dont la pointe était chauffée au rouge, et dans l'autre une minuscule tenaille dotée d'une vis pour la serrer. Il la leva vers moi pour me la montrer. « On va vous faire sauter quelques dents avec la tenaille, expliqua le père. On va pas les arracher avec les racines, on va les casser. Ça fait plus mal. Et ensuite on glissera le couteau sous vos ongles. »

J'avais à présent les idées claires, affreusement claires. Je n'avais plus l'esprit vague comme tout à l'heure, même si, les bras tirés au-dessus de ma tête, j'avais du mal à respirer. « Une fois encore, reprit le bourreau, au comble de l'impatience, que savez-vous des rapports entre la reine et Francis Dereham ?

— Rien ! Écoutez, je vous prie, je… »

Je n'avais pas encore compris avec quelle prestesse ils réagissaient. Saisissant ma tête entre ses énormes mains, l'homme fit un signe de tête au jeune gars, qui m'ouvrit la bouche de force. Je perçus le goût de sueur de ses mains, puis sentis la présence du métal dans ma bouche. Il y eut un craquement sonore, suivi d'une atroce douleur qui courut le long de tous les nerfs de ma tête, et du sang s'écoula sur ma langue. La douleur ne cessa pas un seul instant, s'estompant à peine puis déferlant à nouveau. Le fils brandit la tenaille où luisait un éclat blanc.

« Bien, reprit le bourreau. Dereham... Ou alors on passe au couteau sous les ongles. On va passer, tour à tour, des dents aux ongles...

— Je... Je..., gargouillai-je, à moitié fou de douleur. Je ne... »

Le père fit un signe de tête, et le fils leva le couteau vers mes mains attachées.

44

I L S'ARRÊTA. À UNE FRACTION DE POUCE. La chaleur me brûlait déjà le doigt. Un grincement strident me signala que la porte venait de s'ouvrir, et, alors que j'étais submergé par la douleur et la terreur, j'entendis des voix et reconnus un marmonnement rauque, le timbre de sir Jacob Rawling. La porte se referma. Gémissant et crachant du sang, je lançais des regards fous de toutes parts. Le gros gardien était entré et se tenait près du bourreau, un regard vaguement intéressé fixé sur moi. Le grand costaud fit un signe de tête à son fils, qui écarta le couteau incandescent. Je sentis qu'on me soulevait et, tandis que je me demandais si c'était le début de nouvelles horreurs, on se contenta de décrocher les chaînes qui retenaient mes bras, avant de me reposer sur le sol. Je vacillai sur mes jambes. Le bourreau me regarda, un léger sourire aux lèvres.

« C'est votre jour de chance. On doit s'arrêter, vous allez regagner votre cellule. »

Je titubai, crachai du sang ainsi qu'un fragment de dent. Le jeune gars m'avait cassé une grosse molaire de la mâchoire inférieure. Le gardien tendit la main pour m'aider à reprendre mon équilibre. « Venez, fit-il. On va rentrer ! Voici votre chemise et votre pourpoint ! » Il m'aida à renfiler les vêtements déchirés, puis me fit sortir de la pièce, à moitié évanoui.

« Qu'est-ce qui s'est passé ? » lui demandai-je comme il me raccompagnait. Ma voix était voilée, car ma bouche saignait toujours. Moi qui avais toujours été fier de ma dentition, que j'avais jusqu'alors gardée presque complète…

« On doit vous emmener voir l'archevêque Cranmer à Hampton Court. Je ne sais pas où il va vous enfermer, vu qu'il n'a plus de geôlier, pas vrai ? Billy et moi, on a des ennuis à cause de cette histoire », ajouta-t-il d'un ton lugubre.

Nous débouchâmes dans l'espace central, où, debout à côté du bureau, se tenaient Barak et le jeune Billy. Mon cœur fit un bond dans ma poitrine. L'attitude de Barak différait complètement de celle de la veille : il avait l'air énergique et sûr de lui. Jusqu'à ce qu'il m'aperçoive, en tout cas, car, quand je fus face à lui, il resta bouche bée de stupéfaction.

« Seigneur Dieu ! s'écria-t-il. Que lui avez-vous fait, bande de salauds ?

— Pas de ça, s'il vous plaît ! le semonça le gros gardien. C'est sir Jacob qui a donné l'ordre de l'emmener à la chambre de torture. Je vous conseille de le conduire hors d'ici avant que l'archevêque change d'avis.

— On attend d'un moment à l'autre toute une cargaison de nouveaux prisonniers, lui annonça Billy.

— Alors, tant mieux que la cellule soit libre ! »

Barak me prit par le bras. « Combien de dents vous ont-ils arrachées, ces chiens ?

— Une seule.

— Partons d'ici ! Un long trajet en bateau nous attend. Il pleut, mais j'ai votre manteau et votre couverture. Et vos effets. » Il sortit mon poignard, ma bourse ainsi que le sceau de Cranmer, qu'on m'avait confisqués à mon arrivée. Il me les rendit puis s'adressa aux gardiens : « Pouvez-vous lui ôter ces fers ?

— D'accord. » Le gros choisit l'une des clefs de son trousseau, se baissa et me libéra les pieds et le poignet gauche. Or, quand ce fut le tour de la menotte du poignet droit, celle qui était trop serrée, la clef refusa de tourner. « Foutue menotte ! Elle est bloquée.

— Crachez sur la clef ! » suggéra Barak. Le gardien suivit le conseil, en pure perte.

« M'est avis que vous allez devoir la garder au poignet, l'ami ! »

Penché en avant, Barak examina la menotte. « Elle est rouillée. Je pourrai sans doute l'enlever à la maison avec certains outils. » Il se tourna vers le gardien. « Mais il ne peut pas paraître devant l'archevêque en traînant une chaîne de trois pieds de long. Pouvez-vous enlever le cadenas ? »

L'anneau de la menotte était fixé à la chaîne par un robuste petit cadenas. Le gardien se dirigea en grognant vers un trousseau de petites clefs accroché au mur. Il ouvrit le cadenas et la chaîne tomba par terre. J'avais assisté à toute l'opération dans un état d'hébétude, léchant mes lèvres gercées et enflées, mais tout à coup je fondis en larmes, et mes sanglots résonnèrent dans cet atroce local. Barak me saisit le bras et me fit gentiment franchir la porte barrée, gravir l'escalier et traverser la grande salle. Peu m'importait désormais que les soldats me voient en si piteux état. Je ne posai aucune question – j'avais déjà assez de mal à marcher sans trébucher.

Nous descendîmes les marches de la Tour blanche, puis je sentis de l'herbe sous mes pas et de la pluie sur ma tête. Quand nous nous arrêtâmes enfin, je levai les yeux. Nous avions regagné le porche d'eau devant lequel un bachot était ancré, tandis qu'un soldat et un batelier portant la livrée de Cranmer s'abritaient sous l'arcade. Plus loin, la forte pluie faisait bruisser et bouillonner l'eau de la Tamise.

« Faites attention, il est blessé », dit Barak au batelier.

On m'aida à m'installer dans le bachot, puis le batelier saisit les rames. Comme nous nous éloignions de la rive, Barak m'enveloppa dans la couverture. Une main plaquée contre ma mâchoire endolorie, je fixai le vaste fleuve. Nous croisâmes un grand chaland qui se dirigeait à vifs coups de rames vers le porche. Entouré de soldats, un chargement d'hommes et de dames de qualité débraillés y avaient pris place, leurs beaux habits ruisselants de pluie. Je fus stupéfait d'apercevoir Francis Dereham, qui avait perdu de sa superbe. Blanc comme un linge, il se recroquevillait contre le bord du bateau. Je reconnus également certaines des dames d'honneur de la reine et soudain, au milieu d'elles, je découvris lady Rochford qui me dévisageait, les yeux écarquillés de terreur. À la vue de mon visage ensanglanté, elle se mit à hurler et tenta de se lever de son siège. Quelqu'un la força à se rasseoir et le cri aigu s'estompa comme le chaland passait sous l'arcade. Je ne pouvais détacher mes yeux du bateau.

« Pourquoi lady Rochford se trouve-t-elle là ? A-t-elle été arrêtée ?

— À ce qu'il paraît. Peut-être l'affaire Culpeper a-t-elle été mise au jour.

— Si ce n'est pas encore le cas, dis-je d'un ton lugubre, ça ne saurait tarder.

— Cela signifie qu'on est tirés d'affaire ! s'écria Barak, plein d'espoir.

— Oui. À présent, les agissements de Culpeper seront connus, de toute façon. Ce qu'on sait n'a plus d'importance.

— Que va-t-il arriver à la reine ?

— La hache, à mon avis. Pauvre petite idiote ! » Les larmes me montèrent à nouveau aux yeux, et je les essuyai avec ma manche. Je grimaçai lorsque j'effleurai ma mâchoire blessée.

Barak posa sur moi un regard inquiet. « Vous sentez-vous assez bien pour vous présenter devant Cranmer ?

— Je dois savoir ce qu'il veut. » Je pris une profonde inspiration. « Tu as donc réussi, tu es parvenu à le voir ? »

Il hocha la tête, ce qui eut pour effet de laisser des gouttelettes s'échapper de ses cheveux trempés. « Je suis d'abord allé au Guildhall, où j'ai vu votre ami, messire Vervey. Vous aviez raison : le jour où vous avez été emmené, l'un des hommes de Rich est venu annoncer votre arrestation aux membres du conseil, leur indiquant qu'ils auraient intérêt à laisser tomber l'affaire et à vous laisser tomber, vous aussi. Terrorisés d'apprendre que leur avocat se trouvait à la Tour, ils ont été d'accord pour renoncer au procès contre Bealknap, chacun payant ses frais. Je suis désolé

— Ça ne m'intéresse plus. Tu avais raison, finalement, à ce sujet. J'ai payé pour mon entêtement.

— Ensuite je suis retourné à Whitehall pour tenter d'obtenir l'autorisation d'aller voir Cranmer à Hampton Court. Mais c'est impossible, l'endroit est complètement coupé du monde. Mon contact à Whitehall m'a appris que la reine y est en résidence surveillée, même si pour le moment peu de gens le savent. Je ne pense pas que j'aurais pu réussir à y entrer sans l'aide d'un de vos vieux amis.

— Qui donc ?

— Messire Simon Craike, répondit-il en souriant.

— Craike ?

— Je traînais dans les couloirs, la mine revêche, sans aucun doute, lorsqu'il s'est approché de moi pour me demander ce qui n'allait pas. Je l'ai informé de votre arrestation et de ce que vous soupçonniez à propos de Rich. Il a été horrifié, a expliqué qu'il détestait Rich et qu'il vous devait une faveur. Alors il a écrit une lettre pour que je l'apporte au bureau du grand chambellan, à Hampton Court.

— Mais le vice-gouverneur m'a dit qu'un employé de Craike avait affirmé m'avoir entendu suggérer à Dereham de coucher avec la reine…

— Ça vous ressssemble en effet beaucoup de suggérer une chose pareille ! s'esclaffa-t-il.

— Par conséquent, Rich a inventé cela sans que Craike y soit pour rien…

— Craike n'est pas un si mauvais bougre, même s'il aime se faire battre par des femmes. Il m'a chargé de vous dire à quel point il était désolé de tout ce qui est arrivé.

— Finalement, c'est un brave type. Et tu as vu Cranmer ?

— Son secrétaire. Hampton Court est en pleine effervescence, Seigneur Dieu ! Des soldats m'ont accompagné partout. Je lui ai raconté toute l'affaire. Il est entré voir l'archevêque, puis est revenu avec l'ordre officiel pour aller vous chercher à la Tour. » Il regarda mon visage. « J'ai œuvré aussi vite que je l'ai pu. Cette nuit, je n'ai pas eu une seconde de sommeil.

— Je n'oublierai jamais ce que tu as fait pour moi, Jack. » Ma voix trembla. « Merci. »

Le bachot avançait sous la pluie à coups de rames réguliers. Au moment où nous passâmes devant Westminster et Lambeth Palace, je me recroquevillai sous ma couverture et levai les yeux vers la tour des Lollards. « Radwinter est mort, dis-je. Il s'est pendu hier, dans la cellule.

— Bon débarras ! déclara Barak sans ambages.

— J'avais fini par le plaindre.

— Vous plaignez trop de monde. Voilà votre faiblesse.

— Peut-être. Comment va messire Wrenne ?

— Mieux. J'ai fait venir le vieux Maure pour qu'il l'examine.

— Guy ? » Mon visage s'éclaira à la pensée de mon vieil ami.

« Il a regardé ma cheville et l'a déclarée quasiment guérie. D'après lui, messire Wrenne est épuisé, mais il a ajouté que le repos et la bonne nourriture devraient le remettre d'aplomb en quelques jours... Il m'a dit aussi, ajouta-t-il en s'assombrissant, qu'il ne lui restait que quelques mois à vivre, et que sa fatigue et ses douleurs allaient empirer.

— Je prie pour qu'on retrouve son neveu.

— Pourquoi est-ce qu'on ne le retrouverait pas ?

— C'est un Nordiste, et un conservateur en matière de religion. Tu te rappelles qu'on m'a montré Bernard Locke avant son exécution ?

— Oui.

— Je lui ai demandé s'il connaissait Martin Dakin, et il m'a répondu que oui, et qu'il ne courait aucun danger. Il a dit ça d'un ton bizarre, ironique.

— Il paraît que le Conseil privé a envoyé des délégués dans toutes les écoles de droit pour poser des questions. Surtout à Gray's Inn.

— Y a-t-il eu des arrestations ?

— Pas que je sache. Au fait, j'ai révélé au vieux Maure où vous étiez. J'ai eu beaucoup de mal à l'empêcher de se rendre sur-le-champ à la Tour.

— C'est un brave homme, dis-je en souriant.

— Je crains qu'il n'y ait pas mal de rivalité à votre logis. Joan n'approuve guère la présence de Tamasin.

— Elle ne couche pas dans ta chambre, j'espère ? »

Il haussa les épaules. « Joan souffre de la concurrence concernant les soins à donner au vieux Wrenne. Deux femmes dans la même maison, ça ne marche jamais. Mais Tamasin est bonne envers lui. Très bonne. »

Je réprimai une grimace. Je n'aimais pas l'idée que Tamasin agisse à sa guise chez moi. « Elle va finir par te domestiquer. »

Il sourit. « Elle peut toujours essayer... Au fait, j'ai rendez-vous avec mon ancien compère. Il a des nouvelles pour moi. J'ai reçu un message.

— Au sujet du père de Tamasin. Que dit-il ?

— Seulement qu'il suit une piste prometteuse. »

Nous nous tûmes tandis que le bachot poursuivait sa course. Ma mâchoire m'élançait douloureusement et je sentais le métal froid de la menotte à mon poignet. Finalement, les tours de Hampton Court apparurent au loin et mon cœur cogna de nouveau dans ma poitrine.

Sur le débarcadère, des soldats vérifiaient les documents de chaque passager. Barak leur montra la missive de Cranmer, celle qu'il avait apportée à la Tour. On nous invita à patienter puis on nous escorta jusqu'à un petit abri en bois où attendaient de nouveaux arrivants, l'eau dégoulinant de leurs vêtements sur le plancher. Je rajustai mon pourpoint et ma chemise déchirée, dont je tirai la manche pour dissimuler la maudite menotte. L'écorchure au poignet et ma mâchoire me faisaient toujours atrocement souffrir. Le soldat qui nous avait accompagnés dans le bateau resta avec nous. Je suis toujours prisonnier, pensai-je.

Un commis arriva. C'était le même petit gars qui m'avait conduit chez Cranmer à pas feutrés, la première fois, il y avait plus de deux mois. Il écarquilla les yeux en voyant mon visage enflé et ensanglanté. Nous traversâmes à sa suite la vaste pelouse, le soldat sur les talons, franchîmes une porte de la façade arrière du palais, puis longeâmes un dédale de couloirs sombres. Par une fenêtre j'aperçus une silhouette familière parmi les nombreux soldats en faction devant les différentes portes : le sergent Leacon, seul dans la cour, l'air abattu.

Le commis fit halte devant une petite porte. « Attendez là, messire Shardlake, jusqu'à ce que l'archevêque soit disponible. » En tout cas, pensai-je, je suis à nouveau « messire Shardlake ». Il s'adressa à Barak : « Suivez-moi, je vous prie, vous devez attendre ailleurs. »

« À tout à l'heure, monsieur », me dit Barak en suivant le commis à contrecœur. Le soldat ouvrit la porte et me fit entrer dans la pièce, avant de la refermer. Je devinai qu'il allait monter la garde dans le couloir. Je jetai un coup d'œil à l'entour. Les murs étaient recouverts de tapisseries représentant des scènes de la Rome antique, des édifices à colonnes dans le lointain. Un feu brûlait dans la cheminée. Des coussins étaient empilés près de l'âtre, sur lesquels je m'affalai avec délices, sans même prendre la peine d'enlever mon manteau mouillé. Mes yeux se fermèrent aussitôt.

Je me réveillai en sentant une présence dans la pièce. Vêtu de sa robe blanche et de son étole noire, l'archevêque Cranmer se dressait devant moi. L'inquiétude se lisait sur son visage austère et fatigué.

Je me remis sur pied aussi prestement que possible. Au moment où je bougeai la tête, un nouvel élancement de douleur me transperça la mâchoire et je geignis. L'archevêque tendit la main. « Pas si vite, messire Shardlake, vous risquez de vous trouver mal. Tenez, prenez cette chaise. » Il tira de la table de jeu un siège sur lequel je me laissai lourdement tomber.

« Qu'est-il arrivé à votre visage ? » demanda-t-il d'une voix douce. Ses joues étaient grisâtres et il avait des poches de fatigue sous les yeux.

« On m'a torturé, Votre Grâce, à la Tour. Barak est arrivé un rien trop tard. On m'a cassé une dent. » Ma voix m'apparut soudain comme très voilée.

Il fit une grimace de dégoût. « Je n'y suis pour rien... Sir Richard Rich est venu me dire, expliqua-t-il après une courte hésitation, que vous aviez eu vent de la liaison de la reine avec Dereham. Il savait que j'exploitais déjà d'autres renseignements – renseignements qui me sont parvenus durant l'expédition royale. Une ancienne servante de la reine, de l'époque d'avant son mariage, soutient que Catherine a eu jadis des relations charnelles avec Dereham et qu'il existe peut-être un contrat préalable. On m'a persuadé de vous emprisonner à la Tour, sous prétexte que vous seriez davantage disposé à avouer si vous y étiez détenu. » Il me fixa un instant d'un air sévère. « Je me suis senti trahi parce que vous n'aviez pas révélé ce que vous saviez. Mais je n'ai pas demandé qu'on utilise la torture.

— Cela a sans doute amusé Rich de me faire torturer. Je suppose que c'est lui qui en a donné l'ordre au gouverneur.

— Malaverer m'a apporté la déposition d'un employé de messire Craike. L'employé a soudain disparu. Et Craike est venu me voir ce matin. Il affirme que sir William Malaverer lui a demandé de la part de Rich si l'un de ses commis accepterait de faire un faux témoignage, moyennant finance. Craike prétend qu'il a proposé quelqu'un à contrecœur. Il ne savait pas que vous seriez la victime de cette machination et est venu me voir dès qu'il a appris qu'on vous avait conduit à la Tour... Craike m'a aussi parlé de l'emprise de Rich sur lui, ajouta-t-il en me regardant droit dans les yeux. Il m'a déclaré qu'il ne la supportait plus, vu le rôle qu'il avait involontairement joué dans votre emprisonnement à la Tour.

— Va-t-il perdre son poste ?

— Je le crains. Passons sur ses visites aux lupanars... » L'archevêque fronça les narines d'un air de dégoût. « ... mais il n'aurait pas dû laisser Rich exercer un chantage sur lui. Cela au moins va cesser. Maleverer est à la solde de Rich. Il cherche à acquérir certaines des terres de Robert Aske. » Il pinça fortement les lèvres. « Il va perdre son siège au Conseil du Nord. Je vais m'en assurer.

— Rich a gagné contre moi, Votre Grâce. Dans le procès dont Barak a parlé à votre secrétaire... Le Guildhall a renoncé aux poursuites. » Je m'aperçus soudain que finalement, cette histoire m'intéressait toujours.

« J'en suis désolé pour vous. Mais vous devez comprendre que la puissance de Rich est sans mesure, et le roi en a trop besoin pour que je puisse m'opposer à lui.

- Il a donc gagné sur toute la ligne. »

Il me fixa d'un air grave. « Vous avez travaillé pour lord Cromwell, messire Shardlake. Vous connaissez la marge de manœuvre dont jouissent les hauts dignitaires du royaume. »

Je restai coi.

« Par conséquent reprit tranquillement Cranmer, vous ne saviez rien des rapports de Dereham et de la reine ?

— Absolument rien, monseigneur. Je le jure. »

Il soupira. « Dereham est maintenant à la Tour. On va l'interroger sans ménagement. » Il se mordit la lèvre. « Mais c'est nécessaire.

— On l'y amenait au moment où nous en sortions. Ainsi que les dames d'honneur de la reine.

— C'est moi qui suis chargé d'interroger la reine. Il y aura de nouvelles révélations. D'autres hommes sont déjà cités. » Culpeper, pensai-je. Je fixai Cranmer, craignant qu'il ne me pose de nouvelles questions, mais il se contenta de secouer la tête. « Qu'elle se soit conduite de la sorte... » Il soupira de nouveau. « Le roi va être publiquement ridiculisé. Il ne croit pas que la reine l'ait trompé. Mais il sera obligé de le reconnaître. Et alors, que Dieu vienne en aide à notre souveraine !

— Si la reine tombe, le duc de Norfolk, chef de la faction des traditionalistes et oncle de la reine, se retrouvera dans une mauvaise passe. »

Il opina du chef. Il ergote sur les méthodes mais il les utilise pour parvenir à ses fins, pensai-je. Pendant tout le voyage royal, il est resté ici et a œuvré pour atteindre précisément ce but.

« Ce sera la fin des Howard, déclara-t-il d'un ton neutre. D'autres familles, plus favorables à la réforme, attendent en coulisses, et c'est elles qui auront désormais l'oreille du roi. Les Seymour, les Dudley, les Parr... Oui, les Parr, répéta-t-il d'un air songeur.

— La reine va-t-elle mourir ? »

Il fixa sur moi son indéchiffrable regard bleu. « Je pense que c'est nécessaire. Mais, pour le moment, il ne faut pas en parler hors de Hampton Court. Vous comprenez ?

— Oui. »

Son regard se porta sur mon poignet. La manche, remontée, laissait voir la menotte et la peau écorchée. Cranmer émit un petit soupir de tristesse. « Je regrette ce qui vous est arrivé, messire Shardlake. Comptez sur moi, on va vous verser une plus grosse somme que celle qui vous est due, à strictement parler.

— Broderick... »

Il fit un geste de la main. « Je ne vous reproche pas de ne pas avoir réussi à le garder en vie. Vous n'étiez pas censé savoir que Radwinter était fou, ajouta-t-il en fronçant les sourcils.

— Je pense qu'il a toujours été quelque peu dérangé.

— Je considérais que sa... cruauté... était en quelque sorte utilisée par Dieu, exploitée au service de la vérité et de la destruction de l'hérésie. J'espère que cela lui permettra de sauver son âme. » Il regarda par la fenêtre, fixa les trombes d'eau, les arbres dénudés, et poussa une fois encore son soupir triste.

« Votre Grâce, dis-je. Je ne pense pas que Radwinter ait tué Broderick. Je crois que Maleverer s'est trompé. »

Il eut l'air surpris. « Il semblait pourtant en être certain.

— Je connaissais Radwinter, Votre Grâce. À ses yeux, même à la fin, il aurait été mal de commettre un tel acte... Il vous a été loyal jusqu'au bout, précisai-je en regardant l'archevêque droit dans les yeux.

— Alors, qui a tué Broderick ?

— Je pense que quelqu'un l'a aidé à se tuer – ce qu'il avait d'ailleurs tenté de faire tout seul plus tôt. Et c'est probablement, à mon avis, la personne qui a dérobé les papiers du coffret. » Tandis que je lui faisais part de mes soupçons, l'archevêque ne me quittait pas des yeux. « Sir William n'a pas voulu me croire », ajoutai-je.

Il réfléchit quelques instants. « Il avait l'air sûr de son fait. Si Maleverer n'a pas examiné votre hypothèse, il a manqué de jugeote. Par conséquent, quelqu'un a dérobé les papiers et est resté avec l'escorte, y compris sur le bateau. Mais qui donc ? »

Je pris une profonde inspiration. « Le militaire qui a gardé Broderick sur le bateau : le sergent Leacon. Il faisait également partie de la garde à Sainte-Marie. Il est originaire du Kent. Je viens de le voir dans la cour.

— Oui. Il me semble qu'il a été révoqué... Ce ne serait pas une mauvaise idée de lui faire subir un interrogatoire.

— Mais, monseigneur, je n'ai aucune certitude. Puis-je demander...

— Oui ?

— Qu'il soit simplement interrogé ? Sans brutalité. Pour le moment, il n'existe que des preuves indirectes.

— Je vais le questionner moi-même. » Il se renfrogna. « Si ces documents se trouvent entre les mains des conjurés, cela pourrait causer des... difficultés. Quelques-uns courent toujours. Après les aveux de Bernard Locke, certains des sympathisants papistes de Gray's Inn ont déjà été interrogés, mais on n'a pas découvert quel était son contact en ce lieu.

— J'ai aperçu brièvement Locke à la Tour. Avant son exécution. Il était dans un état effroyable.

— Que Dieu ait son âme ! » Une fois de plus, il poussa son triste soupir. « Mais il méritait la mort, en tant que traître et complice d'assassinat. » Il agita une main couverte de bagues. « Rentrez chez vous, maintenant, messire Shardlake, et reposez-vous. Je vous ferai prévenir si nous découvrons de nouveaux éléments.

— Merci, Votre Grâce. » Devais-je citer le nom de Blaybourne, évoquer la légende que m'avait relatée le vieil avocat de Hull ? Mais il devait la connaître, tous les puissants devaient la connaître, et mieux valait qu'ils n'apprennent pas qu'elle était aussi venue à mes oreilles... Je me levai en grimaçant. « Votre Grâce ?

— Plaît-il ?

— Puis-je demander qu'on ne me confie plus de mission politique ? Désormais, surtout après ce qui vient de m'arriver, je souhaite seulement mener une vie paisible durant le restant des jours que Dieu voudra bien m'accorder. » Je sortis le sceau et le lui tendis. L'archevêque le fixa, puis leva les yeux vers moi.

« Vous pourriez m'être d'une grande utilité, messire Shardlake. C'était aussi l'avis de Thomas Cromwell, votre ancien maître. »

Sans répondre, je continuai à lui tendre le sceau. Il regarda mon visage défiguré. « Très bien », dit-il en le reprenant à contrecœur. Je me remis sur mes pieds avec difficulté et fis un profond salut. Comme je me dirigeais vers la porte, il me rappela : « Messire Shardlake.

— Votre Grâce.

— Les mesures sévères prises par le roi sont indispensables. N'oubliez pas qu'il a été choisi par Dieu, désigné par Lui pour guider l'Angleterre sur le chemin de la sagesse et de la vérité. »

J'aurais aimé lui dire que c'était ce que Radwinter avait coutume d'affirmer, mais je me contentai d'opiner du chef et de faire une nouvelle révérence, avant de quitter la pièce. Le soldat me reconduisit le long des corridors, puis nous retraversâmes la pelouse et atteignîmes l'embarcadère où m'attendait Barak.

« Le batelier va vous ramener en ville, monsieur. » Le soldat fit un rapide salut et s'en alla. Je le regardai s'éloigner, me rendant compte que j'étais enfin libre. Barak me toucha le bras.

« Rentrons à la maison ! » dit-il d'une voix douce.

45

L A PLUIE SE CALMA COMME NOUS APPROCHIONS de Westminster. Lorsque le bachot accosta enfin au débarcadère de Temple Stairs, elle avait complètement cessé. Barak m'aida à mettre pied à terre. Je restai un instant les yeux fixés sur Temple Gardens et sur la forme trapue de Temple Church – l'église des Templiers –, qui m'était familière.

« Pouvez-vous marcher jusqu'à Chancery Lane ? demanda-t-il.

— Oui. Ma maison m'attire comme un aimant.

— Au fait, les chevaux sont là. Ils sont arrivés il y a deux jours, frais comme des gardons. »

J'eus un rire amer. « En matière d'organisation, je n'ai jamais douté de la compétence du roi et de ses acolytes. Voyages, réceptions, armée. Torture et mort .. J'ai convaincu Cranmer de ne plus faire appel à moi, dis-je d'un ton grave.

— Content de l'apprendre. Je n'ai aucune envie de revivre de pareils moments. Que va-t-il arriver à Rich et à Maleverer ?

— À Rich, rien. Il est trop haut placé. Maleverer va perdre son poste. Cranmer se demande avec inquiétude qui peut bien être l'assassin de Broderick. Je lui ai conseillé d'interroger le sergent Leacon. »

Il secoua la tête. « Le sergent ? C'est impossible. Il est comme le vieux Wrenne : il ne s'intéresse qu'à sa famille et à son travail.

— Alors, c'est ce que découvrira Cranmer. Je voulais juste terminer la besogne aussi nettement que possible. Je ne vois pas qui d'autre pourrait être le coupable. » En es-tu vraiment certain ? pensai-je soudain.

« Vous venez ? demanda Barak.

— Oui, oui. Bien sûr. » Nous commençâmes à gravir le chemin, avec précaution car le sol était tapissé de feuilles mouillées.

« Il va nous falloir inventer une histoire pour expliquer votre aspect à Joan. On pourrait raconter qu'on vous a attaqué pour vous voler.

— Soit. Et il faudra que je cache cette fichue menotte !

— Je vais vous l'ôter avec mes outils. »

Je secouai la tête. « Est-ce qu'il a plu à verse durant tout le temps que j'ai passé à la Tour ? C'est l'impression que j'ai eue.

— Plus ou moins. »

Je regardai les arbres dénudés. « Quand nous sommes partis pour York, l'été venait de s'achever, or maintenant c'est déjà l'hiver.

— Vous rappelez-vous les fortes neiges que nous avons eues en novembre, il y a quatre ans ? Le froid qu'il a fait, Seigneur Dieu !

— Je ne m'en souviens que trop ! C'est l'année où j'ai été envoyé au monastère de Scarnsea. Ma première mission officielle. Mon désenchantement vis-à-vis du roi et de toutes ses opérations a commencé à ce moment-là. »

Nous continuâmes à avancer cahin-caha jusqu'à Fleet Bridge avant de prendre la direction de Chancery Lane. Les cheminées rouges de ma maison se profilèrent dans le ciel.

« Nous voilà chez nous ! » m'écriai-je en poussant un soupir de soulagement, et des larmes se formèrent au coin de mes yeux.

Peter, le marmiton, se trouvait dans le vestibule chargé d'un seau d'eau sale. Mon aspect lui fit écarquiller les yeux de stupeur. Je fourrai ma main menottée au fond de ma poche.

« Où est Joan ? lui demanda sèchement Barak.

— Au marché, monsieur. Mam'selle Reedbourne vient de monter un bol de bouillon à messire Wrenne. » Au moment où il prononçait le nom de Tamasin, il lança un impudent coup d'œil égrillard à Barak.

« Y a-t-il un feu dans la salle ? lui demandai-je.

— Oui, monsieur.

— Alors, apporte-nous de la bière. »

Il repartit. Je suivis Barak dans la salle et m'affalai dans mon fauteuil, près de la cheminée, en me massant le poignet.

« Je vais chercher mes outils », dit-il. Je revis le soir où, un an plus tôt, il avait crocheté pour moi la serrure du puits des Wentworth. J'avais été un rien scandalisé à l'époque par son adresse de crocheteur. À présent, plus rien ne me choquait.

Il travailla sur la menotte durant une demi-heure, en pure perte. « Ce foutu mécanisme est tout rouillé », expliqua-t-il.

Je regardai cette maudite menotte, détestant ce douloureux cercle de métal plus que toute autre chose au monde. « Alors, comment allons-nous l'enlever ? Ça m'écorche le poignet, dis-je d'un ton où perçait un début de panique.

— J'ai un ami à Cheapside qui est capable de faire sauter n'importe quelle serrure. Il est plus habile que moi et possède de meilleurs outils. » Il lançait des regards noirs à la menotte, peu disposé à reconnaître sa défaite. « Je vais aller voir s'il est là.

— Repose-toi d'abord.

— Non. J'y vais tout de suite. » Il finit sa chope de bière et repartit. Je me remis péniblement debout et montai lentement l'escalier.

Giles était assis dans son lit, en chemise de nuit et en robe de chambre. Tamasin se trouvait à son chevet, ravaudant l'une de ses robes. Mon entrée la fit sursauter et tous les deux me dévisagèrent.

« Ce n'est pas aussi grave qu'il y paraît, dis-je.

— On vous a libéré ? demanda Giles.

— Oui. Grâce à Barak. Je n'ai pas envie d'en parler, pas encore. Et vous, Giles, comment allez-vous ?

— Je suis un peu plus robuste chaque jour, répondit-il en souriant. Ce voyage m'a éreinté. Comme je suis content que vous ayez été libéré, Grand Dieu ! Je me suis fait un sang d'encre. » Je fus ému par le soulagement qui se lisait sur son visage.

« Il est mauvais malade, monsieur », dit Tamasin. Elle souriait mais, le teint pâle et les traits tirés, elle me regardait d'un air soucieux.

« On me dit que vous avez pris grand soin de messire Wrenne.

— C'est tout à fait vrai, approuva Giles en fixant sur elle un regard chaleureux.

— Il n'arrête pas de se lever, bien que votre ami, messire Guy, affirme qu'il doit rester couché quelque temps encore.

— Barak m'a en effet signalé sa visite.

— Puis-je vous laisser un moment, monsieur ? demanda Tamasin. J'ai proposé à ma'me Woode de lui faire des courses.

— Bien sûr. Et merci pour ce que vous m'avez apporté à la Tour.

— Je suis soulagée que vous ayez quitté cet horrible endroit. » Elle semblait toujours sur le qui-vive, comme si elle cherchait à jauger la situation. Se demandait-elle comment j'allais réagir à sa présence ? Elle fit une révérence et sortit de la chambre. Je m'installai sur le siège qu'elle venait de quitter.

« Que vous ont-ils fait ? murmura Giles.

— Sans Jack, ç'aurait pu être pire.

— Barak m'a conté la machination ourdie contre vous par Rich et Maleverer.

— Oui. Cranmer est désormais au fait de tout. Maleverer va avoir des ennuis, mais Cranmer affirme qu'il ne peut rien faire contre Rich. »

Le regard de Wrenne se posa sur mon poignet. Ma fichue manche était remontée, une fois de plus, découvrant l'anneau et les écor chures tout autour.

« C'est comme un symbole. Tout le pays est menotté et blessé par le roi. Grâce à une fausse accusation, une crapule comme Rich peut faire emprisonner, voire torturer, quelqu'un, afin de clore un dossier judiciaire. La justice est bafouée, Matthew. Ce n'est plus le pays que j'ai connu jadis.

— Vous avez raison, Giles Vous m'avez dit un jour que tous les membres de la famille de Maleverer étaient de fervents catholiques et que c'était par pur intérêt qu'il avait rejoint les réformateurs après 1536.

— C'est la vérité. C'est un homme cupide. Mais…

— Mais il n'est pas impossible qu'il satisfasse sa cupidité en s'affichant comme réformateur tout en aidant en sous-main l'ancienne cause ?

— Comment ? Que voulez-vous dire ?

— Rien.

— Je ne suis pas sûr qu'il soit suffisamment intelligent pour cela », conclut Giles en souriant.

J'allai me coucher et m'endormis immédiatement. Je me réveillai tôt le lendemain matin, après avoir dormi près de vingt heures. Je me sentais assez reposé, même si ma dent cassée était toujours douloureuse et si la tension nerveuse ne m'avait pas complètement quitté. Je me **levai** et m'habillai, maudissant la menotte, une fois de plus. Devant mon miroir d'acier poli, je fus stupéfait de découvrir les yeux enfoncés et la barbe sombre de plusieurs jours du visage qui me fixait en retour.

Je redescendis. Au bruit de mes pas, Joan sortit prestement de la cuisine et resta bouche bée d'effroi. Je levai la main pour l'empêcher de hurler. « Ce n'est pas aussi grave qu'il y paraît. » Je commençais à m'habituer à la formule.

« Oh, monsieur, votre pauvre bouche ! Les voyous ! Personne n'est-il à l'abri des vagabonds, de nos jours ? » Je fixai sur elle un regard perplexe avant de me rappeler que des voleurs étaient censés m'avoir attaqué. « Ça va passer, Joan. Mais j'ai une faim de loup. Puis-je prendre un petit déjeuner ?

— Bien sûr, monsieur. » Le visage soucieux, elle se précipita vers la cuisine. Je m'installai dans la salle et contemplai mon jardin détrempé, jonché de feuilles mortes. Il ne pleuvait pas, mais le ciel était chargé de nuages sombres. Mon regard se porta sur le mur du fond, à l'endroit où les dirigeants de Lincoln's Inn avaient fait déplanter un ancien verger dont ils s'étaient emparés, et je me souvins des propos de Barak. Cet été-là, je les avais prévenus que, sans les arbres pour absorber la nappe d'eau souterraine, le bas de la pente risquait d'être submergé. Je décidai d'aller y jeter un coup d'œil.

Je repensai à Maleverer. Il avait permis à Rich de l'impliquer dans une machination contre moi, sans doute en échange de son aide dans l'acquisition des terres des rebelles, et cela l'avait mené à sa perte. Et si cela n'avait été qu'une question secondaire et qu'il avait joué double jeu ? Il avait refusé d'accepter l'idée que Jennet Marlin n'avait peut-être pas dérobé les documents, avait soutenu avec force que Radwinter était responsable de la mort de Broderick et permis que deux ivrognes soient chargés de la garde du prisonnier. J'avais cru qu'il s'agissait de stupidité et d'obstination, mais pourquoi n'aurait-il pas été mû, en fait, par d'autres sentiments ? Et où se trouvait-il, à présent ? À Londres ou sur le chemin du retour à York ? Je me dis que si je savais qui avait choisi ces deux gardes...

Joan revint avec des œufs, du pain et du fromage.

« Désolé de vous infliger la charge d'une si nombreuse maisonnée, lui dis-je, mais j'avais promis au vieux messire Wrenne qu'il pourrait demeurer ici jusqu'à ce que sa santé lui permette de s'occuper d'une affaire de famille. Et Barak s'est blessé à la cheville. Où sont-ils, d'ailleurs ?

— Ils sont sortis de bonne heure, siffla-t-elle. Maître Jack a dit qu'il avait une affaire privée à régler et Tamasin devait se rendre à Whitehall pour voir si elle avait toujours sa place. Il y a des ennuis dans la maison de la reine.

— À ce qu'on dit », répondis-je d'un ton neutre. La maison de la reine allait être dissoute et Tamasin risquait de perdre son emploi.

Joan se tut quelques instants avant de reprendre : « Je n'ai rien contre messire Wrenne, monsieur. Le pauvre vieux monsieur est malade, mais cette donzelle... Ce n'est pas correct qu'elle habite ici avec Jack. Et se prend pas pour rien, avec ses toilettes de dame... Elle a beau dire qu'elle veut juste aider à soigner le vieux monsieur, m'est avis qu'elle aime dîner à la table d'un homme de qualité.

— Elle va bientôt repartir, Joan, dis-je d'un ton las. On a tous les quatre besoin de quelques jours de repos.

— Elle n'a aucune morale. Ils croient que je l'entends pas filer dans la chambre de maître Jack en pleine nuit !

— D'accord, Joan... Je suis trop fatigué pour m'occuper de ces histoires pour le moment. »

Elle fit une révérence et sortit.

Je mangeai de bon appétit. Après le petit déjeuner, j'arpentai la pièce tout en songeant à Maleverer, au sergent Leacon, à Broderick, suspendu au plafond de son cachot à bord du bateau. Et à Tamasin. Barak avait sans doute rendez-vous avec son ami ce jour-là... Alors qu'allait-il découvrir sur le père de la jeune femme ? Puis je pensai à Martin Dakin, et faillis me rendre à Lincoln's Inn, mais j'étais trop las pour affronter l'épreuve : revoir des connaissances, des avocats curieux qui avaient pu entendre parler de la mésaventure de Fulford. Cela pourrait attendre au lendemain, lorsque, avec un peu de chance, je serais débarrassé de la menotte. Peut-être Bealknap serait-il là. Cette fripouille avait-elle eu vent du traitement qu'on m'avait infligé pour que le procès lui soit épargné ?

Décidé à me rendre dans l'ancien verger, j'enfilai mes bottes et traversai le jardin. Tout était détrempé et, près du mur du fond, à côté de la grille s'ouvrant dans le verger, le sol était devenu un vrai marécage. Je déverrouillai la grille et sortis.

La pommeraie devait exister depuis des siècles. Les arbres étaient très vieux et noueux. Les murs du verger longeaient Chancery Lane d'un côté, le domaine de Lincoln's Inn sur deux autres, et le quatrième bordait mon jardin. Le terrain s'étendait en pente douce vers mon mur. Comme me l'avait annoncé Barak, le verger, parsemé de fondrières remplies d'eau là où les racines avaient été arrachées était devenu une mer de boue. Sans les arbres pour absorber une partie de la pluie, une masse liquide aussi haute qu'un appentis faisait pression contre le mur. Je poussai un juron, inquiet de l'inondation inéluctable de mon jardin s'il se remettait à pleuvoir. Je décidai d'aller, dès le lendemain, rendre visite à l'intendant de Lincoln's Inn.

Bouleversé par le saccage du verger, je rentrai dans mon jardin et me dirigeai vers l'écurie. Genesis et Suĸey se trouvaient dans leurs stalles, occupés à mâcher du foin. Ils levèrent tous les deux la tête et hennirent pour me saluer. J'allai caresser Genesis. Scrutant ses yeux sombres, je pensai à l'épreuve subie par ces chevaux, conduits pendant deux cents milles par des étrangers à travers des régions inconnues. S'étaient-ils demandé, comme moi à la Tour, s'ils reverraient jamais leur logis ? J'eus soudain la vision de l'énorme cheval d'Oldroyd se précipitant sur Tamasin et moi, deux mois auparavant, par ce matin brumeux. Tout avait commencé à ce moment-là.

Au moment où je quittais l'écurie, des gouttes de pluie se remirent à tomber. Je me dirigeai rapidement vers la porte d'entrée. Une haute silhouette en manteau noir se tenait sur le perron, le dos tourné. L'homme fixait la porte, comme s'il hésitait à frapper. Ma main se porta au poignard accroché à ma ceinture, qui ne m'avait pas quitté depuis qu'on me l'avait rendu à la Tour.

« Puis-je vous aider ? » demandai-je d'un ton sec.

L'homme fit volte-face. C'était le sergent Leacon, en civil, coiffé d'un bonnet au lieu du casque. Son jeune visage avait l'air soucieux.

Il portait une épée, comme la plupart des Londoniens, d'ailleurs, me rassurai-je. Il ôta son bonnet et inclina le buste.

« Messire Shardlake… » Il se tut brusquement en découvrant mon visage.

« Oui, fis-je d'un ton lugubre, j'ai passé un mauvais moment à la Tour.

— J'ai appris votre libération, monsieur. J'ai eu votre adresse à Lincoln's Inn. Je suis désolé, monsieur, d'avoir eu à vous arrêter sur le quai J'avais des ordres..

— Que voulez-vous ?

— Vous dire deux mots, monsieur, si c'est possible. »

Il avait l'air fatigué et penaud. Il me fit pitié. « Eh bien, entrez, alors ! » Je passai devant lui, ouvris la porte et le conduisis dans la salle.

« Pourriez-vous détacher votre épée, sergent ? Voyez-vous, je me méfie des lames en ce moment.

— Bien sûr, monsieur. » Il rougit et s'empressa de se défaire de l'épée dans son fourreau. Je la pris et la posai contre la porte.

« Bien, sergent. Que puis-je faire pour vous ?

— On… On m'a révoqué de l'armée, monsieur. Je suis redevenu George Leacon. Au motif que j'avais laissé les deux soldats se saouler, offrant ainsi à l'assassin de Broderick l'occasion d'agir… » Il hésita puis poursuivit « Il paraît que Radwinter s'est suicidé. À la Tour.

— En effet.

— J'ai été interrogé, hier, par l'archevêque Cranmer en personne. » Je scrutai son visage, mais seuls y transparaissaient l'abattement et l'épuisement. Cranmer ne lui avait donc pas appris que j'étais son informateur.

— Oui ?

— Il m'a demandé comment il se faisait que les gardes aient pu se saouler.

— Qu'avez-vous répondu ?

— Qu'il s'agissait de deux soiffards et que les ivrognes réussissent toujours à se procurer de l'alcool. Ils l'avaient apporté illégalement à bord.

— Qui avait choisi ces soldats ? demandai-je d'un ton neutre.

— Le capitaine des gardes avait suggéré leur nom à sir William. À mon avis pour s'en débarrasser et éviter des ennuis durant le trajet du retour. Quand sir William m'a indiqué que ces deux-là devaient voyager sur le bateau, j'ai protesté en lui signalant que ce n'était pas un bon choix. »

Je fronçai les sourcils. « Alors pourquoi les a-t-il malgré tout agréés ? »

Il haussa les épaules. « Il ne voulait pas donner l'impression de suivre les conseils d'un simple sergent. Je pense qu'il a manqué de jugeote. »

À nouveau cette expression… « Il a manqué de jugeote, et pourtant c'est vous qui payez les pots cassés. Vous êtes le bouc émissaire.

— Il en a toujours été ainsi, monsieur. Sir William ne s'en est pas tiré indemne, lui non plus. Il paraît qu'il a été évincé du Conseil du Nord.

— Dites-moi… Croyez-vous que Radwinter ait tué Broderick ? »

Ma question parut le déconcerter. « Qui d'autre cela pourrait-il être ? Radwinter avait l'esprit de plus en plus dérangé.

— Peut-être. » Le regardant droit dans les yeux, je lui demandai à brûle-pourpoint : « Le nom de Blaybourne vous dit-il quelque chose ? Ou Braybourne ?

— Braybourne se trouve dans le Kent, monsieur, à une certaine distance du lieu dont je suis originaire. Avez-vous une nouvelle affaire de propriété foncière à y traiter ? » Il semblait intrigué et quelque peu inquiet, comme si l'homme à la mine négligée qu'il avait devant lui était en train de perdre la tête, lui aussi.

« Ça n'a guère d'importance, répondis-je en souriant. Bien, maître Leacon, qu'est-ce qui me vaut votre visite ?

— Cela peut vous paraître impudent de ma part après que je vous ai arrêté, mais…

— Le dossier de la terre de vos parents. Bien sûr. » J'avais complètement oublié cette affaire.

« Ils sont à Londres. Et maintenant que j'ai été révoqué je n'ai pas d'argent pour payer un avocat.

— Je vais les recevoir. Une promesse est une promesse. Mais après deux mois d'absence j'ai besoin de quelques jours pour régler mes affaires. Amenez vos parents à mon cabinet mercredi. Ont-ils apporté leurs papiers ?

— Oui, monsieur. » Son visage se détendit. « Merci, monsieur. Je savais que vous étiez un homme d'honneur. »

J'eus un sourire narquois. « D'ici là j'aurai eu le temps de me faire raser et je serai plus présentable.

— Je vous suis très reconnaissant, messire Shardlake.

— Voici votre épée. » Je jetai un coup d'œil par la fenêtre. Il pleuvait à nouveau des cordes. « Je crains que votre trajet de retour ne soit arrosé. »

Par la lucarne près de la porte d'entrée, je le regardai s'éloigner dans l'allée. Bon soldat, bon fils. À l'évidence, Leacon n'avait rien à voir avec ces événements. Mais Maleverer ? Manque de jugeote ? Ou bien avait-il scellé les lèvres de Broderick pour empêcher que celui-ci le désigne comme complice des conjurés ? Était-il en possession des documents ? Toutefois, il n'aurait pu m'assommer au Manoir du roi, puisqu'il était en voyage.

Je remontai dans la chambre de Giles. Il dormait, mais au moment où j'entrai il remua et ouvrit les yeux.

« Désolé, fis-je. Je vous ai réveillé ?

— Je dors trop. » Il se dressa sur son séant. « Ce soir, je vais me lever pour dîner.

— Guy affirme que vous devez rester alité encore quelques jours.

— Je vais finir par prendre racine, s'esclaffa-t-il. Mais vous avez toujours l'air fatigué, vous aussi.

— Je le suis, en effet. Et je viens de recevoir une visite. Le jeune Leacon. Il aimerait que je l'aide dans une affaire juridique. »

Il haussa les sourcils. « Après vous avoir arrêté sur le débarcadère ? À votre place, je l'aurais envoyé sur les roses.

— J'avais promis de l'aider à York. Et comme je le lui ai dit, une promesse est une promesse.

— C'est tout à fait vrai, déclara-t-il avec force. Rien n'est plus important. Sauf si on est le roi, qui passe son temps à renier ses promesses.

— Oui, répondis-je, l'esprit ailleurs.

— Vous paraissez soucieux, Matthew.

— Désolé. Simplement, je ne comprends toujours pas qui m'a assommé au Manoir du roi et qui a aidé Broderick à mourir. Qui s'est faufilé parmi nous et a agi en catimini tout ce temps. Et si cette personne se trouvait à bord, elle est à Londres en ce moment.

— Vous croyez-vous en danger ? »

Je secouai la tête. « Non. Si c'était le cas, quelque chose se serait passé depuis longtemps. » Je fis un sourire contraint. « Je devrais oublier tout ça. J'ai dit à Cranmer que je désirais désormais mener la vie tranquille d'un avocat.

— Par les temps qui courent, c'est plus prudent.

— Et ce, pour le reste de mes jours. Barak est de mon avis.

— La vie d'avocat est agréable, dit Wrenne. Je peux en témoigner. » Il poussa un profond soupir. « Mais cela appartient au passé. Il faut que je trouve mon neveu et que je prenne mes dispositions. Je vais me rendre à Gray's Inn. Peut-être pas demain, mais après-demain. » Il s'appuya sur son oreiller et ferma les yeux. Il est toujours faible, songeai-je. Aura-t-il assez de vigueur pour simplement remonter Chancery Lane jusqu'à Gray's Inn ?

Une fois de plus, je me rappelai les étranges paroles de Bernard Locke à la Tour. Il avait déclaré que Martin Dakin ne faisait pas partie des conjurés et qu'il ne courait aucun danger. Mais si ce n'était pas un conspirateur, qu'avait voulu dire Locke en affirmant qu'il ne courait aucun danger ? Je décidai de me rendre à Gray's Inn dès le lendemain, à la recherche de Dakin.

46

B ARAK ET TAMASIN RENTRÈRENT L'APRÈS-MIDI. Barak vint dans ma chambre, où je me reposais. Il avait l'air épuisé.

« Je n'ai pas réussi à trouver mon camarade de Cheapside, annonça-t-il. Il est parti pratiquer une intervention hors de la ville. Il ne rentrera que demain. »

Je plaçai la main sur ma mâchoire douloureuse. Il faut que j'aille voir Guy, me dis-je, pour qu'il y jette un coup d'œil. « Il n'est pas en train de cambrioler une maison, j'espère ?

— Non. Il est vraiment serrurier, figurez-vous. Il installe des verrous dans une nouvelle maison, à la campagne. Pourquoi imaginez-vous toujours que mes relations ne sont pas fréquentables ?

— Excuse-moi. » Je tirai sur ma manche, dégageant la menotte rouillée. « Je l'ai graissée pour atténuer le frottement, mais ça sent mauvais et ça salit ma chemise. Je ne me sentirai définitivement libéré de la Tour que lorsque j'en serai débarrassé.

— Je tâcherai à nouveau de le trouver demain. On m'a promis qu'il serait alors de retour.

— Merci. » Je regardai ses traits tirés, ses cheveux mouillés. Il pleuvait toujours. « Tamasin s'est-elle rendue à Whitehall ?

— Oui. On lui a dit que la maison de la reine allait être réorganisée et qu'elle devait revenir dans quelques jours… Elle a peur de reprendre son travail, ajouta-t-il, le regard grave, étant donné qu'on interroge les dames d'honneur de la reine.

— Mais pas les servantes comme Tamasin ?

— Non. Pas pour le moment. Mais elle craint qu'on y vienne. Elle pense avoir intérêt à se fondre dans le paysage. Et je crois qu'elle a raison.

— Dans ce cas, elle risque de rater l'occasion de garder une place dans la maison royale. C'est là qu'un serviteur obtient les meilleurs gages du royaume. »

Il haussa les épaules. « Elle a peur, surtout après avoir vu ce qu'on vous a fait. Elle va trouver un autre engagement. Et d'après elle, il lui reste toujours un peu de l'argent de sa grand-mère.

— Cet héritage lui aura longtemps profité.

— Oui… J'ai parlé à mon vieux camarade, au sujet de son père, soupira-t-il.

— Ça se présente bien ? »

Il fronça les sourcils. « Il y a un candidat possible, apparemment. Il faut que j'y retourne demain.

— Qui ?

— Il a refusé de me le dire. Il paraît qu'il a une belle profession. Mais qu'est-ce que ça veut dire, au juste… » Un coup frappé à la porte l'interrompit. Tamasin entra.

« Je suis désolé que vous ayez perdu votre place, Tamasin, dis-je avec douceur.

— En effet. » Elle se tenait immobile, l'air harassée.

« Restez ici quelques jours de plus, tous les deux. Jusqu'à ce que… Eh bien, jusqu'à ce que la situation s'éclaircisse. Peut-être pourrez-vous retrouver du travail à la Cour.

— Après la mort de la reine ? » Elle parlait d'une voix amère que je ne lui connaissais pas. « Peut-être comme servante dans la maison d'une nouvelle reine, pour voir combien de temps elle occupera ce poste et quels secrets susceptibles de me causer des ennuis je pourrai surprendre ? » Elle secoua la tête avec force. « Non, je n'y retournerai jamais, quels que soient les gages offerts.

— Bon, d'accord, Tammy », dit Barak. Mais elle continua à parler.

« On dit à Whitehall que lady Rochford est devenue folle à la Tour, qu'elle hurle et délire et qu'elle est incapable de formuler une réponse cohérente. La malheureuse reine est retenue à Hampton Court. Dieu seul sait dans quel état d'esprit elle se trouve. Toutefois, une femme doit sourire et se montrer d'humeur joyeuse, pas vrai ? » Elle se tordit le visage pour parodier un sourire de charmante demoiselle, avant de tourner les talons et de se précipiter hors de la chambre.

Ce soir-là, Giles et moi dînâmes tranquillement dans la salle, au son des trombes d'eau. Barak avait passé tout l'après-midi dans la chambre de Tamasin. Joan avait un air maussade, mais peu m'importait, désormais.

Giles avait meilleure mine, et c'était la première fois depuis son arrivée qu'il ne dînait pas au lit. Je lui décrivis l'état du verger et il approuva ma décision d'aller voir l'intendant de Lincoln's Inn dès le lendemain. « Autrement, si votre jardin est inondé, ses services argueront que vous ne les avez pas prévenus à temps... Vous connaissez les avocats, ajouta-t-il en souriant.

— Vous avez raison. Je vais exiger qu'on creuse un fossé à mi-pente pour retenir les eaux de ruissellement. Il faudra que cela soit fait au plus tôt, car la pluie ne semble pas près de cesser... Et il est temps que je montre à nouveau mon visage », soupirai-je.

Le lendemain matin, je me levai de bonne heure et décidai de me rendre à Lincoln's Inn sitôt après le petit déjeuner. Tamasin et Barak étaient sortis ensemble. Tamasin pour se mettre en quête d'une chambre, Barak pour aller chercher le serrurier... et s'enquérir de l'identité du père de Tamasin. Bien que la pluie se fût interrompue, j'avançais avec précaution, car Chancery Lane était parsemé de flaques et les amas de feuilles mortes mouillées rendaient glissant le sol bourbeux. En outre, un vent froid soufflait ; l'hiver avait vraiment commencé. Avant tout, afin de me rendre présentable, je décidai d'utiliser les services du barbier de Chancery Lane. Je m'installai sur le fauteuil, conscient de cette fichue menotte, que je m'efforçai de dissimuler sous ma manche. La conversation du barbier tournait autour des étranges événements qui se déroulaient à Hampton Court. Les rumeurs allaient bon train, désormais. La reine aurait été arrêtée, on aurait découvert que c'était une espionne, on l'aurait trouvée au lit avec des tas d'hommes, depuis un marmiton jusqu'à Cranmer en personne. Le barbier relatait ces clabaudages avec délectation. « Ça rappelle l'époque d'Anne Boleyn ! » s'écria-t-il d'un ton joyeux. Après lui avoir rétorqué qu'il s'agissait à mon avis de simples commérages sans fondement, je poursuivis mon chemin jusqu'à Lincoln's Inn.

Quelle étrange sensation de passer sous le grand porche, au milieu des allées et venues des juristes, et de revoir les massifs bâtiments en brique de Gatehouse Court ! Tandis que je me dirigeais vers les bureaux de l'intendant, des personnes de ma connaissance me saluaient de la tête, mais j'étais pressé de poursuivre mon chemin et de régler l'affaire au plus vite. L'intendant ayant rejeté toute responsabilité pour l'inondation, je lui rappelai froidement les lois sur les troubles de voisinage et avant de prendre congé j'avais obtenu la promesse qu'une tranchée serait creusée dès le lendemain. Je me rendis à mon cabinet dans un meilleur état d'esprit.

Je croisai deux avocats, qui s'arrêtèrent et posèrent sur moi un regard curieux. En retour, je me renfrognai et enfonçai la main dans la poche de ma robe pour dissimuler soigneusement la menotte.

Skelly, mon premier clerc, travaillait à son pupitre. Il m'accueillit avec un sincère et désarmant enthousiasme, ses yeux brillant derrière ses verres de lunettes. « J'ai prié pour vous, monsieur ! s exclama-t-il, qui étiez là-bas, au milieu de ces sauvages païens. Et vous voilà de retour ! Mais vous avez le visage enflé, monsieur.

— J'ai mal à une dent. » En effet, elle ne cessait de m'élancer. Donc, les rumeurs concernant mon emprisonnement n'étaient pas parvenues jusqu'à Lincoln's Inn. Cela ne saurait tarder, malgré tout. « Comment vont nos affaires ? » demandai-je. J'avais distribué mes dossiers à divers avocats en qui j'avais confiance afin qu'ils s'en occupent durant mon absence.

« Il n'y a pas eu de réels problèmes, monsieur. Le confrère Hennessy a gagné la semaine dernière en l'affaire Cropper.

— Vraiment ? Parfait. » Je me tus quelques instants, avant de reprendre : « Il paraît que des envoyés du Conseil privé sont venus enquêter dans les écoles à propos de la conspiration du printemps dernier.

— Pas ici, monsieur... Peut-être à Gray's Inn », ajouta-t-il en fronçant les narines.

Je passai toute la matinée à m'informer de l'évolution des dossiers. Oui, pensai-je, j'ai assez de travail ici pour m'occuper à plein temps. Et, grâce à la somme promise par Cranmer, je pourrai payer l'hypothèque qui pèse sur la propriété de mon père. À la lettre du créancier hypothécaire qui me demandait quand il serait payé, je répondis sèchement qu'il n'aurait plus longtemps à attendre. Puis je me rendis à la salle à manger de l'école pour déjeuner.

J'avais résolu d'aller à Gray's Inn dans l'après-midi et durant le repas, je repensai à Martin Dakin. Qu'arriverait-il s'il repoussait l'idée d'une réconciliation avec Giles – ce qui n'était pas impossible, vu le tour que prenaient parfois les querelles de famille ? Une fois de plus, je me demandai si ma sollicitude envers le vieil homme était liée au remords d'avoir déçu mon père. Non, pensai-je, il est de mon devoir d'essayer de l'aider.

Comme je me dirigeais vers le porche, j'aperçus Bealknap qui, venant de son cabinet, avançait vers moi. M'avait-il vu par sa fenêtre ? « Confrère Shardlake ! me lança-t-il d'un ton enjoué. Il paraît que depuis notre dernière rencontre vous avez connu diverses aventures. Des ennuis avec Sa Majesté à York, n'est-ce pas ? Et un séjour à la Tour. » Son regard se porta sur mon poignet droit où apparaissait la satanée menotte, qui avait à nouveau glissé. « Grand Dieu ! » se contenta-t-il de murmurer.

« Peu de gens ont eu vent de mon séjour à la Tour ; vous tenez sans doute le renseignement de Richard Rich, puisque c'est lui qui m'y a fait enfermer

— Vous avez le visage enflé, messire Shardlake », répondit-il, avec une sollicitude feinte. Une vision soudaine de la chambre de torture s'imposa à moi, j'entendis à nouveau le craquement au moment où la dent avait été fracturée et la même sensation de terreur m'envahit. Je clignai des paupières, puis foudroyai mon adversaire du regard. Ses yeux évitèrent les miens.

« Vous savez que le Guildhall a clos votre dossier, poursuivit-il en me gratifiant de son sourire charmeur. Chaque partie paie ses propres frais. Vous aurez sans doute à régler au Guildhall une forte facture. La mienne est prise en charge par la Cour des augmentations.

— Par Rich.

— Par la cour. À cause des intérêts qu'elle avait dans cette affaire. Eh bien, le résultat a été assez remarquable. » Il me salua chapeau bas, en une révérence moqueuse, avant de continuer son chemin.

« La prochaine fois, ce sera un combat loyal, lui lançai-je. Tôt ou tard je vous battrai, Bealknap ! » Il ne se retourna pas.

Je remontai Chancery Lane jusqu'à Gray's Inn, de l'autre côté de l'avenue Holborn. Quoique le ciel fût gris et chargé de nuages, la pluie n'avait pas recommencé à tomber. Je demandai le chemin de Garden Court à la loge du portier, lequel m'indiqua un bâtiment de l'autre côté de la cour. Comme je la traversais, regardant les allées et venues des avocats, je me dis que le contact de Bernard Locke, à qui il devait remettre les documents, se trouvait peut-être parmi eux – à moins qu'il n'ait été arrêté. Je franchis la porte et me retrouvai dans un premier bureau où un petit clerc grassouillet leva le nez de ses papiers.

« Bonjour, fis-je. Matthew Shardlake, de Lincoln's Inn. Je cherche un confrère qui a son cabinet à Garden Court. Martin Dakin. »

Le clerc se redressa brusquement. « Oh ! » fit-il. Il eut d'abord l'air surpris, puis troublé.

« Vous connaissez le nom ?

— Oui, monsieur, mais… » Il se leva lentement, sans me quitter des yeux. « Si vous voulez attendre quelques instants, peut-être devriez-vous parler au confrère Philips. Veuillez m'excuser. »

Il se dirigea vers une porte, frappa et entra. J'attendis, soudain pris d'angoisse. Le clerc avait semblé ému, inquiet. Dakin avait-il été arrêté pour subir un interrogatoire ? Je jetai un coup d'œil circulaire sur la pièce, où les tables étaient couvertes de liasses de papiers attachées avec des rubans roses. C'était là que Bernard Locke avait lui aussi exercé. Je frissonnai en me rappelant la fois où je l'avais vu à la Tour, les membres brisés et le visage marqué de brûlures.

Le clerc réapparut dans l'encadrement de la porte. « Le confrère

Philips aimerait vous parler, monsieur. » Il s'écarta pour me laisser passer, l'air soulagé de me confier à quelqu'un d'autre.

Dans le cabinet qui ressemblait beaucoup au mien, un avocat replet entre deux âges se tenait debout derrière son bureau. Il paraissait éreinté et avait les yeux cernés. Il inclina le buste, puis me regarda, la mine soucieuse.

« Confrère Ralph Philips », dit-il. Son accent indiquait qu'il était originaire du Nord.

« Confrère Matthew Shardlake, de Lincoln's Inn.

— Vous cherchez le confrère Martin Dakin ?

— C'est bien ça.

— Ne m'en veuillez pas, monsieur, mais… pourrais-je connaître votre lien avec lui ?

— Je suis un ami de son oncle, le confrère Giles Wrenne, d'York. Il s'est querellé avec son neveu, il y a des années de cela, et il est venu jusqu'à Londres pour opérer une réconciliation. J'ai participé au voyage royal à York. Le confrère Wrenne est revenu avec moi et il loge chez moi, dans Chancery Lane. » Je me tus un bref instant. « Il est âgé et en mauvaise santé.

— Ah ! » Le confrère Philips poussa un lourd soupir.

« Que lui est-il arrivé ? demandai-je, d'un ton plus brusque que je ne l'eusse souhaité. A-t-il été arrêté pour être interrogé à propos de la conjuration nordiste ? Je sais que l'on a questionné certains avocats. »

Il me jeta un regard perçant. « Oui, les enquêteurs sont venus ici. On a tous été interrogés. » Il poussa un nouveau soupir. « Mais personne n'a rien à cacher, et surtout pas le confrère Dakin. » Il eut un étrange sourire, un sourire empreint de tristesse.

« Alors quoi ?

— Martin Dakin est décédé, monsieur. Il est mort il y aura deux ans cet hiver. D'une congestion pulmonaire.

— Oh non ! soupirai-je. Oh non ! C'est trop cruel. » Tous les efforts de Giles, tous ses espoirs, le voyage qui l'avait tellement épuisé. Tout cela pour rien.

« Ça va, monsieur ? » Il contourna son bureau, l'air inquiet.

« Oui. Pardonnez-moi. Ç'a été un choc. Je ne m'étais pas attendu… » Voilà donc ce qu'avait voulu dire Locke à la Tour… Martin Dakin ne courait plus aucun danger, parce qu'il était mort. Et s'il avait utilisé l'imparfait c'était pour parler de Dakin, pas de lui-même. J'étouffai une plainte, avant d'entrevoir un rayon d'espoir. « A-t-il laissé une épouse, des enfants ?

— Je crains que non, répondit-il en secouant la tête. Je ne lui connaissais aucun parent et je n'ai jamais entendu parler d'un oncle.

— Ils étaient brouillés. Il n'avait donc personne ?

— Pas que je sache. À sa mort, l'intendant de Gray's Inn s'est chargé de ses effets... Je dois ajouter, monsieur, que le confrère Dakin et moi n'étions guère proches

— Ah bon ? »

Il hésita un court instant. « C'était un fervent réformateur, confrère, ce qui est plutôt rare parmi les avocats de Gray's Inn.

— Je croyais que c'était un archiconservateur...

— Jadis, en effet. Mais il a été converti par des prêches évangélistes dans une église du quartier. » Il refit son sourire triste. « Nombreux sont ceux qui, après avoir soutenu ardemment un camp, ont tourné casaque et ont soutenu l'autre camp avec autant d'ardeur. Ce genre de conduite a été très fréquent ces dernières années.

— C'est bien vrai.

— Mais le confrère Dakin était un bon avocat, et un honnête homme. »

Je hochai la tête, abasourdi.

« Nul doute que l'intendant de l'école ait effectué une enquête et qu'il se soit occupé de l'héritage. Si vous alliez vous renseigner auprès de lui...

— Certes. Oui, c'est peut-être une bonne idée.

— Puis-je vous offrir un verre de vin avant que vous ne repartiez, confrère ? » Il avait toujours la mine soucieuse. « Je vois que vous êtes très ébranlé. Peut-être devriez-vous vous asseoir.

— Non, non ! Je vais me rendre chez l'intendant. Merci, confrère. Merci pour votre aide. » J'inclinai le buste et pris congé.

Quelle ironie ! songeai-je. Un réformateur... La dernière personne à vouloir participer tant soit peu au complot nordiste.

J'aperçus un banc de bois sous un arbre, tout près de là. Il était mouillé, mais je m'y assis quand même. Le pauvre Wrenne, quel terrible choc il allait subir ! J'étais content d'être venu à Gray's Inn, cependant. Je pourrais au moins lui apprendre la nouvelle avec délicatesse et à la maison. Je levai les yeux au moment où un homme de grande taille en robe d'avocat passait près de moi. Barbe noire, cheveux noirs, ce ne pouvait être que Maleverer... Mais les traits se révélèrent être ceux d'un homme plus âgé, qui me regarda d'un air intrigué avant d'entrer dans le bâtiment.

Une goutte d'eau sur ma main me fit recouvrer mes esprits. Il pleuvait à nouveau ! Je me levai du banc. Cette fichue menotte m'écorchait toujours. Je frottai mon poignet, m'assurant qu'elle était bien dissimulée, puis demandai à un clerc qui passait par là de m'indiquer les services de l'intendant. Sous des trombes d'eau, je me dirigeai vers ses bureaux.

L'intendant était un homme de haute taille, voûté, et qui voyait d'un mauvais œil l'enquête d'un avocat d'une autre école. Toutefois, dès que j'expliquai le but de ma visite, il se montra courtois et m'invita dans ses confortables locaux.

« En ce moment, je me méfie de toutes les questions sur les membres de l'école, me dit-il.

— Ah oui ! À cause des enquêtes sur les conspirateurs.

— Nombre d'avocats ont été récemment interrogés. Le cabinet de Robert Aske se trouvait ici, vous savez. Qu'il soit maudit, ainsi que tous ces rebelles ! Les écoles sont faites pour qu'on y exerce le métier de juriste, pas pour conspirer contre le roi. »

Il me conduisit à un bureau où un homme d'un certain âge était occupé à consulter des documents. « Le confrère Gibbs a dû traiter la question. Il ne pratique plus, mais il me donne un coup de main. »

Le vieillard se leva et inclina le buste, me fixant à travers ses verres épais. Il avait l'air presque aussi âgé que le confrère Swann de Hull.

« Le confrère Shardlake tente de retrouver des membres de la famille du confrère Martin Dakin, lui annonça l'intendant. Il est mort durant l'hiver d'il y a deux ans. Il n'avait ni femme ni enfant. »

Le vieil avocat hocha la tête d'un air sagace. « Ah oui, je me le rappelle très bien. C'est l'école qui a géré ses biens. C'est triste lorsqu'un confrère meurt sans famille. Mais lui avait un parent, en fait, autant qu'il m'en souvienne.

— Vraiment ? » fis-je, plein d'espoir. Même quelque enfant bâtard serait mieux que rien.

Le vieil homme posa un doigt sur son menton. « Oui, il y avait quelqu'un. Il me semble bien. »

Je maîtrisai mon impatience tandis que le confrère Gibbs commençait à fouiller dans une pile de papiers posés sur une étagère.

« Je vous quitte, monsieur, me dit l'intendant.

— Oui, merci. Je vous suis très reconnaissant. »

Je me retournai vers le confrère Gibbs, qui brandissait une liasse de feuillets en souriant. « Voilà ! » fit-il. Il sortit un testament de la liasse. « Martin Dakin, décédé le 10 janvier 1540. À sa requête, tous ses biens ont été vendus et le produit de la vente, ainsi que ses économies – une somme conséquente, je constate –, dit-il en étudiant le testament, oui, c'est ça, il a légué cinquante livres à l'église Saint-Giles, à Cripplegate… Une église extrêmement favorable à la réforme, précisa-t-il en me regardant par-dessus ses lunettes. Certains la taxent même d'hérésie.

— Oui, oui. Et le reste ?

— Tout est légué à une seule personne.

— Qui ?

— Voyez vous-même, monsieur. »

Le vieil homme me tendit le testament. Je lus le nom du légataire. Stupéfait, je restai bouche bée.

« Et ce légataire a réclamé son héritage ?

— Oh oui ! » Il fronça les sourcils. « Tout a été fait dans les formes.

— Je n'en doute pas un seul instant. »

Je comprenais à présent, je comprenais tout. Qui m'avait assommé à Sainte-Marie, qui avait aidé Broderick à mourir. Ainsi que l'identité de la personne qui détenait à présent les documents susceptibles de renverser le trône

47

J E REMONTAI CHANCERY LANE la tête baissée afin d'empêcher l'eau de ruisseler de mon chapeau dans mes yeux, car il pleuvait plus fort que jamais. Après ma visite à l'intendant, j'étais retourné à Lincoln's Inn pour méditer à la bibliothèque et débrouiller tout l'écheveau. À présent, je n'avais plus qu'à rentrer à la maison.

La nuit était bien tombée quand, le cœur lourd, je m'engageai dans Chancery Lane. Les fenêtres des maisons éclairées se réverbéraient dans les mares, à la surface desquelles crépitait la pluie. Je m'emmitouflai davantage dans mon manteau, tandis que la maudite menotte blessait mon poignet meurtri et trempé.

Je franchis la porte d'entrée en titubant. L'eau dégoulinait de mes vêtements sur les nattes de jonc. Joan, que je trouvai dans le vestibule, se tourna vers moi, protégeant sa lampe d'une main. « Messire Shardlake ! Mais, monsieur, vous êtes trempé comme une soupe ! Cette pluie ! Dans quel état va-t-on retrouver le verger ! Je vais vous chercher des vêtements secs...

— Non, merci ! » lançai-je en enlevant mon bonnet détrempé. Je m'appuyai à la porte quelques instants, le souffle coupé. « Ça va. Jack et mam'selle Reedbourne sont-ils là ?

— Ils ne sont pas encore rentrés, monsieur. Ils avaient dit qu'ils seraient de retour avant la tombée de la nuit, siffla-t-elle, mais je parie qu'elle l'a forcé à s'arrêter dans une taverne bien chauffée pour se faire des mamours.

— Ah bon ! » J'étais déconcerté, car, persuadé de les trouver à mon retour, j'avais déjà préparé tout mon discours.

« Messire Wrenne est descendu tout à l'heure, reprit Joan. Il a demandé quelque chose à manger et je lui ai apporté du potage dans la salle. »

J'hésitai un instant. Il serait plus raisonnable de monter me changer... Je fus soudain secoué de violents frissons.

« Ça va ? demanda Joan, la mine inquiète.

— Je suis seulement... las.

— Il y a un bon feu allumé dans la salle

— Je vais m'y sécher, dis-je avec un sourire contraint. Et j'ai faim. Merci, Joan. »

Elle me regarda d'un air dubitatif quelques instants encore, avant de monter à l'étage. Je verrouillai la porte d'entrée car Barak, qui possédait sa propre clef, pouvait entrer directement, puis me dirigeai vers la salle. Je fis une halte devant la porte, accablé par une lassitude qui semblait me vider de mes dernières onces d'énergie. Je pris une profonde inspiration et ouvris la porte.

Assis à la table où trônait une soupière fumante, Giles était en train de déguster le bon potage de Joan. Dans la lumière de la bougie, son visage paraissait fatigué, strié de rides de plus en plus profondes à mesure qu'il s'émaciait. Il leva les yeux vers moi, l'air inquiet.

« Matthew ! Vous semblez trempé jusqu'aux os. Vous allez attraper mal.

— Il tombe à nouveau des cordes.

— J'entends ça. En verrons-nous jamais la fin ? » Il désigna les carrés sombres de la fenêtre, contre laquelle tambourinait la pluie. « Je crois que Barak et la jeune Tamasin sont toujours dehors. »

Je m'approchai de la cheminée, dos au feu. La chaleur me réchauffa les jambes.

« Vous avez parlé aux gens de Lincoln's Inn ? s'enquit-il. Vont-ils creuser le fossé ?

— Oui. J'ai dû parlementer un brin, mais ils ont promis de le faire.

— Vos vêtements fument, vous devriez vous changer. Vous avez l'air épuisé. Vous risquez d'attraper la fièvre.

— Avant tout, il faut que je mange quelque chose

— Tenez, il y a du potage. »

Je pris une assiette sur le dressoir, me servis dans la soupière, puis m'assis en face de lui, m'apercevant qu'en fait je n'avais pas faim. « Vous vous sentez mieux ? demandai-je.

— Oui. » Il eut son sourire grave et triste. « Ça dépend des jours, comme c'était le cas pour mon père. Pour le moment, je me sens aussi bien qu'avant, à part... » Il tapota l'endroit où se trouvait la grosseur en faisant la grimace. Je hochai la tête. « Y a-t-il d'autres nouvelles à propos de la reine ? demanda-t-il.

— Elle a été arrêtée. »

Il secoua sa grosse tête d'un air chagrin. J'avais envie que Barak et Tamasin reviennent avant de commencer à parler. Au moins Barak. Toutefois, je ne parvins pas à me retenir. « J'ai pris sur moi de me rendre à Gray's Inn, Giles. Je voulais trouver Martin Dakin. »

La cuiller à mi-chemin entre son assiette et sa bouche, il répliqua « Vous n'auriez pas dû, sans mon autorisation.

— C'était pour vous aider.

— Vous l'avez trouvé ?

— J'ai découvert qu'il était mort, voilà près de deux ans. »

Il reposa sa cuiller. « Mort ? » chuchota-t-il. Il s'appuya au dossier de son siège. Ses épaules tombèrent et ses traits s'affaissèren Martin est mort ? »

Alors je répondis d'une voix égale : « Je pense que vous le savez Que vous le saviez avant mon arrivée à York. Je me rappelle que vous m'avez un jour déclaré qu'un bon avocat devait être un bon comé dien. Je crois que vous jouez la comédie depuis le premier jour où nous nous sommes rencontrés. »

Il fronça les sourcils, puis prit un air vexé. « Comment pouvez-vous supposer une telle chose, Matthew ? Comment...

— Je vais vous le dire. Je me suis rendu au bâtiment où se trou-vait jadis le cabinet de Dakin. On m'a alors informé qu'il était mort de maladie durant l'avant-dernier hiver. Sans femme ni enfant. On m'a suggéré d'aller voir l'intendant, qui s'est occupé de la succession. C'est ce que j'ai fait, et j'ai alors découvert qu'il vous avait légué tous ses biens. L'argent vous a été envoyé à York, et vous avez signé le reçu en mars 1540, il y dix-huit mois. Je l'ai vu.

— Quelque imposteur...

— Non. J'ai reconnu la signature. C'était bien la vôtre. Je l'ai vue assez souvent quand nous nous sommes occupés des placets. Allons, Giles, ajoutai-je avec impatience, voilà près de vingt ans que je suis avocat. Pensez-vous que je ne reconnaîtrais pas une signature contrefaite ? »

Il planta sur moi un regard farouche que je ne lui avais jamais vu. « Matthew, dit-il, un tremblement dans la voix, vous êtes un bon ami, mais vous me blessez. Ce sont les effets de l'épreuve que vous avez subie à la Tour. Il s'agit d'un imposteur. Quelqu'un a trouvé la lettre de Gray's Inn et s'est fait passer pour moi. Je me rappelle avoir été obligé de renvoyer un clerc pour cause de malhonnêteté. À deux cents milles de distance, il est facile de se faire passer pour quelqu'un d'autre.

— De cacher sa véritable identité.   Vous êtes payé pour le savoir. »

Il ne répondit pas, demeura absolument impassible, son regard attentif fixé sur moi. Alors il se mit à jouer avec la grosse bague sertie d'une émeraude. Une goutte d'eau coula sur ma nuque et me fit fris-sonner. Il avait raison, je risquais d'attraper la fièvre. Le pétillement du feu et le crépitement de la pluie contre la fenêtre me paraissaien¹ anormalement sonores. Je crus entendre la porte d'entrée s'ouvrir, mais c'était juste quelque chose qui grinçait dans la maison. Où étaient donc Barak et Tamasin ?

« Après avoir quitté le bureau de l'intendant, continuai-je, je me suis rendu à la bibliothèque de Lincoln's Inn. J'y suis resté trois heures. Pour démêler l'écheveau. »

Il ne desserrait toujours pas les lèvres.

« Vous avez inventé l'histoire de votre désir de réconciliation avec Martin Dakin pour que je vous aide à venir à Londres. Vous êtes-vous jamais brouillés ? C'est probable, répondis-je moi-même, car la vieille Madge était au fait de cette histoire, mais elle ne savait pas que Martin était mort et vous avait laissé ses biens.

— Nous ne nous sommes jamais réconciliés, déclara-t-il alors d'une voix tranquille. En ce qui concerne notre querelle, je vous ai dit la vérité. Il a malgré tout fait de moi son unique héritier. J'étais son seul parent encore en vie, voyez-vous. La famille… C'est extrêmement important. » Il poussa un soupir, qui semblait venir du plus profond de son grand corps. « Je n'ai pas dit à Madge que Martin était mort en me laissant tous ses biens, ni à personne d'autre à York, d'ailleurs. J'avais trop honte. En outre, je pouvais ainsi prétendre qu'il était toujours en vie. Personne ne savait que je mentais. »

D'une voix toujours lente et calme, je repris : « J'étais intrigué par votre désir impérieux de vous rendre à Londres alors que vous vous saviez mourant. Il devait y avoir une raison majeure. Puis je me suis rappelé le moment où vous avez signalé pour la première fois votre intention de venir ici. C'était juste après que j'ai été assommé au Manoir du roi… Assommé par vous, pas vrai ? Vous avez pris les documents, afin de les apporter à vos complices de Londres. »

Il ne répondit pas, se contentant de me fixer du regard. J'avais bizarrement imaginé que lorsque je le démasquerais il changerait d'expression, prendrait un aspect monstrueux, or j'avais toujours en face de moi le vieux visage ridé de mon ami, l'air seulement plus méfiant et plus vulnérable qu'auparavant.

« Le jour où, devant la maison d'Oldroyd, vous nous avez sauvés de la populace, Barak et moi, étiez-vous venu chercher le coffret ? » Je ris amèrement. « Ça a dû vous faire un choc lorsqu'il est tombé de dessous ma robe… Vous avez bien caché votre réaction, comme vous avez caché tant d'autres choses depuis.

— Je vous ai sauvés, en effet. Ne l'oubliez pas, même si vous me jugez aujourd'hui.

— Et pendant ce temps, Jennet Marlin accomplissait de son côté la mission dont l'avait chargée Bernard Locke, ce que vous ignoriez. Voilà pourquoi, quand vous avez découvert la vérité devant la tour du feu d'alarme de Holme, vous l'avez tuée, avant qu'elle puisse révéler que ce n'était pas elle qui avait ravi les documents.

— Je vous ai sauvé, cette fois aussi.

— Dans votre propre intérêt. Les documents qu'elle cherchait se trouvaient toujours entre vos mains, et c'est sans doute encore le cas aujourd'hui. Dans mon propre logis. »

Il poussa un soupir qui parut secouer son grand corps de la tête aux pieds. « Je vous ai toujours considéré comme un ami, Matthew, répondit-il avec calme. Cela m'attristait de devoir vous mentir. Au Manoir du roi, je n'ai pas eu l'intention de vous tuer, seulement de vous assommer, et par la suite, reconnaissez que je ne vous ai jamais fait de mal, alors que cela m'aurait été facile, à de nombreuses reprises. J'ai pris le pari que vous disiez la vérité lorsque vous affirmiez ne pas avoir lu les documents. Je... Cela n'avait rien de...

— Cela n'avait rien de personnel, c'est ça ? La façon dont vous vous êtes servi de moi, tous ces mensonges. Rien de personnel. De la simple politique, comme vous avez qualifié la manière dont le roi s'est moqué de moi ?

— J'ai répugné à commettre toutes ces actions. J'ai été terrifié de devoir tuer cette femme. » Il frissonna légèrement. « J'ai dit la vérité quand j'ai affirmé alors n'avoir jamais tué personne de ma vie.

— Et Broderick ? Qu'avez-vous à dire là-dessus ?

— J'ai aidé sir Edward Broderick à se tuer parce qu'il souhaitait mourir. Il aurait connu une mort bien plus atroce à la Tour, vous le savez aussi bien que moi. Non, je n'ai aucun regret à ce sujet. Je le connaissais depuis la conjuration, dans laquelle j'ai joué un rôle important. Vous rappelez-vous quand, à Hull, on l'a conduit, enchaîné, sur l'embarcadère ? Il a tourné son regard vers nous et nous a fait un signe de tête. Vous avez pensé qu'il s'adressait à vous, mais c'est moi qu'il avait reconnu. Ce hochement de tête m'a suffi. Sachant qu'il avait tenté de se suicider à York, j'ai décidé de l'aider. Nuit après nuit, j'ai guetté une occasion d'agir sur le bateau, et quand elle s'est présentée je l'ai saisie. J'ai assommé Radwinter, pris ses clefs, puis aidé Broderick à se pendre. C'était une chose horrible, mais il était décidé. » Il redressa les épaules. « Broderick était un homme d'honneur. Un homme courageux.

— C'est vrai. Mais, ajoutai-je en fronçant soudain les sourcils, vous étiez malade sur le bateau, d'un bout à l'autre de la traversée. »

Il sourit tristement. « Vous savez combien mon état est fluctuant. Durant le voyage, j'ai fait semblant d'être plus mal en point que je ne l'étais en réalité.

— Grand Dieu, comme vous m'avez trompé ! murmurai-je.

— D'un point de vue moral, je me sentais obligé de l'aider. Afin de garder secrètes certaines questions qui m'impliquaient, il avait refusé de parler malgré d'atroces tortures.

— Par conséquent, il connaissait... » Je me tus un instant. « ... le secret de votre véritable identité. »

Il y eut un long silence. La pluie cinglait violemment la fenêtre. Qu'est-ce que tu attends pour rentrer, Barak ? pensai-je.

« Alors, que savez-vous sur moi, Matthew ? demanda-t-il finalement.

— Ce que j'ai réussi à démêler cet après-midi, en tentant de deviner ce qui vous avait poussé à me mentir, à m'assaillir et à me tromper. La clef de tout a toujours été la confession d'Edward Blaybourne. Avez-vous rencontré le vieux confrère Swann, à la bibliothèque de Hull ? Il m'a raconté l'ancienne légende selon laquelle le dénommé Blaybourne était le vrai père du roi Édouard IV. »

Il écarquilla les yeux. « Je croyais morte toute personne susceptible de se rappeler ces vieilles rumeurs.

— Swann était en effet très vieux. Je ne vous en ai pas parlé, par crainte de vous faire courir un risque. » Je partis d'un rire amer. « Or, bien sûr, vous saviez déjà tout, mieux que quiconque. »

Il se redressa, un éclat farouche éclairant soudain ses yeux bleus. « C'est à vous que cela ferait courir un risque de connaître la vérité, Matthew. Croyez-moi et ne me posez plus de questions. Cessez de vous mêler de cette affaire tant qu'il en est encore temps. Je vais quitter votre maison séance tenante. Vous ne me reverrez jamais plus.

— C'est désormais trop tard. »

Il s'appuya au dossier de son siège, serrant les lèvres.

« Je me suis rappelé Holme, poursuivis-je. La tombe de vos parents. J'ai la chance – ou la malchance – d'avoir une bonne mémoire, Giles. Votre père, à qui vous ressemblez, m'avez-vous dit, s'appelait Edward. Né en 1421, d'après l'inscription sur la pierre tombale. À votre naissance, il avait près de cinquante ans et vous m'avez précisé que vous aviez été son bâton de vieillesse. En 1442, l'année de la naissance du roi Édouard IV, il aurait été en âge d'engendrer un enfant. Je pense qu'Edward Blaybourne était votre père.

— Oui, c'est vrai, répondit-il simplement. Le roi Édouard IV était mon demi-frère, mon aîné de nombreuses années. Henri VIII est mon petit-neveu. À Fulford, lorsque j'ai vu la malfaisance sur son visage, senti son haleine fétide, j'ai su que c'était la Taupe, et cela m'a révulsé de penser que cette créature avait le même sang que moi. Ce faux roi dont le grand-père était le fils d'un archer.

— Quand l'avez-vous appris ?

— Je vais vous le dire, Matthew. » Il parlait toujours d'un ton calme, malgré la flamme qui brûlait dans ses yeux. « Peut-être alors comprendrez-vous pourquoi j'ai trahi votre amitié et me pardonnerez-vous. Et peut-être considérerez-vous que j'ai bien agi.

— Eh bien, expliquez-moi ! lançai-je d'un ton sec, glacial.

— J'ai eu une enfance heureuse, comme je vous l'ai dit ce soir-là, près de l'église de Holme. Je savais que mon père était venu dans la région de nombreuses années avant ma naissance. À cette époque, j'imagine qu'il ressemblait beaucoup au jeune Leacon. Blond, beau, grand, fort. Il n'a jamais voulu révéler son lieu d'origine, indiquant seulement que c'était loin du Yorkshire. Pour ma part, à aucun moment la pensée ne m'est venue que notre nom, Wrenne, était un nom d'emprunt.

— A beau mentir qui vient de loin…

— Ayant acheté la ferme, peu de temps après son arrivée à Holme, mon père a épousé une femme du cru. Ils n'eurent pas d'enfants et, alors qu'ils avaient tous les deux la quarantaine, elle est morte de consomption – une maladie fréquente dans nos marais. Il a épousé ma mère une année plus tard et j'ai été leur seul enfant. » Il prit un petit pain et se mit à le pétrir entre ses gros doigts. « À seize ans, je suis allé à Londres pour étudier le droit, et l'année suivante je suis rentré à la maison pour les vacances de Noël. Cela se passait en 1485. Quatre mois auparavant, le futur père du roi Henri VIII avait vaincu Richard III à Bosworth et était monté sur le trône sous le nom de Henri VII.

» J'ai trouvé mon père sur son lit de mort. » Sa voix défaillit un court instant. « Il m'a expliqué qu'il avait d'abord senti une grosseur au côté l'année d'avant et qu'il était devenu de plus en plus faible et mal en point. » Sa main se porta inconsciemment à son propre flanc. « Le médecin consulté lui avait dit qu'il n'y avait plus rien à faire, sauf se préparer à la mort. J'ai regretté qu'il ne m'en ait pas parlé plus tôt, mais je pense que, comme votre père vis-à-vis de vous, il ne voulait pas déranger ma nouvelle vie à Londres, à des milles de là.

» Je revois le soir où il m'a appelé à son chevet. Il était près de sa fin et son grand corps robuste avait fondu… Aujourd'hui, je suis le même chemin… » Il regarda les restes du petit pain, quasiment réduit en miettes. « La soirée était calme, une épaisse couche de neige couvrait le sol, un profond silence régnait. Il m'a alors déclaré qu'il gardait un secret depuis quarante ans, et qu'il souhaitait dicter une confession. Voulez-vous que je vous en donne le contenu ? » Tout en parlant, il porta sa main à la poche de son pourpoint, qui, à l'évidence, contenait quelque chose. Il suivit mon regard et son expression se durcit.

« Oui, dis-je. Je vous écoute.

— Il explique comment il était né Edward Blaybourne, dans une famille pauvre de Braybourne, un village du Kent. Comme beaucoup de jeunes gens de son milieu, il est entré au service du roi en tant qu'archer. Cela se passait durant les dernières années des guerres contre la France, Jeanne d'Arc était morte sur le bûcher et toute la France s'était soulevée contre nous. Mon père a été envoyé en garnison à Rouen en 1441. Le duc d'York, qui dirigeait la campagne, se battait loin de là et mon père a rejoint la garde de la duchesse.

— Cecily Neville.

— Exactement. La duchesse était jeune, esseulée, effrayée de séjourner dans un pays étranger et hostile. Elle s'est prise d'amitié pour mon père et, une nuit, il s'est retrouvé dans son lit. Rien qu'une nuit, mais cela a suffi pour qu'elle tombe enceinte. Quand elle s'en est aperçue, elle a décidé de dire que le père était son mari, que l'enfant avait été conçu avant le départ du duc, et à la naissance elle prétendrait qu'il était né après terme. Elle aurait pu faire tuer mon père, mais elle a préféré l'éloigner et lui fournir assez d'argent pour commencer une nouvelle vie. Des pièces dans un coffret à bijoux décoré...

— Le coffret...

— En effet. Ainsi qu'une bague sertie d'une émeraude qu'elle avait l'habitude de porter. » Il leva la main. « Mon père l'a toujours gardée et il me l'a donnée cette nuit-là. Et je ne l'ai pas quittée depuis. »

Il se tut. La pluie tombait à verse, plus dru que jamais, comme si elle cherchait à traverser les murs. « Pourquoi Cecily Neville n'a-t-elle pas présenté votre père comme preuve quand, en 1483, elle a confessé sa faute ?

— Elle n'avait aucune idée de l'endroit où il se trouvait. Mon père n'a appris la nouvelle que plusieurs mois plus tard. » Il poussa un nouveau soupir. « Cette nuit-là, mon père a été confronté à un terrible cas de conscience. Toute sa vie il avait considéré avoir commis un affreux péché en permettant à un homme d'usurper un trône auquel il n'avait aucun droit. Mon père avait dissimulé ses sentiments sous un épais vernis, comme j'ai appris à le faire. Mais quand son fils, le roi Édouard, est mort et que Richard III s'est emparé du trône, il a été fou de joie, car Richard était le fils légitime de Cecily Neville et de Richard, duc d'York, légitime héritier du trône en vertu de son sang royal. Or, Richard a été renversé et Henri Tudor s'est emparé du trône. Henri n'avait qu'un mince filet de sang royal et, afin de le renforcer, il a épousé la fille d'Édouard IV. Vous vous rappelez l'arbre généalogique ?

— Oui. Élisabeth d'York, épouse de Henri VII et mère de Henri VIII, était en vérité la petite-fille d'Edward Blaybourne.

— Ma nièce. Et les petits princes de la Tour étaient mes neveux, pas ceux du roi Richard. Par conséquent, ironie du sort, loin de renforcer la légitimité de son lignage, Henri VII l'avait, en fait, considérablement affaibli. Cela a énormément affligé mon père. Il pensait que son horrible maladie était un châtiment divin » Il prit une profonde inspiration. « Il m'a fait jurer ce soir-là sur la Sainte Bible d'utiliser sa confession pour ramener sur le trône la lignée légitime, si jamais l'occasion se présentait.

— Or vous avez attendu cinquante ans.

— Oui ! s'écria-t-il avec une fougue soudaine, en se penchant en avant. Je n'ai rien fait pendant que les Tudors dévastaient le Yorkshire. J'ai vu le roi actuel, la Taupe – c'est bien ce qu'il est –, voler les terres et les postes des vieilles familles du Yorkshire et les remplacer par des crapules de la pire espèce comme Maleverer. Je l'ai vu détruire les monastères, pervertir notre foi et je suis demeuré à l'écart tandis qu'on clôturait la terre des paysans. Je suis resté les bras ballants, les premières années en tout cas. Et vous savez pourquoi ?.. Parce que je ne croyais pas le récit de mon père ! »

Il parlait avec une passion farouche, et je compris que le remords qu'il nourrissait à l'égard de son père le harcelait davantage que ceux que j'éprouvais vis-à-vis du mien.

« Au début, je n'ai pas cru un aussi fantastique récit, puis j'ai décidé de rechercher la vérité, de fouiller parmi d'anciens documents interdits pour découvrir s'il pouvait s'agir d'une histoire véridique. J'ai passé de nombreuses années à dénicher de vieux livres, des manuscrits, des images. Certains d'entre eux interdits.

— C'est donc ainsi que vous êtes devenu collectionneur et que vous avez bâti cette stupéfiante bibliothèque.

— Oui. Et j'ai découvert que cette activité était un vrai plaisir, si bien qu'au lieu d'être une mission c'est devenu un passe-temps. La tâche a été ardue car les Tudors avaient soigneusement caché toute trace de l'héritage des York.

— Quoiqu'ils aient toujours su, n'est-ce pas ? Le roi sait parfaitement qu'il n'a aucun droit au trône.

— Oh oui ! Le roi et son père n'ont jamais été dupes, mais l'un et l'autre ont sans doute fini par se convaincre qu'ils étaient légitimés à le conserver. Ceux qui détiennent le pouvoir ne le lâchent pas de bon gré. Et il en a, du pouvoir, le roi ! » Il se tut quelques instants avant de poursuivre son récit.

« Durant des années, des années entières, j'ai travaillé avec acharnement sur la question. Je suis allé à Braybourne, me suis rendu sur la tombe de mes grands-parents, ai entendu les gens du coin parler avec le même accent que mon père. Mais ce n'est qu'une décennie plus tard que j'ai découvert une copie du *Titulus*, dans un coffre plein de papiers mis au rebut dans la cathédrale d'York. Ensuite, j'ai trouvé un portrait de Cecily Neville, dans l'une des maisons de lord Percy. Je l'ai acheté, bien que cela m'ait coûté l'équivalent d'une année d'honoraires. Le tableau, dissimulé dans ma bibliothèque, la montre, assise à une table, le coffret à bijoux devant elle, ce même coffret que mon père a gardé jusqu'à la fin de ses jours et que Malaverer a en sa possession, à présent. Elle porte cette bague. » L'émeraude scintilla quand il leva la main. « Ensuite, j'ai effectué plusieurs voyages à Londres. J'ai rencontré, comme vous à Hull, des gens qui se souvenaient du jour où Cecily Neville avait déclaré après la mort d'Édouard IV qu'il était le fils d'un archer et que le roi légitime était Richard III – et non pas le jeune fils du roi Édouard. J'étais obligé d'agir avec prudence, ces événements étant alors récents, mais l'or délie les langues, et j'ai finalement obtenu un certain nombre de dépositions écrites. » Sa main se porta derechef inconsciemment à son pourpoint. « Au fil du temps, j'ai recueilli assez de preuves. Peut-être est-ce une bonne chose que moi et ma femme n'ayons pas eu d'enfants, car je n'aurais pas eu alors les moyens de distribuer les pots-de-vin ni d'acheter les documents et les tableaux.

— Toutefois vous m'avez légué votre bibliothèque. Ou n'était-ce qu'une manœuvre de plus pour acheter mon amitié ? »

Son visage tressaillit. « Non. Je vous l'ai léguée en signe d'affection. Les éléments dangereux en auront été ôtés avant que vous en héritiez.

— Avant que j'en hérite. Je serai donc toujours vivant. Je pensais que vous aviez peut-être décidé de me tuer maintenant. »

Il planta sur moi un regard perçant. « Je veux que vous soyez de notre côté, Matthew. Je sens que vous nous soutenez déjà. J'ai constaté que vous jugiez le roi pour ce qu'il est, que vous plaigniez le Nord pour les cruels dommages qu'il lui a infligés, ainsi qu'à toute l'Angleterre.

— Pourquoi avez-vous attendu si longtemps, Giles ? »

Il soupira. « En effet. Un grand nombre d'années ont passé sans que je fasse rien, me satisfaisant de ma vie. Mais c'étaient des années calmes, avant que le roi n'épouse Anne Boleyn, cette sorcière, et n'interdise la religion même, tout en nous infligeant davantage d'impôts et en nous opprimant de plus en plus au fil des ans. Avant cette époque-là, le roi était aimé de ses sujets. Loin de me gagner le soutien du peuple, mes révélations m'auraient valu le châtiment et la mort. Et avais-je le droit de menacer le trône alors que l'Angleterre était en paix ? Je ne voulais pas d'effusion de sang. Mon père m'avait demandé d'agir si l'occasion se présentait, et ce n'était pas le moment opportun. » Son visage s'obscurcit. « Ou bien étais-ie simplement indolent, satisfait de ma vie d'homme mûr prospère ? Peut-être est-ce seulement lorsque j'ai dû regarder ma propre mort en face que j'ai trouvé le courage d'agir.

— Puis le Nord s'est soulevé. Le Pèlerinage de la Grâce.

— Oui. Et je n'ai toujours pas bougé le petit doigt. À ma grande honte. Je pensais que les rebelles allaient gagner, voyez-vous. J'ai cru que le pouvoir du roi s'effondrerait et que je pourrais révéler la vérité après coup, quand il n'y aurait plus de danger. En 1536 comme vous le savez, le roi a promis des négociations. Or, au mépris de sa promesse, il a envoyé une armée mettre le Nord à feu et à sang. Vous avez constaté vous-même le traitement qu'il a réservé à Robert Aske. Les informateurs et les valets de Cromwell sont venus diriger le Conseil du Nord et surveiller la destruction des monastères, vendant les terres monacales aux marchands de Londres qui rapportent les loyers à la capitale et laissent le Yorkshire périr de faim. J'ai alors décidé d'agir enfin et de révéler mon secret à d'autres. Quand ma maladie a commencé, n'ayant rien à perdre, j'ai pris mon courage à deux mains et résolu de passer à l'action.

— Vous avez donc rejoint les conjurés.

— En effet. J'ai contacté certaines personnes à York, leur ai révélé ce que je savais, leur ai montré les documents. Ces hommes étaient enfin prêts à renverser le roi. Comme il avait des espions partout, il a été décidé que je devais me taire jusqu'à ce que les rebelles du Yorkshire se soulèvent et, rejoints par les Écossais, s'apprêtent à marcher sur le Sud. Alors on démasquerait le roi Henri en lui jetant à la face la vérité sur son lignage. Les documents ont été remis à maître Oldroyd pour qu'il les garde en sécurité et pour me lier définitivement aux conjurés.

— Or ceux-ci ont été trahis.

— Il y avait un informateur parmi eux, en effet. On ne sait pas qui. Et après l'arrestation des chefs quelqu'un a dû révéler sous la torture que des documents cachés indiquaient qu'Edward Blaybourne était le père d'Édouard IV. Mais la personne qui a parlé, quelle qu'elle fût, ne connaissait pas mon identité. Qui irait soupçonner un vieil avocat respectable ? Quant à Broderick, lui, il savait. C'est lui qui est venu me demander d'apporter les documents à Londres et d'essayer d'établir des contacts avec des sympathisants. Il n'avait aucun nom, mais je devais chercher à Gray's Inn.

— Et maintenant il est mort.

— Il en existe d'autres à Londres. Je vais les trouver avant de mourir. C'est ma dernière mission.

— Vous avez dû vivre dans la crainte constante que Broderick ne parle.

— Je savais quel genre d'homme il était. Beaucoup plus brave que moi. Je savais que seule la plus extrême torture le ferait parler. Il était de mon devoir de l'aider à mourir. Je n'en ai pas honte. C'est vous qui devriez avoir honte d'avoir cherché à le maintenir en vie contre sa volonté. Lorsque vous m'avez appris que Cranmer vous avait confié cette tâche j'ai été profondément choqué

— À juste titre, peut-être », dis-je lentement.

Les yeux perçants de Wrenne s'étrécirent. Il s'appuya au dossier de son siège. « Voilà mon récit, Matthew. Je ne regrette rien. Croyez-moi toutefois quand je vous affirme que je n'ai pas tenté de vous tuer au Manoir du roi. Seulement de vous assommer, comme dans le cas de Radwinter. Il est parfois nécessaire de commettre des actes déplaisants pour atteindre un but plus élevé. J'ai eu horreur de vous tromper. J'ai été parfois au bord des larmes. »

Un frisson me parcourut, suivi d'une bouffée de chaleur. Des gouttes de sueur perlèrent sur mon front. J'étais en train d'attraper la fièvre.

« Mais c'était "pour atteindre un but plus élevé", répétai-je. Le renversement du roi.

— Vous avez vu le roi, et vous avez vu le Yorkshire. Vous savez que le roi est la Taupe, le Grand Tyran, la cruauté et les ténèbres personnifiées. »

Une forte chute d'eau, provoqué par le débordement d'une gouttière, me fit sursauter.

« Oui. C'est un monstre », renchéris-je. Je frottai mon poignet, à l'endroit où la menotte m'écorchait toujours.

« Et ce n'est pas le roi légitime. C'est un imposteur, comme l'était son père. Dans ses veines ne coule pas le sang que Dieu accorde aux rois.

— Un filet du côté Tudor. Mais pas la moindre goutte du côté de la maison d'York. Là-dessus aussi vous avez raison.

— J'ai les papiers ici, dit-il en tapotant sa poche. Demain je les porterai en ville. Je trouverai les hommes que je cherche. Je vais faire imprimer puis afficher ces textes dans tout Londres. Après l'arrestation de la reine, le mécontentement va s'accroître. Quel meilleur moment pour lancer une rébellion ?

— C'est votre dernière chance.

— Accompagnez-moi, Matthew, participez-y. Aidez une nouvelle aube à se lever.

— Non, répondis-je d'un ton calme.

— Rappelez-vous la façon dont il s'est gaussé de vous à Fulford. Acte cruel et gratuit dont les gens vont faire des gorges chaudes derrière votre dos durant le reste de votre vie.

— Il y a bien plus que ma sensibilité en jeu. Qui allez-vous faire roi à la place de Henri ? Le seul membre restant de la famille Clarence est une fille, si elle est encore en vie. Et la loi n'indique même pas clairement si une femme peut hériter du trône. Le peuple ne se ralliera pas à une fillette.

— On offrira la régence au membre le plus proche de la lignée des Clarence : le cardinal Pole.

— Un évêque papiste ?

— Le pape l'autoriserait à renoncer à sa fonction pour monter sur le trône. Joignez-vous à moi, Matthew ! insista-t-il. Détruisons ces brutes et ces vautours.

— Et Cranmer ?

— Le bûcher, répliqua-t-il d'une voix forte.

— Non. »

L'espace d'un instant, il sembla abandonner la partie avant qu'une lueur de calcul n'apparaisse dans ses yeux. Que va-t-il faire ? pensai-je. Voilà pourquoi j'avais souhaité que Barak fût de retour. Pour utiliser la force, si nécessaire, et empêcher Giles Wrenne de sortir.

« Vous êtes toujours un réformateur de cœur ? demanda-t-il. Vous vous opposez à la restauration de la véritable religion ?

— Non. Je ne fais plus allégeance à aucune des deux parties. Je les ai trop bien vues à l'œuvre, l'une et l'autre. Je m'oppose à vous parce que vous êtes tellement persuadé du bien-fondé de votre cause que vous êtes aveugle aux conséquences inévitables de vos actes. Je doute du succès de votre rébellion, mais, quel qu'en soit le résultat, cela entraînerait effusion de sang et anarchie. La guerre entre le Sud protestant et le Nord papiste ferait des veuves, des orphelins, dévasterait les terres. Ce serait à nouveau la guerre des Deux-Roses. » Je secouai la tête. « Papistes ou réformateurs, c'est blanc bonnet et bonnet blanc ! Vous pensez détenir une vérité sacrée et croyez que si l'État est régi par ses principes tous les hommes seront heureux et bons. C'est une illusion. Les seuls bénéficiaires de tels soulèvements sont toujours des hommes comme Maleverer, tandis que les pauvres continuent à supplier le ciel de leur rendre justice.

— La véritable foi sera restaurée ! s'écria-t-il soudain d'un ton âpre, farouche. La véritable foi et un monarque légitime.

— Et le bûcher pour Cranmer. Et pour combien d'autres ? En cas de victoire vous créerez un monde qui sera identique à celui-ci, voire pire.

— J'aurais dû me rendre compte, rétorqua-t-il avec un profond soupir, que vous n'êtes pas un homme de foi... Le fait que le roi

513

n'est pas de sang royal ne vous affecte donc pas ? ajouta-t-il d'un ton presque suppliant.

— En tout cas, pas au point de mettre l'Angleterre à feu et à sang.

— Alors, permettez-moi de partir tranquillement. Je ne vous ennuierai plus. Je vais vous laisser jouir de votre existence paisible, répliqua-t-il d'un ton acerbe.

— Si vous me confiez les papiers, je vous laisserai libre de partir. »

Les yeux baissés, il s'appuya au dossier de son siège. Il semblait réfléchir, mais je savais qu'il ne me rendrait jamais les documents, pas après ce long voyage.

Il releva les yeux vers moi, le regard toujours farouche, malgré le ton serein. « Ne m'obligez pas à faire cela, Matthew. Je ne peux pas vous remettre ces papiers. Cela m'a pris tant de temps...

— Je ne me joindrai pas à vous. »

Alors, il se leva d'un bond et, avec une dextérité dont je ne l'aurais pas cru capable, il se saisit de la soupière pleine, poussa une sorte de grognement, mi-fureur, mi-chagrin, et me la jeta au visage. Bien que je fusse plus ou moins sur mes gardes, je sautai en l'air en poussant un cri. Aveuglé, je m'agrippai à lui, mais il se dégagea et sortit de la pièce en trombe. J'entendis le pas lourd de sa course résonner dans le vestibule. Arrivé devant la porte d'entrée verrouillée, il lança un juron, se retourna et, tout essoufflé, se précipita vers l'huis donnant sur le jardin. Je sentis un courant d'air froid quand il s'ouvrit brusquement.

Je sortis dans le couloir. La porte du jardin était large ouverte sur des ténèbres criblées de pluie. On n'entendait que le crépitement des gouttes. Joan devait dormir dans sa chambre située en façade. Immobile, je fixai l'obscurité et les trombes d'eau.

48

ON NE VOYAIT PAS GRAND-CHOSE DEPUIS LE SEUIL. La lumière émanant de la fenêtre de la salle n'éclairait que la pluie, qui tombait aussi dru que jamais, et les ombres floues des buissons et des arbres. Mon visage me picotait, mais le potage, qui avait eu le temps de tiédir sur la table, ne m'avait pas vraiment ébouillanté. Je tirai mon poignard de ma ceinture et fus à nouveau secoué de violents frissons.

« Giles ! criai-je. Vous êtes pris au piège ! Il est impossible de sortir du jardin, sauf par le portail donnant sur le verger, et la grille qui sépare le verger de Lincoln's Inn est verrouillée durant la nuit ! Rendez-vous, c'est tout ce qui vous reste à faire ! » Pour toute réponse, je n'obtins que le bruit incessant de la pluie battante.

« Je vous en supplie, mon vieux, ne restez pas sous la pluie ! »

J'aurais pu attendre là, sur le seuil, le retour de Barak. Que se passerait-il si Wrenne réussissait à escalader le mur du verger ? Il était certes âgé et malade, mais il était également désespéré. S'il parvenait à s'enfuir avec ces documents… Je sortis dans le jardin.

L'obscurité régnait. Je demeurai dans les endroits éclairés par la lumière des fenêtres et de la porte ouverte, m'attendant à tout moment qu'il bondisse des ténèbres pour se ruer sur moi. La pluie parut se calmer un peu sans que j'y voie beaucoup mieux et je manquai de trébucher contre un banc. Je me dirigeai vers le fond du jardin, pataugeant dans la boue près du portail. Comme je l'avais craint, l'eau s'infiltrait sous le mur. Le portail était ouvert et de larges empreintes dans la boue indiquaient que Giles l'avait franchi. Après avoir enlevé la clef qui se trouvait toujours dans la serrure, je pénétrai dans le verger, refermai le portail derrière moi, rangeai la clef dans ma poche et appuyai mon dos au vantail. Je me remis à frissonner.

Entre les nuages qui roulaient toujours dans le ciel, une pâle clarté lunaire brillait à présent, sans me permettre pour autant de voir autre chose qu'une étendue de gadoue noire.

« Giles ? criai-je à nouveau. Giles, je suis armé ! Vous ne pouvez pas vous échapper ! » Les murs entre le verger et Lincoln's Inn étaient très élevés ; il était impossible qu'il ait pu les escalader.

Le banc de nuages se brisa et la pleine lune fit son apparition, révélant une mer de boue vallonnée et creusée de fondrières remplies d'eau, aux endroits où s'étaient jadis dressés les arbres. Contre mon mur, une énorme flaque de trente pieds de large s'était formée, sur laquelle dansaient des vaguelettes dans la clarté lunaire. Plissant les yeux, je scrutai l'étendue de boue.

Je crus alors percevoir un léger mouvement, une forme floue dans la fange, près de la mare. Je serrai fermement le poignard et me dirigeai prudemment vers elle. Je pataugeai dans la boue ; mes bottes s'y enfonçaient profondément en produisant un bruit de succion. La forme cessa de bouger. Wrenne s'était-il effondré là, épuisé par l'effort ? J'atteignis l'endroit, me penchai avec prudence, craignant que Giles ne bondisse brusquement sur moi, prêt à le poignarder si besoin était. Je grinçai des dents en découvrant que ce que j'étais en train de scruter n'était rien d'autre que l'écorce d'un morceau de tronc d'arbre à moitié enfoui dans la masse brune et mouvante.

Il débarla derrière mon dos, jeta tout son poids contre moi, me faisant chanceler, lâcher le poignard. Le souffle coupé, je heurtai le sol boueux. Un genou s'enfonça dans mon dos et je sentis que Giles se penchait d'un côté pour s'emparer du poignard. Afin de me tuer. Je me débattis, me contorsionnai pour lui faire perdre l'équilibre, et il finit par s'écrouler de biais. Comme je me hissais sur pied, son grand corps se redressa lui aussi, lentement, le poignard luisant dans sa main. Je ne parvenais pas à voir l'expression de son visage noirci, et réduit à un rond sombre percé de deux yeux étincelants.

« Pour l'amour du ciel, Giles, haletai-je, remettez-moi les documents. On ne peut pas se quitter ainsi.

— Nous y sommes contraints. » Il avança, les bras largement écartés, le poignard brandi dans sa main droite. « Sauf si vous me laissez partir. Je vous en prie, Matthew, laissez-moi partir ! »

Il se rua soudain sur moi. Je fis un brusque écart tout en lui assenant un coup de poing. Le métal de la menotte heurta violemment le côté de sa tête. Il hoqueta et lâcha le poignard. Le coup avait dû l'étourdir, car il chancela, s'éloigna en titubant jusqu'au bord de la mare, dans laquelle il bascula. Il se dressa sur son séant, silhouette sombre plongée dans l'eau jusqu'à la taille. Puis la lune disparut, nous laissant à nouveau dans le noir, et la pluie recommença à tomber à verse.

Je me jetai contre lui avant qu'il ait eu le temps de se relever, le souffle coupé par le contact avec l'eau glaciale. C'était au tour de Giles de se démener et de se débattre sous le poids de mon corps.

Il commençait à faiblir, résistant à peine au moment où j'entourai son cou de mes mains et lui immergeai la tête. Sachant qu'un seul de nous deux pouvait sortir vivant de ce maudit marécage, je lui maintins la tête sous l'eau, insoucieux des affreux hoquets et gargouillements que produisait le vieil homme.

Il cessa de se défendre et son corps s'avachit. Un atroce bruit de succion se fit entendre comme l'eau entrait dans ses poumons, que je perçois aujourd'hui encore dans mes rêves. Il eut un dernier spasme nerveux, puis son corps devint flasque, tel celui d'une poupée de chiffon. Mais je ne bougeai pas. Soudain je m'aperçus que je pleurais, les larmes réchauffant mes joues glacées. Pendant plusieurs minutes encore je restai agenouillé là, le corps de Giles serré contre moi, sanglotant dans la nuit, fouetté sans relâche par la pluie.

Je ne sais combien de temps je demeurai ainsi. Lorsque je me relevai, je chancelais et tremblais des pieds à la tête. Je me forçai à me pencher pour retourner Giles, de sorte qu'il soit étendu face contre terre. Puis je passai mes mains sous l'eau, soulevai sa robe trempée et fouillai ses poches, dans lesquelles je trouvai une bourse ainsi qu'une épaisse liasse de papiers enveloppée dans une toile cirée. Je m'en emparai et m'éloignai en titubant, sans me retourner.

Barak et Tamasin rentrèrent une heure plus tard, tout ruisselants de pluie. Tamasin semblait bouleversée, comme si elle avait pleuré. J'étais assis dans la salle, près du feu que j'avais bourré de bûches et que je tisonnais. J'avais vraiment la fièvre, désormais, et ne cessais de frissonner et de suer. Ils me fixèrent, horrifiés. J'étais couvert de boue des pieds à la tête et mes vêtements trempés dégageaient de la vapeur. Ils se précipitèrent vers moi.

« Monsieur ! s'écria Barak. Pour l'amour de Dieu, que s'est-il passé ?

— Giles Wrenne est mort, murmurai-je. Nous étions en train de manger et il a semblé perdre la tête. Il s'est jeté dehors en appelant son neveu », expliquai-je en fixant les yeux bleus de Tamasin. J'avais élaboré cette version mensongère avec grand soin, afin de nous protéger, eux et moi. « Il est sorti dans le verger en courant. Je l'ai suivi et l'ai trouvé dans la mare, qui ressemble à un lac, à présent. Il a dû s'effondrer dedans et se noyer. »

Tamasin porta vivement sa main à sa bouche. « Lui aussi avait perdu l'esprit ?

— Sa maladie avait sans doute altéré ses facultés mentales. Cet après-midi, j'avais dû lui annoncer une mauvaise nouvelle. Martin Dakin, son neveu, est mort il y a deux ans.

— Pauvre vieux ! » murmura Tamasin. Cette donzelle montre

toujours tant de compassion, me dis-je soudain. Envers Wrenne, envers Jennet Marlin, envers moi sous le hêtre poupre à York.

« Où est-il ? demanda Barak.

— Toujours dehors. Il était trop lourd pour que je puisse le ramener ici, et je... crois que j'ai pris mal... » Ma voix se brisa

« Je vais voir, dit Barak à Tamasin. Attends-moi ici. »

Elle s'agenouilla près de moi, posa une main fraîche sur mon front. « Vous êtes brûlant, monsieur. Il faut que vous alliez vous coucher.

— Oui. J'y vais. Veuillez m'excuser, Tamasin.

— Pour quoi donc ?

— Pour la façon dont je vous ai parfois traitée. »

Elle fit un pâle sourire. « Je l'ai mérité, à cause de ma stupide duperie initiale.

— Peut-être. Ce soir, j'ai perdu un ami », ajoutai-je à voix basse.

Elle posa son autre main sur la mienne, celle où se trouvait la menotte. « On a mis un temps infini à dénicher le serrurier de Jack. Mais il va venir demain muni de ses outils pour vous délivrer de cet horrible fer.

— Bien, bien. Merci.

— Ma'me Woode est-elle couchée ?

— Oui. Joan ne s'est pas réveillée pendant tous ces événements. Il n'est pas nécessaire de la déranger. » J'observai son visage. « Vous avez pleuré ?

— Jack a découvert l'identité de mon père. C'est bien un homme hautement qualifié, comme l'avait supposé Jack. Il est cuisinier chez le roi. Et il ne se prend pas pour de la petite bière, m'a dit Jack. Il refuse de me connaître. » Un sanglot s'étrangla dans sa gorge, elle se mordit la lèvre, mais retint ses larmes.

« Je suis désolé, Tamasin.

— C'était un rêve d'enfant. Il vaut mieux savoir la vérité.

— Oui. » Je pensai à Giles. « Mais on est bien seul, alors. »

Nous restâmes silencieux quelques minutes encore. Enfin Barak revint, secouant la pluie de ses cheveux. Il fixa sur moi un regard à la fois soucieux et pénétrant.

« Tu peux nous laisser, Tammy ? » fit-il d'un ton calme.

Elle hocha la tête et se leva. « Bonne nuit, monsieur », dit-elle, avant de quitter la pièce. Je regardai Barak. Il sortit mon poignard de dessous son pourpoint et le posa sur la table.

« Je l'ai trouvé dehors, près de la mare.

— Il a dû tomber de ma ceinture.

— La boue tout autour du corps était labourée, comme s'il y avait eu une bagarre. » Il a compris, pensai-je. Il a deviné qu'il ne s'agissait pas d'un accident. « Il avait une expression affreuse sur le visage, une expression d'horrible désespoir. »

Je fus content de ne pas l'avoir remarquée. Je fixai Barak droit dans les yeux. « Dès demain, à la première heure, il faudra aviser le coroner de son décès. Il n'aura aucun doute sur la cause de la mort : la noyade. »

Sans me quitter des yeux, il prit une profonde inspiration et hocha la tête lentement. L'affaire était close.

« Tamasin m'a dit que tu avais retrouvé son père :

— Oui. C'est un cuisinier. Quand je suis allé le voir, il m'a invectivé, m'a déclaré qu'il nierait tout. Il pense que Tamasin en veut à son argent. » Il fit un sourire narquois. « C'est vraiment un homme hautement qualifié.

— Pauvre Tamasin !

— Oui. Mais j'ai décidé de lui dire ce qu'il en était. Il vaut mieux connaître la vérité, n'est-ce pas ? »

Je jetai un coup d'œil au poignard. « Peut-être.

— Elle va surmonter l'épreuve. Elle est solide. C'est l'un des traits que j'admire chez elle.

— Que d'ennuis causent le lignage et l'ambition sociale, Seigneur Dieu ! » Je partis d'un rire amer, avant d'être secoué de violents frissons.

Barak m'observa avec attention « Vous devriez aller vous coucher. Vous êtes dans un triste état !

— D'accord. Aide-moi à me lever. »

Comme il se dirigeait vers moi, je saisis le tisonnier pour attiser le feu où un dernier fragment de papier ne s'était pas consumé. Les flammes s'en saisirent et le nom d'Edward Blaybourne disparut à jamais.

Épilogue

Février 1542, trois mois plus tard

D E LA FENÊTRE DE MA CHAMBRE, DANS LA PETITE AUBERGE, je regardai le soleil se lever. Une épaisse carapace de glace recouvrait la campagne depuis une semaine et l'apparition de l'astre rouge sang fit rosir puis blanchir le paysage. Le givre soulignait les contours de l'herbe, des arbres et du toit de la petite église de l'autre côté de la rue.

La reine Catherine avait-elle regardé l'aube glaciale depuis la Tour trois jours plus tôt, le matin de sa décollation ? Thomas Culpeper et Francis Dereham avaient été exécutés dès le mois de décembre, mais des questions juridiques avaient permis à la reine de leur survivre de deux mois. Le bruit courait dans Londres que, défaillante de peur, elle n'avait pu gravir toute seule les marches de l'échafaud et qu'il avait fallu quasiment la porter. Pauvre petite créature, elle avait dû avoir si froid sur la pelouse de Tower Green, la tête et le cou nus, la nuque dégagée pour la hache du bourreau. Lady Rochford l'avait suivie sur le billot. Puisqu'elle était devenue folle après son arrestation, le roi avait signé une loi permettant l'exécution des déments. Selon les compositeurs de ballades, Jane Rochford avait fini par se calmer et, se tenant courageusement devant le billot d'où dégouttait encore le sang de la reine, avait fait une déclaration dans laquelle elle confessait une vie entière de fautes et de péchés, interminable litanie qui avait fait bâiller d'ennui la foule des spectateurs. Je la revoyais à York, à la fois arrogante et effrayée. Pauvre femme ! pensai-je. Qu'est-ce qui la poussait à dérouler cet infini tissu de mensonges dans lequel il était inévitable qu'elle se prît, elle aussi ? J'espérais qu'elle et la reine avaient enfin trouvé la paix.

Barak et moi quittâmes Londres le lendemain de l'exécution. S'il faisait froid durant notre voyage à cheval dans le Kent, les routes étaient sèches, grâce à la gelée, et nous atteignîmes Ashford le soir même. Nous avions passé le jour suivant à fureter dans diverses archives, et j'avais eu la joie de découvrir des attestations prouvant que les parents du sergent Leacon avaient légalement reçu leur terre en franc-alleu. Soupçonnant le propriétaire d'avoir falsifié quelque document, il me tardait de rencontrer son avocat le lendemain, à Ashford, en compagnie du jeune Leacon et de ses parents. Cela me laissait une journée de libre que je souhaitais utiliser pour régler une affaire personnelle, avais-je annoncé à Barak. Je l'avais laissé à Ashford l'après-midi du jour précédent, et avais parcouru à cheval les dix milles jusqu'au village, pauvre hameau, semblable à cent autres en Angleterre : quelques maisons individuelles, ainsi qu'une auberge et une église s'échelonnant le long d'une seule rue.

Je sortis tranquillement, m'emmitouflai étroitement dans mon manteau à présent trop large, la fièvre contractée en novembre m'ayant fait beaucoup maigrir. J'avais passé trois semaines au lit, délirant de fièvre, et lorsque celle-ci était tombée j'avais été à la fois amusé et touché de voir Joan et Tamasin se disputer l'honneur de m'apporter mon repas.

Il gelait à pierre fendre et mon haleine formait de la buée au moment où je traversai la rue en direction de la petite église, que ie contournai pour entrer dans le cimetière. L'herbe givrée crissait sous mes pas comme j'avançais parmi les pierres tombales, en quête d'une inscription.

C'était une pauvre petite tombe, cachée tout au fond et ombragée par les arbres d'un petit bois situé derrière le cimetière. Je me penchai pour déchiffrer l'épitaphe pâlie et couverte de lichen.

> *À la mémoire de Giles Blaybourne*
> *1390-1446*
> *sa femme Elizabeth*
> *1395-1444*
> *et leur fils Edward*
> *mort en France au service du roi, 1441*

Perdu dans mes pensées, je n'entendis pas le léger bruit de pas qui approchait, et une voix me fit violemment sursauter :

« Donc, Edward Blaybourne a donné à son fils le nom de son père, Giles. »

Me retournant, je découvris Barak, un large sourire aux lèvres.

« Mordieu ! m'écriai-je, que fais-tu ici ?

— J'ai deviné où vous étiez allé. Ce n'était pas difficile, d'ailleurs. Quelque part à moins d'une journée de cheval d'Ashford, ce ne pouvait-être que le village de Braybourne. Je suis parti avant l'aube. Sukey est attachée derrière l'église.

— Tu as failli me causer une attaque.

— Désolé. » Il jeta un coup d'œil à l'entour. « Ce n'est pas un endroit mirifique, hein ?

— En effet. » Je regardai la pierre tombale. « Les malheureux parents de Blaybourne, ils n'ont pas survécu longtemps après la disparition de leur fils. Cecily Neville a dû le faire déclarer mort. » Soudain la signification des paroles qu'il venait de prononcer me frappa. « Attends... Tu as dit... Tu sais donc que Giles Wrenne était le fils de Blaybourne ?

— Je l'ai deviné. Et dans votre délire vous avez dit quelque chose qui m'a mis la puce à l'oreille. »

J'écarquillai les yeux. « Quoi donc ?

— Vous avez une fois crié que Wrenne était le vrai roi d'Angleterre et qu'il devrait être placé sur un grand trône. Ensuite vous avez pleuré. Une autre fois, Tamasin vous a entendu parler de papiers qui brûlaient en enfer. Je me suis rappelé que vous tisonniez le feu lorsque Tamasin et moi sommes rentrés, ce soir-là, et j'en ai tiré des conclusions. »

Je posai sur lui un regard grave. « Tu sais à quel point il est dangereux de connaître ce secret. »

Il haussa les épaules. « Sans ces documents, qui peut prouver quoi que ce soit ? Vous les avez bien tous brûlés, n'est-ce pas ?

— Oui. Je ne voulais pas t'en parler, et il vaut mieux que personne d'autre ne sache la vérité. »

Il hocha lentement la tête, avant de plonger son regard dans le mien.

« Vous l'avez tué, n'est-ce pas ? Wrenne ? »

Je me mordis la lèvre, puis poussai un profond soupir. « Ce souvenir me hantera jusqu'à la fin de ma vie.

— C'était vous ou lui. Vous n'aviez pas le choix.

— C'est vrai. » Je poussai un nouveau soupir. « Je lui ai maintenu la tête sous l'eau jusqu'à ce qu'il se noie. Puis j'ai retourné le corps à plat ventre afin de donner l'impression d'une noyade accidentelle. Tu l'as découvert dans cette position, Jack. En plus de l'énorme grosseur qu'ils ont trouvée à l'intérieur du corps, il n'en a pas fallu davantage pour satisfaire le coroner.

— À qui Wrenne devait-il remettre les papiers ?

— Il devait rechercher des partisans de la conjuration à Londres. Paradoxalement, Bernard Locke était son contact initial.

— Je suppose qu'il y a toujours des conspirateurs à Londres. »

Je haussai les épaules. « Sans doute. Peut-être que la sottise et la tyrannie du roi leur créeront une nouvelle occasion de se rallier des partisans. Ou non. De toute façon, je refuse de m'en mêler. »

Nous continuâmes à fixer la vieille tombe en silence. Puis Barak demanda : « Pourquoi êtes-vous venu là ? Simple curiosité ? »

Je lâchai un rire amer. « Quand je me suis remis de ma fièvre et que j'ai appris que Wrenne avait été enterré à Londres, accompagné seulement de toi, Tamasin et Joan, j'ai eu soudain la folle idée de faire exhumer le corps et de l'enterrer ici. À cause d'un sentiment de culpabilité, je suppose. » Je désignai la pierre tumulaire. « C'étaient ses grands-parents, après tout. Et ceux du roi Édouard IV, ajoutai-je.

— Vous ne lui devez rien.

— C'était une idée folle, comme je l'ai dit. Peut-être délirais-je encore un peu.

— Vous ne devriez pas avoir de remords vis-à-vis de lui.. Ni vis-à-vis de votre père », ajouta-t-il.

Je hochai la tête pensivement. « C'est vrai. Tu as raison. J'ai payé l'hypothèque de mon père, placé une belle stèle en marbre sur sa sépulture. Je vais bientôt me rendre sur sa tombe. Mais je comprends aujourd'hui que nous n'avions jamais été proches, qu'il y a toujours eu une certaine distance entre nous. Comme on ne peut rien y faire, les regrets sont inutiles.

— En effet.

— Toutefois, je voulais venir jusqu'ici. Pour voir. J'ai du mal à accepter que Giles m'ait menti et ait fini par tenter de me tuer. Mais c'est ridicule, car les gens se trompent constamment les uns les autres, et pour des raisons moins valables que la cause qu'il défendait.

— Qu'allez-vous faire de sa bibliothèque ?

— Je n'en sais rien. » Nous avions trouvé le testament de Wrenne parmi ses affaires. Son neveu mort n'était pas cité, bien sûr. Il avait tout légué à Madge, à part la bibliothèque, qu'il m'avait laissée, comme il l'avait promis. « Je n'en veux pas. Mais il y a certaines choses – un tableau, peut-être quelques autres éléments – qu'il faudra détruire. Le feras-tu pour moi ? Accepteras-tu de retourner à York, maintenant que l'hiver se termine ? Selon la lettre de son avocat, Madge a l'intention de rester dans la maison. »

Il fit la grimace. « Me rendre à nouveau dans cette ville humide ? Manger la potée de Madge ? Seulement si j'y suis contraint et forcé.

— Lorsque tu auras terminé cette besogne, je pense entrer en contact avec M. Leland, l'antiquaire fasciné par la bibliothèque de Wrenne, pour qu'il choisisse éventuellement des volumes à emporter. Il serait bon que tu rapportes les anciens livres de droit. Cela devrait intéresser la bibliothèque de Gray's Inn. » Je fis un pâle sourire. « Cela me permettra peut-être de citer au tribunal quelques vieilles affaires oubliées.

— Il est possible que je revoie Maleverer. Maintenant qu'il a perdu son siège au Conseil du Nord, je peux lui faire un pied de nez, à ce crétin.

— Il adorera ça ! m'esclaffai-je. Je l'ai soupçonné un moment, tu sais. Mais, tu avais raison, il est trop bête pour élaborer la moindre intrigue. Il n'y a rien derrière ses façons de bravache. Cet homme était une baudruche. Oui, fais-lui donc un pied de nez, si tu l'aperçois.

— Il y a quelque temps que je voulais vous annoncer une nouvelle, déclara-t-il en me regardant droit dans les yeux. Le moment est peut-être venu.

— Ah oui ?

— J'ai demandé à Tamasin de m'épouser.

— Elle n'a pas mis longtemps à te circonvenir, dis donc !

— En effet. » Il éclata de rire. « Elle a accepté. » Il baissa les yeux ; du bout du pied, il jouait avec un caillou. « Et nous avons été négligents. Il n'est pas impossible que j'aie bientôt moi-même un fils. » Il émit à nouveau un rire gêné. « Peut-être un jour fera-t-on de lui un roi. Il pourrait lancer une nouvelle réforme et ramener l'Angletere à la foi de mes ancêtres juifs.

— Tu m'en diras tant ! Tu es sûr que c'est bien ce que tu veux, ce mariage ?

— Oui, répliqua-t-il avec force.

— Vous irez bien ensemble. Peut-être t apprendra-t-elle l'ordre quand elle régentera ta maison, et alors notre cabinet sera mieux rangé.

— Elle peut toujours essayer !

— Merci pour tout ce que tu as fait, dis-je d'une voix égale. À York et ensuite. Tu n'as pas flanché, tu es resté loyal, alors que j'avais été injuste envers Tamasin.

— Je vous en prie. » Il sourit. « Il est grand temps de nous établir. À moins que vous ne vous jetiez dans quelque nouvelle aventure.

— Jamais plus ! Jamais de la vie !… Mais, il y a autre chose…

— Ah oui ?

— Cranmer m'a écrit. Je pense qu'il se sent coupable après mon séjour à la Tour. Et, en premier lieu, de m'avoir persuadé d'accepter cette mission à York. C'est un homme compliqué, tracassé par ce qu'il se croit obligé de faire, alors que ce genre de scrupules n'ont jamais tourmenté Thomas Cromwell. Il y a un poste d'avocat à pourvoir à la Cour des requêtes et il a proposé mon nom. Les choses sont en train de changer encore une fois. Le duc de Norfolk a perdu sa place après la chute de la reine Catherine. Toute la famille est tombée en disgrâce. Les réformateurs comme Cranmer retrouvent leur influence et peuvent à nouveau placer leurs protégés. Le salaire n'est pas mirifique, mais il me suffira maintenant que j'ai réglé la fichue hypothèque de la ferme de mon père. Je vais travailler pour des gens du peuple, des gens ordinaires. Cela devrait me plaire. »

Barak sourit. « Plus besoin de lécher le derrière des riches clients !

— Non ! m'esclaffai-je.

— Par conséquent, ça devrait me plaire à moi aussi. »

Je frottai mes mains l'une contre l'autre. « Alors, on commence par l'affaire du sergent Leacon et on rend leurs terres à ses parents ?

— D'accord ! » Il me tendit la main et je la serrai. Tous les hommes ne trahissent pas, pensai-je. Pivotant sur nos talons, nous nous éloignâmes de la tombe, laissant les vrais ancêtres de notre faux roi jouir du repos éternel.

NOTE HISTORIQUE

L'importance politique majeure du grand voyage de Henri VIII dans le Nord en 1541 a été en général sous-estimée par les histo riens, peut-être davantage intéressés par la stupéfiante révélation, qui eut lieu juste après, de la liaison entre Catherine Howard et Thomas Culpeper. Dans *Sang royal*, j'ai suivi l'interprétation de leur relation proposée par David Starkey (*Six Wives* [« Six épouses »], 2003), selon qui il ne s'agissait que d'un flirt. Cranmer fut le personnage-clé dans l'interrogatoire de la reine, dont la chute constitua un revers pour les conservateurs religieux de la cour de Henri, et en particulier pour son oncle, le duc de Norfolk. La sixième femme de Henri, Catherine Parr, qu'il épousa une année plus tard, était une ardente réformatrice.

J'ai effectué une seule modification de la réalité historique : Thomas Howard, duc de Norfolk, était en fait présent à York aux côtés du duc de Suffolk, en tant que coorganisateur du voyage royal. Or, vu le rôle important qu'il jouait dans *Les Larmes du diable* – le précédent roman ayant Shardlake comme protagoniste –, j'ai jugé que cela compliquerait trop l'intrigue si je le faisais revenir dans un rôle mineur dans *Sang royal*. De plus, s'il est vrai que Henri VIII avait demandé qu'on lui présente des placets le long du trajet, j'ai inventé les séances d'arbitrage à York.

Le voyage se déroula bien dans un froid intense et sous une pluie battante durant tout le mois de juillet, au point qu'on envisagea même de l'ajourner, j'ai toutefois inventé la tempête du mois d'octobre 1541.

Le nord de l'Angleterre n'avait jamais réellement accepté le règne des Tudors. À cause de la modification des méthodes d'échanges commerciaux, de la chute des salaires et de la clôture des terres, le mécontentement s'accrut au début du XVIᵉ siècle, et les changements religieux des années mille cinq cent trente poussèrent le peuple de cette région, conservatrice en matière de religion, à se soulever en octobre 1536. En quelques semaines, une armée d'environ trente mille Nordistes en armes campait sur les rives de la Don, prête à marcher sur le Sud, à se rallier des partisans et à chasser Cromwell, Cranmer et Rich du conseil.

Violant sa promesse d'accéder à certaines demandes des rebelles s'ils se débandaient, Henri écrasa sans pitié de nouvelles émeutes en 1537. Robert Aske et les autres chefs du Pèlerinage de la Grâce furent exécutés. Robert Aske fut-il suspendu enchaîné au château d'York jusqu'à ce qu'il rende l'âme ou lui accorda-t-on une mort plus rapide ? Les versions divergent à ce sujet. J'incline à penser qu'il fut suspendu enchaîné. Cela me semble tout à fait dans le caractère du roi de tenir sa promesse macabre selon laquelle Aske serait déjà mort quand on lui trancherait la tête.

Après 1536, la dissolution des grands monastères – ce qui signifiait la saisie de leurs ressources par la couronne et l'envoi des loyers et des bénéfices à Londres, en plus des lourds impôts levés en 1540-1541 – provoqua de nouvelles difficultés économiques et accrut le mécontentement religieux. En dépit du calme apparent, la colère n'a pu que s'intensifier de 1537 à 1541. Le Conseil du Nord à York, réinstallé pour y assurer la mainmise du roi, opérait, à coup sûr, grâce à un réseau d'informateurs. Sir William Maleverer est un personnage fictionnel, mais il me semble qu'il doit assez bien représenter ses congénères. Au début de l'année 1541, on découvrit une conjuration, élaborée par un groupe de petits nobles et d'anciens religieux. La rébellion devait commencer au mois d'avril par une émeute à la foire de Pontefract. Les rares éléments qui nous restent indiquent que les rebelles de 1541 étaient prêts à aller plus loin que ceux de 1536 : Marillac, l'ambassadeur de France, signala à Philippe V qu'ils traitaient le roi de tyran ; cela, à l'évidence, signifiait qu'ils avaient l'intention de le déposer. Bien plus surprenant et périlleux, Marillac déclarait qu'ils étaient disposés à contracter une alliance avec les Écossais catholiques. Les Anglais du Nord considérant les Écossais comme des brutes barbares (exactement comme les Anglais du Sud jugeaient ceux du Nord), les conspirateurs devaient être véritablement désespérés pour envisager de s'allier à leurs anciens ennemis. Il n'existe aucune preuve d'un lien entre les rebelles et des avocats conservateurs de Gray's Inn en 1541, même s'il est possible qu'il y en ait eu un en 1536. Pour les besoins de l'intrigue, j'ai réactivé cette hypothèse.

La perspective d'une nouvelle armée de rebelles du Nord marchant sur Londres, cette fois-ci accompagnés d'Écossais, voire de Français, les alliés de l'Écosse, a dû constituer le plus grand cauchemar pour l'État de Henri. Selon les rapports des ambassadeurs étrangers, les dirigeants anglais furent encore plus effrayés qu'en 1536. Après le

528

Pèlerinage de la Grâce, un voyage royal dans le Nord avait été envisagé, mais le projet fut repoussé, avant d'être remis sur le tapis en toute hâte. L'extraordinaire rapidité avec laquelle fut organisée l'expédition révèle l'anxiété du roi : le gigantesque cortège s'ébranla trois mois après la mise au jour du complot. Cela constitua un véritable exploit, car non seulement ce cortège fut trois fois plus imposant qu'un voyage royal ordinaire, non seulement le trajet fut le plus long – et de beaucoup – depuis les années mille quatre cent quatre-vingts, mais il s'agissait aussi d'un cortège armé, un millier de soldats accompagnant le roi, tandis que l'artillerie était envoyée à Hull par bateau. Entre-temps, l'héritière de l'autre lignée royale (et catholique), la comtesse de Salisbury, fut massacrée à la Tour sans jugement.

Pour les détails concernant l'aspect, les bruits et les odeurs du cortège, j'ai eu recours aux livres cités ci-dessous et à mon imagination, afin de donner corps aux maigres indications fournies par Marillac, l'ambassadeur de France, ainsi qu'à d'autres témoignages recueillis dans *Letters and Papers of the Reign of Henry VIII* [« Lettres et documents concernant le règne de Henri VIII »]. La description de la supplique de la ville d'York présentée à Fulford Cross est fondée sur le compte rendu officiel qui se trouve parmi les archives municipales d'York.

En lisant les documents officiels, j'ai été extrêmement frappé par le nombre d'éléments indiquant à quel point le roi et ses conseillers craignaient de rencontrer dans le Nord des manifestations d'hostilité, voire de violence. Tant dans les villes que dans les villages, les organisateurs limitèrent le nombre des gentilshommes et des échevins venus faire allégeance le long du parcours. Et les soldats de Henri étaient toujours présents.

Ce voyage éminemment politique fut brillamment mis en scène. Les classes dirigeantes locales venaient à la rencontre de Henri et de la reine Catherine, leur offraient des présents, tandis que les insurgés de 1536 lisaient de longues déclarations implorant le pardon du roi et réaffirmant leur soumission, avant de renouveler leur serment d'allégeance. À l'époque Tudor, les serments revêtaient une importance capitale : ceux qui prêtaient allégeance étaient certains que le roi leur pardonnait leurs fautes passées mais aussi qu'un sort horrible les attendait s'ils violaient leur foi Il ne fait en outre aucun doute que places et faveurs étaient distribuées en coulisses. Toutefois, la tentative de convaincre Jacques IV d'Écosse de contracter une alliance avec l'Angleterre échoua, et l'année suivante commença une décennie d'agressions militaires contre l'Écosse.

Les gens ordinaires, qui avaient créé la grande armée de 1536 et qui auraient pu en former une nouvelle en 1541, se contentèrent de rester spectateurs. La stratégie était entièrement fondée sur l'idée que si Henri pouvait se gagner la loyauté de l'élite nordiste, il n'aurait plus rien à craindre. Stratégie couronnée de succès puisqu'il n'y eut plus de rébellion dans le Yorkshire sous le règne des Tudors. En 1541, malgré tout, étant donné l'ambiance qui prévalait dans le Nord, je pense que le peuple n'a pas dû voir d'un bon œil l'arrivée du cortège, et c'est cette ambiance d'hostilité que j'ai dépeinte à York. L'humeur des Yorkais était maussade, et, comme le montrent les archives, les habitants affolèrent le conseil en refusant de répandre du sable et de la cendre devant leur porte pour faciliter le passage du roi.

Même si elle semble extraordinaire, l'histoire de Blaybourne est en fait fondée sur la réalité. Il est avéré que Cecily Neville, la mère des rois de la maison d'York, Édouard IV et Richard III, déclara qu'Édouard IV n'avait pas été engendré par le duc d'York, et, selon des rumeurs qui circulaient à la cour de France, le père aurait été un archer anglais nommé Blaybourne. Dans *Bosworth* (Tempus Publishing, 2002) Michael K. Jones relate cette histoire, laquelle a également été racontée dans un documentaire télévisé de Channel 4 (2004) intitulé *Britain's Real Monarch* [« Le Vrai Monarque de Grande-Bretagne »]. Le documentaire a retrouvé l'homme qui serait le roi légitime aujourd'hui si Cecily Neville a dit la vérité : il s'agit d'un sympathique fermier australien (républicain) qui serait alors le roi Michel Ier. Je ne suis pas entièrement convaincu que Cecily Neville ait dit la vérité et il me semble qu'il existe des failles dans l'argumentation du Pr Jones, en particulier en ce qui concerne la date de la conception d'Édouard IV. Mais ce n'est pas impossible. L'histoire était sans aucun doute connue de Thomas Cromwell, car en 1535, Chapuys, l'ambassadeur d'Espagne, l'interrogea à ce sujet, peut-être pour l'agacer.

En revanche, il est toujours vrai – étonnamment au XXIe siècle – que la reine Élisabeth II garde le titre que Henri VIII s'était donné : Chef suprême de l'Église d'Angleterre, Défenseur de la Foi et – en théorie, tout au moins – représentant de Dieu en Angleterre.

REMERCIEMENTS

Pour l'aide qu'ils m'ont apportée dans ma recherche de documents concernant le voyage royal de 1541, je suis très reconnaissant aux personnels des bibliothèques du conseil municipal d'York, de l'East Yorkshire, des conseils du comté du Lincolnshire, des universités du Sussex et de Londres. La branche américaine de la Richard III Society m'a autorisé à télécharger le *Titulus Regulus*. Le point culminant de mon voyage de recherche à York fut la visite de la remarquable recréation d'une maison de la fin du XVᵉ siècle à Barley Hall, au centre-ville, ainsi que l'excellente et imaginative exposition sur l'abbaye Sainte-Marie au Yorkshire Museum. Je suis aussi très reconnaissant à Warwick Burton, des York Walks [Visites guidées de York], de m'avoir accompagné au cours d'une visite très instructive du Manoir du roi et d'avoir plus tard répondu à des questions supplémentaires ; à Robert Edwards, qui m'a fait parcourir l'itinéraire du cortège d'York à Hull, et au révérend Nigel Stafford, qui m'a fait visiter la charmante vieille église de Holme-on-Spalding Moor, ainsi qu'à Mme Ann Los, qui m'a fait part de ses connaissances sur le château de Leconfield. Andrew Belshaw m'a aimablement trouvé le *Yorkshire Dictionary* (Smith Settle, 2002), lequel s'est avéré très utile pour les questions de dialecte. Merci aussi à Jeanette Howlett, qui m'a fait visiter le Sussex Working Horse Trust où j'ai beaucoup appris sur le type de chevaux qui ont fait traverser l'Angleterre au convoi royal ; au Dr Jeremy Bending, qui m'a conseillé à propos du cancer de Wrenne, ainsi qu'à Mike Holmes, qui a corrigé mes idées incroyablement erronées sur les conditions et les aléas de la traversée en mer. Inutile de préciser que je suis entièrement responsable des erreurs commises dans l'interprétation de la mine de renseignements dont j'ai été le bénéficiaire.

Je remercie, à nouveau, Roz Brody, Jan King, Mike Holmes et William Shaw, qui ont relu le manuscrit du roman, et Antony Topping, mon infatigable agent, pour son aide, ses remarques, et le choix du titre. Une fois de plus, merci à Maria Rejt, ma conseillère littéraire, et à Mari Roberts pour la relecture du manuscrit. Et à Frankie Lawrence pour la gigantesque entreprise de frappe.

BIBLIOGRAPHIE SÉLECTIVE

Sur la conjuration de 1541, je n'ai pas trouvé d'étude plus récente que l'article rédigé par Geoffrey Dickens en 1938. (A.G. Dickens, « Sedition and Conspiracy in Yorkshire » (*Yorkshire Archaeological Journal*, vol. XXXIV, 1938-1939). Le livre de Michael K. Jones, cité plus haut, est un ouvrage fascinant et troublant sur l'affaire Blaybourne. Pour la vie de Catherine Howard, l'essai de Lacey Baldwin Smith, *A Tudor Tragedy* (Alden Press, 1961), reste le travail le plus complet, tandis que celui de David Starkey, *Six Wives : The Queens of Henry VIII* (Vintage, 2004) présente un point de vue moderne intéressant.

L'article de R.W. Hoyle et J.B. Ramsdale, « The Royal Progress of 1541, the North of England, and Anglo-Scottish Relations, 1534-1542 », paru dans *Northern History*, XLI : 2 (septembre 2004), s'est avéré utile pour l'aspect politique de l'expédition, bien qu'il sous-estime beaucoup trop à mon avis le rôle joué par la conspiration dans la décision de l'organiser. Pour les détails de la vie à la cour des Tudors durant ce voyage, j'ai utilisé *The Royal Palaces of Tudor England*, de Simon Thurley (Yale University Press, 1993) ainsi que *The Tudor Court*, de David Loades (Barnes & Noble, 1987). *Thomas Cranmer : A Life*, de Dairmaid McCulloch (Yale University Press, 1996), m'a aidé à prendre la mesure de cet homme extrêmement complexe. En ce qui concerne la conjuration et le voyage royal, les rapports des ambassadeurs qui figurent dans *Letters and Papers, Foreign and Domestic, of the Reign of Henry VII*, vol. XVI, fournissent des éléments à la fois fascinants et frustrants à cause de leur caractère succinct.

The Pilgrimage of Grace and the Politics of the 1530's, de R. W. Hoyle (OUP, 2001), et *The Pilgrimage of Grace*, de Geoffrey Moorcock (Weidenfeld & Nicholson, 2002), ont été deux ouvrages fort utiles. Moorcock relate la légende de la Taupe.

Tudor York, de D. M. Palliser (OUP, 2002), m'a apporté une mine de renseignements sur la ville. L'ouvrage très bien illustré de

Christopher Wilson et de Janet Burton, *St Mary's Abbey* (Yorkshire Museum, 1988), m'a beaucoup aidé pour la disposition et l'architec-ture monastique de l'enceinte de l'abbaye Sainte-Marie. Le séjour éventuel au Manoir du roi de Henri VIII est encore aujourd'hui objet de débats à York. Je crois, personnellement, qu'il y résida, cela semblant tout naturel du point de vue logistique. L'hypothèse que les centaines d'ouvriers, dont la présence est attestée durant le voyage, construisaient à échelle réduite des tentes et des pavillons semblables à ceux du camp du Drap d'or est entièrement mienne, mais elle s'accorde avec les maigres indications figurant dans *Letters and Papers*. En outre, vu qu'on avait moins de deux mois pour se rendre sur place et tout préparer, on ne disposait guère d'assez de temps pour construire quelque chose de plus robuste.

Le chant entonné pour accueillir le roi à York au chapitre 16 ne se trouve dans aucun livre traitant de la musique sous le règne des Tudors, car je l'ai inventé. J'espère, malgré tout, qu'il a l'air authentique.

Collection « Littérature étrangère »